HEL

DU MÊME AUTEUR
CHEZ POCKET

Apparition
Démences
Le démon des morts
Le Djinn
Le jour J du jugement
La maison de chair
Le miroir de Satan
La nuit des salamandres
Le portrait du mal
Les puits de l'enfer
Rituel de chair
Transe de mort
Le trône de Satan
Tengu

Trilogie de Manitou

Manitou
L'ombre du Manitou
La vengeance du Manitou

Trilogie des Guerriers de la Nuit

Les guerriers de la nuit
Les rivages de la nuit
Le fléau de la nuit

COLLECTION TERREUR
dirigée par Patrice Duvic

GRAHAM MASTERTON

HEL

POCKET

Titre original :
SLEEPLESS

Traduit de l'anglais
par
François Truchaud

Si vous souhaitez recevoir régulièrement
notre zine **« Rendez-vous ailleurs »**, écrivez-nous à :

« Rendez-vous ailleurs »
Service promo Pocket
12, avenue d'Italie
75627 PARIS Cedex 13

PRESSECO

PAPIER RECYCLÉ
NATURE PROTÉGÉE

ISBN 2-266-07436-9

« Là-haut, dans la petite mansarde, il y a une petite danseuse. Elle se tient tantôt sur une jambe, tantôt sur les deux. Elle a foulé aux pieds le monde entier ; elle n'est qu'une illusion. Elle verse de l'eau avec la théière sur une pièce d'étoffe, c'est son corset... la propreté est une bonne chose ! Sa robe blanche est suspendue à la patère, elle a aussi été lavée avec l'eau de la théière et séchée sur le toit de la maison. Elle la met, passe autour de son cou un fichu jaune safran, qui fait ressortir la blancheur de la robe. Une jambe en l'air, la voilà dressée sur une jambe. « Je me vois moi-même ! je me vois moi-même ! »

Hans Christian Andersen

« Ses lèvres étaient rouges, hardis ses regards,
Ses cheveux bouclés jaunes comme l'or ;
Sa peau était blanche comme la lèpre,
C'était le Cauchemar nommé VIE-EN-LA-MORT,
Qui dans ses veines fait figer le sang de l'homme[1]. »

S.T. Coleridge

1. Traduction de Henri Parisot. *(N.d.T.)*

1

Elizabeth entrevit Peggy contourner rapidement le côté de la maison, une petite silhouette gris souris tout juste visible à travers les flocons de neige duveteux, et durant un moment elle eut le sentiment que quelque chose de terrible allait se passer.

Au loin, elle entendit la cloche de l'école sonner, son tintement assourdi par le froid. *Bongg.*

Elizabeth s'arrêta, les joues empourprées, la goutte au nez, hors d'haleine. Elle contempla le jardin désert, puis l'angle de la maison aux planches à recouvrement blanches où Peggy avait disparu si complètement, comme si elle courait d'une vie vers la suivante.

Le jardin semblait retenir son souffle, attentif, avec ses sapins sombres recouverts de neige et ses congères arrondies, cinglées par le vent. Elizabeth n'entendait que le fouettement des flocons de neige et, de temps à autre, le frisson des branches trop lourdes qui faisaient tomber leurs petites offrandes de neige.

Mais il n'y avait rien d'autre. Le bruit énorme et vide de rien d'autre. Le ciel, le jardin, la maison, et c'était tout.

Elizabeth, neuf ans, se retourna, indécise. Elle s'essuya le nez sur le dos de son gant en laine rouge. Elle se demanda si elle devait courir après Peggy, mais elle se doutait que Peggy s'était certainement faufilée à travers la haie derrière la serre, pour traverser le patio et faire le tour du jardin potager. A présent, elle était probablement blottie dans la remise, pouffant de rire, et reniflant, certaine que personne ne la trouverait.

Néanmoins Elizabeth était toujours troublée par ce *sentiment*. Ce sentiment profond et inexplicable qui s'était glissé dans son esprit tel un énorme requin noir évoluant dans une eau noire et froide, sans troubler la surface.

Elle était sûre que Peggy se cachait dans la remise. Où serait-elle allée, sinon dans la remise ? Cependant elle avait le pressentiment que Peggy était partie, que Peggy avait disparu, et qu'elle ne reverrait plus Peggy, plus jamais.

Elle fit cinq ou six pas dans la neige. Elle appela :

— Peggy ! Peggy, où es-tu ?

Mais le jardin demeura silencieux, le silence feutré. Elle hésita puis fit halte.

— *Peggy, où es-tu ?*

Mais il n'y eut pas de réponse. Elizabeth détesta le son de sa propre voix.

— Peggy ! appela-t-elle ; puis : Laura !

Finalement, Laura apparut, dans son manteau de velours côtelé rouge coquelicot, et traversa péniblement le jardin. Laura était âgée de sept ans, et tout le monde disait que Laura était la plus jolie des trois. Ses cheveux étaient blonds et bouclés (comme ceux de maman) alors que les cheveux d'Elizabeth étaient bruns et raides (comme ceux de papa). Peggy avait des cheveux blonds et bouclés, elle aussi, mais Peggy avait disparu au coin de la maison et Elizabeth n'était pas certaine qu'elles la reverraient jamais.

Laura, essoufflée, demanda :

— Quoi ? Qu'y a-t-il ?

— Peggy est partie.

Laura la regarda avec stupeur.

— Comment ça, *partie* ?

— Je ne sais pas.

Elizabeth eut l'impression que le ciel l'enveloppait, comme une pochette de papier de soie sombre que l'on plie, coin après coin.

— Elle est partie, c'est tout, murmura-t-elle.

— Oh, elle se cache ! dit Laura. Papa l'a surprise alors qu'elle jouait avec ses coquetiers de fées, et il l'a grondée.

Elizabeth se mordit la lèvre. Les « coquetiers de fées », c'était ainsi qu'elles appelaient les tees de golf de papa. Toutes les trois les trouvaient fascinants, et toutes les trois, à un moment ou à un autre, avaient été réprimandées pour les avoir chipés. Elizabeth se sentait inquiète. *Inquiète*, c'était le mot, comme maman devenait inquiète lorsque la nuit tombait et qu'il neigeait très fort et que papa n'était pas revenu de New Milford.

— Nous ferions mieux de la trouver, dit-elle.

Elles cheminèrent dans la neige et tournèrent le coin de la maison. Il était trois heures et demie, et il commençait déjà à faire nuit. Le court de tennis était désert, son filet affaissé et ouaté de neige. Les seules empreintes sur la neige étaient les empreintes, semblables à de minuscules fourches, de rouges-gorges, et celles laissées par leur chat.

— Peggy ! appelèrent-elles. Peggy, nous venons te chercher !

Silence. Le vent se leva et provoqua des tourbillons de neige.

— Elle n'est pas venue par ici, affirma Laura.

— Mais si, je l'ai vue !

— Regarde, il n'y a pas d'empreintes de pas.

Évidemment ! La neige les a recouvertes.

Elles traversèrent le patio et contournèrent la serre. Des chandelles de glace pendaient tout du long de la gouttière, et au bout de la serre, à l'endroit où la gouttière débordait habituellement, un personnage de glace grotesque était accroupi près de la maison, une sorcière gelée au nez crochu qui s'agrippait au tuyau d'écoulement. Chaque fois que le soleil brillait à travers les arbres, le nez de la sorcière coulait, et les fillettes dansaient autour d'elle avec une allégresse terrifiée, et chantaient : « Tu as la goutte au nez, méchante sorcière, tu as la goutte au nez ! » Mais cet après-midi, la sorcière était d'un gris métallique et luisant, et son nez crochu formait une courbe impossible, glacée. Elizabeth et Laura l'évitèrent soigneusement, en proie à une terreur véritable.

Et si elle parlait ? Et si elle les foudroyait du regard et qu'elles tombaient raides mortes ?

Le visage de la sorcière était fait de gouttes de glace et ses sourcils étaient ourlés de neige récemment tombée. Elle souriait de son sourire secret, mais elle ne bougea pas, et elle n'essaya pas de se détacher du tuyau d'écoulement. Ni ne chuchota, même si elle *craquait.* Marchant du pas rapide et raide de personnes qui sont tout à fait terrifiées, les deux fillettes réussirent à atteindre les marches qui amenaient à la roseraie, saines et sauves, non griffées, leurs manteaux n'étaient pas couverts de sang et leurs foies étaient intacts.

— Peggy, dit Elizabeth, si doucement que ce fut à peine si Laura l'entendit.

— Pas comme ça, fit Laura. Il faut crier à pleine gorge. Peggy ! Peggy ! *Peggy-peggy-peggy-peggy-peggy !*

La voix de Laura monta en un cri perçant, un cri qui retentit et retentit dans tout Sherman, et retentit depuis le sommet de Green Pond Mountain, invisible dans la tempête de neige, et depuis Green Pond Mountain jusqu'à Wanzer Hill, et sur le lac Candlewood, jusqu'à ce que la neige l'étouffe brusquement pour toujours.

Les deux fillettes attendirent et écoutèrent. Pas de réponse. Seulement le doux fouettement de la neige. Elizabeth se retourna et regarda dans la direction de la Sorcière Nez-Qui-Coule, mais celle-ci demeura où elle était, faite de glace, agrippée à son tuyau. D'une manière ou d'une autre elle avait l'air plutôt triste. Peut-être pensait-elle que le printemps serait bientôt là, et qu'elle allait fondre irrémédiablement.

Elles allèrent jusqu'à la remise. Située sous un grand sapin, celle-ci était petite et sombre, bien que son toit soit recouvert d'une couche de neige incroyablement épaisse, à tel point qu'elle ressemblait à un cake glacé. Il n'y avait pas d'empreintes de pas à proximité de la remise, et Elizabeth eut le plus grand mal à ouvrir la porte, à cause de la neige. A l'intérieur, la cabane était obscure et sentait la créosote et l'herbe desséchée. Elizabeth distinguait tout juste les poignées de la tondeuse à gazon, des bêches, des râteaux et des tas de pots à fleurs en terre cuite. Les fenêtres étaient tendues d'épaisses toiles d'araignée, où toutes sortes de formes ternes et squelettiques pendillaient et dansaient.

— Peggy ? chuchota-t-elle.

— *Peggy, où es-tu ?* cria Laura, faisant sursauter Elizabeth.

Elles écoutèrent. Elles entendaient faiblement de la musique venant de la cuisine. *You Must Have Been A Beautiful Baby*[1]. La fenêtre de la cuisine était brillamment éclairée, et derrière les rideaux de guingan rouge elles apercevaient maman aller et venir de la table à l'évier puis au four, portant des petits gâteaux, des tartes et des bols à mélanger. Un peu plus loin, les fenêtres de la bibliothèque étaient également éclairées, mais moins généreusement.

— Je crois que nous devrions prévenir maman, dit Elizabeth.

— Elle n'a pas pu aller bien loin, fit Laura.

Toutes deux savaient qu'elles auraient des ennuis si elles ne retrouvaient pas leur petite sœur.

— Cette Peggy est une vraie plaie ! Qu'elle aille au diable ! grommela Laura.

— Oui, qu'elle aille au diable ! reprit Elizabeth.

Elles refermèrent la porte de la remise et mirent le verrou. Puis elles continuèrent péniblement leur tour de la maison. C'était une demeure énorme, pleine de coins et de recoins, la plus grande maison de ce côté de Sherman. Elle comportait onze chambres à coucher, quatre salles de bains et trois immenses salons. Le père des fillettes se plaignait toujours de passer plus de

1. « Tu devais être un très beau bébé. » *(N.d.T.)*

temps à porter des bûches jusqu'aux nombreuses cheminées dans toute la maison qu'il n'en consacrait à écrire ou à préparer les textes pour la publication. « Mon passeport devrait indiquer "porteur de bois" et non "éditeur" », avait-il coutume de dire. Mais leur mère était tombée amoureuse de la maison à cause de son immense salle de séjour avec balcon où ils pouvaient mettre un arbre de Noël haut de cinq mètres, exactement comme dans ces films où tout le monde vient passer les fêtes à la maison, où les enfants décorent le sapin avec des cheveux d'ange et des rubans, et où il y a une sorte de quiproquo plein de rebondissements, mais tout s'arrange à la fin, chacun a les yeux brillants de larmes, on boit du punch, on porte des toasts et on chante *Il est né le divin enfant.*

Leur mère venait d'un foyer brisé, c'était tout ce qu'elles savaient. Jusqu'à l'âge de huit ans, Elizabeth avait cru qu'un « foyer brisé » était une maison avec une énorme crevasse au milieu. Maintenant elle savait que cela voulait dire autre chose, quelque chose de pire, et c'était pour cette raison qu'elles n'avaient qu'un seul papy, alors que la plupart de leurs amies en avaient deux.

Elizabeth et Laura atteignirent l'extrémité sud de la maison. Ici il n'y avait rien, à part la piscine et puis un étroit triangle de pelouse et puis les bois. La neige tombait encore plus dru à présent, et Elizabeth commençait à avoir froid aux pieds, malgré ses bottes doublées de peau de mouton.

— Ma foi, je ne sais pas où elle est ! déclara Laura.

— Je te parie qu'elle est rentrée, dit Elizabeth. Elle a vu que maman faisait de la pâtisserie, et elle est probablement dans la cuisine, en train de lécher le bol de sucre en poudre et de manger les miettes du cake.

Elles rebroussèrent chemin vers la maison. Une bourrasque de vent souffla de la fumée de bois âcre, qui les entoura comme un manteau fumant.

— Je te parie qu'elle a mangé *tout* le sucre en poudre, fit Laura, déjà de mauvaise humeur. Je te parie que c'était un gâteau aux fraises, et je te parie qu'elle a même léché la cuillère !

Elizabeth ne dit rien. Elle avait l'impression que ce serait méchant de dire quelque chose. Mais elle savait que Peggy était la petite chérie de maman, et parfois, lorsque maman riait et jouait avec Peggy, cela la faisait se sentir vieille, grande et plutôt quelconque, pas vraiment *non désirée* mais furieuse d'avoir grandi.

Elles atteignirent les marches qui menaient à la porte d'entrée, et ce fut à ce moment qu'elles virent les empreintes de pas.

— Des empreintes de pas ! s'exclama Laura.

— Ce sont les nôtres, dit Elizabeth.

Elle se souvint de l'histoire de Pooh et Piglet, comment ils marchaient dans les bois et tournaient en rond, devenant de plus en plus effrayés lorsqu'ils apercevaient les traces de leurs propres pas dans la neige, sans cesse multipliées.

Mais Laura fronça les sourcils et dit :

— Non, ce ne sont pas les nôtres. Regarde, elles sont trop petites, et ce sont les empreintes laissées par une seule personne.

La neige recouvrait déjà les empreintes, et elles n'étaient guère plus que des rides. Néanmoins, lorsqu'elles regardèrent plus attentivement, les fillettes virent que les empreintes de pas contournaient la façade de la maison et s'éloignaient au bas des marches. Après avoir tourné le coin, Peggy avait dû se cacher derrière les buissons et attendre que Elizabeth et Laura soient passées à sa hauteur, puis elle était revenue sur ses pas.

Mais où était-elle maintenant ?

Se tenant en haut des marches, les fillettes essayèrent de distinguer les traces de pas à travers le jardin d'un blanc lumineux. Celles-ci étaient peu profondes, les empreintes de pas d'une enfant qui courait, et maintenant la neige tombait avec une telle violence qu'elles étaient tout juste visibles. Mais il n'y avait aucun doute sur l'endroit où elles conduisaient. Elles traversaient le jardin en diagonale et menaient tout droit à la piscine.

La neige était tellement épaisse qu'il était impossible de savoir qu'il y avait une piscine là-bas, à l'exception des deux échelles métalliques peintes en blanc, à une quinzaine de mètres l'une de l'autre, et du support métallique pour le plongeoir. Papa avait eu l'intention de vider la piscine pour l'hiver mais la pompe était tombée en panne, et ensuite il y avait eu des problèmes avec le système d'écoulement à cause de toute cette pluie, et lorsque les premières gelées étaient arrivées, il était trop tard. Du moins, papa avait *dit* qu'il était trop tard, mais il était débordé de travail avec sa nouvelle série de livres, *La Vie à Litchfield*, et il n'avait pas eu beaucoup de temps pour la maison, à part apporter des bûches pour les feux, encore des bûches, toujours plus de bûches.

Les fillettes avaient fait glisser des cailloux sur la surface gelée de la piscine, et une fois elles avaient organisé une expédition arctique pour la poupée Shirley Temple d'Elizabeth. C'était après que Elizabeth se fut aventurée sur la glace pour sauver Shirley que papa leur avait interdit de s'approcher de la piscine durant l'hiver, sinon il leur donnerait une fessée.

Mais Peggy s'était certainement approchée de la piscine. Ses empreintes de pas disparaissant rapidement y conduisaient directement, et à environ deux mètres de l'échelle la plus proche, il y avait une légère dépression grisâtre, que la neige tombant dru remplissait très vite.

Elizabeth ouvrit la bouche, en proie à une horreur totalement silencieuse. Des flocons de neige froids tourbillonnèrent contre ses lèvres et fondirent sur sa langue.

— Va chercher papa, chuchota-t-elle.

— Quoi ? dit Laura, qui n'avait pas compris.

— *Va chercher papa ! Va chercher papa !*

Laura la regarda avec stupeur. Ces grands yeux bleus. Puis Elizabeth descendit les marches en trébuchant et traversa la pelouse, s'enfonçant dans la neige jusqu'aux genoux. Elle ne se retourna même pas pour regarder si Laura était partie. Sa gorge lui donnait l'impression d'être complètement à vif, comme si elle avait chacune des angines de son enfance, toutes en même temps.

— *Peggy!* cria-t-elle. *Peggy!*

Elle arriva au bord de la piscine et faillit perdre l'équilibre. Seule une infime ligne dans la neige indiquait où se trouvait le rebord. Elle hésita; elle haletait et suffoquait. Cela ne faisait aucun doute. Les empreintes de pas de Peggy continuaient sur la surface recouverte de neige, puis cessaient brusquement.

Elizabeth se retourna, s'efforçant de ravaler son mal de gorge. Laura n'était plus là; par conséquent papa allait venir. Le silence était accablant. Elle aurait pu être la seule personne vivante dans le monde entier. Elle regarda à nouveau vers la légère dépression dans la neige et dit, de la plus haute et de la plus ténue des voix :

— Je vous en prie, mon Dieu, je vous en prie, aidez-moi !

Elle saisit le haut de l'échelle métallique et posa prudemment son pied sur la neige. La semelle de sa botte toucha la surface de la glace... bien plus profondément qu'elle ne s'y attendait. Elle inspira profondément et, petit à petit, fit porter le poids de son corps dessus, tout en continuant de se tenir à l'échelle. La glace semblait suffisamment épaisse : elle ne bougea pas et elle ne craqua pas. Elizabeth posa ses deux pieds dessus et fit un petit saut. Apparemment, la glace supportait son poids.

Elle regarda vers la maison. Toujours aucun signe de papa. Elle allait devoir trouver Peggy toute seule. Elle n'avait pas envie de le faire. Elle était certaine que Peggy s'était noyée, et elle était terrifiée à l'idée que la glace se brise sous elle, et qu'elle se noie, elle aussi, avant que papa ait le temps d'arriver ici. Mais elle savait qu'elle devait le faire. Peggy s'agrippait peut-être au rebord de la glace, sous la neige, et que ressentirait-elle pour toujours si elle n'avait pas tenté de la sauver ?

Se tenant à l'échelle le plus longtemps possible, Elizabeth s'avança lentement sur la surface de la piscine. La neige avait presque trente-cinq centimètres d'épaisseur ; elle lui arrivait jusqu'aux genoux et dépassait le haut de ses bottes.

Elle lâcha l'échelle et entreprit de glisser doucement vers la dépression dans la neige où les empreintes de pas de Peggy disparaissaient. Elle s'aperçut qu'elle fredonnait la chanson de Pooh à voix basse. « *Plus il neige (lala-lala) plus ça continue (lala-lala) plus la neige (lala-la) continue de tomber.* »

Elle entendit la glace gémir... un grincement étrange, comme deux morceaux de verre brisé frottant l'un contre l'autre. Elle fit halte, les bras écartés pour garder son équilibre. Elle était presque arrivée à la dépression dans la neige, et si la glace *s'était* brisée ici, alors elle pouvait très bien se briser à nouveau.

Elle dégagea la neige avec ses bottes, puis elle s'agenouilla et continua de la dégager avec ses gants. Juste au-dessous des flocons de neige, l'eau clapotait, déjà glacée ; elle ressemblait plus à un pudding au tapioca grisâtre qu'à de l'eau. Elle dégagea précautionneusement la neige tout autour du trou dans la glace, et la glace ne faisait pas plus de soixante-dix centimètres d'épaisseur.

Derrière elle, elle entendit son père crier :

— Lizzie ! Elizabeth ! Sors de la piscine ! Sors de la piscine !

Mais elle ne se retourna pas. Elle avait entrevu quelque chose bouger, juste sous la surface de la glace. Quelque chose de pâle ; quelque chose de grisâtre. Quelque chose qui dodelinait et pivotait lentement.

— *Lizzie !* l'appela son père.

Il était beaucoup plus près maintenant, et sa voix semblait presque hystérique.

— *Lizzie, surtout ne bouge pas !*

Mais à présent Elizabeth dégageait frénétiquement la neige sur la surface de la piscine, et essuyait la glace avec ses mains gantées, encore et encore, tel le conducteur d'une automobile roulant à vive allure qui essaie éperdument de voir à travers son pare-brise embué.

Une fois la glace essuyée, elle s'immobilisa, et regarda fixement, et ne dit rien. Parce que c'était une *fenêtre*... une fenêtre à travers laquelle Elizabeth apercevait un autre monde, sombre et atrocement froid. Une fenêtre à travers laquelle elle voyait sa sœur Peggy, noyée. Sa peau était aussi blanche que du lait, ses yeux grands ouverts, ses lèvres bleu pâle. Ses cheveux bouclés flottaient et la doublure de fourrure autour de son capuchon flottait, lentement et paresseusement, comme si c'étaient des algues, ou des anémones de mer de l'Arctique.

Le plus poignant de tout, c'étaient les petites mains de Peggy, dans leurs gants de laine rose : elles étaient jointes et posées sur sa poitrine, comme si elle disait ses prières.

Plus il neige (lala-lala)...

Papa était arrivé au bord de la piscine. Elle l'entendait, mais elle ne se retourna pas pour le regarder. Si elle se retournait pour le regarder, elle savait qu'elle devrait lui obéir.

— Lizzie ! appela-t-il. Peggy est là ? Où est Peggy ?

Elizabeth ne sut pas quoi dire.

— Lizzie, ma chérie, est-ce que Peggy est là ?

— Oui, répondit Elizabeth d'une voix assourdie par les flocons de neige.

— Nom de Dieu ! s'exclama papa.

Il s'avança prudemment sur la surface de la piscine et se dirigea lentement vers elle. Les verres de ses lunettes rondes étaient en partie embués, et son chandail gris était constellé de flocons de neige. Un homme approchant de la quarantaine, mince, avec une barbe châtain foncé, déterminé à secourir sa petite fille qui s'était noyée.

— Lizzie, où est-elle ? demanda-t-il d'un ton brusque. Réponds, Lizzie, pour l'amour du ciel !

Sous la glace, Peggy souriait et tournait lentement sur elle-même. Elizabeth était certaine que Peggy était morte. Elle ressentit un vif accès de tristesse... si douloureux qu'elle faillit se plier en deux. Le visage de Peggy était si proche, juste quelques centimètres sous la glace ; pourtant elle était déjà si loin. Pour Peggy, ce serait toujours trois heures cinq, le vendredi 23 février 1940, et jamais plus tard.

Le visage de Peggy était exactement au-dessous d'elle. Elizabeth hésita puis effleura la glace du bout des doigts. Elle se pencha en avant et pressa ses lèvres sur la surface gelée de la piscine, juste au-dessus des lèvres de sa sœur.

Sa sœur la regardait fixement, mais elle ne cilla pas. La neige tombait autour d'elle, comme si elle voulait poser une couverture sur Peggy, comme si elle voulait la recouvrir.

— *Lizzie !*

Son père la saisit par un bras et la fit se retourner de force. Elle ressentit une violente douleur dans son épaule.

— Lizzie, fiche le camp de cette saloperie de piscine et rentre à la maison !

Elle fit un pas en arrière comme son père se mettait à marteler la glace avec le talon de sa botte, mais elle ne sortit pas de la piscine. Elle se tint derrière lui et le regarda, en proie à une angoisse impuissante, tandis qu'il tapait et tapait avec son talon et criait :

— Peggy ! Peggy ! Retiens ta respiration, ma chérie ! Retiens ta respiration ! Papa est là !

Il lui fallut seulement quelques secondes pour briser suffisamment de glace afin de l'atteindre. Il attrapa son manteau de fourrure détrempé et la fit tourner vers l'eau fangeuse où la glace avait cédé la première fois. Le corps de Peggy décrivit un cercle et dodelina ; l'un de ses bras flottait à la surface.

— Allez, Peggy, fais un effort, ma chérie ! lui dit-il.

Il parvint à la hisser à moitié hors de l'eau et à l'allonger sur la glace.

— Des couvertures ! rugit-il. Apportez-moi des couvertures, bon Dieu !

Il prit Peggy dans ses bras, la serra contre lui, se redressa et réussit tant bien que mal à glisser vers le bord de la piscine. Il agrippa l'échelle et opéra un rétablissement, puis poussa un gémissement. « Oh, mon Dieu ! » Les bras de Peggy ballottaient mollement, et de l'eau tombait en des gouttes scintillantes du bout de ses doigts. Son visage demeurait enfoui dans le chandail de papa, comme si elle ne voulait pas qu'on la regarde, parce qu'elle était morte.

La maman d'Elizabeth sortit de la maison en courant. Son tablier blanc battait au vent.

— *Peggy!* cria-t-elle d'une voix stridente. *Peggy!*

Elizabeth sortit de la piscine gelée, les jambes raides. Son épaule lui faisait mal, là où son père l'avait tirée violemment. Son père qui s'élançait déjà à travers la neige, vers la maison, tenant Peggy dans ses bras. Maman le suivait en toute hâte et n'arrêtait pas de pleurer et de crier :

— Peggy ! Peggy !

Elizabeth pleurait, elle aussi. Elle s'avança péniblement dans la neige. Son visage ruisselait de larmes. Elle avait froid, elle tremblait et elle était commotionnée. Lorsqu'elle arriva à la maison, papa avait déjà enveloppé Peggy dans des couvertures et l'avait allongée sur la banquette arrière de son break. La fumée des gaz d'échappement envahit l'allée, teintée d'un rouge infernal par les feux arrière du break. La maman d'Elizabeth franchit la porte, son manteau d'hiver noir jeté sur ses épaules. Son visage ressemblait au masque de quelqu'un d'autre faisant semblant d'être la maman d'Elizabeth.

— Chérie... nous emmenons Peggy à l'hôpital... Mrs. Patrick vient tout de suite pour s'occuper de vous. Nous vous téléphonerons plus tard.

Leurs parents partirent, emportant leur petite sœur.

Elizabeth resta un moment dans l'allée, regardant la neige combler les traces laissées par les pneus. Puis elle rentra. La maison était chaude, brusquement silencieuse, et l'arôme de gâteaux en train de cuire flottait dans le vestibule. Elle referma la porte et se dirigea vers la penderie pour ôter ses bottes, ses chaussettes et son manteau détrempé par la neige.

Laura apparut, ses joues filigranées de larmes.

— Peggy est morte ! suffoqua-t-elle. J'ai dit, que Peggy aille au diable, et maintenant elle est morte !

Les deux sœurs s'assirent sur une marche de l'escalier, côte à côte, et pleurèrent jusqu'à ce que cela leur fasse mal. Elles pleuraient toujours lorsque la porte s'ouvrit, et Mrs. Patrick entra, venant de Green Pond Farm. Mrs. Patrick était leur voisine la plus proche, et elle connaissait les fillettes depuis le jour de leur naissance. Elle était irlandaise et corpulente, avait un teint rouge feu et des cheveux rouge feu, et un nez semblable à un klaxon d'autrefois. Elle ôta son manteau, puis elle serra les fillettes dans ses bras, les berça et les calma, jusqu'à ce qu'elles se rendent compte que son épais cardigan vert qu'elle avait tricoté elle-même sentait la naphtaline et que sa broche leur égratignait le visage. Bien plus tard, Elizabeth écrirait dans son journal intime que la perception d'irritations ordinaires est le premier pas vers l'acceptation du chagrin, et lorsqu'elle écrivit cela, elle pensait très précisément au cardigan de Mrs. Patrick, et à la broche de Mrs. Patrick.

Cette nuit-là, alors que les fillettes étaient couchées, le téléphone sonna. En chemise de nuit, elles allèrent à pas feutrés jusqu'au palier et écoutèrent la voisine dans le vestibule. La maison était bien plus froide maintenant : les feux avaient baissé et papa n'était pas là pour les alimenter. Quelque part, une porte battait avec persistance.

Elles entendirent Mrs. Patrick dire :

— Je suis désolée, Margaret. Je suis vraiment désolée.

Elles se regardèrent. Leurs yeux étaient humides, même si elles ne pleuraient pas. Ce fut à ce moment qu'elles eurent la certitude que Peggy les avait quittées pour toujours, que Peggy était un ange, et de façon étrange, elles se sentirent abandonnées, parce que maintenant elles devraient vivre leur vie toutes seules.

2

Le jeudi matin suivant, leur maman les emmena chez Macy's à White Plains. Le ciel était marron du fait de la neige qui menaçait, et Mamaroneck Avenue était marron en raison de la neige à moitié fondue. Des automobiles recouvertes de neige roulaient lentement dans les deux sens, silencieuses et sinistres, tels des igloos ambulants. Leur maman leur acheta des manteaux noirs, des chapeaux noirs et des robes gris anthracite avec des galons noirs. Le magasin était surchauffé, et pendant qu'elle essayait son manteau, Elizabeth eut l'impression qu'elle allait suffoquer. Pourtant, de façon ou d'autre, le morne rituel de l'achat de vêtements de deuil fut la première chose normale et compréhensible qui se passait depuis une semaine cauchemardesque, et lorsqu'elles sortirent du magasin avec leurs paquets, Elizabeth se sentit beaucoup mieux, comme si sa fièvre était tombée.

Depuis que Peggy s'était noyée, chaque jour avait été différent, effrayant et imprévisible. Le samedi et le dimanche, personne n'avait dit un seul mot. Le lundi matin, maman les avait serrées contre elle en silence, les avait bercées doucement, leur avait caressé les cheveux. Elle donnait la même sensation que maman, ressemblait exactement à maman. Mais ensuite elle les avait brusquement fait descendre de ses genoux et était sortie de leur chambre sans se retourner. Elle s'était enfermée bruyamment dans sa chambre. Quelques instants de silence s'étaient écoulés tandis que les fillettes échangeaient des regards perplexes. Puis elles l'avaient entendue pousser des gémissements comme une martre prise dans un piège.

Entendre pleurer maman avait été plus qu'elles ne pouvaient supporter, et elles s'étaient mises à pleurer, elles aussi, pendant que papa se tenait devant la porte de la chambre et demandait en vain :

— Margaret... Margaret... pour l'amour du ciel, Margaret, laisse-moi entrer !

Le mardi soir, papa rentra à la maison abominablement ivre et se mit à errer dans les pièces, claquant des portes et hurlant que maman lui reprochait tout : il avait quitté son travail chez Scribner, il était venu s'installer à Sherman, il avait acheté la maison, il n'avait pas vidé cette saloperie de piscine ! Pourquoi ne pas aller jusqu'au bout et dire ce qu'elle ressentait ? Pourquoi ne l'accusait-elle pas tout bonnement d'avoir assassiné sa propre fille ? Et merde, il aurait pu tout aussi bien plonger la tête de Peggy sous l'eau, de ses propres mains, et la maintenir là jusqu'à ce qu'elle se noie !

Après cela, soudainement, la nuit devint silencieuse. Elizabeth et Laura étaient couchées dans leurs lits placés l'un à côté de l'autre, et elles écoutèrent et écoutèrent, n'osant même pas chuchoter.

Finalement, elles entendirent des sanglots, et cela continua pendant presque une demi-heure. C'était peut-être maman. C'était peut-être papa. C'était peut-être les deux.

Elles dirent une prière pour Peggy, même si cela ressemblait davantage à une conversation qu'à une prière. Elles avaient du mal à croire qu'elle était vraiment partie pour toujours.

— Chère Peggy, ça ressemble à quoi, être mort ? Dis-le-nous, d'une manière ou d'une autre, juste un chuchotement, ou écris ton prénom sur la vitre couverte de givre... nous pensons à toi toute la journée, chaque jour, et nous t'aimons toujours autant. Nous ne laisserons personne jeter Mister Bunzum à la poubelle, c'est promis. Nous te pleurons tout le temps, mais nous savons que tu es certainement heureuse.

Des tas de gens qu'elles ne connaissaient pas vinrent et repartirent. Des adultes qui murmuraient, se mouchaient et détournaient les yeux. Presque magiquement, la maison commença à se remplir de fleurs, des jonquilles, des iris et même des roses. Il y avait tellement de fleurs que maman fut obligée d'emprunter des vases aux voisins, et il en arrivait toujours plus. A la mi-février, avec la neige qui continuait de masquer les fenêtres, toutes ces fleurs éclatantes et odorantes firent paraître la semaine encore plus étrange, comme un conte de fées des frères Grimm.

Mrs. Patrick vint tous les jours, cette semaine-là, et apporta leurs repas, qu'elles prenaient dans la cuisine. Les fillettes adoraient les repas de Mrs. Patrick parce que c'était du poulet rôti à la cocotte, de la soupe aux légumes, des boulettes de viande et du maïs Hopping John, une nourriture saine et copieuse, parfumée et simple. Maman préparait toujours de jolis petits cookies et des gâteaux, parce que mamie lui avait appris à les faire quand elle était jeune fille. Mais lorsqu'il s'agissait de ragoûts et de rôtis, maman semblait s'en désintéresser en cours de route, et tous ses repas avaient un goût bizarre et étaient plus ou moins inachevés, ils étaient trop salés ou trop épicés ou trop farineux, comme si elle avait essayé une nouvelle recette puis avait trouvé cela ennuyeux. Ses rôtis étaient toujours grisâtres, trop cuits, et avaient l'air piteux, et pendant longtemps les fillettes crurent que ses légumes verts étaient une punition voulue, comme d'être privées d'argent de poche ou de recevoir une fessée.

Une ou deux fois, pendant qu'elles déjeunaient, maman vint dans la cuisine et parla à Mrs. Patrick d'un air éperdu.

— Vous avez perdu votre petite Deborah, n'est-ce pas, madame Patrick? Mon Dieu, je n'avais jamais su ce que l'on éprouvait quand on perd un enfant, jusqu'à maintenant. C'est comme si l'on vous arrachait le cœur.

La fumée de sa cigarette flotta lentement dans la cuisine, vers la cuisinière où la chaleur la fit frissonner un moment, puis l'aspira brusquement.

La présence de maman mettait les fillettes mal à l'aise, parce qu'elles sentaient qu'elles n'auraient pas dû faire preuve d'un tel appétit, alors que Peggy venait de se noyer. Parfois maman disait : « Ne faites pas autant de bruit avec vos couteaux et vos fourchettes. » Alors elles mangeaient du bout des dents, affamées mais hésitant à se jeter sur la nourriture, et Mrs. Patrick leur lançait des regards sombres mais ne les grondait pas.

Le mercredi matin, enhardie par le besoin d'affection, et par simple reconnaissance, Elizabeth s'excusa et demanda à Mrs. Patrick quel était son vrai nom. Mrs. Patrick la regarda avec stupeur et répondit :

— Mais c'est madame Patrick, grosse bête !

Par la suite, Elizabeth écrivit dans son journal intime que, même dans la réalité, certaines personnes se voient accorder des rôles principaux, tandis que d'autres ne sont que des personnages de second plan. Même la vie a ses figurants, et Mrs. Patrick était une figurante, et elle le savait. « Dieu lui versera peut-être des heures supplémentaires pour avoir veillé sur nous. »

Maman était la plus jolie femme qu'Elizabeth et Laura aient jamais connue. Ce fut seulement plus tard dans la vie que Elizabeth comprit qu'elle n'avait pas toute sa tête.

Maman était menue et avait une taille fine qui retenait le regard, un visage régulier aux traits délicats et un sourire légèrement penché que chaque ami de la famille semblait prendre pour lui, et que chaque amie de la famille semblait considérer comme une menace.

Papa disait souvent que maman ressemblait à Paulette Goddard qui aurait porté une perruque blonde, mais en plus jolie. Ses yeux étaient aussi bleus que le premier petit morceau de ciel qui apparaît après un orage, et elle s'habillait toujours de cotonnades très amidonnées ou de sweaters en soie aux tons pastel. Elle était pleine d'allant et aimait faire la coquette... même avec Duncan Purves, le lugubre propriétaire du garage local, et avec le révérend Earwaker, le pasteur de l'église épiscopale méthodiste de Sherman, lequel était convaincu que la radio était la voix de Satan, et avait un jour récité les paroles de l'exorcisme durant tout le programme Jell-O (à la grande fureur de son épouse, laquelle était une admiratrice de Jack Benny).

Les fillettes adoraient que papa et maman leur racontent comment ils s'étaient connus. Il travaillait chez Charles Scribner's Sons, les éditeurs, en tant que directeur littéraire, et elle travaillait au El Morocco en tant que *cigarette-girl*[1]... temporairement, bien sûr, tout en passant des auditions pour des rôles dans des revues musicales de Broadway. Papa dînait avec Louis Sobol du *New York Journal*, lequel était censé écrire le livre définitif sur la haute société... un *roman à clefs* qui éclipserait *Gatsby le Magnifique*. Malgré le fait que Louis Sobol était capable de fournir cinq colonnes de 2 000 mots d'échos mondains chaque semaine, il n'avait écrit que deux paragraphes de son roman en sept mois, et il réclamait davantage de temps. « J'ai les *clefs*, mais je n'ai pas encore trouvé le *roman*. »

Papa avait appelé maman pour acheter un paquet de cigarettes, qu'elle lui avait ouvert afin qu'il puisse prendre la première, et ensuite elle avait craqué une allumette. Malheureusement, elle avait fait tomber l'allumette enflammée dans son plateau à cigarettes, et avant qu'elle puisse la retirer, tout le plateau avait pris feu. Les fillettes adoraient cette partie de l'histoire, parce que papa et maman la mimaient toujours, courant çà et là dans le séjour pour montrer comment papa s'était emparé d'un magnum de Krug '21 sur une table

1. Vendeuse de cigarettes dans un restaurant. *(N.d.T.)*

voisine, l'avait violemment secoué, puis avait arrosé de champagne moussant le plateau embrasé de maman. Le lendemain, Louis Sobol avait rapporté cet incident dans sa chronique, l'appelant « l'exercice d'incendie le plus coûteux de toute l'histoire de Manhattan ».

La photographie de maman avait été publiée dans le journal, et elle avait attiré l'attention de Monty Woolley, le célèbre producteur de Broadway, qui l'avait engagée pour le plus petit des rôles dans *Cinquante Millions de Français*. S'il vous arrivait d'éternuer lorsque maman entrait en scène, vous ratiez complètement sa brève apparition. Mais le lendemain, maman était allée au bureau de papa avec une bouteille de champagne pour le remercier... Touché, presque *enchanté*, papa l'avait emmenée prendre un cocktail, puis l'avait invitée à déjeuner. La suite n'était que roses et musique douce.

Tirant des bouffées de sa cigarette pour ponctuer ses mots, maman déclarait : « Cela a été mon unique rôle à Broadway mais bien sûr (bouffée) si je n'étais pas tombée amoureuse de votre père (bouffée) j'aurais décroché beaucoup, *beaucoup* d'autres rôles (bouffée). Monty Woolley m'a dit plusieurs fois que j'avais tout le potentiel d'une grande actrice de cinéma. Il disait que mon visage accrochait merveilleusement la lumière (bouffée). Mais j'ai fait mon choix et mon choix a été de me marier et d'avoir des enfants. » (Bouffée, puis écrasement énergique de sa cigarette dans le cendrier.)

Maman donnait toujours cette explication d'un ton désinvolte, exubérant et parfaitement étudié, qu'Elizabeth trouva tout d'abord romantique mais que plus tard elle trouva dérangeante, comme si elle, Laura et Peggy étaient directement responsables du fait qu'elle ait renoncé à sa carrière d'actrice. Comme si elle, Laura et Peggy avaient délibérément comploté afin de l'isoler à Sherman pour le restant de sa vie, à confectionner des gâteaux, à écouter la radio et à transformer des rôtis en des amas de lambeaux.

Laura, pour sa part, ne se lassait jamais d'entendre l'histoire « actrice de cinéma » de maman, et elle restait allongée pendant des heures devant la cheminée, à balancer ses jambes et à parcourir les coupures de journaux de maman et ses photographies de presse. « Mademoiselle Eloise Foster, l'ancienne *cigarette-girl* devenue célèbre en mettant le feu au El Morocco, fait des étincelles à Broadway. »

Elizabeth surprenait souvent Laura en train de prendre des poses devant le miroir dans leur chambre, une lampe de table à la main. « Je trouve que mon visage accroche merveilleusement la lumière, non ? » avait-elle coutume de lui demander.

Elizabeth ne répondait jamais. Elle s'asseyait sur sa couverture en patchwork et ouvrait son journal intime, ou *Lorna Doone*, ou bien un recueil des contes de Hans Christian Andersen.

Le conte d'Andersen qu'elle avait toujours préféré était *La Reine des Neiges*. Exactement comme Kay et Gerda, les enfants dans le conte, elle faisait chauffer des pièces de monnaie devant le feu les matins d'hiver, et les appliquait sur la vitre givrée, afin de faire des trous d'observation. Et elle imaginait toujours qu'elle était la Reine des Neiges : « Belle et distinguée, mais toute de glace, de cette glace aveuglante et scintillante. Ses yeux étincelaient comme des étoiles, mais il n'y avait en eux ni calme, ni repos. »

Ce jeudi après-midi, après leurs achats chez Macy's, Laura s'assit devant le miroir et se fit des grimaces, tandis qu'Elizabeth lisait *La Reine des Neiges* encore une fois.

Elle avait lu le conte à Peggy à de nombreuses reprises, et il y avait un paragraphe qui la préoccupait tout particulièrement. Qui l'avait préoccupée toute la semaine. En fait, cela l'avait tellement préoccupée qu'elle n'avait pas osé le regarder, jusqu'à aujourd'hui. Elle le lut à nouveau et, tandis qu'elle le lisait, elle se sentit de plus en plus coupable, puis, lorsqu'elle eut fini, elle referma vivement le livre et le serra contre sa poitrine, ses joues empourprées de chagrin.

« Il y avait trois sœurs, toutes diaphanes et gracieuses ; la robe de l'une était rouge, celle de l'autre était bleue, et celle de la troisième toute blanche ; elles dansaient en se tenant par la main près du lac paisible au clair de lune. Elles n'étaient pas des elfes, mais des filles d'homme. L'air embaumait lorsque les jeunes filles disparurent dans la forêt ; le parfum se fit plus fort... trois cercueils dans lesquels se trouvaient les trois sœurs glissèrent hors d'un fourré et flottèrent sur le lac ; des vers luisants les entouraient comme de petites lumières vacillantes. Les danseuses se sont-elles endormies ou bien sont-elles mortes ? »

Et si Peggy s'était souvenue de cette partie du conte, quand elle était dans le jardin, au milieu des tourbillons de neige ? Et si elle avait essayé de danser sur la surface de la piscine, comme les trois charmantes sœurs dansant près du lac ?

Pis encore, et si Peggy s'était noyée par *sa* faute ?

Elle leva les yeux vers Laura, juste pour s'assurer que Laura ne se doutait de rien, mais Laura était trop occupée à parfaire sa moue de star de cinéma dans le miroir.

Cette nuit-là, Elizabeth demeura éveillée pendant des heures et entendit l'horloge dans le vestibule sonner les douze coups de minuit. Venant de la chambre de papa et maman, elle entendait une conversation à voix basse, une conversation calme et triste. Aujourd'hui il n'y avait pas eu de sanglots, grâce au ciel, pas de cris et pas de claquement de portes. Papa et maman étaient tous deux trop fatigués. Mrs. Patrick avait dit qu'ils ressemblaient à des fantômes, mais elle ne leur avait pas dit si elle avait déjà vu de vrais fantômes, pour pouvoir faire la comparaison.

La conversation à voix basse cessa. Elizabeth compta jusqu'à mille un. Puis elle s'extirpa du lit sans bruit.

Le recueil des contes d'Andersen dissimulé sous sa

chemise de nuit, Elizabeth traversa le palier sur la pointe des pieds et descendit l'escalier. Elle devait faire très attention, parce que les marches craquaient. Mais elle avait lu dans un roman policier que les cambrioleurs veillaient toujours à poser les pieds sur le bord d'un escalier, tout près du mur, ou tout près de la rampe, et dans ce cas, vous ne faisiez pratiquement pas de bruit. En fait, de très bons cambrioleurs pouvaient gravir un escalier en *courant*, tout à fait silencieusement, à condition de garder leurs jambes très écartées.

Dans le séjour, les vestiges du feu de la journée rougeoyaient encore, des cendres orange. Elizabeth s'avança sur le tapis rouge élimé et se tint devant l'âtre un moment, se demandant si elle devait essayer de brûler le livre, mais elle estima finalement que ce serait probablement trop long... et que se passerait-il si papa venait au rez-de-chaussée et la surprenait avant qu'elle ait terminé ? Papa avait été furieux quand il avait appris que les nazis brûlaient des livres. Il avait déclaré que brûler des livres c'était aussi mal que de brûler des bébés.

Ce qui avait amené Elizabeth à se demander si on pouvait avoir une bibliothèque de bébés fonctionnant comme une bibliothèque de livres. On empruntait un bébé pour une semaine, et s'il ne vous plaisait pas, vous pouviez le rapporter.

Elle alla dans la cuisine. Malgré le sol carrelé et les vitres déjà embuées par le froid, il faisait chaud dans la cuisine, parce que papa avait mis du bois dans la cuisinière pour la nuit. Apostrophe, le chat, dormait dans sa corbeille à côté de la cuisinière, mais lorsque Elizabeth entra, il entrouvrit un œil et l'observa tandis qu'elle contournait la table et se dirigeait vers la porte de derrière.

Aussi doucement que possible, elle tira les verrous et tourna la clé. Puis elle sortit vers la nuit silencieuse et neigeuse.

Elle traversa la pelouse jusqu'à la remise. Ses pas produisaient un crissement feutré dans la neige. La lune était cachée par un nuage, mais le jardin était suffisamment lumineux pour qu'Elizabeth soit à même de voir où elle allait. Ses pantoufles en velours de coton bleu furent très vite trempées, et elle grelottait. Pourtant son sentiment de culpabilité était si oppressant qu'elle *devait* à tout prix dissimuler le livre, de façon aussi urgente qu'un assassin doit dissimuler son arme.

Si jamais ses parents découvraient qu'elle avait lu à Peggy *La Reine des Neiges*... Ma foi, elle était incapable d'imaginer ce qui arriverait, mais dans tous les cas, ce serait épouvantable. Cela pouvait même se terminer par un « foyer brisé ».

Elle s'agenouilla près de la remise et enleva la neige avec sa main nue. Durant l'automne, elle avait découvert une fissure sous le sol de la remise, et elle l'avait utilisée pour cacher certaines de ses lettres d'amour. Ce n'était pas de *vraies* lettres d'amour, bien sûr, elle les avait écrites elle-même, mais elle aurait été mortifiée si quelqu'un les avait trouvées... surtout la lettre de Clark Gable qui se terminait ainsi : « Je te promets de t'attendre en retenant mon souffle jusqu'à ce que tu aies vingt et un ans ».

Elle glissa le livre dans la fissure et le poussa sous la remise aussi loin qu'elle le pouvait. Puis elle recouvrit précautionneusement l'orifice de neige, et tapota le tas pour lui donner un aspect normal.

Il y avait une prière dans *La Reine des Neiges* qu'elle avait apprise par cœur voilà longtemps, parce que, lorsqu'elle l'avait lue pour la première fois, cette prière lui avait paru si jolie et tout à fait charmante. Cette nuit, cependant, elle lui semblait tragique. Elizabeth se tint immobile dans la neige, en chemise de nuit, des larmes coulaient sur ses joues, et elle fut tout juste capable de prononcer les mots parce que sa gorge était atrocement nouée.

« Les roses poussent dans les vallées,
Où l'Enfant Jésus vient se promener ;

Puissions-nous voir Son visage,
Et pour toujours rester des petits enfants! »

Elle trembla de froid pendant à peu près une minute de silence, estima-t-elle, puis elle rebroussa chemin en toute hâte vers la maison. A nouveau, Apostrophe entrouvrit un œil d'un air las et l'observa tandis qu'elle traversait la cuisine et se dirigeait vers le séjour.

Elle gravit l'escalier en restant près du mur, dans le style des cambrioleurs. Ce fut seulement lorsqu'elle atteignit le palier qu'elle s'aperçut que papa se tenait dans l'embrasure de la porte de sa chambre et l'observait. Elle poussa un « *Ah!* » de terreur et faillit mouiller sa chemise de nuit.

— Lizzie? lui demanda-t-il. Qu'est-ce que tu faisais?

Mais sa voix était douce, et elle comprit tout de suite qu'il n'allait pas la gronder.

— Il m'a semblé entendre quelque chose, bégaya-t-elle en claquant des dents de froid.

Il sortit des ombres. Il ne portait pas ses lunettes, et ses yeux étaient gonflés et violacés en raison de la fatigue.

— Qu'est-ce que c'était? demanda-t-il. Qu'as-tu entendu?

— Je ne sais pas. Peut-être un hibou.

Il posa sa main sur son épaule.

— Ma foi, c'est bien possible. Tu sais ce qu'on dit à propos des hiboux?

Elle secoua la tête.

— On dit que les hiboux apportent des messages de gens qui sont morts, déclara-t-il. Ils peuvent voler depuis le pays des vivants jusqu'au pays des morts, et en revenir, tout cela en une seule nuit.

Elizabeth leva les yeux vers lui, se demandant s'il parlait sérieusement.

— Ce n'était pas un hibou. Ce n'était rien du tout.

Il hésita un moment, laissant sa main sur son épaule. Puis il dit :

— Je vais dans la bibliothèque. Tu veux venir avec moi ? Je ne dormais pas très bien. Tu peux prendre un soda si tu en as envie.

— Oui, bien sûr, répondit-elle aussi gentiment que possible (si jamais il se ravisait).

Elle fut soudain ravie d'avoir neuf ans, et d'être presque une grande personne. Elle était sûre que papa n'aurait jamais proposé à Laura de prendre un soda et de le rejoindre dans la bibliothèque, de but en blanc, en pleine nuit !

Ils descendirent l'escalier, et cette fois les marches craquèrent et cela n'avait aucune importance. Elizabeth alla dans la cuisine et ouvrit le Frigidaire, rempli de plats contenant les restes des repas de Mrs. Patrick. Elle prit une bouteille de Coca-Cola glacée et alla dans la bibliothèque. Papa avait approché son fauteuil en cuir de la cheminée et s'était servi un grand whisky dans un verre en cristal taillé, qu'il avait posé dans l'âtre aux carreaux marron.

— Assieds-toi, dit-il.

Elle tira le vieux tabouret de piano de papa, celui avec le siège en tapisserie éraillée, et toutes ces partitions à l'intérieur, une musique étrange jaune moisi que personne ne jouait jamais, comme *Climbing Up The Golden Stairs* et *Break The News to Mother*.

Elizabeth but une gorgée de Coca-Cola à même la bouteille et regarda les braises s'éteindre. Elle se demandait si papa allait parler, ou bien s'il préférait demeurer silencieux et boire son whisky, le regard dans le vide.

— Je suppose que Peggy te manque énormément, dit-il enfin.

Elizabeth acquiesça de la tête. Papa poursuivit :

— Le révérend Earwaker n'arrête pas de me répéter que le Seigneur donne et que le Seigneur reprend, comme si cela devait me réconforter. Je ne sais pas. Cela m'aurait été égal si le Seigneur avait pris quelque chose de moi... mes bras, mes jambes, mes yeux... Mais pas Peggy, pas ma petite Peg chérie. Il n'aurait pas dû la reprendre.

— Je pense qu'elle est heureuse, hasarda Elizabeth.

Papa la regarda vivement et lui adressa la moitié d'un sourire.

— Oui, fit-il, moi aussi je le pense.

— Laura et moi disons des prières pour elle, tous les soirs, et nous lui parlons également.

— Très bien, dit-il. Je suis content d'apprendre cela.

— Tu ne regrettes pas de l'avoir eue, hein ? demanda Elizabeth.

Il s'ensuivit un long silence. L'une des dernières bûches s'affaissa dans l'âtre et envoya un tourbillon d'étincelles dans le conduit de la cheminée.

— C'est une question très adulte, déclara papa. Je ne suis pas bien sûr de connaître la réponse.

— Parfois j'ai l'impression que maman regrette un peu de nous avoir eues.

— Ta maman ? Ta maman ne regrette pas de vous avoir eues, aucune de vous trois ! Certainement pas !

— Mais si elle ne nous avait pas eues, elle aurait pu être actrice de cinéma, non ?

Son père plaqua sa main sur sa bouche durant un moment, comme pour empêcher les mots d'en sortir jusqu'à ce qu'il soit sûr de ce qu'il allait dire. Puis il expliqua :

— Ta maman est l'une de ces personnes qui ont toujours besoin de penser que leur vie aurait pu être différente.

— Mais sa vie aurait pu être différente, non ? Elle a joué à Broadway.

— Oui, admit son père. Elle a joué à Broadway.

— Et elle aurait pu devenir une vedette de cinéma très connue ?

Elle comprit en voyant l'expression de son père qu'il était tenté de dire non. Elle fut presque tentée de le dire à sa place. Il ne pouvait pas la regarder, il ne voulait pas la regarder, de la même façon qu'il ne regardait pas maman chaque fois que maman se mettait à parler du El Morocco, de Monty Woolley et de *Cin-*

quante Millions de Français. Elizabeth comprit brusquement qu'elle savait depuis très longtemps que maman n'avait jamais eu ce qu'il faut pour être une vedette de cinéma très connue : l'allure, les gestes, la voix, le genre de visage dont les caméras tombaient amoureuses.

Mais la carrière cinématographique gâchée de maman était l'un des articles de foi de la famille Buchanan, et tous deux se rendaient compte que la mettre en doute était une hérésie.

Papa contempla son verre de whisky et déclara :

— Quoi que tu fasses plus tard, Lizzie, ne regrette jamais des choses que tu n'as pas faites. N'aie jamais la nostalgie de quoi que ce soit. Les hommes, l'argent, des choses que tu penses que tu aurais dû avoir.

Elizabeth but une autre gorgée de Coca-Cola et fit à son père un signe de la tête plein de sagesse. Maintenant elle était vraiment aux anges. C'était une conversation d'adultes, en pleine nuit !

— N'aie jamais la nostalgie de Peggy, non plus, ajouta son père. Elle est partie maintenant, et rien ne pourra la faire revenir. Ne t'inquiète pas : elle ne sera pas seule. Nous mettrons Mister Bunzum dans le cercueil pour lui tenir compagnie.

Elizabeth lui lança un regard horrifié, puis elle rota, à cause du Coca-Cola.

— Tu ne peux pas faire ça !

Son père fronça les sourcils.

— Pourquoi donc, Lizzie ? Mister Bunzum était le jouet préféré de Peggy.

— Mais il va *étouffer* ! Et il n'a jamais aimé le noir ! Tu sais très bien qu'il n'a jamais aimé le noir !

— Lizzie, ma chérie, Mister Bunzum est un lapin en peluche.

— Mais tu ne *peux* pas faire ça ! Peggy ne le voudrait pas ! Mister Bunzum est réel ! Mister Bunzum n'est même pas encore mort ! Il a eu de vraies aventures, je peux le prouver !

Son père posa son verre de whisky.

— Tu peux le *prouver*? demanda-t-il.

— Attends !

Elizabeth se précipita au premier, les jambes écartées pour que les marches de l'escalier ne craquent pas. Elle entra dans sa chambre à pas de loup afin de ne pas réveiller Laura, puis elle ouvrit le tiroir de son bureau. Elle prit trois cahiers fatigués et retourna rapidement au rez-de-chaussée. Papa était toujours assis au même endroit, mais avait repris son verre de whisky. Elle lui tendit les cahiers et dit :

— Et voilà !

Parce qu'il était fatigué, et parce qu'il ne portait pas ses lunettes, son père eut tout d'abord du mal à accommoder. Mais lorsqu'il tint le premier cahier à bout de bras, il fut à même de lire à haute voix *Mister Bunzum va à Hollywood!*

— C'est toi qui as écrit ça? demanda-t-il à Elizabeth.

— J'ai écrit toutes ces histoires.

Son père posa son verre, se lécha le bout de l'index et ouvrit le cahier. Il regarda fixement la première page pendant un long moment, et déglutit. La lueur moribonde de l'âtre fit briller les larmes qui lui venaient aux yeux.

— Chapitre un, lut-il à haute voix. « Mister Bunzum voit un film ».

Il marqua un temps, puis il continua de lire :

— Mister Bunzum était une personne qui habitait dans une grande maison blanche à Sherman, Connecticut, avec son amie Peggy et les deux sœurs de Peggy, Elizabeth et Laura. Le problème de Mister Bunzum était qu'il était un lapin, ce qui lui rendait la vie très difficile. Par exemple il était le fier propriétaire d'une superbe Packard rouge mais il ne pouvait pas la conduire parce que, chaque fois qu'il la conduisait, les policiers l'arrêtaient et disaient : « Tu enfreins la loi, Grandes-Oreilles. » Il ne pouvait pas non plus aller au restaurant parce que, chaque fois qu'il entrait dans un restaurant et disait « déjeuner? » tout le monde pensait qu'*il* était le déjeuner.

« Mais Peggy aimait tellement Mister Bunzum qu'elle l'habillait, lui donnait à manger et l'emmenait partout où il avait envie d'aller, ce dont Mister Bunzum lui était infiniment reconnaissant. Mister Bunzum pour sa part aimait Peggy, lui aussi, et tous deux étaient les meilleurs amis que l'on ait jamais connus.

« Mister Bunzum...

A ce moment, le père d'Elizabeth fut brusquement interrompu au milieu de sa lecture par un épouvantable sanglot. Il se pencha en avant dans son fauteuil comme s'il avait les douleurs d'estomac les plus horribles du monde, et il grimaça de chagrin. Il resta dans cette position, à trembler et à sangloter, et il ne s'arrêtait pas. Finalement, Elizabeth ne put rien faire d'autre que de retourner dans sa chambre sur la pointe des pieds. Elle se glissa dans les draps froids de son lit et resta allongée dans le noir, le cœur battant, se demandant si elle avait bien agi.

Elle vit la lune apparaître dans le ciel. Elle pensa à *La Reine des Neiges* et aux trois sœurs dansant près du lac. Elle sentait l'odeur des fleurs sur leurs cercueils, et c'étaient les fleurs pour l'enterrement de Peggy. Elle entendit la respiration bruyante de Laura, et l'horloge au rez-de-chaussée sonner deux heures du matin. Puis elle s'endormit, sans s'en rendre compte, et elle rêva.

Le lendemain matin, elle aperçut ses cahiers posés sur son bureau, avec Mister Bunzum étendu paresseusement dessus. A côté, il y avait un petit mot, sur le papier à lettres des Éditions Candlewood de papa. Le petit mot disait : « J'ai lu toutes les aventures de Mister Bunzum et je suis d'accord avec toi. Mister Bunzum est une personne réelle, il est toujours vivant, et on ne doit pas l'enterrer. Tu es un écrivain très doué avec une merveilleuse imagination. Un jour, des éditeurs bien plus importants que moi seront fiers de publier tes livres. Avec tout mon amour et des milliers de baisers, ton père. »

3

Quand papa ouvrit les rideaux de leur chambre, le matin des obsèques, elles virent que la neige tombait dru et très vite. Papa était déjà habillé : il avait mis son pantalon noir, son veston noir et sa chemise blanche amidonnée. Dans la lumière du jour ténue, réfléchie par la neige, elles trouvèrent qu'il avait l'air très fatigué et très vieux, comme s'il avait vieilli de cent ans en une semaine. Son visage semblait mince comme du papier, pensa Elizabeth.

Il avait égalisé sa barbe et il sentait cette eau de toilette épicée que maman lui avait offerte à Noël, mais il ressemblait plus à un vieil homme tatillon qu'à papa.

— Le petit déjeuner est prêt, leur dit-il. Faites aussi vite que possible. Les invités commenceront à arriver à dix heures un quart, en principe.

Après qu'il fut parti, Laura jaillit de son lit, dans sa longue chemise de nuit rose, et courut jusqu'à la fenêtre.

— Elle est vraiment épaisse ! s'exclama-t-elle. Nous pourrions faire un ange de neige !

— Comment ça, un ange de neige ? demanda Elizabeth.

Laura joignit ses mains comme si elle priait, et ferma les yeux.

— Tu sais, un ange de neige. Comme les anges dans le cimetière, mais avec de la neige.

Elizabeth s'extirpa de son lit et la rejoignit. La neige tourbillonnait avec une telle violence que c'était à peine si elles apercevaient le jardin.

— Oui, nous pourrions, dit-elle. Et nous pourrions le faire ressembler à Peggy.

Laura la regarda, les yeux ensommeillés, les cheveux ébouriffés.

— Tu crois que Peggy *sera* un ange ?

— Bien sûr, répondit Elizabeth, quoiqu'elle n'en fût pas tout à fait certaine. Elle n'a jamais rien fait de mal ou de vilain, n'est-ce pas ? Et elle n'avait que cinq ans. Tu sais ce que Jésus a dit. Laissez venir à moi les petits enfants.

— Et les pépètes, ajouta Laura.

— Quoi ?

— C'était dans une bande dessinée. « Laissez venir à moi les pépètes ! »

Elles mirent leurs pantoufles et leurs robes de chambre en laine pelucheuse, bleue pour Elizabeth et rose pour Laura, puis elles descendirent pour prendre leur petit déjeuner dans la cuisine. Il faisait tellement sombre que Mrs. Patrick avait allumé les lumières. Elles mangèrent des céréales Post Toasties avec du lait chaud, et des muffins aux airelles. Elles retirèrent toutes les airelles avec une délicatesse exagérée et les laissèrent au bord de leur assiette. Mais elles ne demandaient jamais des muffins sans airelles. Des muffins sans airelles n'auraient pas eu le même goût.

Ce ne fut pas un petit déjeuner paisible. Cinquante personnes étaient attendues pour le déjeuner, et Mrs. Patrick se démenait comme un beau diable, pétrissant de la pâte à petit pain, tandis qu'une soupe au poulet mijotait tranquillement dans un chaudron marron sur la cuisinière, à côté d'un jambon farci, entouré de mousseline, lequel se soulevait et s'abaissait régulièrement dans sa marmite bouillonnante, comme la tête de quelqu'un en train de bouillir.

Tout en s'activant, Mrs. Patrick écoutait la radio. C'étaient des informations concernant la Scandinavie, où les Russes avaient les plus grandes difficultés à envahir la Finlande. Leland Stowe du *Daily News* de Chicago racontait ce qu'il avait vu dans la neige. « Dans cette solitude lugubre gisent les morts... des milliers et des milliers de soldats russes. Ils gisent comme ils sont tombés... se tordant, gesticulant, torturés... sous le masque miséricordieux de cinq centimètres de neige fraîche. »

Mrs. Patrick s'aperçut brusquement que les fillettes écoutaient et elle éteignit la radio.

— Qu'est-ce que c'est ? demanda Laura d'une voix sifflante.

— C'est la guerre, répondit Elizabeth.

Elles savaient qu'il y avait une guerre en Europe mais Elizabeth avait du mal à imaginer à quoi ressemblait l'Europe. A l'école, elles avaient appris qu'il y avait des rois et des reines en Europe, et des palais. Elles avaient également appris que l'Europe était beaucoup plus petite que l'Amérique, mais bien plus peuplée. Elizabeth se représentait une salle de bal brillante, bondée de milliers de gens, avec des couronnes en or et des manteaux en hermine, qui se bousculaient et se poussaient les uns les autres. Ce n'était pas étonnant qu'ils aient des guerres !

— On ne devrait pas faire tant d'histoires avec cette guerre, déclara Mrs. Patrick en répandant de la farine sur le plan de travail. C'est *leur* querelle, les Anglais et les Français et les Allemands, et cela ne nous concerne pas, absolument pas. Si monsieur Roosevelt a un peu de bon sens, il nous tiendra à l'écart de tout ça. Mais un politicien qui a du bon sens, je n'en connais pas ! Ce Père Coughlin, il a une araignée au plafond, pas d'erreur !

Papa entra dans la cuisine. Les verres de ses lunettes se couvrirent de buée presque tout de suite, et il fut obligé de les retirer.

— Allons, les filles, dépêchez-vous. Nous n'avons pas toute la journée devant nous.

— Où est maman ? demanda Laura. Je ne lui ai pas encore dit bonjour.

— Maman va très bien, tu la verras dans un instant. Finissez votre petit déjeuner et allez vous habiller.

Tandis qu'elles retournaient dans leur chambre, elles sentirent une atmosphère glacée et tendue dans la maison. La neige tombait encore plus dru, mais il y avait très peu de vent, et les feux dans les diverses cheminées avaient mis longtemps à prendre. Toute la maison était envahie par une fumée de bois âcre, qui les fit tousser, et étant âgées de neuf et sept ans, elles s'en donnèrent à cœur joie. Elles se roulèrent sur leurs lits et se mirent à tousser, à cracher, à expectorer et à haleter comme des malades tuberculeux en phase terminale, jusqu'à ce papa vienne dans leur chambre pour leur dire d'arrêter *ça* et de se préparer.

— Mais il y a tellement de fumée !

Papa s'apprêtait à dire quelque chose d'un ton irrité, il détestait allumer tous ces satanés feux de toute façon, mais il se retint. Au lieu de cela, il se cacha les yeux de la main, d'une façon très étrange, puis il ôta sa main et dit :

— Écoutez... cela va être une journée pénible. Cela va être une journée pénible pour maman et cela va être une journée pénible pour moi. Je sais que vous étiez très proches de Peggy, et que vous pouvez toujours lui parler. Mais lorsque vous êtes une grande personne, comme maman et moi, vous ne pouvez plus faire cela, ne me demandez pas pourquoi. C'est pourquoi, pour nous, Peggy est partie, complètement partie. Nous l'avons perdue.

Les fillettes étaient allongées sur leurs lits, en sous-vêtements, et le regardaient d'un air grave. Il s'humecta les lèvres rapidement (sa bouche était devenue sèche) puis il ajouta :

— Aujourd'hui, maman et moi devons porter en terre notre plus jeune fille. Ce ne sera pas facile pour nous, et j'espère que vous comprendrez ce que nous éprouvons. Alors essayez d'être patientes et serviables.

— Laissez venir à moi les petits enfants, dit Laura.

— Oui, murmura papa, et ses yeux brillèrent.

— Et laissez venir à moi les pépètes.

— Quoi ? s'exclama papa.

— Rien, rien, intervint Elizabeth. Nous serons serviables, c'est promis.

Elizabeth brossa les cheveux de Laura, une opération qui donnait toujours lieu à une kyrielle monotone de « aïe », « aïe », « AIE », « *aïe* ». Puis elles mirent leurs vêtements de deuil, se tinrent côte à côte et se regardèrent dans le miroir. Elizabeth trouva qu'elles avaient l'air d'être mortes, elles aussi. Leurs visages étaient cireux, leurs yeux immenses, et la lumière vive de la neige les entourait d'une auréole floue, presque spectrale.

A ce moment, elles entrevirent un mouvement vague dans le miroir, qui les fit sursauter. Elles se retournèrent et aperçurent maman à l'entrée de leur chambre. Maman portait un tailleur ample et austère, en soie moirée, et était coiffée d'un petit chapeau noir relevé, avec un épais voile noir qui dissimulait complètement son visage.

Durant une fraction de seconde, elles eurent très peur. Maman était tellement noire, tellement silencieuse, tellement sans visage.

— Maman ? dit Laura d'une voix effrayée.

Maman bougea, et lorsqu'elle bougea, elle était juste maman. Elle s'avança dans la chambre et posa une main gantée de noir sur chacune des fillettes. Elle sentait les cigarettes, le parfum et autre chose, une odeur aromatique. Elles étaient trop jeunes pour savoir que c'était du gin.

— N'aie pas peur, Laura chérie. Je vais très bien. Vous êtes *ravissantes*, toutes les deux. Vous êtes prêtes à venir en bas ? Papy et mamie sont arrivés il y a un instant, ainsi que tante Beverley.

— Je ne me suis pas encore brossé les dents, dit Laura.

— Tu es vêtue de noir et tu ne t'es pas brossé les dents ? Tu vas mettre de la poudre dentifrice partout sur ton col.

— Il faut que je me brosse les dents. On peut mourir de caries dentaires !

Maman ne discuta pas. Elizabeth ne voyait pas son visage, parce que son voile était trop sombre, mais elle devina à quoi elle pensait. Après le départ de maman, tandis que Laura se brossait soigneusement les dents avec sa brosse à dents Donald Duck, Elizabeth entra dans la salle de bains et lui lança d'une voix sifflante :

— Ne parle plus jamais de mort. Cela fait de la peine à maman. C'est suffisamment moche comme ça que Peggy se soit noyée.

— Mais on nous l'a dit à l'école. Et tu peux mourir si tu ne te laves pas les mains après être allée aux toilettes.

— Oh, certainement ! Et tu peux mourir si quelqu'un fait tomber une vache sur ta tête !

Elles rejoignirent maman au rez-de-chaussée. La porte d'entrée était grande ouverte et quelques flocons de neige espiègles franchissaient le seuil et dansaient sur le tapis quaker orange et jaune. Un courant d'air glacé s'engouffra dans le vestibule ; il agita les franges des abat-jour et éparpilla sur le sol les cartes de condoléances au liseré noir, mais au moins il dissipa la fumée de bois et aviva les feux maussades de papa.

Tante Beverley ôtait son manteau de vison marron et satiné, et parlait sans discontinuer, comme à son habitude. Tante Beverley était une femme très grande et aux allures masculines, approchant de la quarantaine, avec un cou dangereusement long et une grosse tête anguleuse, exsangue. Maman disait toujours que tante Beverley se croyait bien plus belle qu'elle ne l'était en réalité. Elle avait certainement passé des heures douloureuses à s'épiler les sourcils pour en faire des arcs parfaits géométriquement, et à épingler ses cheveux pour leur donner une ondulation noire et lustrée.

Mais ses oreilles étaient trop grandes, aux lobes prononcés, son nez trop compliqué, et sa robe de deuil avait beau être une création de Pauline Trigere, elle pendait sur son corps (de l'avis d'Elizabeth) comme le voile noir d'un photographe sur un appareil photographique à trépied.

— Les routes étaient tellement effroyables que nous avons failli faire demi-tour à Cannondale ! Tu ne peux pas savoir, Margaret, c'était la retraite de Russie, la Berezina ! Humphrey était catégorique, il ne voulait pas mourir dans le Connecticut ! Il disait que ses grands-parents étaient morts dans leur lit à Braggadocio, Missouri, et que ses parents étaient morts dans leur lit à Braggadocio, Missouri, et qu'il n'avait absolument pas l'intention de mourir de froid en plein hiver dans une automobile de location, tout ça pour arriver dans une maison yankee collet monté du Connecticut ! Oh, mais regardez qui est là ! Ma petite Lizzie chérie, ma petite Laura chérie !

Tante Beverley se pencha et les embrassa. Ses lèvres écarlates étaient poisseuses. Elle empestait les cigarettes et la crème de toilette pour les taches de rousseur. Elle portait quatre rangées de perles noir de jais étincelantes, et une broche rubis et émeraude en forme de pommier. Maman connaissait tante Beverley depuis toujours... depuis *Cinquante Millions de Français*, lorsque tante Beverley était costumière. Elizabeth savait qu'il y avait quelque chose de différent chez tante Beverley. Elle ne ressemblait pas du tout à maman, ni à aucune des femmes qui vivaient à Sherman. Elle était autoritaire, affreusement cancanière, et buvait du whisky. Même les hommes semblaient avoir peur d'elle. Elle n'était pas leur *vraie* tante, bien sûr, mais elle aimait que les fillettes l'appellent « tante ». Elle ne s'était jamais mariée : elle était toujours « Mademoiselle Lowenstein », même si elle semblait ne jamais manquer de chevaliers servants. Humphrey était le dernier en date : un homme aux yeux globuleux, la quarantaine, avec des cheveux clairsemés et une petite moustache soigneusement taillée.

— Je suis vraiment désolé pour vous, dit-il à maman, puis il ajouta : Votre maison est splendide.

— Je vous remercie, répondit maman.

Papa s'approcha et dit :

— Je suis content que vous ayez pu venir.

— Une maison splendide, répéta Humphrey.

— 1761, déclara papa.

— Tant que ça ? Je croyais que les prix avaient baissé dans le Connecticut.

— Pardon ? fit papa.

Dehors, dans la neige, d'autres voitures arrivaient silencieusement, au milieu de panaches de gaz d'échappement. De grosses Buick 8 noires, des Chrysler Imperial et des berlines Packard, pare-chocs contre pare-chocs. Il y eut des claquements de portières, puis les invités commencèrent à se diriger vers la maison. Elizabeth et Laura furent obligées de rester dans le vestibule pour les accueillir, tandis que Seamus, le fils de Mrs. Patrick, prenait leurs manteaux et les suspendait. Seamus, âgé de dix-sept ans, avait des cheveux roux et un visage semblable à l'un des cakes que préparait sa mère. Maman disait que Seamus avait eu la méningite à l'âge de six ans, et depuis il était fantasque et bizarre, mais Mrs. Patrick affirmait qu'il avait été enlevé par des leprechauns[1] pendant un mois ou deux, rien de plus, et que, lorsque les leprechauns l'avaient ramené, il avait vu des choses et dansé des danses qu'aucun être humain n'avait jamais vues ni dansées avant lui, et c'était pour cette raison qu'il était comme ça.

Elizabeth l'aimait bien, mais elle avait toujours un peu peur de lui. Il disait des choses comme « Parapluie brillant, monsieur », maintes et maintes fois. Ou bien « En avant pour les clôtures, voilà ce que je dis, en avant pour les clôtures ».

Laura l'adorait et trouvait qu'il parlait de façon aussi sensée que n'importe qui. Seamus prenait les manteaux sur son bras et chantonnait *Gathering in the Sheaves.*

A onze heures un quart, papa dit à Elizabeth de fermer la porte, à cause du courant d'air. La salle de

1. Farfadet, lutin de la mythologie irlandaise. *(N.d.T.)*

séjour était bondée, les feux pétillaient, et Seamus allait et venait, présentant des plateaux de sherry et de petits gâteaux au fromage.

Alors qu'elle s'apprêtait à fermer la porte, Elizabeth vit une énorme Cadillac grise remonter l'allée. Elle se gara un peu à l'écart des autres voitures, et pendant deux ou trois minutes personne n'en descendit.

— Lizzie ! appela son père. Ferme cette porte, pour l'amour du ciel !

— Quelqu'un vient d'arriver, dit Elizabeth.

Son père la rejoignit et jeta un coup d'œil par l'entrebâillement de la porte. La neige tombait avec une telle violence qu'il était presque impossible de distinguer quoi que ce soit. La plupart des automobiles récemment arrivées étaient déjà recouvertes d'un manteau de neige, et les deux lanternes au bout de l'allée arboraient un casque arrondi tout blanc.

A ce moment, Elizabeth et son père virent la portière de la Cadillac grise s'ouvrir. Il y eut un temps d'arrêt, puis un homme trapu et large d'épaules, coiffé d'un chapeau à large bord, en descendit, claqua la portière et commença à marcher péniblement vers la maison.

— Ça alors, que je sois damné, dit son père. (Il ne disait jamais, mais jamais, « que je sois damné », du moins pas en présence d'Elizabeth.) C'est Johnson Ward.

— Qui est Johnson Ward ? demanda Elizabeth.

Son père posa une main sur son épaule.

— Un écrivain, ma chérie. Tu l'as déjà vu, mais tu ne t'en souviens probablement pas. C'est l'un des plus grands écrivains de ce siècle, selon mon avis. Il a écrit un livre très connu, *Fruit amer*.

Elizabeth ne sut pas quoi dire. Elle avait rencontré quelques écrivains... un jeune homme nerveux, Ashley Tibbett, un fumeur invétéré qui avait écrit plusieurs essais sur la vie rurale dans les collines de Litchfield... des livres tellement minces qu'on avait l'impression qu'il n'y avait pas de pages entre leurs couvertures. Et Mary Kenneth Randall, une femme au visage sévère et à la voix rauque, avec des chevilles épaisses, d'épais vêtements gris et des cheveux semblables à de la paille de fer, qui avait écrit deux énormes romans sur l'objectivisme, quoi que ce fût.

Mais, autant qu'Elizabeth eût pu en juger, les écrivains ne s'intéressaient pas beaucoup aux enfants. Les écrivains parlaient uniquement d'eux-mêmes, et ils semblaient considérer que les enfants étaient de dangereux rivaux. Ashley Tibbett n'avait même pas été capable de les *regarder*, et Mary Kenneth Randall leur avait donné des bonbons pour la toux au goût particulièrement infect, et leur avait tapoté la tête si fort que son alliance avait résonné sur leurs crânes.

Johnson Ward atteignit le porche. Il était grand, souriait, et ses yeux pétillaient de malice. Il tapa des pieds pour faire tomber la neige de ses chaussures et frappa ses gants en cuir l'un contre l'autre.

— Johnson, dit papa.

Il paraissait tout petit en comparaison, comme s'il avait rétréci au lavage. Johnson Ward ôta son gant et serra avec force la main de papa, puis il lui donna une tape dans le dos.

— Bonjour, David. J'espère que tu n'as rien contre ma venue. Michael Farkas m'a appris ce qui était arrivé. Je suis vraiment désolé. Votre petite Peggy était un rêve devenu réalité.

— Oui, exactement, dit papa. Oui. Elle va nous manquer.

— Et ce doit être Lizzie, fit Johnson Ward.

Il ôta son chapeau, et lorsqu'il ôta son chapeau, Elizabeth vit qu'il n'était pas si vieux que ça. Ses cheveux étaient de la couleur châtain clair brillante d'un gâteau aux amandes, et soigneusement coiffés avec une raie. Il avait une moustache de la même couleur. Son visage était large, ouvert et bienveillant, avec un sourire facile et une façon tout à fait séduisante de plisser les yeux. Il lui rappela Clark Gable, jusqu'à un certain point, excepté qu'il était plus grand et plus corpulent, et qu'il n'avait pas les oreilles décollées, « on dirait les portes grandes ouvertes du placard de la cuisine », comme disait toujours Laura.

— Comment allez-vous, monsieur? dit Elizabeth dans un chuchotement.

Johnson Ward se mit à croupetons et les pans de son pardessus traînèrent dans la neige. Il était très *propre*. Rasé de très près, un col de chemise blanc amidonné, une moustache bien taillée, et il sentait les cigares et les épices.

— Tu ne dois pas m'appeler « monsieur », lui dit-il en lui prenant les mains. Nous sommes amis, toi et moi, même si tu ne le sais pas. La dernière fois que je t'ai vue, c'était pour la naissance de ta petite sœur, et tu avais quatre ans. Tu sais ce que nous avons fait?

— Non, monsieur, répondit Elizabeth.

— Eh bien, je vais te dire ce que nous avons fait. Nous avons passé tout l'après-midi dans le jardin à crever des ballons, voilà ce que nous avons fait! On sautait dessus. On s'asseyait dessus. On les perçait avec des épingles. On les a même mordus, tu te rends compte? Voilà ce que j'appelle un acte de courage, mordre un ballon! Mais il y a une chose que je n'oublierai jamais, et c'est que tu étais une grande dame. Même à quatre ans, tu étais une grande dame, et je vois aujourd'hui que tu es toujours une grande dame, et que tu seras une grande dame toute ta vie!

Elizabeth ne savait pas quoi dire. Elle se souvenait qu'elle avait fait éclater des ballons, mais elle ne se souvenait pas de Johnson Ward. Néanmoins, Johnson Ward serrait ses mains avec chaleur et fermeté, et elle décida qu'elle l'aimait bien. Le père d'Elizabeth intervint, d'un ton plutôt sec :

— Dis merci à monsieur Ward, Lizzie.

— Merci, monsieur Ward, chuchota Elizabeth.

— Non, non, merci, *Bronco*, fit Johnson Ward.

Elizabeth hésita. Comment un écrivain, un adulte, avec une Cadillac et une moustache, pouvait-il s'appeler « Bronco »? C'était un nom de cow-boy, un nom que les petits garçons se donnaient, lorsqu'ils jouaient dans la cour d'école.

— Allez, dis-le, insista Johnson Ward.

Elizabeth déglutit. Le courant d'air froid lui avait desséché la gorge.

— Merci, Bronco, lui dit-elle.

Papa referma la porte et Johnson Ward ôta son gros pardessus.

— Je suis sûr que ta petite sœur te manque beaucoup.

Elizabeth acquiesça de la tête. La plupart du temps, cela ne lui était pas trop difficile de penser que Peggy était morte. Mais par moments, sans raison particulière, ses yeux se remplissaient de larmes, sa gorge se serrait, et sa voix donnait l'impression qu'un chardon était coincé dans son larynx... lorsqu'elle pouvait parler. Dans ces moments-là, elle était gagnée par un soupçon glacé et blasphématoire : Peggy n'était pas du tout au ciel, elle n'était pas assise sur un petit nuage baigné de soleil, avec des ailes blanches et une chemise de nuit blanche et une auréole dorée autour de la tête. Dans ces moments-là, elle soupçonnait que Peggy les avait quittés pour toujours, qu'elle gisait dans son cercueil, froide comme la glace, et que c'était tout.

Dans ces moments-là, elle pensait également au livre d'Andersen, dissimulé sous la remise.

Tandis qu'ils traversaient le vestibule pour aller dans la salle de séjour bondée, Johnson Ward posa sa main sur l'épaule d'Elizabeth en un geste rassurant.

— Lorsque mon jeune frère Billy est mort, j'ai été tellement affligé que je ne pouvais pas manger et je ne pouvais pas écrire et je ne pouvais même pas penser. Tu sais quel effet ça fait, quand tu ne peux même pas *penser*? Ta tête ne vaut guère mieux qu'une marmite vide. Tu as beau te taper sur le crâne de toutes tes forces, il n'y a rien à l'intérieur, seulement des échos. Ces moments ont été affreux pour moi.

Il fit halte et la regarda.

— Mais tu sais ce qui est arrivé? Je suis allé à La Havane, principalement pour me soûler. Je jouais au casino, je fumais de gros cigares de la taille de poteaux télégraphiques, et je me soûlais. Un jour, j'étais assis sur la Plaza de Armas, avec une bouche qui me donnait l'impression d'être le coussin favori d'un chat, et un mal de tête qui ressemblait à un chapeau melon en fer trop petit d'une demi-taille, lorsqu'un jeune Cubain s'est approché et est resté là à me regarder fixement. Il portait une chemise blanche, un pantalon kaki et des sandales. Il était debout, là, et me fixait, et j'étais assis et je soutenais son regard. Et tu sais ce qu'il a dit ? Il a dit : "Bronco, tu ne me reconnais pas ?"

« Ma foi, je l'ai regardé plus attentivement, et il y avait peut-être quelque chose de familier à propos de ses yeux, mais c'était tout. Alors il a dit : "C'est moi, Billy, ton frère."

« Tu penses bien que j'ai eu des frissons partout, comme si quelqu'un avait vidé un seau d'eau glacée sur le dos de ma chemise. J'ai dit : "C'est impossible. Billy est mort." Mais il s'est avancé un peu plus et il m'a regardé exactement comme je te regarde maintenant, et il a dit : "C'est moi, Billy. Je voulais juste te dire que tout va bien."

« "Comment ? ai-je dit. Tu t'es changé en Cubain et tout va bien ?"

« "Ça ne pourrait pas aller mieux", a-t-il répondu. Sur ce, il a fait demi-tour et il a traversé la plaza, et c'est la dernière fois que je l'ai vu.

— Est-ce que c'était un *fantôme* ? demanda Elizabeth d'une voix craintive.

— Hon-hon. Je ne pense pas. Je pense que c'était simplement Billy.

Elizabeth voulut demander à Johnson Ward si c'était possible de trouver Peggy, également, au milieu de la foule sur la Plaza de Armas, ou n'importe où ailleurs, à vrai dire. Mais avant qu'elle puisse le faire, la maman d'Elizabeth traversa la pièce, voilée de noir. Elle titubait légèrement.

— Johnson ! s'exclama-t-elle, et elle l'étreignit.

— Bonjour, Margaret. Je suis vraiment désolé pour Peggy. Très triste. Je te prie d'accepter mes condoléances, et celles de Vita.

Maman tourna la tête d'un côté et de l'autre.

— Tu n'as pas amené Vita ?

— Vita est souffrante. Rien de grave, mais le voyage aurait été trop fatigant pour elle.

— Oh, je suis désolée, dit maman d'un ton qui laissait entendre qu'elle n'était pas du tout désolée. Et comment va *l'écriture* ?

Elle pianota l'air avec deux doigts gantés de noir, mimant quelqu'un qui essaie de trouver son chemin sur le clavier d'une machine à écrire.

— Pas très vite, répondit Johnson Ward. Tu me connais. Trois mots par jour lorsque j'ai de la chance.

— Cela m'étonne que tu trouves encore quelque chose à écrire, après *Fruit amer*.

— Hum, il y avait un peu de tout dans *Fruit amer*, non ? sourit Johnson Ward.

La maman d'Elizabeth oscilla, comme si elle s'efforçait de garder son équilibre sur le pont d'un navire.

— Tu sais quel est le problème avec vous autres, les écrivains ? lança-t-elle.

— Je suis sûre que tu vas me le dire, Margaret, que je le sache ou non.

— Le problème avec vous autres, les écrivains, c'est que vous pensez que vous êtes plus réels que *nous*.

— Vraiment ?

— Tout à fait ! Et c'est justement ce qui vous trompe ! Je suis réelle et tous ces gens sont réels et David est réel et Elizabeth et Laura sont réelles. La seule personne imaginaire... *imaginaire*... dans cette pièce, c'est *toi*. Tu n'es pas réel ! Tu n'es absolument réel ! Mais tu ne veux pas l'admettre.

Johnson Ward saisit le coude ganté de noir de maman, en partie comme un geste de sympathie, et en partie pour la soutenir.

— Et si je me mêlais à eux ? dit-il. Peut-être qu'un peu de la réalité de ces braves gens va déteindre sur moi !

Johnson Ward s'éloigna, laissant maman en grande contemplation du mur, comme si elle le voyait pour la première fois. Il fit le tour de la pièce, serrant les mains de certaines des personnes qu'il connaissait, et souriant à certaines des personnes qu'il ne connaissait pas. Il donna une poignée de main au révérend Earwaker et lui chuchota quelque chose à l'oreille, et ce dernier hocha la tête plusieurs fois. Elizabeth trouvait que Johnson Ward était merveilleux et elle ne parvenait pas à détacher ses yeux de lui. Maman avait été affreusement grossière avec lui ; pourtant cela n'avait pas paru le déranger. Et il n'avait pas seulement dit qu'elle était une grande dame, il l'avait également traitée en tant que telle.

De l'autre côté de la pièce, Laura bavardait avec tante Beverley et lui disait qu'elle voulait toujours être une star de cinéma, encore plus célèbre que Shirley Temple. Et tante Beverley répondait :

— Mais bien sûr, mon petit lapin en sucre ! Tu es deux fois plus jolie que Shirley Temple ! Si ta maman est d'accord, je t'emmènerai voir Sol Warberg, c'est un producteur très connu !

A onze heures et une minute, la sonnette retentit. Tout le monde savait qui c'était, et les conversations à voix basse cessèrent. Les gens échangèrent des regards gênés. Le père d'Elizabeth alla ouvrir à grandes enjambées, comme un homme qui désire en finir avec quelque chose, le plus tôt possible.

Aussi noirs que deux corneilles à moitié mortes de faim, Mr. Ede l'entrepreneur de pompes funèbres et son assistant Benny, immense et d'une insigne maigreur, se tenaient côte à côte sur le perron recouvert de neige. Tous deux ôtèrent leurs chapeaux noirs, et les cheveux de Mr. Ede, qui avaient été soigneusement ramenés sur son crâne étroit afin de cacher sa calvitie, se soulevèrent et voletèrent au gré du vent.

— Est-ce que tous vos invités sont arrivés, monsieur ? demanda-t-il, tendant le cou et scrutant le vestibule.

Elizabeth avait entendu papa lui parler au téléphone, concernant un « cercueil approprié » et des « gerbes et couronnes ».

Papa se retourna pour regarder leurs amis et leurs proches réunis, et il y avait sur son visage une expression qui était proche de la panique. Même Elizabeth avait compris ce que l'entrepreneur de pompes funèbres voulait dire vraiment. *Est-ce que vous êtes prêt, monsieur ? Le moment est venu d'enterrer votre fille.*

Par la porte ouverte, au-delà du jardin blanc et spectral, Elizabeth aperçut l'énorme fourgon mortuaire noir. Les vitres étaient tellement remplies de fleurs qu'elle distinguait seulement une poignée en argent brillante du cercueil de Peggy.

Elle répéta la petite prière de *La Reine des Neiges. « Les roses poussent dans les vallées... où l'Enfant Jésus vient se promener. »*

Lorsqu'ils revinrent de l'enterrement, les invités étaient silencieux et blêmes de froid. Il y avait eu des sanglots pénibles quand le petit cercueil blanc aux poignées d'argent de Peggy avait été descendu dans la fosse, et maman avait jeté cinq roses blanches sur le cercueil, une pour chaque année bénie de la vie de Peggy. Un vent vif du nord-nord-est avait soufflé sur la pente nord exposée du cimetière, et la neige avait volé dans leurs yeux comme des éclats de verre.

Dès que Mrs. Patrick ouvrit la porte, maman passa rapidement près d'elle et s'enfuit au premier, telle une ombre noire affligée. Les fillettes l'entendirent fermer à clé la porte de sa chambre. Mal à l'aise, les invités se dirigèrent vers la salle de séjour. La porte à deux battants de la salle à manger était ouverte à présent, et la table préparée — soupe au poulet, jambon pané, rosbif saignant et boulettes de viande épicées, ainsi qu'une dinde dorée et un saumon entier, poché, avec des olives farcies à l'emplacement des yeux. Pour les fillettes, il ressemblait à un saumon de dessin animé, comme s'il allait brusquement leur parler.

Dans un énorme bol en argent prêté par le Sherman Country Club, Mrs. Patrick avait préparé un punch chaud au brandy avec plein de sucre, du jus de citron, des clous de girofle et du sauternes, que Seamus servait avec une louche à chaque invité « pour vous faire fondre ». Le punch était très fort, et avant longtemps les joues de tout le monde devinrent chaudes et empourprées, et les conversations se firent plus bruyantes et moins inhibées. Certains commencèrent même à rire.

On parla beaucoup de la guerre en Europe. Le rationnement du beurre et de la viande venait d'être annoncé en Angleterre. La plupart des hommes pensaient que les États-Unis ne devaient pas intervenir. « Ce qui se passe en Europe est l'affaire de l'Europe. Et... qui sait... Adolf Hitler est peut-être le fortifiant dont l'Europe a besoin. »

Johnson Ward, la bouche pleine de salade de pommes de terre, déclara :

— Et que faites-vous de la liberté ? C'est de cela qu'il s'agit. La liberté d'expression, la liberté de pensée. Ces nazis sont contre la liberté, et s'ils sont contre la liberté, alors je suis contre *eux*.

— La liberté d'expression, vraiment ! dit Mrs. Gosling de l'Association des Femmes de Sherman. J'ai entendu parler de votre livre, monsieur Ward, et d'après ce que j'ai entendu dire de votre livre, les seules libertés qui *vous* intéressent, ce sont celles de boire, de danser, de conduire trop vite et de pratiquer l'adultère.

Johnson Ward haussa les épaules.

— Je désapprouve tout autant le bridge, le pain d'épice fait à la maison et la broderie, répliqua-t-il. Mais, croyez-moi, je les défendrai jusqu'à la dernière goutte de mon sang.

Lorsque tous les invités eurent été servis, Mrs. Patrick demanda à Elizabeth et à Laura d'apporter leurs assiettes, et elle leur donna des tranches de dinde et de la purée de pommes de terre avec du jus de viande et de la sauce à la canneberge. Elle leur dit d'aller à la cuisine si elles avaient soif, pour prendre du lait ou de la limonade, mais Laura fit les yeux doux à Seamus, lequel l'avait toujours adorée, et le cajola jusqu'à ce qu'il leur serve à chacune un demi-verre de punch.

Elles s'assirent sur la banquette garnie de coussins de la fenêtre donnant sur le court de tennis et balancèrent leurs jambes. Elizabeth trouva que la dinde était délicieuse, mais qu'elle n'avait pas le même goût qu'à Thanksgiving, et bientôt elle se sentit gonflée et rassasiée, et elle commença à s'ennuyer. Laura se sentait aussi mal. Elle se plaignit à Mrs. Patrick qu'il y avait des trous dans sa dinde, et même lorsque Mrs. Patrick lui dit que c'étaient des trous causés par la fourchette à découper, tout simplement, elle fut néanmoins obligée de découper la viande autour des trous et de plonger les morceaux troués dans le jus, afin de les dissimuler.

Après toutes ces grâces à Seamus, Laura et elle trouvèrent que le punch était écœurant. Il avait un goût encore plus immonde que les bonbons pour la toux de Mary Kenneth Randall. Elles se mirent à faire des bruits exagérés, comme si elles allaient vomir, jusqu'à ce que Mrs. Patrick leur dise d'arrêter ça. Ensuite... alors que personne ne regardait... elles vidèrent leurs verres dans le bol de punch.

Elles flânèrent dans la salle de séjour un moment, mais l'air devenait presque irrespirable en raison de la fumée de cigarette, et les conversations étaient encore plus ennuyeuses que dans la salle à manger. Tante Beverley s'extasiait sur les robes absolument somptueuses dans *Autant en emporte le vent*, tandis que le révérend Earwaker tirait sur sa pipe non allumée et grommelait contre « cet homme à la Maison Blanche » et son influence pernicieuse sur la moralité en Amérique (« comme *je* vois les choses, armer l'Amérique contre l'Allemagne, c'est faire cause commune avec les sionistes, et depuis quand les *Anglais* sont-ils nos amis, j'aimerais bien qu'on me le dise ! »). Duncan

Purves, le propriétaire du garage de Sherman, supputait les chances des Redskins de remporter le match de barrage NFL cette année. Humphrey, assis à côté de lui, endurait visiblement les affres de l'ennui et allumait cigarette sur cigarette.

Finalement, Elizabeth et Laura allèrent dans la bibliothèque, où papy parlait avec papa. Papy ressemblait exactement à papa, excepté qu'il était plutôt jaunâtre, comme si quelqu'un avait découpé la photo de papa dans le journal et l'avait laissée trop longtemps sur le rebord de la fenêtre.

— Comment allez-vous, mes belles demoiselles ? demanda papy, prenant Laura dans ses bras, et la faisant sauter sur ses genoux osseux. Vous devez être très tristes aujourd'hui, j'en suis sûr.

Elizabeth était contente d'être trop grande pour s'asseoir désormais sur les genoux de papy. Il empestait l'alcool camphré avec lequel il frictionnait sa peau rugueuse et craquelée, le tabac et la mort. Les fillettes étaient certaines de savoir quelle était l'odeur de la mort. Il leur suffisait de penser à papy.

— Je vais vous dire une chose, déclara papy. Chaque fois qu'un enfant meurt et va au paradis, une nouvelle étoile apparaît dans le ciel. Sortez par une nuit claire et regardez par vous-mêmes. Vous verrez notre petite Peg chérie, scintillant dans le ciel avec un éclat incomparable.

— Bronco a dit que je la rencontrerais peut-être à La Havane, dit Elizabeth.

Papy regarda papa en fronçant les sourcils.

— Qu'est-ce que cette enfant raconte ? La Havane ?

Papa lui adressa un petit sourire gêné.

— Bronco... c'est Johnson Ward, l'écrivain. Tu te souviens de *Fruit amer* ?

— Un livre sacrément dégoûtant, autant que je m'en souviens, fit papy.

— Allez, les filles, filez maintenant, leur dit papa. Papy et moi devons discuter de certaines choses.

Et ce fut ainsi qu'elles mirent leurs manteaux, leurs

bonnets de laine, leurs gants, leurs chaussettes supplémentaires et leurs caoutchoucs épais qui couinaient, puis elles sortirent par la porte de la cuisine, pour se diriger vers la neige. Apostrophe, le chat, leur lança un regard de colère contenue comme le courant d'air glacé ébouriffait ses poils.

Laura portait un sac Macy's, l'un des sacs en papier dans lesquels elles avaient apporté à la maison leurs vêtements de deuil, passé en bandoulière autour de son cou comme un sac à dos. Elles marchèrent d'un pas décidé vers le court de tennis en chantant la chanson de Winnie l'ourson qui a froid aux pieds. Le vent était soudainement tombé, et il avait cessé de neiger, mais le ciel était aussi gris qu'une pierre tombale de granit. Le silence était impressionnant. Elizabeth avait l'impression que, si elle criait à pleine gorge, on l'entendrait à Quaker Hill.

Elles arrivèrent au milieu du court de tennis. Elizabeth jeta un regard à la ronde.

— Ici ça ira, décida-t-elle.

Elles commencèrent à entasser la neige avec leurs mains gantées. Puis Laura trouva l'ardoise de leur chambre que papa avait réquisitionnée l'été dernier pour inscrire ses points au tennis, et elle l'utilisa comme pelle de fortune.

— Il doit être exactement de la même taille que Peggy, dit Elizabeth, et il doit lui ressembler. Autrement, Dieu ne saura pas que c'est elle, hein ?

— Dieu est censé tout savoir, répliqua Laura.

Ses joues étaient rouge feu, et il y avait une petite goutte brillante au bout de son nez.

— Oui, bien sûr, mais Il est certainement très occupé. Il a tellement de choses à faire, tu sais, le mauvais temps, les Russes.

Il leur fallut presque une demi-heure pour créer l'ange de neige. Elizabeth savait qu'il était de la taille exacte, parce qu'il lui arrivait à la hauteur du deuxième bouton de son manteau, comme Peggy. Laura farfouilla dans le sac Macy's et en tira le béret marron de

Peggy, le kilt rouge vif de Peggy et le manteau du dimanche en tweed marron de Peggy, qu'elle avait pris dans le placard de Peggy. Elles habillèrent l'ange de neige puis elles firent un pas en arrière pour l'admirer.

— Son visage est trop blanc, déclara Laura. Et il n'a pas de cheveux.

— Les statues ont toujours un visage blanc, lui dit Elizabeth. Toutes les statues dans le cimetière ont un visage blanc.

— Il serait plus joli avec un visage rose et des cheveux, s'obstina Laura.

— Bon... allons voir dans la remise.

Elles traversèrent le jardin et ouvrirent avec difficulté la porte de la remise effrayante et infestée d'araignées. Elles entrèrent précautionneusement. Il faisait si sombre qu'elles ne voyaient pratiquement rien, à part le plus ténu des reflets de la neige brillant à travers les toiles d'araignée. Elles cherchèrent à tâtons en poussant des petits rires nerveux. Dans un coin, Laura trouva un vieux sac en toile qui avait servi à recouvrir les racines d'un plant de cerisier. Elles trouvèrent également un chiffon de coton, mou et huileux, que le jardinier avait utilisé pour nettoyer la tondeuse à gazon.

— C'est parfait, c'est parfait, dit Elizabeth d'une voix sifflante.

— *Ahhh!* s'écria Laura, la main couverte de toiles d'araignée.

Tout en chantant « comme j'ai froid aux pieds, tralala » avec des voix de fausset, elles rebroussèrent chemin vers le court de tennis. Elizabeth ôta le béret de l'ange de neige et posa soigneusement le sac en toile sur sa tête. Puis Laura disposa dessus le chiffon pelucheux, et Elizabeth remit le béret en place. *Maintenant* leur ange de neige semblait plus réaliste.

— Et les yeux ? s'inquiéta Laura.

— On pourrait lui coudre des boutons.

— Il fait trop froid pour coudre. Et si on mettait des pierres ?

— J'ai une meilleure idée, dit Elizabeth. On pourrait faire chauffer le tisonnier dans la cuisinière, jusqu'à ce qu'il soit porté au rouge, et brûler deux trous dans la toile pour faire des yeux.

— Oh oui ! s'écria Laura, tout excitée. Un tisonnier porté au rouge ! Un tisonnier porté au rouge !

Elles retournèrent dans la cuisine, au profond mécontentement d'Apostrophe le chat. Laura fit le guet pendant que Elizabeth faisait chauffer le tisonnier. Puis elles ressortirent en courant, vers la neige, vers le court de tennis, et Elizabeth enfonça le tisonnier dans le visage en toile de l'ange de neige. Dans un fort grésillement et une odeur âcre de brûlé, deux yeux entourés de noir apparurent.

— Une bouche, une bouche ! dit Laura en faisant des bonds. Vite ! Fais-lui une bouche !

Lorsqu'elles eurent terminé, elles se tinrent là à admirer leur ange de neige, puis Elizabeth dit :

— Nous devrions prier.

Elles s'agenouillèrent dans la neige bien qu'elle soit humide et atrocement froide, et Elizabeth ferma les yeux et dit :

— Cher Seigneur, ceci est notre mémorial pour notre sœur chérie que nous aimions. Je vous en prie, regardez-le, bénissez-le, et faites que Peggy devienne un ange.

— Ainsi soit-il, dit Laura, et elle renifla.

Tandis que les fillettes retiraient leurs bottes en s'aidant mutuellement et suspendaient leurs bonnets et leurs manteaux couverts de neige, les invités commencèrent à s'en aller. Papa et maman furent embrassés et étreints maintes et maintes fois, et il y eut des visages affligés, des larmes, des tapes dans le dos et d'étranges glapissements de chagrin, dont la plupart étaient peut-être dus au punch de Mrs. Patrick. Néanmoins, ce fut un moment très triste et confus.

Alors qu'elles se tenaient au bas de l'escalier, cependant, sages et pâles dans leurs robes de deuil grises, Elizabeth et Laura perçurent un sentiment de soulagement général. Peggy avait été inhumée, grâce au ciel, et son âme avait été recommandée à Dieu... qu'elle réapparaisse sous la forme d'une étoile scintillante ou d'une jeune Cubaine sur la Plaza de Armas ou bien qu'elle ne soit rien de plus qu'un souvenir s'effaçant petit à petit, de moins en moins distinct tandis que les années passaient.

« Chère Peggy, pensa Elizabeth, j'espère que tu m'entends. J'espère que Dieu a vu notre ange de neige, et qu'il t'a emmenée au paradis. »

Ils retournèrent dans la salle de séjour. Papa dit : « Dieu merci, c'est terminé », dit papa. Par la porte ouverte, ils voyaient Mrs. Patrick occupée à débarrasser bruyamment la table. Maman releva son voile et son visage semblait bouffi et tuméfié, comme si elle avait reçu des coups de poing. « J'ai besoin d'un verre », dit-elle à papa. Sans un mot, papa alla jusqu'au bar et lui servit un gin. Il s'apprêtait à refermer le bar, puis il se tourna vers Elizabeth et Laura, et sourit. Il leur servit à chacune de l'eau tonique avec du sirop d'érable et une cerise au marasquin. Il leur fit un clin d'œil.

— Un cocktail, à votre âge ? Et quoi encore !

Maman déclara :

— Je ne sais pas si je suis contente que ce soit terminé ou non. J'ai l'impression qu'on vient de la retirer de mes bras, qu'on me l'a arrachée. Mon si beau bébé !

Des larmes ruisselaient sur ses joues, et elle n'essaya même pas de les essuyer. Elizabeth tira un mouchoir de sa manche et le lui tendit précautionneusement. Maman regarda fixement le mouchoir un moment, comme si elle ne parvenait pas à comprendre ce que c'était, puis elle le prit et se tamponna les yeux.

— Comment la vie peut-elle être aussi cruelle ! soupira-t-elle. J'ai renoncé à tout ! J'ai renoncé à ma jeunesse ! J'ai renoncé à ma carrière ! Bon sang, cela ne suffisait donc pas ?

Papa ne dit rien. Debout de l'autre côté de la pièce, il l'observait prudemment. Elle erra dans la salle de séjour, ivre et éperdue, touchant les murs pour se soutenir, et également pour s'assurer qu'elle était bien là.

Puis elle alla dans la salle à manger et s'assit en face de Mrs. Patrick.

— Vous nous avez été d'un tel secours, madame Patrick, dit-elle. Un don du ciel ! Je ne sais pas ce que j'aurais fait sans vous. Je le pense vraiment ! Je ne sais pas ce que quiconque ferait sans vous.

— On doit s'entraider dans les moments difficiles, répondit Mrs. Patrick en raclant des assiettes.

Seamus survint, portant maladroitement un plateau de verres à punch.

— Toi aussi, Seamus, balbutia maman. Tu as été merveilleux.

— Moments affreux, déclara Seamus. Verrue salée œil de Dieu.

Maman piocha une cigarette dans l'une des boîtes sur la table, mais ne l'alluma pas. Elle demeura immobile un long moment, la tête penchée, sans fumer, sans boire. Papa dit doucement à Elizabeth et à Laura :

— Vous feriez peut-être mieux d'aller prendre votre bain.

Il y avait une sensation bizarre dans la pièce, comme un danger.

Maman redressa brusquement la tête. Elle resta complètement immobile juste un instant, puis elle s'approcha de la banquette devant la fenêtre et regarda fixement son reflet dans la vitre obscurcie par la nuit.

— *David*, dit-elle de la plus singulière des voix.

— Oui ? fit papa.

— David, il y a quelqu'un dehors, dans la neige.

Papa risqua un coup d'œil dans la salle à manger.

— Margaret ? C'est juste ton reflet, ma chérie.

— Non, non, ce n'est pas mon reflet ! Il y a quelqu'un dehors ! David, c'est un enfant, debout dans la neige !

— Comment serait-ce possible ? dit papa. Il n'y a pas d'autres enfants à des kilomètres à la ronde.

— C'est un enfant ! David, c'est un enfant !

La voix de maman se changea soudainement en un cri hystérique. Elle se retourna et les fixa, les yeux écarquillés et le visage blême.

— Qu'y a-t-il ? lui demanda papa.

Il voulut aller jusqu'à la fenêtre, mais maman revint rapidement dans la salle de séjour en l'écartant de son chemin.

— Qu'y a-t-il ? répéta-t-il.

Il était totalement déconcerté, et effrayé, comme eux tous.

Maman avait déjà atteint la porte de la cuisine.

— C'est *Peggy* ! lui cria-t-elle. Tu ne comprends donc pas ? C'est *Peggy* ! Elle est revenue vers moi !

Elizabeth était horrifiée. Elle plaqua sa main sur sa bouche et put seulement suffoquer. Laura cria d'une voix perçante : « Maman ! Maman ! » Mais maman se démenait déjà avec la clé de la porte de derrière, et avant qu'ils puissent dire autre chose, elle sortit en trombe. Ils coururent après elle, et par la fenêtre de la cuisine ils la virent traverser rapidement le jardin obscur vers le court de tennis. Son voile noir voletait derrière elle. C'était comme de regarder un personnage dans un film qui fait peur.

— Maman ! gémit Elizabeth en recouvrant son souffle. Maman, *non* !

— Qu'y a-t-il ? demanda vivement son père. Lizzie, *réponds* !

Ils se précipitèrent dans le jardin.

— Maman, ne fais pas ça ! lança Elizabeth d'une voix angoissée.

Mais il était déjà trop tard. Maman criait : « Peggy ! Peggy ! » et traversait en courant le court de tennis vers le petit ange de neige silencieux, avec son béret et son manteau de tweed.

— C'est *nous* qui l'avons fait, sanglota Elizabeth d'un air pitoyable. Laura et moi !

— Oh, mon Dieu, dit papa, et il se mit à courir.

Maman se précipita vers l'ange de neige, puis elle s'arrêta brusquement et le regarda avec horreur. Elle avait dû apercevoir son visage, son visage en toile de sac avec ses trous vides, brûlés avec un tisonnier, à la place des yeux, et sa bouche grimaçante, noire et irrégulière. Elle oscilla d'un côté et de l'autre, puis elle se laissa tomber sur les genoux dans la neige et poussa un cri qui était presque inhumain.

— *Peggy! Peggy! Oh, mon bébé! Agggrrhhh!*

Avant que papa puisse la rejoindre, elle se roula dans la neige, puis elle se redressa sur les genoux et se jeta sur l'ange de neige en une frénésie de frustration et de douleur. Elle ôta son béret, lança au loin ses cheveux et lui arracha le visage avec ses deux mains. En poussant des cris stridents, elle griffa le corps du personnage, plongeant ses doigts dans la neige comme si elle voulait lui arracher le cœur. Puis elle s'affaissa sur le sol et resta allongée sur le dos. Elle frissonnait, suffoquait, parcourue de spasmes violents et saccadés. Elizabeth vit ses yeux se révulser et son cou se gonfler. Ses pieds martelaient le sol si fort que l'une de ses chaussures noires à talons hauts vola quelques mètres plus loin.

Elizabeth n'eut pas besoin qu'on lui dise ce qu'elle devait faire. Elle fit demi-tour et repartit vers la maison en courant le plus vite possible.

— Madame Patrick ! cria-t-elle. Madame Patrick ! Il est arrivé quelque chose à maman !

Alors que Mrs. Patrick sortait en toute hâte, s'essuyant les mains sur son tablier, Elizabeth courut jusqu'à la bibliothèque de papa et décrocha le téléphone. Silence. Il n'y avait pas de tonalité. Elle appuya frénétiquement sur le berceau du récepteur et hurla : « *Allô! Allô! Au secours! Venez vite! C'est une urgence! Allô! Allô!* mais il n'y avait toujours pas de tonalité. Trop de neige. Les lignes entre Sherman et Boardman's Bridge s'étaient certainement effondrées, comme elles l'avaient fait l'année dernière, et deux ans auparavant.

Elizabeth retourna rapidement vers la cuisine, au moment où papa et Mrs. Patrick portaient maman à l'intérieur.

— Est-ce qu'elle ira bien ? demanda Elizabeth d'une voix implorante, tandis qu'ils l'allongeaient sur le canapé de la salle de séjour devant le feu. J'ai essayé d'appeler le docteur mais le téléphone ne fonctionne pas !

— Restez auprès d'elle, enveloppez-la dans des couvertures, et assurez-vous qu'elle respire, dit papa à Mrs. Patrick, ignorant complètement Elizabeth. Je vais aller chercher le docteur Ferris.

— Oui, monsieur, répondit Mrs. Patrick d'un air affligé. (Elle entreprit de frictionner les mains de maman pour les réchauffer.) Oh, monsieur Buchanan, c'est une tragédie, pas d'erreur ! Une tragédie ! Mon Dieu, aidez-nous !

Elizabeth ne pouvait rien faire, sinon rester à côté du canapé et regarder maman se contracter et marmonner. Ses yeux roulaient comme des ours en cage sous ses paupières fermées. Laura s'approcha et lui prit la main.

— Ô Sainte Mère, souriez-nous maintenant que nous avons besoin de Vous, dit Mrs. Patrick. Vierge Marie, Vous avez été une mère, Vous aussi, venez à notre aide !

Elizabeth serra la main de Laura.

— Ne t'inquiète pas, chuchota-t-elle. Tout ira très bien.

Pourtant elle eut le sentiment terrifiant qu'elle venait probablement de dire l'un des plus gros mensonges de toute sa vie.

4

Le jour où Peggy aurait eu huit ans, le 15 juin 1943, Elizabeth et Laura emmenèrent leur meilleure amie, Molly Albee, au cimetière et elles déposèrent des œillets blancs nouvellement cueillis sur sa tombe. La tête inclinée et les yeux fermés, elles prièrent pour l'âme de Peggy, essayant de toutes leurs forces de se rappeler à quoi Peggy avait vraiment ressemblé.

C'était un après-midi chaud et lourd. Les yeux fermés, Elizabeth entendait le bruissement des feuilles et le gazouillis rauque des viréos dans les érables majestueux qui ombrageaient le côté sud du cimetière.

Elle entendit le sifflement d'un train de marchandises sur la ligne reliant New Milford à Danbury.

Elle entendit également une voix chuchoter : « *Lizzie* », tout près de son oreille.

Elle ouvrit les yeux et se retourna. Laura et Molly se tenaient de l'autre côté de la tombe, et il n'y avait personne d'autre en vue... personne suffisamment proche d'elle pour lui avoir chuchoté à l'oreille de cette façon. Elle fronça les sourcils et mit sa main en visière pour s'abriter les yeux du soleil. Le sentier de gravier était désert, à l'exception d'un jardinier qui désherbait les bordures patiemment, et il se trouvait à plus de soixante-dix mètres de là. De l'autre côté du cimetière, là où il était encore boisé, il lui sembla apercevoir quelque chose de petit et de grisâtre disparaître rapidement entre les arbres, mais c'était probablement un lapin ou un pigeon ramier.

Au-dessus de la sépulture de Peggy, un ange blanc au visage doux et triste contemplait l'endroit où Peggy reposait. Les oiseaux s'étaient perchés sur la tête de l'ange, et ses joues étaient striées de larmes noires. Elizabeth ne parvenait jamais à décider si c'était dégoûtant ou surnaturel, ou un peu des deux.

Elles retraversèrent le cimetière et franchirent la grille d'entrée grinçante. Un jeune homme à lunettes et aux épais cheveux châtains changeait les lettres sur le panneau d'affichage de l'église. Il les salua de la main et lança : « Bon après-midi, mesdemoiselles ! » Il s'appelait Dick Bracewaite et elles étaient toutes folles de lui. Le révérend Earwaker avait été souffrant dernièrement, affligé d'une inflammation de la prostate qui s'était avérée récalcitrante à la fois aux poches de glace et à la prière. Dick Bracewaite avait été envoyé de St. Eugene à Hartford pour le remplacer, et les offices n'avaient jamais été autant suivis, particulièrement par des adolescentes aux battements de cils langoureux.

Les trois jeunes filles n'arrêtaient pas de se retourner et de faire à Dick Bracewaite des petits signes de la main. Puis elles tournèrent le coin vers Oak Street et elles éclatèrent de rire.

— Oh, je l'aime ! Je l'aime ! s'écria Molly.

Elle se mit à danser et à tourner sur elle-même en faisant tournoyer son sac d'école. Molly était grassouillette et couverte de taches de rousseur, ses cheveux ressemblaient à l'explosion d'une bombe dans une usine de fils de cuivre, et elle était amoureuse de tout le monde, particulièrement de Dick Bracewaite et de Frank Sinatra.

Il faisait chaud dans Oak Street. La rue bien entretenue était déserte, à l'exception de la camionnette de livraison peinte en vert de Mr. Stillwell, garée devant la quincaillerie Stillwell, et du break de Mrs. Miller garé à l'ombre du gros chêne qui se dressait devant l'épicerie Sherman, et qui avait donné son nom à la rue. L'épagneul couleur chocolat de Mrs. Miller était assis à l'arrière du break, et sa langue rose bonbon pendait, semblable à la cravate d'un représentant de commerce.

Il y avait un sentiment d'intemporalité, comme si l'été ne se terminerait jamais, comme si Oak Street demeurerait toujours la même, « aussi ordinaire et familière que mon souffle », ainsi que Thomas Wolfe l'avait écrit. Mais, ces derniers temps, Elizabeth avait pris conscience qu'*elle* était en train de changer. Elle éprouvait en elle une sorte de tension bizarre, comme un ballon qui se gonfle, et une étrange sensation de *trouble*, comme si elle aurait dû savoir quelque chose, comme si elle aurait dû comprendre quelque chose, mais ne parvenait pas à saisir tout à fait ce que c'était. Dans moins d'un mois, elle aurait treize ans. A sa grande surprise, elle ne s'intéressait plus du tout à ses poupées. Elle avait essayé de toutes ses forces de jouer avec elles. Pourtant même ces poupées qu'elle avait tellement adorées jadis, à qui elle avait coutume de confier tous ses secrets, semblaient à présent sans vie, indifférentes et incroyablement stupides. Même la minuscule famille imaginaire qui avait jadis habité dans sa maison de poupée était apparemment partie, sans laisser d'adresse où faire suivre son courrier.

Tout ce qui intéressait Elizabeth à présent, c'étaient l'amour et les histoires romanesques. L'amour, les histoires romanesques, et les chevaux.

Elle lisait tous les romans qu'elle pouvait trouver, depuis Emily Brontë jusqu'à Sinclair Lewis. Plus ils étaient romanesques, plus ils étaient tragiques, et plus elle les adorait. Le livre qu'elle préférait par-dessus tout était *Anna Karénine*, qui la faisait pleurer, surtout lorsque Anna est tuée par un train. Mais elle aimait également Esther Summerson, dans *Bleak House*, parce qu'elle était si jolie et tellement gentille avec tout le monde, tout en ayant du caractère. Elle éprouvait un frisson de terreur lorsque Esther faisait la connaissance du vieux chiffonnier, Mr. Krook, et un frisson encore plus horrible quand Mr. Krook mourait de combustion spontanée, laissant « une vapeur suffocante dans la pièce, et une couche noire et grasse sur les murs et le plafond » et quelque chose qui ressemblait « aux restes d'une petite bûche carbonisée et brisée, parsemée de cendres blanches ».

Elle adorait écrire, également. Dès qu'elle avait fini ses devoirs, elle ouvrait son gros cahier à la couverture bleu roi, celui qui portait l'inscription « Strictement et complètement personnel », et écrivait une autre nouvelle où il était question d'amour et de chevaux. Ses héroïnes étaient toujours des jeunes filles décidées et lucides, à la vie bien remplie, excepté une seule chose : leurs mères avaient mystérieusement disparu quand elles étaient toutes petites. Ces jeunes filles décidées et lucides étaient invariablement folles de jumping, et leurs mères perdues depuis longtemps se révélaient invariablement être des championnes internationales de jumping qui, à l'apogée de leur carrière, étaient devenues infirmes à la suite d'accidents tragiques survenus durant des compétitions. Incapables d'affronter le monde, elles s'étaient retirées dans des « cliniques lugubres de style gothique ». Elizabeth donnait à ses histoires des titres comme « Son heure de gloire » et « Janet remporte le Grand Prix ».

Lorsqu'elle écrivait, Elizabeth se sentait élégante, heureuse et séduisante. Elle faisait le tour des pistes de jumping dans le monde entier, la main levée pour répondre aux applaudissements frénétiques des foules. Et lorsqu'elle descendait de cheval, *il* l'attendait. Grand, fort et gentil, avec des « cheveux foncés, bleu jacinthe, et des yeux semblables à l'océan tumultueux ».

Personne n'avait jamais lu ses histoires, et personne ne savait à quel point elle avait besoin d'elles. Depuis la mort de Peggy, sa vie à la maison avait été discordante et instable. C'était comme si quatre radios fonctionnaient en même temps. Papa disait une chose, puis il parlait à maman et maman disait quelque chose qui n'avait aucun rapport, puis Laura piquait une colère et ils finissaient tous par dire totalement le contraire.

Pire, elle-même changeait tellement ! Son visage semblait devenir de plus en plus laid chaque jour, avec un nez proéminent comme celui de papa, des oreilles décollées, et un cou interminable, comme celui d'une girafe.

Elle avait également beaucoup grandi. En fait, elle était tellement plus grande que Laura, et tellement plus grande que tous ses camarades de classe, qu'elle marchait les épaules voûtées, ses livres serrés contre sa poitrine, afin que personne ne remarque sa taille gigantesque. Elle gardait ses cheveux longs et raides, maintenus par un serre-tête, parce qu'elle trouvait qu'ils cachaient son cou de girafe, et elle mettait sa robe d'été préférée presque tous les jours. Papa l'avait achetée bien trop grande pour elle, dans l'espoir qu'elle « pousserait dedans », et la première fois qu'elle l'avait essayée, elle avait pleuré, parce qu'elle ressemblait à une vieille fille. Mais elle l'aimait bien maintenant. Au moins ses épaules ne tendaient pas les mailles autour de l'empiècement et ses poignets ne dépassaient pas lamentablement des manches, comme c'était le cas avec ses autres robes, et au moins le corsage était suffisamment ample pour dissimuler ses mamelons qui se gonflaient, chose qui l'embarrassait énormément. La robe était imprimée de petites fleurs bleues et jaunes, avec un col au liséré bleu et jaune, et Elizabeth portait toujours son insigne en émail bleu du club de poneys. Elle était la fondatrice, la présidente, la directrice et l'unique membre du club de poneys du lac Candlewood, un club très fermé, et elle ne possédait même pas un poney.

Tandis qu'elles s'avançaient dans Oak Street, sur le trottoir brûlant de l'après-midi, les trois jeunes filles n'avaient pas besoin de se concerter pour décider de l'endroit où elles allaient maintenant. Laura empoignait chaque poteau télégraphique près duquel elle passait, tournait autour et chantait : « Ne t'assieds pas sous le pommier... avec une autre que moi... avec personne d'autre que moi... » Laura, qui avait eu onze ans en avril, était plus jolie que jamais. Le soleil avait décoloré ses cheveux blonds, si bien qu'ils brillaient avec encore plus d'éclat, et elle était menue, soignée et de loin la fille la plus populaire de sa classe. Elle portait une jupe rouge à pois, un chemisier d'été blanc, et un ruban rouge à pois dans les cheveux. Les trois filles, bien sûr, portaient des socquettes d'été blanches.

— Vous croyez que Dick Bracewaite pense parfois aux filles ? demanda Molly.

— Bien sûr, idiote ! fit Laura. C'est un homme, et tous les hommes pensent aux filles. C'est ce que dit tante Beverley, et elle sait de quoi elle parle.

— Ça ne m'étonne pas, répliqua Molly. Votre tante Beverley est pratiquement un homme.

— Pas du tout !

— Oh, mais si ! Mon père dit que si on lui coupait les cheveux très court, on la prendrait pour Robert Taylor.

Laura balança ses livres de classe et frappa Molly sur l'épaule. La courroie se défit et tous les livres se répandirent sur le trottoir. Molly pourchassa Laura autour d'un poteau télégraphique tandis qu'Elizabeth s'efforçait de récupérer les livres. Des pages détachées voletaient partout.

Finalement, Molly rattrapa Laura, lui arracha son ruban et s'enfuit. Elizabeth courait après la dernière feuille de papier, et elle réussit à la saisir juste avant qu'elle ne file à travers le grillage métallique devant l'agence immobilière Baxter, et ne disparaisse dans le sous-sol inaccessible, lequel était déjà jonché de feuilles, de papillotes de chewing-gum et de mégots de cigarette.

Elle rassembla les feuilles de papier, mais à ce moment, elle vit qu'il ne s'agissait pas du tout de devoirs de géographie. Sur l'une des feuilles, Laura avait écrit : « ... m'a prise dans ses bras et m'a embrassée.

Il était plus beau que Jésus. Une lumière sacrée brillait presque dans ses yeux. Il a ôté tous ses vêtements et il a dit que nous pouvions être aussi purs que les disciples. J'ai ôté mes vêtements, moi aussi. Il a dit : "Ceci ma chérie c'est ce que font ceux qui s'aiment vraiment." Il m'a embrassée plusieurs fois et il a dit que j'étais l'être le plus proche d'un ange qu'il ait jamais connu ».

Laura avait rattrapé Molly et repris son ruban, et un peu de son honneur était satisfait. Elle revint vers Elizabeth et vit que celle-ci était en train de lire son histoire.

— Lizzie ! lui cria-t-elle. C'est personnel !

Elle essaya de saisir la feuille de papier, mais Elizabeth s'écarta vivement.

— C'est personnel ! C'est tout à fait personnel ! Comment oses-tu lire ça ! C'est personnel !

Tout en reculant, Elizabeth lut à voix haute les phrases suivantes.

— « Nous nous sommes allongés sur le lit. Son dard était dur. Frank a dit que c'était le signe d'un amour authentique entre un homme et une femme si le dard de l'homme était dur. Cela n'avait rien de mal, c'était presque divin. Il a dit que je devais toucher son dard et le garder dans ma main. Il a dit que je pouvais l'embrasser si j'en avais envie mais j'hésitais. »

Molly partit d'un grand rire, tandis que Laura trépignait avec fureur et tournait autour d'Elizabeth.

— Rends-moi ça ! Rends-moi ça ! Je te déteste ! Je te déteste pour toujours !

— Encore ! supplia Molly. Lis la suite !

— « Il m'a demandé de fermer les yeux. J'ai fermé les yeux et il a caressé mes cheveux et ensuite il a caressé ma chatte. »

— Aaaah ! s'écria Molly, ravie.

— Rends-moi ça ! hurla Laura. Sinon je déchirerai tous tes livres sur les chevaux !

— Continue ! implora Molly.

— « J'ai éprouvé une sensation céleste. "Je t'aime, mon chéri", ai-je murmuré. "Moi aussi, je t'aime, mon cœur", a-t-il répondu. Il s'est mis sur moi et a commencé à bouger tout en me faisant des compliments sur mon corps magnifique. Soudain il a poussé un cri. J'ai ouvert les yeux et j'ai vu une véritable fontaine jaillir de son dard. Il a dit : "Mon Dieu, l'heure !" et il s'est rhabillé en toute hâte. C'était l'amour le plus vrai. J'ai su que la prochaine fois je serais prête à le faire correctement. Frank m'a embrassée et m'a promis qu'il serait très doux. »

Elizabeth s'arrêta de lire. Ses joues étaient brûlantes de confusion et de saisissement, et elle regardait fixement Laura, bouche bée. Molly n'arrêtait pas de pousser des couinements et de frapper sur le trottoir avec ses sandales.

— C'est tellement *grossier* ! glapissait-elle. Laura, c'est tellement *grossier* !

— Je devrais le dire à papa, déclara Elizabeth.

Elle se sentait terriblement grave et responsable. Elle se sentait également troublée. En classe, elles avaient eu un cours sur les notions fondamentales de la reproduction humaine. Leur professeur de biologie, Mrs. Westerhuiven, était relativement jeune et moderne, et elle leur avait effectivement montré l'érection du membre viril (à l'aide d'une photographie du *David* de Michel-Ange, et de son index discrètement levé). Toutes les filles à l'école parlaient de sexe pendant les récréations. En fait, elles ne parlaient quasiment pas d'autre chose, à part la musique, le maquillage et « comment ça serait ». Mais Elizabeth n'avait jamais rien lu d'aussi réaliste ni d'aussi impudique que l'histoire de Laura. Cela ne ressemblait pas du tout à Laura.

— Dard ! couina Molly. *Dard!* Je n'arrive pas à le croire ! C'est tellement grossier !

Les yeux de Laura étaient presque aveuglés par les larmes.

— Tu ne dois pas le dire à papa. Je t'en prie, ne le dis pas à papa. C'est juste une histoire, rien de plus. Je vais la jeter. Je vais la brûler. Mais ne lui dis pas, d'accord ?

— *Dard!* roucoula Molly. *Chatte!*

Elizabeth tourna la feuille et vit qu'il y avait encore d'autres choses écrites au verso.

— Rien de tout ça n'est *vrai*, n'est-ce pas? demanda-t-elle.

Laura réussit à lui arracher la feuille de papier des doigts, et elle la froissa rageusement.

— Bien sûr que ce n'est pas vrai! C'est juste une histoire! Tu n'aurais pas dû la lire! Tu n'en avais pas le droit! C'était personnel! Tu écris bien des histoires et elles sont personnelles, alors pourquoi pas moi?

— Si ce n'est pas vrai, intervint Molly, alors qui est Frank? J'aimerais beaucoup le savoir!

Laura s'essuya les yeux du dos de la main.

— Frank Sinatra. Tu es satisfaite?

— *Frank Sinatra!* hurla Molly. Frank Sinatra est bien trop vieux pour toi!

— C'est juste une histoire et cela ne vous regarde pas! répliqua Laura.

Sur ce, elle récupéra tous ses livres et partit en courant. Elle traversa la rue en diagonale et se dirigea vers Candlewood Road pour rentrer à la maison. Ses cheveux blonds brillaient dans la lumière du soleil de l'après-midi. Elizabeth et Molly se regardèrent, et Molly haussa les épaules, puis elles continuèrent de remonter Oak Street. Mr. Pedersen, de l'épicerie, les croisa et dit :

— Comment allez-vous, charmantes demoiselles?

— Défaillantes, merci, répondit Molly.

— Défaillantes? s'enquit-il. Qu'est devenu « très bien »?

— Il faut être à la page, monsieur Pedersen, le gronda Elizabeth.

Mr. Pedersen portait un tablier marron d'épicier et son visage était aussi ridé qu'un gant de toilette en cuir souple.

— Lizzie, je retarde sur mon siècle depuis belle lurette, sourit-il. Et cela m'étonnerait que je puisse le rattraper un jour!

Elizabeth et Molly étaient arrivées devant la façade en acier inoxydable luisante du drugstore Endicott's Corner. A l'intérieur, elles aperçurent plusieurs de leurs camarades d'école en train de parler, de rire et de boire des sodas. Le Endicott était l'endroit où tous les jeunes qui vivaient autour de Sherman venaient traîner après les cours. Le parking sur le côté était rempli de vieilles décapotables cabossées, des Ford, des Chevy et une Terraplane Hudson verte avec « Marcia » peint à la main partout. L'essence étant rationnée à douze litres par semaine (officiellement, du moins) les adolescents ne pouvaient pas aller très loin, mais leurs voitures étaient essentielles pour leur rang social, et c'était le seul endroit où ils pouvaient se bécoter tranquillement.

— Tu ne penses pas que cette histoire est vraie, hein ? demanda Molly à Elizabeth. Enfin, ce n'est pas possible !

Elizabeth secoua la tête.

— Il n'y a aucun garçon dans le coin qui s'appelle Frank, d'accord ? A moins qu'elle n'ait changé son prénom. Mais je n'arrive pas à le croire. Tous ces mots qu'elle a employés. Et toute cette description quand ils le font ! Quand j'avais onze ans, je ne savais absolument rien sur l'acte sexuel !

— Et « une véritable fontaine » ? Que voulait-elle dire par là ? Cela semble dégoûtant !

— Les spermatozoïdes, déclara Elizabeth d'un ton catégorique.

— Les spermatozoïdes ? Mais Mrs. Westerhuiven a dit que les spermatozoïdes ressemblaient à des têtards.

— Ma foi, je n'en sais rien, fit Elizabeth. Il faudra que je parle à Laura plus tard.

— Je suis sûre que Mrs. Westerhuiven a dit qu'ils ressemblaient à des têtards !

Dans la salle du Endicott, un comptoir en acier inoxydable en forme de L courait le long des murs du fond et de droite, et c'était à ce comptoir qu'une douzaine de garçons et de filles du lycée étaient attablés. Perchés sur des tabourets, ils balançaient les jambes, buvaient des sodas et des milk-shakes et mangeaient des *sundaes*. Il y avait également quatre tables, toutes étaient déjà occupées, mais Elizabeth et Molly parvinrent à se faire une petite place au bout de l'une des banquettes.

Le vacarme était assourdissant, comme d'habitude. A la table voisine, trois filles de seconde riaient aux éclats, tandis que deux garçons, tout au bout du comptoir, faisaient claquer leurs doigts et essayaient de chanter *They're Either Too Young Or Too Old* en un chœur dissonant de voix qui avaient mué récemment. Un autre garçon les accompagnait en raclant une cuillère à glace sur le côté de la grande corbeille métallique qui contenait les oranges pour le « Jus Fraîchement Pressé », et en tapant avec une fourchette sur le pot en porcelaine marqué « Lait Malté Borden ».

Derrière le comptoir, il y avait une immense pyramide cristalline de coupes pour les glaces, retournées, une fontaine à café, avec une lucarne indiquant le niveau du café, et des bocaux en verre remplis de cookies à la noix de pécan, de Baby Ruths et de Planters aux noisettes, ainsi que tous les accessoires étincelants, shakers pour le lait et autres cuillères à glace.

Judy McGuinness était assise sur un tabouret juste à côté d'Elizabeth, et Elizabeth lui adressa un petit sourire timide. Judy McGuinness était la meneuse des pom-pom girls, la Reine du bal de promotion de l'année dernière et l'héroïne de quasiment tout le monde. Elle avait un visage rond et était très jolie, une beauté exotique à la Ava Gardner, avec des masses de cheveux frisés noirs, des yeux violets et — objet d'envie entre tous — un grain de beauté naturel. Ses parents lui permettaient de mettre du rouge à lèvres en dehors de l'école, et elle ne s'en privait pas, une nuance rouge vif de *Stadium Girl*. Elle portait un corsage bleu à rayures et un pantalon en toile blanc de facture soignée dont les revers étaient retroussés à mi-mollet, afin que tout le monde puisse voir ses socquettes tapageuses à la dernière mode... l'une était rouge foncé et l'autre bleue.

— Salut, Buchanan, dit Judy avec une nonchalance affectée. Comment va ta mère ces temps-ci ? Il y a une amélioration ?

— Elle va très bien, je te remercie, répondit Elizabeth. (Elle détestait qu'on lui demande des nouvelles de sa mère.)

— Elle est chez vous pour le restant de l'été ?

— Elle est rentrée définitivement.

— Hé, c'est *formidable* ! Je ne savais pas. Dis-lui bien des choses de ma part. Elle se souvient des gens, hein ?

— Bien sûr, rougit Elizabeth. Elle se souvient de tout.

— Vraiment ? Je croyais...

— Elle n'est pas *folle*, si c'est ce que tu essaies d'insinuer.

Dan Marshall, la vedette de l'équipe de natation du lycée, hâlé et aux dents saillantes, était assis à côté de Judy, sa main posée légèrement mais de façon possessive sur le bras de celle-ci. Il adressa un clin d'œil à Elizabeth tout en faisant claquer sa langue.

— Que tu dis, ma petite ! ricana-t-il.

Dans le miroir derrière le comptoir, entre les lettres peintes en blanc pour Popsicles et Banana Splits, Elizabeth aperçut son visage empourpré. Elle était rouge comme une pivoine. Elle détestait quand elle rougissait, et ces derniers temps elle semblait rougir tout le temps.

A ce moment, Oncle Hauser apparut, portant un bonnet de serveur, un nœud papillon rouge et un tablier blanc noué autour de sa taille. Bien que le drugstore s'appelât Chez Endicott, Oncle Hauser en était le propriétaire d'aussi loin que remontaient les souvenirs des habitants de Sherman. Agé de soixante-treize ans, c'était un homme calme à la voix sèche, avec un visage qui rappelait toujours à Elizabeth un rutabaga flétri. Personne ne connaissait son prénom. Il insistait lui-même pour qu'on l'appelle Oncle Hauser. Laura en était venue à croire qu'on l'avait vraiment baptisé « Oncle », mais Elizabeth estimait qu'il était peu probable qu'une mère ait donné un tel prénom à un nouveau-né.

— Bonjour, Lizzie, sourit-il. Qu'est-ce que ce sera ?

— Deux laits maltés, s'il vous plaît.

C'était la première fois qu'elle le voyait coiffé d'un bonnet de serveur, et elle ne put s'empêcher de sourire en le regardant.

— Où est Lenny ? J'espère qu'il n'est pas souffrant !

— Lenny ? Souffrant ? Bien sûr que non. Mais je pense qu'il préférerait.

— Je ne comprends pas. Il était ici hier.

— Bien sûr qu'il était ici hier. Mais il ne t'a rien dit ? Il a reçu sa feuille de route. On l'envoie à Fort Dix, samedi, pour faire ses classes.

— Lenny a été appelé sous les drapeaux ? s'exclama Elizabeth, horrifiée. Pourquoi ne m'en a-t-il pas parlé ?

Oncle Hauser haussa les épaules.

— Il pensait qu'il serait réformé, à cause de ses oreilles. Il était certain qu'ils allaient le classer 4-F, comme ils l'ont fait pour Sinatra. Il a reçu un sacré choc lorsqu'ils lui ont dit qu'il était 1-A, et tout à fait en état de combattre l'armée allemande à lui tout seul !

— Oh, non, gémit Elizabeth.

— Pourquoi te fais-tu du souci, ma petite ? lui demanda Dan Marshall avec un large sourire. Lenny ne risque absolument rien. Tu sais comment on l'appelait à l'école ? « Miller le Magicien ». Il n'a jamais eu de retenues. Il n'a jamais eu de colles. Si quelqu'un a du souci à se faire, c'est bien Hitler !

— Tu parles en ce moment de l'amour de la vie de Buchanan, trésor, lui dit Judy.

— Il est chez lui si tu veux le voir, dit Oncle Hauser. Je lui ai donné un jour de congé pour qu'il dise au revoir à ses parents.

— Merci, monsieur Hauser, murmura Elizabeth, et elle s'apprêta à partir.

— Vous ne voulez pas vos laits maltés? demanda Oncle Hauser. Attends, je vais te donner un cornet de glace, avec deux boules. Offert par la maison!

— Hé, fit Dan Marshall. Je voudrais bien être amoureux de Lenny. Peut-être que j'aurais une glace gratis, moi aussi.

— Tu es amoureux de toi-même et de personne d'autre, répliqua Judy.

— Aïe! s'écria-t-il.

Molly resta au Endicott parce qu'elle aurait les jambes en coton si elle n'avait pas son lait malté quotidien en rentrant de l'école, et elle risquait même de mourir de malnutrition. Elizabeth s'éloigna dans la rue inondée de soleil, s'efforçant de lécher ses boules au chocolat et à la fraise plus vite qu'elles ne fondaient et coulaient sur son poignet.

Lenny habitait dans Putnam Street, une rue tranquille, bordée d'ormes, avec des demeures imposantes, ornées de tourelles et de porches charpentés. A l'origine, ces maisons avaient été construites pour les habitants les plus prospères de Sherman, son docteur, son avocat et le propriétaire de la scierie Sherman. Mais à présent la scierie était fermée, il n'y avait pas assez de gens vivant dans la région pour faire subsister un avocat, et le dernier docteur encore en exercice était si vieux qu'il avait lui-même besoin d'un docteur. Plusieurs maisons étaient inoccupées; la plupart d'entre elles étaient délabrées, les grilles rouillées, et la peinture s'écaillait.

La maison de Lenny, située au milieu de Putnam Street, était mieux entretenue que la plupart, mais il faut dire que le père de Lenny possédait et dirigeait la quincaillerie locale, et qu'il pouvait acheter toute sa peinture et son mastic au prix coûtant.

Elizabeth traversa la pelouse vers la porte d'entrée. Le jardin était mal tenu et envahi par les mauvaises herbes, mais des efforts avaient été faits pour dégager les parterres de rosiers sous la véranda et, sur le côté de la maison, il y avait un carré de légumes bien entretenu, où dodelinaient les feuilles vert vif de haricots, et où luisaient des courges, aussi jaunes que des lanternes vénitiennes. Un break était garé dans l'allée couverte de touffes d'herbe ; son moteur encore chaud cliquetait sporadiquement.

Venant de l'intérieur de la maison, elle entendait la radio, diffusant les dernières nouvelles de la guerre. « ... après un intense bombardement aérien destiné à détruire les pistes d'atterrissage et les hangars souterrains, l'île italienne de Pantellaria a été prise par les Alliés hier, ce qui est... ».

Elle monta les marches, actionna le lourd heurtoir et attendit. Un arôme chaud et parfumé de cuisine flottait dans l'air, des muffins et du pain de farine de maïs. Au bout d'un moment, la porte s'ouvrit. C'était Mr. Miller, maigre comme un clou dans son pantalon gris flottant, en bras de chemise, avec ses bretelles jaunes. La rue ensoleillée se réfléchissait dans les verres de ses lunettes.

— Lizzie ! sourit-il. Entre donc. Tu arrives juste à temps pour dire au revoir à Lenny !

— Il s'en va déjà ? s'exclama Elizabeth.

— Ils lui ont téléphoné ce matin, et ont dit qu'il devait se présenter cet après-midi, à cinq heures.

— Mais je n'ai même pas eu le temps de lui acheter un cadeau !

— Oh, ne t'en fais pas pour ça. Tu pourras lui envoyer quelque chose par la poste, si tu veux, lorsqu'il sera à Fort Dix. Cela lui fera probablement encore plus plaisir. Je sais que c'était le cas pour moi, lorsque j'ai fait mon service militaire !

Mr. Miller la fit entrer. Elle avait toujours adoré la maison des Miller parce que toutes les pièces étaient encombrées de bibelots et d'objets tout à fait étranges. Un tableau représentant la plage de Quonochontaug, entièrement fait avec des coquilles de palourdes. Un rouet de jadis, la moitié d'une charrue, un casier à homards, une Curtis garantie « la Reine des Essoreuses » avec deux baquets, et une peinture très curieuse, représentant trois petites filles dans une forêt. Deux d'entre elles étaient vêtues de noir, et la troisième détournait la tête, si bien qu'on ne voyait pas son visage. Elizabeth s'était toujours demandé si c'était une peinture allégorique d'elle-même, de Laura et de Peggy. Mais comment cela aurait-il été possible ? Le peintre avait signé son œuvre « Jonathan Watts, 1893 ». Néanmoins, cela l'enchantait et la troublait tout à la fois. *Les danseuses se sont-elles endormies ou bien sont-elles mortes ?*

Mrs. Miller était debout devant la table de la cuisine, occupée à retirer des muffins de la plaque du four. Elle sourit en apercevant Elizabeth, le sourire d'une femme qui sait que le bonheur vient d'entrer dans sa maison. Elle montra de la tête la porte de derrière, qui était entrebâillée : dehors, sur la véranda, Lenny donnait à manger aux canaris. Elizabeth pensa qu'elle ne l'avait jamais vu aussi élégant, avec une chemise grise et une cravate. Il était mince, beau garçon, mais plutôt taciturne, tel un Jimmy Stewart jeune. Hâlé par le soleil de l'été, il avait une verrue sur le haut de sa joue gauche, des cheveux coupés court et brillants, hérissés sur le devant.

— Allez, Lizzie, va lui parler, dit Mrs. Miller. Quelques paroles gentilles lui feront le plus grand bien.

Elizabeth sortit sur la véranda. Il était clair que Lenny savait qu'elle était là, mais il continua de parler à ses canaris, glissant un os de seiche blanchâtre entre les barreaux de leur cage.

— Lenny ? risqua finalement Elizabeth.

Il la regarda. Ses yeux étaient éraillés, le rhume des foins peut-être. Lenny avait toujours été affligé du rhume des foins.

— Je ne savais pas que tu avais été appelé sous les drapeaux, dit-elle.

Il haussa les épaules et fit la grimace.

— Oh, si, bien sûr que si. Ces temps-ci, pour être réformé, il faut être timbré, ou infirme, ou déjà mort.

— Tu ne me l'avais pas dit, murmura-t-elle.

Il poussa le dernier morceau d'os de seiche entre les barreaux.

— Lizzie... tu l'aurais appris tôt ou tard.

— Mais tu n'aurais plus été là ! Et je voulais t'offrir un cadeau, et tout ça !

— Oh, voyons, lui dit-il.

Il se tint devant elle, les bras croisés sur sa poitrine, et sourit.

— Je n'ai pas besoin de cadeaux, pas de ta part.

Elizabeth ne put empêcher sa gorge de se serrer.

— Je voulais t'offrir quelque chose, c'est tout, pour que tu te souviennes de moi.

Il se pencha vers elle et l'embrassa sur le front.

— Je n'ai pas besoin de quelque chose pour me souvenir de toi. Comment pourrais-je t'oublier ?

Elle le regarda, les yeux grands ouverts.

— Tu parles sérieusement ?

— Est-ce que je t'ai déjà menti ?

De la cuisine, Mrs. Miller lança :

— Lenny, et si tu emmenais Lizzie au verger pour me rapporter des pommes ? Je vais faire une tarte !

— D'accord, m'man ! répondit Lenny.

Elizabeth ne l'avait jamais vu se comporter aussi obligeamment. Il se plaignait toujours que sa mère et son père profitaient de sa bonne volonté, et l'envoyaient faire des commissions chaque fois que passait son émission de radio préférée, ou bien lui demandait de faire la vaisselle, alors qu'il avait envie d'aller pêcher.

Ils descendirent les marches de la véranda et se dirigèrent vers la lumière éblouissante du jardin. Le soleil était tellement éclatant que Lenny était obligé de fermer un œil. L'herbe bruissait autour de leurs chevilles ; les oiseaux chantaient un chant inquisiteur, pailleté.

— Tu n'as pas peur ? demanda Elizabeth.

Il y avait très peu de secrets entre eux. Malgré leur différence d'âge (qui aurait été insignifiante pour quelqu'un de plus vieux), tous deux croyaient au mystère, tous deux croyaient à la magie. Un jour, ils s'étaient accoudés au parapet du pont en bois, à l'endroit où le lac Candlewood déversait ses eaux sombres dans un ruisseau impétueux, engorgé de plantes aquatiques, et Lenny avait déclaré :

— Tu ne le crois peut-être pas... il se peut que personne ne le croie... mais des trolls vivent sous ce pont, sûr et certain !

— Des trolls ? lui avait-elle demandé en scrutant les ombres au doux murmure. Qu'est-ce que c'est, des trolls ?

— Tu ne sais pas ce que sont des trolls ? Les trolls sont ce dont tu as peur.

— Que veux-tu dire ? avait-elle répliqué.

— Exactement cela, idiote ! Les trolls sont ce dont tu as peur. Tout. Te sentir gêné, avoir un zéro en maths, te couvrir de ridicule devant tes parents. Boire ta première bière et vomir. Abîmer la voiture de ton père. Mourir. Tous ces trucs.

— Mourir ? lui avait-elle demandé.

Et c'était ce qu'elle lui demandait maintenant. Mais cette fois ce n'était plus une conversation nonchalante sur un pont. Il allait risquer sa vie. Cette fois, c'était un danger réel et immédiat. Aux actualités, elle avait vu des GI lourdement chargés sauter de barges dans trois mètres d'eau et ne jamais remonter à la surface. Elle avait vu des hommes étendus sur les routes de Normandie, comme s'ils dormaient. Mais qui dormirait au milieu d'une route par un après-midi d'été, alors qu'il y avait une guerre à gagner ?

Lenny cueillit une pomme sur une branche, la tournant pour que la queue se détache. Il y avait tellement de lumière et d'ombre. Des insectes volaient, sillonnant le jardin en des motifs erratiques, illuminés par le soleil.

— Je n'ai pas peur. Enfin, pas *trop*. Vu la façon dont se déroule la guerre, il est probable que je n'irai même pas en Europe, et que je n'aurai pas à me battre.

Elizabeth le regarda cueillir des pommes et demeura silencieuse.

— Je ne sais pas, reprit-il au bout d'un moment. En fait, j'attends ça avec plaisir. Je sais que je devrai obéir à des ordres et tout ça. Mais au moins ce ne seront plus des ordres de mon père, ou des ordres d'Oncle Hauser, ou des ordres stupides de Dan Marshall commandant une « Extase du Crétin ».

— Pouah ! fit Elizabeth.

Une Extase du Crétin était le *sundae* définitif du Endicott, comprenant huit parfums de glace, des bananes, une pêche Melba, des framboises, des noisettes, des fruits confits, des ananas et de la crème fouettée. Cela coûtait un dollar, et cela faisait fureur parmi les élèves en terminale qui voulaient montrer qu'ils avaient un estomac en acier.

— Mack Pearson a dit que le camp d'instruction n'était pas si terrible que ça, déclara Lenny. La seule chose qu'il a détestée, c'est la coupe de cheveux !

— Tu m'écriras ? demanda Elizabeth.

Elle éprouvait un sentiment très étrange... un sentiment qu'elle n'avait encore jamais éprouvé. Elle savait qu'elle aimait *bien* Lenny. Elle avait toujours eu de la sympathie pour Lenny, et Lenny avait toujours eu de la sympathie pour elle, même lorsque ses amis se moquaient de lui parce qu'il sortait avec une fille. Mais à présent elle ne parvenait pas à détacher ses yeux de la façon dont il levait sa main hâlée vers le pommier, de la façon dont le soleil brillait à travers ses cheveux et illuminait ses yeux tels deux cercles parfaits de l'agate la plus pure.

Il était presque un saint, et également un soldat. Il lui rappelait une illustration dans l'un de ses livres d'art : un *condottiere* en armure, l'un des soldats mercenaires en Italie, au XVIe siècle. Elle était tombée amoureuse de ce *condottiere* dès qu'elle l'avait vu. Il avait l'air si beau et si courageux. Et maintenant elle commençait à comprendre qu'elle était tombée amoureuse de Lenny. En fait, elle avait dû petit à petit tomber amoureuse de lui depuis longtemps, si l'amour signifiait que Lenny était parfait, et merveilleux, et qu'elle ne supportait pas l'idée qu'il allait partir.

— Qu'est-ce que tu as ? lui demanda-t-il. Tu as l'air toute drôle.

Elle sentit ses joues s'empourprer. Elle espérait qu'il ne pouvait pas lire dans ses pensées !

— Je réfléchissais, c'est tout, s'empressa-t-elle de répondre. Je me demandais pendant combien de temps tu serais parti.

Lenny haussa les épaules.

— Nous avons six semaines d'instruction à Fort Dix... ensuite, qui sait ? Tout ça est joliment secret. Il nous est interdit de dire quoi que ce soit à quiconque. Tu sais... « même les murs ont des oreilles ».

Ils revinrent vers la maison. Dans les branches d'un érable, un viréo se mit à pousser des *chip-chip-chip* effrayés. Comme ils entraient dans la cuisine, Mrs. Miller dit :

— Est-ce que tu veux des cookies et un verre de lait, Lizzie ?

— Non, merci beaucoup, madame Miller. Il est temps que je rentre chez moi.

— Fais mes amitiés à tes parents.

Lenny la raccompagna jusqu'à la rue.

— Je crois que nous ne nous reverrons pas avant un bon bout de temps, dit-il, prenant sa main et la serrant.

— Tu feras attention, hein ? le supplia-t-elle. Tu ne boiras pas trop de bières, à en vomir ? (Elle hésita, puis elle ajouta :) Tu ne *mourras* pas, d'accord ?

Il se pencha vers elle et l'embrassa, pas sur le front, pas sur la joue, mais sur les lèvres.

— Je ferai attention, promit-il. Et je t'écrirai, également.

Mrs. Miller appela depuis la maison.

— Lenny ! Quel pantalon veux-tu que je repasse ?

— J'arrive, m'man ! lança-t-il en retour.

Puis il dit à Elizabeth :

— Tu peux parier tes socquettes en coton que je t'écrirai.

Il tourna les talons et s'éloigna vers le côté de la maison, laissant Elizabeth immobile sur le trottoir, les yeux écarquillés. Ses lèvres pétillaient encore de la sensation de limonade sèche du baiser de Lenny. Il l'avait embrassée sur les lèvres, sur les lèvres ! Il devait l'aimer ! Ou presque l'aimer, en tout cas.

Et elle l'aimait... elle l'aimait, elle l'aimait de tout son cœur !

Rêveuse, elle repartit le long de Putnam Street, restant à l'ombre foncée et aromatique des ormes. Déjà elle imaginait dans sa tête une histoire sur une championne de jumping qui tombe amoureuse d'un soldat. Le soldat est blessé dans le Pacifique, et il lui fait parvenir une lettre disant qu'il a été tué, afin qu'elle ne soit pas obligée d'épouser un homme atrocement défiguré. Un jour, elle remporte le plus grand trophée de jumping international, et elle fait un discours dans lequel elle dédie le trophée à tous ces jeunes hommes qui ne sont jamais revenus de la guerre, et tout particulièrement à son amour disparu. Des larmes coulent sur ses joues et elle déclare qu'elle ne pourra jamais aimer un autre homme, jamais !

A ce moment, son fiancé horriblement défiguré sort de la foule en boitillant. Il s'était caché parmi les spectateurs pour la regarder. Ce sont des retrouvailles passionnées. Elle promet d'utiliser l'argent de son prix pour qu'il retrouve son visage, grâce à la chirurgie esthétique, et ensuite ils ont six enfants, quatorze chevaux, et connaissent un bonheur ineffable pour toujours.

Elizabeth décida d'appeler son histoire « Victimes de guerre ».

Elle était presque arrivée au bout de Putnam Street lorsqu'elle aperçut une petite fille en robe blanche qui venait dans sa direction. Elizabeth avait quitté l'ombre des ormes maintenant, et la rue était d'une luminosité éblouissante... tellement lumineuse que la petite fille donnait presque l'impression de marcher au sein d'une brume de lumière réfléchie, et elle semblait *floue*.

La petite fille avait un visage très pâle et des tresses d'un blond intense... des tresses si blondes qu'elles étaient presque argentées. Cela lui donnait un air scandinave, comme une Finnoise ou une Lapone.

Au début, Elizabeth ne fit pas très attention à la petite fille, parce qu'elle était trop absorbée par « Victimes de guerre ». Mais il y avait quelque chose dans la façon de marcher de la petite fille qui attira brusquement son regard. Elle semblait glisser, plutôt que marcher, comme si le trottoir éclatant de soleil était recouvert de glace.

Tandis qu'elle s'approchait, Elizabeth ralentit le pas et la regarda fixement. Pour quelque raison ridicule, elle commença à se sentir effrayée, bien qu'elle ne comprît pas pourquoi.

Elle connaissait à peu près tous les enfants de Sherman, et de Boardman's Bridge, même des enfants aussi jeunes que cette petite fille, mais c'était la première fois qu'elle la voyait. Peut-être était-elle venue voir de la famille ici, avec ses parents. Peut-être s'était-elle perdue.

La petite fille, chaussée de sandales blanches, se rapprocha de plus en plus en glissant, jusqu'à ce qu'elle se trouve en face d'Elizabeth. Le soleil était tellement éclatant que celle-ci était obligée de plisser les yeux. Pourtant, même ainsi, elle était apparemment incapable d'accommoder sur la petite fille.

Qui leva les yeux vers Elizabeth avec un calme parfait.

— Bonjour, Elizabeth, dit-elle. (Sa voix était étrangement grêle, comme si elle parlait à la radio.)

— Je te connais? demanda Elizabeth.

La petite fille lui adressa un sourire estompé. Il y avait quelque chose de familier chez elle... quelque chose de *tellement* familier que Elizabeth commença à avoir très peur. Comment pouvait-elle la connaître, alors qu'elle la voyait pour la première fois?

— Tu t'es perdue? lui demanda-t-elle.

La petite fille secoua la tête. De façon singulière, elle avait réussi à passer près d'Elizabeth sans jamais la quitter des yeux, et sans tourner la tête. Elizabeth sentait le soleil brûlant sur le sommet de son crâne; pourtant la petite fille semblait répandre une étrange fraîcheur.

— Est-ce que je te *connais*? répéta Elizabeth.

Déjà la petite fille s'éloignait. Elle fut absorbée par les ombres des ormes, et Elizabeth ne vit plus que sa robe blanche, et ses sandales blanches qui glissaient sur le sol. Comment pouvait-elle marcher ainsi? C'était tellement bizarre, comme un rêve éveillé, ici au coin de Putnam Street, par un après-midi ordinaire.

Plongée au sein des ombres, la petite fille se retourna une seule fois. Son visage très pâle était dépourvu de toute expression. Pourtant il était clair qu'elle s'efforçait de lui communiquer quelque chose.

Mais quoi?

Elizabeth continua de marcher lentement vers Main Street, fronçant les sourcils, perplexe. Pourquoi cette petite fille lui avait-elle paru si familière? C'était presque comme si Elizabeth l'avait connue toute sa vie, et pourtant elle était certaine qu'il n'en était rien.

Ce fut seulement lorsqu'elle arriva dans Main Street et aperçut la plaque de cuivre de l'autre côté de la rue, indiquant Walter K. Ede & Fils, Entrepreneurs de Pompes Funèbres, qu'elle fut saisie de la plus horrible des pensées.

Elle se retourna et scruta la rue. Elle était tellement terrifiée qu'elle avait l'impression que des mille-pattes grouillaient dans ses cheveux.

— Peggy, chuchota-t-elle avant de crier : *Peggy?*

5

Laura était dans la salle de billard lorsque Elizabeth revint à la maison. Vautrée sur le canapé avec ses jambes maigrichonnes, elle mangeait un beignet enrobé de sucre et feuilletait un numéro de *Glamour*. Elle ne leva pas les yeux quand Elizabeth entra dans la pièce et laissa tomber ses livres de classe sur la table basse.

— Alors ? dit Elizabeth.

— Alors quoi ? répliqua Laura d'un ton agressif.

— Alors... que dois-je faire, à ton avis ?

— A mon avis, que dois-tu faire à propos de quoi ?

— A propos de l'histoire que tu as écrite, bien sûr !

Laura lui lança un regard de défi boudeur.

— Vas-y, *moucharde*. Je m'en fiche !

— Mais, Laura, c'était tellement *grossier*. Où as-tu appris tous ces mots ?

— J'ai écouté des garçons qui discutaient, c'est tout, fit Laura en enfournant dans sa bouche presque la moitié du beignet. Ils disent toujours des choses comme dard et chatte.

— C'est horrible !

— Pourquoi donc ? dit Laura, la bouche pleine. On dit bien le dard d'une abeille, non ? Et les gens parlent de chats et de chattes, et personne n'est offusqué.

— Ce n'est pas la même chose. Tu ne devrais pas écrire des histoires comme ça.

— Chiche ?

Elizabeth s'apprêtait à répondre lorsque la porte s'ouvrit, et que leur père entra. Mince comme un fil, les cheveux très gris, il ressemblait à un homme qui est resté pendant des heures sous une pluie de fines cendres de bois. Les filles s'étaient habituées à son amaigrissement extrême et à son vieillissement prématuré, mais son aspect était un rappel constant de la mort de Peggy, comme si son ombre s'était projetée sur lui à jamais. Il parlait toujours aussi fermement, les Éditions Candlewood marchaient plutôt bien et rapportaient un peu d'argent, mais la vie n'avait plus beaucoup de sens pour lui, après la perte de Peggy.

— Bonjour, Elizabeth, dit-il.

Elle se leva et passa son bras autour de sa taille. Son pantalon sable pendait, du fait de sa maigreur. Il mangeait à peine, et il ne touchait plus à l'alcool ces derniers temps, parce que cela lui donnait des cauchemars. Des cauchemars de neige, des cauchemars de glace. Des cauchemars où Peggy surgissait de la piscine.

— Comment était l'école ? Tu as beaucoup de devoirs à faire ?

— Seulement de la géographie, les Montagnes Rocheuses, et c'est facile.

— Écoutez..., dit-il. J'ai eu un appel téléphonique cet après-midi. Papy est malade. Je dois aller à New York demain. Il le faut absolument. Vous pensez que vous pouvez rester à la maison toutes les deux et vous occuper de maman en mon absence ?

— Est-ce que papy va mourir ? demanda Laura.

Leur père secoua la tête.

— C'est son cœur, c'est tout. Il est cardiaque. Il doit passer des examens pour sa tension artérielle.

— Ne t'inquiète pas, dit Elizabeth. Nous nous occuperons de maman.

Son père lui ébouriffa les cheveux.

— Merci, Lizzie. J'appellerai le lycée avant mon départ, pour leur dire que vous serez absentes demain.

— Oui, bien sûr, fit Elizabeth.

— Maman devrait avoir une garde-malade ! protesta Laura.

— Laura..., gronda Elizabeth.

Mais son père dit :

— Lizzie, elle a probablement raison. Mais pour le moment je n'ai pas les moyens d'engager une garde-malade. De plus, vous savez à quel point votre mère peut être difficile. Trop difficile pour la plupart des gardes-malades.

Leur père s'apprêtait à partir lorsque Elizabeth dit :

— Papa...

Laura se redressa et lança à Elizabeth un regard furibond.

— Qu'y a-t-il, Lizzie ? Tu n'as pas à t'inquiéter pour le dîner, Mrs. Patrick va venir. Elle viendra demain, également.

— Non, il ne s'agit pas de cela, c'est...

A présent Laura la foudroyait du regard. Ses yeux lui lançaient vraiment des poignards. Des poignards aux longues lames, avec des poignées finement travaillées, exactement comme dans les dessins animés !

Mais Elizabeth n'avait pas l'intention de parler à son père de l'histoire qu'avait écrite Laura. Elle n'avait rien d'une cafardeuse, par tempérament ; de plus, elle aurait trouvé cela bien trop embarrassant. Mais elle voulait lui dire que, d'une façon ou d'une autre, elle avait rencontré Peggy dans Putnam Street en revenant de chez Lenny. Elle n'avait pas *ressemblé* tout à fait à Peggy, mais Elizabeth était presque certaine que c'était elle. Après tout, le frère décédé de Bronco n'avait-il pas ressemblé à un Cabain ? Peu importait à quoi ressemblaient les gens, du moment que c'étaient toujours *eux*.

Le corps n'est que le costume de l'âme, c'était ce que Dick Bracewaite leur avait dit dimanche dernier, à l'église.

Si son père savait que Peggy était toujours là, cela apaiserait peut-être son esprit... lui apportant espoir et sérénité. Cela chasserait peut-être toutes ces cendres de culpabilité qui le faisaient paraître tellement gris.

— Lizzie, il faut vraiment que je file.

— Excuse-moi, dit Lizzie. Ce n'est rien.

Rien de possible à exprimer par des mots, en tout cas. Elle était suffisamment mûre pour comprendre que si elle le lui disait et qu'il ne la croyait pas, sa douleur serait encore plus difficile à supporter. Et, pour le moment, elle n'était pas du tout sûre d'en croire elle-même.

Il restait encore deux heures avant le dîner, et Laura alla chez son amie Bindy qui habitait dans Sycamore Street, tandis que Elizabeth s'asseyait dans la cuisine avec Mrs. Patrick qui préparait un pâté en croûte. Seamus était là, lui aussi, perché sur son tabouret préféré près de la cuisinière. La tête appuyée contre les carreaux, il fredonnait une chanson qui n'avait aucun sens.

Triste l'homme, pensif l'homme, jour après jour
Des fleurs et des nuages,
Des fleurs et des nuages.

La cuisine était inondée d'une chaude lumière solaire, couleur de confiture d'oranges ; ses rayons striaient la buée et la poussière de farine. Elizabeth traçait des motifs dans la farine avec son index.

— Ton père est un pauvre homme qui souffre, déclara Mrs. Patrick.

— Je sais, admit Elizabeth.

Elle coula un regard vers Seamus, lequel continuait de dodeliner de la tête et de chantonner. Sa voix était une plainte ténue et discordante.

— Est-ce qu'il va plus mal ? demanda-t-elle à Mrs. Patrick.

Mrs. Patrick hocha la tête et fit à Elizabeth un petit sourire désenchanté.

— Le docteur Ferris a dit qu'il aurait d'autres crises. J'aime à penser que ce sont les fées. Elles l'aimaient tellement qu'elles veulent qu'il revienne, pour jouer de nouveau avec lui.

Elizabeth écouta Seamus chanter un moment, puis elle demanda :

— Madame Patrick... est-ce que vous croyez que c'est possible que des gens, lorsqu'ils sont morts, soient d'autres personnes, et qu'ils reviennent, se promènent dans les rues et croisent leurs amis d'autrefois ?

Mrs. Patrick s'apprêtait à mettre son plat dans le four. Elle se retourna et regarda Elizabeth d'une façon très étrange. Le four ouvert était si chaud que la sueur perlait sur le front de Mrs. Patrick.

— Pourquoi cette question, mon enfant ?

— Je ne sais pas. Quelque chose que j'ai vu.

— Et qu'est-ce que tu as vu ?

— Une petite fille, c'est tout. Elle ne ressemblait pas à Peggy et pourtant c'était elle. Et elle m'a regardée si bizarrement.

— Où était-ce ?

— Dans Putnam Street. J'étais allée voir Lenny. Il a reçu sa feuille de route, et il doit se rendre à Fort Dix demain.

Mrs. Patrick mit son plat dans le four et referma la porte.

— Que Dieu veille sur lui, alors.

— Mais... et la petite fille ?

Mrs. Patrick posa sa main sur l'épaule de Seamus tandis qu'il chantait, dodelinait de la tête, souriait et chantait.

— Les morts vont au ciel, mon enfant, pour demeurer auprès de la Sainte Vierge et de Notre Seigneur Jésus-Christ.

— Mais vous avez dit que Seamus allait retourner auprès des fées !

— Il y a des fées au ciel. Il y a au ciel tout ce qu'une âme peut désirer.

Elizabeth eut le sentiment que cette conversation ne l'amenait nulle part. Mrs. Patrick était catholique. Très superstitieuse qui, elle croyait aux elfes, aux leprechauns et à toutes sortes de créatures surnaturelles qui vivaient dans les haies et sous les champignons, mais elle était néanmoins sûre et certaine de l'existence de son Rédempteur, et de celle de sa Sainte Mère, et que c'était Eux seuls qui nous déposent sur cette terre lorsque nous naissons et qui nous reprennent lorsque nous mourons.

Dans la théologie de Mrs. Patrick, il n'y avait pas de place pour une Peggy qui était morte mais qui, en fait, n'était pas morte du tout.

— « Triste l'homme, pensif l'homme, jour après jour, chantait Seamus d'une voix plaintive. Des fleurs et des nuages, des fleurs et des nuages. »

Puis il s'arrêta brusquement de chanter et se redressa, agrippant son siège. Son visage rayonnait d'inspiration.

— Flocons de neige vivants ! s'exclama-t-il, ses lèvres charnues brillantes de salive. Morue séchée !

— Seigneur, quel galimatias ! fit Mrs. Patrick en secouant la tête.

Mais Elizabeth regardait fixement Seamus, bouche bée. La stupeur et l'effroi lui donnaient des picotements dans les doigts.

Parce que la morue séchée était ce que la Lapone dans *La Reine des Neiges* utilisait pour écrire une lettre à la Finnoise (« du papier elle n'en avait point »), et les flocons de neige vivants étaient les gardes de la Reine des Neiges (« ils avaient les formes les plus étranges que l'on puisse imaginer ; certains ressemblaient à de gros hérissons affreux, d'autres à des amas de serpents entrelacés qui avançaient leurs têtes, et d'autres encore à de petits ours trapus au poil hirsute. Mais ils étaient tous d'un blanc éclatant, ils étaient tous des flocons de neige vivants »).

— Seamus, demanda Elizabeth. Seamus, qui t'a parlé de cela ?

Mais Seamus s'appuya contre le mur à nouveau, et continua de chanter.

— Pauvre garçon ! soupira Mrs. Patrick en coupant des carottes.

Elizabeth trouva sa maman assise dans sa chambre.

Le store en toile de lin était baissé afin d'empêcher la lumière du soleil d'entrer. Cela donnait à la pièce l'aspect d'une vieille photographie sépia. Le lit était fait mais la couette était froissée là où sa mère avait dormi dessus. Parfois elle dormait toute la journée, jour après jour. D'autres fois, on pouvait entrer dans sa chambre très avant dans la nuit, et la trouver debout devant la fenêtre, en chemise de nuit, à contempler le jardin.

Aujourd'hui, sa maman portait un chemisier crème à manches courtes et une jupe bleu pâle, et elle avait épinglé ses cheveux. Assise dans son fauteuil en rotin, elle fumait une cigarette et sa tête était entourée de volutes de fumée comme si elle portait une couronne d'épines éphémère.

Sa maman prit sa main. Elle semblait mieux aujourd'hui : son regard était plus assuré.

— Et qu'est-ce que tu as fait, ma chérie ? demanda sa maman.

— Nous sommes allées au cimetière pour voir Peggy. Ensuite nous avons mangé une glace au Endicott. Mais Lenny n'était pas là. Il a été mobilisé.

— Tu aimes bien Lenny, n'est-ce pas ?

Elizabeth rougit et acquiesça de la tête. Si elle l'aimait *bien* ? Dieu du ciel, elle l'adorait !

— Il est toujours tellement prévenant.

— Un homme prévenant, voilà l'idéal ! déclara sa maman.

Elle tira une dernière et longue bouffée, puis éteignit sa cigarette en l'écrasant dans le cendrier. Immédiatement, elle s'empara de son paquet de Philip Morris, prit une autre cigarette et l'alluma avec une délicatesse exagérée.

— Au diable les beaux garçons, poursuivit-elle. Tu vois ce que je veux dire ? Il te faut un homme qui ne t'étouffe pas. Le genre d'homme qui te laisse être toi-même. Qui ne te... *déçoit* pas tout le temps. Qui ne t'apporte pas que des tragédies. Qui ne te prend pas au piège avec des enfants dans un trou perdu.

Elizabeth demeura silencieuse. Elle était habituée à ces lamentations sans fin sur la carrière gâchée de maman. Et de surcroît, cette idée de « trou perdu » lui plaisait beaucoup. Cela donnait l'impression de quelque chose de mystérieux et d'étrange, où des choses extraordinaires pouvaient se produire. Peut-être devrait-elle signer toutes ses lettres : « Elizabeth Bachanan, White Gables, Sherman, le Trou Perdu ».

— Je commence à avoir envie de sortir, dit sa maman. (Elle se tourna à demi vers la fenêtre au store baissé, sa cigarette levée.) C'est l'été, non? Je commence à avoir envie de sortir. Me promener dans le jardin, peut-être. M'asseoir sur la véranda. Peggy adorait l'été, n'est-ce pas? Elle n'a jamais aimé le froid.

— Je crois que j'ai peut-être une bonne nouvelle, annonça Elizabeth.

— Une bonne nouvelle? Une bonne nouvelle à propos de quoi?

— A propos de Peggy, bien sûr. Je pense que Peggy est toujours avec nous, d'une certaine façon.

Sa mère tourna lentement la tête et la regarda fixement.

— Qu'est-ce que tu dis, Lizzie?

Elizabeth commença à se troubler et à avoir très chaud. Elle avait cru que ce serait facile... facile et joyeux... que cela sortirait sa maman de son apathie et de son amertume. Elle ne s'attendait pas à ce regard de vive hostilité dans les yeux de maman, à ce tremblement de désapprobation dans sa voix.

— Je revenais de chez Lenny et j'ai vu une petite fille qui n'était pas Peggy mais c'était elle.

— Qu'est-ce que tu dis? Mais qu'est-ce que...? *Qu'est-ce que tu dis?*

Elizabeth se sentit prise au piège. La fumée de la cigarette de maman la faisait suffoquer. Elle savait qu'elle avait raison, elle était certaine d'avoir croisé Peggy dans Putnam Street, pourtant elle regrettait beaucoup de ne pas avoir gardé ça pour elle.

— J'ai vu une petite fille... elle était toute vêtue de blanc... elle semblait *briller*.

— Ce sont des bêtises, des bêtises ! Qu'essaies-tu de faire, me donner une autre dépression nerveuse ? Tu sais combien de temps il m'a fallu pour... ?

— Je sais, maman. Et je n'avais pas l'intention de te bouleverser. Mais elle ressemblait tellement à Peggy. C'était elle. Je suis incapable d'expliquer pourquoi ! Et ensuite Seamus a dit des choses qui viennent de *La Reine des Neiges*, et c'était le conte préféré de Peggy.

Sa maman tirait furieusement sur sa cigarette. Puis elle explosa.

— Pour l'amour du ciel, Elizabeth ! Tu es aussi folle que lui ! Ou peut-être ne l'es-tu pas ! Peut-être est-ce *moi* qui suis toujours folle ! Ha ! Je n'aurais que ce que je mérite, après avoir épousé ton père, être venue ici, et avoir eu des enfants ! Et ma carrière... ruinée !

— Maman, tu n'es pas folle, et Seamus n'est pas fou, et je ne suis pas folle ! Même si tu ne me crois pas, même si tu penses que je suis méchante envers toi, c'est la vérité. J'ai vu une petite fille aujourd'hui dans Putnam Street et ce n'était pas Peggy mais c'était bien elle.

Maman parut sur le point de répliquer avec violence, puis... de manière tout à fait inattendue... elle pencha sa tête en avant, et ses épaules se voûtèrent, jusqu'à ce qu'elle soit assise dans son fauteuil comme l'une de ces vieilles femmes que l'on voit dans des maisons de retraite, leur vivacité et leur énergie disparues, résignées à l'ennui et aux absences de mémoire torturantes, et aux visites de plus en plus rares de proches aux yeux fuyants... de culpabilité ou de cupidité.

— Maman ? dit Elizabeth d'une voix inquiète.

Sa maman leva les yeux et parvint à esquisser un sourire.

— Oh, Lizzie... si seulement cela pouvait être vrai. Si seulement je pouvais la serrer dans mes bras à nouveau, juste une fois !

Elizabeth tendit le bras et effleura le dos de la main de sa maman. Sa main était sèche au toucher, desséchée même, aussi fragile qu'un squelette de feuille.

Si seulement il y avait eu un moyen d'expliquer ce qu'elle avait vu, et ce qu'elle avait ressenti lorsque la petite fille en blanc était passée près d'elle. Mais elle put seulement se pencher et embrasser sa maman sur le front. La peau de maman avait un goût de nicotine et de parfum Isabey. De façon ou d'autre, ce goût rappela tellement à Elizabeth Peggy et tous ces moments où elles avaient été ensemble, les trois sœurs, qu'elle fut encore plus convaincue que c'était vrai... Peggy *était* toujours parmi eux, d'une manière inexplicable, et dans un but inconcevable.

Dick Bracewaite était assis dans son petit cabinet de travail et écrivait son sermon pour le dimanche suivant lorsque Laura apparut dans l'embrasure de la porte-fenêtre ouverte, comme par magie. Dick Bracewaite posa son stylo en écaille marron, s'appuya sur le dossier de sa chaise et lui sourit. Puis il prit à nouveau son stylo et vissa le capuchon.

— Laura ! Tu m'as fait sursauter !

Elle pénétra dans la pièce. Ses cheveux blonds brillèrent dans la lumière du soleil de la fin de l'après-midi. Derrière elle, les pelouses de St. Michael, récemment arrosées, scintillaient, et les plates-bandes regorgeaient de roses épanouies à la frisure crémeuse. Laura contourna la chaise de Dick Bracewaite, et comme elle passait derrière lui, il ferma les yeux à demi et inhala, afin de sentir son odeur. Une odeur de jeune fille, d'été et de glace.

Elle prit place dans le fauteuil en bois près de son bureau, garni d'un coussin usé. Elle jeta un coup d'œil aux feuilles de papier couvertes d'une écriture penchée. Ses cils étaient blonds, décolorés par le soleil de l'été, mais ils étaient toujours longs, et ils tremblèrent tandis qu'elle lisait ce que Dick avait écrit.

— Quelle langue est-ce ? lui demanda-t-elle.

— C'est du latin. « *Aut tace, aut loquere meliora*

silentio. » Je citerai cette phrase dans mon sermon, dimanche prochain.

— Qu'est-ce que cela veut dire ?

Son poignet délicat et hâlé était posé négligemment sur le rebord du bureau, et il éprouva le violent désir de tendre le bras et de le caresser, puis de refermer ses doigts autour, comme il l'avait fait de nombreuses fois auparavant. « Regarde, lui avait-il dit, ton poignet est tellement mince que je peux refermer mon index et mon pouce autour, comme un bracelet. — Ou comme des menottes », avait-elle répliqué en levant vers lui ces yeux embués, tellement embués !

— Cela veut dire « garde le silence », répondit-il. « Garde le silence ou dis quelque chose qui est plus doux que le silence ».

— Qu'est-ce que ce pourrait être ? demanda Laura.

Elle adorait Dick sans réserve, cœur et âme. Il connaissait tout et bien plus. Il était si fort et tellement adulte. Il avait une *odeur* d'homme, une odeur de savon noir, de tabac et d'autre chose, quelque chose d'indiciblement *musqué*. Il ne ressemblait pas du tout à papa, avec ses livres, sa nervosité et ses cendres de bois. Il disait ce qu'il pensait. Il avait des poils roux sur ses bras hâlés, couverts de taches de rousseur, et il avait un beau visage, charnu, avec des joues brunies par le soleil et des yeux aussi verts que la mer. Il portait des lunettes en écaille marron aux verres ronds, mais loin de le faire paraître faible, elles lui donnaient un air encore plus viril, comme un boxeur professionnel qui a simplement besoin de lunettes de lecture. Ses cheveux blonds luisaient, aspergés de lotion tonique, et étaient coiffés en arrière, ce qui lui dégageait le front.

— Personnellement, je suis incapable d'imaginer quelque chose qui est plus éloquent que le silence, déclara Dick. Parfois tu peux dire à quelqu'un que tu l'aimes en gardant le silence, bien mieux que tu ne le ferais en essayant d'exprimer ton amour avec des mots. Je dis à Dieu que je L'aime dans un silence complet.

Il ne prononça pas la phrase suivante. Laura était tout à fait sûre qu'il allait dire : « Je *te* dis que je t'aime dans un silence complet », mais il ne le fit pas. Les doigts de Dick étaient levés au-dessus de son poignet, et elle savait qu'il avait envie de la toucher, elle le sentait sur sa peau, aussi brûlant que la lumière du soleil de l'été à travers une loupe. Elle regarda Dick dans les yeux, et il regarda dans les siens, et il lui donnait tout ce qui la faisait se sentir rayonnante et heureuse : une dévotion totale, une attention profonde, et une peur terrifiante de la perdre. Une telle *peur* ! C'était incroyable. Cela le rendait encore plus viril, cela le faisait ressembler encore plus à un dieu. La tension entre eux était délicieusement insupportable.

— Il est arrivé quelque chose aujourd'hui, dit Laura. J'ai pensé que je devais t'en parler.

Dick déglutit bruyamment.

— Il est arrivé quelque chose ? Quelque chose de grave ?

— C'est vraiment stupide. J'ai écrit une histoire sur nous, c'est tout. En revenant de l'école, j'ai laissé tomber la feuille de papier, et Elizabeth l'a lue.

Dick ne dit rien. Dehors dans le jardin, un pigeon n'arrêtait pas de roucouler, et les arbres bruissaient avec agitation.

Laura sentit ses yeux se remplir de larmes, mais ils le faisaient toujours lorsqu'elle savait qu'elle avait fait quelque chose de cruel ou de mal. Elle ne pleurait pas parce qu'elle regrettait sa mauvaise action, mais parce qu'elle était frustrée d'avoir été prise en défaut, et parce qu'elle était furieuse contre les gens stupides qui lui avaient dit ses quatre vérités. *Ils* n'avaient donc jamais menti, ou flirté avec des garçons, ou volé des rouges à lèvres, des bonbons ou des pièces de monnaie dans le sac de leur mère ? Parfois Laura avait l'impression que le monde entier était rempli de gens qui essayaient de lui faire croire qu'ils étaient tous des saints avec une auréole brillante, et qu'elle était la seule pécheresse. C'était l'une des raisons pour lesquelles elle vouait une telle adoration à Dick. Dick était pasteur, un ecclésiastique, et si un ecclésiastique jugeait qu'elle était parfaite (et il le lui avait dit souvent, *parfaite, Laura, tu es parfaite* !), alors elle avait certainement raison, et tous ceux qui pensaient de si mauvaises choses à son sujet avaient forcément tort.

Finalement, Dick saisit son poignet.

— Tu as écrit une histoire sur nous ? Que racontait cette histoire ?

— Juste ce que nous avons fait.

— Les baisers ? Les caresses ? Ta as raconté tout ça ?

Laura hocha la tête. Pour quelque raison, plus Dick se décontenançait, plus elle se sentait excitée. Dick était inquiet ! Dick était affreusement inquiet ! Il y avait des gouttes de sueur sur sa lèvre supérieure !

Il continuait de serrer son poignet nerveusement. Il essaya de parler mais il semblait avoir du mal à trouver ses mots.

— Tu as... qu'est-ce que tu as écrit, exactement ? Tu as mentionné nos noms ?

Laura secoua la tête. Elle pleurait toujours mais elle ne se sentait pas du tout triste.

— J'ai dit que tu t'appelais Frank, pas Dick, parce que ton second prénom est Frank.

— Et tu as écrit que nous avions retiré nos vêtements ?

Laura hocha la tête à nouveau.

— J'ai écrit *dard* et *chatte*. Elizabeth a dit que c'était grossier.

Dick prit une énorme inspiration, comme s'il s'apprêtait à plonger pour aller pêcher des perles.

— Tu penses qu'elle a compris que c'était nous ? Tu n'as pas parlé de l'église, n'est-ce pas ? Mon Dieu, ma chérie, ce devait être un secret entre nous, un secret !

— Dick... je n'ai pas laissé tomber cette histoire exprès. Elizabeth n'aurait pas dû la lire. Je lui ai dit de ne pas la lire mais elle l'a fait !

— Allons, dit-il, je n'avais pas l'intention de me mettre en colère après toi. Excuse-moi. Mais tu sais que ce que nous avons fait tous les deux était pur, hein ? C'était un acte innocent, une affection totalement innocente, l'affection d'un homme bon et dévoué pour une enfant très belle, deux créatures de Dieu !

Laura pencha la tête d'un côté et regarda Dick attentivement.

— C'est ce que tu veux que je leur dise, s'ils m'interrogent ?

— *Ils ?* Qui d'autre le saurait, à part ta sœur Elizabeth ?

— Eh bien, tout le monde, si nous ne sommes pas prudents. Tu sais comment sont les gens à Sherman. On dit que si tu confies un secret à quelqu'un à un bout de la ville et que, ensuite, tu commences à marcher vers l'autre bout de la ville, tous les gens habitant à l'autre bout de la ville connaîtront déjà ton secret lorsque tu y arriveras.

— Oh, mon Dieu ! s'exclama Dick en ôtant sa main du poignet de Laura.

Mais ce n'était pas ce que Laura voulait. Elle ne voulait pas que Dick soit angoissé. Elle ne voulait pas qu'il se recroqueville en lui-même et cesse de lui prodiguer toute son affection. Elle voulait qu'il soit fort maintenant, et viril, le boxeur aux lunettes de lecture. Elle voulait qu'il dise qu'il l'aimerait pour toujours, sans se soucier des conséquences. Elle n'avait que onze ans, pourtant elle avait déjà découvert à quel point les hommes peuvent être faibles, à quel point c'est facile de les manœuvrer, et tout en aimant la puissance que cela lui procurait, elle les méprisait à cause de leur lâcheté.

— Nous allons devoir attendre, reprit Dick. Je pense que ce ne serait pas prudent de continuer à nous voir. Tant que nous ne serons pas sûrs.

— Mais je croyais que tu m'aimais. Tu as *dit* que tu m'aimais.

Dick, à moitié levé de sa chaise, prit sa tête entre ses

mains et, maladroitement et frénétiquement, embrassa son front, ses joues, ses yeux et son menton.

— Laura, Laura, Laura ! Bien sûr que je t'aime, ma chérie ! Tu es mon ange ! Tu es ma chérie ! Nous nous connaissons totalement, n'est-ce pas, comme Adam et Ève ? Tu te souviens de cet après-midi lorsque nous étions nus, et ensuite nous avons couvert nos corps de feuilles parce que nous avions mangé le fruit de l'Arbre de la Connaissance ? Tu te souviens de cet après-midi ? Et n'était-ce pas un amour innocent, deux êtres savourant les corps que Dieu leur a donnés, la beauté et la beauté ?

Il l'embrassa sur les lèvres, tendrement et lentement, de toute évidence parfaitement conscient qu'il ne l'embrasserait peut-être plus jamais. Il toucha sa robe, il toucha son genou. Il glissa sa main sous sa robe, caressa sa cuisse nue et hâlée. Elle ne tressaillit pas, elle aimait ce qu'il faisait. Mais elle aimait encore plus exercer son influence sur lui, et elle le regarda de ces yeux embués, tellement embués, et ses yeux disaient *arrête ça, pédéraste* même si elle ignorait ce que *pédéraste* voulait dire, même si elle n'avait jamais entendu prononcer ce mot.

— Je..., commença Dick.

Puis il se souvint des mots de son sermon. « *Aut tace, aut loquere meliora silentio.* » Laura le regarda et redressa légèrement la tête, d'une façon très dominatrice.

Dick s'assit. Près du calendrier œcuménique sur le mur au-dessus de son bureau, il y avait une photographie de lui-même prise au collège St. Luke, floue. Il esquissait un sourire, le portrait de l'Onctuosité Parfaite. A côté, il y avait une reproduction fanée de *Suzanne et les vieillards*, le tableau de Thomas Hart Benton : deux hommes âgés aux visages noueux, cachés derrière un arbre, lorgnaient une jeune femme nue aux rondeurs des années trente et aux sourcils impeccablement épilés. Il s'était toujours dit qu'il aimait *Suzanne et les vieillards* parce que ce tableau rappelait les vertus traditionnelles et faisait entrer la pensée chrétienne dans l'époque moderne. Mais, bien sûr, la réalité était que Suzanne elle-même était tellement excitante, et un examen attentif du tableau révélait une fente indistincte et mystérieuse sous ses poils pubiens.

Laura balança sa jambe et le regarda effrontément.

— Tu as dit que tu m'aimais !

Dick se montrait absent, préoccupé. Qui avait pu lire l'histoire écrite par Laura, à part Elizabeth, et à qui Elizabeth pouvait-elle en parler ? La fin du monde n'est pas simplement proche, Bracewaite ; la fin du monde est pratiquement sur toi !

— Je t'aime, dit-il. Mais tout de même...

Laura se leva. Elle prit ses mains, toutes les deux, comme si elle lui donnait sa bénédiction. C'était merveilleux de sentir sa peur, et sa virilité, et l'odeur de renfermé de l'église. Elle avait vraiment vu son dard, rouge et poilu, avec son gland violacé comme une prune, et pour quelque raison cela lui donnait un pouvoir sur lui qui était plus grand que n'importe quel autre pouvoir qu'elle ait jamais connu. Et même si elle ne comprenait pas cela tout à fait, cela ne voulait pas dire qu'elle n'allait pas en user.

— Est-ce que tu vas avoir des ennuis ? lui demanda-t-elle.

— Seulement si les gens apprennent pour nous. Et même dans ce cas... même s'ils savent... seulement s'ils se font une fausse idée.

— Je ne comprends pas ce que tu veux dire.

Dick avait beaucoup de mal à s'expliquer.

— J'aurai des ennuis seulement si les gens pensent que je t'ai fait du mal, et que j'ai essayé d'avoir des relations sexuelles avec toi.

— Et la véritable fontaine ?

Il rougit. *Regarde, regarde*, lui avait-il dit vivement. *Une véritable fontaine.*

— Nous ferions mieux d'oublier la véritable fontaine.

Laura lui toucha le front du bout de ses doigts maculés d'encre. Elle ne savait pas s'il lui faisait pitié ou non. Avec Dick, elle avait appris énormément de choses sur les hommes, et la chose la plus intéressante qu'elle avait apprise sur eux, c'était qu'elle pouvait toujours attirer leur attention, qui qu'ils soient, simplement en passant le bout de sa langue sur ses lèvres, et en s'asseyant, les jambes croisées, afin que sa robe remonte sur ses cuisses. Elle savait comment devenir une star de cinéma, déjà, parce que si elle pouvait faire ça avec Dick, elle pourrait le faire avec n'importe quel homme, et ils la désireraient *tous*, des milliers, des millions, dans le monde entier.

Elle regarda vers le jardin. Une petite fille en robe blanche se tenait près des rosiers et l'observait d'un air solennel. Le soleil était tellement éclatant que la petite fille donnait presque l'impression de fleurir. Laura n'aurait su dire pourquoi, mais il lui sembla reconnaître la petite fille, comme si elle l'avait vue il y avait très longtemps de cela.

— Ton jardinier est là aujourd'hui ? demanda Laura à Dick.

Il la regarda en battant des paupières.

— Mon jardinier ?

— Sa petite fille est dehors.

Dick se tourna sur sa chaise. Mais lorsqu'il regarda, la petite fille avait disparu, et il n'y avait que les pelouses, les plates-bandes et les abeilles au bourdonnement paresseux.

— Tu ne m'aimes pas vraiment, hein ? demanda Laura d'une voix bien plus expérimentée que son âge.

Dick leva les yeux vers elle, puis il regarda à nouveau vers le jardin. Le soleil s'était caché. Brusquement, les pelouses furent ternes, les roses furent ternes, et un vent sec et troublant se leva. Dick saisit la main de Laura, il la serra si fort qu'il faillit la broyer.

— Bien sûr que je t'aime ! affirma-t-il. Mais j'ai peur, c'est tout.

— Tu as peur ? De quoi ?

— Je ne sais pas. De Satan, ou peut-être de Dieu. Ou bien de ma bassesse.

Laura l'embrassa sur le front, bien que son front soit plissé et luisant de sueur. La petite fille en blanc était étrangement réapparue, comme par magie, et elle l'observa pendant qu'elle embrassait le front de Dick.

— Je ne dirai rien, lui promit Laura. Même si cela m'attire des ennuis, je ne dirai rien, c'est promis.

Elle appuya le bout de son index sur ses lèvres. Néanmoins, ses yeux pétillaient de malice, et Dick ne sut pas s'il devait fondre de terreur ou d'adoration.

6

Elizabeth appuya sur la sonnette de Bindy et se tint sous le porche ombragé, attendant qu'elle vienne ouvrir. Mr. Theopakis, le boulanger, passa dans la rue, au volant de sa grosse Oldsmobile verte, et Elizabeth le salua de la main. Finalement, Bindy ouvrit la porte. C'était une fille boulotte aux cheveux châtains, portant des lunettes et affligée d'un bégaiement.

— Bonjour, Elizabeth, dit-elle. Tu cherches Laura ?

— Nous allons dîner. Elle devrait être rentrée depuis vingt minutes.

Bindy secoua la tête.

— Elle n'est pas venue ici.

— Elle n'était pas chez toi ?

Bindy secoua la tête à nouveau.

— Je ne l'ai pas vue depuis l'école.

Elizabeth s'éloigna. Elle avait très chaud et était soucieuse. Si Laura n'était pas venue jouer avec Bindy, alors où était-elle ? Et si elle se cachait ? Et si elle avait eu peur que Elizabeth ne montre son histoire de sexe à papa, et qu'elle n'ait fait une fugue ?

Elle marcha aussi vite que possible jusqu'au bout de Maple, puis s'avança dans Oak. Mrs. Patrick serait furieuse si elles étaient en retard pour le dîner, même si c'était un pâté en croûte qu'elle pouvait garder au chaud. Mrs. Patrick était d'avis que la politesse la plus élémentaire due aux cuisinières était d'arriver à l'heure pour le dîner et de se mettre à table après s'être lavé les mains, et pas de cavalcades de dernière minute vers la salle de bains.

Elle tourna le coin pour retourner vers St. Michael et le cimetière. Elle voyait presque aussi loin que la propriété Ledger, au bout de Squantz Road. Il n'y avait personne dans la rue. Le jour commençait à diminuer, et le vent soufflait encore plus fort. Elizabeth eut le sentiment que quelque chose n'allait pas du tout... qu'elle était entrée dans un monde qui ressemblait au sien, mais qui s'était modifié de façon presque imperceptible.

Quelque part dans le monde, un papillon aux ailes brisées était tombé sur le sol dans la forêt, et tout avait changé.

Judy McGuinness et Dan Marshall passèrent en voiture. Dan klaxonna et lui lança :

— Hé, Lizzie, pourquoi cet air affairé ?

Elizabeth scruta Oak Street, puis elle plissa les yeux en raison du soleil et regarda vers le centre-ville. Sherman se vidait petit à petit, les boutiques fermaient. Où Laura avait-elle bien pu aller ? Elle espérait que le « Frank » de son histoire n'existait pas, et qu'elle n'était pas allée parler à « Frank ». Ou encore pis, qu'elle ne faisait pas à nouveau ce truc de « dard » et de « chatte ». Le seul fait de penser à cela la fit rougir comme une pivoine.

Elle décida de rentrer et de dire à Mrs. Patrick que Laura était introuvable. Elle s'apprêtait à faire demi-tour lorsqu'elle entrevit une petite fille vêtue de blanc qui courait le long de la clôture peinte en blanc devant l'enclos de l'église. Elle s'abrita les yeux des deux mains, essayant de distinguer la petite fille plus nettement, mais en une fraction de seconde, la petite fille avait disparu entre les arbres.

Elle ne savait pas quoi faire. Elle avait l'horrible pressentiment que c'était la petite fille qu'elle avait vue un peu plus tôt cet après-midi, alors qu'elle revenait de chez Lenny. La petite fille qu'elle avait cru être Peggy.

Elle se dirigea vers l'église, remonta l'allée et gravit les marches qui amenaient à la porte d'un blanc luisant. Elle avait eu l'impression que la petite fille était sortie de l'église en courant, auquel cas Dick Bracewaite l'avait certainement vue. Il lui avait peut-être même parlé, et savait qui c'était.

Elizabeth ouvrit la porte. A l'intérieur, l'église était sombre et sentait le bois sec et la poussière. Près de la porte, il y avait une statue de Jésus sur un socle, avec un grand vase de fleurs fraîchement cueillies à Ses pieds, des lis, des roses et des dahlias rouge sang. Il regardait tristement Elizabeth, comme s'Il aurait aimé lui venir en aide, mais était trop absorbé par Ses propres soucis.

— Monsieur Bracewaite ! appela Elizabeth.

La lumière du soleil pénétrait par les vitraux, donnant du poli aux bancs et aux énormes chandeliers en cuivre.

Elle alla jusqu'à la sacristie et ouvrit précautionneusement la porte. Les soutanes et les surplis de Dick Bracewaite étaient suspendus là ; une paire de chaussures noires au cuir éraflé gisait de guingois sur le sol au-dessous, comme si on les avait retirées en toute hâte. Sur la table il y avait un numéro de *National Geographic* avec des danseurs Ibo en photo de couverture, portant des lunettes à une seule branche.

— Monsieur Bracewaite ?

Elle ouvrit la porte qui donnait sur le jardin. De l'autre côté de la pelouse en talus se dressait la maison aux planches à recouvrement blanches que Dick Bracewaite avait héritée du révérend Earwaker. Elle paraissait anormalement brillante dans la lumière du jour finissant. Les pelouses luisaient, encore mouillées. Elizabeth s'avança entre les parterres de rosiers vers l'arrière de la maison. La porte-fenêtre battait, s'ouvrait et se refermait, s'ouvrait et se refermait, comme un tour de prestidigitation ; ses vitres accrochaient de temps à autre l'éclat du soleil.

Elizabeth franchit la porte-fenêtre et pénétra dans le

cabinet de travail. Le vent agitait les feuillets du sermon de Dick Bracewaite pour dimanche prochain. « *Aut tace, aut loquere meliora silentio* ». Seul son stylo en écaille empêchait les feuilles de papier de s'envoler.

— Monsieur Bracewaite, c'est Elizabeth Buchanan ! Est-ce que vous êtes là ?

Elle regarda autour d'elle. Elle n'aurait su dire exactement pourquoi, mais elle avait l'impression que quelqu'un venait de quitter cette pièce, juste quelques instants plus tôt, juste quelques secondes plus tôt. Les êtres humains laissent comme une résonance lorsqu'ils sortent d'une pièce, un tourbillon de molécules dérangées, un écho. Quelqu'un venait juste de sortir d'ici, et il y avait autre chose, une autre impression.

Quelqu'un avait crié dans cette pièce. Elle *entendait* presque le cri, plaqué contre le mur comme du papier peint mouillé. Elle fit le tour de la pièce. Elle écoutait et écoutait, et elle était certaine de percevoir cette impression.

La porte-fenêtre battit.

— Monsieur Bracewaite ? répéta-t-elle d'une voix maintenant à peine audible.

Elle tendit l'oreille, mais il n'y avait absolument rien, et elle était sur le point de partir lorsqu'elle entendit une plainte, légère et voilée, comme si un homme essayait de chanter *Swing Low, Sweet Chariot* dans un bocal en verre vide.

— Monsieur Bracewaite ?

Elle sortit du bureau et s'avança dans le couloir étroit. Le sol était recouvert d'un parquet en chêne clair. Sur le mur, il y avait une grande gravure représentant le Christ s'adressant aux cinq mille, debout dans sa barque, ses cheveux agités par le vent, sa main levée. « Je suis le pain de vie, qui vient à moi n'aura jamais faim. »

Elle entendit le gémissement à nouveau, et elle hésita. Cela venait de la cuisine. La porte était entrebâillée, et elle apercevait une section triangulaire du carrelage, aux carreaux noirs et blancs, et une partie de la table en pin massif. Elle voyait également une forme couverte de rougeurs, tachetée. On aurait dit une nageoire de pingouin qui oscillait sans cesse d'un côté et de l'autre. Il fallut un moment à Elizabeth pour réaliser que c'était un pied humain nu.

Maintenant elle avait très peur. Quelqu'un était étendu sur le carrelage de la cuisine ; quelqu'un qui gémissait ; quelqu'un dont le pied était noirci et couvert de cloques, comme s'il avait été brûlé.

Elle était tellement terrifiée que, durant un moment éperdu, elle fut tentée de sortir de la maison en courant, de traverser les pelouses, de s'élancer vers Oak Street et de continuer de courir à toutes jambes. Mais le spectacle de ce pied était si horrible qu'elle savait qu'elle ne pouvait pas s'enfuir. Elle devait regarder.

C'est une expérience, se dit-elle. *Aucun écrivain ne peut se dérober à une expérience. Sans expérience, écrire n'a aucun sens.*

Elle s'avança lentement vers la cuisine, en proie à une terreur absolue. Des années plus tard, elle ne se rappellerait pas avoir vraiment bougé ses jambes lorsqu'elle marchait. Ce fut comme si elle *glissait*, irrésistiblement attirée par ce qu'elle était sur le point de voir.

Un homme gisait sur le dos, à même le carrelage de la cuisine, un homme qui ne portait aucun vêtement. Il gémissait et frissonnait, entouré de saucisses éparpillées sur le sol. Elizabeth crut tout d'abord que c'était un Noir, parce que son visage et la partie supérieure de ses épaules étaient presque entièrement noirs, comme si on les avait enduits d'encre. Non seulement il balançait ses pieds d'un côté et de l'autre, mais il agitait ses bras en l'air par saccades, tel un joueur de tambour mécanique qui aurait perdu son tambour. Ses bras étaient noirs, également, presque jusqu'aux coudes, et ses mains n'avaient pas de doigts, seulement quelques gros moignons.

A sa grande horreur, Elizabeth comprit brusquement

que les « saucisses » éparpillées sur le sol étaient ses doigts qu'il avait perdus, noirs et enflés.

Elle déglutit, et déglutit à nouveau. Même si le visage de l'homme ressemblait à celui d'un Noir, son ventre, pourtant tacheté du même genre de ternissures indigo-noir d'encre qui recouvraient son visage, ses pieds et le haut de ses bras, était grassouillet et blanc, le ventre d'un Blanc, sans le moindre doute. Ses cuisses étaient également blanches, avec d'épais poils roux. Elle marcha vers lui. Elle *glissa* vers lui, jusqu'à ce que le bout de ses sandales touche presque la hanche de l'homme. Il avait d'épais poils roux entre les jambes, également, mais il ne semblait pas avoir de « machin »... ce que Mrs. Westerhuiven aurait appelé des organes génitaux masculins, et Laura un dard. Juste un cartilage à l'aspect malsain, jaune et noir.

Il *empestait* également. Il dégageait une odeur de gaz, d'oiseau mort, de lait aigre, et de tout ce qui vous donne envie de vomir.

Elle ne regarda pas de trop près. Elle était bien trop choquée, bien trop embarrassée. Elle était tellement terrifiée qu'elle poussait un genre de miaulement, comme un chaton qui veut rentrer et trouve la porte de la maison fermée.

L'homme cessa d'agiter les bras et essaya d'accommoder sur elle. Son visage était tellement bouffi que c'était à peine s'il pouvait ouvrir ses petits yeux injectés de sang. Ses lèvres avaient éclaté, laissant apparaître une chair d'un rouge livide.

— *Oh Seigneur Jésus*, chuchota-t-il.

— Quoi ? s'exclama Elizabeth, terrifiée.

— Oh Seigneur Jésus pardonnez-moi, pardonnez-moi.

— Que vous est-il arrivé ? lui demanda Elizabeth. Où est monsieur Bracewaite ? Que s'est-il passé ?

L'homme agita les bras à nouveau, et Elizabeth réalisa qu'il faisait cela parce qu'il souffrait atrocement.

— Pardonne-moi, Jésus, pour tous mes péchés, pardonne-moi, pardonne-moi.

Il tenta de saisir le bord de sa robe avec l'une de ses horribles mains sans doigts, mais Elizabeth recula vivement. Elle ne miaulait plus; elle tremblait sans pouvoir s'arrêter.

— Je vais appeler le docteur! lui cria-t-elle. Ne vous inquiétez pas! Je vais appeler le docteur!

Il tendit un bras vers elle, son visage semblable à un ballon noir, une créature surgie du pire cauchemar d'un enfant.

— Seigneur Jésus, pardonnez-moi pour ce que j'ai fait et épargnez-moi la damnation éternelle, Père Fils et Saint-Esprit, je n'ai jamais eu l'intention de la toucher, je n'ai jamais eu l'intention de la toucher, c'était de l'amour et seulement de l'amour.

Elizabeth ne pouvait pas parler. Elle marcha à reculons vers la porte, tout à fait incapable de détacher ses yeux de ce monstre noirci et boursouflé qui agitait les bras et les jambes, suppliait et implorait Jésus de lui accorder le pardon.

— Jésus, pardonne-moi, supplia le monstre. Seigneur, pardonnez-moi, ma belle Laura, ma belle Laura.

Laura? Elizabeth ne comprenait absolument pas ce qu'il racontait. Qu'est-ce que Laura avait à voir avec cet homme au visage boursouflé, tout à fait répugnant, qui se tordait sur le carrelage de la cuisine? Elle ne l'avait jamais vu auparavant, et elle priait de toutes ses forces pour qu'elle n'ait jamais à le revoir. Peut-être l'avait-il vue un jour, et entendu quelqu'un crier le prénom de Laura, et il supposait qu'elle était Laura. Peut-être se ressemblaient-elles suffisamment à ses yeux pour qu'il les confonde. Après tout, il n'y avait que deux ans d'écart entre elles.

L'homme toussa et toussa, une toux grasse, étranglée, et il ferma ses yeux gonflés.

— Pardonnez-moi, répéta-t-il.

Un filament de bave ensanglantée glissa de sa bouche et tomba sur le carrelage.

Elizabeth atteignit la porte. Dès que sa main toucha la poignée, elle s'élança dans le couloir. Ses sandales claquèrent sur le parquet. Puis elle traversa le cabinet de travail en courant, écarta le rideau de tulle de la porte-fenêtre et sortit en trombe dans le jardin. Elle ne pouvait pas crier. Elle était trop essoufflée pour crier. Sa poitrine lui semblait toute comprimée, comme la fois où elle avait essayé la tenue de *cigarette-girl* de sa mère. Elle pouvait seulement se tenir immobile sur la pelouse et regarder fixement la porte-fenêtre, en espérant contre toute attente que l'homme au visage semblable à un ballon noir n'aurait pas la force de la suivre.

L'homme sans doigts au visage semblable à un ballon noir, mince alors!

Cependant, il ne se passa rien pendant un très long moment. Il ne se passa rien pendant presque une minute. Les oiseaux gazouillaient, les roses dodelinaient, et leurs épais pétales crémeux tombaient vers les plates-bandes. Elle entendait des automobiles dans Oak Street, et une femme qui riait.

Elle devait prévenir quelqu'un. L'homme était peut-être en train de mourir. Il était peut-être *mort* à présent, et elle aurait sa mort sur la conscience. Son horrible visage boursouflé viendrait la tourmenter dans ses cauchemars, chuchotant et implorant Jésus de lui pardonner, et lui demandant d'une manière accusatrice pourquoi elle n'avait pas appelé à l'aide.

Finalement, elle revint lentement vers la porte-fenêtre. Elle écarta le rideau de tulle qui ondoyait, et entra dans le cabinet de travail.

— Ohé ? appela-t-elle. Vous êtes toujours là ?

Silence. Puis un claquement soudain et violent, qui la fit sursauter, jusqu'à ce qu'elle réalise que c'était venu du dehors, quelqu'un fermant une grille.

Elle alla jusqu'au bureau de Dick Bracewaite et décrocha le téléphone. Presque tout de suite, Lucy, l'opératrice de Sherman, répondit de sa voix nasillarde.

— Central téléphonique de Sherman, révérend, je vous souhaite un très bon après-midi. Quel numéro désirez-vous ?

— Lucy, ce n'est pas monsieur Bracewaite, c'est Elizabeth Buchanan.

— Oh, bonjour, Lizzie, comment vas-tu ? J'ai vu ta maman tout à l'heure. C'est bon de savoir qu'elle se rétablit.

— Lucy... Mr. Bracewaite n'est pas là mais il est arrivé quelque chose d'épouvantable. Il y a un homme ici, dans la cuisine de Mr. Bracewaite, et il ne porte pas de vêtements, et apparemment il est brûlé ou quelque chose comme ça.

— J'espère que ce n'est pas l'une de tes farces, hein, Lizzie ? demanda Lucy d'un ton sec.

L'été dernier, Elizabeth et Laura s'étaient amusées à appeler Lucy régulièrement et à dire : « Vous êtes l'opératrice sur la ligne ? Alors vous feriez mieux de filer en vitesse, un train arrive ! »

— Ce n'est pas une farce, Lucy, croix de bois croix de fer.

— Bon, d'accord. Écoute, ne t'affole pas. Sors de la maison tout de suite, aussi vite que possible, et attends dehors l'arrivée du shérif et de l'ambulance. Je les préviens immédiatement.

— Vous ferez vite, hein ? Il donnait l'impression d'agoniser. Tous ses doigts sont tombés, c'était horrible !

— Pas d'affolement, Lizzie ! Raccroche maintenant et va attendre dehors. N'essaie pas de faire quoi que ce soit, tu ne ferais qu'empirer les choses !

Elizabeth fit ce qu'on lui avait dit, et raccrocha. Elle se tint immobile dans le cabinet de travail un long moment, écoutant, cherchant à déceler des gémissements ou des cris poussés par l'homme au visage semblable à un ballon noir. Puis elle sortit du presbytère et se dirigea rapidement vers la rue. Elle se tint près de la clôture peinte en blanc. Elle se sentait confiante, presque héroïque. Mais tandis que les minutes s'écoulaient, comme les chênes bruissaient au-dessus de sa tête et les ombres projetées par les nuages traversaient rêveusement le trottoir, elle commença à se sentir le cerveau vide. Lorsque la grosse Hudson 6 noire du shérif Grierson surgit au croisement en faisant hurler sa sirène, son gyrophare rouge scintillant, elle voyait tout en négatif, et l'obscurité était pailletée d'étoiles.

Le docteur Ferris sortit de la chambre et referma très doucement la porte derrière lui. La soixantaine, svelte, les cheveux grisonnants, il ressemblait plus à un premier violon qu'à un médecin de province. Il avait un nez proéminent aux pores profonds, sur lequel ses lunettes avaient laissé deux marques en creux rougeâtres, et des yeux qui étaient légèrement trop rapprochés, et étonnamment froids.

Il portait un costume de toile trop ample, aux poches bourrées de tout ce dont pouvait avoir besoin un médecin de province, un fumeur de pipe, un promeneur et un observateur d'oiseaux amateur. En fait, il n'était pas violoniste; il en donnait seulement l'impression.

Le shérif Grierson bavardait avec Sœur Baker, laquelle aimait à penser qu'elle ressemblait d'une manière frappante à Lana Turner... mais son uniforme amidonné était rempli de l'équivalent d'une Lana Turner et demie. Elle ignorait que c'était précisément ce que le shérif Grierson aimait tant chez elle. Il était un homme corpulent lui-même, portait du XXL, était un gros mangeur de tartes, et appréciait les femmes bien en chair. Les maigrichonnes qui n'ont que la peau sur les os ne l'intéressaient pas.

Le docteur Ferris replia les branches de ses lunettes et annonça :

— C'est bien le révérend, il n'y a aucun doute à ce sujet. J'ai reconnu la tache de vin sur son dos. Il était venu me consulter pour des problèmes rénaux.

— Ça alors! dit le shérif Grierson. Vous croyez qu'il va s'en sortir?

— Hum, j'en doute fort. Toute cette partie noire est morte. La gangrène. Nous allons devoir l'opérer pour voir son étendue exacte, mais vous avez constaté ce qui est arrivé à ses doigts et à ses orteils.

— Vous voulez dire...?

— Exactement, Wally. Ses doigts et ses orteils sont tombés, et il est probable que toute la chair de son visage va se détacher également. En fait, cela m'étonne qu'il ne soit pas déjà mort.

— La volonté de Dieu, je suppose, dit le shérif Grierson. A votre avis, que lui est-il arrivé ? Comment expliquez-vous cette gangrène ?

— Je sais *ce qui* lui est arrivé, Wally. L'ennui, c'est que je ne comprends pas *comment* cela est arrivé.

— Qu'essayez-vous de me dire ? Il n'a pas été assassiné, n'est-ce pas ? Empoisonné ou un truc comme ça ?

Le docteur Ferris secoua la tête.

— Le révérend Dick Bracewaite présente des gelures très importantes. Le pire cas que j'aie jamais vu.

Le shérif Grierson le regarda avec stupeur.

— Des *gelures* ?

— Je sais, fit le docteur Ferris en haussant les épaules. Cela paraît grotesque, des gelures au cours de l'un des jours les plus chauds de l'année ! Pourtant c'est bien ça. Et ce n'est pas une simple froidure qui fait devenir d'un blanc intense la peau atteinte. Il s'agit de gelures qui noircissent la peau, pas d'erreur !

— Comment est-ce possible ? demanda le shérif Grierson.

— Des gelures ? s'exclama Sœur Baker. Où peut-on attraper des gelures en plein été ?

— Je n'en sais absolument rien, avoua le docteur Ferris. La seule hypothèse qui me vienne à l'esprit, c'est qu'on l'a enlevé et enfermé dans une chambre frigorifique, puis qu'on l'a ramené, mais je pense que la probabilité pour que *cela* se soit produit est quasiment nulle. J'avais vu le révérend cet après-midi, vers les quatre heures, et l'usine frigorifique la plus proche qui aurait pu le geler à ce point se trouve à New Milford. D'un autre côté, on aurait pu le déshabiller entièrement et répandre sur son corps du gaz liquide, de l'oxygène ou de l'azote peut-être, mais Dieu seul sait la quantité de gaz qui aurait été nécessaire pour provoquer de telles gelures.

— Cela semble tout aussi absurde, intervint le shérif Grierson. Pourquoi se donner tout ce mal pour tuer un type avec du gaz liquide alors que vous pouvez le tuer par balle ou l'étrangler ou lui défoncer le crâne ?

— Je l'ignore, dit le docteur Ferris. Je dois reconnaître que je n'ai pas la moindre explication sensée.

— Est-ce qu'il vous a parlé ?

— Il a dit « pardonnez-moi », les deux fois, et c'est tout.

— C'est ce qu'il n'arrêtait pas de dire quand on l'a transporté dans l'ambulance.

— Oh... une chose encore, fit le docteur Ferris. Il a dit « feutre ». J'ai cru tout d'abord qu'il essayait de dire « meurtre », mais il l'a dit à nouveau, et c'était bien « feutre ».

Le shérif Grierson se frotta la nuque d'un air pensif.

— « Feutre », hein ? Cela ne nous apprend pas grand-chose, grommela le shérif Grierson. Je ne sais pas... j'ai un mauvais pressentiment à propos de cette affaire. Je sens que je vais avoir la migraine avec de sacrés maux d'estomac, et il faudra plus que de l'Alka-Seltzer pour y remédier !

— Vous voulez le voir maintenant ? demanda le docteur Ferris, et le shérif Grierson acquiesça de la tête.

Le docteur Ferris ouvrit la porte et le fit entrer dans la chambre de Dick Bracewaite. Les fenêtres étaient fermées afin de maintenir la température de la pièce élevée, et la puanteur de la chair qui se décongelait petit à petit était suffocante. Deux infirmières s'occupaient de lui : l'une enveloppait ses bras et ses jambes dans des serviettes chaudes, l'autre lotionnait son visage noirci et gonflé. Les deux infirmières portaient des tabliers en caoutchouc rouge et des masques chirurgicaux.

Le shérif Grierson plaqua sa main sur son visage.

— Dieu Tout-puissant ! dit-il, et il eut des haut-le-cœur.

— Bien sûr, la gangrène ne sentait pas aussi mauvais lorsqu'il était gelé, expliqua le docteur Ferris. S'il est toujours en vie quand nous aurons fini de le décongeler, nous pourrons le frictionner avec de la pommade d'acide borique mélangé avec de l'eucalyptus, afin d'atténuer l'odeur.

Le shérif Grierson s'approcha du lit. Les yeux de Dick Bracewaite étaient fermés, et sa respiration était oppressée et irrégulière. Le shérif Grierson le contempla un moment, sa main toujours plaquée sur sa bouche et son nez. Cela faisait dix-sept ans qu'il était le shérif du comté de Litchfield, et il avait vu beaucoup de cadavres. Il avait vu des gens qui avaient brûlé vif, des gens qui s'étaient noyés, des gens qui s'étaient fait sauter la cervelle. Il avait même vu des gens qui étaient morts de froid, des enfants et des vagabonds surpris par une soudaine tempête de neige. Mais il n'avait jamais vu quelqu'un avec un tel aspect : gonflé et aussi noir qu'une vessie de porc qui s'affaisse lentement.

Pourtant le révérend Dick Bracewaite avait reçu ces blessures, soit accidentellement, soit par automutilation, soit de la main de quelqu'un qui voulait le tuer, et sa chair était morte, même si son âme et son esprit étaient toujours vivants. Son visage était mort, ses bras étaient morts, ses jambes étaient mortes... mais, miraculeusement, l'homme lui-même continuait de respirer.

Le shérif Grierson jeta un regard à une infirmière, puis à l'autre. La première infirmière avait de grands yeux bleus.

— Je peux lui parler ? demanda-t-il.

— Vous le pouvez si vous y tenez. Mais il ne vous répondra probablement pas.

A contrecœur, le shérif Grierson ôta sa main de son visage.

— Révérend Bracewaite ! appela-t-il, comme un homme appelle un chat farouche. Révérend Bracewaite! C'est le shérif Grierson, Wally Grierson. J'aimerais vous parler un peu, si vous êtes *compost mentis*.

Dick Bracewaite ouvrit ses minuscules yeux enflés. Il regarda fixement le shérif Grierson un moment. Puis il chuchota :

— ... entre.

— Quoi ? demanda vivement le shérif Grierson. Qu'avez-vous dit ? Avez-vous dit « meurtre », ou bien avez-vous dit « feutre » ? Répondez, révérend Bracewaite, il faut que je sache !

Mais Dick Bracewaite agonisait. Sa poitrine se soulevait et s'abaissait, et sa respiration était rauque, comme quelqu'un frottant une ficelle rêche sur du carton. Il toussa et cracha un filament de sang. Il toussa à nouveau. Puis il s'arrêta au milieu de sa toux, et il mourut.

Le shérif Grierson se redressa. Il regarda les infirmières avec leurs masques chirurgicaux, et l'infirmière aux grands yeux bleus battit des cils en le regardant.

— M'est avis que c'est terminé, dit le shérif Grierson en remontant sa ceinture. M'est avis qu'il n'y aura pas de sermons à l'église pendant une semaine ou deux.

Le lendemain matin, alors que les rues de Sherman étaient toujours envahies d'une brume dorée par le soleil, le shérif Grierson retourna à St. Michael et se gara devant la clôture peinte en blanc. Il alla jusqu'à la porte du presbytère, appuya sur la sonnette et attendit que la femme de ménage du révérend Bracewaite vienne ouvrir. De petite taille, elle portait un dentier et une perruque châtain clair qui donnait l'impression d'avoir été faite à l'origine pour une femme beaucoup plus grande et beaucoup plus brune. Vêtue d'une robe d'intérieur à fleurs, elle arborait une expression sèche et teintée de profonde aversion.

— Wally Grierson, dit-elle. Qu'est-ce que vous voulez ? Comme si les choses n'étaient pas suffisamment pénibles comme ça !

— Bonjour, May, fit le shérif Grierson. Je suis venu jeter un coup d'œil, c'est tout. Le cabinet de travail, la cuisine. Vous n'avez touché à rien, n'est-ce pas ?

— Votre jeune adjoint effronté, celui avec des boutons sur le visage, il m'a dit de ne toucher à rien, alors je n'ai touché à rien.

— Merci, May.

Le shérif Grierson entra dans le vestibule. Il ôta son chapeau et jeta un regard à la ronde.

— La cuisine est par là, grommela May.

Elle l'y précéda en traînant les pieds, puis ouvrit la porte et dit :

— Faites comme chez vous.

— Vous êtes sûre de n'avoir touché à rien? demanda le shérif Grierson.

— Toucher à quelque chose? Vous voulez rire? Vous croyez que j'ai envie de m'attirer le courroux de Wally Grierson, promotion 25 ? Le champion des mangeurs de tartes, non, deux années de suite ?

— Ça suffit, May, l'admonesta le shérif Grierson. Nous sommes dans la maison de Dieu.

— La maison de Dieu-sait-quoi, vous voulez dire !

Elle s'en alla et laissa le shérif Grierson seul dans la cuisine où le révérend Dick Bracewaite avait été trouvé agonisant. Il se tint immobile un moment, embrassant du regard la table en pin, le vaisselier crème avec ses pots de sucre, de sel et de café Sanka, et ses sachets de pâte à tarte Flako et de maïs déshydraté Nunso. Une mouche à viande bourdonnait et bourdonnait dans la pièce. La pendule électrique murale s'était arrêtée à 5 h 07.

Il avait examiné la cuisine la veille, lorsqu'il avait été appelé ici, mais il n'avait rien vu qui lui eût appris de quelle façon Dick Bracewaite avait pu être gelé. Il n'avait vu que Dick Bracewaite lui-même, noirci, frissonnant, et perdant connaissance par moments.

Il fit le tour de la cuisine en fronçant les sourcils. Il regarda ici et là, toucha des objets. Sur les étagères du haut du vaisselier, il y avait une rangée de pots en porcelaine, ainsi que des tasses, des soucoupes et des assiettes à thé. Au-dessous, il y avait une rangée de casseroles en cuivre mais, chose étrange, toutes les casseroles étaient entassées d'un côté de l'étagère. De même qu'un sucrier et une boîte à thé en fer-blanc sur l'étagère du bas.

Le shérif Grierson alla jusqu'au vaisselier et ouvrit les tiroirs, un à un. Dans chacun d'eux, tous les couteaux, fourchettes et cuillères, ainsi que les ustensiles de cuisine, étaient entassés sur la gauche. Il les contempla un long moment, puis il regarda la pendule arrêtée. La dernière fois qu'il avait vu quelque chose de semblable, c'était lorsque la maison des Dixon avait été frappée par la foudre, là-bas à Gaylordsville. Tous les objets métalliques avaient culbuté vers la salle de séjour, où la foudre était tombée, et toutes les pendules de la maison s'étaient arrêtées. Une onde massive d'énergie magnétique, c'était ce qui avait provoqué cela. Mais cela avait été la foudre. Qu'est-ce qui aurait pu causer une onde massive d'énergie magnétique dans la cuisine de Dick Bracewaite ?

Il sortit de la cuisine et alla dans le cabinet de travail. Il commençait à faire plus chaud, et il entendait les viréos gazouiller dans les arbres. Il prit le sermon pour dimanche de Dick Bracewaite et lut quelques lignes. *Garde le silence ou dis quelque chose qui est plus doux que le silence.* Ma foi, pensa-t-il, sûr et certain que Dick Bracewaite allait se taire maintenant ! Il regarda la photographie de Dick Bracewaite lorsqu'il était étudiant en théologie, puis *Suzanne et les vieillards.* Plutôt corsé pour un révérend, pensa-t-il, mais un révérend ne pouvait pas se permettre de punaiser au mur une photographie de Betty Grable.

Il ouvrit le tiroir du milieu du bureau. Juste les trucs habituels, stylos, bouteilles d'encre, trombones, un petit crucifix en argent au bout d'une chaîne, un rouleau à moitié mangé de Life Savers à la menthe.

Il jeta un coup d'œil aux tiroirs sur les côtés. Il trouva seulement des enveloppes soigneusement disposées, du papier à lettres, et un calendrier ecclésiastique pour l'année 1942.

Le tiroir du bas, cependant, était fermé à clé. Il le secoua et essaya de l'ouvrir, sans succès. Puis il chercha une clé du regard. L'un des mystères à propos de la mort de Dick Bracewaite (à part le mystère de ses gelures), c'était la disparition de ses vêtements et de ses objets personnels, comme ses clés et son portefeuille. On l'avait trouvé nu comme un ver, sans le moindre vêtement près de lui, pas de montre, rien du tout. Cela aurait pu signifier que la théorie de l'enlèvement émise par le docteur Ferris était exacte, et que Dick Bracewaite avait été emmené à New Milford ou dans un autre endroit où il y avait une chambre frigorifique. On aurait pu le déshabiller, le geler, puis le ramener ici et l'abandonner sur le carrelage de sa cuisine. Une bonne théorie, excepté un petit problème d'horaire : trop de gens avaient vu Dick Bracewaite à peine une heure avant le moment où Lizzie Buchanan l'avait découvert.

Autre théorie : d'une manière ou d'une autre on avait réussi à le geler ici, dans le presbytère, et ensuite on avait emporté ses vêtements. Seul ennui avec *cette* théorie : aucun mobile plausible et aucun moyen connu de la mettre à exécution.

Le shérif Grierson chercha dans toute la pièce la clé du bureau de Dick Bracewaite. Finalement, il tira de sa poche son couteau pliant et ouvrit la plus grosse lame. Il écouta un moment pour s'assurer que May, la femme de ménage, ne pouvait pas l'entendre. Puis il se mit à croupetons devant le bureau et glissa la lame dans l'interstice juste au-dessus du tiroir. Il n'était pas un spécialiste en crochetage de serrure, mais il compensa son manque d'expérience par la force pure. La serrure en produisit un craquement des plus satisfaisants, et le tiroir fut ouvert.

A l'intérieur il trouva, un porte-documents en cuir noir, avec un fermoir en laiton. Le porte-documents était également fermé à clé, mais le couteau du shérif

Grierson fit sauter le fermoir sans la moindre difficulté.

Il se redressa et vida le contenu du porte-documents sur le bureau de Dick Bracewaite. Il étala les documents et s'exclama :

— Bon Dieu de merde !

Le shérif Grierson jurait rarement, et jusqu'à maintenant il n'avait jamais blasphémé. Mais il n'avait encore jamais vu rien de tel... rien qui le choque ou le fascine à ce point et qui, en même temps, lui soulève l'estomac de dégoût.

Le porte-documents avait été bourré de dizaines de photographies en noir et blanc, et de dessins au crayon. Il y avait quelques paysages du Connecticut, et un dessin de l'église du Christ-Roi à New Milford, mais tout le reste représentait des enfants nus ou à moitié nus, des fillettes principalement, mais également de jeunes garçons très beaux. Les photographies étaient pâles et gris perle, comme des enfants vus à travers une brume, splendides mais aux poses indécentes. La plupart des dessins étaient faits avec un pastel ocre ou un crayon très tendre, et exécutés avec une attention au détail méticuleuse et obscène.

Les enfants avaient des yeux rêveurs, à demi fermés, et des sourires aguichants, comme s'ils prenaient plaisir à ce que Dick Bracewaite leur faisait.

Le plus choquant de tout, cependant, c'était que le shérif Grierson reconnaissait au moins cinq des enfants : Janie McReady, Jimmy Phillips, Sue-Ann Messenger, Polly Womack et Laura Buchanan.

Il regarda fixement les photographies durant de longs instants. Son dégoût et le choc qu'il éprouvait s'estompèrent petit à petit, pour faire place à une colère terrible et suffocante... la colère que Dick Bracewaite ait pu se servir de ces enfants pour satisfaire sa luxure révoltante... la colère que lui-même n'en ait rien su, et n'ait pas mis fin à cela, et n'ait pas protégé ceux qu'il s'était engagé à protéger.

Il renifla et prit une profonde inspiration pour se calmer. Puis il rassembla les photographies et les dessins, et les remit dans le porte-documents. Preuves matérielles, pièce à conviction numéro un. Mais le shérif Grierson avait presque envie de laisser l'auteur du crime s'en tirer en toute impunité. Quel que soit celui qui avait tué Dick Bracewaite, et quelle que soit la façon dont il avait réussi à le tuer, il avait rendu un immense service à la communauté de Sherman.

May apparut à l'entrée de la pièce et le dévisagea.

— Wally ? dit-elle. Vous voulez une limonade ? Vous avez l'air patraque.

— Je suis patraque, c'est vrai, mais une limonade n'y fera rien.

— Alors vous devriez aller voir le docteur Ferris.

Le shérif Grierson ignora ce conseil et demanda :

— Dites-moi, May, comment le révérend Bracewaite se comportait-il avec les enfants ?

— Les enfants ? Mais il adorait les enfants ! Vous savez ce qu'il me disait souvent ? « Un homme n'a pas besoin d'anges, lorsqu'il a des enfants. »

Le shérif Grierson glissa le porte-documents sous son bras.

— Il n'a plus rien maintenant, ni enfants ni anges.

May eut l'air perplexe, mais le shérif Grierson posa une main sur son épaule et lui sourit.

— Il n'y a pas d'anges là où le révérend Bracewaite est parti.

7

Tante Beverley arriva le samedi matin, sous une pluie fine d'été qui changeait l'allée en or en fusion. Elle était venue de New York dans une voiture conduite par un homme au nez proéminent, portant un costume à carreaux marron des plus criards, et des demi-guêtres jaunes. Elle dit qu'il s'appelait Moe et qu'il s'occupait de base-ball. Il faisait passer continuellement un petit cigare non allumé d'un côté de sa bouche à l'autre, et lorsqu'il parlait, il était inintelligible la plupart du temps. Tante Beverley déclara qu'il avait de l'argent à n'en savoir que faire.

L'atmosphère dans la maison était tendue et étrange. A certains égards, c'était pire que cela n'avait été lorsque Peggy était morte. Depuis que le shérif Grierson était venu, mardi soir, pour parler à papa, et ensuite à Laura et à Elizabeth, c'était à peine s'ils avaient pu échanger quelques mots, tous les trois, en raison de l'horreur absolue de ce qui s'était passé.

Comment pouvait-on continuer de parler normalement de chevaux, ou déjeuner, ou aller retrouver vos amies au Endicott, alors que vous ne pensiez qu'à une chose : votre propre sœur ou votre propre fille, entièrement nue, caressée et photographiée par le révérend Bracewaite, ou même en train de faire ça avec lui ?

Papa avait une expression égarée sur son visage aux traits tirés. Il avait été contraint de différer son voyage à New York, et avait fait les cent pas dans son bureau toute la journée, attendant que le téléphone sonne pour avoir des nouvelles de papy. Il avait parlé à Laura très longtemps, la porte fermée, plus d'une heure, et lorsque Laura était sortie du bureau de papa, ses yeux étaient rouges et noyés de larmes. En haut, dans leur chambre, elle avait dit à Elizabeth que papa ne s'était pas mis en colère après elle, mais qu'il avait été profondément peiné qu'elle n'ait pas été capable de lui dire ce que Dick Bracewaite lui avait fait. Pourquoi ne s'était-elle pas confiée à lui ? Qu'avait-il donc fait pour ne plus mériter sa confiance? Bon sang, pourquoi quelqu'un d'autre avait-il réussi à tuer Dick Bracewaite avant que papa lui-même n'ait eu la possibilité de se faire justice?

Papa leur avait fait promettre à toutes les deux de ne pas en parler à maman. La santé de maman s'améliorait de jour en jour : il fallait éviter à tout prix une rechute.

Le visage très pâle, Elizabeth s'était tenue au pied du lit et avait observé Laura tandis que celle-ci reniflait, parlait et jouait avec les franges de son dessus-de-lit.

Au bout d'un moment, elle avait dit :

— Tu ne regrettes pas, hein?

Laura lui avait lancé un regard renfrogné.

— De quoi parles-tu? Pourquoi devrais-je regretter?

— Mais tu ne regrettes pas ce qui s'est passé. Tu as *aimé* ça.

— Ne dis pas des horreurs pareilles, avait répliqué Laura.

Elle avait tiré le dessus-de-lit vers elle et s'était caché le visage. Durant un moment, elle avait tenté de faire des bruits comme si elle sanglotait, puis elle avait légèrement abaissé le dessus-de-lit, de telle sorte que l'un de ses yeux bleus était visible, ainsi que le coin d'un sourire.

— Tu as *aimé* ça, avait murmuré Elizabeth, en proie à une horreur totale. Tu as aimé ça, tu as *adoré* ça !

Mais maintenant tante Beverley était arrivée pour emmener Laura quelque temps. Loin du scandale, loin de la désapprobation de la petite ville provinciale, et par-dessus tout loin des hommes. Seamus lui ouvrit la porte et prit son parapluie, et tante Beverley s'avança à grands pas dans le vestibule, ôtant ses gants d'été beiges semblables à de longs filaments de pâte crue, et tournant sa tête d'un côté et de l'autre d'un air impérieux. Elle portait un ensemble beige, un chemisier beige à pois, et un chapeau beige qui ressemblait à un couvercle de soupière.

Elizabeth ne l'avait pas vue depuis les obsèques de Peggy, et elle trouva que tante Beverley paraissait plus blême, plus maquillée et plus vieille que jamais, bien que ses cheveux soient devenus d'un roux éclatant.

Seamus secoua consciencieusement son parapluie mouillé sur ses pieds.

— Merci *beaucoup* ! fit-elle d'un ton cassant.

— Manchettes et manteaux, répliqua-t-il en souriant.

Moe tapota les manches de sa veste pour ôter les gouttes de pluie.

— C'est de l'alpaga, ça rétrécit.

— N'est-ce pas le costume le plus voyant que vous ayez jamais vu ? fit remarquer tante Beverley en tirant de sa poche son étui à cigarettes. Ses couleurs hurlent tellement qu'il empêche les gens de dormir la nuit !

— Comment allez-vous, Beverley ? lui demanda leur père en tendant la main.

— Mieux que *vous*, j'imagine, répondit Beverley.

— Vous restez déjeuner ? Mrs. Patrick s'est occupée de tout.

— Ma foi, c'est très aimable de votre part, mais nous ferons probablement étape à Danbury, sur le trajet de retour. Moe doit assister à son match.

— Vous savez quoi ? intervint Moe. Aujourd'hui les Giants affrontent les Phillies, et les deux équipes sont tellement mauvaises que je pense qu'*aucune* des deux n'est capable de gagner !

— Les Phillies Phutiles, dit Laura.

Moe la regarda, son cigare se déplaçant rapidement d'un côté à l'autre de sa bouche. Ses yeux eurent une lueur d'appréciation.

— Voilà une jeune fille qui s'y connaît ! déclara-t-il. Les Phillies Phutiles, c'est exact. Ils ont fait appel à ce gros lard de Jimmie Fox qui avait pris sa retraite, et qu'est-ce qu'ils ont eu ? Seize défaites consécutives !

Papa posa sa main sur l'épaule de Laura.

— Tes affaires sont prêtes, ma chérie ? Tante Beverley veut rentrer tout de suite à New York.

— Je crois que j'ai le temps de boire un verre, dit tante Beverley. Où est votre adorable épouse ? Elle ne se joint pas à nous ? Je croyais qu'elle faisait des progrès satisfaisants.

— Margaret se repose, lui dit papa. Elle *a* fait des progrès, c'est vrai. Mais cela n'a pas été facile. C'est pour cette raison que je veux qu'elle ignore tout de cette histoire. Je lui ai dit que Laura avait la possibilité de passer une audition, un bout d'essai, pour un petit rôle. Et bien sûr elle a été *ravie* !

Moe alluma la cigarette de tante Beverley et fit le geste d'allumer son propre cigare, puis il se ravisa, apparemment.

— En fait, dit tante Beverley, ce n'était peut-être qu'un demi-mensonge de votre part. Robert Lowenstein prépare un film sur les Civils. Quel est le titre de ce film, Moe ?

— *J'ai fourré mon œil dans ma tarte aux pommes*, comment le saurais-je ?

— C'est presque ça. *La patrouille de la tarte aux pommes*. C'est un film sur les épouses et les filles qui participent à l'effort de guerre. Et Lowenstein cherche de jolies petites blondes comme toi, Laura.

Papa eut l'air plus inquiet que jamais.

— Beverley... vous savez pourquoi vous allez vous occuper de Laura, n'est-ce pas ? Je veux l'éloigner de tout ça. Je veux qu'elle ait une vie calme et normale, et qu'elle se couche de bonne heure, sous votre surveillance très stricte.

— Vous avez raison, acquiesça Moe avec un enthousiasme exagéré. C'est exactement ce qu'il me faudrait aussi. Surtout me coucher de bonne heure, sous la surveillance très stricte de Beverley.

Il agita ses sourcils en regardant tante Beverley, comme Groucho Marx, et tante Beverley dit :

— Ferme-la, Moe, pour l'amour du ciel !

Ils allèrent dans la salle de séjour. Moe se tourna dans tous les sens, admirant la cheminée d'époque et les hautes fenêtres à petits carreaux d'époque coloniale qui donnaient sur le jardin. Tante Beverley prit place dans le fauteuil le plus gros et le plus imposant, et demanda un whisky. Moe déclara qu'il avait un ulcère, et qu'il conduisait, alors un gin ferait l'affaire. Sec, pas de glaçons, pas d'olive. Papa permit à Elizabeth de prendre un petit verre de cherry-brandy.

Il y avait des cacahouètes dans un plat sur la table basse et Moe commença à les enfourner comme s'il n'avait pas mangé depuis trois jours.

Laura s'assit à l'écart des grandes personnes, sur la banquette de la fenêtre au brocart fané. Elle avait mis sa robe la plus simple, en coton bleu uni, avec un col marin. Derrière elle, la lumière du soleil scintillait sur les gouttes de pluie, et ses cheveux bouclés brillaient. Elle ressemblait à un ange d'innocence et de pureté. Bien sûr, c'était pour cette raison que le regretté Dick Bracewaite l'avait trouvée si séduisante.

Elizabeth tenta de prendre part à la conversation des grandes personnes, mais une fois que tante Beverley lui eut demandé si elle était toujours une fanatique des chevaux, et si elle avait déjà songé à écrire une histoire avec des chevaux pour le cinéma, apparemment elle n'avait plus rien à dire. Elle se rendait compte, également, que papa désirait parler avec tante Beverley seul à seule.

— Et si vous alliez voir votre maman, vous deux ? leur demanda papa. Elle a peut-être besoin de quelque chose.

Elles allèrent au premier et entrèrent dans la

chambre de maman. Chose étrange, cependant, maman n'était pas là. Son lit était défait, comme si elle venait de se lever, et sa coiffeuse était toujours encombrée de peignes, de rouges à lèvres et d'un poudrier ouvert. La houppette était tombée sur la moquette, et maman n'avait pas pris la peine de la ramasser. Chose encore plus étrange, elle avait laissé une cigarette allumée, laquelle se consumait dans le cendrier de sa coiffeuse.

— Elle a peut-être été obligée de se précipiter aux toilettes, suggéra Laura.

— Oui, peut-être, dit Elizabeth. Avec ce que nous avons mangé hier soir, *moi*, j'ai été obligée de me précipiter aux toilettes !

Alors qu'elles s'apprêtaient à sortir de la chambre, Elizabeth entrevit quelque chose sur la pelouse en contrebas, quelque chose de blanc qui s'éloignait rapidement. Elle courut jusqu'à la fenêtre, et arriva juste à temps pour voir sa mère se hâter dans l'allée. Celle-ci était vêtue de sa longue chemise de nuit blanche et s'abritait sous son parapluie blanc.

— C'est maman ! s'exclama Laura. Et elle n'est même pas *habillée* !

Les deux fillettes dévalèrent l'escalier et entrèrent en trombe dans la salle de séjour. Elles aperçurent papa et tante Beverley, leurs têtes proches l'une de l'autre, en train de parler d'un air sérieux, tandis que Moe allait et venait dans la salle de billard à côté.

— Papa ! Maman est sortie de la maison en chemise de nuit !

— Oh, mon Dieu ! fit papa.

Il ôta ses lunettes et les suivit en toute hâte. Seamus entrait dans la salle de séjour, portant un plateau de thé glacé, et il faillit le laisser tomber.

— Où est l'ami ? demanda-t-il, affolé.

— Quoi ? fit Moe, déconcerté.

Ils se précipitèrent au-dehors. La pluie était douce et fine, et ils furent trempés presque immédiatement. Le soleil était si éclatant qu'elles ne virent pas tout de suite où maman était allée. Puis Elizabeth aperçut une ombre fugitive au coin d'Oak Street, et elle cria :

— Là-bas ! C'est elle !

Et ils se lancèrent tous à sa poursuite.

Elizabeth essuya la pluie de ses yeux du dos de la main, et pria pour qu'ils trouvent maman les premiers, et pour que cette nouvelle escapade n'attire l'attention de personne d'autre. Elle avait supporté suffisamment de moqueries condescendantes, et elle entendait toujours les chuchotements, même si elle faisait semblant de ne rien entendre. « Tu *la* vois ? Sa mère est une timbrée de première ! »

Cependant, ils n'eurent pas à courir jusqu'à Oak Street. Sur le côté droit, juste avant le croisement, le terrain descendait. Il y avait le lit d'un ruisseau à cet endroit, guère plus qu'un filet d'eau bourbeux en hiver, et tari en été. C'était là, au milieu des broussailles et des chardons, que se tenait Margaret Buchanan. Son parapluie retourné gisait sur le sol à côté d'elle, ses cheveux pendaient en des queues de rat, sa chemise de nuit trempée était plaquée sur sa cage thoracique et ses cuisses décharnées. Il y avait sur son visage une telle expression de chagrin et de désespoir que Elizabeth fut obligée de détourner les yeux.

Papa se laissa glisser au bas de la pente pour la rejoindre, et la prit par la taille.

— Viens, ma chérie, rentrons à la maison. Mais qu'est-ce qui t'a pris de sortir sous la pluie ?

Maman s'agrippa à sa manche et le regarda comme si c'était lui qui avait l'esprit dérangé.

— Je l'ai vue. C'était exactement ce que Lizzie a dit. Je l'ai vue de mes propres yeux.

— Allons, ma chérie. Tu vas attraper un rhume.

— Ne me dis pas « allons ». Je l'ai vue de mes propres yeux. Elle doit être ici quelque part, pas très loin, puisque Lizzie l'a vue, et puisque je l'ai vue, moi aussi. Et c'était elle, sans aucun doute !

— Qui était-ce ? demanda papa.

— Tu ne le *sais* pas ? C'était Peggy, ma petite Peg chérie ! Peggy est revenue !

Papa baissa la tête et la pluie dégoutta du bout de son nez.

— Je suis désolé, ma chérie.

— Pourquoi es-tu désolé ? demanda maman avec agitation, en serrant les poings. Tu devrais être heureux qu'elle soit revenue !

Le chapeau en forme de couvercle à soupière de tante Beverley commençait à gonfler sur un côté et à paraître encore plus difficile à porter.

— Je pense que nous ferions mieux de la ramener à la maison, dit-elle.

Papa la regarda et hocha la tête.

— Je vais appeler le docteur. Ce nouveau calmant ne lui convient peut-être pas.

Maman tira violemment sur sa manche et arracha un bouton.

— Arrête de parler de moi comme si je n'étais pas là ! Cela n'a aucun rapport avec mon calmant ! Elle est ici ! Elle est toujours vivante ! Je l'ai vue de mes propres yeux !

Papa la considéra, son visage brisé par le chagrin, et ne dit rien, mais maman se retourna vivement et montra du doigt le lit du ruisseau et lui cria :

— Elle est ici ! Je l'ai vue ! Pourquoi refuses-tu de me croire ?

Elizabeth, grelottant de froid, scruta la pluie luisante. Durant une fraction de seconde, il lui sembla entrevoir une vague silhouette blanche qui courait derrière les arcs-en-ciel, mais cela aurait pu être un simple reflet lumineux, ou quelque chose qu'elle avait envie de voir, plutôt que quelque chose qui existait vraiment. Elle regarda le visage de maman, cependant, et elle comprit que maman avait vraiment vu la petite fille toute vêtue de blanc. Elle en avait la certitude. Maman la regardait, tout à fait posément, tout à fait calmement, et il n'y avait rien sur son visage qui la suppliait de croire qu'elle n'était pas folle, parce qu'elle n'avait pas besoin de prouver sa santé d'esprit à quiconque.

Elizabeth s'approcha et prit la main de maman. Elle était glacée.

— Viens, maman, chuchota-t-elle. Rentrons.

Ils gravirent la pente jusqu'au trottoir. La pluie commençait à s'atténuer, comme si quelqu'un fermait lentement le robinet de son arroseur rotatif. Ils rebroussèrent chemin le long d'une rue mouillée qui commençait déjà à fumer.

— Ton chapeau a une forme bizarre, dit Laura à tante Beverley.

— C'est *tout*? répliqua tante Beverley d'un ton irrité.

Tandis qu'ils marchaient, Elizabeth remarqua que certains des buissons scintillaient. Elle crut tout d'abord que c'était le fait des gouttes de pluie, mais lorsqu'elle passa la main sur l'un des buissons, elle réalisa qu'ils scintillaient de glace. Elle regarda sa main, et elle vit les cristaux fondre sur le bout de ses doigts, comme des flocons de neige. Elle fit de même avec un autre buisson, puis avec un troisième, et elle fut arrosée de minuscules parcelles de glace. Elles scintillèrent sur sa manche et furent emportées à travers la lumière du soleil comme des fétus de paille.

De la glace, au mois de juin, c'était magique !

Maman la regarda. Elizabeth effleura l'un des buissons et chuchota :

— De la *glace*, maman. C'est de la *glace*.

Maman lui adressa un sourire las et affectueux. Elizabeth était certaine qu'elle comprenait ce que cela voulait dire. Elle prit la main de maman, et toutes deux se dirigèrent vers la maison. Elles partageaient un secret et le sentiment que le monde n'était pas fait que de pluie et de la lumière du soleil : il était également fait de miroirs.

Elle serra Laura dans ses bras et lui dit au revoir. Tante Beverley attendait déjà dans la voiture. Moe n'arrêtait pas de regarder sa montre d'un air maussade.

— Je t'écrirai tous les jours, promit Elizabeth. Cela ne fait rien si tu ne me réponds pas tous les jours, mais envoie-moi des cartes postales illustrées.

Laura acquiesça de la tête. Elle pleurait tellement

qu'elle ne pouvait pas parler. Finalement, papa posa sa main sur son épaule et dit :

— Allons, trésor, c'est l'heure de partir.

Il allait partir, lui aussi, et se rendre à New York pour voir papy.

Mais alors que Laura montait dans la voiture, Elizabeth cria :

— Attendez ! Attendez, je vous en prie ! Je reviens tout de suite !

Elle retourna vers la maison en courant et monta l'escalier. Elle traversa rapidement le palier, entra dans sa chambre, prit sous son oreiller ce qu'elle était venue chercher, puis redescendit l'escalier en toute hâte.

Laura était assise à l'arrière de la voiture, le visage très pâle et les yeux rougis par les pleurs.

— Tiens, lui dit Elizabeth. Il a toujours eu envie d'aller à Hollywood. Tu peux le prendre.

Elle lui tendit Mister Bunzum par la vitre baissée. Laura le prit et le serra sur son cœur.

— Tu *veilleras* sur lui, hein ? demanda Elizabeth.

— C'est un lapin, fit tante Beverley en se retournant sur son siège, de la fumée de cigarette sortant de ses narines. Il va bien s'amuser à Hollywood. Il y a plein de lapins là-bas, de *chauds* lapins même !

Moe émit un gloussement vulgaire, et pour la première fois de sa vie Elizabeth se rendit compte qu'elle avait compris une plaisanterie de grandes personnes. C'était extraordinaire ! Elle s'écarta de la voiture. Elle se sentait extrêmement adulte.

Elle se tint à côté de maman et fit des signes de la main comme la voiture arrivait au bout de l'allée et tournait derrière les arbres. Le soleil étincela sur la lunette arrière, puis la voiture disparut dans la rue.

— Eh bien, Elizabeth, dit maman. Il n'y a plus que toi et moi maintenant !

Elizabeth la regarda. Maman lui fit un clin d'œil.

Ce dimanche-là, il faisait une chaleur moite et étouffante. Les cloches de l'église retentissaient comme des seaux remplis de mélasse que l'on cogne lentement l'un contre l'autre. Maman et Elizabeth allèrent à St. Michael et prirent place sur leur banc habituel. On avait laissé la porte ouverte en une vaine tentative pour qu'il fasse frais dans l'église, mais toutes les dames agitaient leurs gants et tous les messieurs mijotaient doucement dans leurs costumes du dimanche. L'office était célébré par le révérend Skinner, un pasteur à la retraite aux cheveux blancs venu de Danbury. Son visage était ridé comme celui d'un singe. Il invita les fidèles à dire une prière spéciale pour Dick Bracewaite, et exprima l'espoir que Dieu dans Son infinie miséricorde lui pardonnerait ce qu'il avait fait. Très peu de personnes dirent « ainsi soit-il », et les parents de Janie McReady se levèrent et quittèrent l'église.

Ils chantèrent *Conduis-nous, Lumière de Bonté* et *Plus près de Toi, mon Dieu.* Le révérend Skinner leur fit un long sermon à peine audible, commentant le texte sur l'idolâtrie. « Ils ressemblent à un épouvantail dans un champ de concombres, et ils ne peuvent pas parler ; on doit les porter parce qu'ils ne peuvent pas marcher ! Ils ont dévoré Jacob ; ils l'ont dévoré et ils l'ont consommé, et ils ont dévasté sa maison. »

Elizabeth, dans sa robe en coton rayée jaune et blanc, tellement amidonnée par Mrs. Patrick qu'elle produisait des craquements chaque fois que Elizabeth s'asseyait, suçait discrètement un berlingot et songeait à l'épouvantail dans le champ de concombres. Elle l'imaginait, somnolant au soleil de l'été, ainsi que le champ de concombres tout vacillant de chaleur. L'épouvantail se moquait probablement de ne pas pouvoir marcher, parce qu'il était bien trop à son aise, à somnoler dans son champ.

Mais elle imaginait une corneille, également... une énorme corneille noire qui agitait paresseusement ses ailes, portée par les courants d'air chaud. Elle décrivait des cercles au-dessus du champ de concombres et attendait que l'épouvantail ferme les yeux. C'est pourquoi l'épouvantail ne pouvait pas s'assoupir.

Elizabeth était sur le point de s'assoupir, elle aussi,

lorsqu'elle vit une petite silhouette blanche passer devant la porte de l'église. Elle était si brillante qu'elle semblait floue. Un frisson de surexcitation lui parcourut les jambes. Durant une fraction de seconde, elle fut tentée de toucher le bras de maman et de chuchoter :

— Regarde ! Elle est là !

Mais elle ne pouvait être sûre que c'était bien la petite fille, et elle ne voulait pas que maman soit toute en émoi, si ce n'était pas la même petite fille. Cependant, qui d'autre se promènerait dans les rues durant l'office, excepté des catholiques ou des juifs ? Elle ne connaissait pas de catholiques à Sherman, et les seuls juifs qu'elle connaissait étaient d'un certain âge.

Elle surveilla la porte durant de longs instants, mais la petite fille ne repassa pas devant. Au bout d'un moment, elle ferma les yeux avec force et dit une prière pour l'âme de Peggy, pour la santé d'esprit de maman, et pour Laura, parce que peu lui importait les dards et les chattes. Tout ce qu'elle voulait, c'était que sa sœur revienne à la maison.

Après l'office, elles sortirent de l'église et parlèrent un moment avec certaines de leurs amies. Mrs. Brogan dominait l'assistance, comme à son habitude. C'était une femme corpulente à la voix forte, portant une robe très voyante et un énorme chapeau orné d'une plume. Elizabeth et sa mère furent obligées de jouer des coudes pour dépasser le petit groupe.

Elles étaient presque arrivées au portail lorsque Mrs. Brogan lança d'une voix criarde, feignant la compassion :

— Comment vont vos ennuis, ma chère Margaret ?

Maman hésita. Elizabeth se rendit compte qu'elle était tentée de continuer de marcher, comme si elle n'avait pas entendu, mais malgré sa santé précaire, maman avait sa fierté. Elle se retourna, fit face à Mrs. Brogan et dit, d'une voix très claire :

— Oui, madame Brogan ? De quels ennuis voulez-vous parler ?

Le visage de Mrs. Brogan s'affaissa vers son double menton.

— Je faisais allusion à Laura, bien sûr. Et à Dick Bracewaite, ce répugnant personnage. Une histoire affreuse. Affreuse ! Je disais justement à quel point votre vie était parsemée de tragédies, ma pauvre. D'abord Peggy, et maintenant Laura. Je ne sais pas comment vous arrivez à tenir le coup, je ne le sais vraiment pas. Enfin... je sais que, par moments, vous *n'y arrivez pas*, mais nous connaissons tous des moments difficiles.

Maman fit deux ou trois pas vers Mrs. Brogan, et celle-ci eut un mouvement de recul. Lorsque maman parla, sa voix fut étouffée et mortellement sérieuse, tel un serpent qui se glisse rapidement parmi des herbes hautes.

— Apprenez que toutes mes filles sont vivantes. Toutes les *trois*, et que toutes les trois se portent bien.

Mrs. Brogan dévisagea maman durant un long moment. Sa mâchoire inférieure tremblait visiblement derrière la voilette de son chapeau du dimanche. Puis elle finit par dire :

— Je ne voulais pas vous *offenser*, Margaret.

— Et je n'ai pas été offensée, madame Brogan, répliqua maman.

Elles s'éloignèrent dans la chaleur moite. Elles se tenaient par la main. A certains moments, Elizabeth trouvait que maman était l'une des femmes les plus jolies et les plus énergiques dans le monde entier, et c'était l'un de ces moments.

— Tu le crois *vraiment* ? demanda-t-elle.

— Je crois vraiment quoi, ma chérie ?

— Tu crois vraiment que Peggy est toujours vivante, d'une manière ou d'une autre ?

— Oui. Je le crois maintenant. J'en suis sûre.

— Elle n'a pas la même apparence. Elle est plus âgée.

Maman secoua la tête.

— Je pense que cela n'a pas la moindre importance. C'est elle, quel que soit son âge, quelle que soit son apparence.

— Mais comment pouvons-nous en être sûres ?

— J'en suis sûre. Je suis sa mère.

— Mais...

— Mais quoi ? Je suis peut-être sa mère, mais je suis folle, c'est ça ? Je ne suis pas folle. Je n'ai jamais été folle. Je pleurais ta sœur, c'est tout. Le chagrin est un genre de folie, je suppose. Mais je ne suis pas accablée de chagrin au point de ne pas reconnaître mon bébé chéri lorsqu'elle vient me chercher. Seigneur, j'ai renoncé à tout pour mes enfants, à ma carrière théâtrale, à ma carrière cinématographique, à ma carrière de chanteuse ! J'aurais pu avoir le monde entier prosterné à mes pieds. Alors ne me dis pas que je ne reconnais pas mon bébé chéri lorsqu'elle vient me chercher. J'ai renoncé à trop de choses.

Elles traversèrent la rue et se dirigèrent vers la maison. L'éclat du soleil était tel que tout brillait et était paré de couleurs vives, comme Elizabeth n'aurait jamais imaginé que c'était possible. Les couleurs du *Magicien d'Oz*, un jaune de chrome, un vert émeraude et un rouge foncé somptueux.

Elles étaient presque arrivées à la porte quand Elizabeth dit :

— *Prosterné* ?

Il y eut un instant de silence, puis toutes deux éclatèrent de rire. Seamus ouvrit la porte et les vit appuyées sur la rambarde de la véranda, aussi impuissantes que des épouvantails.

Cette nuit-là, Margaret Buchanan ouvrit les yeux et regarda fixement le plafond. Quelque chose avait troublé son sommeil, mais elle ignorait quoi. La fenêtre était grande ouverte mais la nuit était si chaude et tellement calme qu'elle avait l'impression de fondre, de fondre littéralement ! Au matin, tout ce qu'on retrouverait d'elle, ce serait une énorme tache rose sur le drap, comme de la cire, sa chemise de nuit, et ses cheveux.

Au-dehors, les stridulations des grillons étaient incroyablement bruyantes, mais il n'y avait pas de vent du tout, même pas un souffle timide. Pas d'automobiles, pas d'avions dans le lointain, pas de promeneurs rentrant chez eux.

Elle s'assit et essuya son front couvert de sueur avec le drap. Elle écouta et écouta, trempée de sueur, mais elle n'entendait que cet interminable *chirrp-chirrup-chirrrp-chirrup* amplifié, et le craquement de son matelas de crin.

Elle s'extirpa de son lit et alla jusqu'à la fenêtre. La lune n'était pas encore apparue dans le ciel, et l'obscurité était absolue. Néanmoins elle resta là à plisser les yeux, comme si elle s'attendait à voir une petite forme blanche traverser la pelouse devant la maison. Elle toucha le cadre de la fenêtre à guillotine, et elle sentit la rugosité des couches de peinture. Elle toucha les rideaux, et elle sentit leur motif en relief, des fleurs et des paniers. Ces derniers temps, elle touchait souvent des objets ordinaires, comme pour s'assurer qu'elle était ordinaire, elle aussi, et que sa vie ne se déroulait pas sur une scène de théâtre à Broadway.

Elle revint vers son lit et chercha à tâtons jusqu'à ce qu'elle trouve son étui à cigarettes en argent. Elle l'ouvrit, prit une cigarette, son briquet, et faisait le geste d'allumer sa cigarette lorsqu'il lui sembla entendre quelqu'un rire dans le couloir devant la porte de sa chambre. Un fou rire de petite fille.

Sa première pensée fut : *c'est Lizzie, elle continue de se moquer de moi parce que j'ai dit « prosterné ».* Puis il y eut un autre rire, et cela ne ressemblait pas à Lizzie. Cela ne ressemblait pas du tout à Lizzie. C'était un rire bien trop jeune, un rire grêle d'arrière-gorge, la façon dont rient de jeunes enfants. Des enfants âgés de six ans, comme Peggy.

Elle contourna le lit, touchant les bosses pour éviter de se cogner contre le montant et de se meurtrir. Elle ouvrit la porte de sa chambre, passa sa tête par l'embrasure, et écouta à nouveau.

Le palier était silencieux et aussi sombre que la fin du monde. Une obscurité complète qui engloutissait tout. Margaret ferma les yeux avec force, comme si cela allait rendre son ouïe plus fine. Mais elle n'entendit que les craquements de la maison sous l'effet de la chaleur, les battements de son cœur, et les stridulations des grillons.

Je me fais des idées, pensa-t-elle. Depuis que Lizzie m'a dit que Peggy était toujours vivante, je me fais des idées. Cette petite fille hier, qui se tenait sous la pluie et me souriait, elle n'était pas réelle. Je prends mes désirs pour des réalités. Si c'était vraiment Peggy, pourquoi s'était-elle enfuie ainsi ? Peggy aurait couru vers moi et se serait jetée dans mes bras, tout rires et boucles blondes. Elle ne m'aurait pas entraînée dehors sous la pluie, pour que je me couvre de ridicule !

Elle ouvrit les yeux. Le palier était toujours sombre et silencieux. Et voilà ! j'ai rêvé, une fois de plus. C'était seulement l'une de ces choses que j'ai toujours désirées et que je n'ai jamais pu avoir, comme une brillante carrière à Broadway, la foule de mes admirateurs me portant en triomphe à travers Times Square, tandis que le jour se lève, semblable à une gueule de bois grisâtre, et même les éboueurs posent leurs poubelles et applaudissent.

Elle retourna dans sa chambre et la petite fille en blanc se tenait devant la fenêtre. Elle ne disait rien, ne bougeait pas du tout. Margaret ne distinguait pas son visage, mais les premières lueurs blafardes de la lune brillaient sur sa robe, et sur ses cheveux, si bien qu'ils scintillaient, entourés d'un halo argenté.

Soudain Margaret eut très froid. Elle croisa les bras sur ses seins, et elle sentit ses mamelons se durcir et sa peau se couvrir de chair de poule. Elle voulait dire quelque chose mais ses lèvres lui donnaient l'impression d'être gelées. Elle avait été tout à fait certaine que Peggy lui était revenue, d'une façon ou d'une autre, sous une autre apparence, mais à présent qu'elle se trouvait confrontée à cette petite fille silencieuse aux cheveux argentés, cette certitude semblait s'estomper, et elle ressentait une peur glacée. Peggy était morte, après tout. Peggy s'était noyée. Comment aurait-elle pu revenir, même dans un autre corps ?

— Que veux-tu ? chuchota Margaret.

La petite fille ne répondit pas. Et elle ne bougea pas. La lune monta dans le ciel et le motif de fleurs et de paniers des rideaux se projeta sur sa joue, comme un tatouage compliqué. Margaret voyait ses yeux briller mais l'enfant ne cilla pas, ne serait-ce qu'une seule fois.

— Que veux-tu ? répéta-t-elle.

Elle était tellement terrifiée, qu'elle crut qu'elle allait s'évanouir. L'obscurité était noyée d'encore plus d'obscurité, les étoiles semées d'encore plus d'étoiles.

— Que veux-tu ? Es-tu réelle ?

La petite fille parla. Sa voix était haute et claire, et pourtant bizarrement accentuée. Chaque mot était appuyé avec force à la fin, presque comme si c'était un enregistrement passé à l'envers.

— Je suis venue te voir, maman.

Margaret plaqua sa main sur sa bouche. Ses yeux se remplirent de larmes salées et cuisantes. Finalement, elle parvint à ôter sa main et à dire :

— Peggy ? Ma petite Peg chérie ? Est-ce que c'est toi ?

— Je suis venue te voir, maman, répéta la petite fille.

Margaret parvint à faire un pas en avant et à s'agripper au montant du lit.

— Es-tu réellement Peggy ? demanda-t-elle à la petite fille. Je t'en prie, n'essaie pas de me tromper. Je ne le supporterais pas si c'était une supercherie.

— Je suis venue te voir, maman.

Margaret la regarda d'un air hébété.

— Est-ce que tu es une poupée ? C'est tout ce que tu es ? Qu'es-tu ? Dis-moi ce que tu es, tu me fais très peur !

Elle tomba à genoux sur la moquette. Elle sanglotait si douloureusement que ses poumons lui faisaient mal, et c'était à peine si elle pouvait parler. La petite fille s'écarta de la fenêtre et s'approcha d'elle. Elle se tenait si près que Margaret entendait le bruissement du taffetas de sa belle robe, et sentait même... quoi ? Elle pensa tout d'abord à des couronnes mortuaires, c'était l'odeur des fleurs mortes, trois jours après l'enterrement de Peggy, lorsque toutes ces roses de serre et ces orchidées avaient commencé à pencher la tête et à se faner. C'était à la fois semblable, et une autre odeur. C'était l'odeur de fleurs mortes dans les vestiaires du El Morocco, le lundi matin lorsqu'on reprenait le travail. L'odeur de fleurs mortes mélangée avec la fumée de cigare, le parfum *Isabey* éventé et le linge vieux de deux jours.

Sordide mais excitant. Une carrière gâchée, distillée en une seule odeur.

Margaret releva la tête. La petite fille était très pâle, mais elle souriait. Son visage donnait l'impression d'avoir été recouvert d'une couche de blanc gras.

— Je suis venue te voir, maman, dit-elle, même si ses lèvres ne bougeaient pas.

Margaret s'essuya les yeux avec ses doigts.

— Peggy, c'est vraiment toi ? Ou est-ce que je deviens folle ? Je t'en prie, dis-moi si c'est vraiment toi !

La petite fille gloussa.

— Tu dois dire... ce que tu dois dire *est*... ce que tu veux par-dessus tout... plus que tout au monde.

— Ma chérie, tu sais ce que je veux. Je veux que nous soyons ensemble. Je veux te tenir dans mes bras. Je n'ai jamais voulu te perdre. Je suis tellement désolée de t'avoir perdue. Tellement désolée !

Maintenant des larmes ruisselaient sur le visage de Margaret et tombaient goutte à goutte sur sa chemise de nuit.

— Oh, Peggy, tu ne sais pas à quel point tu m'as manqué, tu ne pourras jamais le savoir !

La petite fille se rapprocha de Margaret et lui caressa les cheveux. Margaret ne sentait pas vraiment le contact des doigts, mais elle sentait ses cheveux se dresser à chaque caresse, comme s'ils étaient chargés d'électricité statique.

Elle avait très *froid*, également ; elle grelottait. Elle aurait fait n'importe quoi pour s'emmitoufler dans une couverture, ou pour prendre sa robe de chambre. Et pourtant... seulement quelques minutes auparavant... elle avait eu si chaud qu'elle avait cru qu'elle allait suffoquer, comme quelqu'un dans un salon de coiffure pour hommes dont la tête est enveloppée dans des serviettes chaudes.

— Tu peux avoir ce que tu veux, murmura la petite fille.

— Quoi ? s'exclama Margaret.

— Tu peux avoir tout ce que tu veux. Il te suffit de me suivre.

Margaret se redressa et la regarda d'un air hébété. Elle avait déjà été terrifiée. Un jour, l'un de ses petits amis s'était soûlé et était devenu violent, il lui avait hurlé des injures, il l'avait frappée, et elle avait vraiment cru qu'il allait la tuer. Mais cette nuit... confrontée à cette manifestation de Peggy au visage blafard... sa peur était telle qu'il lui semblait qu'elle était incapable de bouger, ou de parler, ou de faire quoi que ce soit, à part rester agenouillée sur la moquette et attendre que ce moment prenne fin.

8

Elizabeth entendit la porte de la cuisine claquer. Elle ne comprenait pas comment elle l'avait entendue, ni pourquoi elle savait ce qui se passait, mais un instant plus tard elle était levée et cherchait ses pantoufles. Elle prit sa robe de chambre rose sur la patère au dos de la porte et l'enfila rapidement. Elle ouvrit la porte de sa chambre à temps pour voir sa mère, en chemise de nuit et nu-pieds, qui descendait précipitamment l'escalier.

— Maman ? appela-t-elle, effrayée. Maman ? Où vas-tu ?

Sa mère ne répondit pas. Elizabeth l'entendit traverser le séjour en toute hâte. Ses pieds nus martelaient le parquet. Elle se lança aussitôt à sa poursuite. Il y avait quelque chose de tout à fait anormal. Elle en était certaine. La porte de la chambre de maman était entrebâillée et il y avait une étrange odeur d'électricité dans l'air.

Au moment où Elizabeth dévalait les marches, elle entendit la porte d'entrée s'ouvrir, verrous et chaînes. Lorsqu'elle arriva dans le vestibule, la porte était grande ouverte, et sa mère avait disparu. Elle se précipita au-dehors, vers la véranda, et aperçut maman qui contournait le côté de la maison. Elle se dirigeait vers la piscine.

— Maman ! cria-t-elle, terrifiée à présent. Maman, reviens !

Elle se demanda durant une fraction de seconde si elle ne ferait pas mieux d'appeler Mrs. Patrick, ou même Seamus, mais si jamais maman faisait une chose stupide, ils arriveraient trop tard. Elle descendit les marches et courut derrière elle.

La lune éclairait le jardin comme si c'était un décor de théâtre, avec des massifs de fleurs artificielles et des arbres peints. Même le ciel donnait l'impression d'avoir été peint.

La surface de la piscine, au lieu de paraître liquide et brillante, était d'un blanc nacré, et de la vapeur s'en élevait. Maman marchait vers la piscine, plus lentement maintenant, les deux mains tendues. Sa chemise de nuit ondoyait tandis qu'elle marchait.

— Maman, je t'en prie !

Tout d'abord Elizabeth ne comprit pas pourquoi maman se dirigeait vers la piscine avec une telle détermination, parce qu'elle se trouvait dans sa ligne de visée. Puis elle arriva au bord de la piscine, s'arrêta, et fit deux ou trois pas vers la droite, et Elizabeth vit que la petite fille-Peggy se tenait de l'autre côté de la piscine. Le visage très blanc, elle souriait. Elizabeth était déjà à mi-chemin de la pelouse, mais la soudaine apparition de la petite fille lui donna l'impression que ses genoux s'étaient changés en gelée. Elle trébucha deux fois et faillit tomber.

La petite fille n'appelait pas, et elle ne faisait pas de signes. Elle se tenait parfaitement immobile, les pieds joints, les bras le long du corps. Mais il y avait une expression sur son visage qui était absolument fascinante. C'était une expression de triomphe, mais également une expression qui était proche de l'extase, comme un saint de Michel-Ange.

La petite fille était trop âgée pour être Peggy. Elle ne ressemblait même pas à Peggy. Pourtant Elizabeth continuait d'être certaine que c'était elle... et maman devait en être certaine, elle aussi, parce qu'elle appela brusquement :

— Peggy ! Attends ! Ne pars pas sans moi, ma chérie. Pas cette fois !

La petite fille fit un pas en avant, et un autre. Puis elle franchit le bord de la piscine. Elizabeth s'apprêtait à crier et à lui dire de ne pas avancer, lorsqu'elle comprit pourquoi la surface de la piscine avait un aspect si laiteux et opaque, et pourquoi elle fumait. La piscine avait gelé d'un bout à l'autre, et la petite fille marchait sur une couche de glace solide.

C'était l'été, la nuit la plus chaude de l'année, et la piscine avait gelé.

Elizabeth regarda avec terreur et fascination tandis que la petite fille glissait vers le milieu de la piscine. Elle semblait à même de s'avancer sans mettre un pied devant l'autre, comme si elle patinait.

Sans dire un mot, maman s'avança sur la glace à son tour, et marcha d'un pas raide et incertain vers sa Peggy décédée. Elle était nu-pieds, mais si elle sentait le froid, elle ne le montrait en aucune façon.

— Je savais que tu ne m'avais pas été enlevée pour toujours, dit maman. Je savais que tu reviendrais !

Sa voix était haute et exaltée, presque comme si elle chantait, et le froid de la piscine gelée faisait fumer son haleine.

La petite fille-Peggy ne disait rien du tout. Elle continuait de sourire, de ce sourire joyeux et triomphant. Ses yeux étaient voilés de la même façon que la surface de la piscine était voilée. Elizabeth arriva au bord de la piscine et se tint à l'échelle au chrome glacé. Elle songea à s'avancer sur la glace, elle aussi, mais elle ne savait pas si la couche de glace était assez épaisse pour supporter son poids. Elle avait gardé un souvenir trop net de la glace craquant sous ses genoux, et de Peggy prise au piège, les yeux levés vers elle.

Maman tendit les bras vers la petite fille-Peggy. Au même moment, une effraie blanche voleta au-dessus de la piscine, et Elizabeth la regarda. Une piscine gelée, une nuit d'été : tout cela était d'une étrangeté ineffable. L'effraie décrivit un cercle vers les chênes derrière la maison. Elle ne détourna son attention qu'un instant seulement, pourtant Elizabeth ne vit pas ce qui se passa ensuite. La glace se fendit d'un côté de la piscine à l'autre, en produisant un crissement et un horrible craquement, comme si une vitre gigantesque se brisait. Maman tomba dans l'eau... ainsi que la petite fille-Peggy, vraisemblablement, parce que Elizabeth ne la voyait plus.

Maman cria, gargouilla, se débattit et coula. Sans la moindre hésitation, Elizabeth s'élança dans la piscine, courant et glissant sur une plaque de glace qui s'inclinait, puis elle plongea dans l'eau, en robe de chambre et pantoufles. Après que Peggy se fut noyée, papa avait eu l'intention de condamner la piscine, puis il avait estimé qu'il serait plus sage que Elizabeth et Laura apprennent à nager et suivent des cours de secourisme. Elizabeth était glacée et choquée, mais elle parvint à se défaire de ses pantoufles et à nager à travers la neige à moitié fondue vers le milieu de la piscine.

Durant un moment éperdu, elle crut que maman avait coulé définitivement. Elle tourna sur elle-même, battant l'eau frénétiquement avec ses mains, tandis que de gros blocs de glace la heurtaient. Elle avait trop froid même pour crier, mais elle réussit finalement à aspirer une énorme goulée d'air et à plonger sous la surface.

Elle regarda autour d'elle, mais elle ne voyait que des bulles d'air argentées qui dansaient, et les formes sombres, indistinctes, projetées par les plaques de glace brisée qui flottaient à la surface. Elle battit des jambes et chercha autour d'elle avec ses mains, mais elle ne sentait rien du tout... ni maman ni la petite fille-Peggy.

Elle remonta vers la surface et maintint sa tête hors de la fange épaisse qui ressemblait à de la bouillie d'avoine. Elle savait qu'elle ne pourrait pas rester dans l'eau indéfiniment. Déjà elle ne sentait plus ses doigts, et ses orteils commençaient à lui faire mal. Elle était sur le point de nager vers le bord de la piscine, lorsque la fange explosa juste devant elle et sa mère creva la surface, les yeux égarés, criant et suffoquant.

— Maman ! Ne panique pas ! lui cria Elizabeth.

Mais maman était hystérique. Elle se débattait frénétiquement des mains et des pieds, brassant une écume de glace et d'eau glacée. Elle coula à nouveau, mais cette fois Elizabeth parvint à saisir sa chemise de nuit et à la tirer vers la surface.

Maman réapparut et essaya de s'agripper à elle. Elle essaya de grimper sur elle, lui griffant le visage et lui tirant les cheveux dans sa panique. Elizabeth coula à nouveau, et but une énorme gorgée d'eau glacée. Mais elle réussit à se dégager et à se retourner jusqu'à ce qu'elle se trouve sous maman, puis à remonter vers la surface en battant des jambes et à passer un bras autour de son cou, par-derrière. Elle avait avalé trop d'eau pour être à même de parler, mais elle se mit à nager vers le petit bain de la piscine, tirant maman après elle avec une énergie qui était 50 % adrénaline, 40 % détermination, et 10 % entêtement absolu. Elle n'allait pas mourir. Elle voulait écrire et faire de l'équitation. Elle ne voulait pas que maman meure, non plus.

Elle eut l'impression de mettre des heures pour tirer maman jusqu'au petit bain. Celle-ci gargouillait, se débattait, et sa chemise de nuit détrempée était aussi lourde et froide qu'un linceul. Finalement, cependant, Elizabeth sentit son talon frotter contre le fond de la piscine.

— Tout va bien maintenant, tout va bien ! parvint-elle à dire d'une voix étranglée. Nous avons pied !

Maman était épuisée et tremblait de saisissement, et la première chose qu'elle fit fut de s'affaisser sur les genoux, manquant se noyer. Elizabeth la tira vivement, la remit debout, et la soutint. Puis, zigzaguant lentement comme si elles étaient ivres, elles parcoururent péniblement les deux ou trois derniers mètres qui les séparaient des marches.

Maman s'agenouilla sur le rebord de la piscine, toussa et cracha de l'eau, la tête penchée, ses cheveux trempés en désordre. Elizabeth, claquant des dents, fit le tour de la piscine en traînant la jambe. Elle scruta la fange, essayant d'apercevoir la petite fille-Peggy. Elle prit le filet au long manche que son père utilisait pour retirer de la piscine les insectes et les feuilles, et elle le plongea dans l'eau à de nombreuses reprises, dans l'espoir de sentir le corps de la petite fille-Peggy. Elle avait disparu, et Elizabeth devint trop faible et engourdie par le froid pour continuer de chercher. Elle laissa tomber le filet par terre et revint vers sa mère. Celle-ci releva la tête et la regarda. Son visage avait perdu ses couleurs, comme si elle était une photographie d'elle-même en noir et blanc.

— Où est Peggy ? demanda-t-elle d'une voix rauque, éperdue.

Elizabeth secoua la tête.

— Je ne la trouve pas. Il va falloir que j'appelle une ambulance.

Sa mère tourna la tête et contempla la surface de la piscine.

— C'*était* elle, n'est-ce pas ? demanda-t-elle.

— Oui, je crois. Nous ferions mieux de rentrer.

— Entendu. Ne m'attends pas. Va appeler l'ambulance.

— Maman..., hésita Elizabeth.

Sa robe de chambre ruisselait d'eau, et elle avait l'impression qu'elle n'aurait plus jamais chaud et qu'elle resterait trempée pour toujours.

— Tout va bien, Lizzie, ne t'inquiète pas, dit maman. Je t'aime. Je ne ferai pas de bêtises.

Elizabeth la laissa et repartit en courant vers la maison. Elle se retourna comme elle montait les marches, et maman était là-bas, toujours agenouillée et éclairée par la lune, la personne la plus solitaire qu'Elizabeth puisse imaginer.

Le shérif Grierson se tenait près de la piscine, les bras croisés sur sa poitrine, son épais visage empourpré luisant de sueur. C'était juste après le déjeuner, le lendemain, et la chaleur était encore plus insupportable que la veille. Le drapeau pendait mollement sur le mât des Buchanan, et la journée semblait avoir été badigeonnée de cinq couches de vernis blanc.

Elizabeth et son père se tenaient à proximité. Rentré en catastrophe de New York, celui-ci avait l'air fatigué et désorienté. Elizabeth portait son corsage rose et son pantalon corsaire en toile blanc. Elle avait tressé ses cheveux, retenus par des rubans roses.

Le shérif Grierson déclara :

— Je crois que nous allons devoir mettre cela sur le compte d'un genre d'hallucination, monsieur Buchanan.

— Mais c'était réel ! s'insurgea Elizabeth. Je l'ai vue de mes propres yeux !

— Lizzie, fit le shérif Grierson avec une grande patience. Votre piscine contient quelque chose comme cent mille litres d'eau. De surcroît, c'est de l'eau légèrement javellisée, laquelle a un point de congélation plus bas que l'eau ordinaire. Comment quelqu'un aurait-il pu abaisser la température d'un tel volume d'eau suffisamment pour le faire geler, par une chaude nuit de juin avec une température ambiante de 30 degrés ?

— Je n'en sais rien, répondit Elizabeth. Mais je sais ce que j'ai vu. La piscine était entièrement recouverte de glace, d'un bout à l'autre, et maman a marché sur la glace, jusqu'au milieu de la piscine.

— Pour rejoindre cette petite fille qui ressemble à ta sœur Peggy ?

Elizabeth acquiesça de la tête.

Le shérif Grierson renifla et jeta un regard à la ronde.

— Je ne sais pas quoi te dire, Lizzie. Je ne le sais vraiment pas. Je sais que tu es une gentille fille en qui on peut avoir confiance, et que tu n'as jamais causé d'ennuis. Je sais également que des trucs plutôt bizarres se sont passés dernièrement, comme la façon dont le révérend Bracewaite a rejoint son Créateur. Je suis porté à penser que tu crois avoir vu ce que tu as cru voir, de bonne foi et sincèrement, mais cela ne veut pas dire que cela s'est vraiment passé.

— Vous pensez que j'ai inventé ça, dit Elizabeth.

Elle avait mal aux bras et aux jambes, et elle se sentait très en colère après le shérif Grierson. Il était tellement borné ! Bien sûr, c'était impossible que quelqu'un fasse geler une piscine en plein été, suffisamment pour que des gens puissent marcher dessus. Mais c'était ce qui s'était passé, et c'était le travail du shérif Grierson de découvrir pourquoi, et comment... au lieu de l'accuser de raconter des histoires, et d'insinuer que maman était folle.

— Je ne dis pas que tu as inventé ça *de propos délibéré*, répliqua le shérif Grierson, sur la défensive. Je dis seulement que cette histoire est sortie de ton imagination, et que tu as cru sincèrement que c'était vrai, alors que la logique aurait pu te dire que ce n'était pas vrai.

Il se tourna vers le père d'Elizabeth et lui demanda :

— Est-ce que je pourrais vous parler seul à seul, juste une minute ?

— Elizabeth, dit son père. Tu veux bien aller voir si Mrs. Patrick a fini de préparer les affaires de maman ?

— Je l'ai vue ! s'obstina Elizabeth. C'est la vérité !

— S'il te plaît, ma chérie, la supplia son père. Je n'en ai pas pour longtemps.

Elizabeth s'éloigna vers la maison, et son père et le shérif Grierson firent lentement le tour de la piscine.

— J'avais espéré que Margaret avait surmonté tous ses problèmes, dit le père d'Elizabeth.

Le shérif Grierson posa une main sur son épaule pour le réconforter.

— De toute évidence, elle a été plus durement touchée que vous ne l'aviez cru tout d'abord.

— Il n'y avait aucune trace de cette petite fille qui était soi-disant Peggy ?

Le shérif Grierson secoua la tête.

— Pas d'empreintes de pas, rien du tout.

— Et pour la piscine ?

— Regan, mon adjoint, a dit que l'eau était anormalement froide pour la saison, d'accord, mais qu'il n'avait pas vu de glace.

— Elle aurait pu fondre avant qu'il arrive sur les lieux.

— Monsieur Buchanan, je ne crois pas qu'il y ait jamais eu la moindre glace.

— Le révérend Bracewaite est mort de gelures. Nous avons peut-être affaire au même genre de phénomène. Des conditions climatiques anormales, de soudains coups de froid très localisés, vous avez pensé à cela ? L'année dernière, j'ai publié un livre sur d'étranges conditions atmosphériques dans la région de Litchfield. Au cours de l'été 1896, il a neigé dans un champ d'un demi-hectare juste à la sortie de New Preston, et nulle part ailleurs.

— Monsieur Buchanan, réfléchissez un instant, dit le shérif Grierson. C'est absolument impossible. Et à part cela, il y a cette histoire que votre épouse et Lizzie nous ont racontée, à propos d'une mystérieuse petite fille qui serait Peggy, votre fille décédée, mais qui ne lui ressemble pas du tout.

Le père d'Elizabeth regarda vers la maison.

— Oui, je sais que c'est difficile à croire, admit-il.

— Allons, monsieur Buchanan. Personne n'a été blessé. Mais votre épouse continue de subir les effets du chagrin, et Lizzie a toujours eu un esprit un brin rêveur, non ?

— Vous avez probablement raison. De toute façon, Margaret retourne à la clinique ce soir. Ils lui feront passer des examens et verront ce qu'ils peuvent faire afin de lui venir en aide.

— Et pour Lizzie ?

— Je pense qu'elle ira bien, lorsque sa mère sera partie. Il ne devrait pas y avoir de problèmes.

Ils commencèrent à rebrousser chemin vers la maison.

— Tout cela a quelque peu déchiré votre famille, non ? demanda le shérif Grierson.

— Je ne sais pas. Après la disparition de Peggy... j'ai senti que ma femme et mes filles m'échappaient. Je ne savais plus où nous allions, ni ce que j'étais censé faire. Parfois je me sens responsable de tout ce qui est arrivé. C'est ma faute si Peggy s'est noyée, parce que je n'avais pas vidé la piscine. Laura... je n'ai pas été un père suffisamment autoritaire. Margaret... je l'ai rendue à moitié folle.

« Maintenant j'ai l'impression de ne pas non plus être à la hauteur avec Lizzie, parce que je n'arrive pas à la croire.

— Vous avez tort de vous faire tous ces reproches, monsieur Buchanan. J'ai vu ce genre de choses arriver à bien des familles. C'est la conséquence normale d'une tragédie, rien de plus. Les choses s'arrangeront pour vous, ne vous en faites pas. Vous devez simplement faire face à vos problèmes, les regarder dans le blanc de l'œil, et essayer de les affronter.

— Je ne sais pas. Cela a été pire que de perdre un enfant. C'est presque comme si, lorsque Peggy est morte, elle était partie, mais que quelque chose avait emménagé avec nous.

— Je ne comprends pas ce que vous voulez dire...

— C'est difficile à expliquer. Mais j'ai le sentiment que nous avons perdu une fille et gagné une malédiction. Il y a quelque chose qui vit avec nous et qui nous apporte le malheur.

Le shérif Grierson demeura silencieux. Il était clair qu'il ne comprenait toujours pas de quoi parlait le père d'Elizabeth. Les superstitions ne lui disaient rien, et il n'aimait pas tout ce qui était inexplicable. Il croyait en Dieu mais il ne croyait pas aux malédictions, ni au malheur, ni à des petites filles imaginaires qui pouvaient marcher sur la surface de piscines. Il était encore suffisamment irrité par ce qui était arrivé à Dick Bracewaite. Il était personnellement furieux après Dick Bracewaite lui-même, pour avoir manqué d'égards envers lui en se faisant tuer d'une façon qui échappait à toute explication logique.

Le docteur Ferris les attendait dans le vestibule. Il ressemblait plus que jamais à un violoniste au chômage.

— Comment va-t-elle ? lui demanda le père d'Elizabeth.

— Elle va très bien, répondit le médecin. Très fatiguée, anxieuse, mais pas de problèmes physiques, si ce n'est qu'elle est trop maigre. Je lui ai donné quelque chose pour l'aider à dormir.

— Vous pensez vraiment que la clinique est la solution ?

Le docteur Ferris referma sa trousse.

— Il est évident qu'elle ne peut pas rester ici. Cette maison et ses alentours encouragent manifestement ces hallucinations morbides. Elle a besoin de soins professionnels, loin d'ici, sinon son état ne fera qu'empirer. Je n'ai pas l'habitude de donner des conseils à des spécialistes, mais cela ne me surprendrait pas qu'ils estiment qu'un traitement par électrochocs est souhaitable.

— Des électrochocs ? s'exclama le père d'Elizabeth d'une voix inquiète.

— Comme je viens de le dire, je n'ai pas l'habitude de donner des conseils à des spécialistes. Mais les électrochocs ont permis d'obtenir d'excellents résultats dans le traitement de malades atteints de graves dépressions. Et en cas d'échec, il reste la lobotomie.

Le père d'Elizabeth eut l'air perdu et découragé.

— Si vous avez besoin de quelque chose, monsieur Buchanan, dit le shérif Grierson, vous savez où me joindre. Même si cela ne concerne pas directement la police.

— Merci, shérif. Ça ira, répondit-il avec un petit sourire triste.

Grierson porta la main à son chapeau, découvrant une aisselle tachée de sueur. Puis il s'éloigna vers sa voiture, suivi du docteur Ferris. Alors qu'ils partaient dans leurs voitures respectives, ni l'un ni l'autre ne vit le visage très pâle qui les observait depuis la fenêtre à l'étage, juste au-dessus du porche. Le père d'Elizabeth ne le vit pas non plus, tandis qu'il les regardait s'en aller. Lorsque, finalement, il se retourna et revint lentement vers la maison, le visage avait disparu.

Laura fut réveillée par quelqu'un qui chuchotait tout près de son oreille. Elle ouvrit les yeux brusquement, et s'aperçut qu'elle regardait fixement l'oreiller à côté d'elle. Elle battit des paupières. Elle aurait juré avoir entendu quelqu'un qui chuchotait. Elle ne savait pas ce que ce quelqu'un avait chuchoté, mais cela avait été l'un de ces chuchotements très nets, mouillés de salive, insidieux et cachottiers.

Elle s'assit sur le bord du lit. C'était son premier matin à Los Angeles, et la brise chaude s'engouffrait dans sa chambre, de telle sorte que les rideaux de tulle ondoyaient et claquaient. Sa chambre, exiguë et très simple, était blanchie à la chaux et comportait un lit en chêne sculpté de style espagnol et une commode en chêne sculpté, sur laquelle était posée une grande coupe bleue contenant des oranges nouvellement cueillies. Une couverture bleu et blanc était tendue sur un mur; sur les autres, il y avait des éventails en paille et des tableaux représentant des orangeraies. Une forte odeur âcre d'eucalyptus flottait dans l'air, mélangée à l'odeur de pots en terre cuite récemment arrosés.

Elle se leva du lit et sortit sur son étroit balcon. La maison de tante Beverley était perchée sur le bord d'une falaise dominant la baie de Santa Monica. Elle l'avait achetée « pour deux fois rien » à l'acteur George Albert. La maison était en très mauvais état et avait besoin d'une remise à neuf, mais elle était fraîche et bien aérée, avec des sols carrelés, des cloîtres blanchis à la chaux et une petite cour intérieure ornée d'une fontaine en mosaïque bleue et d'un bougainvillier d'un violet criard.

Laura contempla la plage. L'océan était caché par une légère brume de carte postale à travers laquelle une vaguelette scintillait de temps à autre, mais il était encore très tôt, sept heures dix, et à neuf heures la brume se serait dissipée. Lizzie manquait beaucoup à

Laura, ainsi que papa et maman, mais elle trouvait qu'ici c'était le Paradis, et bien qu'elle ait pleuré sur son oreiller avant de s'endormir, elle avait déjà l'impression de faire partie de ce monde. Elle adorait également aller et venir avec tante Beverley. Tante Beverley prenait tout ce dont elle avait envie, et allait partout où elle désirait aller, et n'hésitait pas à dire ce qu'elle pensait. Elle ressemblait peut-être à un homme, et jurait comme un homme, mais elle était plus énergique, plus drôle et plus grossière que n'importe quel homme que Laura ait jamais connu, et lorsqu'elle l'accompagnait, Laura se sentait audacieuse mais en sûreté. Tante Beverley semblait connaître absolument tout le monde à Hollywood, et elle les dénigrait tous. Elle appelait Charlie Chaplin « le Renifleur » parce qu'il flairait et tournait autour de toutes les jolies filles au cours de toutes les réceptions où il allait. Elia Kazan, « Gadge » pour ses amis intimes, elle le surnommait « Madge » parce qu'elle trouvait qu'il était mou et prenait soin de sa petite personne d'une façon excessive.

Tante Beverley était une femme qui ne mâchait pas ses mots, et cela se voyait dans les yeux des gens à qui elle parlait.

Laura se tenait toujours sur le balcon, dans son pyjama trop grand à rayures rouge et blanc, lorsqu'elle entendit à nouveau ce chuchotement. Il semblait si proche qu'elle fit volte-face, effrayée, mais il n'y avait personne. Cela aurait pu être le murmure de l'océan. Cela aurait pu être la brise. Pourtant elle était certaine d'avoir entendu quelqu'un, tout près de son oreille, qui essayait de lui dire quelque chose. Un susurrement à voix basse, comme font les écolières. *Bzzz-bzzz.*

Sa chambre était déserte, à part Mister Bunzum, posé de guingois sur l'oreiller. Ce pauvre vieux Mister Bunzum avait finalement réussi à venir à Hollywood, et il ne pouvait toujours pas conduire sa superbe Packard rouge, pauvre vieux « Grandes-Oreilles », principalement parce qu'il n'était qu'un lapin en peluche, et qu'il n'avait jamais eu une superbe Packard rouge, de toute façon. Laura écarta les rideaux de tulle, retourna dans sa chambre et tendit l'oreille. Elle entendait une femme chanter *Praise the Lord and Pass the Ammunition*[1] en espagnol. Elle ouvrit la porte de sa chambre et regarda la cour en contrebas. Elle aperçut une femme grassouillette aux cheveux noirs, à quatre pattes, occupée à frotter avec une brosse la mosaïque bleue. La femme leva les yeux, lui sourit et lança : « *Buenos días!* » Laura referma la porte précipitamment, très gênée.

Comme elle se retournait, elle vit la silhouette indistincte d'une fillette, debout sur le balcon. Celle-ci avait dix ou onze ans, le même âge que Laura, et ses cheveux bouclés étaient ébouriffés. Elle portait la plus simple des robes blanches. Son visage était détourné, et pour quelque raison Laura pensa qu'elle pleurait. Elle était tout juste visible, guère plus qu'une turbulence à moitié transparente dans l'air du matin, pourtant Laura put la voir plus nettement lorsque le vent tomba et que les rideaux de tulle ondoyèrent contre la vitre.

Laura était figée sur place; la peur lui donnait des picotements dans les mains. La brise souleva les rideaux, et durant un moment la silhouette de la petite fille disparut, puis ils retombèrent, et la petite fille se matérialisa de façon imprécise. Elle se tourna vers Laura. Ses yeux étaient un peu plus que des taches sombres, et ses joues étaient blanches, mais Laura se rendit compte qu'elle avait un air très grave. Qui plus est, Laura la connaissait... elle la connaissait si bien que son cœur faillit s'arrêter sur-le-champ.

La petite fille était Peggy. Elle ne ressemblait pas vraiment à Peggy. Elle était beaucoup plus âgée que Peggy l'avait été lorsqu'elle s'était noyée. Mais Laura était absolument certaine que c'était elle.

— Peggy? murmura-t-elle. Est-ce que c'est toi, Peggy?

1. « Louons le Seigneur et passe-moi les cartouches » *(N.d.T.)*

La petite fille continua de la regarder fixement à travers les rideaux agités par le vent. Elle était tellement sérieuse, tellement triste. Elle ouvrit la bouche et Laura vit le reflet incurvé de la lumière du soleil sur sa lèvre inférieure.

— Ohhhhh..., chuchota la petite fille.

Sa voix augmentait et diminuait de volume, comme une station de radio lointaine.

— Aiiii laisséééé mes bottes... aiiii laisséééé mes moufles...

Laura, déconcertée, demanda :

— Hein ? Qu'est-ce que tu as laissé ?

— ... ai laisséééé mes bottes...

Laura s'agenouilla sur le bord du lit, tendit la main et prit Mister Bunzum. Elle le serra contre son cœur et s'approcha lentement des rideaux. Le vent les fit ondoyer à nouveau, et la petite fille disparut momentanément dans la lumière du soleil. Puis ils retombèrent, et Laura la vit à nouveau, très faiblement, guère plus qu'un filigrane dans l'air. Quelqu'un qui serait entré dans la chambre par hasard, et n'aurait pas entendu son chuchotement, ne l'aurait probablement même pas vue.

— Peggy, qu'y a-t-il ? demanda Laura. Dis-moi ce que tu veux.

Peggy chuchota quelque chose mais Laura ne comprit pas ce qu'elle disait. Le murmure de l'océan était trop bruyant, et deux ou trois automobiles passèrent à proximité de la maison. La femme de ménage continuait de chanter *Praise the Lord and Pass the Ammunition*.

— Peggy, est-ce que tu pleures ? dit Laura.

La voix chuchotante devint plus forte, et durant un moment elle déferla sur les oreilles de Laura comme la mer déferlant sur des galets.

— Oh... J'ai laissé mes bottes... J'ai laissé mes moufles.

— Quelles bottes, Peggy ? Quelles moufles ? De quoi parles-tu ?

Mais les rideaux se soulevèrent, et la petite fille disparut. Laura laissa tomber Mister Bunzum par terre et tira vivement les rideaux, mais l'image ne revint pas.

— Peggy? appela-t-elle. Peggy, tu es là?

Elle sortit sur le balcon. Elle tendit ses deux mains et palpa l'air, au cas où Peggy serait là sans pouvoir être vue, comme *L'Homme invisible.* Mais il n'y avait personne sur le balcon, absolument personne, et elle ne sentit que le vent chaud du matin.

Elle retourna dans sa chambre. Elle faillit trébucher sur Mister Bunzum, et elle s'apprêtait à le ramasser lorsqu'elle s'aperçut qu'il avait un air tout à fait étrange. Normalement il était un lapin plutôt brunâtre, portant un gilet d'un jaune crasseux, mais à présent il était tout blanc et scintillait. Très précautionneusement, Laura le ramassa, et elle comprit tout de suite ce qui lui était arrivé. Il était tout blanc et scintillait parce qu'il était gelé. Pas simplement froid, mais complètement gelé, et il dégageait des vapeurs de froid intense.

Laura le lâcha, effrayée. Il tomba sur le carrelage mexicain et se brisa en sept morceaux... les bras, les jambes, le corps et la tête. Même l'une de ses oreilles se cassa net.

Laura s'assit sur le lit et le regarda fixement durant de longs instants. Elle ne comprenait absolument pas. Mais il y avait une chose dont elle était certaine. Peggy n'était pas morte, pas dans le sens habituel où l'on est mort, et d'une manière ou d'une autre Peggy avait réussi à la trouver ici, à Santa Monica, depuis Sherman.

Au bout d'un moment, elle se leva, alla jusqu'à la commode et prit son stylo et le bloc de papier à lettres que papa lui avait donné. Soigneusement, afin de s'en souvenir, elle inscrivit la date et l'heure. Puis elle écrivit les mots que Peggy lui avait chuchotés.

« Oh, j'ai laissé mes bottes. J'ai laissé mes moufles. »

Les mots semblaient familiers, comme quelque chose que quelqu'un lui avait dit autrefois, quand elle était toute petite. Mais ici, dans la chaleur de la Californie, ils paraissaient tellement incongrus. Qui avait besoin de bottes et de moufles par une matinée comme celle-là ? Personne excepté Mister Bunzum, et il était maintenant en morceaux.

9

Elle descendit du train et il était là, à l'attendre, dans son gros pardessus marron et son chapeau à large bord. Il ressemblait toujours à Jimmy Stewart, mais il s'était étoffé maintenant et avait de larges épaules. Ce n'était plus un adolescent, mais un homme.

La locomotive laissa échapper une plainte assourdissante. Lenny vint vers elle, les deux mains tendues, prit les siennes et l'embrassa.

— Lizzie... tu as une mine superbe !

— Toi aussi, dit-elle. Je n'arrivais pas à y croire lorsque le téléphone a sonné et que c'était toi.

— Ma foi, je suis vraiment désolé de t'avoir appelée pour t'annoncer une aussi mauvaise nouvelle. Tu n'as pas d'autres bagages ?

Il prit son sac de voyage en cuir havane et ils sortirent de la gare pour se diriger vers le parking. C'était un jeudi matin d'octobre 1951 d'une luminosité éblouissante. Le train venant de New York avait ramené Lizzie vers les rouges, les roux et les jaunes chatoyants qui avaient illuminé chaque automne de son enfance. Assise près de la vitre, elle s'était souvenue de Laura et de Peggy et des jours qu'elle avait passés à Sherman, durant tout le trajet depuis White Plains jusqu'à New Milford.

A l'extérieur de la gare, les trottoirs disparaissaient sous une épaisse couche de feuilles desséchées qui tourbillonnaient au gré du vent. Lenny guida Elizabeth vers une Frazer Manhattan décapotable rouge vif.

— Qu'en penses-tu ? lui demanda-t-il en ouvrant le coffre pour y mettre son sac de voyage. Je l'ai achetée l'été dernier.

— Elle est magnifique. J'adore la couleur.

— Bien sûr. Je l'ai choisie spécialement pour être assortie à ton rouge à lèvres !

Il l'aida à monter dans la voiture puis se glissa derrière le volant.

— Je pense que je dois te prévenir que ton père va très mal. Il ne peut plus marcher ni parler. Il peut faire quelques signes, mais c'est à peu près tout.

Elizabeth hocha la tête. Elle avait essayé de se préparer à voir son père, mais chaque fois qu'elle pensait à lui, elle s'en souvenait tel qu'il avait été autrefois, portant des bûches, ou découpant la dinde à Thanksgiving, ou faisant sauter Laura et Peggy sur ses genoux. Elle se souvenait de lui le dos à la cheminée, en hiver, ses lunettes perchées sur le bout de son nez, tandis qu'il leur lisait l'une des dernières publications des Éditions Candlewood d'un ton enthousiaste, déclamant comme un acteur. Elle ne parvenait à penser à lui paralysé, incapable de parler, son esprit pris au piège dans un corps qui n'était plus bon à rien.

Ils traversèrent New Milford et prirent la direction de Sherman, franchissant le pont de la Housatonic. La rivière réfléchissait les arbres rouge foncé, le ciel bleu roi et les canards qui s'envolaient déjà vers le sud. Elizabeth ouvrit son sac à main et prit son étui à cigarettes.

— Tu en veux une ? demanda-t-elle à Lenny.

— J'essaie d'arrêter. Sans grand succès. Oui, bien sûr, tu peux m'en allumer une.

Elizabeth n'avait jamais très bien su à quel moment elle avait cessé d'être une adolescente dégingandée et maladroite pour devenir la jeune femme soignée et élégante qu'elle était aujourd'hui. Ses journaux intimes étaient remplis de lamentations pitoyables à propos de boutons, de règles et de cheveux qui ne faisaient jamais ce qu'elle voulait qu'ils fassent. Et maintenant, âgée de vingt et un ans, elle avait des cheveux bruns bien coiffés, un visage aux traits fins et de longues jambes galbées. Elle portait son plus beau manteau couleur chameau de chez Bergdorf Goodman, une jupe écossaise plissée et un twin-set rouge. Sur le revers de son manteau étincelait la broche de diamants que son père lui avait donnée lorsqu'elle avait obtenu brillamment ses diplômes à l'université de l'État du Connecticut. La broche avait la forme d'une rose, et elle avait appartenu jadis à sa mère.

— Comment trouves-tu la grande ville ? demanda Lenny, tandis que Elizabeth lui présentait une Philip Morris allumée.

— Oh, c'est merveilleux. Je suis plutôt à l'étroit dans mon appartement, j'ai deux colocataires. Mais après Sherman...

— Ne m'en parle pas ! C'est d'un ennui mortel !

Ils tournèrent vers Boardman's Bridge, et le soleil scintilla entre les arbres.

— Tu es revenu pour longtemps ? demanda Elizabeth.

Lenny souffla de la fumée.

— Je suis juste venu voir mes parents, et aussi pour faire le point. Tu as appris ce qui s'était passé, je suppose ?

— Oui. Je suis désolée. Il n'y a aucun espoir pour que vous vous réconciliiez ?

— Hon-hon. Tout ça était une erreur, depuis le commencement. L'une de ces bêtises dues à la guerre. Tu ne penses pas à l'avenir, parce que tu te dis que tu vas probablement mourir, de toute façon. En fait, j'étais certain que j'allais mourir. Aujourd'hui encore, je n'arrive toujours pas à croire que j'ai survécu.

— Et tes affaires ? Tu vas continuer à travailler pour son père ?

Lenny secoua la tête.

— Lui et moi avons reconnu que nous nous détestions cordialement, et qu'il valait mieux nous séparer. Je ne regrette rien. Je ne pouvais plus supporter Pittsburgh. De surcroît, son père m'a donné cinq mille dollars d'indemnités, une manière polie de me dire qu'il me virait !

— Qu'est-ce que tu vas faire maintenant ?

Lenny se tapota le front du bout de son index.

— Réfléchir, voilà ce que je vais faire. Je vais continuer de travailler dans les assurances, mais je suis sûr d'être à même de trouver un boulot de tout repos, comme de placer une assurance familiale ou une garantie à tarif spécial pour les conducteurs âgés.

— Cela m'a étonnée que tu sois rentré dans les assurances. J'ai toujours pensé que tu étais trop sentimental.

— Sentimental ? Moi ?

— Tu as oublié ? Tu m'as embrassée, juste avant de partir pour Fort Dix.

— Vraiment ? C'était foutrement audacieux de ma part !

— Et tu m'as écrit, presque toutes les semaines.

— C'était uniquement parce que tu continuais de m'écrire !

— Je pensais que nous allions nous marier un jour ou l'autre.

— Toi et moi ? s'exclama Lenny en éclatant de rire.

A présent ils contournaient l'extrémité nord du lac Candlewood. De chaque côté les collines flamboyaient de rouges, de jaunes et d'oranges, comme un feu de forêt. Elizabeth sentait l'odeur des arbres, des bois, et l'arôme de la fumée. Elle ferma les yeux et souhaita que rien n'ait changé et que les années ne se soient pas écoulées. Son père et sa mère l'attendraient tous les deux lorsqu'elle arriverait à la maison. Ils allaient lui faire des signes de la main, lui sourire et l'étourdir de paroles.

— Tu es fatiguée ? demanda Lenny.

Elle ouvrit les yeux.

— Non. Je me souviens, c'est tout.

— Se souvenir est une très mauvaise habitude. Je ne ferais pas ça à ta place.

Ils remontèrent Oak Street puis s'engagèrent dans l'allée de la maison. Lenny porta le sac de voyage jusqu'à la porte. Elizabeth jeta un regard à la ronde. La pelouse était tachée de plaques de mousse d'un noir glacial, et les marches du perron étaient jonchées de feuilles humides que personne n'avait balayées. La maison elle-même commençait à avoir un aspect triste et délabré, et elle avait grandement besoin d'être repeinte. Elle donnait presque l'impression d'être inhabitée.

Lenny appuya sur la sonnette. Au bout d'un long moment, Mrs. Patrick vint ouvrir, les mains blanches de farine. Elle avait l'air fatiguée. La dernière fois que Elizabeth l'avait vue, c'était en juillet. Pourtant elle semblait avoir vieilli de dix ans.

— Lizzie ! Comme c'est bon de te voir ! sourit-elle. Entre, entre. Ta chambre est prête. Le feu est allumé.

Lenny porta le sac d'Elizabeth dans le vestibule.

— Écoute, lui dit-elle. Je tiens à te remercier d'être venu me chercher à la gare. Tu veux rester un moment et boire quelque chose ?

Lenny prit la main d'Elizabeth dans les siennes.

— Pas maintenant. Tu dois voir ton père. Mais j'aimerais beaucoup te parler plus tard, si c'est possible. Téléphone-moi, ou passe à la maison. Je sais que mes parents seraient ravis de te voir, eux aussi.

Il déposa un baiser sur son front et partit. Mrs. Patrick referma la porte. La maison était froide et enfumée, et il y avait une légère odeur d'humidité partout.

— Est-ce que vous avez eu des nouvelles de Laura ? demanda Elizabeth.

Mrs. Patrick la précéda, traînant les pieds dans des chaussons usés.

— Elle a envoyé un télégramme. Elle a dit qu'elle était vraiment désolée mais qu'elle ne pourrait pas venir avant Thanksgiving, au plus tôt.

— Je vois. Est-ce que tout le monde sait ce qui est arrivé ?

— Oh, oui. Mr. Ament s'en est chargé. Il s'occupe de la banque, également, et veille à ce que toutes les factures soient payées.

Mrs. Patrick s'arrêta au bas de l'escalier.

— Tu as certainement très envie d'aller le voir, dit-elle.

Des larmes brillaient dans ses yeux. Elizabeth la prit dans ses bras et l'étreignit.

— Oh, madame Patrick, je suis tellement désolée. Vous avez l'air épuisée.

— Ne t'inquiète pas pour moi. J'ai travaillé dur toute ma vie, j'ai l'habitude. Inquiète-toi plutôt pour ton pauvre père. Je n'ai jamais vu quelqu'un dans un état aussi pitoyable. Et, fais attention, tu vas mettre de la farine sur ton beau manteau !

Elizabeth s'essuya les yeux avec son mouchoir.

— Il n'est pas seul, n'est-ce pas ? demanda-t-elle.

— Le docteur était ici, il y a une demi-heure, et l'infirmière vient tous les jours à midi et demie pour le faire manger et le laver. Comme tu le vois, il est bien soigné. Mais c'est difficile de savoir ce qu'il pense, ou même s'il est capable de penser.

Seamus apparut en haut de l'escalier, portant deux paniers à bois vides. De tous ceux que Elizabeth avait connus durant son enfance, Seamus était le seul qui n'avait pas changé du tout. C'était presque comme si son « enlèvement » par les fées lui avait donné une vie enchantée et une jeunesse éternelle. Son esprit s'était effiloché encore plus, comme un chandail tricoté qui s'est accroché à un clou, mais cela le faisait paraître encore plus jeune, et encore plus sympathique.

— Bonjour, Seamus, dit Elizabeth. Je vois que tu alimentes les feux de la maison.

— Des lumières bleues, fit Seamus avec un large sourire. Des lumières bleues chaque soir.

— Comment va-t-il ? demanda Elizabeth à Mrs. Patrick.

Mrs. Patrick haussa les épaules.

— Il a ses bons et ses mauvais moments, le pauvre chéri. A présent il faut que je retourne à la cuisine !

Seamus descendit l'escalier.

— Des corneilles et des corbeaux, dit-il, et ses yeux pétillèrent comme s'il disait quelque chose de tout à fait espiègle. Ils faisaient des bonds autour du carrosse, mais ils n'aboyaient pas.

Elizabeth le regarda avec stupeur.

— Qu'est-ce que tu as dit, Seamus ?

— Ils faisaient des bonds autour du carrosse, mais ils n'aboyaient pas.

— Pourquoi n'aboyaient-ils pas, Seamus ?

— C'était interdit.

Elizabeth hocha lentement la tête.

— Oui, Seamus. Tu as tout à fait raison. C'était interdit. Mais dis-moi, comment sais-tu cela ?

— Des corneilles et des corbeaux, sourit Seamus, très content de lui. Ils faisaient des bonds autour du carrosse, mais ils n'aboyaient pas.

— Seamus ! appela Mrs. Patrick depuis la cuisine. Arrête de dire ces inepties et va chercher d'autres bûches ! Et ne prends pas du bois mouillé !

Elizabeth monta au premier. A mi-hauteur de l'escalier, elle fit halte et regarda autour d'elle. La maison n'était plus la sienne. Elle avait rétréci et s'était délabrée, et de façon ou d'autre sa présence l'avait désertée maintenant, même sa présence du temps de l'enfance. Celle de Laura également.

Elle supposait que cela finissait par arriver à tous les enfants, et à toutes les maisons. Lorsqu'elle avait terminé ses études au lycée et était allée à l'université, elle était revenue à la maison de moins en moins souvent, et il y avait deux Noël de cela, elle avait déménagé complètement pour partager un appartement à Hartford avec l'une de ses meilleures amies, Leah Feinstein. Maintenant elle avait son travail chez Charles Keraghter & Co, et elle partageait un appartement situé au deuxième étage dans un immeuble sans ascenseur de la 14e Rue Ouest avec une autre assistante éditoriale et une fille qui était décoratrice à Radio City.

Elle avait tellement aimé cette maison lorsqu'ils étaient venus vivre ici. Mais les chambres étaient vides à présent, et il n'y avait plus rien à y voir excepté des ombres et de terribles regrets.

Elle traversa le palier jusqu'à la chambre de son père, frappa et ouvrit la porte. Bien que les stores soient baissés, la pièce était inondée de la lumière du soleil, parce qu'elle était orientée au sud-ouest. Son père n'avait rien changé dans la chambre depuis que sa mère était partie à la clinique. Le grand miroir se trouvait dans le même coin ; les cartons à chapeau étaient toujours posés en équilibre sur le dessus de l'armoire.

Son père était allongé dans le grand lit en chêne sculpté qu'ils avaient acheté dans une ferme à Washington Depot. Les oreillers entassés étaient blancs et amidonnés. Le visage de son père était étrangement gris et sans traits bien marqués, comme du papier mâché. Ses bras inertes étaient posés sur le dessus-de-lit crème ; ses mains étaient veinées et décharnées.

— Papa ? dit-elle.

Elle s'approcha du lit. Ses yeux la suivirent mais il ne manifesta en aucune façon qu'il la reconnaissait.

— Papa, c'est Lizzie.

Elle se pencha et l'embrassa. Son haleine sentait la viande. L'infirmière avait dû le raser parce qu'il avait ici et là des poils blancs et raides qui avaient échappé au rasoir. Sa bouche pendait mollement sur le coin gauche, et il bavait.

— Oh, papa, dit Elizabeth.

Elle prit sa main et la serra. Il battit des paupières et déglutit mais il battait des paupières et déglutissait probablement toute la journée et toute la nuit. Cela ne signifiait rien du tout.

Elle s'assit au bord du lit afin qu'il puisse la voir. Il la regardait, sans aucun doute, mais il était incapable de lui dire qu'il la voyait, et qu'il était content qu'elle soit ici.

— Oh, papa, pourquoi a-t-il fallu que cela t'arrive ? lui demanda-t-elle. Tu as toujours été tellement énergique, tellement plein d'entrain. Mais ils peuvent te guérir, tu sais ? Ils peuvent te rééduquer. Ils peuvent te réapprendre à parler. J'en ai parlé à Jack Peabody au bureau, et son grand-père a eu une attaque. Tu te souviens de Dennis Peabody, qui travaillait chez Scribner ? Il est resté paralysé pendant presque six mois, mais maintenant il écrit des articles pour le *Saturday Evening Post*, il marche, va faire ses courses tout seul et mène une vie parfaitement normale.

Elle lui souriait mais elle avait plus envie de pleurer. Comment la vie d'un homme pouvait-elle aboutir à cela, après des années passées à s'amuser, à danser, à publier des livres, à discuter et à aller à des soirées ? Seul maintenant, ou quasiment seul, dans une vaste maison délabrée, sans famille, incapable de bouger ou de parler. Les larmes coulaient sur les joues d'Elizabeth et elle ne pouvait pas les arrêter. Son père observait ses larmes et ne disait rien.

— Je travaille très dur, lui dit-elle. On m'a donné ce livre très compliqué à préparer pour la publication. *Des Rouges partout !*, de Carl Scheckner III. Il traite de la menace communiste, et il est bourré de références, de notes en bas de page, d'index et tout le reste, et il faut que je vérifie tout. La directrice littéraire s'appelle Margo Rossi, et c'est un vrai tyran ! Si j'ai une minute de retard en revenant de déjeuner, elle m'écorche vive !

Le bout de son index décrivait des cercles sur le dos de la main de son père.

— Mais je tiens à te dire quelque chose, papa. Je n'aurais jamais pu faire tout ça sans ton aide et ton soutien. Tu m'as appris tellement de choses. Je sais à quel point tu as souffert après la mort de Peggy, et quand maman est tombée malade, mais tu as toujours été là, n'est-ce pas ? Et tu m'as toujours dit que tu m'aimais.

Son père émit un son rauque, quelque part dans sa gorge, comme s'il essayait de parler. Ses yeux s'ouvraient et se fermaient, s'ouvraient et se fermaient, mais il n'y avait aucune cohérence dans ce mouvement. Ce n'était pas un sémaphore secret, mais seulement de l'impuissance.

— Tiens bon, papa, sanglota Elizabeth. Je t'en prie, tiens bon ! Je ferai tout ce que je peux pour t'aider à te rétablir.

Elle resta assise et le regarda pendant presque dix minutes, et il était allongé et la regardait. Elle s'efforça de lui parler de son travail, de ce que ses amies faisaient, et lui raconta le week-end qu'elle avait passé au lac Mohonk dans l'État de New York. Mais son incapacité à lui montrer qu'il la reconnaissait, ne serait-ce que cela, était plus qu'elle n'en pouvait supporter. Sa gorge se serra, elle suffoqua, et elle fut obligée de rester assise près de lui dans un silence angoissé.

Elle s'apprêtait à se retirer lorsque les yeux de son père se tournèrent lentement vers la droite, comme s'il avait vu quelque chose dans le coin opposé de la chambre. Elle crut tout d'abord que c'était un mouvement tout à fait involontaire, mais ses yeux revinrent se poser sur elle et se tournèrent à nouveau vers la droite.

Elle se retourna et poussa un « *ah !* » de saisissement total. La petite fille en blanc se tenait dans le coin de la chambre, la petite fille que sa mère et elle avaient cru être Peggy. Immobile dans la lumière du soleil, elle semblait tout à fait réelle, bien que Elizabeth ne comprît pas comment elle était parvenue à entrer dans la chambre et à aller jusqu'au coin opposé sans être vue ni entendue.

Son visage était aussi blanc et lisse que du marbre poli. Ses yeux étaient d'un noir impénétrable. Elle portait la même robe très simple qu'elle avait portée auparavant, mais avait mis apparemment plus de jupons. Ses mains étaient jointes devant elle, et Elizabeth remarqua que ses ongles étaient rongés jusqu'à l'os. D'une manière ou d'une autre, cela la faisait paraître encore plus effrayante. A-t-on jamais vu un fantôme qui se ronge les ongles ?

— Qui es-tu ? demanda Elizabeth, se levant et reculant prudemment d'un pas.

— Je suis venue voir papa, répondit la petite fille.

Elle parla sans ouvrir la bouche, et sa voix était tout à fait étrange. Elle contenait une sonorité métallique et lointaine, comme quelqu'un faisant glisser un anneau de rideau en cuivre sur une tringle de rideau en cuivre.

— Est-ce que tu es Peggy ? demanda Elizabeth.

Elle était tellement terrifiée que c'était à peine si elle pouvait articuler.

— Je suis venue voir papa. J'ai laissé mes bottes. J'ai laissé mes moufles.

— Tu es vraiment Peggy ?

La petite fille adressa à Elizabeth un sourire absent.

— Ne sois pas aussi inquiète, Lizzie. Tu n'as rien à craindre. Personne ne te fera du mal, jamais.

— Tu es déjà venue. Tu as gelé la piscine.

— L'hiver a gelé la piscine.

— Mais c'était l'été, et tu as failli nous noyer, maman et moi.

— Mais vous ne vous êtes pas noyées. Elle ne voulait pas que je vous emmène.

— De quoi parles-tu ? demanda vivement Elizabeth, proche de la crise de larmes. Je ne comprends pas de quoi tu parles.

— ... voulait pas que je vous emmène, répéta la petite fille, d'une voix plus déformée.

Elle glissa vers le lit. Comme elle passait devant le miroir, la surface de celui-ci se couvrit de buée. Elle fit halte et contempla le père d'Elizabeth, et son visage était empreint de curiosité et de regret.

— Ne le touche pas, dit Elizabeth.

La petite fille-Peggy sourit sans la regarder.

— Il sera froid bien assez tôt.

— Il ne va pas mourir, répliqua Elizabeth. Il va vivre, et il va se rétablir.

La petite fille-Peggy secoua lentement la tête.

— Même lui n'y croit pas.

— Comment le sais-tu ? Il ne peut même pas parler.

— Il a quelque chose en lui qui peut dire ce qu'il désire. Comme nous tous, même si beaucoup d'entre nous ne le savent pas, et même si beaucoup de ceux qui le savent préfèrent se taire.

— Ce que tu dis n'a aucun sens.

La petite fille-Peggy la regarda fixement.

— Bien au contraire. A ton avis, pourquoi certaines personnes reposent-elles dans la paix éternelle alors que d'autres ne connaissent jamais le repos ?

Elle se tourna vers le père d'Elizabeth. Elle avança la main vers son front, mais Elizabeth lança d'un ton brutal :

— Non ! Ne le touche pas !

Elle contourna rapidement le lit et saisit les poignets de la petite fille-Peggy.

— Laisse-le tranquille ! exigea-t-elle. Peu m'importe qui tu es ou ce que tu es, laisse-le tranquille !

Mais les poignets de la petite fille-Peggy étaient d'un froid glacial, et lorsque Elizabeth les saisit, il se passa une chose tout à fait extraordinaire. Ils semblèrent se replier, comme des mètres pliants, puis sa tête s'affaissa et rentra dans le col de sa robe, et sa robe se replia, ondoyante et sans substance. Un instant plus tard, Elizabeth se démenait avec un sac en coton vide qui s'affaissait.

Elle l'agrippa, tenta de l'empêcher de s'affaisser davantage, mais il se roula en boule et devint quelque chose qui avait la taille d'un mouchoir, puis Elizabeth s'aperçut qu'elle tenait dans sa main une rose blanche comme la neige, faite de givre. La rose fondit sous ses yeux, et la seule preuve qu'elle ait jamais existé fut une légère sensation de froid dans ses doigts.

Abasourdie, elle se tourna vers son père. Il la regardait mais, bien sûr, il ne pouvait pas parler. Elle parcourut la chambre d'un regard éperdu, essayant de voir si elle avait été abusée par quelque tour de passe-passe compliqué. Mais la chambre n'avait pas changé, le soleil continuait de briller, et il n'y avait aucun endroit où la petite fille-Peggy aurait pu se cacher.

Elizabeth s'assit au bord du lit, toute tremblante, et prit les mains de son père. Son cœur continuait de battre la chamade, et elle avait grand besoin d'un remontant. Mais elle regarda son père dans les yeux et dit :

— Tu l'as vue, n'est-ce pas ? Elle était vraiment ici ? Une petite fille très pâle dans une petite robe blanche.

Son père bougea ses yeux d'un côté et de l'autre.

— Est-ce que c'est un oui ? demanda Elizabeth. Si c'est un oui, bouge tes yeux d'un côté et de l'autre, et fais-le à nouveau.

Il y eut un très long temps d'arrêt, puis son père refit ce mouvement des yeux.

— Tu l'as vue, hein ? La petite fille très pâle dans une petite robe blanche ?

Oui.

— C'était la même petite fille que maman a vue, lorsqu'elle est sortie de la maison et a couru sous la pluie. Elle a couvert les buissons de glace, alors que c'était l'été.

Oui.

— C'était la même petite fille qui a gelé la piscine, la nuit où maman et moi avons failli nous noyer. Je l'ai vue distinctement. Nous l'avons vue toutes les deux. Maman n'a jamais été folle. Je n'inventais pas des histoires. Nous l'avons vraiment vue, exactement comme toi et moi venons de la voir !

Elizabeth pleurait comme elle parlait. Elle s'essuya les yeux du dos de la main, puis elle dit :

— Personne ne nous croyait. Personne ne nous croyait, ni l'une ni l'autre.

Le père d'Elizabeth demeurait impassible, son visage toujours figé en un rictus fade.

— Tu crois que c'était Peggy ? demanda Elizabeth. Je sais qu'elle ne ressemble pas à Peggy, mais est-ce que tu crois que c'est elle ?

Oui.

— Tu l'avais déjà vue ?

A nouveau une longue pause. Puis : *Oui*.

— Tu l'avais déjà vue ? Combien de fois ?

Pas de réponse.

— Deux fois ? Trois fois ? Plus de trois fois ?

Oui.

— Plus de dix fois ?

Pas de réponse.

— Et depuis quand la voyais-tu ? Avant que maman aille à la clinique ?

Pas de réponse.

— Avant que maman soit opérée ?

Pas de réponse.

Merci, mon Dieu, pensa Elizabeth. Au moins il n'avait pas laissé maman subir une lobotomie ,en sachant tout le temps qu'elle disait la vérité... qu'elle *avait* vu une petite fille qui était l'âme de Peggy ou l'esprit de Peggy ou quelque partie de Peggy qui persistait toujours dans le monde des vivants.

— Où l'as-tu vue ? demanda Elizabeth. Ici, dans la maison ?

Oui.

— Tu l'as vue ailleurs ?

Oui.

— Un endroit en dehors de Sherman ?

Oui.

— Très loin de Sherman ? demanda Elizabeth, et à présent une petite pensée terrifiante commençait à se présenter à son esprit. Aussi loin que New York ?

Une autre pause. Puis : *Oui*.

Elizabeth et son père se regardaient dans les yeux. Elle comprenait maintenant qu'il y avait tellement de choses qu'il voulait lui dire, tellement de choses qu'il voulait lui expliquer et examiner avec elle. Il y avait tellement de questions qu'elle voulait lui poser, également... des questions bien trop compliquées pour qu'on puisse y répondre par un *Oui* ou par un *Non*. Par exemple... pourquoi, à son avis, Peggy était-elle toujours ici ? Pourquoi ressemblait-elle à une petite fille tout à fait différente ? Pourquoi était-elle si froide ? De quoi était-elle faite ? De glace, de chair, de coton, de fumée, ou de rien du tout ? Était-ce une hallucination ? Était-elle heureuse ou bien était-elle triste ? Était-elle prise au piège d'une façon ou d'une autre entre le monde des vivants et ce qu'il y avait au-delà ?

— Est-ce que tu as peur d'elle ? voulut savoir Elizabeth.

Pas de réponse. Puis un *Oui* très rapide.

— Tu *as* peur d'elle ? Ou pas ?

A nouveau, la même réaction.

— Tu as peur ?

Oui.

— Mais pas d'elle ? D'autre chose ?

Oui.

— De quoi as-tu peur ? Est-ce une personne ?

Pas de réponse. Puis *Oui.*

— Ce n'est pas une personne mais c'est une personne ? Je ne comprends pas.

Le père d'Elizabeth regardait fixement le plafond. Elle avait l'impression qu'il faisait un énorme effort pour faire quelque chose, ou pour dire quelque chose. Ses mains commencèrent à trembler, sa gorge se gonfla, et il se mit à émettre un grognement lent et sourd.

— Papa... arrête, le supplia Elizabeth. Tu ne dois pas te fatiguer, je t'en prie. Je vais rester ici pendant au moins une semaine... nous aurons tout le temps d'en reparler.

Mais son père grogna de plus en plus fort, comme le *grrrrrrrr* inquiétant d'un chien qui s'accentue.

— Grrrrdd, parvint-il à dire finalement. Grrrdduh.

Elizabeth secoua la tête, consternée.

— Papa, je t'en prie, je ne comprends pas.

— Grrrrdduh !

Il laissa échapper une plainte rauque, pleine de glaires, puis il se détendit. Il n'arrêtait pas de bouger rapidement ses yeux d'un côté et de l'autre comme pour dire *Oui, Oui, Oui.* En proférant « Grrrdduh », il était parvenu tant bien que mal à lui dire ce qui le terrifiait.

— Grrrdduh ? demanda Elizabeth.

Oui. Oui. Oui.

Il continua de bouger rapidement ses yeux d'un côté et de l'autre, puis on donna de petits coups à la porte. C'était une jeune blonde, bien en chair, portant un uniforme blanc d'infirmière.

— Bonjour, mademoiselle Buchanan, dit-elle en souriant. Je m'appelle Edna Brown. Je suis ici pour m'occuper de votre père.

Edna s'approcha du lit et se pencha vers le père d'Elizabeth en continuant de sourire.

— Comment allons-nous aujourd'hui, monsieur Buchanan ? Est-ce que nous aimerions faire un brin de toilette avant de déjeuner ?

Elizabeth regarda les yeux de son père une fois encore. Ils ne contenaient pas la moindre expression. Il avait totalement perdu la capacité de lui montrer ce qu'il éprouvait. Elle aurait tellement voulu être à même de comprendre ce qu'il essayait de lui dire, mais elle savait que cela exigerait des heures ou même des jours de questions attentives. Qu'est-ce qui n'était pas une personne et qui était pourtant une personne ? Qu'était « Grrrdduh » ?

— Puis-je vous demander de nous laisser seuls un moment, mademoiselle Buchanan ? dit Edna Brown. Si vous voulez monter pendant que votre père déjeune, cela ne me dérange absolument pas, mais je dois vous prévenir que nous sommes plutôt malpropres, n'est-ce pas, monsieur Buchanan ? Nous sommes très sales à l'heure des repas, croyez-moi !

— Je reviendrai plus tard, dit Elizabeth. Je dois voir plusieurs personnes.

Elle ne supportait pas l'idée de regarder l'infirmière faire manger son père comme un bébé.

Elle l'embrassa sur le front. Il la regarda mais elle n'aurait su dire s'il était irrité ou satisfait, heureux ou triste. Comme elle sortait de la chambre inondée de soleil, elle se retourna une dernière fois, et elle se surprit à souhaiter qu'il n'ait pas survécu. Au moins, s'il était mort, il aurait retrouvé Peggy au ciel, et non ici.

10

Elle s'avançait dans Oak Street et voyait à quel point Sherman avait changé. Le changement le plus perceptible était le chêne : il avait été abattu et il ne restait plus qu'une grosse souche au-dessus plat. Il y avait toujours des bancs disposés tout autour, mais sans l'ombre verte qui formait une sorte de caverne, dispensée par ses branches en surplomb, la rue semblait nue et ordinaire, une rue de Litchfield comme toutes les autres.

La quincaillerie Stillwell n'existait plus ; elle avait été remplacée par les Appareils ménagers Zee-Zee, avec une devanture remplie de réfrigérateurs. Mr. Pedersen était mort d'un cancer de la gorge trois ans auparavant, et l'épicerie Sherman avait cédé la place au supermarché Waldo. Le lit du ruisseau où la mère d'Elizabeth avait poursuivi la petite fille-Peggy sous une pluie d'été avait été entièrement comblé et asphalté afin d'aménager un parking de 50 places. L'agence immobilière Baxter était toujours là, ainsi que le Endicott, mais Oncle Hauser était dans une maison de retraite maintenant, sourd, aveugle et incontinent, et le drugstore était tenu par un jeune pharmacien à la mine lugubre, Gary, lequel arborait des cheveux en brosse, un nœud papillon rouge et de grosses lunettes à la monture noire.

La guerre avait été la première à changer Sherman,

et de façon très dramatique, parce qu'elle lui avait pris sa faculté d'assimilation et son innocence. Au cours des générations précédentes, les enfants de la ville seraient restés, pour la plupart, et auraient perpétué ses traditions. Mais Dan Marshall, la vedette de l'équipe de natation du lycée, avait été touché par un obus de mortier sur la plage de l'île Peleliu seulement six minutes après que les Marines eurent débarqué là en septembre 1944. Sa mort était devenue célèbre parce que le correspondant de guerre Tom Lea avait peint sa tête volant dans les airs. La petite amie de Dan, Judy McGuinness, s'était engagée dans la Marine en tant qu'auxiliaire et avait épousé son patron, le contre-amiral Wilbur Fetterman, puis elle avait divorcé et vivait maintenant à Charleston, Caroline du Sud, avec un concessionnaire Kaiser-Frazer du nom de Hewey Quelque Chose.

Molly Albee s'était mariée et habitait à Providence, Rhode Island, avec trois bambins aussi roux qu'elle et un mari qui réparait des bateaux. Somme toute, trois des amis d'Elizabeth étaient morts durant la guerre, d'autres avaient disparu, mais ceux qui étaient revenus avaient rapporté avec eux le monde extérieur, avec son jazz cool, son be-bop et son cynisme, ainsi que son immensité. Dès que Sherman eut compris qu'elle n'était qu'une toute petite partie de quelque chose d'immense, elle avait cessé d'être Sherman, pour ses habitants, le centre chaleureux du monde, et elle était devenue un endroit comme un autre.

Ensuite la télévision l'avait changée. Ces soirées familiales de l'entre-deux-guerres devant le poste de radio Zenith avaient disparu pour toujours, ces soirées où l'on se passionnait pour Amos'n'Andy, Burns et Allen, et *One Man's Family*. A présent tout le monde regardait Milton Berle et *Hopalong Cassidy*, et tous les gosses chantaient l'air de Howdy-Doody. Non seulement cela, mais ils pouvaient voir des automobiles et l'encaustique pour les parquets et laquelle des deux jumelles avait un Toni[1], ils pouvaient voir ce qui se passait à New York, à Washington, et même à Londres, en Angleterre, et la perte de l'innocence fut totale.

Elizabeth remonta Putnam Street avec ses vieilles demeures et cette rue, au moins, n'avait pas changé. Elle arriva devant la maison de Lenny et se dirigea vers le porche. Elle monta les marches et actionna le lourd heurtoir. Elle eut l'impression tout à fait extraordinaire que ces huit dernières années n'avaient jamais eu lieu, et qu'elle se trouvait de nouveau en 1943, frappant à la porte des Miller pour dire au revoir à Lenny.

Mrs. Miller vint ouvrir. Ses cheveux avaient blanchi, mais elle était toujours bien ronde et en bonne santé, et elle devait être en train de cuisiner, également, parce qu'un arôme de boulettes de viande flottait dans la maison.

— Lizzie Buchanan, ça par exemple ! Si je m'y attendais ! Mais entre donc !

Lenny et Mr. Miller étaient assis dans le séjour, près de la cheminée où des bûches pétillaient joyeusement. Ils buvaient du café et lisaient des journaux. Au-dessus de leurs têtes, les canaris gazouillaient et pépiaient dans leurs cages, comme autrefois.

Mr. Miller était encore plus maigre qu'Elizabeth n'en avait gardé le souvenir. Des troubles digestifs, c'était ce que Mrs. Patrick lui avait dit. Mais il ôta ses lunettes, se leva et la serra dans ses bras comme une fille partie depuis longtemps. Lenny se leva à son tour, tout fier qu'elle soit venue les voir.

— Tu veux une tasse de café ? lui demanda Lenny.

— A vrai dire, non. Mais j'accepterais volontiers une cigarette.

— Maman n'aime pas que je fume dans la maison.

— Dans ce cas, allons fumer dehors.

Ils flânèrent en allant jusqu'au fond du jardin, pas-

1. Appareil pour faire une indéfrisable chez soi. (*N.d.T.*)

sant par le verger. L'herbe haute était jonchée de pommes tombées des arbres. Elizabeth s'adossa à l'un des pommiers, souffla de la fumée et dit :

— Sherman a changé, hein? Je ne m'en étais pas vraiment aperçue jusqu'à aujourd'hui.

— C'est partout la même chose. Mais ce ne sont pas simplement les lieux. Ce sont les gens.

— Tu trouves que nous sommes si différents?

Lenny haussa les épaules.

— Ce jour où tu es venue me dire au revoir, il me semble tellement lointain. Je n'étais qu'un gosse sans la moindre expérience, et tu n'étais qu'une écolière.

— Et même si je n'étais qu'une écolière, qu'est-ce que cela peut faire? Aujourd'hui encore, je suis furieuse que tu n'aies pas compris que j'étais follement amoureuse de toi !

Lenny lui adressa un sourire malicieux.

— J'avais compris. Et tu étais très mignonne. Mais regardons les choses en face, tu étais un tantinet trop jeune pour moi, non?

— Je n'étais pas trop jeune pour avoir le cœur brisé !

Ils marchèrent encore un peu et arrivèrent au bout de la propriété des Miller, où il y avait un enchevêtrement de bouleaux blancs et de clématites. Plus Elizabeth parlait à Lenny, plus elle s'apercevait qu'il lui plaisait. Elle avait toujours aimé son aspect... ces yeux au regard réservé, du genre blessé, ce nez très droit, et cette mâchoire nettement dessinée. Son visage exprimait la force et la sensibilité, les deux.

— Tu ne t'es pas mariée, dit-il. Cela me surprend. Toi qui écrivais toujours ces histoires romanesques.

Elizabeth rougit et répondit :

— Eh bien... ce n'est pas parce qu'une jeune fille est romanesque qu'elle trouve forcément l'homme qui lui convient.

Elle finit sa cigarette et l'écrasa du talon sur le sol.

— Je suis sortie avec deux garçons quand j'étais au lycée, John Studland, tu te souviens de lui?

— Attends, laisse-moi deviner. Un type très grand, des cheveux bruns frisés. Il faisait une imitation sensationnelle de Charlie McCarthy.

— C'est bien lui. Il était gentil. Il était très gentil.

— Gentil ?

— Tous mes petits amis étaient gentils. Je suis sorti avec un garçon à Hartford qui s'appelait Neil Bennett. Il était gentil, lui aussi. Il était tellement gentil que j'ai failli l'épouser. Il m'avait offert une bague de fiançailles sertie de diamants et tout le tremblement. Mais... je ne sais pas.

— Quel était le problème avec lui ?

— Il était gentil. Mais il était trop gentil. J'aime bien les hommes qui évoquent un soupçon de danger.

— Oh, oui ? fit Lenny en riant. Qui, par exemple ?

— Je ne sais pas, rougit Elizabeth. Je n'en ai pas encore connu. Enfin, j'ai rencontré un ou deux écrivains qui semblaient un peu dangereux. Felix Rushmore, l'homme qui a écrit *La langue ne raconte pas d'histoires*, et Haldeman Jones, qui a écrit *Babylone.*

— Et tu penses qu'ils sont dangereux, ces deux types ?

Elizabeth haussa les épaules. Elle se sentait gênée.

— Ils vivent sur la corde raide, si tu vois ce que je veux dire. Ils font des tas d'expériences, comme la pauvreté, la violence et la drogue, et ils mettent tout ça dans leurs livres.

Lenny envoya d'une chiquenaude le mégot de sa cigarette vers les arbres.

— Je parie qu'ils n'ont jamais remonté une plage en courant avec un casque et un fusil M-1 tandis que les mitrailleuses des Japs font *tacatac-tacatac-tacatac* tout autour d'eux !

Elizabeth le regarda attentivement. Il y avait quelque chose à propos de son visage qui l'attirait très fort. Une blessure, une vulnérabilité.

— Non, dit-elle en fourrant ses mains dans les poches de son manteau. Je parie qu'ils n'ont jamais fait ça.

Elle lui demanda s'il voulait venir dîner à la maison et il dit, oui, bien sûr, avec plaisir. Elle fut très étonnée parce qu'il avait semblé tellement sur la défensive... et même moqueur, par moments. Elle repartit toute seule parce qu'elle voulait voir d'autres personnes... d'abord la mère de Molly Albee et ensuite Bindy Morris, qui avait été une amie de Laura. Elle s'aperçut brusquement, tandis qu'elle marchait dans Putnam Street, que Laura lui manquait énormément... surtout ici, dans la ville de leur enfance, où elles avaient été si heureuses ensemble.

Elle fit halte au coin de Putnam et Oak. C'était là qu'elle avait vu la petite fille-Peggy pour la première fois, par cet après-midi torride lorsque Lenny était parti pour Fort Dix. Elle resta là un moment et regarda autour d'elle. Trois ou quatre automobiles passèrent, dont une Buick Special toute neuve, mais aucune d'elles n'était conduite par quelqu'un qu'elle connaissait.

Elle reprit sa marche et s'avança dans Oak Street. A ce moment, elle vit une petite fille en robe blanche debout sur la souche du chêne abattu, une soixantaine de mètres plus loin. La petite fille ne dansait pas et ne prenait pas de poses. Elle se tenait simplement là, immobile, les bras le long du corps. Elle lui tournait le dos, mais Elizabeth était tout à fait sûre de savoir qui c'était. Elle se mit à marcher d'un pas rapide vers elle, même si elle n'en avait pas vraiment envie. Elle devait le faire. Elle devait découvrir qui était cette petite fille-Peggy, et ce qu'elle voulait, et pourquoi son père avait peur d'elle.

Elle marcha de plus en plus vite ; ses talons martelaient le trottoir. La petite fille en blanc resta où elle était, sans bouger, sa robe agitée par la brise.

— Peggy ! appela Elizabeth comme elle s'approchait. Peggy !

La petite fille ne réagit pas, mais un petit chien surgit, se mit à aboyer après Elizabeth, puis il trottina à ses côtés.

— Peggy ! appela Elizabeth. *Peggy* !

Elle était presque arrivée à la souche lorsque la petite fille se retourna. Elle ne souriait pas et elle n'avait pas une expression sérieuse. Elle n'avait pas de visage du tout. Elle n'avait pas de *tête* du tout, seulement ses cheveux vides.

Elizabeth s'arrêta et la regarda fixement. La peur lui donnait des picotements sur tout le corps. La petite fille sans visage resta où elle était.

— Qui es-tu ? chuchota Elizabeth. Que veux-tu ? Si tu étais vraiment Peggy, tu ne me causerais pas une telle peur, hein ? Ou peut-être bien que si. Tu penses peut-être que c'était *ma* faute, si tu es tombée dans la piscine et que tu t'es noyée ? Tu me l'as peut-être toujours reproché ?

La petite fille se pencha vers elle. Elizabeth fit un pas en arrière, puis un autre. Comment une petite fille pouvait-elle exister sans avoir de visage ? Une panique glacée commença à monter en elle et elle ne pouvait absolument rien faire pour l'arrêter. C'était tellement irrationnel, surtout ici à Sherman, qui lui était aussi familière que sa propre respiration. C'était tellement *terrifiant.*

Le petit chien la regarda d'un air interrogateur, puis il regarda la petite fille-Peggy et émit un jappement craintif. La petite fille-Peggy se pencha de plus en plus. Bientôt elle était penchée sous un angle tel que n'importe qui aurait perdu l'équilibre et serait tombé. Elizabeth fit deux autres pas en arrière et dit :

— Arrête, Peggy, je t'en prie. Ne me fais pas peur, je t'en prie !

A cet instant, une bourrasque de vent sec d'automne s'engouffra dans Oak Street. Le vent souleva et emporta des papillotes de chewing-gum, des paquets de cigarettes vides et des brassées de feuilles. Il fit virevolter les cheveux d'Elizabeth sur son visage, et ébouriffa les poils du chien. Puis il atteignit la petite fille-Peggy, l'enveloppa et la fit basculer. Elle se lova sur elle-même et tomba. Ensuite elle ne fut plus qu'un tourbillon de tissu souple et blanc, semblable à un foulard de soie emporté par le vent, s'agitant et voletant vers l'autre côté de la rue, jusqu'à ce qu'une bourrasque de vent plus violente survienne et l'emporte au-dessus des toits, puis elle disparut.

Elizabeth regarda fixement le chien et le chien la regarda fixement.

— Que s'est-il passé, le chien ? lui demanda-t-elle.

Le chien émit deux jappements rauques, puis il s'éloigna en trottinant.

Le vent devint encore plus violent ce soir-là, et à six heures le tonnerre gronda. Edna, l'infirmière, fit dîner papa, puis elle le borda pour la nuit. Des gouttes de pluie énormes et grasses fouettaient les vitres, et le jardin au-dehors devint brusquement aussi blanc que s'il avait été éclairé par une lampe au tungstène, puis il fut à nouveau plongé dans l'obscurité.

Seamus se tenait devant la fenêtre de la cuisine et regardait au-dehors.

— Des lumières bleues chaque soir, fit-il remarquer.

— C'est exact, Seamus, dit Elizabeth. Des lumières bleues chaque soir. Mais comment *sais*-tu cela ?

Mrs. Patrick était occupée à beurrer le potiron.

— Il dit de telles bêtises ces derniers temps !

— Non, fit Elizabeth. Je ne le pense pas.

— Comment ça ? demanda vivement Mrs. Patrick. Il n'arrête pas de dire « des lumières bleues chaque soir ». Cela n'a pas de sens !

— Cela vient d'un conte, expliqua Elizabeth. C'était la Reine des Neiges, qui vivait en Finlande et allumait des feux bleus tous les soirs. C'était une façon d'expliquer l'aurore boréale aux enfants.

Mrs. Patrick parut déconcertée, et Elizabeth ajouta :

— Les aurores boréales. Vous en avez entendu parler, non ?

— J'ai entendu parler de toutes sortes de choses, répliqua Mrs. Patrick. Mais cela ne veut pas dire que j'y crois. J'ai également vu toutes sortes de choses.

— Vous n'avez jamais vu une petite fille, dites-moi ? demanda Elizabeth. Une petite fille, âgée d'une dizaine d'années, toute vêtue de blanc ?

Mrs. Patrick posa le couvercle sur le potiron et regarda Elizabeth d'un air grave.

— Il y a eu suffisamment de soucis dans cette famille, tu ne crois pas ? Pourquoi en inventer d'autres !

— Vous avez probablement raison.

— Est-ce que tu iras voir ta maman demain ?

Il était évident qu'elle voulait changer de sujet. Elizabeth acquiesça de la tête.

— Prions pour qu'elle te reconnaisse, déclara Mrs. Patrick. Ces derniers temps elle ne fait pas toujours la différence entre les personnes et des meubles.

Elizabeth aperçut les phares de la voiture de Lenny comme celui-ci s'engageait dans l'allée.

— Il y a beaucoup de gens comme ça, dit-elle à Mrs. Patrick. Si vous connaissiez mon patron !

— Il est dur avec toi, hein ?

— *Elle* est dure, mon patron est une femme. Elle a la langue si dure qu'on pourrait l'utiliser pour poncer les planchers.

— Ma foi, tu sais ce que je pense, fit Mrs. Patrick. Chaque fois que tu es dur avec quelqu'un de ton vivant, c'est un coup de fouet de plus sur ton dos lorsque tu arrives au Purgatoire !

La sonnette retentit et Seamus alla ouvrir. Quand il fut parti, Mrs. Patrick dit à Elizabeth :

— Évite de troubler ce pauvre garçon en lui posant des questions de ce genre, tu veux bien ? Les choses qu'il dit, elles donnent peut-être l'impression d'avoir une sorte de signification, mais ce ne sont que des fariboles. Des propos de gobelin, comme disait son père.

— Bon, entendu, dit Elizabeth. Mais je ne suis pas de votre avis. Je crois que Seamus sait bien plus de choses que vous ne le pensez. Il a une façon bizarre de nous en parler, c'est tout.

— Quoi qu'il sache, il peut le garder pour lui, en ce qui me concerne.

— Vous n'avez pas peur, hein ?

— Qui a dit que j'avais peur ?

— Eh bien, lorsque j'ai parlé de la petite fille, vous n'avez pas eu l'air contente du tout.

— Qu'est-ce que tu racontes, mon enfant ? Je n'ai jamais vu une petite fille comme ça, jamais !

— Vous en êtes sûre ?

— Tu ne me crois pas, c'est ça ?

— Si, madame Patrick. Mais *je* l'ai vue, d'aussi près et aussi nettement que je vous vois. Et si *je* l'ai vue, cela m'étonne que vous ne l'ayez pas vue.

Mrs. Patrick ouvrit la bouche comme si elle s'apprêtait à dire quelque chose, puis elle la referma. A ce moment, on frappa à la porte de la cuisine, et Lenny entra. Il portait un élégant complet bleu et une cravate bleue à pois.

— Quelque chose sent rudement bon, dit-il.

— C'est un repas très simple et sans prétention, fit Mrs. Patrick.

— Et je ne m'en plaindrai pas, sourit Lenny. Je suis un garçon du genre très simple et sans prétention !

Mrs. Patrick regarda Elizabeth avec une expression lourde de sens.

— Je suis ravie de l'apprendre. Certaines personnes ont tendance à être bien trop fantasques, vous ne trouvez pas ?

Ils dînèrent dans la pièce du petit déjeuner parce qu'il faisait trop froid dans la salle à manger et que le feu n'était pas allumé. Mrs. Patrick leur avait préparé son potage aux légumes et aux haricots, suivi d'un poulet rôti et d'une tarte aux pommes. Lenny avait apporté une bouteille de vin rouge et ils trinquèrent à leur santé respective et à des jours meilleurs.

Après le dîner, Elizabeth et Lenny allèrent dans le séjour. Ils prirent place dans le grand canapé en velours de coton usé et se racontèrent tout ce qui leur était arrivé depuis la guerre. Seamus entra et mit d'autres bûches dans la cheminée, et les flammes étincelèrent sur le verre d'Elizabeth.

— Tu étais à Guadalcanal, n'est-ce pas?

Lenny but une gorgée de vin et détourna les yeux.

— Je n'en parle pas, en règle générale.

— C'était moche?

— Je m'efforce de ne pas y penser. J'ai perdu beaucoup d'amis là-bas. J'étais tout à fait convaincu que j'allais mourir, et c'est un sentiment que je ne veux plus jamais éprouver!

Elizabeth trouva le gros album de photographies en cuir marron et lui montra des photographies d'elle-même au lycée, durant des vacances en Californie, et posant sur le campus de Hartford.

— J'aime bien cette photo où tu louches, fit Lenny avec un large sourire. Et ça qui est-ce? Allons, ce n'est pas Laura, c'est impossible!

Il montrait la photographie en couleurs d'une ravissante jeune fille blonde, assise au bord d'une piscine, portant un maillot de bain rouge.

— Bien sûr que si, c'est Laura! C'était lorsqu'elle a décroché son premier rôle dans un film. Le rôle d'une femme de chambre dans *Hôtel Ritz*. Tout ce qu'elle avait à dire c'était : « Je fais votre chambre, monsieur? »

— Elle est devenue très jolie.

— Autant dire les choses clairement : elle ne manque pas de petits amis.

— Elle a joué dans d'autres films?

— Juste des petits rôles, des girls de music-hall, des préposées au vestiaire dans des restaurants, des serveuses, des danseuses, ce genre de chose. Mais elle espère obtenir un grand rôle cette année.

— Ma foi, je lui souhaite, dit Lenny. Avec ce physique, elle le mérite. Et qui est-ce?

Elizabeth s'appuya contre son épaule et examina la photographie qu'il lui montrait. C'était une photo d'elle à New York, à l'angle de Central Park Sud, en face de l'hôtel Plaza. C'était l'été et elle portait un corsage de popeline jaune et une jupe trois-quarts blanche. Il y avait une petite fille derrière elle... suffisamment près pour que cela donne l'impression qu'on lui avait peut-être demandé de poser pour la photo, mais elle ne se tenait pas à côté d'Elizabeth comme si elles se connaissaient.

La petite fille avait un visage très blanc, et elle était toute vêtue de blanc. Elle avait certainement bougé quand la photo avait été prise, parce que son visage était flou et ses yeux n'étaient que deux taches foncées.

Elizabeth sentit un picotement glacé dans la paume de ses mains.

— Je ne sais pas qui c'est, dit-elle à Lenny. Une petite fille qui se trouvait là par hasard.

— Hé, regarde, dit Lenny, elle est également sur cette photo.

Il leva l'album pour que Elizabeth puisse mieux voir. Et, bien sûr, il avait raison. La même petite fille au visage très blanc se tenait à l'arrière-plan de la photo, immédiatement au-dessous de la photographie de New York. Elle était plus à l'écart, son visage à moitié tourné, mais c'était indiscutablement la même petite fille. Chose étrange, cette photographie représentait le père d'Elizabeth, environ un mois avant qu'il ait son attaque, posant devant la Caisse d'Epargne de New Milford.

— Cette petite fille s'incruste, pas de doute! fit Lenny. Regarde, elle est également sur cette photo, et sur celle-ci, et sur celle-là!

La petite fille se tournait pour regarder Elizabeth comme celle-ci se tenait à côté de la De Soto de son père, à l'entrée du champ de foire de Danbury. Elle traversait la rue en courant, ses cheveux au vent, tandis que Elizabeth posait devant le fleuriste situé au milieu d'Oak Street. Elle se tenait à mi-distance, un air renfrogné sur son visage, alors que Elizabeth était assise sur la plage de Hyannis, en compagnie de son amie d'université, Mimi.

— C'est une simple coïncidence, ou quoi? s'exclama Lenny en riant. Elle est ici, et ici, et ici. Elle est partout. Elle se trouve sur chacune de ces satanées photos. A Sherman. A Danbury. A New York. A Cape Cod. Elle est même ici en Californie, lorsque tu es allée voir Laura. Et tu voudrais me faire croire que tu ignores qui est cette petite fille ?

— Je t'assure que je n'en ai pas la moindre idée. Je ne sais pas comment elle se trouve sur toutes ces photos. Enfin, je ne vois pas comment elle aurait pu faire.

— Pourtant elle l'a fait. Tu es sûre que ce n'est pas une orpheline que tu as adoptée ?

Elizabeth feuilleta l'album, et la petite fille-Peggy était toujours là. C'était tellement ridicule qu'elle avait presque envie d'éclater de rire. Néanmoins il y avait quelque chose de nettement menaçant dans chacune des apparitions de la petite fille. Elle fronçait toujours les sourcils, ou regardait fixement, ou bien détournait la tête, et Elizabeth ne pouvait jamais voir distinctement son visage. Apparemment, elle avait suivi Elizabeth année après année, obstinée, le visage très blanc, une Némésis dont on ne pouvait pas se débarrasser.

Elle referma l'album et le posa sur la table basse.

— Je ne comprends vraiment pas. J'ai regardé ces photos des dizaines de fois, et je ne l'avais encore jamais vue.

Elle continuait de regarder fixement l'album. Elle avait envie de le prendre à nouveau, pour voir si la petite fille-Peggy était vraiment là, mais elle avait l'intuition très forte qu'elle serait toujours sur les photos, et elle laissa l'album sur la table basse.

— C'est un trucage, hein ? dit Lenny. Vous avez fait ça pour vous amuser.

Elizabeth secoua la tête.

— Elle a toujours été là. Je ne l'avais jamais remarquée auparavant, mais elle a toujours été là.

— C'est impossible, fit Lenny. Cet album commence en 1946, d'accord ? Si c'était la même petite fille sur chacune de ces photos, comment se fait-il qu'elle n'ait pas vieilli, et comment se fait-il qu'elle porte toujours la même robe. Allons, avoue. C'est un trucage photographique. Vous vouliez faire une farce aux gens !

— Lenny, je te jure que ce n'est pas un trucage photographique ni une farce.

Lenny prit l'album et l'ouvrit. Il regarda la première page et dit :

— Là... elle n'est pas sur ces photos, hein ?

Il tourna la page suivante, et la suivante. Il s'arrêta et appuya le bout de ses doigts sur son front, comme un homme qui a brusquement une violente migraine.

— Qu'y a-t-il ? demanda Elizabeth.

— Elle n'est sur aucune de ces photos, non plus. Pourtant j'aurais juré...

Il continua de feuilleter l'album, tournant les pages de plus en plus vite. Puis il s'adossa au canapé, appuya son regard sur Elizabeth et dit :

— Elle a disparu.

Elizabeth prit l'album précautionneusement, le posa sur ses genoux, et examina chaque page. Finalement elle referma l'album et fixa Lenny, en proie à une terreur absolue.

— C'est vrai, n'est-ce pas ? lui demanda-t-elle. D'abord elle était là et maintenant elle n'est plus là !

— Il y a forcément une explication, affirma Lenny. (Il parcourut la pièce du regard, leva les yeux vers le lustre.) C'était peut-être une illusion d'optique. Tu sais, un reflet lumineux, quelque chose comme ça.

— Tu sais parfaitement qu'il n'en est rien !

Il se pencha en avant, voûtant les épaules.

— Ouais, je le sais parfaitement. Je deviens cinglé, voilà ce qui se passe. Je deviens cinglé et tu deviens cinglée. C'est le manque de relations sexuelles qui fait ça !

Elizabeth prit sa main.

— Il y a quelque chose que je dois te dire. J'ai vu cette petite fille aujourd'hui.

— Tu l'as vue ? Où ?

— Elle se tenait dans la chambre de mon père. J'ignore comment elle a fait pour entrer. J'ai juste levé les yeux et elle était là. Elle m'a parlé. Je l'entendais, aussi distinctement que je t'entends. Elle a dit qu'elle allait me protéger. Ensuite elle s'est affaissée. Enfin, elle ne s'est pas vraiment affaissée. Elle s'est repliée, elle s'est *recroquevillée*, et puis elle a disparu. Juste sous mes yeux, je le jure !

Lenny la considéra un long moment, puis il dit :

— Tu as déjà entendu parler de cigarettes de marijuana ?

— Bien sûr. Mais je n'en ai jamais vu, et je n'en ai jamais fumé, à coup sûr, si c'est ce que tu essaies d'insinuer.

— D'accord, excuse-moi. Mais je trouve cette histoire plutôt difficile à avaler, c'est tout. Parle-moi de cette petite fille.

— Il n'y a pas grand-chose à raconter. Elle est apparue, elle m'a parlé, et ensuite elle a voulu toucher papa. Je me suis mise en colère et j'ai essayé de saisir ses bras, mais elle s'est repliée devant moi, alors que je lui tenais les poignets. Finalement, je me suis retrouvée avec une fleur dans les mains, une fleur faite de givre, qui a fondu.

Lenny la regardait d'un air abasourdi, comme si elle venait de dire quelque chose dans une langue étrangère.

— Une fleur faite de givre ?

Elizabeth, embarrassée, referma violemment l'album.

— Tu as vu ces photos par toi-même ! Elle apparaît, et ensuite elle disparaît, brusquement, sans prévenir ! Je l'ai revue dans Oak Street, alors que je revenais de chez toi ! Elle était debout sur la souche du chêne, tout à fait réelle, si ce n'est qu'elle n'avait pas de visage. Des cheveux, mais pas de visage, comme si... je ne sais pas, comme si sa tête était faite de verre.

— Pas de visage, rien du tout ?

— Rien. J'ai eu une peur bleue.

— Et cela s'est passé aujourd'hui ?

— Mais oui ! C'était cet après-midi. Je venais de te voir et je rentrais à la maison. Je l'ai vue, Lenny, et elle était réelle.

— Elle était vraiment réelle, suffisamment pour que tu la touches ?

— Oui, mais elle est partie en flottant dans l'air. Elle s'est envolée.

— Elle était suffisamment réelle pour que tu la touches mais elle s'est envolée ?

Elizabeth était furieuse.

— Tu ne me crois pas, hein ? Tu penses que je suis folle, comme ma mère ! Tu penses que c'est un truc, ou une plaisanterie, ou un genre de mystification ! Très bien, si c'est ce que tu penses, Lenny, regarde-moi dans les yeux, parce que je pleure pour mes sœurs et je pleure pour mes parents et par-dessus tout je pleure pour moi-même, et si c'est une plaisanterie, elle n'est pas très drôle, tu ne trouves pas ?

Lenny saisit ses mains et dit :

— Oh, voyons, Lizzie, inutile de te mettre en colère ! Excuse-moi, je crois ce que tu me dis. Je te crois vraiment. Écoute, je l'ai vue moi-même, j'ai vu les photos, mais j'étais certain d'avoir rêvé, ou d'avoir été victime d'un genre d'illusion d'optique. Enfin, cela n'arrive jamais, d'accord ? Des gens qui apparaissent sur des photographies et puis qui disparaissent. Cela n'arrive jamais !

Elizabeth prit l'album et le tint contre sa poitrine.

— Cette fois, c'est arrivé. Cette fois, c'était réel.

Lenny déglutit. Puis, d'un ton presque solennel, il déclara :

— J'ai vu des hommes mourir. J'ai vu l'ombre de la mort passer sur leurs visages. J'ai vu des hommes parler et rire alors qu'ils avaient été déchiquetés par des balles et qu'ils auraient dû être morts, et j'ai vu des hommes assis par terre, morts, sans la moindre trace de blessure sur eux, comme s'ils avaient simplement décidé de cesser d'être vivants. Mais je n'avais encore jamais vu une chose pareille, et je ne sais pas quoi en penser, c'est pourquoi j'essaie de toutes mes forces de croire que ce n'était pas vrai, et que j'étais fatigué, et que mon cerveau m'a joué des tours, ou que c'était peut-être toi.

— C'était réel, dit Elizabeth.

Puis, plus doucement mais tout aussi catégoriquement :

— C'était réel.

— Bon, qu'est-ce qu'on fait ? On prend la chose en riant ? On appelle un prêtre, ou quoi ? Et merde, que fait-on lorsqu'une chose pareille se produit ?

— Je suppose que nous devons essayer de découvrir ce que cela signifie.

Lenny fronça les sourcils et se passa la main dans les cheveux.

— Tu crois vraiment que cela signifie quelque chose ?

— Cela signifie forcément quelque chose. Je pense que c'est Peggy. En fait, j'en suis sûre.

— Peggy ? Ta petite sœur ? Celle qui s'est noyée ?

Elizabeth hocha la tête.

— Je sais qu'elle ne ressemble pas beaucoup à Peggy, mais elle donne exactement la même *sensation* que Peggy. J'ignore comment, et j'ignore pourquoi, mais elle n'est pas partie. C'est presque comme si elle veillait sur nous, parce qu'elle nous a causé un tel chagrin lorsqu'elle est morte.

Lenny tira de sa poche un paquet de cigarettes et en offrit une à Elizabeth.

— Sur certaines de ces îles du Pacifique, tu sais, les indigènes croient que tu peux entrer en transe et parler à tes chers disparus. Les sorciers proposent même leurs services sur des panneaux d'affichage. Venez donc et taillez une bavette avec votre défunt oncle Frank !

Il alluma la cigarette d'Elizabeth, puis la sienne, et souffla de la fumée.

— Mais cela se passe aux îles Salomon... Choiseul et Bougainville. Inutile d'espérer parler à tes chers disparus ici à Sherman, Connecticut !

— Je suis inquiète pour elle, murmura Elizabeth. Je suis inquiète à l'idée qu'elle est peut-être prise au piège dans une sorte de terrifiant « entre les deux »... tu sais, pas tout à fait vivante et pas tout à fait morte. Les âmes sont censées partir, non ? Elles ne sont pas censées vous poursuivre. J'ai lu quelque part que les fantômes sont les âmes de gens qui ne peuvent pas partir, de gens qui ne peuvent pas tout à fait mourir, parce qu'ils ont laissé quelque chose inachevé ici-bas.

Lenny se renversa dans le canapé.

— Qu'est-ce que ta sœur a laissé inachevé ?

— Sa vie, bien sûr.

— Mais rien de plus précis ?

— Je ne vois pas, non.

Elizabeth se tourna vers lui. La lueur des flammes dansait dans ses yeux, et il semblait aussi sensible et aussi beau que le souvenir qu'elle avait gardé de lui, par-delà les années, alors qu'il s'apprêtait à partir pour Fort Dix.

— Tu me crois, hein ? dit-elle.

— Bien sûr que je te crois. Pour quelle raison inventerais-tu une histoire pareille ? De plus, j'ai vu l'album de photos.

— On le regarde à nouveau ? demanda Elizabeth.

— Hon-hon, fit Lenny en secouant rapidement la tête.

Il posa la main sur l'album pour qu'elle ne puisse pas l'ouvrir.

— Je pense que ce n'est pas nécessaire, reprit-il. Ou bien elle est là, ou bien elle n'est pas là. Si elle est là, nous allons devenir fous ; si elle n'est pas là, nous allons commencer à douter de ce que nous avons vraiment vu... de ce que nous *savons* avoir vu.

Il marqua un temps, tira une bouffée sur sa cigarette, puis il déclara :

— Un jour, à Guadalcanal, j'étais assis devant ma tente, en train de manger mon repas de midi, lorsque l'un de mes meilleurs copains est arrivé et s'est assis à côté de moi. Je te jure que c'est la vérité. Ray Thompson, c'était son nom, un grand type mélancolique de Saint Louis, Missouri.

« Je ne l'ai pas regardé très attentivement. A Guadalcanal il y avait tellement de mouches qu'on se concentrait à 100 % sur ce qu'on mangeait. On avait appris à manger d'une façon très particulière : agiter sa cuillère pour faire s'envoler les mouches, et ensuite avaler rapidement une bouchée avant qu'elles reviennent se poser sur la cuillère. C'était un endroit vraiment infect, Guadalcanal, je t'assure ! Il y avait des araignées grosses comme ton poing et des guêpes longues comme ton doigt, et des sangsues, et des mille-pattes qui te donnaient des boutons purulents sur la peau. La plupart d'entre nous avaient attrapé la malaria ou la dengue, et nous avions tous la dysenterie.

— Quelle horreur ! s'exclama Elizabeth. Je me demande comment vous supportiez ça !

— Je vais te dire comment nous supportions ça : nous n'avions pas le choix. Tu reprends du vin ?

— Oui, merci. (Elle lui tendit son verre.) Tu me parlais de ton ami.

— C'est exact. Ray et moi, on était assis ensemble et on parlait du pays, des filles et de choses et d'autres. J'avais remarqué que Ray ne mangeait pas, mais je m'étais dit qu'il avait déjà mangé, parce que le général Vandegrift se plaignait toujours que nous étions foutrement trop maigres. Mais qui ne l'aurait pas été, avec la malaria et la dysenterie ?

« Brusquement, Ray a dit : "Lorsque tu rentreras au pays, dis à Carole que j'ai laissé l'argent sous le siège du conducteur." Je me suis tourné pour lui demander de quoi il parlait, et il n'était plus là. Je ne savais pas où il était passé. J'étais sacrément malade à ce moment. J'avais pu avoir une hallucination. Mais je n'ai jamais revu Ray, et environ deux jours plus tard, quelqu'un m'a dit qu'il était mort. Non seulement ça, mais on l'avait retrouvé dans un fourré à environ quatre cents mètres du camp, et environ une heure avant qu'il soit venu me parler. Une heure avant. Il m'a parlé, je le jure, et pourtant il était mort.

— Alors cela arrive vraiment, dit Elizabeth, remplie de crainte.

— Je le pense. Quelque chose continue de vivre

après toi. J'ignore quoi, ou pendant combien de temps, ou pourquoi. Mais je crois que cela existe vraiment. Je continue de voir des hommes qui sont morts à Guadalcanal. Je les vois conduisant des automobiles. Je les vois dans des supermarchés. Aucun homme ne quitte les êtres qui lui sont chers, et la vie pour laquelle il a travaillé si dur, juste parce qu'il est mort.

— Et l'argent ?

— Quel argent ?

— L'argent qui se trouvait sous le siège du conducteur, c'est ce que ton ami mort t'avait dit.

— Je ne sais pas. J'ai écrit à sa femme pour le lui dire mais elle ne m'a jamais répondu. Plutôt frustrant comme fin, non ?

Au début, Elizabeth avait trouvé que l'histoire de Lenny à propos de son ami mort était convaincante et inspirait la sympathie. Mais après qu'il eut fini un autre verre de vin et lui eut affirmé que tout le monde continuait de vivre après la mort, et qu'il pouvait retrouver tous ses copains Marines, à condition de savoir où les chercher, elle commença à penser qu'il y avait quelque chose qui n'allait pas chez Lenny, quelque chose d'irrationnel. Elle était certaine d'avoir vu Peggy, mais comment Lenny pouvait-il croire que tous ses amis morts continuaient de se promener dans les rues ? Plus de 1 300 Américains étaient morts à Guadalcanal. Assurément ils n'étaient pas tous rentrés au pays, morts, pour reprendre leur vie là où ils l'avaient laissée ?

— Si quelqu'un désire ardemment quelque chose, déclara Lenny, alors la mort seule ne suffit pas pour l'empêcher de l'obtenir, crois-moi.

11

Elizabeth descendit à la cave et rapporta une autre bouteille de vin, un bordeaux rouge d'avant-guerre, et Lenny la déboucha.

— Tu étais vraiment éprise de moi à ce point ? lui demanda-t-il, comme il remplissait leurs verres.

Elizabeth éclata de rire.

— Tu étais l'amour de ma vie !

— J'aurais peut-être dû te prêter plus d'attention.

— Tu partais à la guerre. Tu étais un homme. Pourquoi aurais-tu prêté la moindre attention à une gamine empotée, âgée de treize ans ?

Lenny se renversa dans le canapé et alluma une cigarette.

— Tu n'étais pas empotée. Tu étais mignonne. Dans mon souvenir tu as toujours été mignonne.

— Je me *sentais* empotée.

— Eh bien, tu as sacrément changé, pas de doute ! C'est à peine si je t'ai reconnue quand je suis venu te chercher à la gare.

— Merci, dit-elle, et elle s'aperçut qu'elle rougissait.

Elle avait toujours du mal à recevoir des compliments sans piquer un fard.

— Je peux te demander quelque chose de personnel ? dit Lenny. Est-ce que tu as un prétendant ?

— J'ai beaucoup d'amis hommes, si c'est ce que tu veux dire.

— Non, non, je parle de quelqu'un de régulier. Le genre de type qui t'emmène chez lui pour te présenter à ses parents, et qui commence à parler enfants, et dans quel collège vous les enverrez.

Elle lui sourit et secoua la tête.

— Non, personne de ce genre. Pas en ce moment, en tout cas. Après Haldeman Jones, je suis sortie pendant quelque temps avec un écrivain du nom de Kenwood Priest, et Kenwood parlait continuellement d'acheter une maison dans la région des lacs Finger et de vivre en ermite, juste les lacs, les arbres et les engoulevents, mais ce n'était pas pour moi. J'ai passé toute mon enfance à Sherman. La circulation, les gens, les sirènes de police, voilà ce que je veux !

— Kenwood Priest, qu'est-ce qu'il a écrit ?

— Oh, un livre pas très épais, plein de sensibilité, *Les jeunes gens perdus*. Je me souviendrai toujours de la dernière phrase. « Car il n'y a pas de marche en avant pour nous, ni de retour en arrière, et nous devons rester sur le rivage de l'âge adulte, avec les cris plaintifs des mouettes dans le ciel, jusqu'à ce que la marée survienne et finisse par nous recouvrir. »

— Hum, fit Lenny en buvant une gorgée de vin. Un peu trop alambiqué pour moi !

Ils demeurèrent silencieux un moment, tandis que le feu pétillait et que le vent d'automne gémissait dans le conduit de cheminée, puis ils se regardèrent et éclatèrent de rire. C'était probablement le vin, ou la fatigue, ou l'extrême étrangeté de ce qui était apparu dans l'album de photos de la famille Buchanan. Mais ils rirent jusqu'à ce que des larmes coulent sur leurs joues.

— Oh, mon Dieu, arrête ! le supplia Elizabeth. J'ai un point de côté !

Mais il continua de rire aux éclats, de suffoquer et de se tenir les côtes. Elizabeth saisit ses poignets, le secoua et dit :

— Arrête ça, Lenny ! *Arrête ça!* Tu me donnes des douleurs d'estomac !

Il s'arrêta de rire et la regarda. Elle lâcha ses poignets, mais il leva sa main et toucha ses cheveux, doux, soyeux et luisants dans la lueur des flammes.

Il ne dit pas un seul mot, mais il approcha son visage du sien et l'embrassa, d'abord sur la joue, puis sur les lèvres. Leurs langues se touchèrent et dirent en silence plus de mots qu'ils n'en avaient prononcé depuis qu'ils s'étaient retrouvés. Tous deux gardaient leurs yeux ouverts et se regardaient intensément, sans accommoder. Leurs cils, encore mouillés par leurs rires, brillaient.

Ils s'embrassèrent, et s'embrassèrent à nouveau. Lenny serra Elizabeth dans ses bras et ses doigts descendirent lentement le long de son dos. Même à travers son veston sport, elle sentait à quel point il était maigre, sec et nerveux. Tous ces mois dans le Pacifique lui avaient ôté sa chair, et il n'avait pas repris du poids depuis, même après cinq années de vie civile. Il caressa ses cheveux, il caressa ses épaules. Sa main se glissa sur son chandail et se referma sur son sein.

Elle s'écarta.

— S'il te plaît... je crois que je ne suis pas encore prête pour ça.

Lenny sourit et haussa les épaules.

— Bon, d'accord. J'obéissais à mes besoins naturels, c'est tout !

— Tu n'es pas fâché ?

Il se pencha vers elle et l'embrassa à nouveau.

— Bien sûr que non. Assez de surexcitation pour ce soir ! Découvrir que la petite fille que j'avais toujours bien aimée a grandi et est devenue la femme la plus séduisante que j'aie jamais rencontrée, mon cœur bat à grands coups !

Elizabeth rougit à nouveau.

— Flatteur !

— Ce n'est pas de la flatterie, fit-il en touchant sa joue du bout de ses doigts. Tu es vraiment l'une des plus belles femmes que j'aie jamais vues.

— Seulement *l'une* des plus belles ?

Il sourit et lui donna un autre baiser.

— Écoute, je dois m'en aller. J'emmène ma mère à Hartford demain, et je veux me lever de bonne heure.

— Cela a été bon de te voir, dit Elizabeth en serrant sa main.

— On dîne ensemble samedi soir ? Tu seras encore là ?

— Oui. Avec le plus grand plaisir.

Elle alla chercher le pardessus de Lenny. Dans le vestibule plein de courants d'air, il la prit dans ses bras et la serra contre lui, entre les pans de son manteau, comme des ailes chaudes ramenées sur elle. Bientôt elle se trouvait si près de lui qu'elle réalisa pour la première fois à quel point il était grand. Il sentait le tabac et une eau de toilette musquée.

— Je sais que tu as connu des moments difficiles, lui dit-il. Et je veux que tu saches que je suis là pour te donner un coup de main. D'anciens camarades de jeu, d'accord ? Tu devrais examiner les papiers de ton père, tu sais. Voir quel genre d'assurance il a pris, assurance-vie, retraite, assurance invalidité-vieillesse. Ses économies ne dureront pas éternellement.

— Merci, je le ferai.

— Alors, bonne nuit, adorable Elizabeth.

Ils s'embrassèrent... un long baiser exploratoire qui s'éternisa. La main d'Elizabeth frôla par mégarde le devant du pantalon en tweed de Lenny, et elle sentit à quel point il était dur. Cette sensation resterait imprimée sur ses nerfs durant les heures à venir, de la même façon qu'une lumière aveuglante reste imprimée sur la rétine.

Lorsque les feux arrière de la Frazer de Lenny disparurent derrière les arbres, elle sut qu'elle était éperdument amoureuse de lui. Mais elle supposait qu'elle l'avait toujours été.

Elle fit le tour de la maison pour éteindre les feux et ouvrir les rideaux de velours poussiéreux. Elle n'aimait pas descendre au rez-de-chaussée le matin pour le trouver plongé dans l'obscurité. La maison était silencieuse et remplie de pesants regrets. Tout ce qu'il lui restait à faire maintenant, c'était attendre que le père d'Elizabeth soit transporté à l'hôpital, ou qu'il meure, et ensuite accueillir une nouvelle famille. Le temps de la famille Buchanan était révolu pour toujours. Elizabeth, Laura et Peggy, leurs rires résonnant dans les couloirs, leurs cavalcades dans l'escalier.

Elizabeth tisonna le feu dans le séjour jusqu'à ce que la dernière bûche s'affaisse au fond de l'âtre, puis elle plaça le pare-étincelles. Elle alla dans la cuisine, ouvrit les rideaux de guingan et prit un verre pour le remplir d'eau froide qu'elle boirait dans son lit.

Elle ne regardait pas par la fenêtre, mais la lune surgit brusquement de derrière les nuages, une lune presque pleine, floconneuse et bleu perle. Elle éclaira la pelouse, les marches et le court de tennis.

Elizabeth remplissait son verre et elle le laissa tomber dans l'évier sous l'effet de la frayeur. Au milieu du court de tennis il y avait une petite silhouette blanche portant un manteau et un béret, une petite silhouette blanche et solitaire, aussi immobile que la mort.

— Oh, mon Dieu, chuchota Elizabeth. Oh, mon Dieu, non. Ne permettez pas cela !

Déglutissant de peur, elle alla jusqu'à la porte de la cuisine et prit sur la patère le vieux duffle-coat que son père mettait toujours lorsqu'il allait chercher des bûches. Elle l'enfila, ouvrit la porte et sortit dans la nuit glaciale. Cette fois, il n'y avait pas de chat pour l'observer d'un regard désapprobateur. Apostrophe était mort trois ans auparavant, sous les roues d'un camion de déménagement.

Elle traversa la pelouse d'un pas rapide. La petite silhouette blanche n'avait pas bougé. Elle se tenait exactement au milieu du court de tennis, face à la maison. Dans la clarté de la lune, Elizabeth pouvait déjà voir que son visage était d'un gris sale, et que ses yeux formaient deux taches sombres.

Elle ralentit le pas comme elle atteignait le court de

tennis, et elle s'approcha de la silhouette avec une nervosité extrême et d'infinies précautions. Finalement, cependant, elle fut suffisamment près pour la toucher, mais elle ne le fit pas. Elle n'avait pas besoin de la toucher, parce qu'elle savait de quoi la silhouette était faite.

C'était l'ange de neige que Laura et elle avaient fait pour Peggy. Il était vêtu du béret marron de Peggy, du kilt rouge de Peggy et du manteau en tweed marron de Peggy. Il avait un sac à engrais difforme en guise de visage, et deux trous noirs à la place des yeux, brûlés avec un tisonnier porté au rouge.

C'était l'ange de neige, fait de neige, bien qu'il n'ait pas neigé depuis début avril.

Elizabeth le regardait avec stupeur, son haleine fumait et son cœur battait bien trop vite. Qu'est-ce que cela signifiait ? Qu'est-ce que tout cela signifiait ? Est-ce que quelqu'un l'avait placé là à son intention, pour se moquer d'elle ? Ou bien pour faire peur à son père ?

Ce n'était peut-être rien de plus qu'un fait étrange, dû au hasard... l'un de ces phénomènes surnaturels, comme des visages qui apparaissent dans des miroirs, des chambres inoccupées qui sont envahies de mouches à viande, et des voix qui sanglotent dans la nuit. Cela n'avait peut-être aucune signification rationnelle.

Néanmoins, cela terrifiait Elizabeth. Elle avait l'impression qu'on la mettait en garde. Qui d'autre était au courant pour l'ange de neige, à part son père, sa mère, Laura et elle-même ? Personne. Absolument personne. Mais son père était paralysé, sa mère était toujours à la clinique et jouissait seulement de la moitié de ses facultés, et Laura était sur la côte Ouest, en Californie.

Elizabeth était abasourdie. Qui avait bien pu modeler l'ange de neige ? Et surtout, *comment* ? D'où était venue toute cette neige, par une nuit sans neige ? De la même façon que la piscine avait gelé, en plein mois de juin, et que le révérend Dick Bracewaite était mort de gelures par un après-midi d'été torride ?

« L'hiver a gelé la piscine », lui avait dit la petite fille Peggy, dans la chambre de son père. Mais qu'est-ce que cela signifiait ? « L'hiver a gelé la piscine. » Il n'y avait d'hiver nulle part, aucun signe de l'hiver, pas encore.

Elizabeth tourna lentement autour de l'ange de neige. Elle *sentait* même le froid qu'il dégageait. Autant qu'elle s'en souvint, il était presque identique au personnage que Laura et elle avaient fait, il y avait tellement d'années de cela. Il la regardait d'un air moqueur avec ses yeux de guingois, carbonisés.

Elle fit halte et parcourut le jardin du regard. Un vent léger, très froid, soufflait et faisait virevolter les feuilles desséchées sur la pelouse. D'autres nuages survinrent et commencèrent à cacher la lune, et l'obscurité s'épaissit. Seul l'ange de neige demeurait lumineux et brillant.

Elizabeth fut tentée d'aller chercher une pelle et de le démolir. Puis elle pensa : « Non, je vais aller chez Mrs. Patrick, la tirer du lit, et lui demander de venir jusqu'ici. Ainsi elle le verra de ses propres yeux. Au moins, j'aurai un témoin, et je serai sûre que je ne deviens pas complètement folle. »

Elle retourna en toute hâte vers la maison, entra et verrouilla la porte de cuisine. Elle regarda par la fenêtre pour s'assurer que l'ange de neige était toujours là-bas. Puis elle alla au premier et entra dans la chambre de son père pour vérifier que tout allait bien.

Il était allongé dans l'obscurité, les yeux ouverts. Elle n'aurait su dire s'il dormait ou non. Le docteur avait dit que son contrôle des muscles faciaux était très problématique, de telle sorte que même s'il était profondément endormi, ses yeux pouvaient rester ouverts. Elle se pencha vers lui et chuchota : « Papa ? Est-ce que ça va, papa ? » Elle n'obtint aucune réaction, même pas un petit mouvement des yeux. Mais il respirait, et lorsqu'elle toucha sa main, celle-ci était toujours chaude.

La chambre empestait l'urine, mais elle n'avait pas le temps de le changer maintenant. Elle sortit sur la pointe des pieds et referma la porte aussi doucement que possible. Elle resta un moment devant et écouta attentivement. Elle avait mauvaise conscience, et murmura une petite prière pour que Dieu donne à son père un moyen de s'exprimer, ou bien qu'il l'emmène à jamais. Il avait toujours été un homme tellement actif. Sa vie à présent devait être quasi insupportable. Ce devait être encore pis que d'être enfermé. En prison, il aurait au moins pu parler, et écrire, et dessiner.

Elle sortit de la maison par la porte principale, suivit l'allée et rejoignit la rue. Puis elle s'engagea dans le chemin caillouteux qui conduisait à la ferme de Mrs. Patrick. Il n'y avait pas de réverbères le long du sentier, et une seule lumière visible à Green Pond Farm, et elle voyait où elle marchait uniquement grâce aux bouleaux chétifs qui bordaient le sentier de part et d'autre. Les cailloux crissaient sous ses pas. Des animaux invisibles détalaient dans les broussailles; des oiseaux endormis bougeaient.

Alors qu'elle avait parcouru les trois quarts du chemin, il lui sembla entendre un autre bruit, le bruit de quelqu'un qui chantait... Elle fit halte et écouta, mais n'entendit que le vent dans les branches et le craquement des feuilles mortes. Elle se retourna et regarda vers la maison, qui d'ici paraissait très grande et délabrée, presque abandonnée. Elle songea à l'album de photos avec dedans toutes ces images de la petite fille, et durant une terrifiante fraction de seconde elle crut apercevoir Peggy se tenant près de la façade de la maison. Puis elle réalisa que c'était seulement la porte du garage peinte en blanc. Les arbustes dénudés à côté lui donnaient une forme irrégulière et changeante.

Elle continua de marcher, franchit le portail et passa devant la porcherie. Les Patrick n'élevaient plus de porcs depuis longtemps, mais leur odeur persistait. Elle monta les marches de la véranda et appuya sur la sonnette.

Tandis qu'elle attendait, elle écouta les bruits de la nuit. Elle entendait le fracas d'un train dans le lointain, et le craquement de branches. Elle était certaine d'entendre quelqu'un chanter, quelqu'un à la voix très haute et claire. Tout d'abord elle pensa que c'était la télévision des Patrick, mais ce chant avait une telle clarté que cela ne ressemblait pas du tout à une émission télévisée. Et de surcroît, les paroles étaient très espacées, séparées par de longs silences, comme si quelqu'un marchait et chantait en même temps, et oubliait parfois de chanter.

Elle discernait presque les paroles, puis la porte d'entrée s'ouvrit, et la porte-moustiquaire grinça. C'était Dan, le frère cadet de Mrs. Patrick. A présent, il s'occupait de la ferme en grande partie, avec sa femme Bridget. Ses cheveux d'un rouge ardent grisonnaient, mais il était tout aussi rubicond que le reste de la famille, le portrait craché de sa sœur.

— Lizzie Buchanan ! C'est toi ?

— Bonsoir, monsieur Patrick, oui, c'est moi.

— C'est à peine si je te reconnais, Lizzie. Tu es en beauté.

— Merci, monsieur Patrick. Mrs. Patrick est déjà couchée ?

— Hum, j'ai bien peur que non, et elle n'est pas là, non plus. Seamus a eu l'une de ses crises, il y a une heure environ, une crise terrible. Le docteur est venu et ils l'ont emmené à New Milford, afin de le mettre en observation.

— Oh, je suis vraiment désolée. Il va se rétablir, hein ?

Dan Patrick haussa les épaules.

— Nous disons des prières pour lui, Lizzie.

Elizabeth hésita un moment, puis elle dit :

— Je sais que c'est abuser terriblement de votre amabilité, monsieur Patrick, mais est-ce que vous pourriez me consacrer cinq minutes pour venir voir quelque chose ?

— Je ne sais pas trop... Je suis censé rester près du téléphone.

— Cela ne prendra même pas cinq minutes, je vous le promets. Il s'agit de quelque chose dans le jardin, derrière la maison. C'est un genre de phénomène, et il me faut un témoin.

— C'est un quoi ?

— Un phénomène. Une chose très étrange. L'ennui, c'est que cela ne va pas durer, et je pense que personne ne me croira, à moins que quelqu'un d'autre n'y jette un coup d'œil.

— Écoute, Lizzie, je ne sais vraiment pas. Si ma sœur téléphone...

— Cela ne prendra qu'un instant, monsieur Patrick, je vous le promets.

Il lui lança un regard bizarre, interrogateur.

— Ce n'est pas une soucoupe volante, hein ? J'ai lu des trucs sur les soucoupes volantes dans le journal. Un type dans le Wyoming qui s'est fait enlever.

— Absolument pas. Je vous en prie !

Il réfléchit profondément durant un moment.

— Bon, d'accord. Je vais laisser le récepteur décroché, comme ça on saura que je suis toujours là.

Il rentra dans la maison et revint quelques instants plus tard, enfilant son manteau raglan vert.

— Je vous suis très reconnaissante, lui dit Elizabeth, et elle le pensait vraiment.

— Oh, il n'y a pas de quoi, répondit Dan Patrick en claquant la porte.

Ils s'éloignèrent sur le sentier. Le vent était tombé, mais la température avait chuté de façon brutale, plusieurs degrés au-dessous de zéro, et ils se mirent à marcher d'un pas très rapide, non parce qu'ils étaient pressés, mais pour se réchauffer. Leur haleine fumait. Tout autour d'eux, ils entendaient le doux craquement de la gelée blanche, tandis qu'elle recouvrait les branches et les feuilles tombées sur le sol.

— Foutue nuit ! fit remarquer Dan Patrick en fourrant ses mains dans les poches de son manteau.

Elizabeth demeura silencieuse et pressa le pas.

Ils arrivèrent à la maison, longèrent la serre et se

dirigèrent vers le court de tennis. A présent l'herbe était recouverte de givre, une couche presque aussi épaisse que de la neige, et ils laissaient derrière eux des empreintes de pas luisantes.

— Qu'est-ce que tu veux que je regarde ? demanda Dan Patrick d'une voix essoufflée.

Elizabeth traversa le court de tennis. L'ange de neige avait disparu. Elle regarda autour d'elle. Elle scruta le sol, à la recherche de marques laissées par une pelle ou de neige éparpillée. Mais il n'y avait rien, seulement le givre durci qui scintillait. Pas d'ange de neige, pas de béret, pas de manteau, pas de kilt. Pas de visage en grosse toile, avec des trous brûlés au tisonnier en guise d'yeux.

— Il *était* ici, dit-elle avec frustration.

— Si tu me disais ce que c'était, je pourrais peut-être t'aider à le chercher, suggéra Dan Patrick.

— Je ne pense pas que vous me croiriez. C'était pour cette raison que je voulais que vous le voyiez par vous-même.

— Ma foi, si ce n'est plus là, à mon avis cela ne fait pas une très grande différence !

Elizabeth scruta l'obscurité et frissonna malgré elle. Elle sentait que quelque chose se cachait dans la nuit, une présence froide et insensible, quelque chose qui était davantage que la simple manifestation du visage blême de sa sœur noyée. Quelque chose qui était *énorme*.

Dan Patrick jeta un coup d'œil à sa montre.

— Désolé, Lizzie, mais il faut que je rentre.

— Bon, je vais vous dire ce que c'était. C'était un personnage fait de neige.

Il s'ensuivit un long silence, puis Dan Patrick dit :

— Nous n'avons pas eu de neige.

— C'était précisément pour cette raison que je voulais que vous le voyiez.

— Lorsque tu dis « un personnage » ?

— C'était une fille, une petite fille, entièrement en neige. Elle portait un manteau et un béret, et elle avait un sac de grosse toile en guise de visage.

Dan Patrick promena lentement ses regards sur le jardin, les mains sur les hanches, faisant rentrer ses joues. Puis il déclara :

— Nan ! Si ce personnage était ici avant, sûr et certain qu'il n'est plus là maintenant !

Il s'apprêtait à faire demi-tour lorsque Elizabeth eut l'impression d'entrevoir une petite forme blanche à l'autre bout du jardin, sous les arbres.

— Regardez, dit-elle. Est-ce qu'il n'y a pas quelqu'un là-bas ?

— Possible. Tu veux qu'on aille voir vite fait ?

— S'il vous plaît... si vous avez le temps.

Ils traversèrent le jardin en talus vers les arbres. Il faisait très sombre maintenant, et Elizabeth trébucha à deux reprises. La seconde fois, Dan Patrick la retint par le coude et dit :

— Hé, fais attention ! Inutile de te fouler la cheville. Même un « phénomène » n'en vaut pas la peine !

Ils passèrent à la hauteur de la salle de billard et du tuyau d'écoulement où la sorcière Nez-Qui-Coule se formait jadis en hiver. Le père d'Elizabeth avait réparé le tuyau, et la sorcière avait été reléguée pour toujours dans les souvenirs d'enfance.

Ils atteignirent les arbres, mais la petite forme blanche avait disparu, si elle avait été vraiment là.

— Je suis désolée de vous avoir fait venir jusqu'ici pour rien, dit Elizabeth. J'espère seulement que vous ne pensez pas que je perds la boule !

— Je ne crois pas que ce soit à moi de le dire, Lizzie, répliqua Dan Patrick.

Il tourna les talons. A ce moment, une série de crépitements à crever le tympan retentit depuis les arbres.

— Bon sang, qu'est-ce que c'est ? s'exclama Dan Patrick.

Elizabeth ne put s'empêcher de sursauter.

Les craquements continuaient. Sous leurs yeux, branche après branche, ramille après ramille, les chênes devinrent blancs de givre. Ils donnaient l'impression d'avoir été arrosés au jet par une journée glaciale. Ils formaient des blocs fantastiques, des colonnes et des stalactites étincelants. En fait, la température avait tellement chuté qu'ils étaient enrobés d'humidité de l'air gelée.

Bientôt les arbres ne ressemblaient presque plus à des arbres, mais à des temples extraordinaires aux formes tourmentées, ornés de balcons, de gargouilles et de flèches. Des branches entières se brisaient et se détachaient brusquement, sous le poids de la glace. Des troncs se fendaient en deux. Et pendant tout ce temps la température chutait et chutait et continuait de chuter. La pelouse autour d'eux était couverte d'une épaisse croûte de givre, et l'herbe était tellement gelée qu'elle se cassait lorsqu'ils marchaient dessus.

— Qu'est-ce que c'est ? s'écria Elizabeth. Pourquoi fait-il si froid tout à coup ?

— Aucune idée ! lui cria Dan Patrick en retour. Mais je pense qu'on ferait mieux de filer !

Ils commencèrent à rebrousser chemin en courant. Ils avaient parcouru seulement quelques mètres lorsque Elizabeth regarda par-dessus son épaule et aperçut la petite fille-Peggy juste devant les arbres gelés. Elle levait les bras, comme si elle les saluait, ou leur faisait signe de revenir.

Elizabeth saisit la manche de manteau de Dan Patrick. Tous deux cessèrent de courir.

— Qu'y a-t-il ? lui demanda-t-il.

— Elle est *ici*, dit Elizabeth d'une voix blanche de panique.

— Mais ce n'est pas un bonhomme de neige, s'insurgea Dan Patrick. Ce n'est qu'une petite fille.

— Je sais. Mais ils sont une seule et même chose.

— Une seule et même chose ? Lizzie, je ne sais vraiment pas de quoi tu parles, mais je pense que tu aurais intérêt à mettre la plus grande distance possible entre cette maison et toi !

Il se remit à courir, mais Elizabeth ne le suivit pas. La petite fille-Peggy glissait sur l'herbe dans sa direction. Elle ne laissait pas la moindre empreinte de pas.

Ses cheveux étaient ourlés de glace, sa robe était rigide comme du linge gelé, ses yeux étaient affreusement sombres. Elizabeth s'écarta d'un pas chancelant, mais elle ne parvenait pas à faire se mouvoir ses jambes correctement. Elle était seulement à même de fixer cette apparition avec épouvante et de prier pour qu'elle ne la touche pas.

La petite fille-Peggy s'approcha, presque suffisamment près pour la toucher.

— Tu te souviens de la nuit où vous avez construit l'ange de neige? dit-elle, même si ses lèvres ne semblaient pas bouger.

— Je m'en souviens, répondit Elizabeth, terrifiée.

— Cette nuit-là, vous m'avez gardée ici pour toujours.

— Quoi ? fit Elizabeth. Je ne comprends pas. Il faut que tu me dises ce que tu veux. Je ne peux pas t'aider si j'ignore ce que tu veux.

— Tu ne peux pas m'aider, de toute façon, dit la petite fille-Peggy.

C'était à peine si Elizabeth l'entendait en raison des crépitements et des craquements. Cela ressemblait à des coups de feu.

Dan Patrick fit halte à mi-chemin du court de tennis.

— Lizzie! Qui est-ce, Lizzie? Écoute, trésor, je crois qu'il vaut mieux que je rentre à Green Pond, et que toi, tu rentres à la maison !

Elizabeth l'ignora. Elle ne voulait pas tourner le dos à la petite fille-Peggy. Elle avait le pressentiment très fort que si elle faisait cela, celle-ci allait lui sauter sur le dos, s'agripper à elle et la faire mourir de froid. Elle ne voulait pas connaître la même mort que le révérend Bracewaite.

— Arrive, Lizzie! cria Dan Patrick.

Mais Elizabeth lui fit un rapide geste de la main pour lui dire d'attendre un moment.

— Il faut que je sache ce que tu fais, dit-elle à la petite fille. Pourquoi me suis-tu partout? Pourquoi es-tu ici ?

— Tu ne veux pas que je sois ici ?

— Bien sûr que si ! Mais je dois affronter le fait que Peggy est morte. Que *tu* es morte. Je t'ai pleuré, j'ai pleuré toutes les larmes de mon corps. Avec le temps j'ai surmonté cette épreuve. Et maintenant tu es ici, et partout où je me trouve.

— Je suis ici pour te protéger.

— Je n'ai pas besoin de ta protection. Je ne veux pas de ta protection !

— Vraiment ? fit la petite fille-Peggy. Tu ne sais pas ce que tu as fait.

— Lizzie ! appela Dan Patrick de nouveau. Je dois vraiment m'en aller !

Il revint au petit trot. Son visage était empourpré mais ses cils étaient blancs de givre, et des glaçons pendaient de son bonnet.

— Qui est-ce ? demanda-t-il.

— Je l'appelle Peggy, répondit Elizabeth, sans la quitter des yeux.

Dan Patrick eut l'air mal à l'aise, puis il prit Elizabeth par le bras et tenta de l'entraîner de force.

— Viens, Lizzie, j'ignore ce qui se passe ici, mais tu ferais mieux de ficher le camp !

La petite fille-Peggy se tourna pour fixer Dan Patrick avec ces yeux sombres.

— Tu ne dois pas la toucher, le prévint-elle.

— Et qui va m'en empêcher, ma petite ?

La petite fille-Peggy regarda Elizabeth à nouveau.

— *Tu ne sais pas ce que tu as fait*, répéta-t-elle, d'une voix presque sifflante.

A cet instant, les chênes se fendirent encore plus bruyamment. Dan Patrick releva la tête et fronça les sourcils. Sa main agrippait toujours le poignet d'Elizabeth.

— Quelque chose approche, dit-il de la plus douce des voix. Quelque chose d'énorme.

— Oui, fit la petite fille-Peggy, et ses lèvres d'une blancheur mortelle esquissèrent un sourire suffisant, dénué de joie. Quelque chose d'énorme.

Même Elizabeth l'entendait maintenant : le craquement régulier de pas à travers la forêt gelée. Cela aurait pu être un homme, ou un prédateur de grosse taille. Quoi que ce fût, cela venait vite dans leur direction, très vite, et sa progression entre les arbres était aussi bruyante que terrifiante. Cela brisait sur son chemin toutes les branches pétrifiées par la glace. Même de jeunes arbres se cassaient en deux, et comme cela s'approchait de la limite des arbres, Elizabeth vit les branches s'agiter violemment, et les broussailles exploser en des giclées de glace.

— Bon Dieu, qu'est-ce que c'est? s'exclama Dan Patrick.

Mais à la seconde où *cela* jaillit des arbres, un vent violent se leva et hurla, avec une telle soudaineté que Elizabeth crut tout d'abord que c'était Dan Patrick qui avait crié. Tout le jardin fut instantanément rempli d'une neige épaisse, fouettée par le vent, d'épais flocons qui tourbillonnaient, et Elizabeth fut obligée de lever la main pour se protéger le visage. Elle vit la petite fille durant quelques instants encore, avec ses yeux sombres et son petit sourire méprisant, puis la tempête de neige la recouvrit entièrement. Visage blanc, robe blanche... tous deux occultés en quelques secondes par un violent blizzard.

Dan Patrick tira éperdument sur la manche d'Elizabeth et cria :

— Viens, foutons le camp d'ici !

Elizabeth résista un moment, essayant de voir où était passée la petite fille-Peggy. Elle désirait absolument savoir ce que voulait celle-ci, pourquoi elle n'arrêtait pas d'apparaître avec une telle obstination.

Puis une énorme forme noire surgit à travers la neige... si noire qu'elle était visible uniquement à cause de la façon dont les flocons de neige volaient autour d'elle. Elle était aussi noire que du velours, aussi noire qu'un cercueil au couvercle fermé. Noire comme la nuit, noire comme quand on a les yeux fermés. Et elle était immense. Elle se dressait au-dessus d'eux, haute de quatre ou cinq mètres, et ressemblait à une femme portant un manteau avec un capuchon, mais un manteau qui formait une bosse dans le dos.

Dan Patrick la regarda fixement durant un moment, bouche bée, battant des paupières à cause du blizzard. La forme continua de s'approcher, et le seul bruit qu'elle faisait était le crissement feutré de ses pas sur la neige épaisse. La forme apportait avec elle une aura de froid encore plus intense. Elizabeth vit les sourcils de Dan Patrick se pailleter de glace. Son haleine se changea en des cristaux secs, et sortit de ses narines semblable à des fils d'argent pour Noël. Elle sentait ses propres cheveux craquer, et elle avait l'impression d'avoir appuyé son front pendant des heures contre une porte en métal glacée.

Dan Patrick lâcha la manche d'Elizabeth et se mit à courir lourdement. Elizabeth voulut courir également, dans la direction opposée, mais presque tout de suite elle trébucha contre les briques qui bordaient l'allée, et elle tomba sur les genoux.

Elle se retourna. Il faisait trop froid pour crier. Chaque goulée d'air qui atteignait ses poumons lui causait une douleur atroce. Elle vit Dan Patrick remonter péniblement le talus à travers les congères où il s'enfonçait jusqu'aux genoux, et tout près derrière lui, l'énorme forme noire et bossue. Dan Patrick ne se retourna pas. Il continuait d'avancer en trébuchant dans la neige, baissant la tête avec application, balançant les bras avec raideur pour ne pas perdre l'équilibre. Il était presque arrivé aux marches sur le côté de la maison, mais la forme était très près derrière lui... si près qu'elle le cacha momentanément aux regards d'Elizabeth.

Elle ne comprenait pas ce que c'était. Des ours pouvaient atteindre cette taille, mais on n'avait pas vu d'ours dans ces bois depuis plus d'un siècle. Et quelle sorte d'ours apportait son blizzard avec lui ?

Cela ressemblait plus à un grotesque cheval de pantomime, ou à l'ombre d'un cheval de pantomime, aussi noire qu'un trou dans le tissu de la nuit.

Dan Patrick parvint à atteindre la première marche, mais il s'arrêta à cet endroit. La température autour de lui était si basse que les briques des marches se fendirent en produisant une série de détonations, et les rosiers se brisèrent en des fragments de brindilles desséchées. Dan trouva la force de lever un bras. Sa main était aussi blanche que la main d'une statue, et tout aussi rigide. Sous ses yeux, ses doigts se cassèrent et tombèrent dans la neige. Puis sa paume éclata, peau, sang et os, gelés en d'énormes cristaux. Il ne cria pas. Ses poumons étaient complètement gelés. Son manteau se brisa, aussi dur qu'une planche, puis son chandail bleu foncé et sa chemise.

La forme noire tourna autour de lui d'une démarche souple et menaçante. La neige s'envolait dans toutes les directions. Elizabeth, agenouillée dans la neige, regarda avec horreur tandis que Dan Patrick se brisait en morceaux : sa cage thoracique éclata et son estomac s'en échappa, semblable à une grosse pierre rouge. Ses poumons étaient écrasés en deux blocs de givre rose bonbon. Son crâne se fendit en produisant un craquement horriblement sonore, et sa tête se brisa en deux. Une moitié tomba sur les marches et s'immobilisa dans la neige, regardant fixement Elizabeth d'un œil gelé, blanc comme du lait.

La forme noire flottait autour des restes du corps disloqué mais statufié de Dan Patrick. Elle tournait et tournait, soulevant la neige en des spirales et des tourbillons. Il y eut un craquement, comme la vitrine d'une boutique sur le point de voler en éclats. Puis les restes du corps gelé du fermier explosèrent en des milliers de fragments de glace. Tout ce qui restait pour indiquer qu'il s'était trouvé là, c'étaient quelques doigts éparpillés, un visage fendu en deux, et une tache mauve et luisante sur la neige.

Elizabeth suffoqua et tenta de se relever. Elle était terrifiée à l'idée que la forme noire allait maintenant s'en prendre à elle. En fait, elle était certaine que celle-ci en avait l'intention : la forme noire était si froide, tellement insensible, tellement agressive. Elle fit six ou sept pas incertains sur la pelouse, mais elle avait si froid qu'elle pouvait à peine plier les genoux ou les coudes, et ses poumons lui donnaient l'impression d'avoir été lavés avec de l'eau de mer. Elle toussa, s'étrangla et fut obligée de faire halte, sa main plaquée sur sa bouche. Elle était sûre d'entendre les pas de la forme noire crisser sur la neige, venant dans sa direction, mais elle ne voulait pas regarder derrière elle pour voir à quelle distance celle-ci se trouvait. Elle savait qu'elle avait bien trop froid pour être à même de lui échapper, si froid que cela lui était quasiment égal.

Elle entendit l'air craquer autour d'elle. L'oxygène et l'azote qui gelaient. Il lui semblait que son cerveau était comprimé dans un étau. Elle pensa : *Mon Dieu, venez à mon aide!*

A ce moment elle vit quelque chose de blanc se diriger vers elle à travers la neige. Cela se rapprocha de plus en plus. Bientôt cela fut suffisamment près pour qu'elle s'aperçoive que c'était la petite fille-Peggy, dans sa robe d'été blanche. D'épais flocons adhéraient à ses cheveux.

— Tu es tout à fait en sûreté, dit-elle. J'ai dit que j'étais ici pour te protéger.

Elizabeth la regarda d'un air hébété, puis elle se retourna éperdument. La forme noire avait disparu, le jardin recouvert de neige était désert, et déjà le blizzard s'atténuait.

— Qu'est-ce que *c'était*? s'exclama-t-elle, les yeux grands ouverts. Qu'est-ce que c'était, Peggy? Réponds!

— Tu ne l'as pas reconnue?

— De quoi parles-tu? Cette chose a tué Dan Patrick! Elle l'a tué!

— Il n'aurait pas dû intervenir, tu ne crois pas? Il aurait dû rester chez lui.

— Il n'avait rien fait! Il était venu uniquement pour voir l'ange de neige.

— Ah, oui..., fit la petite fille d'un air songeur.

— Qu'est-ce que *c'était*? répéta Elizabeth.

Elle claquait des dents si violemment que c'était à peine si elle pouvait parler.

— Cette chose, cette forme dans la neige, qu'est-ce que c'était? demanda-t-elle vivement.

La petite fille ferma les yeux et toucha ses lèvres avec ses doigts. C'était un signe, cela voulait dire quelque chose, mais quoi, Elizabeth ne comprit pas. Elle commença à retourner péniblement vers la maison. Elle continuait de grelotter de froid, mais lorsqu'elle franchit la porte d'entrée, la tempête de neige avait cessé, et un vent bien plus chaud commençait à souffler.

12

La première chose qu'elle remarqua lorsqu'elle entra dans la maison, ce fut que toutes les pendules s'étaient arrêtées. L'intérieur était complètement silencieux, à l'exception de l'affaissement, de temps à autre, d'un feu moribond. Elle alla au premier, sans ôter son manteau, et entra en toute hâte dans la chambre de son père. La pendule s'était également arrêtée ici, mais son père respirait toujours. Elle l'embrassa sur le front et il était glacé. Elle reviendrait plus tard pour le changer et mettre une bouillotte dans son lit, mais d'abord elle devait prévenir la police.

Le shérif Maxwell Brant arriva quinze minutes plus tard, avec deux adjoints et un photographe. Il fut suivi de près par une ambulance dont les lumières rouges scintillaient entre les arbres.

Elizabeth brancha les projecteurs qu'ils utilisaient autrefois quand ils jouaient au tennis le soir en été, et le shérif Brant et ses adjoints étaient munis de grosses torches électriques. Ils s'approchèrent des marches où Dan Patrick était mort, le faisceau lumineux de leurs torches balayant rapidement le sol d'un côté et de l'autre. Elizabeth demeura soigneusement à l'écart et dit :

— Là-bas... c'est tout ce qui reste de lui.

Le shérif Brant était très grand et très mince, aux allures de grand-père, avec des cheveux grisonnants coupés ras, des lunettes à monture métallique et des yeux qui donnaient toujours l'impression de fixer un point dans le lointain, par-dessus votre épaule. Ses deux adjoints étaient jeunes et inexpérimentés. L'un avait une petite moustache châtain clair qui donnait l'impression d'avoir mis un an à pousser. L'autre était boutonneux et rougissait continuellement.

L'ambulance avait amené le Dr Ferris de l'hôpital. Il était également le médecin traitant de Seamus Patrick, et il se trouvait au chevet de celui-ci lorsque Elizabeth avait téléphoné.

Le shérif Brant parcourut le jardin d'un regard rapide. Toute la neige avait fondu, mais il y avait encore dans l'air une odeur d'humidité glacée, une odeur de dégel.

— Il fait rudement froid ici, fit-il remarquer.

Puis il s'avança précautionneusement et examina ce qui restait de Dan Patrick.

La moitié droite de la tête gisait sur la troisième marche du bas; l'œil était toujours ouvert. Le visage s'était fendu en deux si nettement que cela donnait l'impression que le restant était enfoui dans la brique. En fait, l'autre moitié gisait de guingois dans le parterre de rosiers, une coupe transversale de tête, complète, avec des sinus rougis, des dents et une langue charnue et violacée qui était maculée de compost.

Il y avait des doigts partout, ainsi que des orteils, et une partie de cage thoracique. Mais le reste de Dan Patrick n'était qu'une flaque gelée et luisante, comme si quelqu'un avait versé sur l'herbe trois ou quatre flacons de sirop pour la toux. Cependant l'odeur de la mort était très forte, comme c'est toujours le cas lorsque quelqu'un a été tué récemment. Douceâtre, musquée et écœurante... le genre d'odeur qui persiste dans vos narines pendant des jours et qui altère le goût de tout ce que vous mangez.

Le Dr Ferris le rejoignit, sa trousse à la main, une cigarette fichée au coin du bec. Il avait mal vieilli : son visage était creusé de rides et ses cheveux tachés de nicotine. Il avait l'air plus malade que certains de ses patients.

— Comment ça va, Maxwell ? demanda-t-il.

Il posa sa trousse par terre et se frotta les mains avec entrain.

— Il fait plutôt frisquet ici, non ? Si je n'étais pas un vieux de la vieille, je dirais qu'il va neiger !

Le shérif Brant hocha la tête vers les restes qui gisaient sur le sol.

— Dan Patrick, pauvre bougre. Ne me demandez même pas de tâcher de deviner ce qui lui est arrivé.

Le Dr Ferris s'approcha des restes, un œil fermé en raison de la fumée de sa cigarette et l'autre plissé d'un air méfiant.

— Nom de Dieu ! murmura-t-il.

— C'était peut-être de l'acide, qu'en pensez-vous ? lui demanda le shérif Brant. J'ai déjà vu ce genre de mélasse, à White Plains. Un agent immobilier avait étranglé sa femme puis avait essayé de dissoudre son corps dans de l'acide sulfurique.

— Moi, ça me rappelle mon service militaire, intervint l'adjoint boutonneux. On s'exerçait au lancer de grenades, et l'un de mes copains a oublié de lancer la sienne. Son ventre n'était plus qu'une bouillie rosâtre.

— Fais attention à ce que tu dis, d'accord ? dit le shérif Brant. Mademoiselle Buchanan est toujours là, et je pense qu'elle a eu largement sa part de moments pénibles pour cette nuit.

— Je vais rentrer si cela ne vous fait rien, annonça Elizabeth.

Maintenant elle se sentait toute tremblante et commotionnée, et accablée par l'étrangeté de ce qui s'était passé. Elle ne pouvait s'empêcher de penser à cette énorme forme noire d'où s'envolait la neige, et au craquement épouvantable du corps de Dan Patrick qui tombait en morceaux.

— Je vous accompagne, dit le shérif Brant. Ned... je te confie les pièces et les morceaux un moment. Carl, prenez des photos de toute la zone environnante, mais regardez où vous posez les pieds. Évitez de bousiller des preuves, comme vous l'avez fait dans cette affaire d'enlèvement de chien !

— Ne vous inquiétez pas, shérif, répondit le photographe. Vous pouvez compter sur moi.

Le shérif Brant prit Elizabeth par le coude et la guida vers la maison. Elizabeth le fit entrer dans le séjour et tisonna le feu jusqu'à ce qu'il reprenne.

— Vous voulez une tasse de thé, shérif ? lui demanda-t-elle.

— Ne prenez pas cette peine, mademoiselle Buchanan. Vous avez été sacrément secouée.

Elizabeth s'assit et prit une cigarette. Ses mains tremblaient tellement que le shérif Brant fut obligé de la lui allumer. Il l'observa tandis qu'elle inhalait puis soufflait la fumée.

— Vous pensez être en état de me raconter ce qui s'est passé ? lui demanda-t-il en s'asseyant à côté d'elle.

— Je ne sais vraiment pas ce qui s'est passé, lui dit-elle. Nous étions dans le jardin lorsque, brusquement, il a fait très froid. Un froid glacial, tout à fait glacial. Il s'est mis à neiger et Mr. Patrick et moi avons été séparés par la tempête de neige. Quelques instants plus tard, il gisait là-bas, littéralement en morceaux. C'était affreux !

— Excusez-moi, mademoiselle Buchanan, mais vous avez bien dit qu'il s'était mis à *neiger* ?

Elle tira une bouffée sur sa cigarette et acquiesça de la tête.

— La neige tombait dru. Je ne voyais absolument rien.

— Mademoiselle Buchanan, nous n'avons pas eu de neige depuis le printemps. Indépendamment de ce fait, s'il y a eu de la neige, et si elle tombait dru, comme vous venez de le dire, alors où est passée cette neige maintenant ?

Elizabeth secoua la tête. Elle était incapable de

répondre à cette question. En fait, elle avait du mal à croire qu'il avait vraiment neigé. Elle s'était demandé si elle devait parler au shérif Brant de la petite fille-Peggy, et de la forme noire qui avait poursuivi Dan Patrick dans le jardin, mais, pour quelque raison obscure, ancrée au fond d'elle-même, elle avait décidé qu'il était probablement plus prudent de ne pas le faire.

— Est-ce que ça va, mademoiselle Buchanan ? fit le shérif Brant. Vous êtes toute pâle.

— Je pense que c'est le choc. Je n'arrive pas à croire que cela soit vraiment arrivé. Il a gelé... il a complètement gelé... et il est tombé en morceaux !

— Alors vous l'avez vu tomber en morceaux ?

— Il essayait de courir... et un instant plus tard il était tout brisé. Je n'ai rien vu. Tout ce que j'ai vu, c'était ce pauvre monsieur Patrick et toute cette neige.

A ce moment Mrs. Patrick fit irruption dans la pièce. Elle avait gardé son manteau. Son nez était rougi par le froid, mais à part cela son visage était blême. Quelqu'un d'autre entra à sa suite... Wally Grierson, le précédent shérif du comté, à présent à la retraite. Il ressemblait à un vieil ours mité maintenant, corpulent, vieux et voûté, mais son expression était soucieuse et bienveillante, et il salua rapidement Elizabeth de la main.

— Oh, Lizzie ! sanglota Mrs. Patrick, traversant la pièce et tendant les bras. Oh, Lizzie, que s'est-il passé, au nom du ciel ?

Elizabeth prit Mrs. Patrick dans ses bras, et pour la première fois de sa vie elle s'aperçut qu'elle réconfortait Mrs. Patrick, au lieu que ce soit l'inverse. C'était un autre signe de l'accession à l'âge adulte, mais elle aurait donné tout ce qu'elle possédait pour que cela se passe d'une autre façon.

Wally Grierson était assis dans la cuisine avec le shérif Brant lorsque Elizabeth entra. Mrs. Patrick avait fait du café, et ils trempaient des cookies au gingembre dans leurs gobelets.

— Comment te sens-tu ? lui demanda Wally. Plutôt patraque, j'imagine.

— Surtout abrutie. Le docteur Ferris m'a donné un calmant.

— Est-ce que je peux te poser quelques questions ?

Elizabeth prit un gobelet sur le vaisselier et le remplit à moitié de café.

— Vous le pouvez si vous y tenez. Mais je ne peux pas vous dire grand-chose de plus. Il y avait de la neige, c'est tout. Je ne sais pas d'où elle est venue et je ne sais pas où elle est partie.

Wally renifla.

— Tu sais ce que le docteur Ferris a dit ? Il a dit que, pour qu'un corps humain soit gelé au point de se briser en morceaux, il aurait fallu qu'il soit exposé à une température de 200 degrés centigrades au-dessous de zéro, ou davantage... et, franchement, c'est foutrement impossible, ici dans ce jardin, même avec une tempête de neige.

— Je suis incapable d'expliquer cela, répondit Elizabeth. Je suis incapable d'expliquer la neige. Je suis incapable d'expliquer comment Dan Patrick s'est brisé en morceaux. J'aimerais pouvoir le faire.

— Tu sais pourquoi le shérif Brant m'a demandé de venir ici ? poursuivit Wally. Il m'a demandé de venir ici à cause de ce qui était arrivé au révérend Bracewaite. Tu te souviens de cela ?

— Bien sûr que je m'en souviens. Naturellement !

— Le révérend Bracewaite est mort de gelures en plein mois de juin. Il n'était pas aussi sérieusement gelé que Dan Patrick, tant s'en faut. Mais ce qui lui est arrivé était tout aussi impossible que ce qui s'est passé ici cette nuit. Un froid intense, anormal, voilà ce dont il s'agit. Étrange, non ? Mais plus étrange encore, il y a le fait que tu as été le seul témoin de ces deux accidents mortels.

— Je sais. Mais je ne sais pas pourquoi.

Wally se leva et fit le tour de la table de cuisine jusqu'à ce qu'il se tienne derrière elle.

— Lizzie... est-ce que tu as ne serait-ce que la moitié d'un soupçon de ce que tout cela signifie ? Si c'est le cas, tu devrais m'en faire part, tu ne crois pas ?

Elizabeth secoua la tête. Elle ne se sentait pas tout à fait réelle. Mais, à tout prendre, qu'est-ce qui était réel ? La neige avait dû être réelle, le froid avait dû être réel, parce que Dan Patrick était mort et Wally Grierson voulait savoir pourquoi. Elle commençait également à pressentir que la petite fille était réelle. Certes, elle pouvait apparaître et disparaître chaque fois qu'elle le voulait, et elle pouvait provoquer des tempêtes de neige. Certes, elle pouvait se transformer en un bout de chiffon et s'envoler au-dessus des toits. Néanmoins elle était réelle. Elle existait tout aussi sûrement que Peggy avait existé.

Quelque chose de Peggy avait survécu à sa noyade. Mais quoi que ce soit, c'était plus que la petite Peg chérie. La petite Peg chérie aurait été incapable de provoquer un blizzard, ou de faire venir une forme noire qui avait brisé Dan Patrick en des morceaux de givre ensanglanté.

Mrs. Patrick réapparut dans la cuisine.

— Bon, je m'en vais, Lizzie, dit-elle. Je ne viendrai pas demain si cela ne te dérange pas mais je demanderai à Daisy O'Connell de passer pour te donner un coup de main.

— Je suis tellement désolée, fit Elizabeth.

Mrs. Patrick adressa à Elizabeth un long regard triste et compliqué, comme si elle cherchait à déceler un mystère dans ses yeux.

— Allons, tu n'as pas à être désolée. C'était un caprice de la Nature, rien de plus. La volonté de Dieu.

— Je ne le crois pas, murmura Elizabeth. Dieu n'aurait jamais voulu que votre frère meure... pas avant son heure.

— Son heure était peut-être venue, que Dieu le bénisse !

Elizabeth se leva et serra la femme dans ses bras.

— Vous allez à l'hôpital demain ? Faites mes amitiés à Seamus. Dites-lui qu'il me manque. Dites-lui qu'il nous manque à tous. Dites-lui « éternité. »

— Eternité ? fit Mrs. Patrick en battant des paupières. Pourquoi lui dirais-je cela ?

— Il saura ce que cela signifie.

— Seamus est incapable de comprendre quoi que ce soit, dans son état présent.

— S'il vous plaît, madame Patrick. Il saura ce que « éternité » veut dire.

— Bon, entendu, murmura-t-elle.

Elle souhaita une bonne nuit au shérif Brant et à Wally Grierson. Ce dernier hocha la tête et dit :

— Merci pour le café, Katherine. C'était très aimable de votre part.

Elizabeth les raccompagna jusqu'à la porte. La nuit était fraîche et silencieuse, et la lune était basse dans le ciel. A ce moment, Elizabeth pensa : *Katherine*. Durant toutes ces années, je n'ai jamais su que son prénom était Katherine, et maintenant je le sais, et cela la fait paraître d'autant plus vulnérable.

Wally fit halte dans le vestibule, regarda autour de lui, et écouta.

— Vos pendules sont arrêtées, fit-il remarquer.

— Je sais. Elles se sont toutes arrêtées, après la tempête de neige.

Wally s'approcha de l'horloge de parquet à côté de la porte d'entrée. Elle était la fierté et la joie de son père, une Thomas Tompion qu'il avait achetée à New Canaan après le succès en librairie de son *Guide gastronomique du Connecticut*. Le bois était recouvert d'une laque brillante couleur de miel qui semblait presque assez bonne pour la lécher, comme un sucre d'orge.

Wally scruta l'intérieur de l'horloge, la tête penchée d'un côté, puis il dit :

— Arrêtée. Elle s'est arrêtée à onze heures deux précises. Tu veux bien m'accorder un moment ?

Il retourna dans le séjour, où une pendule de bateau trônait sur la tablette de la cheminée.

— Arrêtée ! cria-t-il. A onze heures trois, mais c'est suffisamment proche pour moi !

Il alla dans la cuisine, puis dans l'office, puis dans la salle à manger. Toutes les pendules de la maison s'étaient arrêtées autour de 11 h 02.

Il revint dans le vestibule et demanda à Elizabeth :

— Montre-moi ta montre.

Il prit la main d'Elizabeth dans la sienne. Ses doigts étaient énormes en comparaison de ceux d'Elizabeth, gonflés et rouges comme des saucisses. Néanmoins ils étaient d'une douceur infinie. Il regarda sa montre et leva les yeux, et elle se rendit compte qu'il était très soucieux.

— Ta montre est également arrêtée, dit Wally. Exactement au même moment... onze heures deux.

— Pourquoi *cela* s'est-il produit, à votre avis ? demanda Elizabeth en fronçant les sourcils.

Elle secoua son poignet puis approcha sa montre de son oreille pour écouter si elle tictaquait de nouveau.

— Une sorte d'onde magnétique très forte, c'est ce que pense le docteur Ferris. La même chose s'est produite lorsque le révérend Bracewaite est mort. Une onde magnétique si forte que même ses ustensiles de table avaient été déplacés d'un côté du tiroir de cuisine vers l'autre.

— Bon, tu as terminé, Wally, ou quoi ? demanda impatiemment le shérif Brant.

— J'arrive ! fit Wally.

Il considéra Elizabeth et dit :

— Une indication. Donne-moi juste une indication. Toute cette histoire me tourmente depuis des années.

— Je ne sais pas, répondit Elizabeth. Je ne sais vraiment pas.

— Tu as dit « éternité » à Mrs. Patrick. Qu'est-ce que cela signifie ?

— Cela vient d'un conte, *La Reine des Neiges*. Je lisais ce conte à mes sœurs quand elles étaient petites. Je pense que Seamus l'a certainement entendu, lui aussi, parce qu'il cite constamment des passages de ce conte.

— Continue, la pressa Wally.

— Cela ne peut pas avoir de rapport, dit Elizabeth. Pas avec ce qui est arrivé à ce pauvre monsieur Patrick.

— Dis toujours.

— Bon, entendu, soupira Elizabeth qui se sentait terriblement fatiguée maintenant et avait du mal à garder ses yeux ouverts. Il est dit dans ce conte que la Reine des Neiges habitait dans un immense château, avec une centaine de salles, certaines s'étendant sur des lieues et des lieues. Elle passait la plupart de ses journées assise dans une salle vide qui s'étendait à perte de vue, entièrement faite de neige. Au milieu de cette salle, il y avait un lac gelé, lequel était brisé en mille morceaux, comme un puzzle. Elle l'appelait le Puzzle de glace de la Raison. La Reine des Neiges avait enlevé un petit garçon, Kay, et celui-ci passait tout son temps à essayer de former des mots avec ces morceaux de glace, mais il n'y avait qu'un seul mot qu'il ne parvenait jamais à composer, et c'était « éternité ».

« La Reine des Neiges lui dit : “Si tu arrives à composer ce mot, tu deviendras ton propre maître et je t'offrirai le monde entier.”

— Allons, Wally, il est presque deux heures du matin ! bougonna le shérif Brant.

Mais Wally leva une main et dit :

— Un instant, je désire écouter ça. Pourquoi as-tu dit « éternité » à Mrs. Patrick ?

— Parce que si Seamus parvint à assembler tous les morceaux brisés dans sa tête, il redeviendra lui-même, et le monde entier lui appartiendra.

Wally réfléchit à cela, puis il dit, très doucement :

— Tu crois qu'il comprendra cela ?

— Je le crois, oui. J'ai été élevée avec Seamus. Seamus comprend bien plus de choses que la plupart des gens ne le pensent.

— Ce qui m'intéresse, Lizzie, déclara Wally, c'est toute cette histoire de neige, toute cette histoire de glace. Regarde ce qui est arrivé à Dan Patrick cette nuit, et au révérend Bracewaite. S'agit-il d'une simple coïncidence, ou bien sommes-nous en présence d'un genre de lien... je ne sais pas, un genre de chaînon manquant entre la vie et les contes ? Qu'en penses-tu ?

Elizabeth songea à son exemplaire de *La Reine des Neiges* caché sous la remise du jardin et au sentiment de culpabilité qu'elle avait éprouvé lorsqu'elle l'avait dissimulé là-bas. Elle ne rougit pas. Elle était trop fatiguée pour rougir. Mais elle eut l'impression qu'un tremblement de terre était passé sous ses pieds et lui avait fait perdre l'équilibre momentanément. Elle avait le sentiment d'être sur le point de comprendre ce qui s'était passé. Mais elle avait également le sentiment que lorsqu'elle aurait finalement *compris*, quand le Puzzle de glace aurait été assemblé, la réponse que cela lui apporterait serait épouvantable.

13

A six heures et demie du matin, Elizabeth alla dans la chambre de son père. Elle frappa avant d'entrer, même si elle n'attendait aucune réponse. La chambre était froide et la lumière était sale, comme si elle avait été dessinée au crayon puis à moitié effacée avec une gomme. Edna, l'infirmière, avait déjà réveillé son père, lui avait épongé le visage, et lui avait donné à boire. Sa bouteille vide de jus d'orange était posée sur la table de nuit. Edna était en bas maintenant et préparait le petit déjeuner. Des céréales, avec de la mélasse remuée dedans, et deux œufs mollets.

Elizabeth s'assit sur le lit et prit la main de son père. Il leva les yeux vers elle mais son regard était vide.

— Je pense que tu as entendu le remue-ménage cette nuit, lui dit-elle.

Oui, répondirent ses yeux en bougeant rapidement.

— Il est arrivé quelque chose de terrible. Dan, le frère de Mrs. Patrick, a été tué.

Pas de réaction.

— Le problème, c'est que Lenny était ici un peu plus tôt. Tu te souviens de Lenny Miller ?

Oui.

— Donc Lenny était ici et nous avons regardé l'album de photos. Je sais que cela semble absurde mais nous avons vu cette même petite fille sur chacune des photos. La petite fille en blanc. La petite fille-Peggy. La petite fille qui était ici hier après-midi.

Oui. Puis *Oui* à nouveau, qui signifiait plus que oui. Cela signifiait *continue, je comprends ce que tu dis.*

— Lenny est parti et j'ai fait le tour de la maison, éteignant les feux et ouvrant les rideaux. C'est à ce moment que j'ai vu l'ange de neige. Tu te souviens de l'ange de neige, celui que Laura et moi avions fait, après l'enterrement de Peggy ?

Elle hésita, baissa la tête et caressa le dos de la main de son père.

— Ma foi... comment aurais-tu pu oublier, après la façon dont maman a réagi ?

Les yeux d'Elizabeth se remplirent de larmes. Elle se sentait tellement fatiguée et tellement désorientée, et elle ne savait pas quoi faire. Au moins son père écouterait, qu'il la croie ou non, parce qu'il n'avait pas d'autre choix que d'écouter. Il était comme l'Invité des noces dans *Le dit du vieux marin* de Coleridge, pensa Elizabeth, celui qui « ne pouvait faire autrement que d'écouter ». Et son récit à elle était aussi étrange que celui du Vieux Marin, avec tout autant de glace. « La glace était ici, la glace était là-bas, la glace s'étendait, livide, à l'infini/ Elle craquait, criait, et grondait et hurlait/ Tels les bruits qu'on entend lorsqu'on s'évanouit[1] ! »

Et *Le dit du vieux marin* renfermait un autre parallèle terrifiant avec ce qui s'était passé cette nuit. « C'était le Cauchemar nommé VIE-EN-LA-MORT/ Qui dans ses veines fait figer le sang de l'homme. »

Elizabeth dit, précipitamment :

— L'ange de neige était fait de neige, même s'il ne neigeait pas, et il se trouvait au milieu du court de tennis, à l'endroit même où Laura et moi l'avions construit la première fois. Je n'arrivais pas à le croire ! Je n'arrivais pas à le croire ! J'étais tellement terrifiée ! J'ai mis ton vieux duffle-coat et je suis allée jusqu'à

1. Traduction de Henri Parisot. *(N.d.T.)*

Green Pond Farm pour chercher Mrs. Patrick... Enfin, je voulais qu'elle le voie par elle-même. Comme ça, je saurais que je ne perdais pas la raison !

« Malheureusement, Mrs. Patrick n'était pas là. Seamus avait eu une crise, on l'avait emmené à l'hôpital de New Milford, et elle était auprès de lui. Mais son frère a accepté de venir jeter un coup d'œil.

Elizabeth marqua un temps, puis elle dit, d'une voix beaucoup plus calme :

— L'ange de neige avait disparu, mais il s'est mis à neiger. Ensuite cette... forme, cette forme noire a surgi de la neige. Elle ressemblait plus à absence de neige qu'à une créature qui existait réellement. Je ne sais pas comment la décrire autrement. Elle était immense, comme un animal énorme, ou une femme gigantesque avec un manteau à capuchon noir.

« La forme a poursuivi Dan Patrick, et elle l'a gelé. Elle l'a tellement gelé qu'il s'est *brisé* en morceaux. Je n'avais jamais pensé que c'était possible, mais c'est ce qui s'est passé. Je ne le croyais pas, mais je l'ai vu de mes propres yeux.

Elle était assise sur le lit, au bord des larmes, tandis que son père la regardait, le visage inexpressif, avec ce même rictus fade.

— Je ne sais pas ce que tout cela signifie, murmura-t-elle. Je ne sais pas pourquoi cela s'est produit, ni comment.

Son père déglutit. Il commença à émettre ce grognement rauque à nouveau, et il essayait manifestement de dire quelque chose.

— Oh, mon Dieu, si seulement tu pouvais parler ! fit Elizabeth en serrant sa main.

— Llllgggrrrr, grogna son père.

Puis il cessa de grogner, d'épuisement et de désespoir évident.

— Attends, j'ai une idée ! s'exclama Elizabeth. Je vais réciter l'alphabet, et tu bougeras les yeux lorsque j'arriverai à la lettre que tu veux que je dise. D'accord ?

Oui.

— Je sais que cela va prendre beaucoup de temps, mais c'est mieux que rien, hein ?

Oui.

Elle commença à réciter l'alphabet, observant les yeux de son père, guettant le moindre signe d'un mouvement de côté. La première lettre fut B. La seconde fut I. La troisième fut B à nouveau.

Lorsqu'il bougea les yeux à L, elle demanda :

— Bible ? Bibliothèque ? C'est ça ? Tu essaies de me dire qu'il y a quelque chose dans la bibliothèque ? Un livre ?

Oui.

— Quel est le titre de ce livre ?

I.M.A.G.I.N.A.T.I.O.N.H.U.M.A.I....

— Imagination Humaine ?

Oui.

— Tu penses qu'il y a quelque chose dans ce livre qui explique ce qui se passe en ce moment ?

Oui. P.A.R.L.E.A.A.U.T....

— Parle à auteur ? Je devrais parler à l'auteur ?

Oui. P.E.G....

— Peggy ?

Oui. E.S.T.G.E.R.D.A.

Elizabeth fronça les sourcils.

— Je ne comprends pas. Peggy est Gerda ? Qu'est-ce que cela signifie ? Tu parles bien de Gerda dans *La Reine des Neiges*, la petite fille qui essaie de sauver son frère ?

Oui.

— Comment peut-elle être Gerda ? *La Reine des Neiges* n'est qu'un conte.

Oui. M.A.I.S.

— Oui, mais quoi ?

Q.U.E.S.T.C.E.Q.U.I.T.E.D.I.F.F.E.R.E.N.C.I.E.D.E.S.A.N.I....

— Qu'est-ce qui me différencie des animaux ? Mon âme, je suppose. Les gens ont une âme, les animaux n'en ont pas.

I.M.A.G....

— Oui, mon imagination me rend différente, bien sûr. Mais mon imagination mourra en même temps que moi, non ?

Pas de réponse.

— Tu veux dire que mon imagination continuera de vivre après ma mort ?

E.N.Q.U.E.L.Q.U.E.S.O.R....

Elizabeth secoua lentement la tête.

— Papa, je crois que je ferais mieux de lire ce livre d'abord.

Oui. E.N.S.U.I.T.E.R.E.V.I.E.N.S.

— J'ai l'intention d'aller voir maman aujourd'hui. Est-ce qu'il y a quelque chose que tu veux que je lui dise ?

Pas de réponse.

— Tu veux que je lui dise que tu l'aimes ?

Pas de réponse. Puis E.L.L.E.E.S.T.P.E.R.D.U.E. L.I.Z.Z.I.E.T.O.U.T.C.O.M.M.E.M.O.I.

Elizabeth étreignit son père et lui caressa le front. Au toucher il ne ressemblait plus à papa. Il ressemblait plus à un mannequin dans la devanture d'une boutique, soigneusement bordé dans une couverture. Il sentait le petit déjeuner et la maladie.

— Je lui dirai néanmoins que tu l'aimes, murmura-t-elle.

Puis elle se redressa, le regarda et dit :

— Oh, papa, que nous est-il arrivé ?

Elle traversait le vestibule pour se rendre dans la bibliothèque lorsque la sonnette de la porte d'entrée retentit. Elle alla ouvrir et vit trois hommes en chapeaux et pardessus sur la véranda. Elle reconnut l'un d'eux ; c'était Mack Poliakoff du *Litchfield Sentinel*. Il était quasiment le sosie d'Oliver Hardy, il avait même sa petite moustache en brosse.

— Bonjour, mademoiselle Buchanan, dit-il en portant la main à son chapeau. Nous avons appris que vous aviez eu quelques ennuis hier soir. Nous nous demandions si vous accepteriez d'en parler ?

Le jeune homme aux joues rubicondes à côté de lui dit :

— Nous n'avons pas l'intention de vous bouleverser, mais le Bureau du shérif a publié un communiqué, concernant la mort de Mr. Dan Patrick, survenue dans des circonstances peu ordinaires.

— Des conditions atmosphériques tout à fait anormales, intervint le troisième homme, un individu de haute taille à la mine lugubre, avec des joues rentrées et des yeux semblables à des têtes de clou bleu acier.

— Excusez-moi, répondit Elizabeth, mais je suis très fatiguée et je n'ai aucune envie d'en parler.

— Nous désirons seulement savoir ce que vous avez vu, fit Mack Poliakoff avec un sourire d'encouragement adipeux. Le shérif Brant nous a appris tous les détails techniques. Une façon plutôt désagréable de lâcher la rampe, d'après ce que nous avons cru comprendre.

— Excusez-moi, répéta Elizabeth. Je suis toujours sous le choc. Et si vous reveniez demain ?

— Oh, allons, faites un effort, insista l'homme à la mine lugubre. Vous avez affirmé qu'une tempête de neige s'était déchaînée dans votre jardin la nuit dernière, c'est ce que le shérif Brant nous a dit.

— C'est exact. Et c'est ainsi que Mr. Patrick est mort de froid.

— Aucune chute de neige n'a été signalée nulle part dans la région, insista l'homme. Il n'a même pas neigé sur Mohawk Mountain. En fait, les conditions de blizzard les plus proches à avoir été signalées se situaient à Bottineau, dans le Dakota du Nord.

— Je peux vous dire seulement ce que j'ai vu, répliqua Elizabeth. Écoutez, je n'ai vraiment pas envie d'en parler.

— Juste une chose, intervint Mack Poliakoff. Le shérif Brant a dit que vous aviez été le seul témoin d'une autre mort étrange, causée par le froid, survenue... cela faisait exactement huit ans en juin dernier. Le révérend Richard Bracewaite, si j'ai bonne mémoire, de l'église St. Michael.

— Oui, répondit Elizabeth. Mais je ne comprends pas comment cela s'est passé et je ne comprends pas comment ceci s'est passé. Je n'ai rien à ajouter.

Le jeune homme aux joues rubicondes lança :

— Pensez-vous que *vous* auriez pu être la cause ou l'agent de l'une ou l'autre de ces morts ?

Elizabeth le regarda avec stupeur.

— Que voulez-vous dire ?

Ses joues rubicondes devinrent encore plus empourprées.

— Euh... il y a de nombreux cas authentifiés de personnes qui canalisent des forces naturelles. Un homme dans le Montana était régulièrement frappé par la foudre, et il n'était jamais blessé. Et les Indiens Hopi croient que certaines personnes ont le pouvoir inné de faire tomber la pluie. Admettons qu'il ait vraiment neigé ici cette nuit... ici dans votre jardin et nulle part ailleurs... il a peut-être neigé à cause de vous.

— Je ne sais vraiment pas, dit Elizabeth. J'ai vu ce que j'ai vu. Je ne peux rien expliquer.

— Est-ce qu'il reste de la neige ? Des traces que nous pourrions photographier ?

Elizabeth secoua la tête. Les journalistes faisaient naître un sentiment de panique en elle... quasiment comme si elle avait tué Dan Patrick elle-même, avec préméditation.

— Veuillez partir à présent, leur dit-elle, et elle voulut refermer la porte.

Mais Mack Poliakoff s'avança promptement et bloqua la porte avec sa chaussure au cuir éraflé.

— Écoutez, dit-il, nous ne désirons pas vous importuner, mais c'est une histoire plutôt étrange.

— Est-ce qu'il a beaucoup neigé ? demanda le journaliste à la mine lugubre. Une couche importante ? Trois centimètres ? Cinq centimètres ? Davantage ?

— Elle a recouvert tout le jardin, ou seulement une petite partie ? demanda le journaliste aux joues rubicondes.

— Comment se fait-il que Dan Patrick ait été gelé et pas vous ?

— Qu'est-ce que Dan Patrick faisait ici ? Son neveu avait été transporté à l'hôpital et il était censé rester chez lui et attendre que sa sœur téléphone. Pour quelle raison s'est-il absenté, et pourquoi se trouvait-il dans votre jardin ?

— Est-ce que vous croyez à ces histoires de sorcières que l'on raconte à New Milford ?

— Croyez-vous à la magie noire ?

— Les Buchanan ont une longue ascendance... pas de sorcières connues dans l'arbre généalogique ?

— Il a neigé pendant combien de temps ?

— Si la neige était assez froide pour geler monsieur Patrick, comment se fait-il qu'elle ait fondu aussi vite ?

— Est-ce que vous gardez de l'oxygène liquide ou de l'azote liquide quelque part dans votre maison ?

— Comment se fait-il que vous ayez été la seule à remarquer une neige aussi abondante ?

— Vous pouvez nous dire votre âge ?

— Ne bougez plus... je vais vous photographier. Attention, souriez !

Les trois journalistes continuaient de harceler Elizabeth de leurs questions lorsque l'automobile de Lenny se gara à côté des leurs, et Lenny remonta l'allée en toute hâte. Il portait un élégant pardessus de tweed marron et un bonnet de tweed à chevrons.

— Oh, Lenny ! appela Elizabeth.

— Dites donc, les gars, qu'est-ce que vous faites ici ? demanda vivement Lenny. Toi, le gros, retire ton pied de la porte de cette dame !

— Du calme, mon vieux, fit Mack Poliakoff. Nous posons à mademoiselle Buchanan quelques questions pertinentes afin d'informer nos lecteurs, c'est tout !

— Dégagez, leur dit Lenny.

— Allons, l'ami, nous ne causons du tort à personne, d'accord ? Nous cherchons des faits précis, de bonne source.

— Vous êtes sourds ou quoi ? Je vous ai dit de ficher le camp.

Mack Poliakoff leva son appareil photo et prit un

instantané de Lenny. Puis tous trois s'éloignèrent dans l'allée, montèrent dans leurs automobiles respectives et démarrèrent dans un crissement de pneus.

— Les ordures, dit Lenny. J'espérais arriver ici avant eux !

— Tu as appris ce qui s'est passé ?

— Tu veux rire ? Toute la ville est au courant !

— C'était horrible. Je ne suis même pas capable de te dire à quel point c'était horrible.

— Écoute, tu es en train de prendre froid. Tu m'invites à entrer pour boire une tasse de café ?

Elizabeth acquiesça de la tête.

— Je crois que j'ai besoin d'une tasse de café, moi aussi !

Lenny était libre pour la journée : en principe il devait voir un négociant en tissus et nouveautés à Torrington, mais ce dernier avait la grippe, et le rendez-vous avait été annulé. Après le café, Lenny lui proposa de l'emmener voir sa mère à la clinique de Gaylordsville, et Elizabeth accepta avec grand plaisir. C'était l'une de ces jours d'automne maussades, avec un ciel de la couleur d'un chewing-gum blafard, lorsque même les érables perdent leur éclat. Une odeur de pluie imminente flottait dans l'air.

Elle raconta à Lenny ce qui s'était passé la nuit précédente. Tout en conduisant, il lui lançait des regards soucieux de temps à autre, et lorsqu'elle eut fini, il demanda :

— Tu es sûre que ça va ?

— Oh, je vais très bien. La tête me tourne un peu, mais ce sont les calmants.

— Ce que tu as vu, qu'est-ce que c'était ?

Elizabeth secoua lentement la tête.

— Aucune idée. Mais, de façon étrange, tout cela semble avoir un rapport avec *La Reine des Neiges*. Seamus a cité ce conte plusieurs fois, mon père a dit que Peggy était Gerda, et il y a toute cette glace et toute cette neige.

— *La Reine des Neiges* est un conte de fées.

— Je sais. Mais pour une raison ou une autre, il a envahi nos vies. Ne me demande pas comment.

— Cela a toujours été ton conte préféré, hein ?

— Nous l'adorions toutes les trois. Nous l'avons lu maintes et maintes fois.

— Alors voilà l'explication. Chaque fois que tu vois de la glace ou de la neige, cela te rappelle *La Reine des Neiges.*

— Et pour Seamus ?

— Seamus est différent. Seamus est... hum, toute la vie de Seamus est un conte de fées. *La Reine des Neiges* est probablement plus réel pour lui que tu ne l'es.

— Peut-être a-t-il raison. Peut-être ce conte est-il plus réel que moi. Parfois j'ai cette impression.

Ils arrivèrent à la clinique et Lenny se gara sur le parking jonché de feuilles. La clinique était un bâtiment rectangulaire de couleur terne, situé dans les bois qui dominaient la Housatonic. Le parc était désert et lorsque Elizabeth descendit de la voiture, elle n'entendit que le gazouillis des oiseaux, le bruissement des feuilles soulevées par le vent de la matinée, et le murmure étouffé de la rivière.

La porte battante émit un son caverneux. A l'intérieur, la clinique était sobre et fonctionnelle : murs peints en vert, moquette en toile de jute marron et affiches encadrées représentant des sites pittoresques de la région. Lenny ôta son pardessus et dit :

— Je vais t'attendre ici. Prends ton temps.

Il s'assit dans un fauteuil, prit un numéro du magazine *Life* et sortit ses cigarettes.

Elizabeth quitta le hall d'accueil et remonta le couloir du rez-de-chaussée vers l'arrière du bâtiment. Elle était venue voir sa mère assez fréquemment pour savoir où elle avait le plus de chances de la trouver. Celle-ci était assise, toute seule, dans la demi-obscurité de la serre, une silhouette menue et tourmentée dans une chaise Lloyd Loom havane. Ses épaules décharnées étaient recouvertes d'un châle en laine gris, et son visage était gris, ainsi que sa robe. Elle ne leva pas les yeux comme Elizabeth s'approchait d'elle. Elle ne leva pas les yeux lorsque Elizabeth prit sa main et l'embrassa sur le sommet de la tête.

— Maman ? Bonjour, maman. C'est Elizabeth.

Elle tira une autre chaise sur le carrelage et s'assit à côté de sa mère. S'efforça de sourire aussi gaiement que possible, elle dit :

— Maman ? Regarde, c'est Elizabeth ! Je suis venue te voir ! Je t'ai apporté ces fondants que tu aimes tant !

Sa mère la regarda bizarrement. Extérieurement, elle était toujours la même... toujours jolie à sa façon fanée, déséquilibrée. Certes, sa lobotomie l'avait délivrée de sa dépression chronique, mais elle lui avait ôté un élément essentiel de sa personnalité, quelque chose qui avait toujours fait que c'était *elle*. Elizabeth avait souvent l'impression de parler à une doublure qui avait soigneusement appris son rôle, plutôt qu'à sa véritable maman.

— Je suis venue avec Lenny, dit-elle en souriant. Tu te souviens de Lenny Miller ? Il s'était marié pendant la guerre, mais il a divorcé.

— La guerre ? demanda sa maman. Il y a une autre guerre ?

— Non, non, maman. Il s'agit de la même guerre. Elle est terminée depuis 1946.

— Mais nous sommes en 1943.

— Non, maman, nous sommes en 1951.

La mère d'Elizabeth lui sourit d'un air espiègle, puis elle éclata de rire.

— Tu as toujours été une rêveuse, hein, Lizzie ? Toujours à inventer tes histoires ! 1951 ! Qu'est-ce que tu vas imaginer ensuite ?

Elizabeth posa une main sur le genou de sa mère.

— Comment te sens-tu, maman ? Tu manges bien ? Tu es heureuse ?

Margaret Buchanan hocha la tête.

— Je vais très bien, ma chérie. Je suis en parfaite santé, je me porte comme un charme. Tu n'as pas à t'inquiéter pour moi.

— Bien sûr que si ! Je viendrais te voir plus souvent si je n'étais pas aussi occupée à New York.

Sa mère eut un geste de la main désinvolte.

— Oh, ne t'en fais pas pour ça. Peggy vient me voir tous les jours.

Elizabeth sentit un frisson glacé lui parcourir l'échine.

— *Peggy* vient te voir ?

— Naturellement ! Tous les jours. C'est une enfant tellement adorable, tu sais. Tellement prévenante. Tellement désireuse de faire plaisir.

— Quand l'as-tu vue pour la dernière fois ?

— Elle est venue hier, juste après le déjeuner. Elle a parlé de toi. Elle a dit que tu devrais être prudente, que tu devrais faire davantage attention à toi.

— Tu l'as réellement vue ?

— Tu crois que je suis aussi folle que tous les gens qui sont ici ? Pour l'amour du ciel, Lizzie ! Elle était assise exactement où tu es assise. Elle m'a apporté des jacinthes.

— Des jacinthes ? A cette époque de l'année ?

Sa mère parut troublée un moment. Elle releva la manche de sa robe et commença à se gratter frénétiquement le coude, lequel était déjà couvert d'eczéma.

— Je suis sûre d'avoir *senti* des jacinthes.

Tandis qu'elle était assise avec sa mère dans cette serre obscure, écoutant les échos de la clinique, le crissement de roues de chariots, les toux, les pleurs, Elizabeth se rappela brusquement ce que les jacinthes dans le jardin avaient dit à Gerda dans *La Reine des Neiges*. Elles lui avaient raconté l'histoire des trois sœurs qui disparaissaient dans la forêt, et réapparaissaient dans des cercueils, flottant sur le lac, entourés de vers luisants. « Les danseuses se sont-elles endormies ou bien sont-elles mortes ? »

Elle se rappela également quelle était la réponse à cette question. « Le parfum des fleurs nous dit que ce sont des corps sans vie; la cloche du soir sonne le glas ».

Elle leva les yeux. Un jeune homme aux cheveux bruns l'observait depuis le côté opposé de la serre. Il croisa son regard un moment, puis détourna la tête.

Une infirmière leur apporta du thé. C'était une femme sans beauté au visage très pâle et revêche. La mère d'Elizabeth parla de New York. Elle était convaincue que la société mondaine continuait de fréquenter les endroits à la mode, et elle posa à Elizabeth des questions sur la taverne La Hiff et le restaurant Colony, lui demandant qui dansait avec qui, tendrement enlacés, sur la minuscule piste de danse du El Morocco. Tout cela était toujours réel pour elle, comme si ces quinze dernières années n'avaient jamais eu lieu : l'époque des réceptions mondaines organisées par Elsa Maxwell, où Beatrice Lillie coudoyait Averell Harriman et Cornelius Vanderbilt Whitney, où Noel Coward dansait avec la princesse Natalie Paley. Le champagne, les diadèmes et les photographies de Marty Black publiées dans la colonne des potins mondains... cette époque avait disparu, mais elle était toujours vivante dans l'esprit de Margaret Buchanan, et continuait de la divertir.

Elle était capable de parler de la maison, cependant, et de la carrière de Laura, et elle semblait savoir que le père d'Elizabeth était paralysé, même si elle n'en parlait pas de façon explicite. Son hypothalamus avait été déconnecté de son cortex frontal : elle était tout le temps heureuse.

Elizabeth souriait, hochait la tête et ne buvait pas son thé. Elle pensa : est-ce tragique, d'être aussi heureuse ? Oui, peut-être.

Une sonnerie stridente retentit, annonçant le déjeuner, et Elizabeth se leva pour partir. Sa mère tendit le bras et serra sa main avec force.

— Est-ce que je dois dire à la petite Peg chérie que tu es venue ?

— Quoi ?

— La prochaine fois qu'elle viendra, est-ce que je dois le lui dire ?

Elizabeth sentit ses poumons se contracter, comme si elle allait suffoquer. Une crise de panique, pensa-t-elle, arrête ça ! Elle avait vu la petite fille-Peggy elle-même, par conséquent celle-ci avait forcément quelque réalité. Ce qui la terrifiait à ce point, c'était le fait que d'autres personnes l'avaient vue également, et à chaque apparition la fillette devenait toujours plus réelle, jusqu'à ce que...

Jusqu'à ce que la forme noire dans la neige devienne une réalité, elle aussi. La bête féroce, la femme au capuchon noir. Cette pensée la remplit d'une peur si épouvantable qu'elle se mit à trembler et essaya de se dégager.

— Lizzie... qu'est-ce que tu as ? demanda sa mère.

— Je suis fatiguée, c'est tout. Excuse-moi. Je n'ai pas très bien dormi. Je me sens, je ne sais pas, *rétamée.*

— Tu as besoin d'un ami homme, d'un gentleman. Quelqu'un qui t'emmène au restaurant, quelqu'un qui t'emmène danser. Tu devrais essayer le Kit-Kat.

— Maman, c'est l'heure du déjeuner. Il faut que je parte. Lenny m'attend.

— Lenny ? Lenny Titze ? Le frère de Theodore Titze ?

— Lenny Miller, maman. Tu te souviens de Lenny Miller. Ses parents habitent dans Putnam Street.

— Lenny Miller..., murmura sa mère d'un air pensif.

Elle confia sa mère aux bons soins de l'infirmière au visage revêche et s'éloigna dans le couloir vers le hall d'accueil. A ce moment, le jeune homme aux cheveux bruns surgit d'un couloir latéral et se tint devant elle. Il était bien bâti, beau garçon d'une façon inexplicablement démodée, tel un homme posant sur la couverture d'un magazine des années vingt : des cheveux plaqués en arrière, un polo en tricot, des sourcils noirs, des yeux bleus, une barbe du soir et un sourire.

— Je vous ai vue parler à votre mère, dit-il d'un ton chaleureux mais un brin malicieux.

Elizabeth fit halte et dit :

— Vraiment ?

— J'ai également vu votre sœur parler à votre mère.

— Ma sœur ?

— Vous avez bien une sœur, n'est-ce pas ?

— Oui, mais elle vit en Californie.

— Je parle d'une *petite* sœur. Dix ou onze ans, toujours vêtue de blanc ?

Elizabeth le regarda avec effroi.

— Vous l'avez vue, vous aussi ?

Il hocha la tête.

— Elle vient ici presque tous les jours. Elle arrive, elle parle à votre mère, elle s'en va. Elle est *jolie*.

Elizabeth dit précipitamment :

— Je dois partir. Un ami m'attend.

— Vous ne comprenez pas.

— Désolée, mais je crois comprendre. Il faut vraiment que je parte. Je suis déjà en retard.

Sans retirer ses mains de ses poches, le jeune homme fit prestement un pas de côté, lui barrant le passage. Ses mocassins crissèrent sur la moquette.

— Je vous en prie, attendez. Vous ne devriez rien faire d'irréfléchi. Votre sœur est quelque peu différente, comme moi, et c'est pour cette raison que j'ai abouti ici, parce que je n'ai nulle part ailleurs où aller. Au moins, j'ai la compagnie d'êtres humains ici, même si la plupart d'entre eux sont fous.

Elizabeth prit deux ou trois profondes inspirations.

— Excusez-moi, dit-elle. Cela m'a fait très plaisir de vous parler, mais il faut vraiment que je file !

— J'essaie de vous dire quelque chose, déclara le jeune homme, mais je n'y réussis pas très bien. J'essaie de vous dire que votre sœur est vivante, de la même façon que je suis vivant. Je ne suis pas ce que je semble être, je ne suis pas vraiment moi. Je suis ce que je *pensais* être. Bon sang, les écrivains créent des mondes et excitent l'imagination des gens, et ensuite ils voudraient que ceux-ci les oublient ? Comment pourrait-on oublier ? George Gershwin a écrit de la musique et nous avons tous été transportés et ensuite quoi ? L'oublier ? Oublier que vous avez jamais entendu cette musique ? Oublier le plaisir qu'elle vous a procuré ?

Elizabeth était figée sur place. Elle était effrayée. Elle avait envie d'écouter ce que le jeune homme avait à lui dire, mais d'un autre côté aucune envie. Cela s'approchait trop près de la réalité, cela comblait le vide entre ce qui était inconcevable et ce qui était totalement terrifiant.

Le jeune homme poursuivit :

— Je croyais en la lumière verte, vous savez ? Je croyais en cet avenir extatique qui d'année en année recule devant nous. Il nous a échappé aujourd'hui ? Qu'importe ! Demain nous courrons encore plus vite, nos bras s'étendront plus loin... Et un beau matin... C'est ainsi que nous avançons, barques luttant contre le courant.

— Excusez-moi, dit Elizabeth. Vous voulez bien me laisser passer ?

— Nous devons tous passer au bout du compte, sourit le jeune homme. Aujourd'hui, cependant, la plupart des gens passent seuls, apparemment. Lorsque j'étais plus jeune, c'était différent. Si un ami mourait, de n'importe quelle manière, je l'accompagnais jusqu'à la fin.

— Je ne parlais pas de mourir, dit Elizabeth.

— Hum. Personne n'en parle jamais.

Elizabeth attendit patiemment qu'il se mette sur le côté. Au bout de quelques instants, il le fit.

— Je suis Jay, lui dit-il, comme elle passait rapidement près de lui. C'est tout ce que j'ai à dire. Je suis vraiment Jay.

Il dit cela avec beaucoup de gravité, comme si elle aurait dû le reconnaître, ou au moins faire semblant de le reconnaître.

Il leva les mains en un simulacre de reddition.

— Il y a probablement des centaines de Jay. Regardez dans n'importe quel bar. Regardez dans n'importe quel motel. Démodés, des laissés-pour-compte, allant aux mêmes réceptions d'autrefois, encore et encore et encore. Il n'y a que le poursuivi et le poursuivant, les actifs et les fatigués. Nous partageons ce monde, Elizabeth, avec tout ce que nous avons jamais imaginé. Enfin, permettez-moi de vous poser une question : qu'est-ce qui nous différencie des animaux ?

Elizabeth blêmit, et frissonna.

— Essayez-vous de me dire que vous êtes mort ? voulut-elle savoir.

Il n'y avait pas d'autre façon de le lui demander. Il la considéra et ses yeux brillèrent.

— Qu'en pensez-vous ?

— Je pense qu'il faut être mort pour reconnaître un autre mort.

Sur ce, elle s'éloigna dans le couloir vers le hall d'accueil. Elle ne se retourna pas, même si elle sentait que le jeune homme l'observait. Lenny était toujours assis, les jambes croisées, dans l'un des fauteuils. Il fumait et lisait un article sur la Corée.

— Lenny ? dit-elle.

Il leva les yeux.

— Hé, ça va ? On dirait que tu viens de voir un fantôme !

— S'il te plaît, Lenny, dit-elle en le prenant par le bras. Je t'en prie, rentrons !

Elle monta voir son père. Dans la lumière grisâtre de l'après-midi, il semblait d'un jaune malsain. Même ses yeux étaient jaunâtres.

— Je suis inquiète pour ses reins, dit l'infirmière. Je crois que je vais être obligée de faire à nouveau venir le docteur.

— Vous pensez que c'est grave ?

— Je ne sais pas. Son cœur continue de pomper et ses poumons sont dégagés, mais si ses reins ne fonctionnent plus...

Elizabeth se tenait près de son père, la main plaquée sur son visage parce qu'elle sentait l'odeur de la mort.

— Papa ? Comment vas-tu ? Dis-moi que tu vas mieux.

Pas de réponse.

— J'ai vu maman ce matin. Je l'ai trouvée plutôt bien.

Pas de réponse.

— Elle va plutôt bien, mais elle a vu Peggy, elle aussi.

Oui. Et : *Oui*.

— Il y a autre chose. J'ai rencontré un jeune homme à la clinique. Il m'a parlé.

Pas de réponse.

— Il a dit qu'il avait vu la petite fille-Peggy, rendant visite à maman. Tu veux savoir à quoi il ressemblait ?

Oui.

— Il avait des cheveux bruns, plaqués en arrière. Beau garçon mais très bizarre. Il a dit qu'il s'appelait Jay.

Pas de réponse.

— Tu veux que je récite l'alphabet ?

Oui. I.L.A.D.I.T.A.U.T.R.E.C.H.O...

— Je ne sais pas. Il parlait par énigmes. Mais il a dit qu'il voyait Peggy, quand elle parlait avec maman, et il a dit qu'il était exactement comme elle. Je lui ai demandé s'il était mort, lui aussi, j'ignore pourquoi. Il me parlait, comment aurait-il pu être mort ?

A.U.T.R.E.C.H.O.S.E...

— Il a dit qu'il essayait toujours d'atteindre l'avenir. Si tu ne l'atteins pas aujourd'hui, tu pourras l'atteindre demain, à condition de courir plus vite et de tendre les bras plus loin. Il a dit que nous étions des barques luttant contre le courant.

J.A.Y.G.A.T.S.B.Y.

— Hein ? Comment ça, « Jay Gatsby » ? Gatsby est un personnage de roman, c'est tout !

Oui.

— Comment le personnage d'un roman pourrait-il venir me parler dans la clinique de maman ?

I.M.A.G.I.N.A.T.I.O.N.

Il ferma les yeux. Elizabeth attendit et attendit, mais

il ne les rouvrit pas. Il devait être épuisé. Elizabeth demeura auprès de lui un moment, puis elle l'embrassa et se leva. Au-dehors, dans le jardin, sous le couvercle de soupière terni du ciel, la petite fille-Peggy se tenait près du court de tennis, les yeux levés vers elle. Elizabeth n'essaya pas de s'approcher de la fenêtre. Au bout d'un moment, l'apparition s'éloigna vers les fougères en glissant.

Elizabeth regardait toujours fixement par la fenêtre lorsque Lenny frappa doucement à la porte.

— Ça va ? lui demanda-t-il. Et ton père ?

— Je crois qu'aucun de nous deux ne va très bien, répondit-elle sans se retourner.

— Je suis désolé.

Il vint vers elle et posa sa main sur son épaule. Elle la tapota lentement.

— Est-ce que tu crois que des êtres imaginaires peuvent venir à la vie ? lui demanda-t-elle.

— Quand tu dis « des êtres imaginaires »... ?

— Je veux parler de personnages de romans ou de contes.

Lenny haussa les épaules.

— Je ne vois pas comment cela serait possible.

— Mon père semble le croire. Il pense que la petite fille-Peggy est Gerda dans *La Reine des Neiges* et que l'homme qui m'a parlé à la clinique aujourd'hui était Jay Gatsby.

— Gatsby le Magnifique, en personne ? s'exclama Lenny. Oh, allons, Lizzie, il divague, c'est évident !

— Probablement. Mais comment expliques-tu la tempête de neige ? Et l'album de photos ? Et ce qui est arrivé au révérend Bracewaite et à ce pauvre Dan Patrick ?

— Ce satané journaliste avait peut-être raison. Tu possèdes peut-être le don exceptionnel d'attirer des blizzards.

— Oh, il racontait n'importe quoi ! De plus, je n'étais même pas là lorsque le révérend Bracewaite a été gelé.

Lenny se pinça l'arête du nez.

— Je ne sais pas, Lizzie. J'ai réfléchi à tout ça, j'ai essayé de trouver une explication. Je pense qu'il y *a* quelque chose ici, mais je pense que c'est l'aura de Peggy, très probablement. Tu vois ce que je veux dire ? Peggy était si jeune et tellement pleine d'entrain ! Elle a laissé quelque chose d'elle-même dans la maison, et c'est ce que toi et moi avons éprouvé. Tu es sa sœur, donc tu es bien plus sensible à ça que moi. Il se pourrait même que tu fasses fonction de récepteur... tu sais, un genre de télévision humaine, qui capte les pensées et les sentiments que Peggy a laissés ici. Je suis peut-être un tout petit peu sensible à ce genre de choses, moi aussi. Regarde ce qui m'est arrivé à Guadalcanal.

Elizabeth se tourna pour le regarder. Il haussa les épaules à nouveau et fit une grimace.

— J'ai lu un article là-dessus dans le *Reader's Digest.* « Nos chers disparus nous parlent depuis l'au-delà. »

— Hum... tu as peut-être raison, murmura Elizabeth. En tout cas, cela semble plus logique que des personnages de contes de fées venant à la vie !

A ce moment, le père d'Elizabeth laissa échapper un râle étouffé. Elizabeth alla rapidement jusqu'au lit et se pencha vers son père. Il ne respirait plus, apparemment, et elle ne trouva pas son pouls.

— Appelle l'infirmière ! dit-elle. Vite, Lenny... appelle l'infirmière !

Elle se tourna vers son père et prit sa main dans les siennes. Elle savait déjà qu'elle ne pouvait plus rien faire, et qu'il était mort.

— Oh, papa, chuchota-t-elle. Je t'aimais tellement. Ne m'oublie pas, où que tu ailles. Et, je t'en prie, dis à Peggy qu'elle peut reposer en paix maintenant, que tout va très bien.

Un énorme flot de chagrin la submergea, et elle s'assit sur le lit. Des larmes coulaient abondamment sur ses joues. Elle se mit à frictionner les mains de son père, et continua de les frictionner, encore et encore, comme si elle pouvait les réchauffer.

14

Laura descendit de la Jeepster jaune vif de Petey Fairbrother et claqua la portière.

— Salut, Petey... et merci pour la balade !

Petey lui adressa un large sourire, plissant la paupière en raison du soleil.

— On se voit plus tard ? Toute la bande doit aller au drive-in à Dolores. Hamburgers et milk-shakes au menu !

— Je ne sais pas. Ça dépend. Tante Beverley a des invités ce soir. Je crois qu'elle tient à ce que je sois là, pour faire connaissance.

— Laura, tu sais que je ne peux pas vivre sans toi !

— Vraiment ? Et comment faisais-tu pour vivre avant de me connaître ?

— Je ne sais pas. J'ai oublié !

Elle se pencha vers lui et l'embrassa sur le nez.

— Tu continues de respirer, tu manges trois fois par jour, tu n'oublies pas de boire ton jus d'orange, et tu n'oublies pas de t'endormir le soir.

— C'est ça, vivre ?

Elle l'embrassa à nouveau.

— C'est mieux que d'être mort.

Elle remonta l'allée en ciment armé et Petey l'observa, un œil toujours plissé. Laura était l'une des plus jolies filles du collège. Avec ses cheveux blonds bouclés, son corsage en broderie anglaise et sa jupe plissée à rayures roses et vertes, elle était l'élégance même. Dès son premier jour au collège, les garçons l'avaient élue Miss A-couper-le-souffle 1951. Elle ne manquait pas de cavaliers, mais elle avait toujours eu une préférence pour Petey Fairbrother. Indépendamment du fait qu'il était très grand et athlétique, avec des cheveux décolorés par le soleil, en brosse, aussi plats que le pont de l'*USS Missouri*, son père était Jack Fairbrother, le réalisateur, et il avait été à même d'emmener Laura sur le plateau de tournage de six ou sept films récents, dont *Passions sauvages* et *Le cirque de la peur*.

Laura monta les deux marches jusqu'à la porte d'entrée et l'ouvrit. A l'intérieur, elle entendit tante Beverley qui parlait très fort, et elle sentit la fumée de cigare. Elle laissa tomber son sac dans le vestibule et s'examina dans le miroir. Elle trouva qu'elle prenait du poids. Les laits maltés à la fraise commençaient à laisser des traces. Elle gonfla ses joues afin d'avoir l'air encore plus grosse. Seigneur, un vrai boudin ! Elle posa la main sur son cœur et fit le serment de renoncer aux milk-shakes pour toujours, ou du moins pendant une semaine.

Elles avaient déménagé deux fois depuis que Laura était arrivée en Californie. Après deux glissements de terrain, la maison dominant la baie de Santa Monica avait eu besoin d'être étayée avec des pilotis en béton armé, sans parler d'autres travaux. Tante Beverley avait décidé de faire la part du feu, « tant pis pour la vue ! », et elle avait acheté une maison à Westwood. Mais seulement sept mois plus tard, alors qu'elles avaient à peine ouvert les cartons du premier déménagement, un ami lui avait vendu son bungalow comprenant deux chambres à coucher, sur Franklin Avenue, à deux pas de Hollywood Boulevard. Il était beaucoup plus petit que la maison de Santa Monica, et moins isolé que la maison de Westwood, mais les pièces blanchies à la chaux étaient vastes et bien aérées, et il y avait une cour intérieure minuscule, avec des dalles aigue-marine et ocre-jaune, et une débauche de fleurs et de plantes tropicales. L'océan manquait à Laura, mais elle préférait l'emplacement, parce que la plupart de ses amis habitaient à proximité, et elle pouvait traîner au Schwab's et au Hamburger Hamlet où se retrouvaient tous les jeunes espoirs du cinéma.

Laura se dirigea vers la cour intérieure et aperçut tante Beverley assise sous son parasol à franges. Elle portait un ensemble de toile fuchsia, un foulard écarlate et des lunettes de soleil. Elle buvait de l'aquavit avec du jus d'ananas, et fumait une cigarette. Assis en face d'elle, cigare au bac, il y avait un homme à la tête léonine et aux cheveux grisonnants, en veston sport couleur crème anglaise et pantalon blanc de yachtman. Il avait un genre de beauté à l'antique, comme un buste en pierre d'Alexandre le Grand.

— Oh, Laura, tu es rentrée ! fit tante Beverley d'un ton enjoué. Chester, je te présente Laura. Laura, je te présente Chester Fell.

— Oh, bonjour, sourit Laura en tendant la main. J'ai entendu parler de vous.

Chester lui adressa un large sourire, chaleureux et suffisant.

— C'est agréable de savoir que je ne suis pas quelqu'un d'insignifiant, répliqua-t-il.

— Chester prépare son prochain film, annonça tante Beverley. Il cherche de *nouveaux et jeunes talents*.

— Je vois, dit Laura.

Elle s'assit dans l'une des chaises longues aux rayures criardes, et disposa soigneusement sa jupe. Elle prit une poignée d'amandes salées dans l'assiette posée sur la table basse et entreprit de les grignoter d'une manière délicate et affectée, en gardant ses cils baissés. Elle savait que Chester la regardait, et la jaugeait, et elle aimait le pouvoir que cela lui procurait de l'ignorer. Une caille de Californie vint se percher sur le treillis et l'observa tandis qu'elle mangeait.

Chester leva les yeux vers la caille de Californie et dit :

— Vous aimez avoir un public, hein ?

Sa voix était grave et sonore, comme un grondement de tonnerre dans le lointain.

— J'adore jouer, répondit Laura.

— Je vous ai vue dans *Shanghai Ritz*, vous étiez la serveuse.

— Oui, sourit Laura, toujours sans le regarder. Je disais deux phrases dans ce film. « Monsieur, vous voulez une olive ? » et : « Ne vous avisez pas de me toucher ! »

— Je m'en souviens, fit Chester. Vous étiez très bonne. Fraîche et innocente, sans être maladroite.

— Ce n'est pas ce que les critiques ont dit, fit remarquer Laura.

— Et qu'est-ce que les critiques ont dit ?

— Ils n'ont rien dit. Ils n'ont pas parlé de moi.

Chester éclata de rire. Un ha-ha-ha dénué de joie. Il ôta d'une pichenette de la cendre de cigare tombée sur son pantalon, puis il regarda Laura d'un air tout à fait sérieux.

— Vous avez le genre de visage idéal pour le cinéma, vous savez cela ? Les caméras adorent les yeux immenses, les petits nez droits, les mâchoires énergiques. Vous devriez voir la plupart de nos soi-disant stars lorsqu'elles ne sont plus sur un plateau de tournage. Elles forment le groupe de personnes à l'apparence la plus bizarre que l'on puisse imaginer. Mais mettez-les devant une caméra, et... elles sont magiques.

— Vous n'êtes pas en train de dire que *j'ai* une apparence bizarre, hein ? demanda Laura.

Elle se rendait compte que tante Beverley faisait sa mine « tais-toi, ne fais pas de tintouin ! », mais elle était certaine que Chester ne se fâcherait pas. Les hommes ne se fâchaient jamais après elle, sauf lorsqu'elle refusait de les embrasser ou de coucher avec eux ou de les revoir le lendemain. Elle contrôlait toujours la situation, et elle n'oubliait jamais de le faire.

— Bien sûr que non ! dit vivement Chester. Vous n'avez pas l'air bizarre. Vous êtes jolie, jeune et pleine de vie.

— Laura adore taquiner les gens, intervint tante Beverley, les dents serrées.

Elle serrait les dents si souvent que c'était étonnant qu'elle n'ait pas percé de part en part des centaines de fume-cigarette, au lieu de seulement deux ou trois.

Chester se renversa dans sa chaise, son verre à la main.

— Il n'y a aucun doute, Beverley, cette jeune fille a un potentiel cinématographique. Peut-être un très grand potentiel cinématographique. Il y a quelques modifications à apporter, bien sûr. Les cheveux, le maquillage, ce genre de chose. Mais, oui, je vois les possibilités.

— Quel film préparez-vous ? demanda Laura.

— Le titre de tournage est *Le circuit du Diable*. C'est un film sur les courses d'automobiles. Un héros très beau, un méchant tout à fait infâme, une fille superbe. En fait, un tas de filles superbes.

— Et je serais quoi, si vous me donniez un rôle ? La fille superbe numéro 386, là-bas sur la gauche ?

— Laura ! fit tante Beverley d'un ton sec.

Mais Chester se contenta de sourire.

— Voyons, Beverley, elle a le droit de poser cette question. Il s'agit de sa carrière, après tout. Tu ne laisserais pas quelqu'un qui t'est tout à fait inconnu s'immiscer dans ta vie, non, même si tu *étais* jeune et belle ?

— Chester ! fit tante Beverley d'un ton sec.

Laura tourna la tête et adressa un grand sourire à Chester, et celui-ci lui fit un clin d'œil.

— Je vais vous dire ce que je vais faire, reprit-il sans la quitter des yeux. Et si Laura faisait l'école buissonnière demain matin et venait à la Fox pour des essais caméra ? Qu'en pensez-vous ? Cela ne prendrait qu'une heure, et qui sait ? Ce pourrait être le début de quelque chose de très important.

— Je ne sais pas, fit Laura. Cela ne me dit rien de sécher un cours.

— Qu'est-ce que vous étudiez ? demanda Chester.

— La littérature anglaise, le théâtre et l'économie politique.

— Une grosse tête, hein ?

— Je veux être scénariste, en même temps qu'actrice. Mon père était éditeur, ma mère a joué dans des comédies musicales de Monty Woolley.

— Quel héritage ! dit Chester. Écoute, Laura, à toi de décider. Si tu en as envie, tu viens demain matin, tu me demandes, et nous verrons ce que nous pouvons faire. On pourrait peut-être déjeuner ensemble, également.

— Allons, accepte, l'encouragea tante Beverley. Tu peux lire du Shakespeare n'importe quand !

— Tu étudies Shakespeare ? fit Chester. Je déteste Shakespeare. J'ai toujours détesté Shakespeare. « Mon royaume pour un cheval ! », c'est totalement démodé. Tu veux que je te dise qui j'admire ? Tennessee Williams, voilà l'homme que j'admire.

Il se leva, fit un grand geste du bras et prit une voix extraordinairement aiguë.

— « Je ne veux pas de réalisme ! Je veux de la magie ! Oui, oui, de la magie ! C'est ce que j'essaie de donner aux gens. Je travestis les faits. Je ne leur dis pas la vérité. Je dis ce qui devrait être la vérité. Et si c'est un péché, alors que je sois damnée ! »

Laura éclata de rire et battit des mains.

— Blanche DuBois, *Un tramway nommé Désir* ! Formidable !

Chester se rassit, leva son verre d'aquavit et porta un toast.

— Au théâtre américain, à la scène ou à l'écran, aux êtres tourmentés qui l'écrivent, aux êtres harassés qui le produisent, et aux êtres merveilleux qui l'interprètent !

— Bravo, bravo ! fit tante Beverley.

Elle se fichait complètement du théâtre, qu'il soit

américain, anglais ou islandais. Tante Beverley ne désirait qu'une seule chose : que Laura trouve Chester sympathique, ou du moins qu'elle ne le trouve pas répugnant. Tante Beverley n'avait pas survécu à Hollywood pendant trente ans en étant d'une moralité scrupuleuse. Tante Beverley avait survécu en procurant et en organisant toutes les choses louches et tentantes que les nouveaux riches, hommes et femmes, éprouvaient le besoin de s'offrir. Lorsqu'elle était jeune, elle avait été à même de fournir en personne nombre des plaisirs interdits que recherchaient les célébrités d'Hollywood, et parfois elle le pouvait encore aujourd'hui. L'actrice du cinéma muet Ida Marina l'avait toujours appelée « La Linga Buena » (la superbe langue). Jimmy Dean l'appelait malicieusement « Torquemada ». Personne ne savait au juste ce que tante Beverley avait fait pour lui, mais tout le monde le devinait.

— Je vais vous dire une chose, déclara Chester. Le théâtre américain est en avance sur le reste du monde, à des années-lumière, et je parle en ce moment d'œuvres dramatiques sérieuses. C'est authentique, c'est percutant. *Mort d'un commis voyageur, La ménagerie de verre*, génial ! Et maintenant l'industrie cinématographique américaine va faire la même chose.

— Ce film que vous préparez, *Le circuit du Diable*, c'est également une œuvre dramatique sérieuse ? demanda Laura.

Chester fut pris au dépourvu. Il battit des paupières en regardant Laura, puis il dit :

— *Pas exactement.* C'est authentique, c'est percutant, mais, je l'avoue, il a un contenu éminemment commercial. En d'autres termes, je veux du réalisme, certes, mais je veux également que les livres de comptes indiquent des bénéfices à la fin de la journée, afin de me permettre de faire quelque chose de *vraiment* sérieux.

Laura le considéra d'un air très grave pendant un moment, puis elle partit d'un grand fou rire.

— Laura, pour l'amour du ciel ! s'exclama tante Beverley. Un peu de tenue !

— Non, non, fit Chester avec un large sourire. J'aime une fille qui a le sens de l'humour. J'aime ça. Et plus que tout, j'aime une *jolie* fille qui a le sens de l'humour.

— Vous êtes un flatteur, dit Laura, mais elle ne rougit pas.

Le sourire de Chester se fit plus secret, plus calculateur.

— Oui.

Ce fut tout ce qu'il dit, mais le ton de sa voix en disait beaucoup plus.

— Ma foi..., fit Laura avec désinvolture, je crois que ce sont seulement des révisions demain. *Othello.* « Approchez, messeigneurs... ».

— Mes *saigneurs* ? l'interrompit Chester. J'ignorais que c'était une histoire de vampires !

Laura eut à nouveau le fou rire. Tante Beverley se rendait compte que Laura adorait les fanfaronnades de Chester. Cela lui procurait un sentiment de puissance.

— Ce pourrait être une très grande chance pour toi, trésor, dit-elle, tandis que de la fumée sortait de ses narines, semblables à des volcans jumeaux.

Laura lança en l'air une amande salée et la rattrapa au vol dans sa bouche.

— Bon, entendu, dit-elle. A quelle heure voulez-vous que je vienne demain, Chester ?

A trois heures du matin, elle fut réveillée par un chuchotement. Sa chambre était située sur le côté droit de la cour, sous la véranda. Elle était habituée à la brise nocturne qui faisait bruire les bougainvillées et agitait les yuccas, mais ce chuchotement était différent. C'était la voix d'une petite fille... basse, sérieuse et insistante.

Laura se redressa et écouta. La nuit était anormalement froide, même pour un mois d'octobre, et elle frissonna. Le vent faisait battre ses persiennes, *tap-tap-tap*, comme si quelqu'un tentait subrepticement de les ouvrir. Elle tendit l'oreille, et elle continuait d'entendre distinctement le chuchotement, mais il était trop doux et trop lointain pour qu'elle soit à même de discerner des mots.

Elle s'extirpa du lit sans bruit. Elle portait seulement une ample chemise Hathaway blanche que Petey Fairbrother lui avait achetée, après force supplications. Elle alla à pas feutrés jusqu'à la fenêtre et régla les lames des persiennes afin de regarder au-dehors. La cour scintillait dans la lumière de la lune reflétée par les nuages, mais il n'y avait personne. La chaise de tante Beverley était appuyée contre le mur, exactement comme elle l'avait laissée. Les franges du parasol virevoltaient et dansaient. L'assiette contenant les amandes était vide, des débris éparpillés tout autour : dès qu'elles étaient rentrées dans la maison, la caille de Californie avait quitté son perchoir pour venir les picorer.

Néanmoins le chuchotement continuait. Il semblait tourmenté, de façon ou d'autre... presque au bord des larmes. Laura écouta attentivement, mais il y avait trop de bruit de fond. La circulation dans Hollywood était très réduite à cette heure de la nuit, mais le sifflement d'une automobile dans le lointain suffisait presque à recouvrir complètement le chuchotement.

Laura souleva le loquet et ouvrit la porte. Ce fut alors qu'elle aperçut une petite fille se tenant de l'autre côté de la cour. Elle était pâle comme la mort, et ses yeux formaient deux taches sombres. Laura se mordit le poing de frayeur et resta figée sur place à la regarder fixement. Elle était incapable de parler, incapable de bouger, mais elle tremblait de la tête aux pieds comme si elle était électrocutée.

Elizabeth avait écrit dans plusieurs de ses lettres qu'elle avait vu « un genre de fantôme, le fantôme d'une petite fille... un fantôme qui ne ressemble pas du tout à Peggy, mais qui est certainement Peggy ». Laura, pour sa part, n'avait pas vu la petite fille depuis qu'elle était arrivée en Californie... juste cette apparition imprécise derrière les rideaux de tulle, l'apparition qui avait gelé Mister Bunzum. Elle avait commencé à penser qu'elle avait probablement rêvé, et qu'Elizabeth inventait des histoires, comme d'habitude. Quand sa sœur était plus jeune, c'étaient des chevaux ; maintenant qu'elle était plus âgée, c'étaient des fantômes. Et pourtant elle était là, la petite fille-Peggy, aussi blanche que Elizabeth l'avait décrite, jolie, triste et effrayante à regarder. Et elle chuchotait à n'en plus finir, la même litanie angoissée.

— *Oh! J'ai laissé mes bottes! Oh, j'ai laissé mes moufles* !

Laura retira lentement son poing de sa bouche. Elle s'était mordue, laissant quatre marques de dents dans sa chair. Elle fit un pas maladroit en avant, puis un autre. Elle sentait la surface lisse et froide du carrelage mexicain sous ses pieds nus.

— ... ssé mes bottes..., chuchota la petite fille. ... ssé mes moufles...

— Qu'est-ce que tu... ? commença Laura, mais elle s'étrangla à moitié avec sa propre salive. Qu'est-ce que tu veux ?

La petite fille la fixa avec un visage tellement épouvantable que Laura eut le plus grand mal à continuer de s'approcher. C'était un visage qui comprenait la signification de la mort, un visage qui avait vécu au Purgatoire. Il était blanc de détresse, blanc d'horreur, blanc sur blanc sur blanc, comme des couches et des couches de craie et de lait de chaux.

Tandis que Laura s'approchait, elle sentit un froid mordant dans l'air, et le vent commença à donner l'impression qu'il soufflait depuis un champ de neige.

— Peggy ? demanda Laura. Peggy, est-ce que c'est toi ? Si c'est toi, Peggy, dis-le-moi, je t'en prie. Je suis terrifiée !

— *Oh! J'ai laissé mes...*

— Peggy, qu'est-ce que tu veux ? Que fais-tu ici ? Tu ne peux donc pas reposer en paix ?

— *... moufles...*

Laura fit un autre pas en avant et la petite fille ne fut plus là. Elle avait tout simplement disparu, s'était volatilisée, comme si elle n'avait jamais été là. Mais Laura entendait toujours son chuchotement, et elle sentait toujours ce froid intense dans le vent.

— Peggy, tu es là? appela-t-elle. Peggy, où es-tu passée?

Elle fit un pas en arrière, et la petite fille réapparut, comme si le clair de lune avait modifié sa forme, comme un origami japonais. Laura ressentit un frisson de stupeur. Elle fit encore un pas en avant, et Peggy disparut de nouveau. Laura recula, et elle réapparut.

Ce fut seulement à ce moment qu'elle réalisa ce qu'elle voyait vraiment. Il n'y avait pas de petite fille-Peggy dans la cour, qu'elle soit réelle ou spectrale. Son contour était formé par l'ombre des bougainvillées en surplomb qui se projetait sur le mur blanchi à la chaux. Ses yeux étaient deux taches sombres de suie, à l'endroit où des lampes à huile avaient été accrochées sur le mur à l'occasion d'un barbecue en été. Sa robe et ses jambes n'étaient rien de plus que les feuilles d'un palmier-éventail dans un pot en terre cuite.

Un pas en arrière, cependant, et Laura la voyait aussi clairement que si elle se tenait vraiment là, les bras le long du corps, avec cette expression terrifiante sur son visage. Et elle continuait d'entendre son chuchotement.

Elle s'avança, une main tendue devant elle. Elle ne sentit rien du tout, à part le vent glacé. Elle fit un autre pas en avant, puis un troisième, même lorsque la petite fille ne fut plus visible.

— Est-ce que tu es là? murmura-t-elle. Tu es vraiment là?

— *... ssé mes bottes...*

Elle tendit la main de plus en plus loin, jusqu'à ce qu'elle touche presque le mur. Le froid était quasi insupportable. Son haleine se vaporisait et du givre se formait sous ses narines.

— Peggy! supplia-t-elle. Montre-moi où tu es!

A cet instant, le pot en terre cuite se brisa en deux,

en produisant un fort craquement, et les deux moitiés tombèrent et oscillèrent sur les dalles. Le palmier-éventail s'affaissa de côté et se fracassa sur le carrelage comme s'il était en verre vert émeraude. Laura recula de saisissement... un pas, puis un autre. Sa lèvre inférieure frémissait sous l'effet du froid et ses orteils étaient tellement glacés qu'elle ne les sentait presque plus.

Tante Beverley surgit, portant un filet à cheveux et un pyjama d'homme à rayures, une grosse torche électrique à la main.

— Que se passe-t-il ? J'ai cru que c'était un cambrioleur !

— Excuse-moi, tante Beverley. Je me suis réveillée. Il m'a semblé entendre quelque chose. Je...

— Oh, mon pot en terre cuite ! s'exclama tante Beverley avec un chagrin exagéré. Tu as brisé mon magnifique pot en terre cuite !

— Je ne l'ai pas touché, tante Beverley. Il s'est brisé tout seul. Il s'est fendu en deux.

— Voyons, Laura, les pots en terre cuite ne se brisent pas tout seuls. Oh, regarde-moi ça ! Nick Ray me l'avait acheté à Tijuana !

Laura frissonnait de froid.

— Je suis désolée, tante Beverley. C'était un accident, je t'assure. Je... je t'en achèterai un autre.

Tante Beverley braqua sa torche électrique sur les yeux de Laura.

— Mais regarde-toi ! Tu es glacée ! Retourne vite te coucher. Je vais t'apporter du lait chaud !

Elle passa son bras autour de la taille de Laura et la reconduisit dans sa chambre.

— Je me demande pourquoi tu as si *froid* ! dit-elle. J'espère que tu ne couves pas quelque chose !

— Je vais très bien. Tout ira bien lorsque je me serai réchauffée.

Laura se mit au lit et ramena les couvertures sur elle. Elle se coucha en chien de fusil ; elle grelottait de froid. Tante Beverley alluma la lampe de chevet et s'assit sur le lit à côté d'elle.

— Tu es sûre que tu n'es pas malade ? lui demanda-t-elle. Ce serait dommage de rater ces essais caméra demain. Ou aujourd'hui, devrais-je dire.

— Mais non, je ne suis pas malade ! Ne t'en fais donc pas. Je serai en pleine forme.

Tante Beverley renifla et parcourut la chambre du regard.

— Je vois que tu as un faible pour Marlon Brando, fit-elle remarquer en examinant les photos que Laura avait punaisées aux murs. Tu veux faire sa connaissance ? C'est un dur. Personnellement, je préférerais passer la soirée avec un divan rempli de jambonneaux !

Laura ne répondit pas. Pelotonnée sous les couvertures, elle continuait de grelotter. Elle pensait à la petite fille-Peggy dans la cour, aussi réelle que tout ce qu'elle avait jamais vu, et pourtant qui n'était pas là. Une illusion, un mirage, un mélange de plantes, de mur et d'ombre. Même pas un fantôme, plutôt une absence de fantôme.

Tante Beverley lui caressa l'épaule. La caresse était légère, monotone, mais étrangement rassurante.

— Tu te réchauffes, trésor ? dit-elle. Je vais aller faire bouillir ce lait. Qu'est-ce que tu croyais avoir entendu ? Je ne pense pas que quelqu'un puisse escalader le mur à l'arrière de la maison, à dire vrai. Il est trop haut, et il y a tous ces arbustes épineux.

— J'ai cru entendre quelqu'un chuchoter, c'est tout. C'était certainement le vent.

Tante Beverley lui caressa l'épaule un moment encore, puis elle s'arrêta.

— Tu es toute crispée. Quelque chose te préoccupe. Qu'est-ce que c'est ?

Laura ne répondit pas et regarda fixement à travers l'espace triangulaire entre son oreiller et la couverture. Elle voyait seulement le côté de sa table de nuit en chêne clair, avec ses sinuosités et ses nœuds. Elle était certaine que deux des nœuds plus foncés étaient des yeux, et que les sinuosités granuleuses autour d'eux formaient un visage. Le visage d'une petite fille, une petite fille-Peggy. Une petite fille qui la surveillait, quoi qu'elle fasse, où qu'elle aille. Protectrice, mais terrifiante.

— Ce chuchotement que tu crois avoir entendu, fit tante Beverley, est-ce que tu as entendu ce qu'il disait ?

Laura demeura silencieuse un long moment, mais tante Beverley attendit patiemment. Et, pour la première fois, Laura commença à comprendre que tante Beverley n'était pas simplement une entremetteuse d'Hollywood aux allures masculines qui fumait des cigarettes à la file et qui buvait sec ; c'était également une femme très perspicace et dotée d'une très grande compassion, une femme qui était réceptive à toutes les formes de faiblesse humaine.

— Il m'a semblé que c'était Peggy, dit Laura finalement, et une larme coula de son œil et glissa sur le dos de son nez. Il m'a semblé qu'elle essayait de me dire qu'elle avait laissé ses bottes, et qu'elle avait laissé ses moufles.

Un silence encore plus long. Puis tante Beverley demanda :

— Pourquoi t'aurait-elle dit cela ?

— Gerda le dit, dans *La Reine des Neiges*. Elle arrive chez la Finnoise, et il fait tellement chaud dans la maison de la Finnoise qu'elle ôte ses bottes et ses moufles, et ensuite elle les laisse, par mégarde.

— Peggy aimait ce conte ?

— Elle l'adorait. Mais cela la tracassait toujours, lorsque Gerda oublie ses bottes et ses moufles.

— Et c'est ce qu'elle te chuchotait, dans la cour ?

Laura acquiesça de la tête.

Tante Beverley lui caressa l'épaule pendant un moment. Puis elle se leva et alla dans la cuisine. Elle versa du lait dans une casserole et le fit chauffer sur la cuisinière. Elle en était venue à considérer Laura comme sa propre fille, quasiment. Elle savait que Laura était heureuse ici, à Hollywood. Hollywood convenait à la personnalité extravertie de Laura, et à son besoin de se sentir désirée et importante. Laura avait toujours souffert d'être « l'enfant du milieu », coincée entre une sœur aînée sérieuse et très douée, et une sœur cadette qui avait toujours charmé tous ceux qui la voyaient. Depuis que Peggy était née, Laura avait été convaincue de façon inébranlable que ses parents étaient sévères envers elle..., qu'Elizabeth et Peggy étaient plus respectées, mieux traitées et mieux aimées. C'était pour cette raison qu'elle avait toujours recherché l'attention des hommes, sans tenir compte de ce qu'ils étaient ou de ce qu'ils désiraient lui faire.

Tante Beverley venait d'une famille de cinq enfants, et elle savait les sentiments de jalousie que cela pouvait susciter. Elle avait fait tout son possible pour aider Laura à recouvrer son amour-propre. Le père de tante Beverley avait abusé d'elle, et elle savait combien il était important d'avoir de l'amour-propre. Une nuit, alors qu'elle avait douze ans, son père s'était glissé dans sa chambre, entièrement nu, puis il s'était assis à califourchon sur son oreiller et avait enfoncé son sexe dans sa bouche, profondément, jusqu'à ses poils pubiens. Après cela, il avait fallu à tante Beverley des années pour recouvrer sa fierté, en passant par des phases d'autodestruction. Elle s'était mise à fumer des cigarettes à la file uniquement pour se désinfecter la bouche. Si elle fermait les yeux et y pensait, elle sentait le goût du sexe de son père dans sa bouche, encore aujourd'hui.

Elle pouvait toucher des hommes seulement s'ils lui demandaient de les punir, ce qu'elle faisait avec joie.

Elle alla dans le séjour, alluma une cigarette et en fuma le quart avant de l'écraser dans le cendrier. A ce moment, il lui sembla entendre quelqu'un dans la cuisine.

— Laura ? appela-t-elle. Tu ne devrais pas te lever. Reste au chaud, bon sang !

Elle se dirigea vers la porte de la cuisine. Un reflet blanc traversa rapidement le vestibule, mais ce n'était qu'un reflet.

— Laura ? dit tante Beverley. C'est toi, Laura ?

Il n'y avait personne dans la cuisine. Seulement la table au plateau en Formica vert, avec ses récipients de sel et de poivre soigneusement disposés, sa bouteille A-1, et son vase en forme de poire contenant des freesias. Seulement la pendule électrique qui ronronnait doucement. Seulement le gaz qui flamboyait sous la casserole de lait.

Elle fronça les sourcils. Elle avait l'impression que quelqu'un était venu ici, elle n'aurait su dire pourquoi. Elle traversa la cuisine, éteignit le gaz et porta la casserole de lait jusqu'à la table. Elle l'inclina pour verser le lait dans les gobelets, mais la surface du lait s'inclina également, et il ne s'écoula pas.

La casserole était brûlante. Le lait aurait presque dû avoir bouilli. Mais lorsqu'elle tâta la surface du bout du doigt, elle comprit pourquoi le lait ne s'écoulait pas.

Le lait était complètement gelé, et sa surface scintillait de cristaux de glace.

Tante Beverley alla reposer la casserole sur la cuisinière et resta là à la regarder fixement. Le lait était gelé. Elle l'avait versé de la bouteille dans la casserole et avait allumé le gaz sous la casserole, pourtant le lait avait gelé.

Elle s'assit près de la table de cuisine, prit une autre cigarette et la fuma jusqu'à ce qu'elle lui brûle presque les lèvres. Ensuite elle alla dans la chambre de Laura pour lui parler du lait, mais Laura dormait d'un profond sommeil. Ses couvertures étaient repoussées sur le côté, sa chemise Hathaway retroussée de telle sorte qu'elle avait le derrière à l'air. Tante Beverley contempla Laura et pensa qu'elle était très belle. Elle ne se serait jamais avisée de la toucher, pour rien au monde. Laura était la famille; Laura était quasiment sa fille. Mais elle l'aimait, néanmoins, et elle se demanda ce qui l'avait tellement troublée cette nuit, parce que c'était très froid et inconnu, et cela avait fait sentir sa présence dans toutes les pièces.

Laura bougea et étreignit son oreiller. Tante Beverley l'observa pendant presque dix minutes, puis, comme la chambre s'obscurcissait avant l'aube, elle tourna les talons et regagna son propre lit, où elle resta allongée sans dormir pendant plus de deux heures, fumant de temps à autre, pensant aux jours heureux et aux moments difficiles, et se demandant si elle avait raison d'emmener Laura à la Fox le lendemain.

Elle ne regarda pas par la fenêtre, sinon elle aurait vu la façon dont les bougainvillées projetaient leur ombre sur le mur blanchi à la chaux, et la façon dont les taches sombres laissées par les lampes à huile semblaient regarder fixement vers sa chambre tels deux yeux songeurs.

Elle aurait également vu quelque chose qui ressemblait à un rat, ou à un petit raton laveur, gisant mort au pied du jasmin. Demain matin, avant que tante Beverley se réveille, la femme de ménage mexicaine le ramasserait et le jetterait à la poubelle. Après tout, qui à Hollywood avait besoin d'un gant doublé de renard, une moufle d'enfant complètement desséchée ?

Tante Beverley conduisit Laura à la Fox, avec la Chevrolet Styleline bleu clair qu'elle empruntait d'une façon « semi-permanente » à Max Arnow, le directeur du casting à la Columbia. Seuls Dieu et Max Arnow savaient quels services tante Beverley avait rendus en retour. Quand Laura s'était réveillée, elle était fatiguée et avait les yeux gonflés, aussi tante Beverley lui avait aspergé les yeux d'eau glacée, puis elle l'avait fait s'allonger sur son lit, des rondelles de concombre appliquées sur le visage. La bouffissure était partie, mais Laura paraissait toujours absente. Tante Beverley fumait comme une locomotive lancée à pleine vitesse, et n'arrêtait pas de jeter sa cendre par la vitre baissée.

— N'oublie pas d'être naturelle, d'être toi-même, répéta-t-elle.

— Oui, tante Beverley, je *serai* naturelle !

— Donne-lui un moment intime. Tu sais ce qu'est un moment intime ? Un moment intime c'est lorsque tu joues quelque chose que tu ferais uniquement quand tu es toute seule et que personne ne te regarde. Shelley

Winters m'a raconté une fois le moment intime que Jerry O'Loughlin a joué, à l'Actor's Studio. Un jeune homme rentre chez lui, d'accord ? Il neige dehors, il fait très froid. Le jeune homme porte un chapeau, un par-dessus et une écharpe. Il tient dans ses mains un carton contenant un poulet rôti. Il ôte ses gants et il pose le poulet rôti sur un tabouret de bar. Ensuite il se tient là, avec son chapeau, son pardessus et ses caoutchoucs, et il mange son poulet rôti. Il mange parce qu'il doit manger, mais sans plaisir, sans se déshabiller, sans s'asseoir. Shelley m'a dit que c'était tellement triste, tellement désespéré, tellement pitoyable, qu'elle s'est mise à pleurer comme un bébé.

— Je n'ai jamais mangé de poulet rôti en restant debout, dit Laura.

— Mais tu as certainement fait quelque chose dans l'intimité.

— Je lis dans l'intimité. Je me maquille dans l'intimité. Je prends ma douche dans l'intimité.

Tante Beverley lui adressa un sourire sarcastique à la J. Edgar Hoover.

— Je suis tout à fait sûre que Chester te ferait signer un contrat à vie si tu décidais de faire *ça* pour ton moment intime !

Laura s'appuya contre la portière de la Chevrolet, abaissa ses lunettes de soleil vers le bout de son nez et scruta tante Beverley avec un mélange d'affection et d'impertinence.

— Tu ne me *vends* pas à Chester, hein ?

— Il s'agit d'un essai caméra, c'est tout.

— Je ne sais pas. A ton avis, je peux te faire confiance ?

Elles se taquinaient souvent de cette façon.

— A ton avis, on peut faire confiance à quiconque ? répliqua tante Beverley. Certaines des personnes à qui je faisais le plus confiance ont été les personnes qui m'ont trahie le plus. Tu te souviens de Moe ? L'homme qui était avec moi lorsque je suis venue te chercher à Sherman ? Moe était un tel amour ! Il m'a emprunté huit mille dollars pour jouer aux courses, et il les a perdus, il a tout perdu. Il m'a quasiment ruinée. « Fais-moi confiance, avait-il dit. Un tuyau de première main. »

Elles arrivèrent devant le portail de la Fox et tante Beverley montra son laissez-passer. Elle entra et se gara sur le parking des visiteurs, derrière la cafétéria. C'était une journée froide et lumineuse, les yuccas agités par le vent faisaient un bruit de castagnettes et le soleil se reflétait sur les trottoirs en ciment armé. Un esclave romain passa à proximité, en sandales et tunique rouge. Il fumait une cigarette.

— N'oublie pas, dit vivement tante Beverley. Naturelle et intime !

— Je n'oublierai pas. Naturelle et intime.

— Et sincère.

— Pour l'amour du ciel, tante Beverley !

— Et *innocente*. Chester est très attiré par l'innocence.

Elles furent obligées d'attendre plus d'une heure avant que Chester soit disponible. Il sortit finalement de son bureau en chemise sport jaune et pantalon de toile blanc, une serviette passée autour du cou. Il les embrassa toutes les deux.

— Désolé de vous avoir fait attendre aussi longtemps. On vous a apporté du café ? Ces comptables ! Ils veulent que je tourne en studio les scènes d'accident. Je leur ai dit, écoutez, et si on ne dépensait pas d'argent du tout ? On se contente d'un énorme *bang* ! hors champ, d'un nuage de poussière, et un gosse lance un vieux pneu de voiture devant la caméra. Ça coûtera un dollar soixante-quinze pour le pneu et vingt-cinq *cents* pour le gosse. C'est dans vos moyens ?

Il jeta un coup d'œil à sa montre.

— On fait ton essai caméra tout de suite, Laura ? Tout est prêt. Beverley, tu n'as pas besoin de rester ici si tu n'en as pas envie. Nous en avons pour au moins une heure. Reviens vers midi et demi, disons, et on déjeunera ensemble.

Tante Beverley lui donna une tape vigoureuse sur l'épaule.

— Entendu, Chester. J'ai des achats à faire, de toute façon. J'ai besoin d'un nouveau pot en terre cuite.

Elle dit cela d'un ton sarcastique et regarda fixement Laura. Chester demanda :

— C'est un genre de plaisanterie entre vous deux ?

Tante Beverley s'en alla et Chester emmena Laura vers l'un des plateaux de tournage.

— Ta tante, c'est un sacré personnage, hein ? fit Chester.

— Elle est très excentrique, admit Laura. Mais elle est tellement compréhensive. Elle me laisse faire tout ce que je veux, la plupart du temps, mais je sais toujours qu'elle veille sur moi.

— Il faudra que je te raconte une histoire tordante à propos de ta tante Beverley, sourit Chester.

— Oh, oui ? dit Laura, intéressée.

Chester ouvrit la porte du plateau de tournage et fit un clin d'œil à Laura.

— Un jour, peut-être, lorsque tu auras quelques années de plus !

— Ce n'est pas l'une de *ces* histoires ?

— Hon-hon, fit-il en secouant la tête. Cela ne ressemble à aucune histoire que tu aies jamais entendue. Et tout le monde est dedans. C'est un véritable Bottin mondain d'Hollywood. Il y a même Trigger.

— Trigger, le cheval de Roy Rogers ?

Chester fit une grimace qui signifiait : « tu peux me croire sur parole ».

Ils entrèrent. Les projecteurs éclairaient un pan de jardin à la française, avec un balcon en pierre et une urne débordant de roses.

— C'est le décor pour *La dame de Versailles*, annonça Chester. Nous allons faire les essais caméra ici. Ah... voici Rosa, elle va s'occuper de ton maquillage. Voici Bruce, le plus grand cameraman-éclairagiste depuis Dieu, et voici Terry, elle va te donner ton texte.

— Tante Beverley a dit que vous vouliez que je joue un moment intime.

Chester eut l'air déconcerté.

— Vous savez, insista Laura. Jouer quelque chose que je fais toute seule d'habitude, lorsque personne d'autre ne me regarde.

Chester secoua la tête.

— C'est la Méthode. La Méthode ne m'intéresse pas. Je veux des acteurs qui savent jouer.

Il la considéra un moment, gonflant les joues, puis il dit :

— Néanmoins... si tu as envie de partager un moment intime avec moi, un peu plus tard... ?

Les essais caméra durèrent plus d'une heure. Chester demanda à Laura de marcher, de sourire, de tourner son visage à gauche puis à droite, de regarder en l'air, de regarder en bas. Elle dut parler, et rire, et faire semblant de pleurer. Elle dut crier. Elle dut montrer ce que Chester appelait « toute la gamme » des émotions. Finalement, il se déclara satisfait et alluma une cigarette.

— Qu'en pensez-vous ? lui demanda Laura, tandis qu'ils se dirigeaient vers la cafétéria.

— Bruce m'apportera les rushes cet après-midi. Je t'ai trouvée sensationnelle, mais ce qui compte, c'est ce que la caméra éprouve pour toi. Si la caméra t'aime, c'est gagné. Si elle ne t'aime pas, ma foi... tu as dit que tu voulais écrire, non ?

Il s'arrêta et lui prit la main.

— Je vais te dire une chose, cependant, tu es une très jolie fille, Laura. Ta tante Beverley avait raison à ton sujet. Tu es une poupée.

— Elle m'a appelée ainsi ? demanda Laura.

Mais, à ce moment, elle entrevit une petite silhouette en robe blanche traversant rapidement l'allée entre la cafétéria et les bureaux avoisinants. Cela ne dura qu'une seconde, la plus brève des visions fugitives. Si Laura avait battu des paupières, elle ne l'aurait pas vue. Cela aurait pu être une actrice-enfant allant d'un plateau de tournage à un autre. Cela aurait pu être la fille de quelqu'un, portant une robe d'été blanche. Mais Laura fut quasi certaine que c'était la petite fille Peggy, qui la surveillait. Elle restait à distance, mais elle la surveillait.

— Quelque chose ne va pas ? demanda Chester.

— Non, je ne pense pas, répondit Laura.

Mais elle continua de se sentir préoccupée durant tout le déjeuner, et même tante Beverley remarqua qu'elle tournait la tête très souvent pour regarder par la baie vitrée.

Lorsqu'elles rentrèrent à la maison cet après-midi-là, un télégramme les attendait, leur annonçant que le père de Laura était mort.

15

Deux jours avant les obsèques, il neigea et il continua de neiger. Les collines de Litchfield devinrent étrangement silencieuses, sous un ciel couleur de flanelle gris foncé. Elizabeth ne pouvait pas faire grand-chose, excepté passer ses journées à la maison et mettre de l'ordre dans les papiers de son père.

Margo Rossi, sa directrice, lui avait donné à contrecœur ces deux semaines de congé pour affaires de famille, tout en insistant pour lui envoyer le manuscrit de *Des rouges partout!* afin qu'elle puisse finir de le préparer pour la publication. « Je suis désolée pour votre père, lui avait-elle dit au téléphone. Mais il n'y a rien de plus fatidique qu'une date limite. »

Elizabeth utilisait uniquement la cuisine, la bibliothèque et une chambre à coucher... autrement elle aurait passé la moitié de ses journées à aller chercher des bûches dans la cour recouverte de neige pour alimenter tous les feux. Elle avait remis en marche toutes les pendules, puis elle les avait arrêtées de nouveau. La maison était tellement immense et vide que le bruit du tic-tac lui donnait l'impression que sa vie filait inexorablement, et les carillons la faisaient toujours sursauter.

Elle n'était pas seule tout le temps. Mrs. Patrick venait chaque après-midi, et plusieurs de ses amies lui avaient rendu visite. Lenny l'avait emmenée au restaurant à deux reprises... une fois à l'Auberge du Renard à Gaylordsville et une fois au Colonial à New Milford. Le dimanche, elle l'avait invité à déjeuner et avait fait la cuisine. Leur affection l'un pour l'autre grandissait chaque fois qu'ils se voyaient. Elizabeth se sentait tellement naturelle avec lui. Bien que la guerre et son mariage l'aient changé — il était nerveux, parfois, et agité —, il faisait toujours partie de sa vie d'avant, lorsque la famille était au grand complet, et que son esprit était rempli de concours hippiques, de beaux cavaliers et de baisers passionnés sous les cerisiers en fleur.

Lenny était à Hartford pour la semaine, mais il lui téléphonait tous les soirs à sept heures, juste pour lui dire à quel point elle lui manquait, et à quel point les assurances pouvaient être assommantes.

Ce que Elizabeth attendait avec le plus d'impatience, c'était l'arrivée de Laura. Elle ne l'avait pas vue depuis plus d'un an maintenant, même si elles s'écrivaient deux ou trois fois par mois et s'envoyaient des photos l'une de l'autre. Laura avait pris l'avion jusqu'à Idlewild, ensuite elle prendrait le train. Elle devait arriver à New Milford au milieu de l'après-midi.

Elizabeth, installée au bureau de son père, parcourait d'innombrables lettres d'affaires. La plupart provenaient d'imprimeurs, de relieurs, et de la banque. Il y avait quelques lettres d'écrivains, certains très connus. Un billet rapidement griffonné de Marc Connelly ; une lettre de remerciements à l'écriture soignée d'Edna Ferber, et une lettre tapée à la machine, quelque peu décousue, d'Alexander Woollcott. Il y avait également une lettre comportant une adresse locale, New Preston, signée Miles Moreton. Cette lettre disait : « Je suis ravi que vous désiriez publier mon livre *L'imagination humaine : notre âme immortelle ?* et je peux me libérer sans problème pour que nous déjeunions ensemble le 13. »

Elizabeth se rappela brusquement que son père lui avait dit de lire *L'imagination humaine*, et de parler à son auteur, également. Elle se leva et examina les rayonnages, essayant de trouver le livre. Son père avait été affreusement désordonné, et les livres étaient placés au hasard, sans le moindre classement, mais elle finit par découvrir un livre peu épais à la jaquette noire, tout au bout du second rayonnage, et elle le prit. La jaquette était très simple, en caractères typographiques, mais sur le rabat intérieur il y avait la photographie d'un jeune homme très mince, au visage anguleux, avec des cheveux frisés et des yeux grands ouverts, fumant une cigarette.

Elizabeth alluma une cigarette elle-même, revint s'asseoir dans le fauteuil de son père et commença à lire. De l'autre côté de la porte-fenêtre, il avait recommencé à neiger... de gros flocons qui dansaient et tourbillonnaient. La température avait constamment baissé depuis la nuit dernière, mais le révérend Bullock avait téléphoné à Elizabeth pour lui assurer que les obsèques auraient lieu comme prévu, car la fosse avait été creusée avant que la terre ne soit gelée. A vrai dire, elle n'avait pas pensé à ce problème, et elle était restée un long moment dans le vestibule, après avoir raccroché, pensant à cette tranchée dans le sol étroite, profonde et froide, où le corps de son père serait descendu et recouvert de terre, comme pour cacher son visage au ciel.

Elle avait eu beaucoup de mal à accepter le fait qu'il était mort, parce que la dernière chaleur de la sécurité de son enfance était morte avec lui. Sa mère était incapable de veiller sur elle. Maintenant elle était vraiment seule, et il neigeait.

Elle fuma et lut, et tandis qu'elle lisait, le jour devint de plus en plus sombre.

« L'imagination existe indépendamment de toutes les autres fonctions du cerveau. Toutes les autres fonctions du cerveau réagissent à des stimuli externes quantifiables... au froid, à la chaleur, à la douleur, aux caresses. Les humains sont les seuls à posséder une imagination. Même le soi-disant "sixième sens" des

animaux... par exemple, la faculté tant vantée qu'ont les chiens de prévoir des tremblements de terre... est uniquement une réaction très subtile à des secousses sismiques mesurables et à des changements dans la pression atmosphérique. Les chiens sont incapables d'imaginer des séismes, pas plus que les vaches ne sont capables d'imaginer la pluie. Les animaux sont incapables d'imaginer qu'ils sont un autre animal, vivant à une autre époque, dans un autre pays.

« Les humains, quant à eux, sont capables de créer des mondes infinis dans leurs têtes. Ils peuvent imaginer qu'ils sont d'autres personnes. Ils peuvent même imaginer qu'ils sont des animaux. Un humain peut créer un monde imaginaire, peuplé de personnes imaginaires, et le coucher sur le papier, et ce monde peut ensuite être recréé, avec certaines modifications personnelles, dans l'esprit d'un autre humain. L'imagination est capable de créer sa propre réalité.

« De nombreuses preuves anecdotiques démontrent que l'imagination humaine est capable de survivre au corps humain et au cerveau... que les « fantômes » ne sont pas les âmes de gens qui sont morts en laissant une importante affaire matérielle inachevée, ou les esprits de ceux qui cherchent toujours à se venger d'une terrible injustice qui leur a été faite de leur vivant. En fait, les "fantômes" sont la résonance vivante de la plus puissante des qualités humaines, la faculté de créer à partir de quelque chose qui n'existe pas, et qui ne pourra jamais exister, et pourtant qui est tout aussi réel pour la conscience commune que quelque chose qui a réellement existé.

« Qui est le plus réel ? Abraham Lincoln ou Tom Sawyer ? Qu'est-ce qui est le plus réel ? Tara ou le Jefferson Memorial ? Si nous sommes capables d'imaginer un lieu ou une personne avec une conviction totale, est-ce que ce n'est pas en tout point aussi valable que la "réalité" ?

« En 1927, à La Nouvelle-Orléans, un pianiste de jazz noir, John Michaels, affirma à un journaliste du

Times-Picayune *que son frère décédé venait le voir sous l'apparence d'un jeune Blanc âgé de treize ans, appelé Philip LaSalle. Son frère l'injuriait, le harcelait et le réveillait, nuit après nuit, lui ordonnant de se lever et de travailler. Certaines nuits, son frère l'avait même fouetté avec une cravache, et Michaels avait des marques sur le dos qui prouvaient cela... des blessures qu'il n'aurait pas pu se faire lui-même.*

« Après plusieurs mois de ces mauvais traitements, Michaels était au bord de la dépression nerveuse. Il fut interrogé par deux docteurs de l'hôpital psychiatrique de Pontchartrain, et ceux-ci déclarèrent qu'il avait toute sa raison et qu'il disait la vérité, même si "la substance de ses affirmations était inexplicable et parfaitement incompréhensible".

« Le frère de Michaels était un Noir pur sang et était mort d'une pneumonie virale à l'âge de trente-deux ans. Il aurait été difficile de trouver quelqu'un ressemblant aussi peu à "Philip LaSalle". Cependant, deux ans après sa mort, certaines de ses affaires qui se trouvaient dans sa chambre meublée à Baton Rouge furent retournées à Michaels. Parmi ces affaires il y avait notamment le roman Doux Souvenirs *de Chauncey Geffard, racontant la vie dans une plantation du Sud avant la Guerre de Sécession. L'un des principaux personnages dans ce livre est un jeune Blanc privilégié qui obtient tout ce qu'il désire... un cheval, une calèche et un magnifique fusil. Il maltraite ses esclaves... fouettant les hommes et séduisant les filles... mais l'un des fils de l'intrigue de ce roman est la façon dont il est transformé peu à peu par la mauvaise fortune et les tragédies personnelles, devenant un personnage sympathique.*

« Le nom de ce garçon blanc était Philip LaSalle.

« Michaels jura qu'il n'avait jamais entendu parler de ce livre avant sa mésaventure, et il n'avait aucune raison de mentir. Il ne reçut pas d'argent des journalistes qui étaient venus l'interviewer, et il quitta La Nouvelle-Orléans peu de temps après pour vivre sous

un faux nom à Mobile, Alabama. Le 8 mai 1928, il fut découvert gémissant et couvert de sang dans sa chambre d'hôtel sur Conception Street. Transporté à l'hôpital, il mourut le lendemain. L'examen de ses blessures permit d'établir qu'il avait été roué de coups avec une canne ou une cravache.

« Avant de mourir, il fut interrogé à deux reprises par la police de Mobile, et à chaque fois il affirma que son agresseur était un Blanc âgé de treize ans environ, et qu'il s'appelait Philip LaSalle. »

Elizabeth posa le livre sur le bureau. Il faisait si sombre à présent que c'était à peine si elle pouvait voir pour lire. Elle alluma la lampe de bureau Tiffany à l'abat-jour ambré et contempla le livre, le menton appuyé sur sa main. Elle ne savait pas si elle avait envie de continuer de lire ou non. Tout ce qu'elle comprenait, c'est que Miles Moreton essayait de suggérer que notre imagination pouvait nous survivre, et que nous pouvions revenir à la vie sous la forme de la personne de notre choix... même si ce « quelqu'un » était un personnage imaginaire de roman.

Il y avait encore plus terrifiant : imaginaires ou non, ces personnes étaient néanmoins parfaitement capables de blesser des gens, et même de les tuer, comme la forme noire dans le jardin avait tué le pauvre Dan Patrick.

Elle se leva, alla jusqu'à la porte-fenêtre et regarda la neige tomber. Cela lui rappelait tellement les flocons de neige dans *La Reine des Neiges* : « Ce sont les abeilles blanches qui essaiment... elles ont une reine. Elle vole au milieu du groupe le plus dense. Elle est la plus grande de toutes, et elle ne reste jamais immobile sur le sol. Elle repart avec la nuée noire. Par les nuits d'hiver, elle traverse souvent les rues de la ville et regarde par les fenêtres qui se couvrent de givre en raison de son souffle glacé. Le givre revêt des formes étranges et magnifiques, comme des arbres et des fleurs. »

Elle frissonna. Elle avait la certitude que la petite

fille-Peggy se trouvait dans le jardin quelque part. Debout dans la neige, elle observait la maison et attendait, insensible au froid, mais ses doigts et ses orteils étaient presque noirs de gelures.

Elle se replongea dans *L'imagination humaine*. Elle commença à lire un autre cas authentifié : une femme de Bethlehem, Connecticut, était réapparue aux siens sous la forme de Jo, dans *Les quatre filles du docteur March*, et les protégeait de tous ceux qui cherchaient à profiter de leur bonne volonté, à tel point que son mari était incapable de se remarier, parce que toute épouse éventuelle était de manière inattendue trempée d'eau glacée ou arrosée d'éclats de verre, et ses enfants étaient fuis comme des pestiférés à l'école, parce que tout camarade qui disait ne serait-ce que « zut ! » en leur présence recevait brusquement des gifles alors qu'il n'y avait personne.

Elizabeth pensa : cela ressemble trop à la petite fille-Peggy pour être vrai. La violence, la protection excessive, les mystérieux coups de froid, les étranges apparitions. Papa avait vu la petite fille-Peggy et avait découvert ce qu'elle était, et elle était cela. L'imagination de Peggy lui avait survécu. A présent elle n'avait pas de substance, à part ses os. Mais elle avait une présence, et sa présence était Gerda, dans *La Reine des Neiges*. Qui est la plus réelle ? songea Elizabeth. Gerda ou moi ? Gerda ou Margo Rossi ? Gerda ou Peggy Buchanan, cette pauvre petite fille qui était tombée à travers la glace alors qu'elle jouait à la danseuse ? Les jeunes filles se sont-elles endormies après leur danse ? Non, elles sont mortes. Mortes, froides, et elles ne respireront plus jamais. Mais le conte continue de vivre. Gerda continue de vivre.

Pas seulement Gerda, mais la reine des abeilles blanches, qui vole au milieu du groupe le plus dense.

Elle éteignit sa cigarette en l'écrasant dans le cendrier, puis ouvrit immédiatement son étui et en prit une autre. A cet instant, la sonnette de la porte d'entrée retentit, et elle sursauta. Elle se dirigea vers le vestibule, et la sonnette retentit à nouveau. Elle lança :

— Voilà, voilà ! J'arrive !

Elle ouvrit la porte. Laura se tenait sur le seuil, au milieu de tourbillons de neige. Elle portait une énorme toque de fourrure et un énorme manteau de fourrure. Dans la lumière hivernale, son visage bronzé semblait orange. Dans l'allée, un taxi rouge laissait tourner son moteur et Jack, un chauffeur de New Milford, sortait les bagages de Laura du coffre.

— Oh, Lizzie, dit Laura en la serrant dans ses bras.

Son manteau de fourrure était glacé et mouillé.

— Oh, Lizzie, répéta-t-elle. Pauvre papa, tout cela est tellement triste !

Elizabeth prépara le dîner, côtes de porc farcies au céleri, et elles mangèrent dans la cuisine.

— J'avais presque oublié le goût de la cuisine familiale. Je me nourris exclusivement d'avocats et de laitues, déclara Laura.

— Cela te réussit, apparemment.

— Hum, merci. Mais parfois je serais capable de tuer pour une assiettée du jambon de Mrs. Patrick, avec du jus bien rouge. Accompagné de pommes de terre, bien sûr. Et une tarte mousseline au chocolat en guise de dessert !

Elizabeth s'appuya sur le dossier de sa chaise, la regarda et sourit.

— Oh, voyons, Laura. Tu es une fille d'Hollywood. Tu l'as toujours été, je pense. Et ce bout d'essai, qu'est-ce que ça a donné ?

— Des essais caméra, en fait. « Je veux voir si l'objectif t'aime, ma chérie. » Mais cela s'est bien passé, je pense. Si je suis engagée, ce sera le rôle le plus important que j'aie jamais eu jusqu'ici. En fait, j'aurai même à dire un texte consistant, au lieu de « Un martini sec, monsieur ? » ou bien « Ooooh, merci beaucoup, monsieur Frobisher », ce qui était le montant total de mes deux premiers rôles « parlants » !

Elizabeth éclata de rire.

— Tu reprends du vin ? Tu veux une cigarette ? Je

n'ai pas de tarte mousseline au chocolat, désolée. J'aurais dû acheter des chaussons aux pommes, hein ?

— Pas pour moi. Je ne mange jamais de dessert. Je me contente d'en rêver. Si tu voyais certaines de ces filles qui fréquentent le Schwab's. D'une minceur, tu n'en croirais pas tes yeux !

Elles prirent un autre verre de vin, se détendirent, fumèrent et savourèrent pendant un moment le silence. Elizabeth sentait que l'arrivée de Laura avait déjà rendu les obsèques de son père beaucoup plus supportables. Elle avait réalisé, en pensant à Laura, qu'elle avait été extrêmement jalouse d'elle, lorsqu'elle était plus jeune, mais également très protectrice. Elle se sentait toujours protectrice, parce qu'elle était plus âgée, mais elle n'était plus jalouse, et c'était étonnamment libérateur, et agréable pour l'esprit.

Laura dit brusquement :

— Je n'en suis pas vraiment sûre, mais je pense avoir vu Peggy de nouveau.

Elizabeth la regarda fixement. Laura trouva que sa sœur semblait un tantinet trop mince.

— Quand était-ce ? demanda-t-elle en soufflant de la fumée.

— La veille de mes essais caméra. Hum, la nuit juste avant, en fait. J'ai entendu quelqu'un chuchoter dans la cour, devant ma chambre. J'ai regardé par la fenêtre et j'ai eu la certitude que c'était Peggy... enfin, la petite fille qui ressemble à Peggy, mais qui n'est pas elle. Mais lorsque je me suis approchée, ce n'était pas du tout Peggy, ni même la petite fille qui ressemble à Peggy. Ce n'était rien de plus qu'une forme.

— Une forme ? Que veux-tu dire ?

— Elle était juste une forme entre les palmiers, les plantes grimpantes et le mur. En réalité, il n'y avait rien du tout à cet endroit. C'était comme... euh... une illusion d'optique. Sauf que ce n'était pas une illusion d'optique, parce que je l'entendais chuchoter.

Elizabeth demeura silencieuse et pensive pendant un long moment.

— Je t'ai dit ce qui était arrivé à Dan Patrick.

— Oui.

— Mais il y a autre chose. Papa avait vu la petite fille-Peggy, lui aussi. Il l'avait vue plusieurs fois. J'ignore ce qu'il pensait à son sujet. Il n'a pas été capable de me le dire, pas en bougeant les yeux d'un côté et de l'autre, ce qui était tout ce qu'il pouvait faire. Mais il m'a indiqué un livre qu'il avait publié, *L'imagination humaine*, et ce livre dit que notre imagination continue de vivre après notre mort. Tout le reste meurt, mais l'imagination est différente, parce qu'elle est quelque chose qui n'a jamais existé mais est devenu réalité, et c'est pourquoi cela demeure réel. Comme Oz, ou Narnia.

Laura but une grande gorgée de vin.

— Je ne comprends pas.

Elizabeth eut l'air embarrassée.

— Pour te dire la vérité, moi non plus. Pas tout à fait. Mais papa a dit que je devrais parler à l'auteur, et celui-ci vit dans la région. Nous devrions peut-être aller le voir, maintenant que tu es ici.

— Oh, je ne pense pas, déclara Laura. Je veux juste être tranquille, pleurer, et penser à papa.

— Attends, fit Elizabeth.

Elle alla dans la bibliothèque et revint avec le livre de Miles Moreton. Elle l'ouvrit et montra à Laura la photographie de l'auteur sur le rabat intérieur.

— Hééé..., dit Laura en haussant les sourcils. Tu as peut-être raison !

Plus tard, tandis qu'elles étaient assises devant le feu dans le séjour, Elizabeth raconta à Laura tout ce qui s'était passé la nuit où Dan Patrick avait été tué. Laura écouta sans l'interrompre, et lorsqu'elle eut fini, Elizabeth fut tout à fait sûre qu'elle la croyait.

— C'est une force, hein ? dit Laura. C'est quelque chose de surnaturel. Mais Mister Bunzum a été complètement gelé, Mister Bunzum s'est brisé en morceaux. Quoi qu'il soit arrivé à Dan Patrick, c'était certainement pareil.

— Et Dick Bracewaite, ajouta Elizabeth d'une voix aussi douce que possible.

Laura lui adressa un petit sourire lointain.

— Oui... ce pauvre bougre de Dick Bracewaite.

— Tu ne m'en as jamais parlé.

— Il n'y avait rien à dire. Tu veux savoir la vérité ? C'était un pervers et j'étais une petite poseuse.

— Il a vraiment fait l'amour avec toi ?

Laura hocha la tête.

— Oh, oui, il l'a fait. Il m'a fait tout ce que tu peux imaginer, et deux ou trois choses de plus. Le problème, c'est que j'aimais ça, tout le temps. Je me sentais sale, spéciale, et cela m'excitait. Je savais que je n'aurais pas dû le faire, mais plus c'était sale, plus ça me plaisait.

Elle hésita et contempla le feu. Deux flammes jumelles scintillèrent dans ses yeux.

— Le plus affreux, c'est que je n'ai pas éprouvé de chagrin quand on m'a dit qu'il était mort. Je n'ai absolument rien éprouvé. Peut-être aurais-je dû ressentir de la colère, je ne sais pas. Peut-être aurais-je dû aller cracher sur sa tombe. Mais... ma foi, je ne sais pas. Il s'est servi de moi. Il m'a pris mon innocence. Mais, de façon étrange, je pense que je lui ai pris infiniment plus que ce qu'il m'a pris. Tu es comme ça, à cet âge. Tu espères tout. Tu espères le monde entier. Et juste pendant un moment, tu l'as.

— Toute cette histoire me terrifie, dit Elizabeth.

— Pourquoi donc ?

— Ces coups de froid... Dick Bracewaite en train d'agoniser, comme il l'a fait. Gelé, au mois de juin ! Ensuite Dan Patrick. Je n'arrive pas à croire que c'est Peggy, pourtant c'est forcément Peggy, non ? Elle veille sur nous, elle nous protège, et toute personne qui ne lui plaît pas, elle la fait mourir de froid.

— Tu crois vraiment ça ? demanda Laura en s'adossant aux coussins.

— Je ne sais pas. Mais qui pourrait geler des gens, simplement en les embrassant ?

— Tu ne veux pas parler de la Reine des Neiges, hein ?

— Bien sûr que si ! Souviens-toi de la phrase : « Son baiser était plus froid que la glace. Cela pénétra jusqu'à son cœur qui était déjà à moitié glacé ; il eut l'impression qu'il allait mourir. »

— Allons, ce n'était qu'un conte de fées.

— Je sais. Justement ! C'était le conte de fées préféré de Peggy, et si l'imagination de Peggy a continué de vivre après qu'elle se fut noyée... tout devrait continuer de vivre. Gerda, Kay, la Lapone, la Finnoise, les flocons de neige, les Rêves.

Laura ne dit rien et contempla le feu.

De l'autre côté de la fenêtre, la neige tombait de plus en plus dru, comme si le ciel était résolu à les faire taire, coûte que coûte. Et une silhouette se tenait immobile au milieu du court de tennis, en robe d'été blanche, avec un sourire triomphant sur son visage qui aurait glacé d'effroi Elizabeth et Laura si jamais elles l'avaient vu.

Elles tournèrent à gauche après Marble Dale et suivirent un chemin en pente raide entre les arbres surchargés de neige. La voiture chassa sur la glace, mais Elizabeth rétrograda et passa en seconde ; petit à petit, les pneus trouvèrent une sorte d'adhérence sur le revêtement de la route, et elles montèrent lentement la côte vers le sommet de la colline.

De manière inattendue, la journée était claire et ensoleillée, tellement lumineuse que Elizabeth dut mettre ses lunettes de soleil pour conduire. Elle avait emprunté à Mr. Twomey sa vieille Studebaker Champion, repeinte à la main en un horrible vert pré. Le chauffage de la voiture ne fonctionnait pas, et toutes deux portaient des gants, des manteaux et des bonnets de laine.

Elizabeth négocia un tournant à droite, au sommet de la colline, puis descendit une pente enneigée et elles gravirent une autre colline. Là, située au-dessus de la route derrière un mur de soutènement en pierre naturelle, il y avait une petite maison, genre chalet, avec une véranda à claire-voie et des volets en bois. L'inscription sur la boîte aux lettres indiquait *Moreton*.

Un labrador noir surgit, contournant le côté de la maison, et aboya vers elles de façon monotone tandis qu'elles remontaient l'allée vers la porte d'entrée.

— Tais-toi, le chien ! dit Laura.

Le chien cessa d'aboyer, fit demi-tour et disparut à nouveau vers l'arrière de la maison.

— J'ai toujours pensé que tu savais parler aux animaux ! sourit Elizabeth.

Il était clair que le chien avait averti son maître, car la porte s'ouvrit immédiatement, et elles aperçurent Miles Moreton. Il était beaucoup plus vieux qu'il ne l'avait semblé sur la jaquette de son livre. Ses cheveux frisés étaient striés de fils gris, il avait des poches sous les yeux, et ses doigts étaient jaunis de nicotine. Il portait un pantalon de velours côtelé vert qui faisait des poches aux genoux et une grosse chemise de laine à carreaux verte.

— Entrez, entrez ! leur lança-t-il. Je me demandais si vous réussiriez à arriver jusqu'ici !

Elles tapèrent du pied pour faire tomber la neige de leurs bottes et entrèrent. Un désordre incroyable régnait dans la maison. Des livres et des journaux étaient empilés dans le vestibule, et aucun des tableaux n'était d'aplomb, mais au moins il faisait chaud, un énorme feu crépitait dans la cheminée et, à en juger par l'arôme, Miles Moreton venait de faire du café.

Elizabeth et Laura ôtèrent leurs manteaux et déplacèrent des piles de dossiers afin de pouvoir s'asseoir sur le vieux canapé en velours de laine marron. Miles, l'air affolé, portait des livres d'un côté de la salle de séjour à l'autre, puis faisait le trajet inverse.

— Je suppose que vous vous rendez compte que je n'ai guère l'habitude de recevoir des visites. Je vous sers un café ? Il vient de Bâle, en Suisse. C'est le café que Carl Jung buvait.

— Vous viendrez aux obsèques ? demanda Elizabeth.

— Oh, oui. Certainement. Votre père était un type formidable. Il était intelligent, il était sensible. Je n'ai jamais connu quelqu'un qui s'intéressait à des choses si diverses.

— Il s'intéressait à tout, reconnut Elizabeth. Je pense que c'est pour cette raison qu'il n'a jamais gagné beaucoup d'argent. Il ne publiait jamais le même genre de livre deux fois. Un mois c'était la pêche à la mouche. Le mois suivant c'était les poètes grecs, ou bien l'obstétrique, ou bien la fabrication du fromage.

Miles trouva un paquet froissé de Camel sur la table basse et leur en offrit.

— J'ai écrit ce livre sur l'imagination humaine il y a plus de dix ans. Je suis surpris que même votre père s'en soit souvenu.

— Il avait de bonnes raisons de s'en souvenir. Il commençait à avoir des expériences qui l'ont convaincu que ce que vous aviez écrit était vrai.

— Des expériences ?

— Des apparitions, dit Laura.

— Vous voulez dire... ?

— Exactement, fit Elizabeth. Notre sœur Peggy lui est apparue plusieurs fois... elle s'est noyée dans notre piscine, alors qu'elle avait six ans.

— Est-ce qu'elle est apparue en tant qu'*elle-même* ? demanda Miles fiévreusement.

Elizabeth secoua la tête.

— Nous pensons qu'elle est apparue sous la forme de Gerda, dans *La Reine des Neiges*. C'était l'un de ses contes de fées préférés. Elle disait toujours qu'elle aimerait aller en Laponie et visiter le château de la Reine des Neiges.

— Est-ce que vous avez une preuve de ces manifestations ? Des photographies ? Des objets oubliés ?

— Nous l'avons vue par nous-mêmes. Non pas une fois, mais des dizaines de fois.

Elizabeth lui parla du révérend Bracewaite et de Dan Patrick, et Laura raconta ce qui lui était arrivé à Santa

Monica et à Hollywood. Miles écoutait. Il fuma sa cigarette jusqu'au bout, à tel point qu'elle lui brûla les lèvres, et il l'éteignit en la pinçant entre son pouce et l'index.

— Ces manifestations de votre sœur sont très semblables à d'autres apparitions authentifiées, sans aucun doute, déclara-t-il. L'une des caractéristiques les plus fréquentes est cette faculté de quitter le lieu de l'apparition en changeant de forme, en devenant autre chose. Les « visiteurs » ne se volatilisent pas, tout simplement, ils se changent en un foulard ou en une feuille de papier, et ils disparaissent de cette façon. Le fait qu'elle semble légèrement floue est également très intéressant. Nous ne nous représentons jamais des personnages imaginaires d'une façon très précise, jusqu'au petit grain de beauté sur le menton, et c'est l'impression que donne votre Peggy-Gerda.

« Elle semble également apparaître moins nettement en Californie qu'elle ne le fait ici. C'est parce qu'elle imagine que le conte, *La Reine des Neiges*, est centré sur la maison où elle a grandi, et que c'est là où son imagination est la plus forte.

— Qu'est-ce qui la fait apparaître ? demanda Laura. A votre avis, que désire-t-elle ?

Miles haussa les épaules.

— Je ne pense pas qu'elle désire vraiment quelque chose, comme des gens désirent de l'argent, ou de l'amour, ou le pardon. Elle semble très protectrice envers vous deux... en fait, excessivement protectrice. Est-ce que c'est un trait caractéristique de Gerda dans *La Reine des Neiges* ?

— Oh, absolument. Dans le conte, elle se rend en Finlande et en Laponie afin de sauver son frère.

— Dans ce cas, vous allez devoir vous faire à l'idée que vous êtes protégées jusqu'à la fin de vos jours !

— Je comprends qu'elle ait attaqué le révérend Bracewaite, dit Elizabeth. Mais pourquoi a-t-elle tué Dan Patrick ? Il était là pour m'aider, et non pour me faire du mal.

— Je ne saurais le dire. Cela dépend peut-être de ce qui se passait dans l'esprit de Dan Patrick.

— Je ne vous suis pas.

— Je vais vous expliquer. Les personnages imaginaires sont apparemment capables de « voir » d'autres personnages imaginaires, même si ceux-ci sont créés par des gens qui sont toujours en vie. Dan Patrick a peut-être imaginé qu'il faisait quelque chose avec vous qui n'a pas plu à votre sœur. Alors elle l'a tué.

— Faire quoi, par exemple ? voulut savoir Laura.

— Servez-vous de votre imagination ! répliqua Miles d'un ton un brin malicieux.

Elizabeth s'appuya sur le dossier du canapé.

— Je n'avais pas pensé à cela. Mais alors, cela signifie... que tout homme qui me trouve attirante pourrait être en danger.

— C'est exact. Vous connaître pourrait être dangereux.

— Mais je n'ai jamais eu le moindre problème jusqu'ici.

— Vous étiez déjà sortie avec des hommes ?

— Bien sûr !

— Leurs intentions étaient peut-être tout à fait honorables, ou tout au moins inoffensives. Dan Patrick a peut-être imaginé qu'il vous faisait quelque chose de violent. Allez savoir !

— Qu'est-ce que cette petite fille-Peggy est au juste ? demanda Laura. Vous dites que ce n'est pas un fantôme. Est-ce qu'elle existe par elle-même, ou bien est-ce que Lizzie et moi devons être là pour la voir ? Enfin, lorsque Lizzie et moi mourrons, est-ce qu'*elle* mourra également ? Est-elle réelle, ou bien est-ce nous qui l'imaginons ?

— Je ne le sais pas avec certitude, répondit Miles. Mais jusqu'à présent, toutes les preuves semblent indiquer que ces esprits ont une existence autonome. Ils ont survécu à la mort du cerveau qui leur a donné naissance. Je suis certain qu'ils peuvent survivre à la mort des gens qui les ont connus. Quant à savoir ce qu'ils *sont* exactement... ma théorie est qu'ils sont les créations de l'inconscient collectif, ce grand étang de la pensée humaine dans lequel nous puisons tous.

« Si l'on remonte dans l'histoire de l'humanité, jusqu'au moment où les hommes furent capables pour la première fois d'exprimer par des mots ce qu'ils pensaient, on trouve des quantités d'exemples de créations imaginaires et mythologiques qui se sont incarnées.

« Par exemple, il y avait un être que les marins Viking appelaient Shony. C'était une créature semblable à un homme, au corps recouvert de longs poils et de piquants, qui apparaissait dans la mer du Nord. On racontait que Shony dévorait les marins qui tombaient par-dessus bord, ou bien il imitait les cris d'un homme en train de se noyer, et lorsque quelqu'un plongeait dans l'eau pour venir à son secours, Shony le mettait en pièces. Les constructeurs de bateaux Viking rougissaient la quille de leurs bateaux en attachant une victime aux rondins sur lesquels ils faisaient rouler leurs navires vers l'eau... un genre de sacrifice, afin que Shony ne les attaque pas.

« Il n'y avait pas de preuves véritables de l'existence de Shony, puis il s'est passé quelque chose de très intéressant. Sir Walter Scott, le romancier écossais, a écrit quelque chose sur Shony, en l'appelant par son nom local, Shellycoat. Attendez...

Il se leva et farfouilla parmi une pile de carnets qui penchait dangereusement, jusqu'à ce qu'il trouve celui qu'il cherchait.

— Voici ce que Scott a écrit : « Lorsque Shellycoat apparaissait sur le rivage, il semblait couvert d'algues et d'écailles dont le tintement annonçait sa venue.

« A peu près deux ans après la publication de ce livre, un jeune homme fut découvert sur la plage près de St. Andrew's, dans le comté de Fife : ses jambes avaient été attaquées et la moitié de son torse déchiqueté. Apparemment, il avait été attaqué par un requin... bien qu'il n'y ait pas de requins dans la mer du Nord. Environ un mois plus tard, une jeune femme fut retrouvée, atrocement mutilée, puis deux chiens. Un photographe de Cupar décida de monter la garde sur la plage. Il campa là jour et nuit, pendant trois semaines, et un matin il aperçut une femme qui promenait son chien et venait dans sa direction. Il y avait un *haar*, ou brume venant de la mer, très dense. Aussi il avait du mal à voir distinctement. Mais, alors que la femme se trouvait à une soixantaine de mètres de lui, il entendit un fort cliquetis, et derrière la femme "une Chose énorme et voûtée surgit des hauts-fonds de l'océan, couverte de varech marron et d'écailles de moule".

« Le photographe cria un avertissement, la femme se retourna, vit ce que c'était et se mit à courir. Mais la créature était rapide. Elle saisit le chien et le déchira en deux, littéralement, dévorant une moitié et jetant le reste sur la plage. Puis elle disparut à nouveau dans la brume.

— Est-ce que le photographe a pris une photo? demanda Elizabeth.

Miles hocha la tête. Il sortit du dos du carnet la photocopie d'une photo en noir et blanc, floue. Elle représentait une femme en manteau noir courant vers le premier plan sur la gauche. Son visage était flou mais manifestement éperdu. C'était le visage d'une femme terrifiée. Son chapeau s'était envolé et gisait sur la plage, mais elle ne tournait pas la tête pour regarder. Car, à une quinzaine de mètres derrière elle, il y avait une forme massive, noire et trapue, recouverte de varech et d'écailles.

— Ce pourrait être un canular, dit Laura. Vous devriez voir certains des effets spéciaux qu'ils font à Hollywood.

— Oui, vous avez raison, ce pourrait être un canular, admit Miles. Le photographe a juré devant Dieu que cette photo n'était pas truquée, et la femme a affirmé que cela s'était vraiment passé, mais ils auraient pu monter cette histoire de toutes pièces, pour faire une farce, ou quelqu'un aurait pu se déguiser en

Shellycoat afin de leur faire peur, mais je ne vois pas comment il aurait pu déchirer un chien en deux !

« Cependant, on découvrit deux faits intéressants. L'un était qu'un garçon du pays, un certain Angus Renfield, s'était noyé au même endroit, et que son histoire préférée était la description de Shellycoat faite par Sir Walter Scott. Apparemment, il avait l'habitude d'effrayer ses copains en se couvrant de varech et en les poursuivant sur la plage. L'autre fait était qu'un bateau de pêche revint à St. Andrew's peu de temps après, avec son chalut endommagé. L'équipage constata qu'il y avait un énorme trou dans le filet, arraché ou déchiqueté à coups de dent. Dans une partie du filet, ils trouvèrent vingt ou trente coquilles de moule, imbriquées selon un certain motif, et toutes entrelacées de poils rudes et graisseux. Ces coquilles, quand on les agitait, produisaient un tintement très particulier.

— C'est une histoire tout à fait effrayante, dit Laura.

Miles alluma une autre cigarette.

— Rien ne permet d'établir son authenticité, mais on peut toujours voir ces écailles à la bibliothèque de l'université de St. Andrew's. J'ai une photographie quelque part. Néanmoins ce n'est pas le seul exemple d'êtres imaginaires ou mythologiques devenus réels. Des gens ont affirmé avoir vu des personnages de Dickens, de Joyce, des « privés » de Raymond Chandler. Une infirmière travaillant dans une clinique londonienne spécialisée dans la désintoxication de drogués a dit qu'elle était totalement convaincue qu'un homme qui s'était présenté dans cette clinique pour suivre un traitement, était Sherlock Holmes.

— Oh, allons ! s'exclama Elizabeth. Elle devait être un peu trop portée sur le gin !

— Pas du tout, répliqua Miles.

Elizabeth avait eu envie d'éclater de rire, mais l'expression sérieuse sur le visage de Miles l'en dissuada.

— Non, reprit Miles, l'infirmière n'était pas ivre, et

elle n'imaginait pas des choses, mais quelqu'un d'autre, oui ! Quelqu'un imaginait qu'il était Sherlock Holmes. Quelqu'un qui était mort. Son esprit n'avait pas survécu sous la forme qu'il avait eue de son vivant. Quand on y réfléchit, pourquoi serait-ce le cas ? Votre imagination est complètement libérée des contraintes de votre corps. Quelqu'un avait imaginé avec une telle force qu'il était Sherlock Holmes qu'il a revêtu une forme perceptible.

« Il y a une énorme énergie psychologique dans l'inconscient collectif. Jung le savait, et il l'a utilisée pour soigner des personnes atteintes de schizophrénie et d'autres troubles mentaux très graves. Prenons un exemple : une personne est grièvement blessée dans un accident d'automobile, et des dizaines d'autres personnes accourent pour le sauver... ambulanciers, infirmières, docteurs, chirurgiens, anesthésistes, donneurs de sang... sans parler de la communauté qui a fait construire l'hôpital et donné de l'argent pour le service des urgences. Là, la seule différence est que l'aide que vous recevez de la part de l'inconscient collectif est psychologique plutôt que physique.

— Si cela est vrai, pourquoi le monde entier n'est-il pas peuplé de personnages imaginaires ? demanda Laura. Pourquoi ne côtoyons-nous pas le Club des cinq, ou Huckleberry Finn, ou Alice au Pays des Merveilles ? Dites donc, je pourrais être Scarlett O'Hara lorsque je mourrai !

Miles reprit du café. Son expression était toujours tout à fait sérieuse.

— Je ne pense pas que tous les esprits revêtent la forme de personnages imaginaires. Je ne pense pas que beaucoup d'esprits survivent. Dans presque tous les cas que j'ai examinés, la personne décédée était morte d'une mort traumatisante. Presque toujours, la personne s'était noyée ou était morte par asphyxie, ou bien avait connu une longue période de manque d'oxygène de quelque autre manière. Je ne sais absolument pas comment cela se passe, mais le manque d'oxygène est apparemment l'une des conditions nécessaires pour que l'imagination soit libérée.

« C'est pour cette raison que tellement de gens rapportent avoir eu des expériences extracorporelles, alors qu'ils étaient cliniquement morts durant un court laps de temps. Les cas signalés sont trop nombreux pour qu'on puisse les ignorer, d'autant plus qu'ils sont tous tellement semblables. La sensation de flotter vers le plafond et de contempler son propre corps... la sensation de se diriger vers une lumière très vive au bout d'un tunnel. Voir des parents et des amis qui vous ont précédé. C'est l'imagination humaine en train de quitter le corps humain, et ensuite elle peut revêtir toute forme de son choix, à condition d'en avoir la volonté, l'énergie, et le besoin.

— Je trouve cela très difficile à croire, déclara Elizabeth.

— Cela m'étonne de votre part, répliqua Miles. Vous êtes écrivain... vous devriez très bien connaître le pouvoir de l'imagination humaine. Croyez-moi, Lizzie, dans un recoin de notre esprit il y *a* un autre monde, avec d'autres gens dedans. Ils existent parce que nous voulons qu'ils existent. Il nous suffit de fermer les yeux et de penser à eux, et ils sont là. Vous pouvez vraiment les voir. Vous pouvez vraiment les décrire. Vous pouvez les entendre parler et sentir leur parfum. A tous égards ils sont *réels*, Lizzie. Ils sont tout à fait réels.

Elizabeth demeura silencieuse et pensive un moment. Puis elle dit :

— Existe-t-il un moyen de se débarrasser d'eux ?

Miles battit des paupières.

— Pardon ?

— J'aimerais savoir s'il existe un moyen de se débarrasser d'eux. Si nous sommes capables de les imaginer, nous sommes certainement capables de les *désimaginer* également, non ?

— Vous voulez dire... vous débarrasser de Peggy ?

Elizabeth acquiesça de la tête.

— Mais Peggy est votre sœur, rétorqua Miles. Il se peut qu'elle ne ressemble plus tout à fait à votre sœur, néanmoins elle est toujours votre sœur. Vous pouvez le sentir intuitivement. Et si Laura avait le visage atrocement brûlé au cours d'un incendie et qu'elle doive subir une intervention de chirurgie esthétique, à tel point qu'elle finisse par ressembler à quelqu'un de différent ? Vous n'auriez pas envie de vous débarrasser d'elle, n'est-ce pas ?

— Ce n'est pas la même chose. Peggy est capable de tuer des gens. En outre, elle est déjà morte. Quelle que soit cette petite fille-Peggy, qu'elle soit Gerda ou Peggy ou je ne sais qui, la Peggy que je connaissais est enterrée dans le cimetière de Sherman, et elle ne reviendra pas.

— Vous vous trompez, répliqua Miles. Ce qui est enterré dans le cimetière de Sherman, c'est le corps matériel de Peggy, rien de plus. Son être essentiel, ce qu'elle était de fait, est toujours avec nous, et restera avec nous.

— Vous voulez dire que je *ne peux pas* me débarrasser d'elle ?

— Comment pourriez-vous vous débarrasser de Gerda dans *La Reine des Neiges* ? Brûler tous les exemplaires du livre et faire un lavage de cerveau à tous ceux qui l'ont lu ? Une fois qu'un personnage a été créé, il ou elle, on ne peut pas le décréer.

— Mais elle pourrait gâcher ma vie ! Si tout homme que je rencontre court le risque de mourir de froid, comment pourrai-je avoir la moindre relation avec quelqu'un ?

— Je pense que vous pourriez essayer de vivre le plus loin possible de Sherman.

— Oh, je vois ! Je devrais aller vivre en Chine parce que ma sœur décédée, âgée de six ans, n'apprécie pas que je sorte avec des hommes qui ont envie de me faire l'amour !

Miles alluma une troisième cigarette. Durant un moment, son visage fut caché par la fumée. Puis il la chassa de la main, hocha la tête et dit :

— Ma foi... cela pourrait se résumer. à ça.

— Et pour moi ? demanda Laura.

— Je pense que c'est la même chose, répondit Miles. Après tout, il y a d'excellentes raisons de croire que votre Peggy a tué le révérend Bracewaite, même si vous ne l'avez pas vue le tuer, n'est-ce pas ?

— Il n'existe vraiment aucun moyen ? dit Elizabeth.

— Pas que je sache. La formation d'un esprit n'est pas exactement une science connue, d'accord ? Vous devez croire qu'un personnage imaginaire peut réellement exister avant d'être capable de trouver un moyen de vous en débarrasser, et c'est un acte de foi que très peu de gens sont disposés à faire.

— Je ne suis pas sûre d'y être disposée.

— Vous avez vu Peggy par vous-même.

— Je sais. Mais peut-être que ce n'est pas du tout Peggy. Je me fais peut-être des idées. Et cette forme noire qui a fait mourir de froid ce pauvre Dan Patrick, qu'est-ce que cela pourrait être ?

— La Reine des Neiges, répondit Miles d'un ton prosaïque. Quand un esprit devient un personnage, il peut faire apparaître tous les autres personnages du conte ou du roman qui ont fait de lui ce qu'il est... il ou elle.

— C'est ce que je pensais, dit Elizabeth. Mais la Reine des Neiges n'était pas noire, comme cette forme. D'après la description faite par Andersen, elle était *blanche*. Elle portait un bonnet et un manteau entièrement faits de neige, et elle était grande et svelte, et elle était d'un blanc éclatant.

— Bien sûr, fit Miles, c'est ce qu'il a écrit dans le conte, mais il écrivait pour les enfants, d'accord ?

— Je ne comprends pas.

— Andersen écrivait pour les adultes longtemps avant de se mettre à écrire des contes de fées pour les enfants. En fait, il n'aimait pas particulièrement écrire des contes de fées, mais ils ont obtenu un tel succès qu'il n'avait pas le choix. Lorsqu'ils ont été publiés pour la première fois, beaucoup de critiques ont dit que ses contes étaient trop morbides pour des enfants. Ils se lisaient comme des contes pour enfants, mais ils étaient destinés aux adultes.

« Andersen était un Scandinave. Vous savez, le genre sombre et mélancolique. La Reine des Neiges s'inspirait de l'une des filles de Loki, la grande incarnation nordique du mal. Loki était l'équivalent de Satan pour les Scandinaves. Il les terrifiait tellement qu'ils ne lui faisaient jamais de sacrifices, et ne construisaient pas de temples en son honneur, au cas où il serait apparu pour les remercier. Sa première épouse s'appelait Braises et sa deuxième épouse Cendres. Encore aujourd'hui, lorsque les Danoises entendent le feu crépiter dans leur cheminée, elles disent que c'est Loki qui bat ses enfants.

« Sa troisième épouse s'appelait Augur-boda, ce qui signifie Présage de Tourments. Elle avait trois enfants, la première était Hel, la reine du monde souterrain, qui a donné son nom au mot anglais *hell* (enfer).

« Hel fut chassée du royaume céleste d'Odin et, selon la légende, Odin lui confia “neuf mondes sans lumière à gouverner, où elle serait la reine et l'impératrice des morts”. Les gens qui vivaient dans le palais de Hel étaient des criminels et des pécheurs, et tous ceux qui étaient morts sans avoir répandu leur sang. Les Scandinaves de jadis avaient le plus grand mépris pour celui qui mourait dans son lit. On devait être belliqueux et brave, et mourir par l'épée.

« Les Danois disaient que Hel avait été responsable de la Peste Noire. Ils racontaient que sa monture était un cheval blanc à trois pattes, et qu'elle avait parcouru toute l'Europe du Nord, propageant le fléau. Ils disaient qu'elle était également responsable de toute mort par le froid ou par suite de gelures.

« En d'autres termes, Hel, la fille de Loki, a servi de modèle pour la Reine des Neiges.

— Mais ce n'est qu'une légende, non ? dit Laura.

Miles souffla de la fumée.

— Votre sœur Peggy n'est qu'un conte de fées.

— Vous essayez de suggérer que Peggy s'est réincarnée sous la forme de Gerda, et que Hel a été amenée à la vie, elle aussi ?

— Vous voulez mon opinion sincère ?

— Bien sûr !

— Alors mon opinion est que c'est parfaitement impossible, que rien de tout cela ne pouvait se produire. Pourtant c'est bien ce qui est arrivé.

Elizabeth se leva, alla jusqu'à la fenêtre et contempla le jardin enneigé. Le labrador noir se tenait près du bain pour les oiseaux gelé et l'observait de ses yeux couleur grenat.

— Comment pouvons-nous la faire reposer en paix ? demanda-t-elle.

— Je n'en sais rien, répondit Miles. Je suis écrivain. Je suis psychologue. Je me mêle un peu de tout.

— Il faut absolument qu'elle repose en paix. Sinon, elle nous tourmentera à jamais !

Miles regarda Laura et fit une grimace qui signifiait « je ne peux rien faire de plus, je vous ai dit tout ce que je savais ».

— Tu devrais peut-être venir vivre en Californie, Lizzie, dit Laura. Je suis sûre que Chester t'engagerait comme scénariste.

— Non, fit Elizabeth. Je ne veux pas m'enfuir. Pourquoi le ferais-je ? Loki, Hel, ce ne sont que des histoires, d'accord ? Les histoires ne peuvent pas vous faire du mal !

— Lizzie, dit Miles d'une voix aussi douce que possible. Je pense que vous devriez comprendre qu'elles le peuvent, et qu'elles l'ont souvent fait, et qu'elles le feront encore ; et que, de toutes les histoires que votre sœur aurait pu choisir d'imaginer, *La Reine des Neiges* est l'une des plus terrifiantes. Le nom de Loki vous est peut-être inconnu, mais le nom de Satan ne l'est pas, j'en suis sûr, et il s'agit du même genre de manifestation. Si Peggy a imaginé qu'elle était Gerda, alors elle a également imaginé la Reine des Neiges, parce que la Reine des Neiges est essentielle pour le combat de Gerda. Sans la Reine des Neiges, Gerda n'est qu'une petite fille qui applique des pièces de cuivre brûlantes sur des vitres givrées afin de regarder la rue au-dehors.

« Vous avez vu la Reine des Neiges. Vous l'avez vue de vos propres yeux, et son nom est Hel.

La cérémonie des obsèques fut très simple. Un vent cinglant soufflait vers le nord-ouest, venu du Canada, et des rafales de neige très fine étaient emportées au-dessus de la fosse béante.

Elizabeth et Laura furent stupéfaites par le nombre de personnes qui étaient venues. Mary Kenneth Randall, dans un fauteuil roulant, poussé par une Noire qui se plaignait continuellement. Eugene O'Neill, le dramaturge, qui avait l'air vieux, frigorifié et pitoyable. Ashley Tibbett, émacié, le teint jaunâtre, rongé par un cancer du poumon. Sidney Perelman, qui défiait jadis David Buchanan dans des concours à l'Algonquin — celui qui boirait le plus grand nombre de verres de martini — et qui gagnait la plupart du temps. Marianne Craig Moore, la poétesse qui avait écrit *Le Pangolin*. Frederic Nash, plus connu sous le nom de Ogden, mais à court de vers spirituels en un jour comme celui-ci.

Quelqu'un d'autre vint, un peu en retard. Une énorme Cadillac noire s'arrêta à l'entrée du cimetière, aussi silencieuse qu'un fourgon mortuaire, et un homme trapu, large d'épaules, en descendit. Il portait un pardessus noir avec un col d'astrakan et il marchait en s'appuyant sur une canne noire au pommeau d'argent.

Le révérend Bullock psalmodiait déjà les paroles : « L'homme n'est que poussière et retourne en poussière... » lorsqu'il rejoignit le petit groupe. Il ôta son chapeau et se tint nu-tête tandis que l'on descendait le cercueil de David Buchanan vers le sol gelé. Ses cheveux n'étaient plus de la couleur d'un gâteau aux amandes, ils étaient plutôt couleur acier rouillé, et sa moustache était plus tombante, mais c'était bien Johnson Ward, sans aucun doute, l'auteur jadis célèbre de *Fruit amer*.

Il attendit que la cérémonie soit terminée, puis il s'avança et laissa tomber quelque chose dans la tombe béante de David Buchanan.

Elizabeth vint vers lui et prit son bras.

— Bronco, murmura-t-elle.

— La petite Lizzie, dit-il. Ma destructrice de ballons préférée.

Il l'embrassa, et il avait toujours la même odeur, une odeur de propreté et d'épices.

— Je suis tellement contente que vous ayez pu venir, dit-elle. Je ne vous ai pas vu depuis...

— Oui, fit-il. Depuis que nous avons enterré votre petite Peg chérie. Nous devrions peut-être cesser de nous voir uniquement pour des enterrements. (Il contempla la tombe.) Ton père m'était si cher, tu le sais ? C'était une joie d'écrire pour un éditeur comme lui, même s'il ne pouvait pas nous donner beaucoup d'argent. Il aimait tellement ce qu'il faisait.

Il prit son mouchoir et s'essuya le nez.

— Tu sais ce que j'ai jeté dans sa tombe ? Le stylo qu'il m'avait prêté, la première fois que je l'ai rencontré. Nous étions chez Jack & Charlie, une femme s'est approchée de moi et m'a demandé un autographe. C'était la première fois que cela m'arrivait, et je n'avais même pas un stylo sur moi, alors Davey m'a prêté le sien. J'ai voulu le lui redonner, mais il a dit : Non, gardez-le. Vous me le rendrez lorsque les gens ne vous demanderont plus d'autographes.

« Eh bien, ils ne le font plus. Les gens ne savent même pas qui je suis, pour la plupart. Cette époque est révolue depuis longtemps, et maintenant Davey est parti, lui aussi, et il peut récupérer son stylo.

— Mais vous travaillez pour nous en ce moment, n'est-ce pas ? dit Elizabeth. Margo m'a dit que vous écriviez un nouveau roman, sur l'Arizona.

Bronco haussa les épaules.

— Je suis censé l'écrire. En fait, je devrais m'y mettre sérieusement. J'ai déjà dépensé l'avance.

— Quand devez-vous le remettre ?

— A la fin de l'année. Mais inutile de rêver !

— Combien de feuillets avez-vous déjà écrits ?

Il leva sa main gantée comme s'il cadrait un plan pour un film.

— J'ai écrit, *Les adorateurs du soleil*, de Johnson Ward. Ensuite j'ai écrit « Premier Chapitre ». Ensuite j'ai écrit : « Pearson était assis par une journée sans ombre. Il songeait aux femmes. Aux femmes et à l'alcool, mais principalement aux femmes. »

Il s'ensuivit un long silence. A présent ils s'éloignaient de la tombe ; ils marchaient en se tenant par le bras. Le vent soufflait en rafales dans leurs oreilles.

— C'est tout ? demanda finalement Elizabeth.

Bronco lui lança un regard paternel, perçant et fatigué.

— C'est tout, ma petite Lizzie, extraordinaire mordeuse de ballons. Mais ne le dis pas à Rossi, elle se ferait des cordes de banjo avec mes tripes !

— C'est tout ce que vous avez écrit, et vous devez remettre votre manuscrit à la fin de l'année ?

— C'est tout ce que j'ai écrit.

— Bon, vous êtes bloqué, c'est tout. Vous pouvez surmonter ce blocage.

— Hon-hon, ce n'est pas un blocage. Billy vient me voir continuellement.

— Billy ?

Bronco jeta un regard par-dessus son épaule parsemée de flocons de neige.

— Je t'ai parlé de Billy. C'était mon frère, celui qui est mort. Je l'avais rencontré à Cuba, et maintenant il apparaît constamment. Comment puis-je écrire alors que mon frère décédé n'arrête pas de me harceler ?

Elizabeth obligea Bronco à faire halte.

— Vous parlez sérieusement ? demanda-t-elle vivement.

Il la considéra et ses yeux étaient égarés.

— Bien sûr que je parle sérieusement ! Bon Dieu, il ne me laisse jamais tranquille. Vita pense que je suis devenu fou. Je pense que je suis devenu fou. J'essaie d'écrire et il est là, dans mon bureau, et il me regarde fixement. Il m'interrompt dans mon travail, il me parle, il me dit à quel point je suis négligent. Je n'aurais pas dû le laisser mourir. Je n'aurais pas dû gagner autant d'argent. Je n'ai aucun talent. Je suis un raté. Il est toujours là, et merde !

— Est-ce que vous en avez parlé à quelqu'un ?

— J'ai un jardinier. Je lui en ai parlé. En fait, je ne pouvais pas faire autrement. Il m'avait vu en train de me disputer avec Billy, et il m'avait demandé ce qui n'allait pas.

— Il vous a cru lorsque vous lui avez dit qui était Billy ?

Ils étaient arrivés près des voitures. Laura et Lenny venaient dans leur direction. Lenny se tapait dans les mains pour se réchauffer.

— Il y a un truc bizarre, répondit Bronco. Je lui ai seulement dit que Billy était mon frère. Mais il a déclaré : « On ne doit pas côtoyer les morts. Les morts sont prêts à tout. »

— Quelqu'un lui avait certainement dit que votre frère était mort. Peut-être Vita.

— Et *toi*, que supposerais-tu si tu m'avais vu me disputer avec quelqu'un dans le jardin, et que je te disais que c'était mon frère ? Tu supposerais que c'était un autre frère, non ? Tu ne penserais pas que c'était mon frère *décédé* !

Laura s'approcha et prit Bronco par le bras.

— Mon romancier à scandales préféré, dit-elle en l'embrassant sur la joue.

— Ça par exemple ! sourit Bronco. Sûr que tu as pris des formes, petite Laura !

Puis Margaret Buchanan descendit l'allée déblayée, dans un fauteuil roulant, emmitouflée dans une couverture écossaise. Seamus poussait le fauteuil. Il avait mauvaise mine. Ses joues étaient aussi pâles que du savon blanc et ses yeux étaient fixes. Il portait un bonnet de laine noir qui le faisait ressembler à un grand enfant dorloté. Il s'arrêta à côté d'eux mais il ne dit rien. Une goutte luisante oscillait au bout de son nez.

Margaret portait de petites lunettes de soleil rondes et un grand chapeau noir. Elle pinçait la bouche.

— Je ne sais vraiment pas pourquoi David devait partir par une journée aussi froide, se plaignit-elle. Lui qui était toujours si prévenant. Mais maintenant il est parti, bonté divine ! Il exagère, non ?

— Voyons, maman, dit Laura. Il y a un repas chaud à la maison. Tu te sentiras mieux lorsque tu auras mangé.

Elizabeth sortit son mouchoir, s'approcha de Seamus et lui essuya le nez. Il ne la regarda pas. Il ne dit rien.

— Tu vas bien, Seamus ? lui demanda-t-elle gentiment.

Il lui lança un rapide regard de côté, mais il ne disait toujours rien.

— Quelque chose ne va pas ? dit Elizabeth d'un ton cajoleur. J'ai fait quelque chose qui t'a déplu ?

Il hésita un long moment, mâchonnant l'air froid du matin comme si c'était du chewing-gum.

— Ose pas dire, finit-il par répondre.

— Tu n'oses pas, ou tu ne veux pas ?

— Je sais ce qui arrive à celui qui ose dire.

— Celui qui ose dire quoi, Seamus ?

Il roula les yeux.

— Ose pas dire, oh non ! Ose pas dire, c'est tout.

— Allons, qu'arrive-t-il à celui qui ose dire cette chose que tu n'oses pas dire ?

— Il reçoit un baiser, répondit Seamus.

— Un baiser ? Un baiser de qui ?

— Tu n'auras pas d'autre baiser, sinon tu en mourrais.

Elizabeth frissonna et se tourna vers Laura. Laura forma avec ses lèvres : « Quoi ? Qu'y a-t-il ? » Seamus citait à nouveau *La Reine des Neiges*, et Elizabeth savait de quoi il parlait. Les baisers de la Reine des Neiges étaient aussi froids qu'un glacier, et sa bouche pouvait vider toute la chaleur du cœur de quelqu'un.

Seamus vit que Elizabeth était effrayée, et il la saisit par le bras.

— Tu ne peux pas nous faire des reproches ! Tu ne peux pas nous faire des reproches ! Je t'aime, même si je n'ose pas dire !

Elizabeth le regarda avec stupeur.

— C'est *cela* que tu n'oses pas dire ? Que tu m'aimes ?

— Chuuuuttt ! fit Seamus d'une voix sifflante, paniqué.

Il appuya son index sur ses lèvres, répandant de la salive partout.

Margaret tourna la tête et le regarda d'un air désapprobateur.

— La neige me suffit, je n'ai pas besoin que tu me craches dessus ! Allez, conduis-moi à la voiture. J'ai froid et j'en ai assez de ce fauteuil roulant. Tu es bien trop agité ! Tu n'as pas arrêté de pousser ce fauteuil en un mouvement de va-et-vient durant toute la cérémonie. J'ai cru que j'allais avoir le mal de mer !

Seamus obtempéra et ils s'éloignèrent. Puis Miles Moreton s'approcha, ôta son chapeau et présenta ses condoléances.

— Je le regretterai, plus que je ne saurais le dire. Il était un frère pour moi, tout autant qu'un éditeur.

— Merci beaucoup, Miles, dit Elizabeth.

— Au fait... j'espère que je ne vous ai pas trop effrayées hier, avec tout ce que je vous ai raconté.

— Pas du tout. Au moins vous nous avez donné un genre d'explication, à propos de ce qui se passe.

— J'ai consulté d'autres ouvrages sur ce sujet, ajouta Miles. Apparemment, il *existe* des moyens permettant d'exorciser quelqu'un dont la conscience imaginative vous persécute. Des gens ont essayé ces moyens, de temps à autre.

— Est-ce que nous pouvons parler de ceci plus tard ? demanda Elizabeth. Je ne voudrais pas faire attendre tout le monde dans ce froid !

— C'est très simple, continua Miles avec enthousiasme. Tout ce que vous avez à faire, c'est choisir de vous-même un personnage... un personnage capable de chasser le personnage qui vous tourmente... et *être* ce personnage, et ensuite...

— Viens, Lizzie ! appela Laura. On gèle ici !

Elizabeth toucha le bras de Miles.

— Je vous parlerai plus tard. Merci d'être venu. Mon père vous en aurait été infiniment reconnaissant.

16

Ce soir-là, quand tous les autres furent partis, Elizabeth, Laura, Bronco et Miles s'installèrent près du feu et burent trois bouteilles de vin rouge à eux quatre. La maison était immense et feutrée. De temps à autre, ils entendaient ce craquement menaçant très caractéristique qui signifie qu'il y a des tonnes de neige sur le toit.

— Vous avez déjà eu un temps pareil en automne ? demanda Bronco, sa cravate desserrée, ses chaussures noires cirées appuyées sur le tabouret devant la cheminée.

— Non, jamais, répondit Miles.

Il alluma une Camel avec le bout incandescent de la précédente, puis souffla de la fumée.

— Celui-ci va figurer dans le livre des records !

— Bronco a vu son frère, dit Elizabeth à Miles.

Miles plissa les yeux.

— A en juger par la façon dont vous avez dit ça, je suppose que voir votre frère a une signification très particulière.

— La même signification que voir Peggy, déclara Elizabeth.

— Vous voulez dire que votre frère est décédé ?

La fumée de sa cigarette flotta entre eux, puis fut brusquement emportée par le courant d'air glacé derrière les rideaux.

— Je l'ai rencontré à Cuba, dit Bronco. Il ne ressemblait pas à Billy, pas du tout, mais j'ai su que c'était lui. Et maintenant il est revenu, et il me harcèle constamment.

— De quoi a-t-il l'air ? demanda Miles.

— Je ne sais pas. Il ressemble à un Cubain.

— De son vivant, est-ce qu'il lisait des livres ou voyait des films sur les Cubains ?

— Pas que je sache.

— Il était allé à Cuba ?

— Il n'était même pas allé jusqu'à Poughkeepsie.

— D'après ce que j'ai lu, dit Miles, il semblerait que, lorsque quelqu'un meurt, il doive fonder son identité imaginaire sur des gens qu'il a connus de son vivant, auxquels il a pensé, ou sur lesquels il a lu des livres. Une fois qu'il est mort, il *est* sa propre imagination, et son imagination ne peut pas imaginer qu'elle est quelqu'un d'autre ou quelque chose d'autre, si vous voyez ce que je veux dire.

— Je n'en suis pas bien sûr, avoua Bronco. Surtout après tout ce vin.

— Je vais vous expliquer. Votre frère devait fonder son apparence sur quelqu'un qu'il avait connu de son vivant... que cette personne soit imaginaire ou réelle. Certains fondent leur apparence « après la mort » sur celle qu'ils avaient de leur vivant. Ce qui donne un effet secondaire séduisant : beaucoup de formes-esprits semblent plus jeunes ou plus jolies que ne l'était la personne de son vivant. Apparemment, les morts sont tout aussi vaniteux que les vivants.

— Je ne vois pas de qui mon frère aurait pu s'inspirer. Il ne connaissait pas de Cubains, autant que je sache, et il n'a jamais lu un seul livre de sa vie, à part *Practical Mechanics*. Il passait tout son temps à écouter des disques de jazz.

— Et des musiciens de jazz ? demanda Miles. Est-ce qu'il avait des musiciens préférés ?

— Je ne sais pas... il y avait un disque genre rumba qu'il passait souvent. C'était peut-être son disque préféré. Mais j'ignore qui jouait sur ce disque.

Miles but une gorgée de vin.

— Vous avez toujours la collection de disques de votre frère ?

— Bien sûr. J'ai gardé toutes ses affaires. J'ai même son pantalon, et un costume zazou tout à fait ridicule qu'il mettait souvent, avec une ceinture dans le dos.

— Eh bien, je vous suggère la chose suivante : lorsque vous retournerez en Arizona, examinez ses disques et voyez si vous pouvez trouver quelque chose de latino-américain. Lorsque vous saurez de qui sa forme-esprit est inspirée, vous pourrez prendre les mesures nécessaires pour le faire cesser de vous importuner.

— Et en quoi consistent ces « mesures nécessaires » ?

— Pour dire les choses simplement, vous devez battre la forme-esprit avec ses propres armes. Disons que c'est comme « les ciseaux coupent le papier, le papier enveloppe la pierre ». Vous devez choisir un personnage pour vous-même, imaginaire ou réel... mais quelqu'un qui soit capable de négocier avec la forme-esprit qui vous importune, ou de lui faire entendre raison. Par exemple, si votre frère se manifeste sous l'apparence d'un musicien cubain, vous pouvez prendre la forme d'un imprésario ou d'un chef d'orchestre ou d'un producteur de disques, et lui dire qu'il doit vous laisser tranquille, sinon il va perdre son boulot.

Bronco s'esclaffa.

— Et comment suis-je censé prendre la forme-esprit d'un chef d'orchestre cubain, dites-moi ?

Miles demeura sérieux.

— Vous devez utiliser le *glamour*. C'est l'une des formes les plus anciennes et les plus connues de la tromperie occulte.

— Le *glamour* ? s'exclama Elizabeth.

— C'est exact. Aujourd'hui nous employons le mot *glamour* pour désigner une beauté illusoire. Mais *glamour* vient en fait du mot écossais *gramarye*, lequel signifie changement de forme magique, tel que le pratiquaient les sorcières. Pour ce faire, elles nouaient autour de leur cou une corde faite de poils d'animaux tressés et la serraient jusqu'à ce que leur respiration soit bloquée et qu'elles manquent d'oxygène. En d'autres termes, elles se mettaient dans un état proche de la mort. Alors leur imagination était libre de quitter leur corps et de revêtir la forme de leur choix.

— Illusoire, en effet! fit Bronco. Existe-t-il la moindre preuve que cela marchait vraiment?

— Jusqu'à présent j'ai trouvé quatre cas authentifiés. Le plus ancien date de 1645. Un étudiant de la ville de Pérouse en Italie déclara sous la foi du serment qu'il avait vu et parlé au fils de Giampolo, un ventriloque qui figure dans *Le dialogue des cours* de l'Arétin, texte écrit presque cent ans plus tôt. Deux autres personnes affirmèrent l'avoir rencontré, un prêtre et un aubergiste.

« En fait, ce fut l'aubergiste qui découvrit le corps d'un homme dans la chambre de Giampolo, étranglé avec une corde faite de poils d'animaux. L'aubergiste jura que Giampolo s'était retiré dans sa chambre au cours de l'après-midi, et que personne n'était entré ou sorti de sa chambre. L'homme portait les vêtements de Giampolo, mais il était beaucoup plus petit et plus âgé que Giampolo.

« Le cas le plus récent date de 1936, au mois d'août. Un homme fut arrêté à Schaumburg, Illinois, alors qu'il tentait de refiler un chèque sans provision. Il déclara à la police qu'il s'appelait Babbitt et qu'il était agent immobilier à Zenith.

— Vous voulez dire le Babbitt du roman de Sinclair Lewis? demanda Elizabeth.

— Lui-même. Du moins, c'est ce qu'il prétendit. Il fut examiné par deux psychiatres, lesquels affirmèrent qu'il était parfaitement sain d'esprit. Non seulement il ressemblait à Babbitt, mais il s'exprimait comme Babbitt. Il savait tout ce qui se passait dans le roman... et de surcroît, il savait des choses qui ne se trouvaient pas dans le roman mais qui auraient pu logiquement se produire.

« La police envoya même une copie de la déposition de l'homme à Sinclair Lewis, mais nous ignorons ce qu'*il* pensa de cette affaire, et, bien sûr, comme Sinclair Lewis est mort en janvier dernier, nous ne pouvons plus le lui demander.

« Le lendemain de la remise en liberté sous caution de "Babbitt", le corps d'une femme d'âge mûr fut découvert dans une maison voisine. Elle portait un costume d'homme que l'un des policiers présents sur place reconnut : c'était celui de "Babbitt". Il reconnut également la chevalière qu'elle portait, qui était bien trop grande pour elle. Il vérifia ses empreintes digitales et constata qu'elles étaient identiques à celles de "Babbitt".

« Si les textes de la Renaissance sur le changement de forme magique comportent une part de vérité, ces deux personnes se sont à moitié étranglées, de propos délibéré, afin de quitter leurs corps sous la forme de personnages imaginaires... pour quelles raisons, nous ne pouvons même pas tâcher de deviner. Mais aussi personne ne devinerait ce que *vous* avez fait, Bronco, si on vous découvrait habillé comme un chef d'orchestre cubain, d'accord ?

— Ma foi, vous avez raison, dit Bronco. Mais ce n'est pas une nouvelle très encourageante. Si vous devez prendre le risque de vous étrangler vous-même, uniquement pour vous débarrasser d'un esprit importun, je crois que je préférerais m'accommoder de l'esprit en question !

— De nos jours, vous n'êtes plus obligé de vous étrangler vous-même, déclara Miles. Il existe plusieurs drogues qui réduisent considérablement votre rythme respiratoire. Vous pourriez vous priver d'oxygène par des moyens chimiques, une méthode beaucoup plus sûre. Tout est une question de dosage, bien sûr. Il faudra que je me renseigne.

— Désolé, lui dit Bronco, mais cette histoire de

changement de forme magique ne m'enchante guère ! Trop bizarre, et beaucoup trop dangereux. Je pense que je préfère tenter un bon vieil exorcisme. Incantations, bougies, et tout le toutim !

L'horloge de parquet dans le vestibule sonna onze heures. Miles finit son verre de vin et dit :

— Je ferais mieux de partir, Lizzie. Merci pour tout. Je vous suis très reconnaissant de m'avoir invité. Votre père méritait une belle fête d'adieu.

Il alla dans le vestibule, mit son pardessus et prit son chapeau.

— Je vais faire de plus amples recherches... voir si je ne peux pas trouver quelque chose de moins dangereux que le changement de forme magique.

Laura l'embrassa.

— Bonne nuit, Miles. J'ai été ravie de faire votre connaissance. Venez donc me voir en Californie un jour !

Elles ne restèrent pas longtemps devant la porte ouverte. Le vent se levait et la neige tombait dru, aussi dense qu'un essaim d'abeilles.

Miles monta dans sa vieille Ford marron d'avant-guerre et claqua la portière. Il avait mis deux feuilles de journal sur le pare-brise, et elles étaient aussi dures que des planches. Il tira le starter avant d'essayer de mettre le moteur en marche. Néanmoins, le moteur hennit pendant presque deux minutes avant que la voiture consente à démarrer.

— Brave fille ! dit-il à la Ford.

Il quitta l'allée, klaxonna et traversa Sherman pour rentrer chez lui.

Il avait été profondément attristé par la mort de David Buchanan, mais il avait éprouvé un grand réconfort au cours des obsèques, et il avait savouré cette conversation avec Elizabeth, Laura et Johnson Ward. La plupart du temps, il vivait en ermite, écrivant et effectuant des recherches. Le mardi et le jeudi, il donnait des cours sur la création littéraire à l'université du Connecticut, mais il n'avait jamais fraternisé avec ses collègues, ni établi la moindre relation avec ses étudiants.

Certaines des filles battaient des cils et disaient : « *Bonjour*, monsieur Moreton », mais cela n'était jamais allé plus loin. Il ne se voyait pas sortir avec l'une d'elles et essayer de parler de Tommy Dorsey et de Frank Sinatra et de tout ce qui passionnait les jeunes filles au jour d'aujourd'hui.

Il y avait longtemps de cela, Miles était tombé amoureux. Mais c'était tellement lointain que cela semblait presque s'être passé au Moyen Age, un passé doré de chevalerie et d'idylles romanesques. Elle s'appelait Jennifer et il avait été tellement blessé, lorsqu'elle l'avait éconduit, que ses os avaient été douloureux pendant des mois. A présent, chose incroyable, c'était à peine s'il se souvenait d'elle. Des cheveux blonds à travers lesquels la lumière du soleil semblait toujours briller, des yeux bleus comme des bleuets, un rire sonore, et c'était tout. La beauté illusoire, là aussi !

Miles était surexcité par ces nouvelles recherches. Alors qu'il écrivait *L'imagination humaine*, il avait trouvé de temps à autre d'extraordinaires démonstrations de ce que la psyché humaine était capable de faire, mais il n'avait jamais trouvé une preuve aussi forte que la formation d'un esprit était non seulement possible mais qu'elle se produisait effectivement... et qu'elle se produisait ici même, dans le comté de Litchfield. Il était surexcité, mais il était également effrayé. Il commençait à comprendre à quel point notre prise sur la vie est ténue, à quel point nous sommes fragiles. Un faux pas, une suffocation, une seconde d'inattention sur la route, une respiration trop faible, et tout ce que nous avons été disparaît définitivement. Toute notre conscience se referme sur elle-même, comme l'obturateur d'un appareil photographique. Le noir. Partie. Terminé. Pourtant il était clair qu'un élément de ce que nous avions été pouvait parfois survivre à notre mort clinique, sous une forme différente et fascinante... même s'il préférait ne pas se demander si cette forme était ou non heureuse.

Bien sûr, ce qui le surexcitait plus que toute autre chose, c'était la perspective d'écrire un nouveau livre, et il avait déjà trouvé le titre : *La preuve de l'existence des fantômes*. Il lui suffisait d'établir que Elizabeth et Laura disaient bien la vérité, et que Johnson Ward avait réellement vu son frère décédé. Alors il serait célèbre dans le monde entier. Il pourrait enfin répondre à la question que l'homme se posait depuis le commencement des temps. Y a-t-il une vie après la mort... et si c'est le cas, quelle forme revêt-elle ?

Sa voiture gémit à travers les rues de Sherman et se dirigea vers Boardman's Bridge. En été, Miles aurait probablement pris la direction de Gaylordsville et franchi la colline pour rejoindre New Preston, mais avec un temps pareil c'était hors de question. Il n'y avait pas d'autres voitures sur la route, et la neige tombait en gros flocons épais, si épais que c'était à peine si les essuie-glaces parvenaient à les dégager. Les flancs et les vitres de la Ford étaient recouverts par la neige, et Miles avait l'impression d'être enveloppé dans une couverture. Le chauffage fonctionnait, mais les joints en caoutchouc des portières étaient usés, et ses chevilles étaient exposées à des courants d'air glacés.

Pas de problème, pensa-t-il tandis qu'il roulait lentement vers New Milford et le pont de la Housatonic, lorsque j'aurai écrit *La preuve de l'existence des fantômes*, j'aurai les moyens de m'acheter une nouvelle voiture. Peut-être un autre lit, également ; et un réfrigérateur. Mais ses ambitions matérielles n'allaient pas plus loin. Ce qu'il avait vraiment envie de faire, c'était de voyager. Aller à Rome, à Vienne, à Lisbonne. Il voulait voir Casablanca et se tenir aux confins du Sahara, écoutant la chaleur, le vide et le lent murmure de l'âme humaine.

Il était presque arrivé au pont de la Housatonic lorsqu'il aperçut une silhouette sur le bas-côté de la route. Il essuya le pare-brise avec son gant et chercha à percer les flocons de neige qui tourbillonnaient. A sa grande surprise, ses phares jaune pâle éclairèrent la silhouette d'une petite fille, pas plus de neuf ou dix ans, en robe d'été blanche, au milieu de la tempête de neige. Elle ne marchait pas et elle ne faisait pas des signes de la main. Elle était immobile, les bras le long du corps. Ses yeux formaient deux taches sombres, comme de la suie.

Il rétrograda, passa en seconde, puis freina doucement. Lorsque la Ford fut arrêtée, les essuie-glaces s'arrêtèrent également, et la petite fille fut cachée presque immédiatement à ses regards. Il attendit un moment, ses mains agrippant le volant, pour voir si elle allait monter, mais comme elle ne le faisait pas, il ouvrit sa portière et sortit.

— Dis donc, tu es drôlement habillée pour une nuit pareille! lui cria-t-il, une main levée pour protéger son visage des flocons de neige chassés par le vent.

La petite fille ne dit rien et demeura immobile, l'observant de ces yeux fuligineux. La neige recouvrait ses cheveux, comme un béret fait d'aigrettes de pissenlit. Sa peau était d'une pâleur mortelle, et ses lèvres étaient légèrement violacées. Ses doigts étaient violacés, également, comme s'ils étaient gelés.

Miles s'avança dans la neige pour la rejoindre. Il glissa à un moment et dut se retenir au capot de sa voiture pour ne pas tomber.

— Écoute, dit-il en se penchant vers elle. Tu ne peux pas rester ici, tu vas mourir de froid. Je vais te ramener chez toi, d'accord?

La petite fille ne disait toujours rien. Miles posa une main sur son épaule et regretta aussitôt de l'avoir fait. Son épaule était mince, anguleuse et très, très froide. En fait, elle semblait plus froide que la neige. C'était comme de poser sa main sur une épaule d'agneau congelée.

— Tu habites par ici? lui demanda Miles. Je peux te conduire où tu veux. Si tu n'as pas envie de rentrer chez toi, je peux t'emmener au commissariat, ils s'occuperont de toi et te donneront des vêtements chauds.

La petite fille tourna finalement son visage vers lui. Il fut atterré de voir à quel point elle paraissait blanche.

— Oh, j'ai laissé mes bottes, chuchota-t-elle.

— Qu'est-ce que tu as dit, ma chérie?

— Oh, j'ai laissé mes moufles.

Miles lui adressa un sourire crispé, dépourvu de joie.

— Ma foi, nous pouvons remédier à cela très vite, non?

Il regarda autour de lui. La route était déserte. Pas une seule voiture, personne, pas même une luge. Juste un pont à poutrelles métalliques, une route vide, et la neige qui tombait sans bruit et transformait le paysage en quelque chose d'étrange.

— Où habites-tu? C'est très loin d'ici?

La petite fille leva un bras avec raideur et montra du doigt le nord.

— Tu habites à New Milford?

La petite fille secoua la tête.

— Plus loin? Tu habites plus loin que New Milford? Marble Dale? Non? New Preston? Non? Cornwall Bridge?

La petite fille secoua la tête à chaque fois et continua de montrer le nord.

— Tu habites à Canaan? Non? Tu vis dans le Massachusetts? Dans le Vermont? Qu'essaies-tu de me dire, tu vis au *Canada*?

A présent la neige tombait si dru que la Ford de Miles commençait à ressembler à une énorme bosse blanche sur le bas-côté de la route.

— Écoute, trésor, dit-il d'une voix exaspérée. Je vais t'emmener chez les flics, compris? Ils sauront quoi faire de toi.

La petite fille secoua la tête. Miles avait commencé à tendre la main vers elle, afin de la prendre par le bras, mais elle secoua la tête d'une façon si négative et féroce, et il y avait un tel regard dans ses yeux sombres et estompés, que cela le fit hésiter. Il n'avait pas devant lui une enfant innocente qui se méfiait d'un inconnu. C'était une créature qui était en pleine possession de ses facultés et de ses sens, et qui lui disait : *non, ne me touche pas... ne t'avise pas de me toucher!*

— Bon, comme tu voudras, lui dit Miles. Je te demande simplement de monter dans la voiture. Cela ne nous prendra pas plus de deux minutes.

Il rebroussa chemin vers la voiture et ôta avec le côté de son gant la neige fraîchement tombée sur le pare-brise. Il ouvrit la portière côté conducteur et attendit que la fillette le rejoigne, mais elle resta où elle était, le regardant fixement, gelée jusqu'aux os.

— Allons, viens ! la supplia Miles. Je ne peux pas te laisser ici, d'accord ?

— Elle a soufflé ! lança la petite fille.

Il y avait trop de neige pour que sa voix résonne.

— Elle a soufflé ? Que veux-tu dire ? Qui a soufflé ?

— En passant, elle a soufflé sur les enfants, lui dit la petite fille.

Et merde, pensa-t-il, cette gosse a une case en moins ! Il avait très envie de la laisser là et de chercher le téléphone le plus proche afin de prévenir la police. L'ennui, c'était que la température avait chuté si brutalement qu'il craignait qu'elle ne meure de froid s'il la laissait ici encore très longtemps, vêtue comme elle l'était. Et s'il prévenait la police mais que la police ne la trouve pas ? Il se reprocherait sa mort jusqu'à la fin de ses jours !

Il n'avait pas le choix. Il allait être obligé de l'empoigner et de la porter de force jusqu'à la voiture.

Il revint vers elle mais elle leva son bras à nouveau et, cette fois, elle pointa son doigt sur lui.

— Elle a soufflé et son souffle les a tués !

— Tout va s'arranger, mon poussin, dit-il, s'efforçant de la calmer. Je sais que tu as froid. Je sais que tu es épuisée. Je vais juste te porter jusqu'à la voiture, d'accord ? Ensuite tu seras au chaud et tu te sentiras mieux.

La neige fouettait contre le dos de Miles. La température était si basse que les lignes à haute tension se brisèrent et tombèrent des pylônes à proximité de la route, fines, raides et recourbées. Miles s'aperçut qu'il avait du mal à respirer : l'air était si froid que ses poumons se recroquevillaient littéralement, parce qu'ils ne voulaient pas l'inhaler. Son nez et son menton étaient couverts d'une croûte de glace; il y avait même des petites gouttes de glace rêches qui se formaient au coin de ses yeux.

— Bordel de merde, il *faut* que tu montes dans la voiture ! cria-t-il à la fillette.

Son visage était blanc et hagard. Elle le fixait d'une façon si terrifiante qu'il eut l'impression que des ongles acérés lui labouraient le dos. Elle pointait toujours son doigt, elle continuait de le pointer, puis il se rendit compte qu'elle ne pointait pas son doigt sur lui, mais vers quelque chose derrière lui.

— Quoi ? demanda-t-il vivement, trop effrayé pour regarder.

Il entendit des pas venant lentement vers lui. Ils semblaient calmes, pesants et décidés, comme quelqu'un laissant tomber dans la neige des nouveau-nés morts, enveloppés dans des linges, l'un après l'autre. *Whoummp, whoummp, whoummp, whoummp...* calmes, pesants et tout à fait décidés.

— Quoi ? chuchota-t-il. Qu'est-ce que c'est ?

Il se retourna, très maladroitement, et faillit perdre l'équilibre. Se dressant au-dessus de lui, à seulement cinq mètres de distance, il y avait une immense forme noire, encapuchonnée et portant un manteau. Elle crépitait en raison d'un froid inconcevable. Il était incapable de comprendre ce que c'était, mais la forme noire s'approchait avec une telle détermination qu'il sut qu'elle lui voulait du mal, beaucoup de mal. Il cria : « Non ! » et se mit à courir, mais la forme continua de le suivre en ondoyant. Son manteau se soulevait derrière elle comme les nageoires d'une gigantesque raie manta noire.

Oh, merde! pensa-t-il, et il s'élança à travers la neige, faisant des bonds gigantesques et maladroits, agitant les bras d'un côté et de l'autre pour garder son équilibre. Il savait qu'il n'avait pas la moindre chance de s'échapper : il entendait la forme noire fondre sur lui. Mais il ne pouvait rien faire d'autre, à part courir.

Oh, merde! pensa-t-il. *Je n'ai pas envie de mourir de cette façon.*

La forme noire le poursuivait en grondant. Il *sentait* à quel point elle était froide, elle lui gelait le palais et lui bouchait les narines. Il atteignit le pont de la Housatonic, sautant et bondissant à travers la neige où il s'enfonçait jusqu'au mollet, tel un sauteur d'obstacles, un danseur de ballet. Il ne savait pas où il tentait d'aller. Il ne savait pas comment il réussirait à s'échapper. Mais la créature qui le suivait était froide, terrifiante et maléfique, et il était tout à fait sûr qu'elle voulait le mettre en pièces. Son manteau tonnait littéralement à travers la tempête de neige, des mètres et des mètres de matière noire et pesante, comme des tentures en velours noir pour un enterrement. De la neige s'envolait de sa silhouette ; de la neige s'envolait de son visage dissimulé par un capuchon.

— Oh, mon Dieu, venez à mon secours ! Mon Dieu, sauvez-moi ! haleta Miles.

Il arriva sur le pont et agrippa l'une des entretoises, épuisé. Son souffle grondait et sortait de sa bouche en des nuages de glace douloureux. A présent il entendait la forme tellement près derrière lui que tout son être sembla secoué par la profonde vibration glacée de son approche.

D'une manière ou d'une autre, il trouva la force de faire un autre pas. Au même instant, il fut brusquement tiré en arrière. Le froid avait collé la paume de sa main sur la traverse métallique, et il était incapable de la dégager.

Il tira, et tira à nouveau. Il tourna vivement la tête. La forme noire se dressait au-dessus de lui. Durant un instant, il entrevit un énorme visage blanchâtre, comme un cheval, fait de serpents qui semblaient se tordre. Puis le capuchon retomba et ce fut l'obscurité à nouveau.

Il saisit son coude gauche avec sa main droite, appuya son épaule droite contre l'un des montants du pont, puis il tira vers le haut. Durant un instant, il pensa qu'il ne parviendrait jamais à dégager sa main. Puis la peau se déchira de sa paume avec un craquement poisseux et laissa apparaître de la chair rouge, des tendons, et même la blancheur de l'os. Il cria, un petit cri étouffé. Mais il tira sur son bras à nouveau, la peau se déchira autour de son poignet, et il fut libre.

Il courut. Du moins, il pensa qu'il courait. En fait, il avança lentement en trébuchant jusqu'à ce qu'il ait franchi la moitié du pont. *L'imagination*, pensa-t-il. *Tout cela est imaginaire. Mais ce n'est pas moi qui imagine tout cela, c'est quelqu'un d'autre.*

Néanmoins, le fait de savoir que c'était purement imaginaire ne suffit pas à le sauver. Il fit un faux pas et sa cheville droite céda. Elle ne fit pas que se fracturer, elle se brisa complètement, parce que l'os était gelé.

Il tenta de marcher en s'appuyant dessus, mais sa chaussette ne contenait que de la peau et de la neige à moitié fondue, et la douleur fut si atroce qu'il poussa un hurlement strident, puis il bascula et tomba sur le tablier du pont. Il resta étendu, frissonnant et lançant des ruades, même si cela lui faisait encore plus mal.

La forme noire accourut et se tint au-dessus de lui, cachant les tourbillons de neige. Miles leva les yeux vers elle. Sa vue baissait petit à petit en raison du froid. Son humeur vitrée était en train de geler ; son sang se figeait dans ses veines. Il essaya de parler mais s'aperçut qu'il en était incapable. Il se sentait incroyablement fatigué, et la mort était presque la bienvenue. Au moins il pourrait se reposer. Au moins il pourrait dormir.

Il gisait toujours sur le pont lorsque la petite fille s'approcha en boitillant et se tint à côté de lui. Elle l'observa avec une expression qui était presque pleine de remords.

Il la regarda, mais il ne pouvait pas parler.

— Je dois protéger ma sœur, dit-elle.

Il comprit, mais il ne pouvait pas acquiescer de la tête.

— Je ne pouvais pas laisser quelqu'un lui faire du mal, expliqua la petite fille. Je ne pouvais pas laisser quelqu'un la détourner du droit chemin.

Miles essaya de fermer les yeux mais ses paupières avaient gelé, et les flocons de neige tombaient sur ses pupilles et les brûlaient de froid. Il savait qu'il était quasiment mort. Il ne ressentait qu'une douleur sourde et profonde, du crâne jusqu'aux orteils.

— Tu veux que je dise une prière pour toi ? demanda la petite fille. Les roses poussent dans les vallées. Où l'Enfant Jésus vient se promener ; Puissions-nous voir Son visage, Et pour toujours rester des petits enfants !

Elle se pencha vers lui et fixa ses yeux qui tressautaient.

— Cela t'a plu ?

Durant un moment, il espéra qu'elle allait l'abandonner ici, et le laisser mourir. Mais elle s'écarta brusquement et fit un signe à la forme noire qui se dressait au-dessus d'eux.

Miles entendit un grondement comme si un express approchait à vive allure. Il poussa un hurlement, et des fragments de poumon à moitié gelé jaillirent de sa bouche. Il fut saisi par des griffes qui étaient pires que des griffes. Avec une force titanesque, elles écrasèrent son bassin et le réduisirent en bouillie, firent éclater son estomac et exploser son pancréas, transformèrent ses intestins en des lambeaux de tripes déchiquetées.

Il fut soulevé du sol et mis en pièces. Des bras gelés furent arrachés d'articulations gelées ; des jambes furent tordues et arrachées. En l'espace de quelques minutes, il ne resta plus rien de Miles Moreton, excepté des taches sur la neige, des déchets sanguinolents et des touffes de cheveux.

La petite fille se tenait à proximité du pont, l'air pensif. Puis elle fit demi-tour sur ses pieds nus gelés et s'éloigna lentement dans la neige. La forme noire marchait tout près derrière elle; la neige ricochait sur ses épaules. La forme noire ne suivait pas la petite fille. Elle n'était pas soumise. Elle marchait dans la même direction parce que toutes deux s'en retournaient vers le même endroit : l'endroit que la petite fille avait montré du doigt, lorsque Miles lui avait demandé où elle habitait.

A l'aube, la neige avait déjà commencé à fondre. Un soleil blafard brillait dans un ciel couleur de brume. Le shérif-adjoint Jim Hallett se rendait à New Milford lorsqu'il aperçut une nuée d'énormes corneilles noires qui allaient et venaient sur la route, à proximité du pont de la Housatonic. Tandis qu'il s'approchait, elles s'envolèrent un instant, mais elles revinrent très vite vers la chaussée détrempée par la neige. Elles déchiquetaient quelque chose avec leur bec... quelque chose que personne ne pourrait leur prendre.

Le shérif-adjoint Hallett se gara sur le bas-côté de la route et descendit de sa voiture. La première chose qu'il vit fut le visage de Miles Moreton qui le regardait fixement, les orbites béantes, depuis la neige souillée de sang.

17

Laura était assise dans la cour et feuilletait le dernier numéro de *Variety*, lorsque Chester apparut. Il portait un veston sport jaune citron et tenait à la main un extravagant bouquet d'orchidées violettes.

— Ah, j'espérais que tu serais là ! fit-il d'un ton enjoué.

Il vint vers elle et l'embrassa sur le dessus de la tête, puis il laissa tomber les orchidées sur la table de jardin.

— J'ai été profondément affecté lorsque j'ai appris pour ton père. Je déteste les enterrements ! Tu sais, mon paternel est mort il y a deux ans, un cancer, et ces entrepreneurs de pompes funèbres avaient fait un boulot vraiment sensationnel. Il avait l'air plus mort quand il était vivant qu'il ne le paraissait quand il était mort. Ma sœur l'a vu dans son cercueil et a dit : « Regarde-le, est-ce qu'il n'a pas bonne mine ? »

Il s'assit sans y avoir été invité et sortit un cigare de sa poche. Bien que ce soit le mois de novembre, la température dans la cour avoisinait les 35 degrés, et la sueur perlait sur son front hâlé.

— Beverley t'a certainement dit que les essais caméra étaient formidables. Sam Persky a adoré. Il a vraiment adoré !

— Est-ce que ça signifie que j'ai le rôle ? demanda Laura.

Chester coupa le bout de son cigare et prit son briquet.

— Cela signifie que ta candidature est retenue sur la liste des candidatures retenues.

— Que faut-il que je fasse ? D'autres essais ?

— Ouais, quelque chose comme ça. Il faut qu'on cause, toi et moi.

Laura posa son magazine et se redressa en souriant. Ses cheveux bouclés étaient coiffés en arrière et maintenus par un serre-tête, et elle portait de grosses lunettes de soleil. Elle arborait un chemisier sans manches avec un décolleté en V et de larges revers, bleu et très ajusté, un short bleu foncé, et des sandales F.M. saphir.

— Vous voulez qu'on en parle maintenant ? demanda Laura.

Chester allumait son cigare d'un air affairé.

— Euh... pas maintenant. Je suis plutôt pressé. J'étais venu juste pour m'assurer que tu es tout aussi délicieuse que tu l'es sur tes essais caméra. Au cas où mes yeux m'auraient trompé, si tu vois ce que je veux dire.

— Et c'est le cas ? demanda Laura.

Chester la regarda en fronçant les sourcils comme s'il ne comprenait pas ce qu'elle voulait dire. Son attention avait une durée très limitée, même pour ses propres paroles.

— Ces fleurs sont pour Beverley. Un genre de *muchas gracias*.

— Oh, vraiment ?

— Ta tante Beverley est le meilleur *ami* que l'on puisse souhaiter avoir, crois-moi ! On dîne ensemble ce soir ? Tu es libre ? Bah, peu importe ! *Sois* libre. Je passerai te prendre à sept heures.

— *Alors* nous pourrons discuter ?

Chester se leva, se dressant à travers ses propres nuages de fumée telle une fusée WAC Corporal[1] décollant de Cape Canaveral.

1. Fusée scientifique. *(N.d.T.)*

— Bien sûr. Nous pourrons discuter.

Il s'en alla aussi brusquement qu'il était arrivé. Laura se redressa sur sa chaise longue. Elle se sentait vaguement inquiète. La cour semblait être devenue plus fraîche, et les oiseaux s'étaient arrêtés de chanter. Elle n'entendait que la circulation.

Ce n'était pas tellement la visite inattendue de Chester qui l'avait troublée. Elle ignorait ce que c'était. Depuis qu'elle était revenue de Sherman, après les obsèques de son père, elle avait eu l'impression qu'on la surveillait et la suivait constamment... Elle supposait que c'était normal, après la mort de quelqu'un. Son amie Tilly Makepiece avait perdu sa mère l'année dernière, et pourtant elle continuait de l'entendre chanter dans la cuisine. Laura n'avait pas vu la petite fille-Peggy depuis son retour, mais après en avoir parlé à Elizabeth et à Miles Moreton, elle était sûre que ses apparitions avaient été réelles, dans la mesure où des apparitions pouvaient être réelles.

Elle n'avait pas encore appris la mort de Miles. Tant que le coroner du comté n'aurait pas fait connaître ses conclusions sur les circonstances de la mort de Miles, Elizabeth avait jugé plus sage de ne pas le lui dire, et même alors elle n'était pas certaine qu'elle le ferait. Laura devait penser à son avenir. Elizabeth ne voulait pas que Laura soit démoralisée par une autre mort horrible, d'autant plus que ni l'une ni l'autre n'y pouvait rien changer.

Laura prit les orchidées et les emporta dans la maison pour les mettre dans un vase. Tante Beverley n'était pas là pour la matinée. Elle était allée au Château Marmont discuter de choses et d'autres avec Harrison Carroll, le critique de cinéma. Laura ouvrit le placard de la cuisine et sortit le plus grand récipient qu'elle puisse trouver : un grand vase en verre marron du début du siècle que tante Beverley avait chipé sur le plateau de tournage de *Winchester 73*.

Dans la salle de séjour, la radio passait un air de jazz. Laura avait probablement oublié de l'éteindre.

Elle chantonna tout en sortant les orchidées de leur cellophane et en les disposant dans le vase. Cette fois, ça y est, pensa-t-elle. Un dîner avec un réalisateur très connu, une discussion à propos de mon rôle, et ensuite la célébrité, enfin ! Elle avait hâte que tante Beverley revienne afin de lui annoncer la nouvelle.

— Quand reviendras-tu, dis-moi ! chantonna-t-elle.

Elle avait presque fini de disposer les orchidées lorsque la radio se tut brusquement. Elle s'arrêta de chanter et écouta. Le silence. Même pas le bruissement des yuccas, ou les aboiements d'un chien dans le lointain. Elle attendit un moment, puis elle laissa les fleurs et alla dans la salle de séjour.

Celle-ci était déserte, striée de lumière de soleil, et les rideaux de dentelle blanche ondoyaient silencieusement au gré du plus léger des courants d'air.

Laura s'approcha de la radio et tourna le bouton, l'allumant et l'éteignant. Le haut-parleur crachota, mais ce fut tout. Elle tapa sur le côté du poste, du plat de la main, comme elle avait vu tante Beverley le « réparer » chaque fois qu'il se détraquait, mais tout ce qu'elle réussit à en tirer, ce fut un bruit de fond, ténu et doux, comme le souffle du vent derrière une fenêtre hermétiquement fermée.

Elle commença à rebrousser chemin vers la cuisine. A ce moment, elle entendit distinctement la voix d'une petite fille dire :

— *Je dois te protéger, Laura. Tu le sais.*

Effrayée, elle se retourna. Il n'y avait personne dans la pièce.

— Qui est-ce ? appela-t-elle. C'est toi, Peggy ?

— *Je dois te protéger, Laura. Des sœurs doivent veiller l'une sur l'autre, non ? Même si tu n'as jamais veillé sur moi.*

A sa grande horreur, Laura réalisa que la voix provenait du poste de radio. Elle hésita durant une fraction de seconde, les yeux écarquillés, puis elle bondit et éteignit le poste.

— *Oh, j'ai laissé mes moufles*, continua la voix,

néanmoins. *Mais cela n'a aucune importance, hein, Laura ? Je peux endurer presque n'importe quoi, afin de te garder saine et sauve.*

— Va-t'en ! s'écria Laura, prise de panique. Va-t'en et laisse-moi tranquille ! Tu es morte !

— *Cependant je dois te protéger, Laura, morte ou non.*

— Je ne veux pas que tu me protèges ! Je n'ai pas *besoin* que tu me protèges ! Va-t'en et laisse-moi tranquille !

A ce moment, la pièce parut vibrer. Il ne s'agissait pas d'un tremblement de terre, mais c'était comme si Laura voyait la pièce à travers une brume de chaleur. Elle sembla *s'obscurcir* également et, de façon singulière, les murs semblèrent se rapprocher. Laura fit un pas en arrière, puis un autre, mais ensuite il lui fut impossible de reculer plus loin. Elle ne savait pas pourquoi. Cela lui était impossible, tout simplement. Son cerveau semblait incapable de dire à ses jambes qu'elle devait bouger.

Le rideau de dentelle dans le coin opposé de la pièce semblait bouger davantage que les autres. Il commença à onduler, à se gonfler et à s'écarter du mur. Laura regarda, en proie à une fascination horrifiée, tandis qu'il prenait la forme de ce qui se tenait au-dessous. Il y avait quelqu'un là-bas. Quelqu'un se dissimulait derrière le rideau. Elle distinguait la forme de sa tête et la forme de ses épaules, et ses bras levés.

Une petite fille se cachait derrière le rideau. Une petite fille aux cheveux si blancs, au visage si blanc, que Laura ne pouvait pas la distinguer sous la dentelle.

— C'est impossible, chuchota-t-elle. Tu ne peux pas être ici. Laisse-moi tranquille, je t'en prie. Tu n'as pas besoin de me protéger, je t'assure !

Mais la silhouette derrière le rideau ne répondit pas. Maintenant celui-ci se soulevait du sol. Sous ses yeux, il flotta en l'air, et ses plis laissèrent apparaître un visage d'enfant angoissé, des bras tendus, et une robe d'été, en dentelle poussiéreuse, qui ressemblait plutôt à une robe de deuil.

Laura ouvrit la bouche, mais elle fut incapable de parler. Elle parvint seulement à émettre un glapissement. A présent elle voyait que personne ne se cachait derrière le rideau. Il n'y avait pas de petite fille du tout. Le rideau *était* la petite fille, il en avait pris la forme. Même ses yeux apparaissaient comme des volutes plus foncées dans la dentelle.

La petite fille-dentelle se souleva et s'abaissa au gré des légers courants d'air qui traversaient la pièce. Ses lèvres bougèrent, et elle parla, mais sa voix sortait du poste de radio de tante Beverley, comme auparavant, une voix lointaine qui crachotait. C'était comme d'écouter un programme radio d'il y avait très longtemps.

— *J'ai toujours voulu te protéger, Laura. Il y a tellement de choses autour de nous. Tellement de choses effrayantes, que l'on voit seulement dans les rêves.*

Laura parvint à dire :

— Je t'en prie, Peggy. Ne me fais pas peur comme ça !

Mais la pièce continua de s'obscurcir, et Laura vit des ombres étranges se déplacer sur les murs, comme si quelqu'un se tenait derrière elle. Les ombres passaient rapidement : des chevaux aux longues pattes étirées, des hommes et des femmes aux formes spectrales.

— *Ce sont les Rêves*, chuchota la petite fille. *Ils viennent nous tourmenter la nuit.*

Laura tourna la tête, sa nuque engourdie par la terreur. Mais il n'y avait rien, seulement la porte ouverte. Elle se retourna et saisit le rideau. Elle le tira violemment d'un côté, pour révéler ce qu'il y avait audessous. Le rideau ondoya puis retomba contre la fenêtre, vide et sans vie. A ce moment, la pièce redevint lumineuse, et Laura se retrouva toute seule. Le klaxon d'une automobile retentit dans la rue, et elle entendit des oiseaux gazouiller et des gens rire.

Elle s'approcha de la radio et vérifia le bouton. La radio était éteinte. Elle l'alluma et un calypso retentit, la publicité pour les bananes Chiquita. Elle l'éteignit à nouveau et alla dans la cuisine. Le vase était recouvert d'une épaisse couche de givre, et lorsqu'elle toucha les orchidées, elles se brisèrent, comme si elles étaient en verre.

Elle alla jusqu'au téléphone et prit le combiné.

— Un appel longue distance, s'il vous plaît. New York.

Elle obtint la communication avec les bureaux de Charles Keraghter & Co, mais une réceptionniste à la voix nasillarde lui dit que Elizabeth était en réunion, et qu'elle ne pouvait pas la joindre avant une heure.

— Vous voulez lui laisser un message ?

Laura hésita un instant, puis elle regarda les orchidées brisées.

— Oui, dites-lui que sa sœur a téléphoné. Dites-lui que la Reine des Neiges est revenue.

— Vous pouvez répéter ?

Tante Beverley arriva à l'heure du déjeuner et elles mangèrent des crevettes et une salade d'avocats sur la terrasse. Le rouge à lèvres de tante Beverley était particulièrement épais, et elle portait un corsage en soie d'un mauve des plus agressifs. Elle semblait irritée et bouleversée.

— Tu as vu Harrison ? demanda Laura prudemment.

— Oui. Il s'est montré très fouineur.

— Ma foi, c'est son boulot, non ?

— Il y a fouineur et fouineur. Lui, c'est un vrai fouille-merde !

— Qu'est-ce qu'il voulait savoir ?

Tante Beverley posa sa fourchette, prit son étui à cigarettes, et alluma une cigarette.

— Bah, ce sont des racontars. Il ne peut rien prouver.

— Quels racontars ?

— D'après ces racontars, j'ai rendu certains services à certaines personnes pendant des années. Je me suis arrangée pour que des gens se rencontrent. Je me suis efforcée de procurer à des gens certaines marchandises difficiles à trouver et dont ils avaient très envie. Il a cité le nom de Vele Lopez.

Elle souffla de la fumée d'un air de défi.

— Un ramassis de mensonges, bien sûr !

Apparemment, elle n'avait pas envie d'en dire plus, et Laura lui annonça :

— Chester est passé. Il a vu les essais caméra et il a dit qu'ils étaient sensationnels. Il veut m'emmener dîner ce soir, afin que nous discutions.

Durant un instant fugace, il y eut une expression sur le visage de tante Beverley qui était presque du remords, puis elle haussa les épaules et détourna les yeux.

— Assure-toi qu'il t'emmène dans un endroit chic. La dernière fois qu'il m'a invitée à dîner, nous nous sommes retrouvés au Hamburger Hamlet sur Sunset !

Laura lui fit un petit sourire qui s'estompa aussitôt. Puis elle demanda :

— Tante Beverley, est-ce que tu crois aux fantômes ?

— Les fantômes ? Comment ça, les fantômes ? Bien sûr que je crois aux fantômes. Chaque fois que je regarde dans mon miroir, que penses-tu que je vois debout derrière moi, sinon tous les hommes que j'ai connus ?

— Je veux parler de vrais fantômes, de gens qui sont vraiment revenus de l'au-delà.

Tante Beverley écrasa violemment sa cigarette dans sa salade d'avocats.

— C'est une question plutôt bizarre. Tu parles sérieusement ?

Laura acquiesça de la tête.

— Peggy est toujours avec nous. Elizabeth l'a vue, également.

Tante Beverley réfléchit un long moment sans rien dire. Ses yeux scrutaient le visage de Laura.

— Est-ce que tu sais ce qu'elle veut? demanda-t-elle finalement. D'habitude, les fantômes *veulent* quelque chose, non? Le repos, ou le réconfort, ou le pardon. Allons, Peggy n'avait rien à se faire pardonner!

— Elle a dit qu'elle voulait nous protéger. L'ennui...

Tante Beverley leva une main pour la faire taire.

— Ne me dis pas quel est l'ennui. Ne me dis rien du tout. Je ne veux rien savoir au sujet de fantômes, de vrais fantômes! Bon sang, j'ai bien assez de fantômes personnels! Si elle veut vous protéger, parfait, qu'elle vous protège! Un peu de protection, ça ne se refuse pas, de temps à autre.

Mais Laura s'obstina.

— L'ennui... ce n'est pas simplement elle. Il y a toujours quelque chose avec elle, une chose qui gèle tout ce qu'elle touche. Tu te souviens du pot en terre cuite qui s'est brisé? Il était complètement gelé. Et aujourd'hui, après le départ de Chester...

Ses yeux se remplirent de larmes et elle plaqua sa main sur sa bouche. Jusqu'à maintenant elle n'avait pas réalisé à quel point l'apparition de Peggy l'avait affligée et terrifiée. Tante Beverley se leva, passa son bras autour de ses épaules et dit :

— Là, là, calme-toi. Tu es surmenée, tout simplement. Ce n'est pas étonnant, avec l'enterrement de David et ce rôle que tu voudrais décrocher.

Néanmoins, elle se souvenait de la casserole de lait qu'elle avait fait chauffer, et qui avait complètement gelé.

Elle resta où elle était, caressant l'épaule de Laura, et pour la première fois de sa vie elle commença à pressentir tout ce qui allait lui retomber sur le nez, comme si chaque péché qu'elle avait commis durant toutes ces années avait été soigneusement couché par écrit et rangé, laissant sur le mur une initiale à la craie afin de l'identifier. V comme Velez, H comme Herman, B comme Bartok.

Elizabeth sortit de la salle de conférences à 16 h 15, alors qu'il n'était que 1 h 15 à Hollywood. Elle se sentait épuisée et furieuse. Presque toutes les suggestions qu'elle avait faites à Margo Rossi concernant *Des Rouges partout!* avaient été accueillies par un haussement de sourcil méprisant, suivi d'une suggestion brutale et totalement opposée de la part de Margo elle-même. Margo avait démoli les propositions avancées d'une façon si complète et si systématique que même George Kruszca, lequel était habituellement le parfait béni-oui-oui, avait commencé à paraître mal à l'aise.

Il arrêta Elizabeth dans le couloir. George était un homme de grande taille, large d'épaules, avec des lunettes à grosse monture et des cheveux en brosse d'un noir saisissant. Il avait eu une prédilection pour les cravates peintes à la main aux couleurs tapageuses jusqu'à ce que Margo lui dise de cesser de s'habiller comme un joueur de cornet de Harlem.

— Hé, c'était dur, lui dit-il. Votre idée d'intervertir la fin du chapitre trois et le début du chapitre quatre était excellente. Cela maintenait l'attention du lecteur.

— Oh, n'en parlons plus, répondit Elizabeth. Margo se fiche de tout ce que je fais, elle ne m'aime pas, et elle ne se prive pas de le faire savoir à tout le monde.

Ils remontèrent le couloir. Par les portes ouvertes des bureaux, ils apercevaient de temps à autre la Sixième Avenue, et les étages supérieurs du Radio City. Les lumières fluorescentes rouges donnaient un aspect de fin du monde au début de nuit hivernale. Il faisait froid au-dehors, juste quelques degrés au-dessus de zéro, et on avait annoncé de la pluie.

— Vous devez comprendre une chose, reprit George. Margo a gravi les échelons à la force du poignet, et si quelqu'un donne l'impression de faire la même chose, cela lui déplaît profondément. En ce qui concerne Margo, personne ne doit essayer de l'imiter. Surtout si cette personne est jolie.

— Je croyais que vous étiez un Margophile.

George lui adressa un sourire affecté.

— Je suis un George-o-phile, si vous voulez savoir la vérité. Cela fait six ans que je travaille chez Keraghter et, croyez-moi, j'ai appris à me taire et à hocher la tête. Ou à la secouer, cela dépend de la question. Écoutez, j'ai une femme et un gosse à nourrir. Qu'est-ce qui est le plus important ? Dire à Margo qu'elle est une garce à 100 % ou bien mettre du beurre dans mes épinards ?

— Et si vous renversiez votre assiette d'épinards sur la tête de Margo ?

Ils atteignirent les ascenseurs. George appuya sur le bouton d'appel.

— Je vais vous donner un conseil, lui dit-il. Vous êtes intelligente, vous êtes cultivée, vous êtes créatrice, vous êtes sympathique. Vous pouvez être irréfléchie, je l'ai constaté, non seulement dans votre travail, mais aussi dans vos rapports avec les gens. Mais l'expérience arrangera tout ça, et l'expérience c'est ce dont vous avez besoin. Alors ne laissez pas Margo vous empoisonner la vie. Encaissez tout ce qu'elle vous assène, et dites-vous que vous travaillez pour l'une des maisons d'édition les plus prospères de ce pays, et que le plus longtemps vous restez ici, le plus de la valeur vous prenez.

— Vous êtes un homme de fer, George, dit Elizabeth.

— C'est exact. Plus rapide qu'une dactylo, plus fort qu'un bœuf, capable de refuser de gros manuscrits d'un seul coup d'œil ! Hé, regardez ! Tout là-haut, au septième étage ! C'est un génie, c'est un homme parfaitement intègre ! C'est George Kruscza !

Ils éclatèrent de rire, et alors qu'ils riaient, Margo Rossi arriva dans le couloir d'un air majestueux.

Margo était une femme grande et svelte, âgée de trente-deux ans, avec des cheveux noirs coiffés en arrière et un visage fin aux traits italiens : une diplômée de Vassar sculptée par le Bernin. Elle avait des yeux aux paupières prononcées, un long nez et la bouche la plus pincée que Elizabeth ait jamais vue,

Neal Peters, un assistant s'occupant de la littérature enfantine chez Charles Keraghter, disait qu'elle avait toujours l'air de plisser les lèvres pour embrasser le cul d'un rat. Le rat, sous-entendu, étant Charles Keraghter lui-même. Margo portait un ensemble gris ardoise avec une jupe trois-quarts, et cinq rangées de perles.

— Lizzie, dit-elle. Je suis heureuse de voir que vous ne boudez pas.

— Je suis un peu déçue, je l'avoue. Mais je ne boude jamais.

— Bien, sourit Margo, découvrant des dents d'une blancheur étincelante. C'est la première leçon de survie dans une boîte. Reconnaître ses erreurs et ne jamais se lamenter sur elles.

— Et faire des courbettes, ajouta George à voix basse.

L'ascenseur arriva. Margo dit :

— Passez devant, George. Je désire parler à Lizzie un moment.

George hésita une seconde, puis entra dans la cage d'ascenseur et se tint les bras le long du corps, lançant un regard de mise en garde à Elizabeth tandis que la porte se refermait.

— J'ai cru comprendre que Johnson Ward était un ami de votre famille, déclara Margo d'un ton brusque.

— Bronco, oui, c'est exact.

— Bronco? C'est la première fois que j'entends quelqu'un l'appeler comme ça! Vous l'appeliez ainsi dans votre enfance?

— Je ne sais pas, répondit Elizabeth. Il m'a demandé de l'appeler Bronco, et je l'ai fait.

— Je savais que vivre dans l'Ouest serait le coup de grâce pour lui, dit Margo. Je suppose que vous savez que Johnson Ward a reçu une avance de 20 000 dollars pour son prochain roman, lequel doit être remis avant les fêtes de Noël? Je lui ai téléphoné hier, et après beaucoup de réponses évasives, il a fini par avouer qu'il n'avait écrit que six ou sept feuillets.

— Ma foi, je savais qu'il avait des problèmes avec son roman. C'est à cause de son frère Billy.

Margo battit des paupières, un mouvement au ralenti très intimidant dont elle avait le secret, ses cils s'abaissant telles les ailes d'un corbeau. C'était un battement de paupières qui signifiait : ai-je bien entendu, ou désirez-vous changer d'avis avant que je rouvre les yeux ?

— Billy, le frère de Johnson, est mort, Lizzie. Il est mort il y a très longtemps de cela.

— Oui, mais Bronco est *hanté*, disons. Par des souvenirs, je pense. Il a toujours écrit très lentement, et maintenant cela lui est encore plus difficile.

— Le problème que j'ai avec lui, Lizzie, répliqua Margo, c'est que nous avons investi 20 000 dollars dans ce livre, et Mr. Keraghter est *très* impatient de savoir quand nous pouvons espérer récupérer notre mise. Je n'ai pas besoin d'un autre *Fruit amer*, mais j'accepterais volontiers deux cents pages de raisins verts !

— Vous voulez que je lui parle ? demanda Elizabeth.

— Si je veux que *vous* lui parliez ? Non, je ne veux pas que *vous* lui parliez. La dernière personne au monde à qui je demanderai de lui parler, c'est quelqu'un qui s'asseyait sur ses genoux et l'appelait Bronco !

— Margo, je pense que vous ne comprenez pas. Cette affaire de Billy est sérieuse.

— Je ne vous le fais pas dire ! Je dois justifier la commande de l'un des romans les plus coûteux pour l'année 1951, et tout ce que j'ai c'est six pages de roman et une lettre d'excuses de vingt pages.

Elizabeth baissa les yeux.

— En fait, vous ne les avez pas.

— En fait, je n'ai pas *quoi* ?

— En fait, vous avez seulement deux lignes et demie de roman et une lettre d'excuses de vingt pages. Les lignes sont : « Pearson était assis par une journée sans ombre. Il songeait aux femmes. Aux femmes et à l'alcool, mais principalement aux femmes. »

Margo regarda fixement Elizabeth et sa bouche se pinça de plus en plus.

— Quoi ? C'est tout ce qu'il a écrit ? Et vous le *saviez* ?

— Vous êtes sa directrice littéraire.

— Vous êtes incroyable ! Bon sang, vous êtes vraiment incroyable ! Je devrais vous virer sur-le-champ !

Elizabeth détourna la tête.

— Excusez-moi. Je n'avais pas l'intention de me montrer insolente. Bronco est un ami de la famille, c'est tout, et je suppose que cela me rend plus indulgente à son égard.

Margo frissonna de façon visible. Puis elle dit, d'une voix délibérément claire et posée, comme si elle s'adressait à une demeurée :

— Il est évident que Johnson Ward a besoin d'un coup de main pour son roman. Je suis sa directrice littéraire. Je vais prendre deux semaines de congé et aller en Arizona afin de le faire travailler sans relâche. S'il ne parvient pas à retrouver ses facultés, je prendrai sur moi de rentrer à New York avec les 20 000 dollars de l'argent de Mr. Keraghter.

Elle prit une profonde inspiration, puis elle dit :

— Durant mon absence, vous assisterez George dans son travail, et vous vous occuperez également du manuscrit de Mary Harper Randolph, dans la mesure de vos moyens. Je me suis montrée très critique envers votre travail sur *Des rouges partout !* mais il était prometteur, et certaines de vos suggestions étaient presque utilisables.

Elizabeth se mordit la lèvre. Son esprit n'arrêtait pas de formuler une réplique bien envoyée. Sauf votre respect, Johnson Ward a besoin de quelqu'un qui le croit lorsqu'il parle de Billy. Sauf votre respect, Johnson Ward a besoin de compagnie et de détente, et non d'une autre Vita sur le dos. Sauf votre respect, vous avez autant de sensibilité pour apprécier le monde indolent, scandaleux, futile, arrogant et déchirant de Johnson Ward, que vous en avez pour jouer du trombone à coulisse.

Sauf votre respect, vous êtes une garce.

Elle ne dit rien de tout cela. Elle se contenta de murmurer : « Bon, entendu », et appuya sur le bouton d'appel.

— Je compte sur vous, Lizzie, dit Margo d'une voix sèche et métallique.

— Oui, dit Elizabeth, et, la tête baissée, elle attendit l'arrivée de l'ascenseur.

Chester remonta l'allée de sa maison sur Summit Ridge Drive et gara sa Cadillac 61 noire sous la lanterne de style espagnol devant les marches du perron. C'était une nuit très froide mais claire et brillante, et lorsque le producteur lui tint sa portière et qu'elle sortit de la voiture, Laura vit les lumières de Los Angeles qui scintillaient jusqu'à l'aéroport. Elle portait une robe moulante en satin blanc que tante Beverley lui avait achetée à l'occasion de l'une des réceptions organisées par Sidney Skolsky. La robe laissait ses épaules nues, et tante Beverley lui avait prêté une étole de vison. Tante Beverley avait dit que l'étole lui avait été offerte par quelqu'un de très mauvaise réputation, mais elle ne se souvenait plus si c'était Gaetano Lucchese ou Franklin D. Roosevelt.

— Entre, dit Chester. Il y a quelqu'un que j'aimerais te présenter.

Laura faillit perdre l'équilibre, et elle dévala bruyamment la pente jusqu'aux buissons, tout en bas de l'allée.

— Votre maison n'est pas droite ! gloussa-t-elle. Elle est toute... penchée !

Chester éclata de rire et vint à son secours.

— J'aime vivre sur une colline, lui dit-il, passant son bras autour de sa taille et la guidant vers le perron. J'aime contempler les gens d'en haut. Et c'est ce que tu feras, mais tu seras encore plus haut !

Laura réussit à accommoder sur le visage de Chester en fermant son œil gauche et en plissant son œil droit.

— A quelle hauteur ? voulut-elle savoir.

Chester montra du doigt le ciel nocturne.

— Tout là-haut. Tu seras une star. Une étoile parmi les étoiles !

Il l'aida à entrer dans la maison et à traverser le vestibule aux dalles de marbre jusqu'à la salle de séjour. La pièce était couleur crème, la moquette couleur crème, avec d'immenses canapés en cuir couleur crème et des palmiers en pots. Les murs étaient couverts de tableaux représentant des femmes nues aux seins énormes, si gigantesques qu'elles donnaient l'impression d'avoir été peintes pour qu'on puisse les voir à au moins huit cents mètres de distance.

Le mur orienté au nord était tout en verre et donnait sur une terrasse, d'où l'on pouvait contempler la ville de Los Angeles en contrebas.

— Bienvenue dans mon humble demeure, fit Chester.

Laura jeta un regard à la ronde.

— Vous avez raison, elle est plutôt humble, hein ? bredouilla-t-elle. Tout compte fait, vous avez l'air d'une ruine vous-même !

— Groucho Marx ! s'exclama Chester. Hé, tu es également douée pour la comédie !

Laura se laissa tomber sur l'un des canapés et fit glisser l'étole de vison de ses épaules.

— Je suis douée pour tout, répliqua-t-elle.

— Champagne ? demanda Chester en se dirigeant vers le bar couleur crème.

— Encore du champagne ? s'écria Laura, et elle se remit à glousser.

— Voyons, la pressa Chester en sortant du bar trois grandes flûtes et une bouteille de Perrier-Jouet glacée. Il faut fêter ça. C'est une nuit pour boire du champagne !

— Bon, d'accord, déclara Laura d'une voix bien trop forte. Encore du champagne !

Elle se sentait merveilleusement bien. Elle avait l'impression de flotter sur un petit nuage. Chester était venu la prendre à sept heures précises et l'avait emmenée au Players sur Sunset Boulevard. Le Players était un luxueux restaurant en terrasse, situé au premier étage d'un immeuble, dont le propriétaire était Preston Sturges, le réalisateur. Tous ses amis prestigieux aimaient se retrouver là, non seulement pour être entre eux, mais aussi pour la cuisine incomparable du Players, en particulier son rôti de bœuf saignant et sa salade César. Laura avait mangé du homard, et bu du champagne, et avait repris du champagne.

Durant toute la soirée, le visage de Chester lui avait souri, éclairé par les bougies tel un croissant de lune, et lui avait affirmé qu'elle était une star. « Quand j'ai dit que tu étais sur la liste des candidatures retenues, j'essayais simplement d'être prudent, pour que tu ne sois pas déçue, si tu vois ce que je veux dire. Mais regarde-toi ! Bon sang, Laura ! La caméra t'aime, je t'aime. Le public va t'adorer ! »

Et maintenant elle était allongée sur le canapé, tout tournait autour d'elle, et elle savait qu'elle allait être célèbre.

— Ohhhh, Chester..., dit-elle. Embrassez-moi !

Mais Chester se contenta de sourire et de secouer la tête.

— Allons, Laura, tu es une fille superbe. Tu es la plus belle fille que j'aie vue à Hollywood depuis des années. Mais je ne peux pas t'embrasser. Nos relations sont uniquement professionnelles... réalisateur-star. Combien de personnes à Hollywood sont victimes de scandales ? Combien d'acteurs et d'actrices couchent avec tous ceux qu'ils rencontrent, quasiment ? Beaucoup trop, à mon avis !

Il s'assit à côté d'elle et ils trinquèrent.

— Ils ne pensent qu'à ça, de vrais lapins, bon Dieu !

Laura le regarda en fronçant les sourcils.

— Mister Bunzum, dit-elle.

— Pardon ?

— Mister Bunzum... c'était un lapin. Vous savez ce qui lui est arrivé ?

Chester la considéra d'un air méfiant.

— Non, dit-il d'une voix rauque.

Laura se redressa et appuya son nez contre celui de Chester, de telle sorte qu'ils se regardaient dans les yeux, à bout portant.

— Mister Bunzum est mort de froid. Tellement gelé que ses bras sont tombés. Tellement gelé que ses jambes sont tombées.

Elle s'écarta de Chester, si loin que celui-ci crut qu'elle allait tomber du canapé.

— Tellement gelé que sa *quéquette* est tombée !

Elle donna une grande tape sur le canapé, rejeta sa tête en arrière et éclata de rire. Chester fit semblant de rire mais il ne riait pas du tout : il était trop tendu. Néanmoins, tandis qu'il observait Laura, il pensa qu'elle était parfaite. Belle, parfaite, avec ses cheveux dorés et sa peau brillante, et ses petits seins qui pointaient sous sa robe en satin blanc.

— Écoute, dit-il. Il y a quelqu'un que je veux te présenter. Quelqu'un d'important.

Laura pinça le bout de son nez entre son pouce et l'index pour s'arrêter de rire. Elle émit un reniflement sonore, et rit de plus belle, mais elle réussit finalement à se calmer.

— Quelqu'un d'important ? Important *comment* ? Plus important que vous ? Plus important que moi ?

— Juste... quelqu'un de *très* important. Il s'appelle Raymond. Je suis sûr qu'il te plaira. Il a l'intention de mettre de l'argent dans *Le circuit du Diable*... beaucoup d'argent... auquel cas... eh bien, nous aurons les moyens de te donner un rôle de vedette. Pas exactement le premier rôle, c'est Shelly Summers qui a été choisie. Après tout, nous sommes obligés d'avoir des noms qui sont une garantie au box-office. Mais un second rôle, c'est bien mieux que « la 47e pouffiasse sur la gauche », non ?

Laura le regarda, les yeux écarquillés.

— Je vais avoir un second rôle ? C'est vrai ?

Chester passa sa main sur un écran de cinéma imaginaire.

— *Le circuit du Diable*, avec Michael Grant et

Shelly Summers, *et* avec Laura Buchanan, Mitch Forbes et Zachary Moskowitz.

— Vous me faites marcher ! glapit-elle.

— Pas du tout, je te le promets. Mais sois gentille avec Raymond, d'accord ? Raymond est l'homme qui apporte l'argent... si Raymond se fâche, nous n'aurons pas les fonds supplémentaires. Alors ce sera adieu ton second rôle. (Chester s'efforça de prendre un air tragique, sans beaucoup de succès.) Non seulement cela, mais ce pourrait être adieu *Le circuit du Diable* !

Laura se redressa et le regarda en fronçant les sourcils.

— Entendu, Chester. J'en fais le serment solennel. Je serai gentille avec Raymond.

Chester leva sa flûte de champagne.

— Bravo ! Voilà une fille compréhensive ! (Puis :) Raymond ! Raymond... vous êtes là ? Venez donc dire bonjour à notre nouvelle star !

Il y eut un temps d'arrêt, à peu près le temps qu'il faut pour que l'aiguille tombe sur un disque et que la musique commence à jouer. Puis un homme très grand au teint basané, portant un smoking admirablement coupé, apparut, venant de la salle à manger. Il tenait à la main un verre ballon rempli de cognac. Sa laideur ne manquait pas d'un certain charme, avec des joues marquées de cicatrices, un front fuyant et des yeux légèrement globuleux. Il avait un port d'athlète, malgré une légère claudication au pied gauche. Un athlète blessé. Il s'approcha de Laura et se tint devant elle. Ses lèvres charnues esquissèrent un sourire condescendant.

— C'est elle ? demanda-t-il à Chester.

— Qu'en pensez-vous ? fit Chester, soudainement nerveux.

Raymond tendit l'une de ses mains puissantes et effleura les cheveux soyeux de Laura.

— Je ne sais pas encore, répondit-il. Cela dépendra de sa docilité.

18

Margo Rossi rentra chez elle peu après minuit. Depuis septembre elle habitait un appartement comportant deux chambres à coucher, luxueux mais plutôt prétentieux, à l'Apthorp, un vaste immeuble situé au coin de Broadway et de la 78e Rue, où vivaient principalement des acteurs, des scénaristes et des producteurs de théâtre. Le père de Margo était un riche importateur d'huile d'olive, et il lui avait offert le loyer, pour une durée de deux ans.

Elle examina son visage dans le miroir tandis que l'ascenseur l'emmenait à son étage. Elle se trouva l'air hagard. Elle avait passé la soirée au Downey's avec un avocat, Victor Emblem, lequel la poursuivait obstinément de ses assiduités depuis six mois, lui envoyant des roses, lui envoyant des petits mots doux, lui téléphonant au bureau. Victor était beau garçon dans le style blême, avec une épaisse tignasse, un genre de Stan Laurel bourré de charme à l'humour très sophistiqué. Pour Victor la plaisanterie hilarante type était la suivante : un vieux juge disant à un jeune confrère : « Soyez impartial ! Et si vous ne pouvez pas être impartial, soyez arbitraire ! »

Elle soupçonnait que Victor la trouvait à son goût parce qu'elle était sûre d'elle et forte. C'était pour cette raison qu'elle ne s'était pas divertie ce soir, bien qu'elle ait bu quatre fines à l'eau. Elle en avait assez de la façon dont les hommes réagissaient à son égard. Ou bien ils la trouvaient intimidante et lui tournaient carrément le dos, ou bien ils voulaient qu'elle les domine. Parfois elle avait l'impression que le monde était peuplé de seulement deux sortes d'hommes : les masochistes et les mufles.

Elle pénétra dans son appartement et alluma la lumière. Comme elle posait son sac à main sur le guéridon verni dans le vestibule, elle se rendit brusquement compte qu'il faisait très froid. Le chauffage central fonctionnait, parce que le hall et les couloirs de l'immeuble étaient à une température aussi insupportable que d'habitude. En général, il faisait si chaud dans son appartement que c'était à peine si elle pouvait respirer. Elle savait qu'elle avait fermé toutes ses fenêtres. A moins que quelqu'un ne soit monté par l'escalier de secours et ne se soit introduit par effraction.

Elle ôta son manteau et le suspendit dans la penderie. Le froid était tel qu'elle voyait son haleine. Elle s'approcha prudemment de la porte du séjour, légèrement entrouverte. Elle écouta, mais l'appartement était silencieux... tellement silencieux qu'elle entendait le tic-tac de sa montre-bracelet.

— Il y a quelqu'un ? demanda-t-elle.

Bien sûr, personne ne répondit. Mais un courant d'air s'échappa par l'entrebâillement de la porte et il était glacial... ce n'était pas le froid entrant par une fenêtre ouverte, mais un froid intense, le froid d'un congélateur.

Margo hésita. Peut-être ferait-elle mieux d'appeler le gardien avant d'entrer dans le séjour. Ces derniers temps, il y avait eu une véritable épidémie de cambriolages et d'effractions à l'Apthorp. Mrs. Lindhurst au 711 avait été frappée à la tête avec l'une de ses statuettes en zinc, et les Strasberg avaient perdu une fortune en bijoux.

Mais Margo estimait qu'elle était largement de taille à affronter un vulgaire cambrioleur. Si elle était capable de faire fondre en larmes des rédacteurs endurcis, elle ne voyait pas pourquoi elle ne pourrait pas faire la même chose avec quelque minable sans éducation qui gagnait sa vie en s'introduisant par effraction chez les gens.

Elle poussa le battant et ouvrit la porte toute grande. Il faisait sombre dans le séjour, à l'exception de la lumière émanant du vestibule qui tombait sur la moquette, projetant son ombre étirée. Et il y régnait un *froid* incroyable ! Elle chercha à tâtons sur le mur près du chambranle et actionna le commutateur.

A sa grande horreur, elle vit que le séjour avait été entièrement saccagé. Les lampes fonctionnaient toujours, mais elles gisaient sur le sol, leurs socles et leurs abat-jour brisés. Le canapé avait été éventré, et sa bourre éparpillée partout. Les tables basses avaient été renversées, les bibelots fracassés, les tableaux lacérés. Même la moquette et les petits tapis avaient été déchiquetés. Les appliques avaient été arrachées, et la tapisserie bleu pâle pendait du mur, en lambeaux.

— Oh, mon Dieu ! s'exclama Margo.

Elle s'avança vers le milieu de la pièce, telle une femme dans un cauchemar. Elle ramassa une petite porcelaine de Saxe, une bergère qui était à présent sans tête et sans houlette, et la posa précautionneusement sur une table volante qui était restée debout, bien que son plateau marqueté ait été profondément éraflé.

Elle parcourut la pièce du regard, bouche bée, ses yeux voilés de larmes. Cela donnait l'impression qu'un monstre armé de dix griffes s'était déchaîné dans la pièce, arrachant et brisant tout ce qu'il voyait. Elle avait entendu parler de cambrioleurs qui causaient des dégâts, mais elle n'avait jamais entendu parler d'une chose pareille !

Elle trouva le téléphone gisant sur le sol, derrière son fauteuil préféré. Le dossier du fauteuil avait été arraché, les accoudoirs brisés, et le capitonnage tailladé. Le téléphone était ébréché, mais il fonctionnait toujours, et elle composa le numéro de la loge du gardien. Il sembla mettre une éternité pour répondre. Ou bien il dormait, ou bien il regardait la télé, le son réglé si fort qu'il n'entendait rien.

Le téléphone continuait de sonner et de sonner, lorsque Margo entendit la porte de sa salle de bains claquer. Elle couvrit l'écouteur avec sa main et écouta attentivement. Elle l'entendit à nouveau, mais cette fois la porte fut refermée doucement, comme si quelqu'un se servait de la poignée.

Elle posa le téléphone par terre, retourna dans le vestibule et s'avança dans le couloir vers la salle de bains. La porte était fermée mais la lumière brillait au-dessous. Elle s'essuya le nez et les yeux du dos de la main et se tint devant la porte, se demandant ce qu'elle devait faire.

— Qui est là? appela-t-elle timidement. S'il y a quelqu'un, vous feriez mieux de sortir. J'ai prévenu la police et ils vont arriver d'une minute à l'autre.

Ce fut le silence pendant presque trente secondes. Se mordant la lèvre, Margo avança la main vers la porte de la salle de bains et saisit la poignée. La poignée était froide comme la glace... si froide qu'elle faillit lui brûler la main. Mais Margo était résolue à découvrir qui avait saccagé son appartement. Elle était foutrement prête à le tuer si elle en avait la possibilité.

Elle s'apprêtait à ouvrir la porte de la salle de bains lorsqu'elle entendit un rire strident, quelque part derrière elle. Un rire d'enfant; le rire d'une petite fille. Elle fit volte-face à temps pour voir une robe blanche et un pied nu et blanc disparaître dans sa chambre à coucher.

— Hé ! cria-t-elle vivement. Hé, toi ! J'ai deux mots à te dire !

Elle courut dans le couloir, enlevant ses chaussures d'un mouvement brusque du pied, l'une après l'autre. Elle arriva devant la porte de sa chambre et l'ouvrit si violemment qu'elle vibra sur ses gonds.

La chambre était encore plus froide que le reste de l'appartement. Il faisait si froid qu'elle aurait pu se trouver dehors, par une journée au-dessous de zéro, avec du blizzard. La pièce était illuminée par une fluorescence bleue et glacée, qui se glissait en haut des rideaux, sur les radiateurs et autour des meubles.

Une petite fille en robe blanche se tenait contre le mur du fond, devant le grand miroir de Margo, le dos tourné. Elle était parfaitement immobile et se regardait dans le miroir, pourtant Margo ne pouvait voir le reflet de son visage.

— Qu'est-ce que tu as fait à mon appartement ? demanda Margo d'une voix frémissante de colère. Pourquoi as-tu saccagé mon appartement ? Tu es folle ou quoi ? Tu es complètement timbrée, oui !

La petite fille demeura silencieuse. Margo fit deux pas vers elle, puis s'arrêta brusquement. Elle réalisa soudainement que la petite fille oscillait très légèrement d'un côté à l'autre, et elle oscillait de cette façon parce que ses pieds se trouvaient à plus de cinq centimètres au-dessus du parquet.

Margo la regarda d'un air hébété. Elle ne savait pas quoi faire, elle ne savait pas quoi dire.

— Le chat a mangé ta langue ? demanda la petite fille d'une voix curieusement étouffée.

Margo ouvrit et ferma la bouche. Puis elle parvint à dire :

— Qui es-tu ? Qu'est-ce que tu fais ici ? Que veux-tu ?

— Je ne viens jamais chez des gens gentils, répondit la petite fille.

— Qu'est-ce que tu racontes ? Je ne comprends rien. Tu flottes en l'air. Comment peux-tu flotter en l'air ?

— Tout le monde peut flotter en l'air, déclara la petite fille. Il suffit de le désirer.

— Je vais appeler la police, dit Margo.

— A quoi bon ? répliqua la petite fille. Je serai partie lorsqu'ils arriveront, et alors qui te croira ?

— Je veux savoir pourquoi tu es ici, exigea Margo.

— Tu ne dis jamais « s'il te plaît » ? Tu ne dis jamais « s'il vous plaît » à ma sœur, hein ? Tu ne dis jamais « s'il vous plaît » à personne !

Margo prit une petite inspiration douloureuse.

— S'il te plaît, dis-moi pourquoi tu es ici, fit-elle. S'il te plaît, dis-moi pourquoi tu as dévasté ce putain d'appartement ! S'il te plaît, dis-moi ce qui m'empêcherait de t'attraper et de tordre ton petit cou de poulet !

— Voyons, voyons, Margo, ça ne va pas du tout ! répliqua la petite fille. Tu dois me supplier et dire : « Oh, je t'en prie ! »

La petite fille continuait d'osciller et de flotter au-dessus du sol, mais Margo recouvrait son assurance. Il s'agissait d'un genre de tour de passe-passe stupide, rien de plus. Et la petite fille, malgré toute son insolence, n'était qu'une petite fille. Margo fit les trois derniers pas qui la séparaient d'elle, et saisit son bras nu et décharné. Il était très froid, beaucoup plus froid qu'elle ne s'y attendait, mais elle continua de le tenir et tira pour faire pivoter la petite fille sur elle-même, afin de voir son visage.

— Regarde-moi ! cria-t-elle. Bordel de merde, tu ferais mieux de me regarder !

Immédiatement, la petite fille détourna son visage. Margo voulut l'attraper par les cheveux, mais la petite fille tordit sa tête de côté et se dégagea.

— Regarde-moi ! Regarde-moi, espèce de petite garce !

La petite fille se débattit pour se dégager et enfonça son coude dans les côtes de Margo. Mais celle-ci lui saisit les deux bras et la força à regarder vers le miroir, afin de voir au moins un reflet de son visage. Lorsqu'elle regarda, cependant, la surface du miroir était obscurcie par des fleurs de givre, et Margo ne vit qu'une forme estompée.

Elle essaya à nouveau de regarder le visage de la petite fille directement, mais à nouveau la petite fille détourna violemment la tête et fit tournoyer ses cheveux, qui recouvrirent sa tête tel un voile blanc.

— Petite garce ! tempêta Margo. Sale petite garce !

Elle saisit la fillette par le cou, l'approcha de force

du miroir et frotta vigoureusement les fleurs de givre avec sa manche. Tout d'abord elle parvint à dégager juste quelques éraflures semi-circulaires, mais elle frotta et frotta jusqu'à ce qu'elle ait dégagé un trou dans le givre de la taille d'une soucoupe. Pendant ce temps, la petite fille continuait de se débattre et de se contorsionner d'une façon tout à fait répugnante, et, Margo, bien qu'écœurée par la froideur de sa peau, maintint sa prise sur son cou et refusa de le lâcher.

— Cela ne te plaira pas de me voir, Margo ! suffoqua la petite fille. Cela ne te plaira pas de me voir, je te le promets !

— Laisse-moi en juger par moi-même ! haleta Margo.

— Pas dans le miroir, Margo ! hoqueta la petite fille en essayant d'ôter les doigts de Margo de son cou. Le miroir est le puzzle ! Le miroir est la raison ! Le miroir est la réponse !

Mais plus elle protestait et se démenait, plus Margo devenait résolue. Elle empoigna la petite fille par les épaules, poussa son visage vers le pan de miroir qu'elle avait dégagé dans le givre, et s'exclama d'un air de triomphe :

— *Et voilà !*

Puis elle se figea, lâcha la petite fille, baissa les bras et regarda avec stupeur.

Il y avait un visage dans le miroir, mais ce n'était pas du tout le visage d'une petite fille. C'était un visage blanchâtre et cadavérique avec des yeux semblables à des pierres d'un noir absolu. Il était à la fois exquis et terrifiant, et il regardait fixement Margo à travers le trou dans le givre, telle une créature effroyable qui contemple d'un œil cruel et envieux le monde des humains.

La petite fille s'écarta lentement et tourna sur elle-même, encore et encore, de telle sorte que sa robe blanche tournoya. Pourtant le visage terrifiant continua de fixer Margo à travers le trou dans le givre, et il semblait dire : *Je te connais maintenant, de vue. Je sais qui tu es. Tu ne te débarrasseras jamais de moi. Chaque fois que tu frotteras une vitre embuée pour dégager un cercle, je serai là à te regarder. Chaque fois que tu prendras ton poudrier par un jour d'hiver et que tu l'essuieras pour te regarder dans le miroir, je serai là. Tu es à moi, désormais. Tu m'appartiens, pour toujours.*

Margo se tourna et lança un regard paniqué à la petite fille, mais celle-ci se contenta de ricaner, puis elle sortit rapidement de la chambre.

— Je ne..., commença Margo, et elle regarda à nouveau vers le miroir.

Elle vit le visage durant une fraction de seconde encore, puis le miroir explosa comme une bombe et projeta sur Margo un blizzard d'éclats de verre. Des fragments de miroir volèrent vers son visage et ses yeux. D'autres fragments traversèrent ses vêtements et lui tailladèrent les épaules, les bras, les cuisses et les seins.

Elle avait ouvert la bouche pour crier, et ses lèvres et sa langue se hérissèrent de dizaines de minuscules échardes de miroir.

Aveuglée, couverte de sang, commotionnée, elle demeura immobile pendant presque une minute. Puis elle s'affaissa sur les genoux. Ceux-ci étaient incrustés d'éclats de verre, et lorsqu'elle s'agenouilla, ils s'enfoncèrent dans sa chair encore plus profondément. Elle ne pouvait pas parler, elle ne pouvait pas bouger. Elle essaya d'ôter des bouts de verre de sa langue, mais des morceaux de verre étaient également fichés dans ses doigts, et tout ce qu'elle réussit à faire fut de se taillader la bouche encore plus.

Elle avait si froid. Elle avait si atrocement froid. Elle était gelée jusqu'aux os, elle grelottait et elle avait tellement envie que son père soit auprès d'elle que c'en était insupportable. Elle ne pouvait même pas pleurer parce que ses yeux n'étaient plus que deux petits oursins de verre.

Elle entendait un vent lugubre souffler, comme le vent balayant un paysage hivernal désolé. Elle avait même l'impression de sentir de la neige tomber sur sa peau, humide et froide, mais c'était peut-être du sang. Elle entendit rire la petite fille, un rire aigu et surnaturel qui exprimait une joie terrifiante.

Raymond se pencha vers elle.

— Vous reprenez du champagne ? lui demanda-t-il en sortant la bouteille du seau à glace.

Le fond de la bouteille était mouillé et quelques gouttes tombèrent sur la cheville de Laura.

— Ahh ! s'écria-t-elle, puis elle éclata de rire à nouveau.

Raymond remplit la flûte de Laura à ras bord, et versa juste un tout petit peu de champagne dans la sienne.

— Vous savez quoi ? dit-il. Hollywood foisonne de gens pleins d'espoir, et c'est ce qu'ils seront toute leur vie, des gens pleins d'espoir. Espérer ne suffit pas. Il faut plus que de l'espoir. Vous devez être totalement convaincue que tout le monde vous désire... que tout le monde veut regarder votre visage, que tout le monde veut regarder votre corps, que tout le monde veut vous posséder.

— Et vous, Raymond ? demanda Laura en essuyant les larmes de rire de ses yeux. Vous avez envie de me posséder ?

Raymond leva l'auriculaire de sa main gauche et lui toucha doucement le bout du nez.

— Vous êtes une jeune femme très spéciale, Laura. Une jeune femme tout à fait exceptionnelle. Quel homme n'aurait pas envie de vous posséder ?

Il la regarda dans les yeux un long moment. Puis il se tourna vers Chester et dit :

— Est-ce qu'il y a quelque chose à manger ? J'ai eu des rendez-vous toute la journée, et j'ai faim.

— Du poulet rôti froid, et de la salade ?

— Bien sûr, pourquoi pas ?

Chester appela son domestique, un Mexicain de

petite taille à la mine austère, avec un visage plat et des yeux en vrille noirs comme un bonhomme en pain d'épice.

— Hernandez va vous préparer quelque chose, dit-il à Raymond. Vous voulez que nous parlions argent ?

— Chaque chose en son temps, répliqua Raymond. Laissez-moi satisfaire mes appétits d'abord.

— Qu'est-ce que vous faites au juste, Raymond ? lui demanda Laura.

Raymond commença à enrouler une mèche des cheveux de Laura autour de son doigt. Il était si près d'elle qu'elle sentait les cigarettes et l'alcool sur son haleine, ainsi qu'une autre odeur, fade, prononcée et tout à fait déplaisante.

— Je suis un type astucieux, c'est tout. Des gens veulent faire un film, je les aide à faire un film. Des gens veulent faire n'importe quoi... organiser un combat de boxe, monter un spectacle... je les aide à le faire. Je trouve des gens qui ont de l'argent et qui ne savent pas quoi en faire, et je les mets en relation avec des gens qui savent quoi en faire mais qui n'en ont pas. Je consacre également ma vie à me divertir. C'est l'une de mes priorités. Dites-moi, à quoi bon vivre si vous ne vous divertissez pas ?

— Oui, vous avez raison, sourit Laura.

Elle approcha son visage du sien. Leurs nez se touchaient presque.

— Hé, vous avez mangé de l'ail ? lui demanda-t-elle.

Durant un instant, les yeux de Raymond devinrent aussi durs que des têtes de clou. Sa bouche se réduisit à une fente. Mais Laura se renversa dans le canapé et éclata de rire à nouveau. Raymond se radoucit, mal à l'aise, et frotta la paume de sa main sur sa cuisse.

— Bien sûr, dit-il d'une voix étranglée. *Totani e patate in tegame alla Genovese*. Pourquoi... vous voulez en préparer ?

Il émit un rire rauque, saccadé, et Chester l'imita, puis il cessa brusquement de rire, comme s'il avait oublié ce qu'il faisait là.

— Calmar et pommes de terre, expliqua Raymond.

Il but une gorgée de champagne et la tourna et retourna dans sa bouche.

— Il faut mettre de l'ail, ajouta-t-il. Autrement cela a le goût de calmar et de pommes de terre.

Il rit à nouveau et se répéta.

— Autrement cela a le goût de calmar et de pommes de terre, non ?

Chester fut visiblement soulagé lorsque Hernandez apparut, portant un grand plateau recouvert d'un napperon, avec des morceaux de poulet froid et une salade verte. Hernandez prépara un petit assaisonnement, d'huile et de vinaigre, puis il se retira.

— Vous pouvez, *vamos* maintenant, Hernandez, lui lança Chester.

— *Si, señor, buenas noches.*

De façon ou d'autre, Hernandez parvint à prendre un ton condescendant alors qu'il souhaitait simplement une bonne nuit à Chester.

Raymond se mit à manger voracement, tout en regardant Laura dans les yeux. Chester errait dans la pièce, sa flûte de champagne à la main, allumant et réallumant son cigare. Un air de jazz lascif passait sur le tourne-disques, très doucement mais de façon suggestive.

— Il me faudrait un agent, vous ne croyez pas ? lui demanda Laura.

Raymond arracha un morceau de poulet avec ses dents.

— Nous verrons cela en temps utile. Mais j'en connais des tas, je peux vous présenter. Avant toute chose, vous devez vous habiller comme il faut. Changer votre garde-robe. Changer votre coiffure. Faire rectifier votre visage.

— Cela va coûter très cher, non ? demanda Laura.

Elle avait du mal à contenir sa surexcitation : elle se sentait flattée, elle avait une chance inouïe !

Raymond ne la quittait pas des yeux.

— Je peux arranger tout ça. Maintenant que vous

êtes une star, vous devez commencer à avoir l'air d'une star, d'accord ?

Il avala et renifla, mais un petit morceau de poulet graisseux resta collé sur le côté de sa lèvre.

Laura tendit la main pour l'ôter. Raymond saisit immédiatement son poignet, si durement que cela lui fit mal. Puis il porta vivement la main à sa bouche et retira le morceau de poulet lui-même.

— Ne faites jamais ça, dit-il.

— Pourquoi êtes-vous si brutal ? s'exclama Laura. C'était un geste amical, rien de plus.

— Vous insinuez que je mange comme un porc, c'est ça ? D'abord je sens l'ail, et ensuite je mange comme un porc ?

Laura dégagea sa main.

— Vous êtes trop susceptible, Raymond.

Puis elle lui adressa un petit sourire timide.

— Néanmoins j'aime les hommes susceptibles. Surtout les hommes susceptibles qui m'offrent une garde-robe complète.

Raymond prit une serviette sur le plateau et s'essuya la bouche vigoureusement. Puis il se pencha vers Laura et l'embrassa sur la joue.

— Vous aimez les manteaux de fourrure ? lui demanda-t-il. Quelle est votre fourrure préférée ? Renard, vison ?

Les yeux de Laura brillèrent.

— Vous parlez sérieusement ? Une fourrure ?

Raymond acquiesça de la tête.

— Un manteau de vison, voilà ce qu'il vous faut. Toute star digne de ce nom se doit d'avoir un manteau de vison. Et peut-être une veste en renard, également, qu'en pensez-vous ? Et nous devons songer aux bijoux. Des diamants, en particulier, parce qu'ils brillent d'un tel éclat lorsque les journalistes vous photographient.

Laura sourit et hocha la tête. Elle avait l'impression de s'envoler sur un ballon qui montait doucement dans le ciel. Le séjour était un ballon, doux, rond, chaud et confortable. Le visage de Raymond était un ballon, lui aussi, qui dodelinait devant elle. Elle pensa qu'il était tellement laid qu'il en était beau. Elle se demanda comment c'était possible. Comment un homme pouvait-il avoir un front aussi fuyant et tous ces cratères sur les joues, et néanmoins être aussi sexy ?

Elle se redressa et l'embrassa. Il avait un goût acceptable. Il sentait un peu le gras de poulet, mais ça pouvait aller.

— Vous savez ce que vous pensez que vous êtes ? dit-elle en se blottissant contre son épaule. Vous pensez que vous êtes un *latin lover.*

— Vous pensez que c'est ce que je pense que je suis ?

Elle hocha la tête plusieurs fois.

— Et comment !

— Vous voulez que je vous le *prouve* ? demanda-t-il.

Elle renifla, gloussa, passa ses bras autour des épaules de Raymond et l'embrassa sur le nez.

— Les *latin lovers* sont toujours comme ça, non ? Ils doivent toujours faire leurs preuves !

Raymond fit une grimace.

— N'est-ce pas la seule façon pour vous de savoir si vous avez deviné juste ?

Laura eut à nouveau le fou rire. C'était plus fort qu'elle. Tout semblait si merveilleux. Raymond lui embrassa les joues, les oreilles, les cils. Puis il l'embrassa sur la bouche, avec force. Sa langue se glissa entre ses dents et entreprit d'explorer ses gencives, tel un morse explorant un rivage rocailleux.

A ce moment, il arriva quelque chose à Laura. Plus tard, elle ne parviendrait jamais à se rappeler comment, ni pourquoi. Mais à cet instant précis, il lui sembla que Raymond était l'homme le plus désirable qu'elle ait jamais rencontré, qu'il était la clé de tout ce qui était excitant et couronné de succès. Il était riche, et il pouvait la rendre célèbre, et cela lui donnait un magnétisme qu'elle trouvait tout à fait irrésistible.

Le tourne-disques passait *Downright Dirty Blues*, un

air de jazz lancinant, au rythme très lent, avec une trompette qui donnait l'impression de souffrir physiquement. Laura se serra contre Raymond et l'embrassa sur les lèvres, puis elle se souleva, remonta sa robe sur ses cuisses et se mit à califourchon sur lui, tenant avec respect ses joues grêlées dans ses mains.

— Señor, vous êtes exactement ce qu'il me faut, chuchota-t-elle, et elle l'embrassa et l'embrassa encore.

La main droite de Raymond se promena lentement sur le dos de sa robe en satin blanc et se referma sur les fesses de Laura. Il s'autorisa un petit sourire, parce qu'il avait maintenant la confirmation de ce qu'il avait déjà soupçonné auparavant : dans une robe en satin aussi ajustée, Laura ne portait pas de sous-vêtements. Sa main gauche saisit son sein. Il coula un regard vers Chester, par-dessus l'épaule de Laura, et Chester lui fit un signe de tête affirmatif, puis il sortit sur la terrasse, derrière les rideaux de tulle, et fuma son cigare, faisant semblant d'admirer les lumières de Los Angeles.

Laura sentit que les mains de Raymond retroussaient sa robe de plus en plus haut. Cela lui donnait une impression tellement soyeuse et sensuelle, et Raymond était un tel *latin lover*, non ? Ses mains caressèrent son derrière nu, ses doigts se déplaçaient aussi doucement que des araignées entre ses fesses.

Elle l'embrassa à nouveau, partout, un baiser mouillé, passionné.

— Vous savez ce que vous êtes, Raymond ? Vous êtes... dieu, voilà ce que vous êtes. Pas *le* Dieu. Mais *un* dieu. Le dieu d'Hollywood. Le gardien des clés.

— Vous êtes une petite fille très excitante, murmura Raymond.

Ses doigts firent le tour de ses cuisses et trouvèrent la toison douce et humide de ses poils pubiens.

Elle sentit qu'il se démenait un moment sous elle, mais elle continuait de flotter et de flotter dans l'air, et elle ne réalisa pas qu'il défaisait violemment les boutons de sa braguette. Ce fut seulement lorsque ses doigts ouvrirent les lèvres de sa vulve, et qu'une présence chaude et dure se fit sentir entre ses jambes qu'elle comprit ce qu'il faisait. Même à ce moment, cela ne sembla pas vraiment réel. Cela ressemblait plus à l'un de ces rêves, lorsqu'elle pensait qu'un garçon était sur elle, poussant et poussant, et puis qu'il se volatilisait brusquement, et que c'était le matin, les oiseaux chantaient, et tante Beverley lui apportait son verre de jus d'orange.

Raymond grogna et s'enfonça en elle, seulement à moitié, puis il grogna à nouveau et la pénétra profondément, s'enfonçant en elle jusqu'aux testicules. Elle était assise sur lui, mais il était bien plus fort qu'elle, et c'était lui qui imprimait la cadence. Il saisit ses fesses à deux mains et donna des coups de boutoir, encore et encore. Bientôt elle était ballottée sur ses genoux comme une marionnette.

Elle adorait ça, elle détestait ça, cela lui donnait des nausées. C'était formidable. Cette énorme queue qui la ramonait avec force, cette langue qui se tortillait profondément dans sa bouche.

— Tu es une baiseuse plutôt minable, hein ? fit Raymond, couvert de sueur.

Il continuait de donner des coups de boutoir, produisant un bruit de succion, régulier et monotone.

— Allons, Laura, je croyais que tu étais sexy ! grommela-t-il. Je croyais que tu étais la reine de l'écran ! Je croyais que tu étais une star !

— Une star, murmura Laura, ses bras battant mollement contre son corps.

Raymond poussa et poussa, puis il perdit patience. Il la fit basculer de ses genoux, et elle s'affala sur le canapé. Il déboutonna sa chemise rageusement, mais il ne l'ôta pas, déboucla sa ceinture et ôta son pantalon de smoking et son caleçon. Torse velu et jambes velues, en chemise et socquettes noires, il souleva Laura du canapé et la porta jusqu'à la table de petit déjeuner au plateau de marbre. Il l'allongea à plat sur le ventre, sa robe retroussée jusqu'à mi-corps, ses jambes très écartées.

— C'est... froid, marmonna Laura à l'adresse de son reflet sur le plateau en marbre poli.

Elle ferma les yeux et les rouvrit. Puis elle dit :

— Qu'est-ce que je fais ici ? Chester ? C'est vous, Chester ?

Une toux de fumeur réprimée parvint de la terrasse. Chester regardait à travers les rideaux de tulle. Il vit Raymond prendre la bouteille d'huile d'olive en forme de larme sur le plateau du souper, et s'approcher de Laura, étendue sur la table, jambes et bras écartés. Il l'entendit appeler son nom, mais il ne bougea pas et continua de regarder, et de tousser.

Raymond se tint entre les jambes écartées de Laura. Son pénis était de couleur foncée, très poilu, et énorme. Il retira le bouchon de la bouteille en forme de larme, et versa précautionneusement un filet d'huile d'olive sur sa hampe, tout du long. Puis il posa la bouteille et enduisit d'huile son sexe jusqu'à ce qu'il brille. Ses poils pubiens noirs ressemblaient au toupet de Frank Sinatra.

Ses mains toujours recouvertes d'huile, il écarta les fesses de Laura et les massa plusieurs fois. Laura ouvrit les yeux et voulut se relever, mais Raymond l'obligea à s'allonger de nouveau sur la table, et dit :

— Tu veux être une star ? Alors ferme-la, et ne bouge pas !

Chester fuma et regarda à travers les rideaux agités par le vent tandis que Raymond plaçait la tête violacée de sa queue contre le derrière de Laura. Quelque part, pas très loin d'ici, il entendit une sirène de police mais il ne se retourna pas pour regarder où était la voiture de patrouille. Il garda les yeux fixés sur la scène tendue et silencieuse dans le séjour. Il toussa, cependant, lorsque Raymond poussa et s'enfonça, une fois, deux fois, et encore. Laura cria et tenta de se mettre debout, mais Raymond la frappa avec son poing serré au creux des reins afin de la faire rester où elle était.

Laura ne bougea plus. Son visage était tourné vers Chester, comme si elle le regardait d'un air accusateur, mais il savait que, très probablement, elle ne pouvait pas le voir, sur la terrasse plongée dans l'obscurité. Il fumait et avait hâte que tout ça soit terminé, mais il savait que Raymond voulait qu'il regarde. Raymond se tenait même légèrement de côté, sa main droite sur sa hanche, sa chemise tirée en arrière, pour permettre à Chester de mieux voir.

Chester ferma les yeux, mais il continua de voir des veines sombres et huileuses entrer et ressortir, et une chair rougie et distendue. Néanmoins, il avait toujours les yeux fermés lorsqu'il entendit Raymond pousser un cri de triomphe, épais et rauque, et vociférer :

— Tout compte fait, tu es une star, Laura ! Tu es une star !

Au bout d'un moment, il ouvrit les yeux et aperçut Raymond, assis sur le canapé, une flûte de champagne à la main. Laura était toujours allongée sur la table, sa robe retroussée, ses fesses ornées de sperme. Il fit coulisser la porte-fenêtre et revint dans la pièce. Laura le suivit du regard mais elle n'essaya pas de bouger. Chester alla dans la salle de bains et revint avec une serviette-éponge turquoise. Il regarda Raymond mais il était incapable de trouver les mots pour exprimer son dégoût, non seulement pour Raymond, mais aussi pour lui-même, aussi ne dit-il rien du tout. Il essuya Laura puis l'aida à se relever. Elle s'agrippait à lui et n'arrêtait pas de déglutir comme si elle avait envie de vomir.

— Tu veux aller dans la salle de bains, ma chérie ? Attends, je vais t'accompagner.

Lorsqu'il revint, il resta là à dévisager Raymond, et il ne savait toujours pas quoi dire.

— Vous avez un problème ? lui demanda finalement celui-ci.

Chester secoua la tête.

— Non, aucun problème.

Raymond but une gorgée de champagne et renifla.

— Vous voulez que nous parlions argent maintenant ? Combien vous faut-il ?

— Et si vous commenciez par mettre votre pantalon ? suggéra Chester.

Le pénis de Raymond reposait sur le canapé, luisant et roulé en boule, semblable à une limace.

Raymond renifla ses aisselles.

— Je sais... J'ai une meilleure idée. Allons nager. Nous pourrons parler argent dans la piscine.

19

Hernandez reconduisit Laura chez elle avec la Cadillac de Chester. Elle fut obligée de lui demander de s'arrêter deux fois afin de pouvoir vomir sur le bas-côté de la route. A part ça, elle ne dit pas un mot. Elle regardait fixement par la glace et contemplait les lumières d'Hollywood qui dansaient une rumba écœurante.

— Je sais ce que vous pensez, dit Hernandez, comme il arrivait dans Franklin Avenue. Vous pensez : « Ces salauds, je leur revaudrai ça un jour. »

Il se rangea contre le trottoir et coupa le moteur.

— Permettez-moi de vous dire une chose, mademoiselle Laura. Le jour où vous aurez la peau de ces salauds, je veux être là pour regarder. Bon sang, je veux une place au premier rang, et du pop-corn !

Laura tourna la tête et le dévisagea. Sa gorge et ses sinus étaient à vif, à force d'avoir vomi. Elle avait l'impression d'avoir été rouée de coups avec une batte de base-ball. Hernandez descendit de la voiture et ouvrit sa portière. Il tendit la main pour l'aider à descendre mais elle ne la prit pas. Il l'observa gravir d'un pas chancelant les marches qui menaient à la porte de la maison de tante Beverley. Il y avait une tache de sang sur le dos de sa robe en satin blanc.

Hernandez attendit que Laura soit entrée. Puis il retourna vers la voiture.

— Vous aurez ces salauds, répéta-t-il pour lui-même en mettant le contact. Vous aurez ces salauds, et comment !

Les salauds en question barbotaient dans la piscine en forme de haricot de Chester, sous un ciel étoilé. L'air s'était rafraîchi, mais la température de l'eau dépassait les 30 degrés. Chester avait apporté une autre bouteille de champagne et des cigares.

— Vous savez, parfois je pense aux filles, et je pense « qu'elles aillent se faire foutre ! », déclara Raymond.

— Qu'entendez-vous par là ? voulut savoir Chester. Vous ne vous contentez pas de le penser, vous le faites !

— Non, vous ne m'avez pas compris. Parfois je voudrais qu'elles se prennent en main elles-mêmes, si vous voyez ce que je veux dire. Elles sont si foutrement désemparées. Elles sont si foutrement impatientes de faire plaisir.

— Laura ne m'a pas donné cette impression.

— Ah, oubliez ça. Laura avait bu trop de champagne. Sinon, elle aurait adoré ça. Elle se serait mise à quatre pattes pour en redemander. Toutes les filles raffolent d'une bonne bourre !

Chester préféra ne pas répondre à cela. Il appuya sa tête contre le rebord de la piscine et souffla de la fumée de cigare vers la nuit.

— Il nous faudrait 150 000 dollars, dit-il. Vous croyez que vos amis peuvent trouver une telle somme ?

— Ils demanderont à voir des chiffres, des prévisions. L'ennui, c'est que les choses sont moins faciles qu'elles ne l'étaient autrefois. A une certaine époque, vous pouviez aller d'un État à un autre avec votre argent dans vos poches, et personne ne venait fourrer son nez dedans. Aujourd'hui, tous les agents du Trésor semblent se prendre pour des petits saints. Apparemment, ils ne comprennent pas que ce sont le graissage de pattes et la lubrification qui ont fait de l'Amérique ce qu'elle est aujourd'hui.

— Question lubrification, vous vous y connaissez, répliqua Chester, mais il ne le dit pas assez fort pour que Raymond l'entende.

— Écoutez, dit Raymond, je vais parler à certaines de mes relations à Reno. Je pense à quelqu'un en particulier. Quelqu'un qui s'intéresse énormément au cinéma.

— Pas Bernie Katz, j'espère ? Bon Dieu, ce type est répugnant !

— Qu'est-ce que vous avez contre Bernie Katz ? Laura plairait beaucoup à Bernie.

— Je ne sais pas, Raymond, répondit Chester d'un air pensif.

Il avait rendu à Raymond des services semblables tellement de fois auparavant. Pourtant, cette fois, il se sentait profondément coupable. La plupart des filles avaient été très complaisantes, et elles se fichaient de ce que Raymond leur faisait. Elles se contentaient de sourire faussement, de rire faussement, et de fixer un point au second plan pendant qu'il grognait et les besognait. Mais Laura était différente. Laura était gentille et intelligente, et si elle ne fréquentait pas trop de gens comme Raymond, elle réussirait peut-être même à conserver sa gentillesse et son intelligence, et à se faire un nom. Pas dans *Le circuit du Diable*, bien sûr. La distribution des rôles avait été terminée voilà plus de cinq mois, mais il restait probablement encore de la place pour la 356e fille sur la gauche.

Ils firent la planche un moment, et Chester commença à pressentir que Raymond n'avait pas particulièrement envie de faire une offre. Il ne voulait pas supplier, mais il avait placé la plus grande partie de son argent dans *Le circuit du Diable*, ainsi que l'argent d'un tas de gens qui ne seraient pas ravis, à tout le moins, si le film n'était pas terminé et ne sortait jamais sur les écrans.

— Écoutez, dit-il. Et si vous *parliez* à Bernie Katz, tout au moins ?

— Pour lui dire quoi ? demanda Raymond d'une voix terne.

— Dites-lui qu'il peut jouer ça comme il voudra. S'il veut que le film perde de l'argent, le film perdra de l'argent. S'il veut que le film rapporte de l'argent, le film rapportera de l'argent.

— Entendu. Je vais lui téléphoner, ensuite j'irai le voir. Je pourrais emmener Laura avec moi, non ?

A nouveau, Chester préféra ne pas répondre.

Raymond entreprit de traverser la piscine. Il nageait tranquillement, dans un style absurdement trop recherché, nu et velu, son corps éclairé par les projecteurs sous la surface. Chester n'aimait pas que des gens se baignent nus dans sa piscine, et il regarda de l'autre côté, particulièrement lorsque Raymond nagea debout, dans le grand bassin. Ses jambes courtes, du fait de la réfraction, ressemblaient à des pattes de grenouille.

Au bout d'un moment, Raymond lança :

— Vous ne trouvez pas que l'eau est plus froide ?

Chester avait pensé la même chose, un instant plus tôt.

— Si, répondit-il. Nous sommes fatigués, c'est tout. Nous ferions mieux de rentrer.

— Cette eau est glacée ! Votre chauffage est en panne ?

— Il fonctionnait très bien cet après-midi. Je dirai à Hernandez de jeter un coup d'œil demain.

Raymond nagea vers le côté de la piscine. Il s'apprêtait à se hisser hors de l'eau quand une petite fille apparut brusquement à travers les buissons, comme si elle avait surgi de nulle part. Elle était très pâle et vêtue de blanc, et Raymond eut l'impression que ses longs cheveux, au lieu de pendre, virevoltaient dans l'air.

Raymond était à moitié sorti de l'eau, mais il se laissa retomber dans la piscine en produisant un *splash!* bruyant.

— Chester, nous avons de la visite !

— Hé, petite, c'est une propriété privée ici ! lança Chester. De plus, qu'est-ce que tu fais dehors aussi tard ?

— Je vais très bien, je vous remercie, dit la petite fille.

Ses yeux étaient très étranges : presque comme si elle n'en avait pas.

— Je suis ravi de savoir que tu vas très bien, mon cœur, fit Raymond. Tout à fait ravi. Mais le fait est que je suis nu comme un ver, et que je commence à avoir froid, et qu'il faut que je sorte de l'eau.

— Pourquoi ne sortez-vous pas, alors ?

— Hum, parce que je n'ai pas de vêtements sur moi, et parce que tu es une petite fille, et parce que les hommes ne doivent pas se montrer tout nus à des petites filles. Ce n'est pas convenable.

— Vous avez peur que je ne me moque de vous, hein, parce que vous êtes gros et laid ?

Raymond se tourna vers Chester et haussa les épaules.

— Vous n'avez pas à avoir peur que je ne me moque de vous, parce que je suis très sérieuse ce soir, déclara la petite fille.

— Oh, tu es sérieuse ? Sérieuse à quel sujet ?

— Je pense sérieusement que vous ne sortirez pas de cette piscine.

— Qu'est-ce que tu racontes ? s'exclama Raymond. Allons, petite, je gèle dans cette eau. Si tu ne fiches pas le camp, tant pis pour toi, je sors !

Chester se mit debout dans l'eau.

— Attendez, Raymond. Je vais régler ça.

Lui, au moins, portait un short, un ample bermuda rouge et jaune, orné de palmiers. Il pataugea dans l'eau jusqu'au bord de la piscine où se tenait la petite fille, et agrippa le rebord afin de se hisser hors de l'eau. A ce moment, il remarqua les pieds de la petite fille. Elle ne portait pas de chaussures, et ses pieds nus étaient marbrés de taches noires et violacées, dues à des gelures. Mais il y avait plus alarmant que cela : ses pieds semblaient flotter à plus de deux centimètres au-dessus du bord carrelé de la piscine.

Chester rejeta sa tête en arrière et la regarda avec stupeur.

— Bon sang ! Mais tu...

Elle lui souriait, un sourire tellement engageant. Son visage était aussi blanc que de la neige, ses yeux aussi foncés que des ombres. Dans un mouvement gracieux de son corps, elle se pencha et son bras passa rapidement au-dessus des mains de Chester. Il vit quelque chose étinceler, et il sentit quelque chose lui effleurer les doigts, mais il ne comprit pas tout de suite ce que c'était.

La petite fille se mit à pivoter sur elle-même, et sa robe blanche tournoya comme un volubilis. Chester se baissa, prenant son élan pour se hisser hors de l'eau, lorsqu'il vit que le côté de la piscine était couvert de sang, et que du sang ruisselait sur ses bras. Il leva ses mains et s'aperçut que la petite fille lui avait tranché les doigts... si profondément qu'il voyait les os briller.

Il poussa un grand rugissement d'indignation et de peur.

— Elle m'a tailladé les doigts ! Putain de merde, elle m'a tailladé les doigts !

La petite fille éclata de rire, cessa de tourner sur elle-même, et s'approcha du bord de la piscine. Dans sa main droite elle brandissait un long fragment de miroir triangulaire.

— Tu ne peux pas sortir, lui dit-elle de cette voix étrangement étouffée. Je ne te *laisserai* pas sortir !

— Regarde mes mains ! glapit Chester. Regarde ce que tu as fait à mes mains !

Il les leva devant lui. Le sang s'écoulait abondamment et formait dans l'eau de petits tourbillons et des entrelacs écarlates.

Raymond nageait rapidement vers le bord de la piscine. Nu ou pas, il allait sortir de cette foutue piscine. Ce n'était pas une gosse complètement timbrée qui l'en empêcherait ! Il opéra un rétablissement et se hissa sur le bord carrelé, près de l'endroit où se tenait la petite fille. Il leva un bras pour se protéger. Sans dire un mot, elle abattit sa main, décrivant dans l'air un rapide motif entrecroisé. Brusquement, le bras et l'épaule de Raymond furent couverts d'estafilades.

Il tenta de se mettre debout, mais elle le frappa à de nombreuses reprises, et les blessures proliférèrent comme par magie. Son ventre fut tranché d'un côté à l'autre. Ses cuisses velues furent inondées de sang. Il couvrit ses organes génitaux avec sa main, mais elle lui tailla le dos de la main, et encore plus de sang ruissela entre ses jambes. Il tomba à genoux. Il ne disait rien, commotionné. La petite fille se mit à danser autour de lui, lui cisaillant les oreilles, lui lacérant les joues. Il vacilla et essaya de garder son équilibre, puis il retomba dans l'eau, au milieu d'une brume de sang.

— Raymond ! cria Chester.

Il commença à se diriger vers lui. Chester ne nageait pas très bien, même lorsque ses mains n'étaient pas découpées en lambeaux.

— Tenez bon, Raymond ! J'arrive, je vais vous aider !

Il se tourna vers la petite fille et hurla :

— Merde, qu'est-ce que tu as fait ? Tu as perdu la raison ! Tu es complètement folle ! Tu aurais pu le tuer !

Raymond flottait sur le ventre, tournant dans l'eau, environné de sang. Tandis qu'il pataugeait vers lui, Chester n'arrêtait pas de crier : « Tenez bon, Raymond ! Tenez bon, Raymond ! » et celui-ci émit un gargouillement étranglé. Au moins, il était toujours en vie.

Comme il se dirigeait péniblement vers lui, Chester trouva que l'eau devenait de plus en plus froide, si froide qu'il ne sentait plus ses jambes. Ce n'était plus de l'eau, c'était de la *fange*, de la neige à moitié fondue. La surface était grisâtre et épaisse, comme du porridge gelé, et les vagues provoquées par les mouvements de Chester étaient molles et léthargiques.

— Raymond ! parvint-il à crier, mais c'était plus un halètement qu'un cri.

Raymond poussa un gargouillis et essaya de lancer : « Au secours ! » puis il disparut sous la surface. Chester vit sa main se tendre hors de l'eau et se refermer sur le vide, puis elle disparut à son tour.

Il prit une profonde inspiration et plongea. Il s'aperçut que cela lui était quasiment impossible. L'eau était gelée en grande partie, et il aurait aussi bien pu plonger dans des sables mouvants. Il chercha à tâtons autour de lui, brassant la fange, et par hasard il sentit quelque chose de froid et de velu. Il supposa que c'était l'une des jambes de Raymond, et c'était le cas. Il passa son bras autour de la jambe et remonta vers la surface. Il avait toujours été claustrophobe, et maintenant il paniquait. De l'air, de l'air!

Lorsqu'il arriva à la surface, cependant, le bras tendu vers le haut, il constata qu'il y avait quelque chose de tout à fait anormal. Ses doigts rencontrèrent une voûte compacte, froide et sans ouvertures. La surface de la piscine avait complètement gelé, sur une épaisseur de cinq ou six centimètres. Chester tâtonna éperdument dans toutes les directions, s'efforçant de ne pas respirer, mais la piscine avait gelé d'un bout à l'autre, et il était épuisé et manquait d'oxygène, et sa chance avait tourné.

Il martela la glace du poing pour faire un trou, mais sans résultat. Il se débattit, avala une grande gorgée d'eau glacée, et laissa échapper un son strident, frénétique, plein de bulles. *Hernandez*, pensa-t-il, *Hernandez va m'entendre.* Puis il se souvint que Hernandez reconduisait Laura chez elle, sur Franklin Avenue. Il n'y avait personne ici excepté Raymond et lui, et tous deux se vidaient de leur sang, et tous deux étaient pris au piège sous la glace.

Il lâcha Raymond, le laissa couler lentement au fond de l'eau glaciale. Raymond ne bougeait plus. Raymond était probablement déjà mort. Ses poumons réclamant de l'air, il martela la glace avec ses deux poings. Il distinguait faiblement les lumières du patio, et le contour de la maison. Puis une obscurité terrifiante recouvrit la piscine, plus noire que toutes les nuits que Chester ait jamais vues. Il sentit toute la piscine trembler, et l'eau émettre des craquements et des plaintes tandis qu'elle gelait encore plus. Il respira dans l'eau, tout un flot glacé, et il comprit qu'il allait mourir.

Un instant avant de se noyer, cependant, il vit une pâleur livide et épouvantable juste au-dessus de lui... un visage qui le scrutait à travers la glace. C'était le visage le plus terrifiant qu'il ait jamais vu... étiré et blanc, avec des trous sombres à la place des yeux. Il était si estompé à travers la glace, tellement indistinct, que cela le rendait d'autant plus terrifiant.

Chester se noya et coula, mais juste un tout petit peu, parce que l'eau était tellement visqueuse. Il n'eut pas le temps de penser à quel personnage imaginaire il aurait pu être, après sa mort. Son imagination quitta son esprit et scintilla un instant, comme une brève fluorescence au-dessus de l'océan, ou comme un briquet éteint par le vent.

Laura resta dans la cabine de douche pendant presque vingt minutes, sous le jet d'eau brûlante, se savonnant et se frottant avec une brosse. Finalement elle fit coulisser la porte vitrée et sortit de la cabine à pas chancelants. Elle mit son peignoir en tissu-éponge et se dirigea vers son lit en traînant les pieds comme une femme trois fois plus âgée qu'elle.

Elle s'allongea sur le côté et observa les ombres des yuccas qui dodelinaient et dansaient sur les stores. Tante Beverley n'était pas encore rentrée, aussi ne pouvait-elle même pas lui parler. En fait, elle ne savait pas si elle avait envie de parler à quelqu'un. Elle préférait ne pas penser à la douleur et à la dégradation que Raymond lui avait fait subir. Pis encore, c'était elle qui l'avait encouragé à lui faire l'amour, elle qui s'était mise à califourchon sur ses genoux, elle qui l'avait embrassé et lui avait dit qu'il était un dieu. Elle ne se sentait pas simplement blessée physiquement, même si elle ne pouvait plus toucher ses fesses, et si son dos lui donnait l'impression d'être fracturé. Elle se sentait stupide, grugée, et ridicule. Elle avait vraiment cru que Chester allait lui donner un second rôle ? Elle avait vraiment cru que Raymond allait lui acheter une garde-robe complète et un manteau de vison ?

Son cœur battait à grands coups et sa bouche lui

semblait aussi sèche que la Vallée de la mort. L'ennui, c'était qu'elle se blâmait elle-même tout autant qu'elle blâmait Chester et Raymond. Tous deux étaient des menteurs et des jouisseurs, mais elle était vaniteuse, et c'était sa vanité qui l'avait blessée, tout autant que la cruauté de Raymond. Aujourd'hui encore, elle se reprochait ce qui était arrivé à Dick Bracewaite, même si c'était *lui* qui lui avait infligé des sévices sexuels bien pires que tout ce que Raymond lui avait fait. Elle se reprochait de désirer tellement être désirée. Cela l'excitait, lorsqu'elle savait que des hommes la désiraient, et que des femmes l'enviaient. Cela lui procurait une sensation de rayonnement, comme rien d'autre ne le faisait. Elizabeth avait ses écrits, et sa carrière. Mais tout ce qu'elle avait, elle, c'était cette sensation de rayonnement, chaque fois qu'elle pouvait l'obtenir, ce qui ne se produisait pas souvent, et à certains moments elle en avait tellement besoin qu'elle aurait fait n'importe quoi, avec n'importe qui, juste pour en éprouver la plus petite lueur, le plus faible éclat.

Elle ferma les yeux et se rappela ce qu'elle avait ressenti, allongée sur la table, les jambes écartées, tandis que Raymond la pénétrait violemment. Cela avait été atrocement douloureux, et humiliant, mais plus elle y pensait, plus elle devenait calme, parce qu'il l'avait désirée, non ? Il l'avait éperdument désirée. Il avait peut-être pensé qu'il était le maître, qu'il était un dieu, mais qui contrôlait la situation, en fait ? Celui qui désirait ou celle qui était désirée ?

Il était minuit passé. Tante Beverley n'était toujours pas rentrée. Laura ferma les yeux et s'endormit, sans même s'en rendre compte, et dans ses rêves elle vit d'autres rêves, comme des chevaux élancés, des princes et des princesses, et des gens qui accouraient silencieusement derrière vous pour exaucer tous vos vœux.

Il était presque deux heures du matin lorsque Jim Borcas trouva tante Beverley assise dans sa Pontiac

Chieftain décapotable blanche, faisant semblant de conduire. Jim Borcas était l'un des producteurs les plus prospères d'Hollywood, et ce soir il avait fêté la fin du tournage de son dernier film, *La femme au manteau de zibeline*, dans son immense maison Art Déco à Bel Air. A peu près tous ceux qui étaient quelqu'un à Hollywood étaient là, Charlie Chaplin et Marlon Brando et Alan Ladd. La fête s'était calmée maintenant : les invités s'étaient dispersés dans le parc ou s'étaient installés dans le cabinet de travail de Jim Borcas pour se raconter des histoires salaces et boire des martinis corsés, ou encore s'étaient retirés dans la bibliothèque afin d'échanger les derniers ragots. Les rires étaient retombés ; les coyotes poussaient des glapissements sinistres depuis les collines. L'orchestre avait fait place à des musiciens mexicains, Ken Morales et son Pico Brass, et quelques couples dépenaillés continuaient de danser en traînant les pieds, près de la piscine, tels les rescapés d'un marathon de la danse des années trente. Six ou sept ballons à moitié dégonflés flottaient sur l'eau ; de temps à autre, ils filaient d'un côté de la piscine vers l'autre, lorsque soufflait le vent du petit matin.

Jim tenait une cigarette dans une main et une bouteille de tequila à moitié vide dans l'autre. Il s'accouda à la portière de la voiture et dit :

— Comment ça va, Beverley ? Où allez-vous comme ça ?

Tante Beverley tourna le volant d'un côté et de l'autre.

— A la plage ! J'ai envie de sentir le vent et de m'aérer le cerveau !

Jim approuva d'un hochement de la tête. C'était l'un des producteurs les plus accommodants d'Hollywood : une calvitie précoce, sûr de lui, ami avec tout le monde.

— Vous avez déjà fait beaucoup de chemin ? lui demanda-t-il.

— Oh, je suis presque arrivée. Je viens de dépasser Brentwood. *Bip-bip !* Attention, idiot de piéton ! Quant à vous, monsieur, dit-elle en se tournant vers Jim, cessez de vous accrocher à ma voiture, je roule à plus de 90 !

Jim rejeta de la fumée par les narines.

— Et si on y allait pour de vrai ?

— Pour de vrai ?

— Bien sûr, on pourrait se baigner.

— Se baigner ? dit-elle en simulant l'étonnement.

— Bien sûr... l'eau est fraîche, c'est la pleine lune. Que voulez-vous de plus ? Poussez-vous !

Tante Beverley se déplaça vers le siège du passager, et Jim se glissa derrière le volant. Il fit démarrer le moteur dans un *whoosh!* de puissance.

— Et vos invités ? demanda tante Beverley.

— Mes invités ? Ils s'en fichent, du moment que les petits fours continuent d'arriver, et que l'alcool continue de couler à flots ! Vous connaissez cette ville mieux que moi. Les chrétiens et les lions, ça lui suffit. Et il n'y a pas tellement de foutus chrétiens, à vrai dire !

Il but une gorgée de tequila, puis il lui tendit la bouteille.

— Prenez ça, dit-il. Vous voulez vous aérer le cerveau ? C'est bien ce que vous voulez, hein ?

A ce moment, Elia Kazan survint. Il avait l'air en sueur et préoccupé. Il était suivi de près par l'expert-comptable de Jim, et par une femme que tante Beverley ne reconnut pas.

— Jim, veuillez descendre de cette voiture. Vous avez bu toute la nuit !

— Nous allons à la plage, déclara Jim. Beverley a envie de s'aérer le cerveau.

— Jim, je ne plaisante pas, descendez de cette voiture !

Jim regarda tante Beverley en fronçant les sourcils, et son expression était tout à fait sérieuse, la gravité que procure l'alcool.

— Dites-moi, Beverley, pourquoi avez-vous envie de vous aérer le cerveau ?

— Parce que j'ai fait quelque chose ce soir que je désire oublier.

— Oh, oui ?

— Je me suis arrangée pour que quelqu'un rencontre quelqu'un, et je pense que quelqu'un ne sera pas très content à l'issue de cette rencontre.

— Je vois ! Vous avez mauvaise conscience !

— Si vous tenez à exprimer les choses ainsi.

— Hum... il n'y a qu'une seule façon de se débarrasser d'une mauvaise conscience, et c'est d'aller rejoindre votre Créateur, de Le regarder bien en face, et de dire : « *Et alors ?* »

— Jim, intervint Elia Kazan, descendez de cette voiture, tout de suite ! C'est complètement insensé !

Jim emballa le moteur, et la suspension de la Pontiac émit une plainte.

— Désolé, Gadge. On se retrouve à la plage, d'accord ?

— Arrêtez de faire le singe, bon sang ! lui lança Elia Kazan.

Jim se mit à pousser des glapissements et à se gratter les aisselles comme un chimpanzé.

— Hoo-hoo-hoo ! cria-t-il.

Tante Beverley éclata de rire, ravie, et l'imita.

— Le roi des singes ! *King Kong !* hurla Jim.

Il emballa le moteur à nouveau et appuya sur l'accélérateur. Faisant crisser les pneus, klaxonnant, il contourna le massif d'arbustes devant la maison et descendit à toute allure l'allée vers la route. Comme il passait près des rangées de voitures garées, il accrocha le pare-chocs d'une Rolls Royce bleu pâle, produisant un craquement terrifiant.

— Jim, soyez prudent ! s'écria tante Beverley.

— Hoo-hoo-hoo ! répliqua Jim, et tante Beverley rit de plus belle.

— Libre ! chanta-t-elle à tue-tête.

Elle inclina sa tête en arrière pour que le déplacement d'air lui ébouriffe les cheveux. La Pontiac dévala Stone Canyon Road, tanguant et faisant des embardées d'un côté de la route vers l'autre.

— La puissance ! hurla Jim. La beauté ! La folie ! La mauvaise conscience ! La tequila !

— Les chimpanzés !

Ils franchirent en trombe les grilles de Bel Air et firent une queue de poisson sur Sunset. Comme la Pontiac se déportait d'un côté à l'autre, tante Beverley crut durant une fraction de seconde que Jim avait perdu le contrôle de son véhicule, et elle s'agrippa éperdument à la poignée de la portière. Néanmoins elle ne put s'empêcher de rire aux éclats. Un camion transportant des fruits klaxonna furieusement, et le chauffeur se pencha par la portière et cria : « Salopard de cinglé ! » Mais Jim lui hurla : « Hoo-hoo-hoo ! » et se remit délibérément à zigzaguer.

— Vous savez quel jour de la semaine nous sommes ? cria-t-il.

— Non, je ne sais pas ! dit tante Beverley. Jeudi ?

— Non, non. Aujourd'hui, c'est un jour très spécial ! Aujourd'hui, c'est l'anniversaire de Tlazolteotl !

— Qui diable est Tlazolteotl ?

— Tlazolteotl, ma chère Beverley, est la reine de la magie mexicaine ! Elle a un visage pâle comme la mort et un papillon tatoué autour de sa bouche, parce que c'est le symbole d'une âme morte. Le jour de l'anniversaire de Tlazolteotl, toute femme qui a commis un péché doit aller à la sortie du village afin de la rencontrer, ôter tous ses vêtements, et se mordre la langue jusqu'à ce qu'elle saigne. Ensuite elle doit rentrer chez elle entièrement nue.

— Pourquoi ? demanda tante Beverley en riant.

— De cette façon, elle reçoit l'absolution. Elle ôte ses vêtements, elle se mord la langue, et Tlazolteotl lui pardonne.

— Ça marche vraiment ?

— Je ne sais pas. Vous voulez essayer ? Vous avez commis beaucoup de péchés, Beverley ? Vous avez dit que vous vous sentiez coupable, non ? De quoi vous sentez-vous coupable ?

Jim dépassa un camion-citerne dans le long virage

sans visibilité à proximité du Bel Air Country Club. Le chauffeur fit un appel de phares et klaxonna. Jim lui fit des signes de la main, et Beverley l'imita.

— Si seulement il savait qui il a klaxonné, dit tante Beverley.

— Il dirait probablement une prière à saint Ignatius pour que celui-ci lui pardonne.

— Saint Ignatius ?

— Le patron des inconscients !

Ils abordèrent le virage suivant à plus de 110 km/h.

— La puissance ! hurla Jim.

Il s'empara de la bouteille de tequila, ôta le boucher avec ses dents et le cracha par la portière.

— La beauté ! vociféra-t-il, et il but une grande gorgée. Les papillons ! La tequila ! Joyeux anniversaire, Tlazolteotl !

Il tendit la bouteille à tante Beverley.

— Allez, Beverley... portez un toast à Tlazolteotl, vous aussi !

Tante Beverley but une gorgée de tequila chaude, la fit tourner dans sa bouche, et l'avala. L'alcool descendit dans sa gorge en grondant comme un feu moelleux. Elle suffoqua et faillit s'étrangler. Jim lui donna une tape sur la cuisse et poussa des cris joyeux.

— Hoo-hoo-hoo ! Hoo-hoo-hoo !

Les pneus de la Pontiac hurlèrent en un long et douloureux quatuor comme ils négociaient le virage après Brentwood Park. Le compteur avoisinait les 130, et la voiture chassait et faisait des embardées d'un côté à l'autre de la chaussée.

— Vous êtes prête pour la rédemption de vos péchés ? hurla Jim.

Tante Beverley n'avait jamais éprouvé une telle peur, ni une telle exaltation. Ils étaient invincibles, ils étaient le roi et la reine d'Hollywood. Rien ne pouvait les atteindre, rien ne pouvait les blesser.

— Hoo-hoo-hoo ! glapit Jim, imitant l'appel d'accouplement d'un singe.

— Hoo-hoo-hoo ! glapit tante Beverley en réponse,

avançant sa lèvre inférieure pour ressembler à une guenon.

Ce fut à ce moment qu'un énorme semi-remorque surgit dans le virage en épingle à cheveux de Santa Monica Canyon après le Will Rogers Park. Le camion était monstrueux, noir et graisseux, et son tuyau d'échappement crachait une épaisse fumée marron. Il transportait huit poutrelles métalliques pour le nouveau Regency Hotel sur Hollywood Boulevard, vingt-cinq tonnes en tout. Il montait péniblement la côte, probablement à moins de 15 km/h.

Jim disait à tante Beverley :

— Quoi que ce soit qui vous fait vous sentir coupable, ne vous sentez pas coupable. J'ai cessé de me sentir coupable voilà des années.

Tante Beverley vit des lumières aveuglantes et cria :

— *Jim!*

Mais lorsque Jim regarda devant lui, le pare-brise était entièrement recouvert de givre, totalement opaque. Jim braqua violemment vers la droite et heurta le remblai, puis il braqua vers la gauche. Le verre givré fut inondé de lumière blanche, et Jim ne voyait pas où il allait, ni où se trouvait le camion ni rien du tout.

Tante Beverley ne savait pas si elle regardait de puissants projecteurs ou des phares ou le terrifiant visage blanc de Tlazolteotl, dont la bouche était tatouée d'un papillon, le symbole d'une âme morte.

Ils se trouvaient à moins de cinquante mètres du semi-remorque lorsque Jim bloqua les freins. Cela ne servait à rien, bien sûr. A cette vitesse, la Pontiac ne se serait pas arrêtée avant un kilomètre.

— *Maman!* cria Jim. (Entre toutes les choses qu'un producteur à succès d'Hollywood aurait pu crier dans un tel moment.)

La Pontiac passa à moins de deux centimètres de l'avant du camion. Durant une fraction de seconde, tante Beverley pensa qu'ils étaient bien des dieux. Puis les roues avant heurtèrent le remblai dans un bruit de tonnerre, la voiture quitta la chaussée et s'envola dans un rugissement. Tante Beverley fut arrachée de son siège et projetée vers le ciel nocturne.

Elle eut l'impression d'être violemment tirée d'un côté et de l'autre, comme une poupée de chiffons que se disputent deux enfants. Elle songea à crier, puis décida qu'elle n'en avait pas envie. Elle allait abîmer son ensemble, et cela la tracassait. Du coin de l'œil, elle vit la Pontiac blanche tomber dans le ravin, et alors elle comprit qu'elle savait voler. Tout allait très bien se passer. Il lui suffisait de se poser doucement quelque part, d'épousseter ses vêtements, et ensuite de rentrer à pied à Bel Air. Pas de problème !

Elle entendit la Pontiac descendre en piqué vers le sol... un beuglement caverneux et des chocs sourds. J'espère que Jim sait voler, lui aussi, pensa-t-elle.

Et cela juste un instant avant qu'elle tombe la tête la première dans la verrière d'un atelier d'artiste au 3373 Rosita Drive, tel un ange en ensemble violet descendu du ciel, produisant une énorme explosion. Un morceau de vitre l'accrocha juste sous le nez, lui enleva la plus grande partie du menton et lui ouvrit la joue gauche tout du long, jusqu'à la langue.

Elle heurta la planche à dessin d'architecte qui se trouvait sous la verrière, heurta la chaise, heurta le sol, se brisant les deux bras, se brisant les deux jambes, puis elle culbuta dans un chaos de sang, de verre et de papier calque pour finir sous la maquette d'un bungalow avec piscine.

Une corpulente domestique mexicaine en chemise de nuit rose accourut dans l'atelier. La première chose qu'elle vit fut la verrière brisée.

— *Señor Grant!* cria-t-elle. *Ha habido un accidente!*

Puis elle aperçut les pieds nus et ensanglantés de tante Beverley sous la table.

— *Señor Grant!* hurla-t-elle. *Señor Grant! Necesitemos un médico... rápidamente!*

Un homme de haute taille aux cheveux raides apparut, en pyjama à rayures vertes.

— Nom de Dieu ! dit-il. Puis, très doucement : Nom de Dieu.

— *Está sangrando mucho*, dit la domestique, et elle se signa.

L'homme rampa sous la table et scruta tante Beverley. Son visage était un masque rouge et brillant de sang.

— Ça va ? demanda-t-il d'une voix tremblante. Hé, vous m'entendez ?

20

— Nous sommes arrivés, annonça Bronco, se garant dans l'allée et serrant le frein. Ce n'est pas un palais, mais je suis chez moi !

Ils descendirent du break vieillissant à la peinture cloquée par le soleil, et Elizabeth jeta un regard à la ronde. La maison de Bronco était une construction faite de coins et de recoins, style ranch, située au milieu de cinq ou six hectares de terrain, même si ce terrain était en grande partie de la poussière et des rochers craquelés par le soleil. Sur le côté gauche de la maison, il y avait un jardin potager, où poussaient des courges, des tomates et des choux. Devant la maison, on avait planté des épineux, des figuiers et d'autres arbustes du désert. Dans le lointain, Elizabeth apercevait la bosse roussâtre de Camelback Mountain, et deux ou trois buses qui décrivaient des cercles dans le ciel.

Dans deux semaines ce serait Noël.

— J'ai été très peiné lorsque j'ai appris ce qui était arrivé à Margo, dit Bronco en sortant la valise d'Elizabeth du coffre du break. Je ne l'aimais pas particulièrement, mais elle avait le feu sacré, et c'est plutôt rare de nos jours. La plupart des directeurs littéraires que je connais sont des opportunistes ou des flagorneurs. Je t'ai raconté la fois où Harold Ross m'a donné un coup de poing sur le nez ? C'était le bon vieux temps !

— Margo devrait se rétablir complètement, fit Elizabeth. Elle gardera des cicatrices, bien sûr. Mais elle a consulté un spécialiste de la chirurgie esthétique, et il s'est montré très optimiste.

— C'est un truc bizarre, tout de même. Un miroir qui explose de cette façon. A une époque, j'ai travaillé dans un bar, et parfois les chopes à bière explosaient toutes seules. Elles étaient moulées dans du verre bon marché, sous pression. C'est peut-être ce qui s'est passé avec le miroir de Margo.

— A vrai dire, je ne le pense pas.

Ils avaient atteint les marches de la véranda. Bronco lui décocha un regard de dessous le bord de son panama.

— Comment ça, tu ne le penses pas ? Tu as une autre théorie ?

— Je ne sais pas. Mais la police a dit que le miroir s'était brisé en des centaines de morceaux triangulaires, et que chaque morceau était identique. Ils ont dit qu'il y avait une chance sur un milliard pour que cela se produise.

— Cela aurait pu être la structure du verre, suggéra Bronco. Parfois les cristaux se brisent de cette façon, non ?

Il aperçut l'expression d'Elizabeth et pencha sa tête d'un côté.

— Mais tu n'en crois rien, hein ?

— Je ne peux pas en être sûre. Mais Margo a parlé d'une petite fille qui avait saccagé son appartement, une petite fille en robe blanche, exactement comme Peggy. Et dans le conte d'Andersen, il y a un lac gelé, que la Reine des Neiges appelle le Miroir de la Raison, et la glace est brisée en mille morceaux, « mais tous les morceaux étaient à ce point identiques que c'était une vraie merveille ».

Bronco la considéra mais demeura silencieux.

— Et puis la veille de son « accident », Margo m'avait fait passer un mauvais quart d'heure au bureau. J'avais préparé pour la publication ce livre *Des*

Rouges partout!, et elle a critiqué quasiment toutes mes suggestions, devant tout le monde.

— Tu penses que Peggy l'a punie, parce qu'elle t'avait mise dans l'embarras ?

— Comme elle a puni Miles Moreton, et comme elle a puni tante Beverley, et ces deux producteurs de cinéma qui avaient tenté d'abuser de la crédulité de Laura.

Bronco ouvrit la porte-moustiquaire et ils entrèrent. La maison était de plain-pied, mais elle était spacieuse et fraîche, avec cette odeur aromatique caractéristique du chêne d'Espagne. Les pièces étaient peu meublées, mais il était évident que Bronco et Vita avaient été riches autrefois, même s'ils n'étaient plus aussi à l'aise maintenant. Il y avait des fauteuils et des sofas d'époque, et une vitrine marquetée au devant bombé, remplie de ravissantes figurines en porcelaine de Saxe. Au-dessus de la grande cheminée en pierre était accroché un immense tableau d'Everett Shinn représentant un soir de neige à Broadway, avec des fiacres tirés par des chevaux et des passants s'abritant sous des parapluies. Sur le mur de droite, il y avait deux tableaux de John Sloan, le peintre le plus connu de l'école *ashcan*[1], représentant des immeubles sordides de New York.

— Vita fait sa sieste de l'après-midi, expliqua Bronco. Elle ne supporte pas la chaleur, mais elle ne veut pas retourner dans l'Est, à cause de son arthrite.

Il la conduisit dans une vaste chambre à coucher bien aérée qui donnait sur plusieurs hectares de broussailles roux pâle, avec une vue de Camelback Mountain. Elle était superbement décorée : un lit aux montants de cuivre, une commode ancienne et un secrétaire français sur lequel était placé un vase rempli de pois de senteur. Bronco posa la valise d'Elizabeth sur le lit et dit :

— J'espère que tu te plairas ici. Je suis désolé pour Margo, comme je l'ai déjà dit, mais je suis tout à fait

1. « Poubelle ». *(N.d.T.)*

ravi qu'ils t'aient envoyée à sa place. Au moins, tu comprends ce que j'essaie d'écrire.

Il détourna les yeux.

— Et tu comprends également pour Billy.

— Est-ce que vous l'avez vu récemment ?

— Il y a trois jours. J'étais allé à Phoenix pour acheter une ramette de papier. Je m'étais dit : « Voyons, Bronco, Lizzie vient te donner un coup de main, alors secoue-toi un peu ! » Donc je suis allé à Phoenix pour acheter du papier machine. La qualité supérieure.

— Que s'est-il passé ?

— J'étais à l'intérieur de la papeterie lorsque j'ai regardé dans ce petit miroir avec des réclames pour des stylos, et j'ai aperçu Billy. Il était dehors, dans la rue, et il m'observait. Ce n'était pas un fantôme. Enfin, il n'était pas transparent. Il était tout aussi réel que toi ou moi. Il se tenait dans la lumière du soleil et il m'observait. Et tu sais ce qu'il a fait ? Il a agité son index d'un côté et de l'autre, comme si je faisais quelque chose de mal, comme si je ne devais pas acheter du papier machine, comme si je ne devais pas écrire du tout, ni même *songer* à écrire.

Bronco marqua un temps et baissa la tête.

— Il m'avait parlé auparavant. Il avait dit que je ne devais plus jamais écrire. Un livre comme *Fruit amer* suffisait amplement. Si j'essayais de le refaire, les critiques allaient m'éreinter. D'autant plus que *Fruit amer* était foutrement ancien. A cette époque, j'étais un jeune loup. Audacieux, tu sais ? Au franc-parler. Et qu'est-ce que je suis maintenant ? Un vieux type tout décati, affligé d'un blocage et d'une femme qui est toujours sur mon dos.

— Il vous protège, dit Elizabeth. Il ne veut pas que vous soyez blessé.

— Oui, mais toute la question est là. A quoi bon vivre, si on ne tente rien ? Si je n'écris jamais un autre livre, parce que j'ai peur de ce que les critiques pourraient en dire, je ferais aussi bien de me brûler la cervelle et d'en finir une bonne fois pour toutes !

— Il se passe la même chose avec Laura et moi, acquiesça Elizabeth. Chaque fois que quelqu'un nous bouleverse ou nous fait du mal, même s'il en a seulement *l'idée*, comme c'était probablement le cas pour Dan Patrick... Peggy fait intervenir cette « Reine des Neiges » et essaie de le tuer. Je suis persuadée qu'elle pense *bien* faire, mais on ne peut pas vivre dans du coton toute sa vie, bon sang ! On doit prendre des risques. Parfois on doit être blessé. Sans cela... vous avez raison... autant être mort.

Bronco posa une main sur son épaule et la regarda avec une tendresse toute paternelle.

— Tu sais, Lizzie, je t'ai toujours aimée, quand tu étais une petite fille. Tu étais posée, tu étais intelligente... tu avais une telle imagination ! Maintenant tu es une femme et je continue à t'aimer.

Elle sourit, prit sa main et la serra. Elle n'avait pas réalisé à quel point son père lui manquait.

— Toi, moi et Laura, nous avons le même problème à régler, dit-il. Nous avons enterré nos morts, mais nous ne leur avons pas encore donné le repos éternel.

Il jeta un coup d'œil à sa montre.

— Je te laisse une demi-heure pour te remettre du voyage et faire un brin de toilette, et ensuite on reparle de tout ça, d'accord ? Tu veux boire quelque chose ? Je prépare un excellent punch Pisco.

— Très volontiers.

Bronco s'en alla. Elle défit sa valise et suspendit ses vêtements dans la grande armoire de style espagnol. Puis elle prit une longue douche dans la petite salle de bains aux carreaux verts, attenante à sa chambre. Un poisson en céramique de la taille d'un mérou lui sourit pendant qu'elle se douchait. Après cela, elle se sécha et se regarda dans le miroir. Elle trouva qu'elle avait pris un peu de poids. Trop de sandwiches en guise de déjeuner au bureau ; trop de pâtes au dîner. Néanmoins, elle était toujours en assez bonne forme, et si elle travaillait dur durant son séjour en Arizona, et ne buvait pas trop de punch Pisco préparé par Bronco, elle retrouverait probablement son poids idéal.

Elle avait été bouleversée au sujet de Margo... surtout lorsqu'elle avait appris ce qui s'était passé. Margo avait parlé « d'un froid, un froid terrifiant, et d'une petite fille en robe blanche qui flottait en l'air ». La police et les docteurs avaient mis cela sur le compte du traumatisme, mais Elizabeth avait été tout à fait convaincue que Peggy avait exercé sa vengeance. Elle en avait été d'autant plus convaincue lorsque Laura avait téléphoné, le lendemain. Tante Beverley aussi avait été grièvement blessée, elle avait failli mourir, et on avait découvert Chester et Raymond à six heures du matin, figés dans la piscine entièrement gelée, telles des mouches ensanglantées et prises dans un bloc d'ambre. La police avait attribué leur mort à « une agression violente avec un couteau, ou un autre instrument à lame tranchante, par des personnes inconnues, suivie d'un gel dû à un fonctionnement défectueux de l'installation de la piscine ». Un avis avait été publié à l'intention de tous les propriétaires de système de chauffage Safe-T-Pump, leur recommandant de vider leurs piscines immédiatement en cas de chute brutale de la température.

Malgré son affliction, cependant, Elizabeth était heureuse d'être ici. Si elle pouvait aider Bronco à exorciser Billy, alors Laura et elle trouveraient peut-être un moyen de se débarrasser de Peggy, qui n'était plus la « pauvre petite Peg chérie ». Indépendamment du fait qu'elle était aussi dangereuse que terrifiante, la protection exercée par Peggy s'immisçait sérieusement dans leurs vies, à tort ou à raison. Celle-ci semblait penser qu'elles devaient être protégées de tout ce qui était pernicieux... de la souffrance, de la trahison, de l'hypocrisie... de tout ce qui pouvait gâcher une vie de conte de fées... « Adultes et cependant enfants, enfants par le cœur, et autour d'eux c'était l'été, l'été chaud et béni. »

Elle mit une jupe évasée vert menthe et un corsage blanc à manches courtes, puis elle alla dans le séjour. Vita avait terminé sa sieste. Assise dans l'un des canapés, elle portait un peignoir informe, couleur cacao. Elle paraissait très pâle, couverte de taches de rousseur, et beaucoup plus âgée que Bronco. Vita était l'une de ces femmes qui ne sont jamais tout à fait en bonne santé. Elle était affligée de migraines, d'allergies et de rhumes, sans parler d'une « indisposition » permanente qui l'empêchait d'assister aux réceptions, dîners ou réunions où elle n'avait pas envie d'aller, et même à quelques-unes où elle aurait aimé se rendre. Elle insistait toujours pour partir de bonne heure, surtout lorsque Bronco riait, flirtait et passait un bon moment, et même lorsqu'il était aux petits soins pour elle et ne faisait pas d'excès, elle faisait montre d'une telle apathie que cela n'aurait surpris personne si, un jour, Bronco l'avait étranglée, et avait jeté son corps dans le canal de l'Arizona.

Vita était une femme très mince et anguleuse, avec un visage en amande et des yeux presque orientaux, au regard dédaigneux. Ses cheveux étaient tirés en arrière et maintenus par une barrette de diamants, mais quelques mèches trouvaient toujours le moyen d'échapper à son contrôle et de former comme une troupe de petits danseurs secs et nerveux sur le sommet de sa tête. Son nez donnait toujours l'impression d'être indécis : est-ce que je dois être en boule, ou bien pincé ? Aussi était-il les deux, ou l'un ou l'autre, cela dépendait de votre façon de le regarder.

Dans les années trente, elle avait été follement romanesque, écrivant des poèmes qui arrachaient des larmes aux gens, et puis elle avait perdu le premier et unique enfant de Bronco, et avec lui, la possibilité d'en avoir d'autres. Ce matin-là, dix-huit ans auparavant, elle aurait mieux fait de mourir. Un jour, Bronco avait dit en parlant d'elle : « Ce qui donne un sens à la vie est foutrement différent selon les gens, cela ne s'explique pas. Je ne tenais pas vraiment à avoir des enfants, mais pour elle, mettre au monde un enfant était tout ».

— Tiens, tiens... dit Vita d'une voix traînante,

comme Elizabeth entrait dans la pièce. Ainsi vous êtes là pour tenter l'impossible... tirer de l'huile d'un mur, comme dit le proverbe !

— Bonjour, madame Ward. Elizabeth Buchanan. Je suis ravie de faire votre connaissance.

— J'ai fait la *vôtre*, ma chère, quand vous étiez encore au berceau. Ainsi que Johnson.

Elle n'essaya pas de dissimuler le sous-entendu, à savoir que Bronco était assez vieux pour être le père d'Elizabeth.

— Mes souvenirs ne remontent pas aussi loin, excusez-moi, répondit Elizabeth.

Vita tira sur le bord de son peignoir.

— J'ai été désolée lorsque j'ai appris pour votre père, déclara-t-elle. Malgré toutes ses faiblesses, David était un vrai gentleman.

— Ses faiblesses ? demanda Elizabeth d'un ton acerbe.

— Ma foi, on ne doit pas dire du mal des morts. Mais il aurait pu aller si loin. Cette petite maison d'édition pitoyable... vraiment...

— Cette petite maison d'édition pitoyable a publié certaines des œuvres littéraires les plus importantes de ce siècle.

Vita lui adressa un petit haussement d'épaules.

— C'est bien ce que je dis ! David aurait pu faire tellement de choses, s'il était resté à New York. Et regardez Johnson. Il ne vaut guère mieux. L'un des plus grands romanciers qui aient jamais existé, retiré ici, dans un trou perdu, buvant du whisky et attendant l'inspiration.

Elizabeth ne se démonta pas pour autant. Bronco l'avait prévenue que Vita adorait asticoter les gens, comme si elle pouvait de façon ou d'autre les amener à reconnaître que ses souffrances présentes étaient de leur faute, et non de la sienne. Et elle se contenta de dire :

— Johnson souffre d'un blocage, l'angoisse de la page blanche, c'est tout. Cela arrive à des centaines d'écrivains.

— Oh, oui, et bien sûr cela devait arriver à Johnson.

— Pourquoi pas ? *Fruit amer* était sensationnel. A présent tout le monde s'attend à ce qu'il écrive un autre roman, le même mais différent, le même mais en mieux. Il a peut-être l'air endurci et parle avec une grosse voix, mais il est sensible, et fier, et il est terrifié à l'idée d'échouer, c'est tout.

Vita lui adressa un sourire crispé.

— Je *suis* mariée avec lui depuis pas mal de temps.

— Je sais, fit Elizabeth. Et c'est pourquoi je suis sûre que vous savez qu'il est capable d'écrire, à condition de retrouver sa confiance en lui.

Vita s'apprêtait à répondre lorsque Bronco entra dans la pièce, portant une bouteille de champagne et trois verres.

— Oublions le punch... et buvons quelque chose plein de bulles, déclara-t-il. Nous allons fêter ça !

— Fêter quoi ? demanda Vita. Une autre année sans rentrée d'argent ?

Bronco déboucha la bouteille et remplit leurs verres.

— Nous allons boire à des jours meilleurs, dit-il. Des jours sans souvenirs, des jours sans fantômes.

— Avec plaisir ! sourit Elizabeth.

— Oh, oui ? fit Vita. Moi, je vais boire à une évidence dissimulée depuis trop longtemps : Johnson est un bon à rien, et il est temps pour lui de se trouver un vrai travail !

— Madame Ward ! protesta Elizabeth. Votre mari a besoin de soutien, pas de critique. Créer un livre... c'est encore plus difficile que de mettre au monde un enfant !

Immédiatement, Elizabeth aurait préféré se coudre les lèvres, plutôt que d'utiliser cette comparaison, mais il était bien trop tard. Déjà Vita rejetait sa tête en arrière, roulait les yeux et préparait une réplique cinglante.

— Sous-entendu, je suppose, que si Johnson est capable d'écrire un autre roman, j'aurais dû réussir à lui donner un enfant ?

— Non, ce n'est pas ce que je voulais dire. Et si j'ai été maladroite, en parlant d'enfants, je vous fais toutes mes excuses.

— Non, tu n'as pas à t'excuser, dit Bronco en prenant sa main. Ce n'était pas de ta faute, ce qui est arrivé à notre enfant. Mais si tu peux m'aider à écrire un autre roman... ma foi, cela en vaudra la peine, non ?

Elizabeth se tourna vers Vita et tenta de lui dire dans un regard de sympathie qu'elle comprenait la nature de ses irritations et de ses peurs. Mais celle-ci détourna la tête, les lèvres rentrées, et Elizabeth fut obligée de reconnaître que Vita était impossible.

Bronco lui adressa un sourire désenchanté et dit :

— Allons, Elizabeth, que les morts enterrent les morts, et pensons au lendemain.

A une heure du matin, alors que la lune luisait à travers les volets, Bronco frappa doucement à la porte de sa chambre et chuchota :

— Lizzie ? Tu dors ?

Elle se redressa sur un coude.

— Non, je ne dors pas. Qu'est-ce que vous voulez ?

— J'ai pensé que toi et moi, on pourrait parler, c'est tout.

— Non, Bronco, c'est impossible.

Bronco referma doucement la porte et vint s'asseoir au bout du lit.

— Cela fait bien longtemps, Lizzie, que je n'ai pas tenu une femme dans mes bras, malgré ma réputation.

Elle tendit le bras et toucha sa main.

— Je sais, Bronco. Mais c'est impossible.

— Tu essaies de me dire avec tact que tu ne me trouves pas séduisant, hein ? Tu essaies de ne pas être trop dure avec un vieux type ?

— Ce n'est pas ça.

— Alors qu'est-ce que c'est ? Tu ne veux pas blesser Vita ? Vita est dépourvue de toute sensibilité, crois-moi. Jadis c'était une sirène, mais maintenant c'est une gorgone, et il est préférable d'éviter les gorgones, à moins d'avoir envie d'être changé en pierre.

Elle l'embrassa, et il avait toujours une saveur de cigares, d'épices et de propreté, comme le jour où il était arrivé à Sherman pour les obsèques de Peggy.

— Vous êtes un homme et vous êtes très séduisant, mais je suis ici pour travailler.

— Travailler? Tu ne penses donc qu'à ça? En pleine nuit!

— Il y a autre chose. Tout homme qui me menace, tout homme qui ne fait que m'approcher... ma foi, songez à ce qui est arrivé à Dan Patrick et à Miles Moreton. J'ai beaucoup d'affection pour vous, Bronco, et je suis sincère. Mais j'ai peur. Et si la petite fille-Peggy s'en prenait à vous? Et si elle vous faisait mourir de froid, comme Dan Patrick? Je ne le supporterais pas, Bronco... surtout si c'était de ma faute.

Bronco hocha la tête.

— Bon, entendu, dit-il finalement. Mais laisse-moi te demander une chose : lorsque nous nous serons occupés de Billy, lorsque nous nous serons occupés de la petite Peg chérie...

Elle l'embrassa à nouveau.

— Lorsque nous nous serons occupés d'eux, vous pourrez m'emmener dîner et me dire à quel point vous m'aimez. Vous vous souvenez de Dean dans *Fruit amer*, et de ce qu'il dit à Cory? « L'amour ça n'existe pas, Cory... il n'aurait jamais pu exister, si ce que j'éprouve pour toi n'était pas de l'amour. Antoine et Cléopâtre, qu'est-ce qu'ils ont eu? De la sueur, des rêves d'empire, et des serpents. Roméo et Juliette, ne me fais pas rire! Des amours enfantines, des parents toujours sur leur dos, et des fleurs fanées. Casanova? Des chancres sur la queue, et des gueules de bois, c'est tout ».

Ils terminèrent la citation à l'unisson, d'une voix douce et hilare.

— « Mais ce que nous avons, c'est l'amour, Cory. L'amour qui est éclairé par nos cigarettes rougeoyantes et le plafonnier de la voiture, l'amour qui réunit nos silhouettes, de telle sorte que nous ne formons qu'un, de telle sorte qu'une personne roulant dans la nuit est incapable de dire où finit Cory et où commence Dean. »

Bronco la regarda et ses yeux brillaient.

— Tu as une sacrée mémoire, dit-il.

— A votre avis, combien de fois ai-je lu *Fruit amer*? Seulement autant de fois que tous mes amis, et davantage.

Bronco se leva. Elizabeth trouva qu'il paraissait très vieux, mais elle avait vieilli, elle aussi.

— Bonne nuit, Lizzie, lui dit-il d'une voix rauque, puis il sortit de la chambre et referma la porte.

Le jardinier s'appelait Eusebio, et c'était un Indien Pima de la réserve indienne de Gila River au sud de Phoenix. Son nom indien signifiait quelque chose de tout à fait différent, « Mains-faisant-pousser-les-haricots », mais sa famille lui avait donné le nom d'Eusebio en souvenir du père Eusebio Kino qui avait fondé une mission en territoire pima en 1687, Nuestra Señora de los Dolores, et avait apporté aux Indiens la religion, leur avait donné du bétail et leur avait appris à faire pousser le maïs. Eusebio parlait toujours du père Kino comme s'il l'avait vu pas plus tard que la semaine dernière. Le fait que celui-ci était mort en 1711 semblait n'avoir aucune importance.

Bronco emmena Elizabeth faire sa connaissance. Il était occupé à sarcler des rangées de haricots. La matinée était douce et chaude, et un léger vent soufflait de Sonora. Eusebio était de petite taille et trapu, et avait un visage qui ressemblait à un gros champignon fripé. Il portait un sarrau d'un bleu fané, un chapeau à large bord, et des sandales.

— Eusebio, voici mademoiselle Buchanan. Elle va rester ici quelque temps.

Eusebio regarda Elizabeth, un œil fermé en raison du soleil.

— Vous aimez cet endroit? lui demanda-t-il.

— Je trouve qu'il est magnifique.

Eusebio secoua la tête.

— Essayez de gagner de quoi vivre en grattant cette terre, et ensuite dites-moi que ce pays est magnifique ! Ce pays n'a rien. Pas d'eau, pas de vie. Rien du tout. C'est une région pour les morts.

Elizabeth l'observa un moment, tandis qu'il binait la terre. Puis elle dit :

— A vrai dire, Eusebio, j'avais l'intention de vous interroger au sujet des morts. Ou d'un mort en particulier.

— Oh, oui ? fit Eusebio.

Il avait une cigarette à moitié fumée perchée derrière son oreille droite, et chaque fois qu'il se penchait en avant avec sa binette, la cigarette donnait l'impression qu'elle allait tomber, mais elle ne le faisait jamais. Comme si parler des morts n'était pas suffisamment énervant, pensa Elizabeth.

— Vous avez vu le frère de monsieur Ward, Billy, déclara Elizabeth.

Eusebio acquiesça de la tête, sans interrompre son binage.

— En fait, vous l'avez vu plusieurs fois... et vous l'avez vu alors que personne d'autre ne le voyait, à part monsieur Ward.

Il s'ensuivit un long silence. Eusebio continua de biner, mais Elizabeth se rendit compte qu'il ne faisait qu'accomplir les mouvements. Le son vif du fer de sa binette résonnait de façon monotone dans l'air chaud du matin.

— Je prends du peyotl, dit Eusebio. Le peyotl vous permet de voir des choses, comme l'avenir, et les morts qui prennent une forme différente.

— Le peyotl ? Qu'est-ce que c'est ? demanda Elizabeth.

— C'est un cactus, lui expliqua Bronco. Lorsque vous le mâchez, il vous procure des hallucinations étranges, et vous rend extrêmement sensible à toutes sortes d'impressions, en particulier aux couleurs. On voit les plantes pousser. On voit les nuages défiler dans le ciel à toute allure. On voit également les morts ; du moins, c'est ce qu'affirme Eusebio.

« Les Indiens l'utilisaient comme médicament, mais également pour leur donner des visions. Il est mentionné dans certains textes aztèques qui sont parvenus jusqu'à nous, et des documents espagnols du XVIe et XVIIe siècle rapportent que le peyotl était utilisé depuis le Yucatan jusqu'en Oklahoma. Ce qui *m*'intéresse, cependant, c'est qu'il était utilisé pour ralentir la respiration, afin que celui qui le prenait puisse voir ses proches décédés. Nous pourrions l'utiliser pour parvenir au *glamour*, le changement de forme magique, sans être obligés de nous étrangler nous-mêmes. (Il posa sa main sur sa gorge.) Cette idée de m'étrangler moi-même ne me sourit guère !

— Vous pensez vraiment que ça marche ? demanda Elizabeth.

— Je ne sais pas. Mais Eusebio avait pris du peyotl lorsqu'il a vu « Billy ». Je pense que si *nous* en prenions, nous pourrions revêtir des identités imaginaires, nous aussi, et dire à « Billy » de me laisser tranquille.

— Qu'en pensez-vous, Eusebio ? demanda Elizabeth.

Eusebio haussa les épaules.

— Un esprit n'est pas comme un homme. Un esprit est difficile à contrôler. Vous ne pouvez pas dire à un esprit : « fais ce que je te dis, sinon je vais te punir ! » Un esprit s'en fiche complètement.

— Mais si par supposition nous prenions du peyotl, monsieur Ward et moi, et devenions des esprits, et que nous revêtions des formes différentes ?

— Cela dépend de ce qu'elles sont, ces formes.

— Hum... si « Billy » est un musicien cubain, supposons que nous soyons des producteurs de disques, ou quelque chose comme ça ?

La bouche d'Eusebio se fendit en un rire sans joie.

— Sûr que vous avez des idées bizarres !

— Il ne s'agit pas d'une plaisanterie, Eusebio ! fit Elizabeth. Le frère de monsieur Ward n'arrête pas de le harceler, de le déranger et de l'empêcher de travailler ! Nous devons absolument le stopper, d'une manière ou d'une autre !

Eusebio cessa de biner et s'appuya sur sa binette.

— Vous devez d'abord découvrir la vérité, monsieur Ward. Vous devez découvrir qui votre frère a choisi d'être. On ne peut pas prendre de risques, dans le monde des esprits. Même de petits risques. Si vous apparaissez là-bas, et que vous n'avez pas le pouvoir, vous pourriez être tué. Pire que cela, votre frère pourrait capturer votre personnage-esprit, et l'empêcher de regagner votre corps. Vous seriez mort, et pourtant vivant, et personne ne pourrait vous ramener à la vie.

— Il serait dans le coma, vous voulez dire ? demanda Elizabeth.

Eusebio réfléchit un moment, puis hocha la tête.

— Ce que vous appelez le coma, oui. Des gens qui respirent, mais qui ne bougent pas et ne parlent jamais. Ils visitent le monde des esprits. Parfois ils accomplissent de grandes choses dans le monde des esprits, tandis que leurs familles et leurs amis sont à leur chevet et se désespèrent. Il y a trois mondes, et ils existent depuis toujours. Le monde des vivants. Le monde des esprits. Et le monde de ceux qui ont trouvé le repos éternel, le monde vide, qui est le monde de la paix absolue.

— C'est là où je veux que Billy aille, déclara Bronco d'un ton catégorique. Le monde de la paix absolue. Alors j'aurai peut-être la paix absolue, moi aussi !

Eusebio ôta son chapeau et s'essuya le front du dos de la main. Ses cheveux étaient plats et gras, et rebiquaient sur la nuque.

— Monsieur Ward... je peux vous apporter du peyotl. Mais suivez mon conseil, d'accord ? Trouvez qui est vraiment votre Billy, avant de partir à sa recherche, sinon vous pourriez bien payer le prix fort !

Ils laissèrent Eusebio à ses occupations et repartirent vers la maison. Au loin, Camelback Mountain tremblotait et ondoyait dans la chaleur du matin.

— Qu'en penses-tu? demanda Bronco. Tu penses que nous sommes complètement fous?

Elizabeth prit sa main.

— Probablement, répondit-elle.

Ils marchaient en se tenant par la main lorsque Vita apparut sur la véranda. Elle portait une robe à fleurs marron qui faisait paraître son teint plus pâle et plus terreux que jamais. Elle faisait tournoyer une ombrelle.

— Johnson! appela-t-elle d'une voix stridente, autoritaire. Johnson, nous n'avons plus de cannelle!

Bronco serra la main d'Elizabeth et la lâcha, mais elle comprit parfaitement la signification de ce geste, tout autant que la difficulté de ce qu'ils s'apprêtaient à faire.

Durant tout l'après-midi, ils fouillèrent la chambre de Billy. Ils examinèrent sa collection de disques, ses vêtements, ses livres, ses journaux intimes à moitié terminés. Certains objets qu'ils trouvèrent étaient d'une tristesse insupportable, particulièrement les photographies : un jeune homme qui riait, un jeune homme qui louchait, ébloui par le soleil.

— Cela faisait quatre mois seulement que nous avions emménagé ici lorsqu'il s'est tué, dit Bronco en feuilletant certaines des revues de jazz de Billy. Je venais de m'acheter une moto... j'avais toujours eu envie d'une moto, mais avoir une moto à New York, c'était plutôt inutile, non?

« Billy m'a demandé s'il pouvait faire un tour avec ma moto, et comme un imbécile j'ai dit oui. Il est tombé au premier virage, il roulait à plus de 100, et il a heurté un poteau télégraphique. Il s'est brisé la nuque, il est mort sur le coup.

— Je suis désolée, dit Elizabeth en posant une main sur son épaule.

— Bah... cela s'est passé il y a si longtemps, murmura-t-il. Je pense que j'aurais pu oublier ça, si Billy m'avait permis d'oublier.

— Il ne lisait jamais de livres? demanda Elizabeth. Il n'y a que des revues ici.

— Il en lisait parfois, bien sûr. Je devrais peut-être regarder dans mon bureau.

Ils traversèrent le séjour pour s'y rendre. Vita était allongée sur le canapé, un verre de thé russe à côté d'elle, et feuilletait un magazine féminin. Les stores étaient baissés, ce qui signifiait qu'elle avait la migraine. Bronco lui envoya un baiser, qu'elle vaporisa entre ciel et terre avec l'un des regards les plus foudroyants que Elizabeth ait jamais vus.

— Je n'ai pas l'impression que ton roman avance beaucoup, fit-elle remarquer.

— Au contraire, au contraire ! lui affirma Bronco.

Elizabeth préféra ne rien dire. Elle n'avait encore jamais rencontré une femme aussi agressive et sarcastique... et pourtant une femme qui n'arrêtait pas de se plaindre de son sort, parce qu'elle était si faible, si malade, et tellement privée d'affection !

« Seigneur, je déteste ce pays », avait-elle dit à Elizabeth le matin même, durant le petit déjeuner. « Il fait si chaud, si sec, et c'est tellement primitif. Je pourrais aussi bien vivre au fin fond de l'Afrique ! »

« Et si vous retourniez à New York ? avait suggéré Elizabeth. Vous avez toujours votre appartement là-bas, n'est-ce pas ? »

Vita avait réussi à émettre trois petites toux pitoyables.

« New York ? Je ne pourrais pas ! Le climat, et le bruit. Je ne suis pas une femme en bonne santé, vous savez, Elizabeth. De plus, Johnson est ravi de me garder confinée ici, pour quelque raison perverse connue de lui seul. Qui suis-je pour lui refuser le plaisir de ses cruautés mesquines ? »

Elizabeth avait pensé que, si elle avait été Johnson, elle aurait déverrouillé le râtelier d'armes, des années auparavant, pris le fusil du plus gros calibre qu'il possédait, et fait sauter la tête de Vita.

Ils entrèrent dans le bureau de Bronco. C'était une pièce en forme de L éclairée par une lumière reflétée, blanche et délavée. Ses murs les plus longs étaient recouverts de centaines de livres, certains reliés pleine peau, certains avec une simple jaquette en papier, certains splendides, certains déchirés. Une immense table de travail au-dessus de cuir faisait face à la fenêtre. Une machine à écrire était soigneusement placée au milieu de la table, et une ramette de papier machine soigneusement placée à côté. C'était une nature morte qui illustrait parfaitement le blocage de l'écrivain, sans nul besoin de légende.

— Vous prenez les trois rangées du haut, je vais prendre les trois rangées du bas, dit Elizabeth.

Ils progressèrent patiemment le long des rayonnages, la tête penchée afin de lire les titres sur le dos des ouvrages. Elizabeth n'avait encore jamais vu un choix de livres aussi éclectique : *Le théâtre espagnol avant Lope de Vega* était coincé entre *Le peuplement de l'Europe du Nord au Mésolithique* et *Le cochon qui sommeille et autres animaux*, de James Thurber.

Finalement, Elizabeth tomba sur un livre peu épais à la jaquette grise, dont le titre était *Les nuits à La Havane*. Elle le sortit du rayonnage et le brandit.

— *Les nuits à La Havane*, de Howard Drake. Ce livre vous dit quelque chose ?

Bronco prit le livre et le feuilleta.

— Il n'est pas à moi, j'en suis sûr. Regarde... ici il y a une annotation de la main de Billy. Et ici... cela devait lui servir de marque-page.

Il montra à Elizabeth un billet d'entrée pour un concert de Duke Ellington à New York.

— Si Miles avait raison au sujet du changement de forme magique, nous devrions lire ce livre, et voir quel personnage Billy a choisi d'être, dit Elizabeth. Ensuite nous devrions choisir des personnages pour nous-mêmes... des personnages capables de lui dire de vous laisser tranquille... ou de le *persuader* de vous laisser tranquille, tout au moins.

Il acquiesça de la tête.

— Et si tu le lisais, pendant que j'essaie d'écrire un peu ? Tu veux un punch Pisco ?

— Non merci. C'est un peu tôt pour moi.

Bronco contempla avec philosophie sa machine à écrire.

— Tu as raison. Je n'en prendrai pas, moi non plus.

Elizabeth déposa un baiser sur sa joue.

— Oh, allez, prenez-en un, si cela vous aide à démarrer ! S'il y a une chose que je suis résolue à ne pas faire, c'est bien de rendre à Charles Keraghter ses 20 000 dollars !

Tandis que Bronco tapotait sans conviction sur sa machine à écrire, Elizabeth s'assit sur la véranda, devant sa fenêtre, et commença à lire *Les nuits à La Havane*. L'histoire se passait à Cuba au début de la dictature de Batista. Le héros était un jeune idéaliste, Raul Palma, qui essayait de faire libérer son père, lequel avait été jeté en prison, soupçonné d'avoir assassiné l'un des hommes de confiance du dictateur. Une seule personne savait qui l'avait tué en réalité, une prostituée très belle, Rosita, mais elle avait trop peur pour clamer la vérité.

L'intrigue du roman était banale, mais les scènes de la vie nocturne et sordide à La Havane étaient inoubliables, les souteneurs le long du Paseo, les bordels et les bars, et toujours la pulsation continuelle de la chaleur tropicale et du mambo. Le personnage de Raul Palma était très réussi, également. Il était svelte, il était beau garçon, il était motivé par un engagement politique à tout crin. Elizabeth aimait bien Rosita, également... naïve et belle, mais corrompue par la pauvreté.

Lorsqu'elle arriva au point culminant du roman, Elizabeth fut certaine que Billy avait choisi le personnage de Raul... et, si c'était vrai, elle était convaincue que Rosita pourrait le persuader de laisser Bronco tranquille. Raul était prêt à risquer sa vie pour Rosita... il lui faisait un bouclier de son propre corps pour la protéger du chef de la police, dépravé et corrompu, le capitaine Figueredo.

Elle avait presque fini de lire le roman lorsqu'elle entendit Bronco l'appeler.

— Lizzie ! Lizzie, tu m'entends ? Viens vite !

Elle referma le livre et rentra dans la maison. Bronco l'attendait devant la porte entrouverte de son bureau. Son visage était blême et crispé.

— Lizzie, approche. Dis-moi que tu vois ce que je vois.

Il poussa le battant afin qu'Elizabeth puisse s'avancer dans la pièce. Ce qu'elle fit, avec beaucoup d'hésitation. Elle passa si près de Bronco qu'elle sentit son eau de toilette et le rhum sur son haleine.

Assis à côté de la table de travail de Bronco, sa chaise inclinée en arrière sur deux pieds, il y avait un jeune homme au teint olivâtre, vêtu d'une chemise d'un gris fané et d'un ample pantalon noir. Ses yeux étaient lumineux, brillants, et avaient une expression amusée, même s'il ne souriait pas vraiment. Il avait un physique de jeune premier, une beauté un peu vulgaire, avec des cheveux coiffés en arrière et gominés, et un gros pendentif en or suspendu à son cou par une chaînette.

Elizabeth vint vers lui précautionneusement. Le jeune homme la suivit du regard, même si, de temps à autre, il lançait un regard à Bronco, comme pour s'assurer que celui-ci ne manigançait pas quelque chose. L'atmosphère dans la pièce était étouffante. L'air était tellement humide et chaud qu'Elizabeth s'aperçut qu'elle transpirait, et elle fut obligée de s'essuyer le front du dos de la main.

— Voici Billy, dit Bronco. Voici mon frère, revenu d'entre les morts.

— *Buenos dias, señorita*, dit Billy, mais il ne se leva pas.

Elizabeth le salua de la tête. Il y avait quelque chose de surnaturel à propos de ce jeune homme qui la terrifiait au plus haut point. Bien qu'assis sur la chaise de Bronco, il n'était pas tout à fait assis dessus. C'était comme si son image était en surimpression. Sa voix n'était pas tout à fait synchrone avec le mouvement de ses lèvres, non plus, et il y avait un étrange flottement dans sa façon de bouger.

— Quelque chose vous préoccupe, déclara Billy.

— *Vous* me préoccupez. Vous devriez laisser votre frère tranquille. Il a du travail.

— Je protège mon frère. En outre, qui êtes-vous pour me dire ce que je dois faire ?

— Votre frère n'a pas besoin d'être protégé. Votre frère peut se protéger tout seul.

Le jeune homme éclata de rire, un rire brouillé, indistinct, qui ne contenait aucune véritable gaieté.

— Mon frère sera mis au pilori, pendu, écartelé, démembré ! Mon frère sera plus en sûreté s'il ne fait pas de vagues.

— Votre frère n'a peut-être pas envie d'être en sûreté.

Billy secoua la tête.

— Il faut que je le protège. Il n'a jamais veillé sur moi, mais je dois veiller sur lui.

Elizabeth baissa les yeux vers la machine à écrire de Bronco. Durant toute la matinée, il n'avait tapé qu'une seule phrase : « Ils savaient à quelle heure le car devait arriver. »...

Elizabeth tourna la tête vers Billy.

— Vous êtes Raul, n'est-ce pas ? Raul Palma.

Les yeux du jeune homme s'assombrirent, et son visage devint grave.

— Vous feriez mieux de vous mêler de ce qui vous regarde. Johnson est mon frère, pas le vôtre.

— Alors vous feriez mieux de le laisser tranquille.

Billy avança sa main gauche et la posa sur le dessus de la machine à écrire de Bronco.

— Aussi longtemps que mon frère mettra sa dignité en danger, je serai là pour le protéger. Vous ne pouvez pas m'obliger à renoncer à mon devoir.

Sa main tremblait et ses yeux fixaient Elizabeth avec fureur. Elle fit un pas en arrière, puis un autre. A ce moment, la feuille de papier engagée dans le rouleau de la machine à écrire commença à se foncer et à se recroqueviller sur les côtés. Une seconde plus tard, la feuille de papier s'enflamma brusquement.

Néanmoins Billy demeura dans la même position ; il serrait les lèvres avec force, défiant Elizabeth d'intervenir, la défiant de le chasser. Entourée de la fumée de papier âcre, Elizabeth se détourna, saisit Bronco par le bras et l'entraîna hors de la pièce, puis elle referma la porte.

— Tu l'as vu, hein ? dit Bronco. Tu vois ce qu'il me fait subir ?

— Oui, répondit Elizabeth, et elle brandit *Les nuits à La Havane*.

"Il est Raul Palma, un révolutionnaire cubain du temps de Batista. Cela signifie que vous et moi allons devoir prendre du peyotl, le traquer à La Havane, et le persuader de vous laisser tranquille.

— Tu crois vraiment que c'est possible ? demanda Bronco, prenant le livre et le feuilletant.

— Je ne sais pas, fit Elizabeth. Mais si nous ne parvenons pas à nous débarrasser de Billy, nous ne parviendrons pas à nous débarrasser de Peggy, et nous devons le faire. Nous devons le faire à tout prix !

— D'accord, acquiesça Bronco. Que dirais-tu de ce punch Pisco pour lequel il était beaucoup trop tôt, tout à l'heure ?

21

L'après-midi fut étrangement silencieux. Vita était partie se coucher pour dorloter sa migraine. Elizabeth s'était installée sur la véranda et corrigeait des épreuves, tandis que Bronco, allongé un peu plus loin sur un fauteuil de relaxation en rotin, lisait *Les nuits à La Havane* tout en sirotant un punch Pisco.

Le ciel était d'un bleu parfait, le sol d'un blanc parfait, l'air d'une incroyable transparence. Les seuls bruits qui interrompaient le silence étaient le craquement des glaçons dans le verre d'Elizabeth, et le doux bruissement du papier, chaque fois que Bronco tournait une page.

Dans le lointain, la chaleur ondoyait et s'écoulait, à tel point que Camelback Mountain donnait l'impression de flotter sur un lac vitrifié.

Elizabeth posa les épreuves sur ses genoux et contempla l'horizon. Elle était terrifiée à l'idée de ce que Bronco et elle avaient l'intention de faire. Pourtant, elle était également surexcitée. Sans aucun doute les vivants pouvaient-ils exercer leur influence sur les morts, non ? Et sans aucun doute des personnes réelles pouvaient-elles exercer leur influence sur des personnages imaginaires... des gens qui n'auraient même pas existé, sans l'imagination humaine. Elle s'était souvent demandé d'où venaient ces personnages imaginaires. Un jour, au cours d'un dîner littéraire, quelqu'un avait affirmé qu'ils étaient tous ces gens qui n'étaient jamais nés... soit parce que leurs parents potentiels ne s'étaient pas rencontrés, soit parce qu'un spermatozoïde était arrivé bon second dans sa course vers l'œuf, soit pour quelque autre raison. « Imaginez que vous n'ayez jamais été conçu, simplement parce que votre père s'est disputé avec votre mère qui avait saboté le dîner... alors ils n'ont pas fait l'amour cette nuit-là... et votre chance est passée pour toujours. A moins, bien sûr, que vous ne parveniez à faire sentir votre présence dans l'imagination d'un écrivain, d'un auteur de romans. Une vie sur des pages imprimées vaut mieux que pas de vie du tout, non ? »

Finalement, Bronco ferma le livre, prit son verre et but une gorgée.

— Un roman plutôt merdique, hein ? fit-il remarquer.

— Les personnages sont très réussis, surtout Raul, dit Elizabeth.

— Oui. Je comprends pourquoi il plaisait à Billy. Il se met en quatre pour tout le monde, hein ? Pour ma part, j'aime bien le capitaine Figueredo. Un salopard de première !

— Et Rosita ?

Il s'extirpa de son fauteuil et s'avança sur la véranda jusqu'à ce qu'il se tienne à côté d'Elizabeth.

— Tiens, tiens, Rosita... continue, tu m'intéresses !

— Je pense que je devrais essayer d'être Rosita, et que vous devriez essayer d'être le capitaine Figueredo.

— Tu es vraiment prête à tenter le coup ?

— Est-ce que nous avons le choix ?

Bronco sirota son punch et contempla le paysage désertique et décoloré par le soleil.

— Tu crois que nous devrions effectuer quelques recherches ? Par exemple, étudier des cartes de La Havane, ou apprendre l'hymne national cubain ?

— Je connais l'hymne national cubain. « *Al combate corred bayameses* »...

— Comment diable sais-tu cela ?

— J'avais un ami cubain à l'école. Son père était pour quelque chose dans l'abrogation de l'Amendement Platt.

Bronco la regarda en souriant.

— Je t'adore, Lizzie. Tu es la seule personne qui connaisse encore plus de trucs sans intérêt que moi !

— Et si vous demandiez à Eusebio de nous apporter du peyotl demain matin ? dit Elizabeth. Laura devrait arriver ce soir à neuf heures... Je préfère qu'elle soit là lorsque nous tenterons le changement de forme magique. Ce n'est pas que je n'aie pas confiance en Eusebio. Bien au contraire. Mais si jamais quelque chose tourne mal... hum, je crois que j'ai un peu plus confiance en Laura.

Bronco s'assit à côté d'elle.

— Bon sang, pourquoi es-tu si jeune, et moi si vieux ? lui demanda-t-il.

Elle lui sourit gentiment parce qu'elle avait beaucoup d'affection pour lui. Elle savait ce qu'il essayait de lui dire. Elle savait à la fois quel désir et quelle frustration il essayait d'exprimer. Ils auraient été le plus heureux des couples, s'il n'y avait pas eu cette différence d'âge, s'ils ne s'étaient pas connus alors que la carrière de Bronco était sur le déclin et que la sienne ne faisait que commencer. La vie qu'ils auraient pu mener. Les conversations qu'ils auraient pu avoir. Elle prit sa main et la serra avec force, s'efforçant de lui communiquer qu'elle comprenait. Oh, comme elle comprenait !

Vita apparut dans l'embrasure de la porte et prit une pose tragique. Son visage était aussi blanc que de l'albâtre. Une serviette de toilette posée de guingois sur sa tête, elle portait un peignoir diaphane à travers lequel ses mamelons étaient visibles, semblables à deux raisins secs.

— Seigneur, vous ignorez ce que c'est de souffrir ! déclama-t-elle, comme si un public énorme avait attendu son entrée en scène, dehors, en plein soleil.

Bronco leva les yeux et dit :

— Tu te trompe, Vita. Et tu ne peux pas savoir à quel point.

Au coucher du soleil, ils allèrent chercher Laura à l'aéroport. Le ciel était strié de lueurs blafardes, orange et mauve. Dès qu'elle sortit avec ses bagages, Laura courut vers Elizabeth. Elles s'étreignirent, s'embrassèrent et pleurèrent, mais elles pleuraient de bonheur. Elles avaient le sentiment que le destin les avait réunies de nouveau, et qu'elles ne devaient plus jamais se séparer.

Laura portait une jolie robe à manches bouffantes jaune et gris, avec un corsage croisé, et un énorme chapeau jaune.

— Mais regarde-toi ! s'exclama Elizabeth. Une vraie star de cinéma !

— Ne dis pas ça, fit Laura. C'est un sujet très sensible, après ce qui s'est passé.

Bronco ôta son chapeau et l'embrassa.

— Laura, mon cœur... c'est bon de te voir. Je suis heureux que tu aies pu venir. Comment va Beverley ?

Ils se dirigèrent vers le break de Bronco et mirent les valises de Laura dans le coffre. Il commençait à faire nuit, et il y avait dans l'air une forte odeur de peyotl et d'essence.

— Elle va se rétablir, répondit Laura. Enfin, elle va vivre. Quant à savoir à quoi elle ressemblera... ma foi, je l'ai seulement vue avec ses pansements. Le chirurgien a dit qu'elle n'avait plus de nez.

— Et Jim Borcas ?

— Paralysé, avec des brûlures au visage. Il affirme que le pare-brise s'est couvert de givre. De la glace, c'est ce qu'il a dit, et il ne voyait plus la route. La police a pensé qu'il avait bu trop de tequila.

— Alors personne ne l'a cru ?

— Tu le croirais, si tu ne savais pas pour Peggy ?

— Est-ce qu'il va se remettre ?

— Jim Borcas ? Non, je ne crois pas. Il ne peut pas marcher. Il ne peut pas parler distinctement. Il ne peut même pas déglutir.

— Cela achève de me convaincre, déclara Bronco. Je suis tout à fait convaincu. Nous devons apprendre à faire ce truc, le changement de forme magique, et nous débrouiller pour que ça marche.

Elizabeth lui caressa les cheveux, un geste qui n'échappa pas à Laura.

— Voyons, Bronco, dit-elle. Emmenons d'abord Laura à la maison, et laissons-la s'installer. Ensuite nous reparlerons de tout ça.

Ils se dirigèrent vers l'est, empruntant Indian School Road. La nuit était noire comme du velours et chaude, et les lumières scintillaient partout.

— Je sais que Peggy a eu tort, dit Laura. Chester et Raymond ne méritaient pas de mourir. Mais lorsque j'ai appris ce qui était arrivé... bon Dieu, j'ai été ravie ! Je l'avoue, j'ai été ravie !

Elle hésita un instant, puis elle demanda à Elizabeth :

— Tu n'as pas dit à Bronco ce qui s'était passé ?

Elizabeth secoua la tête.

— Je lui ai seulement dit qu'ils t'avaient brutalisée.

— Je n'ai pas besoin de savoir ce qui s'est passé, mon cœur, dit Bronco. Si quelqu'un touche à un seul de tes cheveux, tout ce que je peux dire, c'est qu'il mérite le pire. Je suis désolé pour Beverley, mais je pense qu'elle ne l'a pas volé. Cette femme a joué un jeu dangereux pendant des années et des années, crois-moi. Cela devait lui retomber sur le nez, tôt ou tard !

Elizabeth tendit le bras par-dessus le dossier de son siège et prit la main de Laura. Elle la tint durant tout le trajet jusqu'à la maison de Bronco. Ce soir, ils éprouvaient tous un besoin très fort de contact physique.

Bronco servit du poulet rôti pour le dîner, et une énorme salade de cœurs de palmier et d'avocats, avec son assaisonnement « maison », et plein de vin blanc glacé. Vita mangea du bout des lèvres, puis s'excusa et alla se coucher, prétextant des nausées. Bronco la regarda partir, puis se détendit.

— Elle n'aime pas beaucoup la compagnie féminine, expliqua-t-il. Mais attention, si c'est un homme, plus de migraines ! Elle fait l'empressée auprès du pauvre bougre, collante comme tout !

— Elle est probablement jalouse, dit Laura.

Bronco haussa les épaules. La lueur des bougies dansait dans ses yeux.

— Ce qu'elle est n'a pas la moindre importance. A dire vrai, je n'aurais jamais dû l'épouser. Elle me suivait partout, lorsque j'étais à l'université de New York, et elle était prête à faire n'importe quoi pour moi... préparer mes repas, repasser mes pantalons, taper mes dissertations, tout ce qu'on peut imaginer. J'avais besoin d'une cavalière pour une soirée ? Elle était là, sur son trente et un, robe longue et tout le tremblement. J'étais seul une nuit ? Elle était toujours d'accord pour réchauffer mon lit. Elle se rendait indispensable, voilà ce qu'elle faisait. Je ne l'ai pas épousée parce que j'avais envie de l'épouser. Je l'ai épousée parce que je n'ai pas eu le courage de ne pas l'épouser. En d'autres termes, j'ai été un lâche complet, et je ne pourrai jamais me le pardonner.

— C'est bien l'auteur de *Fruit amer* qui parle ? demanda Laura. Le livre le plus immonde et le plus pornographique que l'on ait jamais écrit ?

Bronco éclata de rire.

— Mais complètement démodé aujourd'hui ! Toutes ces bagarres, ces virées en voiture, et ces mœurs soi-disant dissolues !

— Avant de boire trop de vin, je pense que nous ferions mieux de parler du changement de forme magique, non ? intervint Elizabeth.

— Vous croyez que ce truc, ce cactus, va vraiment marcher ? demanda Laura.

— Le peyotl ? fit Bronco en remplissant son verre. Je ne vois pas pourquoi cela ne marcherait pas. Les Indiens l'ont utilisé pendant des siècles... Soit comme remède, soit pour se donner des pouvoirs surnaturels. S'adonner au peyotl, c'est une véritable religion. Et il a certainement *un* effet, puisqu'ils l'ont utilisé pendant des siècles. Apparemment, il est mentionné dans des textes aztèques vieux de plus de mille ans.

— Et qu'avez-vous l'intention de faire?

— Elizabeth et moi allons mâcher un peu de peyotl, et voir si nous pouvons prendre l'apparence de deux des personnages qui figurent dans le roman préféré de Billy, dit-il en lui montrant *Les nuits à La Havane*. Si ça marche, nous irons le trouver et essaierons de le persuader de foutre le camp et d'arrêter de me faire chier.

— Et s'il refuse?

— Je ne sais pas... nous devrons trouver autre chose.

— Nous aimerions que tu veilles sur nous, dit Elizabeth, pendant notre tentative, juste pour vérifier que tout se passe bien.

Laura fit une grimace.

— Hum... bon, d'accord. Mais je ne peux pas dire que cela m'enchante!

— Pense à tante Beverley, dit Elizabeth. Tu ne voudrais pas que la même chose arrive à quelqu'un d'autre, non?

— Non, bien sûr. Mais quand même, toute cette affaire me terrifie.

Cette nuit-là, Elizabeth dormit très mal et rêva qu'elle marchait dans la neige. Elle se trouvait dans une immense salle voûtée, noire, et la neige tombait dru tout autour d'elle, et recouvrait le sol. Le rêve était très présent. Elle sentait le froid, et elle entendait le doux crépitement de la neige, comme si elle était vraiment là-bas.

Puis, petit à petit, la lumière commença à faiblir, jusqu'à ce que la salle soit plongée dans une obscurité totale. Elizabeth tendit ses mains devant elle, mais elle sentit seulement la neige qui tombait. Elle s'avança lentement, telle une femme aveugle, tâtonnant autour d'elle.

Elle entendit une voix fluette et plaintive tout près

de son oreille. « Oh, j'ai laissé mes moufles... oh, j'ai laissé mes bottes... » encore et encore.

— Peggy ? dit-elle avec un soudain frisson de terreur.

Puis elle se réveilla.

Elle s'assit dans son lit. Elle était glacée et grelottait, comme si elle avait vraiment affronté la neige. Sa veilleuse vacillait et clignotait dans son bol en terre cuite, Elle baissa les yeux vers sa main droite et s'aperçut qu'elle tenait quelque chose qui ressemblait à un rat mort, desséché. Elle cria « Agh ! » et le lança loin d'elle. L'objet tomba à côté du secrétaire, et lorsqu'il tomba, elle réalisa ce que c'était.

Elle s'extirpa du lit et le ramassa, le tenant entre son pouce et l'index. Puis elle le regarda avec crainte. C'était une moufle d'enfant, doublée de fourrure... très vieille et complètement desséchée, comme si elle avait été trempée puis laissée devant le feu. Ce n'était probablement rien de plus que de la fourrure de lapin, et la moufle avait été confectionnée très grossièrement, avec de gros points enfantins.

Mais ce qui causait une telle terreur à Elizabeth, c'était le fait qu'elle savait à qui appartenait cette moufle. Gerda l'avait oubliée alors qu'elle essayait de trouver le château de la Reine des Neiges. Jusqu'à ce que Peggy se soit noyée, cette moufle n'avait existé que dans un conte, une moufle imaginaire, laissée par mégarde dans une masure imaginaire où il faisait très chaud, dans une Finlande de conte de fées que personne ne trouverait jamais dans aucun atlas. Pourtant était là, à présent, à Scottsdale, Arizona, par une nuit d'hiver de 1951, une moufle véritable.

Elizabeth avait lu des articles rapportant des faits semblables. Des gens faisaient des rêves d'une grande intensité, se réveillaient en sursaut et s'apercevaient que de petits objets s'étaient matérialisés sur leur oreiller. Une femme dans le Montana avait rêvé de son enfance passée à La Nouvelle-Orléans, et elle s'était réveillée pour découvrir qu'elle serrait dans sa main une poignée de mousse. Un homme assez âgé avait rêvé de son épouse, qui était morte vingt-six ans auparavant, au cours de l'incendie de son hôtel à Pittsburgh, Pennsylvanie. Il avait ouvert les yeux pour apercevoir l'alliance de son épouse posée sur son oreiller, tellement brûlante qu'elle avait roussi la taie d'oreiller.

Mais une moufle de conte de fées? Elizabeth la regarda fixement durant de longs instants. Elle se demanda si Peggy essayait de l'intimider, essayait de la dissuader de pénétrer dans le monde des esprits. Si c'était le cas, elle avait peut-être peur de ce qu'ils pouvaient faire. D'un autre côté, peut-être n'avait-elle pas peur du tout. Peut-être essayait-elle de la protéger d'une aventure plus terrifiante que tout ce qu'elle était capable d'imaginer. C'était peut-être la façon la plus convaincante qu'elle avait trouvée pour dire à Elizabeth : « *Ne fais pas ça* ! »

Après tout, s'il y avait des forces dans le monde des esprits qui étaient capables de changer une moufle imaginaire en une moufle-rêve, et ensuite en une moufle réelle que l'on pouvait mettre, mesurer et toucher, alors quelles autres forces y avait-il là-bas, et comment Bronco et elle pouvaient-ils espérer influer sur elles?

Elle but un verre d'eau, puis elle se recoucha. La veilleuse projetait sur le mur les ombres les plus étranges... des hommes et des femmes filiformes, des chevaux aux jambes élancées... la caravane silencieuse de personnes-rêve... en route vers le sommeil d'autres personnes.

Elle demeura éveillée jusqu'à ce que la bougie de la veilleuse se soit consumée, et que les premières lueurs de l'aube soient apparues sur le mur. Avant de s'endormir, il lui sembla entendre un enfant pleurer, quelque part dehors dans le jardin, mais elle se couvrit les oreilles avec son oreiller et se dit que ce n'était qu'un effet de son imagination.

Ils installèrent deux lits de camp dans le bureau de

Bronco, l'un à côté de l'autre : de cette façon, une fois allongés, ils pouvaient tendre le bras et se tenir par la main. Eusebio était devant la fenêtre et regardait son carré de haricots, une minuscule cigarette toute tordue collée à sa lèvre. Il ne portait aucun intérêt aux livres de Bronco, ou à ses tableaux, ni à aucun de ses souvenirs. Il contemplait la terre, et ce qu'il faisait pousser, et la façon dont les ombres des nuages se déplaçaient sur le sol.

Elizabeth était tellement tendue qu'elle avait vomi. A présent, le visage très pâle, elle était assise au bord de son lit de camp et attendait que Bronco ait fini ses préparatifs. Elle s'était habillée de manière à ressembler autant que possible à Rosita, la prostituée des *Nuits à La Havane* : une robe moulante écarlate ornée de grosses fleurs jaunes, et un profond décolleté en V. Elle avait relevé ses cheveux, leur donnant une ondulation qui était à la mode dans les années quarante, et mis deux barrettes de diamants qu'elle avait empruntées à Laura. Elle avait adopté un rouge à lèvres aussi écarlate que sa robe. Elle avait également emprunté des chaussures rouges à talons hauts qui avaient appartenu à Vita. Elles étaient trop grandes pour elle, une pointure au-dessus, mais cela lui donnait une démarche affectée et chaloupée qui allait parfaitement avec le personnage.

Elle alluma une cigarette et la fuma à petites bouffées rapides tandis que Bronco bouclait son ceinturon. Il avait sorti d'une malle son vieil uniforme blanc de la Marine. L'uniforme empestait la naphtaline, et le serrait tellement à la taille qu'il eut le plus grand mal à le boutonner. Néanmoins, Bronco avait tout à fait l'aspect d'un chef de la police cubaine miteux, surtout avec ses cheveux gominés, plaqués sur le crâne, et sa moustache cirée qui pointait vers le haut à 2 heures moins 10.

— Qu'en pensez-vous ? leur demanda-t-il, le visage empourpré parce qu'il se démenait avec son ceinturon.

— Buvez moins de vin, mangez moins d'*enchiladas*, fit remarquer Laura.

— Vous êtes parfait, dit Elizabeth. Dans le livre, il est écrit que le capitaine Figueredo « est boudiné dans son uniforme, lequel est taché de sueur ».

Bronco leva le bras pour voir si son uniforme était taché de sueur, lui aussi, et la couture se déchira.

— Formidable, vous avez l'air encore plus miteux ! le taquina Laura.

Pour sa part, elle avait opté pour une tenue de loisirs mais très élégante : un chemisier en soie crème et un pantalon de coton rouge.

— Vous êtes prêt, *señor* ? demanda Eusebio d'un ton sévère.

Il était évident qu'il pensait que tout cela était parfaitement insensé, et qu'il était impatient de retourner à ses haricots, à son maïs et à ses choux.

— Oh, attendez un instant, dit Bronco. Vous avez déjà vu un chef de la police sans une arme ?

— Vous n'avez pas besoin d'une arme, fit Elizabeth. Tout ceci est purement imaginaire, après tout.

Puis elle pensa à la moufle qu'elle avait posée sur le secrétaire dans sa chambre. Pour quelque raison, elle avait préféré ne pas en parler à Bronco et à Laura, particulièrement à Bronco. Elle savait à quel point il désirait chasser Billy de sa vie, et elle n'avait pas voulu le décourager.

— Bon, d'accord, dit-elle. Vous feriez mieux d'avoir un revolver. Il y a des types plutôt coriaces dans ce roman.

Bronco alla dans le séjour, déverrouilla le râtelier d'armes, et prit un colt .45 à canon long. Il le chargea et le glissa dans son ceinturon.

— Maintenant vous êtes exactement le personnage, déclara Laura.

Eusebio s'approcha. Il tenait dans sa main un petit paquet enveloppé dans du papier parcheminé. Il l'ouvrit et leur montra quatre rondelles séchées de cactus.

— Ce sont des boutons de peyotl, expliqua-t-il. Vous devez penser à qui vous voulez être, penser très fort à cette personne, et ne penser à rien d'autre. Ensuite mâchez le bouton, lentement et régulièrement, et laissez le suc s'écouler dans votre gorge. Cela vous donnera des nausées, vous comprenez ? Certaines personnes n'accèdent jamais au rêve-peyotl parce qu'elles vomissent trop tôt.

« Laissez le rêve entrer en vous. Laissez-le s'élever en vous. Vous aurez des sensations très étranges. Vous verrez la plante-peyotl. Vous *deviendrez* la plante-peyotl. Tout devient un végétal. Ensuite le végétal s'ouvrira et vous sortirez... vous serez une forme-esprit, d'accord ?

Bronco prit l'un des boutons de mescal et le renifla.

— On ne peut pas le fumer, hein ?

— Non, répondit Eusebio en secouant la tête. Pas fumer, mâcher !

Elizabeth s'allongea sur le lit de camp. Laura s'agenouilla à côté d'elle et lui prit la main.

— Tu veilles sur moi, hein ? dit Elizabeth.

— Je ne te quitterai pas des yeux, lui promit Laura. Si jamais quelque chose semble clocher, je te réveillerai immédiatement, tu peux compter sur moi !

Eusebio tendit à Elizabeth l'un des boutons.

— Pensez d'abord à votre forme-esprit, ensuite commencez à mâcher. Essayez de réprimer vos nausées. Le peyotl change votre respiration, comme la strangulation, comme la pendaison. Trop de peyotl et vous ne respirez plus du tout, et vous mourez.

— Merci de nous réconforter ! dit Bronco. Bon, faisons-le avant que je change d'idée.

Elizabeth s'allongea sur le dos. Puis elle tendit le bras vers l'autre lit de camp et prit la main de Bronco. Ils entreprenaient ce voyage ensemble, et elle voulait qu'ils restent ensemble. Elle le regarda et esquissa un sourire. Il lui fit un clin d'œil et dit :

— Que Dieu soit avec nous, d'accord ?

Elizabeth acquiesça de la tête.

— Fermez les yeux maintenant, leur dit Eusebio. Fermez les yeux et pensez à votre forme-esprit. Pensez à son aspect, pensez à son air. Pensez que c'est quelqu'un que vous connaissez, quelqu'un de réel. Pensez que vous pouvez toucher cette forme-esprit, et lui parler. Pensez que vous la connaissez mieux que vous ne vous connaissez vous-même. Ensuite glissez-vous en elle, une personne à l'intérieur d'une autre, comme deux photographies superposées. Alors vous pourrez être cette forme-esprit, alors vous pourrez savoir ce qu'elle sait, et parler comme elle parle, et aller dans des endroits où *elle seule* peut aller.

Elizabeth ferma les yeux, mais la pièce était encore tellement lumineuse qu'elle voyait les vaisseaux sanguins écarlates sur ses paupières. Elle essaya d'oublier qu'elle était allongée sur un lit de camp et tenait la main de Bronco, tandis que Laura était penchée vers elle, et que Eusebio reniflait d'impatience et remuait continuellement dans le coin de la pièce.

Elle s'efforça d'imaginer qu'elle connaissait Rosita, qu'elle l'avait rencontrée à New York. Elle s'efforça de se représenter son visage, et sa voix, et sa façon de marcher. A en voir *Les nuits à La Havane*, elle tortillait toujours des hanches lorsqu'elle marchait, et secouait ses cheveux frisés noirs, et quand elle pouvait en trouver, elle mastiquait avec ostentation du chewing-gum Wrigley's. Elle s'efforça d'imaginer qu'elle entendait vraiment Rosita, qu'elle sentait vraiment son parfum, et touchait sa peau veloutée. Rosita avait un petit tatouage sur son épaule gauche : un hibou aux ailes déployées qui tenait une petite cloche dans ses serres. « Le carillonneur funeste de la Mort », c'était ainsi que les Cubains appelaient les chouettes. C'était le symbole de la mortalité de l'homme... vivre intensément, parce que demain le sol peut s'entrouvrir sous vos pas et vous engloutir, ou bien quelqu'un d'ivre dans un bar peut vous trancher la gorge avec un coupe-choux.

Après un moment d'hésitation, elle laissa tomber le bouton de peyotl dans sa bouche. Il avait un goût amer et sec, et elle faillit le recracher tout de suite. Mais elle savait qu'elle devait aider Bronco à trouver Billy, et qu'elle-même devait exorciser Peggy, et si c'était la seule façon d'y parvenir, alors elle devait mâcher cette rondelle de cactus dure et écœurante jusqu'à ce qu'elle revête la forme-esprit de Rosita... jusqu'à ce qu'elle *soit devenue* Rosita.

— Lentement... mâchez lentement ! entendit-elle Eusebio lui dire d'un ton irrité.

Elle pensa : Je mâche le plus lentement possible. Ce cactus est absolument dégoûtant. Il est dur et fibreux, et ce jus écœurant au goût de bile n'arrête pas de s'en écouler. Comment puis-je être Rosita en mâchant cette saloperie ?

Il y eut un moment où elle faillit vomir. Le jus de mescal avait un goût tellement immonde que son estomac se contracta, et elle serra la main de Bronco et eut des haut-le-cœur. Elle garda ses yeux fermés, cependant, et s'allongea de nouveau, et bien qu'elle sût que Laura était agenouillée à côté d'elle et lui caressait le front, elle commença à se sentir moins comme elle et plus comme...

Elle ne savait pas. Elle avait l'impression de se tenir immobile dans le désert, sous un soleil accablant. Elle avait l'impression qu'elle ne bougerait jamais plus. Elle entendait des tambours battre doucement, et des voix qui chantaient. Et le ciel qui tournoyait autour d'elle, semblable à un kaléidoscope noirci par la fumée.

Elle avait l'impression que la position immobile était son état naturel. Elle n'avait pas besoin de bouger pour tout connaître. Elle avait l'impression que le temps ralentissait, devenait de plus en plus lent avec chaque seconde. Bientôt ses pensées furent aussi sirupeuses que de la mélasse, et la moindre seconde durait plus d'une heure. Inutile de bouger.

Pourtant les tambours continuaient de battre doucement — c'étaient des tambours *mamba* —, et des guitares commencèrent à jouer. Elizabeth s'ouvrait, fleurissait. Elle avait presque l'impression de naître.

Elle fit un voyage sans fin à travers le désert ; elle glissait de côté sur sa propre inconscience. Des jours et des nuits passèrent, telles les ailes d'un ventilateur scintillant devant une lampe électrique. Elle entendait des femmes parler et rire ; elle entendait des hommes crier et se battre. Elle vit une blatte sur un mur enduit de plâtre. Elle acheta la robe parce qu'elle avait envie d'acheter la robe, elle lui rappelait des jardins en fleur, où des jets d'eau murmuraient, et où des anges joufflus la regardaient de leurs yeux aveugles, avec leur tête surmontée de mousse. Elle s'enivra de whisky américain et rit à gorge déployée. Puis elle tomba dans l'escalier et se meurtrit le dos. Elle cria et lâcha des jurons. Elle était certaine qu'elle allait perdre le bébé. Plus tard, hébétée et épuisée, elle était assise dans un fauteuil et regardait un homme à la veste crasseuse, tachée de sueur, occupé à distribuer des cartes. L'homme s'appelait Salvatore, et il ne leva jamais les yeux, ne serait-ce qu'une seule fois. De l'autre côté de la pièce, une fille à la peau brune, quinze ans tout au plus, dansait pour lui en jouant des hanches. Elle était entièrement nue, excepté des chaussures à talons hauts et une grappe de peignes arc-en-ciel dans les cheveux. Tout en dansant, elle ouvrait largement son vagin avec deux doigts, un vagin luisant et rouge foncé. L'homme ne levait pas les yeux pour autant. Les cartes étaient plus importantes. Le destin était plus important.

Elle s'assit. Elle avait la gueule de bois et sa bouche était sèche. A côté d'elle, le capitaine Figueredo ronflait. Ils avaient dû terminer cette bouteille de whisky et s'endormir. Il puait, comme d'habitude. Il ne se lavait jamais le pénis, non plus. Pour le sucer mieux valait être soûle. Un air d'opéra venait de la chambre voisine, un vieux disque qui grinçait.

Elle regarda autour d'elle. Elle avait l'impression très étrange de se trouver à deux endroits à la fois. Elle était assise sur son lit dans sa chambre de l'hôtel Nacional, mais en même temps elle était assise dans le bureau de quelqu'un, avec une table de travail à moitié transparente, et des rayonnages spectraux qui étaient surchargés de livres. Elle voyait la vague silhouette foncée d'un homme debout devant la fenêtre, et lorsqu'elle se tourna pour s'extirper du lit, elle vit une autre silhouette indistincte qui ressemblait à une jeune fille, agenouillée à côté d'elle.

Elle se frotta les yeux, mais la vision persista. Le whisky, pensa-t-elle. Le whisky était trafiqué. Cet enculé de Perez. Elle lui avait donné 6 dollars pour cette bouteille de scotch, et qu'est-ce que cela lui avait fait ? L'air d'opéra continuait de grincer et de gazouiller, et elle avait envie d'aller dans la chambre voisine et de briser le disque sur son genou.

— Jésus, dit-elle en secouant le bras du capitaine Figueredo.

Il inspira, puis émit un reniflement étrangement sonore.

— Quoi ? Qu'est-ce que c'est ? Quelle heure est-il ?

— Je ne sais pas, l'après-midi. Le whisky était trafiqué. Je n'arrête pas de voir double.

Le capitaine Figueredo se redressa et se mit sur son séant. Il battit des paupières vers la fenêtre, puis il dit :

— Tu as raison. Je vois double, moi aussi. Je vois des livres, et une table, et un homme.

— Perez a dû me refiler du whisky de contrebande.

— Je vais le tuer. Je vais lui briser les rotules !

Rosita se leva. Elle avait des nausées et se sentait bizarre, mais il y avait autre chose. Elle avait l'impression d'entendre des gens lui parler à l'oreille... parfois d'une voix très forte, parfois d'une voix à peine audible. Elle secoua la tête et ses longues anglaises noires frissonnèrent, mais elle continuait d'entendre.

— Qu'en penses-tu ? demanda-t-elle au capitaine Figueredo. Tu crois que le whisky nous a rendus fous ?

Le capitaine Figueredo se leva. Il se passa la langue sur les lèvres, semblable à un lézard, comme s'il était prêt à donner n'importe quoi pour un verre, puis il arpenta la pièce.

— Nous sommes ici, déclara-t-il au bout d'un

moment. Et pourtant, nous sommes *ici*, également. Chambre d'hôtel, bibliothèque... bibliothèque, chambre d'hôtel. Nous sommes aux deux endroits *à la fois*.

— Qu'est-ce que cela veut dire ? Est-ce que cela veut dire que nous sommes toujours soûls ?

— Non, je ne crois pas. Cela veut dire... que nous avons fait quelque chose. Je sais que j'ai fait quelque chose, mais je suis parfaitement incapable de me rappeler ce que c'était.

— Nous avons..., commença Rosita.

Mais son souvenir était si fragile et fugace qu'elle n'eut pas le temps de l'exprimer par des mots. Il lui échappa et disparut, telle une lettre d'amour que l'on vient d'ouvrir mais que l'on n'a pas encore lue, emportée brusquement par le vent. Elle hésitait pour une autre raison, également. Elle était inquiète à l'idée que le capitaine Figueredo ne veuille plus d'elle, si elle faisait la difficile. Il la payait toujours très bien, et lui amenait ses amis, et c'était une question de survie pour elle. Elle avait la réputation d'être une fille qui acceptait de faire n'importe quoi... depuis danser le mambo jusqu'à vous laisser la tringler avec le pied d'une chaise de cuisine.

Le capitaine Figueredo se couvrit les yeux de la main et compta jusqu'à 10 en un chuchotement fort et distinct. Puis il rouvrit les yeux et regarda autour de lui.

— C'est toujours là, dit-il. Les livres, les gens. Rien n'a changé... excepté que cet homme se tient un peu plus loin sur la droite.

— Il attend peut-être quelque chose. Il a l'air du genre impatient.

— Il n'est pas impatient. Il a peur de moi. C'est un péon, mais regarde-le !

— Je deviens folle, dit Rosita. Ce salaud de Perez !

— Ne t'en fais pas pour Perez, la rassura le capitaine Figueredo en lui donnant une tape dans le dos. Perez est un homme mort, même s'il ne le sait pas encore. De plus...

Il hésita, et réfléchit. Il se toucha le front du bout des doigts.

— Qu'y a-t-il ? demanda Rosita. Tu as mal à la tête ?

— Je... je ne sais pas qui je suis.

— Qu'est-ce que tu racontes ? Arrête, tu me fais peur !

— Je suis Jésus Figueredo. Je *suis* Jésus Figueredo. Mais pourquoi ? J'ai eu l'impression d'être quelqu'un d'autre, et maintenant je suis moi.

— C'est cet enculé de Perez.

— Non, non, fit le capitaine Figueredo. C'est plus que cela. Je *suis* quelqu'un d'autre, et toi aussi. Tu ne le sens pas ?

Il parcourut la chambre du regard, scrutant les murs de plâtre nu de l'hôtel Nacional, mais également les rayonnages de livres, et ces gens qui les observaient mais qui n'étaient pas vraiment là.

Rosita savait ce que Jésus essayait de dire. Elle *se sentait* comme quelqu'un d'autre. Elle savait également qu'elle était censée faire quelque chose d'important... plus important que d'aller rejoindre Manuel au Bar Mamba, plus important que d'aller réclamer son argent au docteur Cifuentes.

Quasiment au même moment, tous deux regardèrent le lit de Rosita et aperçurent le livre. Dans sa fine jaquette grise, il ne ressemblait pas à un vrai livre. Il était à moitié transparent, comme le dessin au crayon d'un livre qu'un peintre aurait rajouté sur un tableau terminé. Mais ils pouvaient lire le titre tout à fait distinctement, *Les nuits à La Havane*.

— Raul Palma, dit Rosita.

Le capitaine Figueredo acquiesça de la tête. Puis il consulta sa montre.

— Tu le connais mieux que moi. Il est presque quatre heures. Où pouvons-nous le trouver maintenant ?

— Au bordel San Francisco peut-être. Ou au Super Bar, à l'angle de Virdudes.

— Qu'est-ce qu'il fait au bordel San Francisco ?

— Il a des amis là-bas. Ce que tu appellerais des conspirateurs, comme lui.

Le capitaine Figueredo tira un mouchoir crasseux de sa poche et se moucha. Puis il enfonça son index dans une narine et le tourna vigoureusement.

— Nous allons commencer par le Super Bar. Tu es prête ? Tu veux te laver ?

Rosita se déplaça dans deux mondes à la fois comme elle sortait de la chambre et se dirigeait vers la salle de bains. Elle voyait des meubles fantomatiques qui n'étaient pas là, des fenêtres laissant entrer de la lumière là où il y avait des murs pleins, des tableaux accrochés entre ciel et terre, et des palmiers en pots au milieu des embrasures des portes. Elle entra dans la salle de bains et alluma la lumière au-dessus du miroir. Elle scruta son reflet et trouva qu'elle avait l'air hagard. Elle se demanda si elle apprendrait un jour, et bien sûr, la vérité était qu'elle *avait* appris, mais qu'elle était incapable d'agir en conséquence. Elle était libre de quitter La Havane quand elle le voulait. Elle n'avait pas d'enfants ; elle n'avait plus de famille maintenant que son père était mort. Mais elle s'était habituée à être Rosita. Les sifflements admiratifs qui la suivaient tout du long du Paseo étaient toutes les acclamations dont elle avait besoin, et elle ne faisait aucun cas des hommes qu'elle appelait ses « clients », contrairement à ce qu'elle affirmait. La plupart d'entre eux étaient timides et polis, avec des caleçons amples, tachés d'urine, et une haleine fétide. Certains étaient ivres et brutaux, et leur barbe piquante laissait des marques rouges sur ses joues. Mais dans l'ensemble, ils envahissaient très peu son espace corporel, juste sa bouche et son vagin, quelques centimètres cubes qu'elle louait afin de payer ses repas, sa chambre d'hôtel, et sa Ford (qui avait besoin d'une nouvelle boîte de vitesses), et le reste elle le gardait pour elle. Quand quelqu'un l'interrogeait sur la prostitution, elle répondait invariablement : « Les hommes vendent leur corps et leur cerveau à des banques et à des compagnies d'assurances, toute la journée, tous les jours de la semaine, durant toute leur vie. Moi, je donne juste mon cul pour vingt minutes seulement, ensuite je peux faire ce que je veux, aller me promener, prendre un verre, bavarder avec mes amis. A votre avis, qui se prostitue, hein ? »

Elle releva sa robe devant le lavabo et se lava avec sa main. Elle s'observa dans le miroir tout en se lavant. Elle voyait quelqu'un d'autre dans ses yeux, mais elle ignorait qui c'était. Le disque d'opéra s'était coincé et le même passage revenait sans cesse.

— Qu'est-ce que c'est que cette musique ? cria-t-elle.

Le capitaine Figueredo apparut dans l'embrasure de la porte et la regarda du coin de l'œil tandis qu'elle se lavait.

— *Les mamelles de Tirésias*, répondit-il. Un *opéra burlesque*[1] de Poulenc, comportant un prologue et deux actes, livret de Guillaume Apollinaire. La première représentation a eu lieu à l'Opéra-Comique de Paris voilà quatre ans.

— Et qu'est-ce que cela a de si comique ? demanda-t-elle en s'essuyant.

Le capitaine Figueredo se racla la gorge.

— Cela dépend de ton sens de l'humour, je suppose. C'est l'histoire d'une femme qui s'ennuie, alors elle se tranche les seins et devient un homme, tandis que son époux devient une femme et met au monde 40 000 enfants.

Rosita abaissa sa robe et arrangea rapidement sa coiffure.

— L'histoire de ta vie, Jésus ?

— En un sens, fit-il d'un air las.

Ils se rendirent au Super Bar dans la Buick du capitaine Figueredo, mais ils avançaient comme dans un

1. En français dans le texte. *(N.d.T.)*

rêve. Les immeubles et les arbres qui défilaient devant les vitres de l'automobile ressemblaient plus à une frise peinte qu'à une véritable scène de rue. Les trottoirs étaient encombrés des maquereaux habituels et des vendeurs de photos pornographiques; pourtant ils paraissaient tous figés sur place. Le ciel était menaçant, mordoré, et un étrange hydravion quadrimoteur brassait les nuages, avec ses hélices semblables à des fouets pour la pâtisserie.

La journée était tellement humide que les vitres de la Buick étaient couvertes de buée à l'extérieur. Le capitaine Figueredo posa sa main sur la cuisse de Rosita et dit :

— Il n'y a pas beaucoup de choses dans cette vie qui m'apportent du réconfort, Rosita.

— Non, répliqua-t-elle. Et je ne le ferai plus jamais, si tu ne commences pas à prendre des douches.

— Je suis un porc, je sais, fit-il d'un air sombre.

Ils se garèrent devant le Super Bar et le capitaine Figueredo donna une pièce de cinq *cents* à un gamin âgé de dix ans pour qu'il surveille sa voiture. Ils entrèrent dans le bar. La salle était sombre et empestait les cigares rances et le désinfectant. Un grand Noir à la tête pointue essuyait des verres derrière le comptoir. Trois hommes en chemises noires et bretelles voyantes étaient assis autour d'une table, leurs chaises inclinées en arrière. Un jeune homme était assis tout seul, à côté de l'aquarium où évoluaient des poissons tropicaux. Il fumait une cigarette.

Rosita fréquentait le Super Bar depuis des années. Pourtant, cet après-midi, c'était davantage que le Super Bar; c'était également une salle de séjour, avec des canapés fantomatiques, des fauteuils spectraux, et des gens qui allaient et venaient, semblables à des feuilles de cellophane parcourues d'ondulations. Le barman appela « Rosita ! » mais elle l'ignora et se dirigea vers l'aquarium.

Le jeune homme sur le tabouret de bar éteignit sa cigarette en l'écrasant dans un cendrier, et sourit. Il ne regardait pas Rosita, cependant... il regardait par-dessus l'épaule de Rosita vers le capitaine Figueredo.

— Tiens, tiens, Bronco... Je me demandais quand tu te déciderais à venir me trouver.

Le capitaine Figueredo s'accouda au comptoir et joignit le bout de ses doigts.

— Bronco, dit-il, puis il hocha la tête et sourit. Je te remercie de me le dire.

— Tu ne savais pas qui tu étais ? demanda le jeune homme, simulant l'étonnement.

— Je m'en doutais... mais je n'étais pas sûr. Maintenant je le sais.

Le jeune homme se tourna vers Rosita.

— Et vous ? lui demanda-t-il. Est-ce que *vous* savez qui vous êtes ?

L'esprit de Rosita papillotait et scintillait comme un film muet. Elle voyait Laura. Elle voyait Eusebio. C'était la lumière du jour à Scottsdale. En même temps, elle voyait Raul Palma, et la salle sombre du Super Bar. Elle entendait un air de mambo et des gens qui riaient.

— C'est déconcertant, pour les vivants, déclara Raul. Ils ne savent pas qui ils sont. Imaginaires ou réels. Pour les morts, bien sûr, c'est beaucoup plus facile.

— Tu dois cesser de me harceler, Billy, dit le capitaine Figueredo. Tu dois passer ton chemin et me laisser tranquille.

Raul battit des paupières.

— Tu es mon frère. Comment puis-je te laisser tranquille ?

— Je dois mener ma propre vie. Je dois commettre mes propres erreurs. Si je souffre, tant pis pour moi. Si j'écris un nouveau livre et que les critiques le détestent, ma foi, je n'aurai qu'à ronger mon frein, et faire mieux la prochaine fois !

— Je ne veux pas qu'ils te blessent, Bronco, dit Raul. Ils le peuvent et ils le feront, quoi que tu écrives.

— Qu'est-ce que je vais faire alors ? Passer le reste

de ma vie à me rendre à la pharmacie de Scottsdale et à acheter des placebos pour Vita? Regarder par la fenêtre Eusebio occupé à sarcler ses choux? Tu ne me protèges pas, Billy, tu me fais mourir à petit feu!

— Vous prenez quelque chose, *señor*? demanda le Noir derrière le comptoir.

— Un whisky, sec, répondit le capitaine Figueredo, sans le regarder.

— Et pour la dame, *señor*?

— Je ne vois pas de dame ici.

— Un whisky pour moi, également, dit Rosita. Avec un zeste de citron.

Raul se tourna sur son tabouret de bar et la considéra, un œil fermé.

— Je ne comprends pas pourquoi *vous* êtes venue, lui dit-il.

— Je suis venue parce que Bronco est mon ami. Il a besoin que vous le laissiez tranquille.

— Vous ne pensez pas qu'il a besoin de ma protection?

— C'est la dernière chose au monde dont il ait besoin! Bronco est un écrivain. Il doit prendre des risques. Chaque fois qu'un écrivain commence un nouveau livre, c'est comme s'il se jetait du haut d'une falaise. S'il se tue, ma foi, c'est juste la malchance. Mais c'est le risque qui rend l'écriture aussi importante. Si vous le protégez, il sera incapable d'écrire, et s'il ne peut pas écrire, vous allez le tuer, aussi sûrement que vous vous êtes tué, quand vous êtes tombé de cette moto et avez heurté ce poteau télégraphique!

— Vous savez quoi? dit Raul avec le plus lent des sourires. Vous êtes foutrement dans l'erreur. Vous voulez que mon frère écrive parce que vous êtes son éditeur, et vous savez que vous allez vendre des tas d'exemplaires. Peu importe si ce livre est de la merde, ce qui sera le cas. Peu importe s'il n'égale pas *Fruit amer*. Peu importe si Bronco est descendu en flammes, humilié, étripé par les critiques, et s'il finit par se tirer une balle dans la tête.

« Et merde, vous êtes tellement intéressée par le profit, vous ne voyez pas ça, hein ? Il ferait mieux de passer le reste de sa vie avec Vita, même si sa vie peut paraître monotone, au lieu d'écrire son stupide livre au style ampoulé, de s'épancher et de prêter le flanc, pour que tous les vautours et les chacals puissent le mettre en lambeaux. Je veux qu'il *vive*, Lizzie... vous ne savez pas à quel point la vie est précieuse, jusqu'à ce que vous l'ayez perdue.

— Nous te l'avons demandé gentiment, Billy, dit le capitaine Figueredo. Je t'aime. Je t'*aimais*. Mais laisse-moi tranquille.

Raul but le restant de son whisky.

— Je regrette, Bronco. Même les frères aînés ne savent pas toujours ce qui est mieux pour eux.

Rosita vint vers lui et passa ses bras autour de ses épaules.

— Et si je vous donnais une compensation ?

Raul la regarda avec mépris.

— Vous ? Que pourriez-vous me donner, à part une chaude-pisse ?

— Et si je vous aidais... vous et tous ceux qui haïssent Batista ?

— Et si vous retourniez au pieu avec votre chef de la police qui empeste la sueur ?

A ce moment, une autre voix demanda vivement :

— Johnson ? Mais qu'est-ce que tu fais ?

Rosita aperçut quelqu'un qui se tenait juste derrière le tabouret de bar de Raul, l'apparition indistincte d'une femme.

Le capitaine Figueredo but son whisky d'un trait, posa violemment son verre sur le comptoir, et en demanda un autre. Le Noir s'exécuta.

— Johnson ! répéta la voix. Tu t'appuies sur le canapé, arrête ça tout de suite, et arrête de boire, également, tu sais comment tu es lorsque tu bois avant le déjeuner !

— Raul, c'est très important, dit Rosita. Vous devez laisser Bronco vivre sa vie. S'il est blessé, il viendra vous trouver, vous le savez. Mais vous ne pouvez pas l'empêcher de vivre ses propres expériences. Vous ne le pouvez pas.

— *Johnson* ! cria la voix.

Le capitaine Figueredo tira son colt. 38 de son ceinturon, le brandit et releva le chien.

— *Arriba las manos*, dit-il à Raul.

Raul ne fit pas le plus petit effort pour lever les mains.

— Hé, c'est une plaisanterie ? dit-il. De quoi m'accuse-t-on ? Conspirer contre le gouvernement ? Fréquenter des agitateurs ? Boire trop de whisky ? Faire la contrebande d'armes, être copain avec des putes ?

— *Johnson, pose cette chose immédiatement ! Tu sais que je n'aime pas voir ces choses dans la maison* !

Des ombres se déplaçaient, des lumières bougeaient, baissaient et bougeaient à nouveau.

— Raul... il ne plaisante pas, dit Rosita.

Mais elle prit le capitaine Figueredo par le bras et dit :

— Jésus, ne fais pas ça. Ce n'est pas la bonne méthode.

— Tu vois ? ricana Raul en écartant les bras. Même Rosita pense que tu as tort ! La pute la plus vérolée de toute La Havane !

Le capitaine Figueredo pointa son colt vers le cœur de Raul et appuya sur la détente. La chemise blanche de Raul explosa en une fureur de sang et de tissu, il fut projeté en arrière et heurta violemment l'aquarium. Le verre se brisa, et l'eau et les poissons se déversèrent sur lui.

Rosita plaqua sa main sur sa bouche, trop choquée et abasourdie pour parler. Le Noir derrière le comptoir dit « *O Gloria Patri* ». Raul gisait de côté sur le tapis, immobile, totalement mort ; des perroquets de mer tressautaient et faisaient des bonds autour de lui, et un mince filet d'eau croupie lui coulait dans l'oreille.

— Jésus, qu'est-ce que tu as fait ? forma Rosita avec les lèvres. Mais elle n'était pas vraiment Rosita, elle était Elizabeth. Le Super Bar rapetissa et s'estompa... il donna l'impression de *s'enfuir*, comme s'il était rapidement emporté par des machinistes de théâtre. Soudain, tout fut lumineux et normal, et ils étaient dans le séjour de Bronco à Scottsdale. La lumière du soleil du matin dansait derrière les stores.

Laura saisit le bras d'Elizabeth.

— Lizzie... tu n'as rien? s'écria-t-elle et c'était presque un hurlement. Que s'est-il passé? Que s'est-il passé? Qu'est-ce qu'il a fait? *Non, ne regarde pas!*

Mais il était déjà trop tard. Elizabeth baissa les yeux et Vita était là, étendue de façon incongrue sur le tapis Papago, un genou dressé, l'autre tordu, une main levée en un geste pathétique. Eusebio était agenouillé à côté d'elle. Il essayait de déboutonner sa robe, qui était trempée de sang, et toujours plus de sang giclait à chaque battement de cœur.

Bronco était debout près du canapé, dans son uniforme de la Marine trop juste, le bras tendu; son colt fumait encore. Ses yeux étaient écarquillés d'incrédulité.

Elizabeth le regarda fixement, et il la regarda fixement. Durant une fraction de seconde, elle fut encore Rosita, et il fut encore le capitaine Figueredo.

— Une ambulance, dit Eusebio.

Personne ne bougea. Ils étaient tous trop frappés de stupeur.

— Une *ambulance!* répéta-t-il.

Laura se dirigea d'un pas raide vers le bureau pour téléphoner.

Bronco laissa tomber le colt sur le canapé et s'approcha de Vita en décrivant lentement un cercle, les mains à moitié levées de désespoir.

— Vita, murmura-t-il.

— Bronco..., dit Elizabeth. Vous ne l'avez pas fait intentionnellement. J'étais là, vous avez tiré sur Raul.

— Et qui me croira? s'emporta Bronco. Qui croira que j'étais le capitaine Figueredo?

Eusebio reposa doucement la tête de Vita sur le tapis, leva les yeux vers Bronco, et dit :

— Elle est morte, *señor*. Vous ne pouvez plus rien faire.

— J'ai tiré sur Billy, dit Bronco d'un air pitoyable. Je ne tirais pas sur Vita, j'ai tiré sur Billy !

— C'est un accident malheureux, dit Eusebio.

Mais il n'y avait pas la moindre trace de pardon dans sa voix. Vita avait été bonne pour lui. Vita lui avait donné de la nourriture pour sa famille, des vêtements pour ses enfants, et, un jour, une vieille montre.

— J'ai tiré sur Billy, Eusebio ! Pour moi, Vita n'était même pas *là-bas* !

— Oui, fit Eusebio. Mais elle était là-bas. Des objets peuvent aller du monde-rêve vers le monde-esprit, et vers le monde réel, également. Cet objet était petit, et il se déplaçait très vite, et dans une mauvaise intention. Rien ne pouvait l'arrêter, à part votre amour pour votre épouse.

Bronco baissa les yeux vers Vita, la bouche crispée, ses yeux noyés de larmes.

— Je ne l'ai pas fait exprès, dit-il. Je ne l'ai absolument pas fait exprès. J'ai tiré sur Billy, pas sur elle.

Eusebio se releva et se passa la main dans ses cheveux raides.

— Ma foi, *señor*, si cela peut vous consoler, on peut tuer des personnes imaginaires tout comme on peut tuer des personnes réelles. Votre Billy ne vous importunera jamais plus.

Il alla dans le bureau et revint un instant plus tard, apportant *Les nuits à La Havane*.

— Lisez-le maintenant, dit-il. Lisez comment votre frère est mort.

Tandis qu'ils attendaient l'ambulance, Elizabeth alla dans sa chambre et lut les dernières pages des *nuits à La Havâne*. Bronco était accroupi près du corps de Vita et lui caressait les cheveux d'un air absent. Laura était devant la fenêtre, guettant le premier signe d'un gyrophare.

« *Tu vois ! dit Raul en écartant les bras. Même Rosita pense que tu as tort ! La pute la plus vérolée de toute La Havane !*

Le capitaine Figueredo pointa son colt vers le cœur de Raul et appuya sur la détente. »

Elizabeth leva les yeux et regarda fixement la moufle doublée de fourrure qui était posée sur son secrétaire. Une terreur glacée l'envahit.

22

Elles revinrent dans le Connecticut la semaine après Noël. Cela faisait cinq jours qu'un vent du nord-ouest soufflait sans rémission, et bien qu'il ait très peu neigé, le sol avait gelé à Sherman et dans la région environnante. Les étangs gisaient parmi les fougères recouvertes de givre, semblables à des miroirs embués, et le ciel était de la couleur de draps blanc sale.

Elizabeth et Laura étaient arrivées de New York le lundi, à la fin de l'après-midi, pour constater que la maison était entièrement fermée. Cela leur prit jusqu'au mercredi pour la réchauffer, allumer des feux dans presque toutes les pièces, et les alimenter continuellement. Au moins Seamus avait coupé du bois à leur intention, et il y avait suffisamment de bûches pour tenir pendant les fêtes. Même lorsque la salle de séjour et la bibliothèque furent plus ou moins habitables, des courants d'air continuèrent de gémir à travers le chambranle des fenêtres et sous les portes, et les deux sœurs passèrent la plus grande partie du mardi dans la cuisine, emmitouflées dans leurs manteaux, assises près de la cuisinière.

Bronco avait été arrêté pour avoir tué par balle Vita, puis remis en liberté sous caution, une caution de 50 000 dollars que Charles Keraghter avait envoyés par la poste. Bronco était toujours effondré et bourrelé de remords, mais lorsqu'elle l'avait quitté, Elizabeth avait déjà noté un redressement de son dos, et un regard calculateur dans ses yeux, comme un homme qui a envie de se remettre au travail. Pour la première fois, il parlait de son prochain roman comme s'il le *voyait*, comme si celui-ci était vivant, et tout ce qui lui restait à faire maintenant, c'était de le taper.

— Vous pensez vraiment que Billy est parti définitivement ? lui avait-elle demandé.

— Il est parti, sans aucun doute. Je sens qu'il est parti.

— Vous aviez l'intention de l'abattre, n'est-ce pas ?

Bronco avait acquiescé de la tête.

— Je savais que rien ni personne ne pourrait le persuader. Billy avait une tête de cochon. Mais cela me donne d'autant plus de remords à propos de Vita. Malgré tous ses défauts, elle ne méritait pas ça.

Ils s'étaient embrassés, et Elizabeth avait eu la certitude, tandis que Bronco l'étreignait, que si le temps et la chance avaient été plus bienveillants à leur égard, ils auraient été amants.

— Téléphonez-moi, lui avait-elle demandé. Téléphonez-moi chaque fois que vous avez terminé un chapitre. Téléphonez-moi chaque fois que vous *n'avez pas* terminé un chapitre.

Bronco n'avait rien dit, mais il l'avait serrée dans ses bras, puis il l'avait regardée dans les yeux, essayant de vivre toutes les années qu'ils ne passeraient jamais ensemble en un long et intense regard.

— Au revoir, Bronco, lui avait-elle dit en l'embrassant une dernière fois.

Le mercredi matin, elles allèrent à Green Pond Farm pour voir Mrs. Patrick. Seamus était là, également, mais il avait la grippe, et son esprit battait plus que jamais la campagne. Il était assis près du feu, enroulé jusqu'au cou dans une épaisse couverture grise, ses cheveux dépassant de tous les côtés. Il parlait et reniflait tour à tour. De temps en temps, sa mère était obligée de poser sa tapisserie et de lui apporter un énorme mouchoir pour qu'il puisse se moucher.

Mrs. Patrick fit du café, et elles s'assirent autour de la table de cuisine pendant qu'elle poursuivait son ouvrage. Elle semblait avoir encore vieilli. Ses joues avaient l'aspect de pommes flétries, rougies et rendues rugueuses par le vent. Elizabeth fut effrayée de voir combien ses mains étaient vieilles, et déformées par l'arthrite.

— Seamus allait plutôt bien jusqu'à ce que le vent se lève, et ensuite il a pris froid. Le docteur a peur qu'il attrape une pneumonie, c'est pourquoi je dois le garder bien au chaud, enveloppé dans cette couverture.

— De gros hérissons affreux, dit Seamus. (Un filament de bave oscillait depuis sa lèvre inférieure et luisait dans la lumière du feu.) Des amas de serpents entrelacés. De petits ours trapus au poil hirsute.

Elizabeth s'approcha de lui et posa la main sur son épaule. Il leva les yeux pour la regarder, mais il semblait avoir dû mal à accommoder.

— C'étaient les flocons de neige, hein, Seamus ? lui demanda-t-elle.

Il la regarda de côté intensément. Puis il acquiesça de la tête, et acquiesça encore, comme si un flot d'illumination avait déferlé dans son esprit.

— C'est exact, c'étaient les flocons de neige. Blancs, blancs, d'un blanc éclatant, les gardes de la Reine des Neiges. C'est ce qu'ils étaient. De gros hérissons affreux, des amas de serpents entrelacés.

— De petits ours trapus au poil hirsute, murmura Elizabeth, terminant la citation pour lui.

— Il en parle continuellement depuis des jours ! soupira Mrs. Patrick. Parfois je voudrais que vous ne lui ayez jamais lu ce conte. Je n'entends que ça.

Elizabeth se détourna, mais Seamus sortit vivement un bras de sous sa couverture et la retint par la manche. Ses yeux semblaient maintenant perdus dans le vide, et inquiets.

— Elle est *tout près*, déclara-t-il. Tellement près ! Toute de glacc. Elle a soufflé sur les enfants comme elle passait, et tous sont morts de son souffle glacé, sauf deux.

— Je pense que vous feriez mieux de le laisser, Lizzie, dit Mrs. Patrick. Il est très agité.

— Entendu, répondit Elizabeth.

Elle prit la main de Seamus et lui fit un sourire.

— Ne t'en fais pas, Seamus... tout va s'arranger, je te le promets.

Elles prirent congé de Mrs. Patrick et repartirent sur le sentier enneigé. Bien que ce soit le milieu de la journée, le paysage était plongé dans une demi-lumière brunâtre. Tout était gelé, tout était figé. Des chandelles de glace s'étaient formées sur les branches des arbres, évoquant des lances, des colliers et des chevaliers décharnés.

— Je ne l'avais jamais vu dans cet état, dit Laura en serrant son col de fourrure autour de sa bouche.

— Il est très sensible aux changements de temps, répondit Elizabeth. Il sent toujours des orages imminents, ou un front froid arrivant du Vermont. Je pense qu'il est également sensible aux esprits. Après tout, qu'est-ce que Mrs. Patrick a toujours dit ? Qu'il avait été enlevé par les fées, et avait appris la magie.

— Tu ne crois pas ça, hein ? C'était juste quelque chose qu'elle nous disait quand nous étions enfants, pour que nous ne pensions pas qu'il était timbré.

— Je ne sais pas... J'ai toujours pensé qu'il entendait des choses que les gens normaux n'entendaient pas. Il chantait des chansons, rappelle-toi, et parfois leur mélodie était magnifique, des airs que personne n'avait jamais entendus. Et il disait toujours qu'il *voyait* des choses, non ? Des visages regardant depuis des fenêtres vides, de vieilles femmes cheminant dans des rues désertes, des chiens et des chats là où il n'y en avait pas.

Elles arrivèrent à la maison et, à sa grande joie, Elizabeth aperçut la Frazer rouge vif de Lenny garée dans l'allée. Elles entrèrent en toute hâte et Lenny était là. Il avait gardé son chapeau et son pardessus de tweed marron, et attisait avec un tisonnier le feu dans la cheminée du séjour.

— Lenny ! C'est si bon de te voir !

Elle passa ses bras autour de sa taille et ils s'embrassèrent.

— Hé, fais attention ! dit-il en riant. Le tisonnier est brûlant.

— Salut, Lenny, dit Laura en l'embrassant sur la joue. Lizzie croyait que tu étais à Hartford.

— Moi, rester à Hartford, alors que Lizzie est ici ? De plus, j'ai une grande nouvelle à vous annoncer. J'ai fait la connaissance d'un type là-bas qui s'occupe d'une caisse de retraite privée, spécialement destinée aux employés de bureau. C'est une affaire importante, très importante. Et elle présente toutes sortes d'avantages, prise en charge des soins médicaux, prêts, et j'en passe !

— Où veux-tu en venir ? l'interrompit Elizabeth en riant. Tu essaies déjà de me vendre l'une de tes polices d'assurance ?

— Bon, j'abrège... la plus grande concentration d'employés de bureau sur la côte Est se trouve... où ?

— A New York, bien sûr !

— Et c'est ma nouvelle ! Je m'installe à New York à la fin du mois. Ils m'ont trouvé un appartement et un bureau tout neuf, et tout est parfait !

Elizabeth lui fit un large sourire.

— Tu vas vraiment habiter à New York ?

— A la fin du mois, affirmatif !

— Tiens, tiens..., fit Laura d'un air espiègle. On dirait que le destin vous a réunis à nouveau !

— C'est bien mon avis, reconnut Lenny.

A présent il regardait Elizabeth d'un air plus grave.

— Et si on buvait quelque chose de chaud ? proposa-t-elle.

— Avec plaisir. Heureusement que la porte de votre maison n'était pas fermée à clé, autrement j'aurais été transformé en bloc de glace à l'heure actuelle !

Laura prépara trois grands bols de chocolat chaud, et ils s'installèrent devant le feu. Elizabeth était assise près de Lenny et lui tenait la main, et pour la première fois depuis très longtemps, elle commença à sentir qu'elle ne faisait qu'un avec un autre. Elle pouvait caresser le dos de la main de Lenny et sa peau lui donnait la même sensation que sa peau à elle. Elle pouvait toucher les cheveux de Lenny et ils lui donnaient la même sensation que les siens. Elle s'aperçut qu'elle regardait continuellement son profil, ses longs cils et son nez droit, et la fossette de son menton où dansait la lueur des flammes.

Bon sang, elle avait même envie de toucher le col de sa chemise à carreaux, et sa cravate à rayures bleu marine !

Ils allumèrent des cigarettes et Elizabeth raconta à Lenny ce qui était arrivé à Bronco et à Vita, et la façon dont ils avaient exorcisé Billy.

— Tu as pris du peyotl ? s'exclama Lenny en fronçant les sourcils. Ce truc est dangereux, non ?

— Ma foi, il y a un risque, mais pas trop si tu as quelqu'un avec toi quand tu le prends, quelqu'un qui sait ce qu'il fait, comme Eusebio.

Lenny secoua la tête et souffla de la fumée en même temps.

— Je ne sais pas quoi dire. Si j'avais été là...

Elizabeth serra la main de Lenny.

— Nous n'avions pas le choix. Si Billy avait continué de tourmenter Bronco jusqu'à la fin de ses jours, Bronco n'aurait plus jamais écrit. Il aurait probablement fini par se tirer une balle dans la tête. En outre, j'avais une raison très égoïste d'agir ainsi.

— Comment ça ?

— Laura, dis à Lenny ce qui t'est arrivé.

Avec hésitation, de façon décousue, et sans mentionner le pire de ce que Raymond lui avait fait, Laura parla à Lenny de tante Beverley et de Chester Fell. Lorsqu'elle eut terminé, Lenny dit, doucement :

— J'avais lu ça dans le journal, deux producteurs de cinéma retrouvés gelés dans leur piscine. Moi et deux autres courtiers d'assurance, on s'était demandé quelle serait la validité d'une police d'assurance vie, pour quelqu'un trouvant la mort dans un accident aussi incroyable que celui-là. Mais vous pensez que c'était... ?

Elizabeth hocha la tête.

— Je pense que cela ne fait pas le moindre doute. Toute personne qui nous fait du mal ou de la peine ou donne l'impression qu'elle va nous causer des ennuis... la petite fille-Peggy veille à ce qu'elle ne recommence plus jamais.

— Et vous avez l'intention de la traquer, de la même façon que Bronco et toi avez traqué son frère Billy ?

— Songe à ce que sera notre vie, si nous ne le faisons pas.

Lenny écrasa son mégot dans le cendrier.

— Cela me semble foutrement trop dangereux ! Vous ne savez pas dans quoi vous vous fourrez. Et d'après ce que tu viens de dire, vous ne serez peut-être pas capables d'en *revenir*, une fois que vous serez là-bas. Eusebio a parlé de « gens qui sont dans le coma », non ? Je n'ai pas envie d'être marié à quelqu'un qui ne se réveillera jamais !

Elizabeth le regarda avec stupeur, bouche bée.

— Tu as bien dit *marié* ?

Lenny rougit tellement que son visage était presque marron.

— Je... euh, je voulais dire, *si* j'étais marié avec toi, si j'étais marié avec quelqu'un... et que cette personne soit dans le coma... tu sais, qu'elle ne se réveille jamais... peu importe qui, que ce soit toi ou non...

Il cessa de s'embrouiller dans ses explications et se frotta la nuque d'un air lugubre.

— Je dois reconnaître que j'avais l'intention de te le demander, juste après t'avoir dit que j'allais m'installer à New York. En fait, je me suis débrouillé pour être nommé à New York, afin que nous soyons ensemble. J'aurais pu aller à Boston ou à...

Laura poussa un hurlement de joie et lança ses mules en l'air d'un mouvement brusque du pied.

— Il te demande de *l'épouser*, Lizzie ! Il te demande de l'épouser ! J'en suis témoin ! J'adore ça, j'adore ça, j'adore ça !

L'une de ses mules atterrit dans le feu, et Lenny fut obligé de la sauver des flammes, toute fumante, avec les pincettes. Lorsqu'il l'eut tapée contre l'âtre et piétinée pour l'éteindre, l'intensité du moment était passée. Tous les trois riaient trop.

Lenny s'assit et regarda Elizabeth avec un sourire interrogateur. Elle se pencha sur le canapé, prit sa main gauche entre les siennes et lui rendit son sourire.

— Tu me laisses un peu de temps pour y réfléchir ?

— Bien sûr. Désolé que cela m'ait échappé de cette façon. Je suis vraiment stupide. J'avais l'intention de me mettre à genoux devant toi, et de te donner ceci.

Il glissa la main dans sa poche et en tira un petit écrin en velours noir. Laura était folle de joie.

— C'est tellement romantique ! Je n'en peux plus !

Elizabeth ouvrit l'écrin. Il contenait une bague de fiançailles sertie de diamants et de saphirs, qui scintillèrent avec éclat dans la lumière du feu. La bague avait dû coûter à Lenny plusieurs centaines de dollars. Elle leva les yeux vers lui et vit l'expression sur son visage, cette expression était tellement chaleureuse et pleine d'espoir qu'elle fléchit. Elle passa la bague à son doigt et déclara :

— J'ai eu suffisamment de temps. J'y ai réfléchi. La réponse est oui.

Il battit des paupières.

— La réponse est oui ?

— Tu as du cérumen dans les oreilles ou quoi ?, demanda vivement Laura. Je ne laisserai pas ma sœur chérie épouser un homme qui a du cérumen dans les oreilles !

Lenny se pencha vers Elizabeth et l'embrassa sur les lèvres.

— Je t'aime, chuchota-t-il. Et, je te remercie. Tu viens de faire du vice-président pour New York de la Hartford Life & Loan un vice-président heureux jusqu'à l'extase !

Comme il l'embrassait, cependant, un violent courant d'air glacé s'engouffra dans la maison. Il gémit et siffla sous la porte d'entrée ; il agita les lourds rideaux dans le séjour. Il balaya l'âtre, à tel point que les flammes se blottirent sous les bûches, et qu'un fin nuage d'étincelles et de cendre de bois voleta sur le devant du foyer.

Ce courant d'air était tellement froid qu'Elizabeth sentit les cheveux se dresser sur sa nuque, et elle frissonna.

— Seigneur... quel courant d'air ! s'exclama-t-elle.

Cela s'éloignait vers la bibliothèque en gémissant, presque comme si quelqu'un d'invisible parcourait la maison, vêtu d'un manteau de glace. Ils entendirent la porte-fenêtre de la bibliothèque vibrer, et le cri ténu du courant d'air comme il s'engouffrait dans la serre.

— A mon avis, quelqu'un vient de marcher sur nos tombes, dit Laura.

Mais Elizabeth se redressa et jeta un regard à la ronde, puis elle se leva et alla jusqu'à la fenêtre du séjour. Elle scruta le jardin. Les arbres dénudés frissonnaient, et le vent soulevait des tourbillons de neige. Puis elle alla jusqu'à la fenêtre suivante et regarda encore au-dehors, cherchant à déceler le moindre mouvement dans la demi-lumière.

— Quelque chose ? demanda Lenny.

Elizabeth secoua la tête.

— Non, je ne vois rien. Mais cela ne veut pas dire qu'elle n'est pas là. Seamus n'allait pas bien du tout... c'est le signe certain que Peggy se trouve dans les parages.

— Il serait peut-être temps que tu ne penses plus à elle, tu ne crois pas ? fit Lenny. Peut-être vient-elle uniquement parce que tu imagines qu'elle va venir. Elle est peut-être un produit de *ton* imagination tout autant qu'elle l'est de la sienne.

— Ce qui est arrivé à Chester et à Raymond n'était pas un produit de *mon* imagination, répliqua Laura. Et Billy n'était pas un produit de l'imagination de Lizzie !

Lenny ouvrit son étui à cigarettes et le présenta à Elizabeth pour qu'elle prenne une autre cigarette.

— Lorsque nous serons mariés, il faudra que tu changes de marque et que tu fumes des Philip Morris, fit-elle remarquer. Ces Lucky sont beaucoup trop fortes pour moi.

Lenny sourit et lui alluma sa cigarette.

— Et voilà ! dit-il. Elle me mène déjà par le bout du nez !

— Bon, parlons sérieusement, fit Elizabeth. Je pense que tu ferais mieux de ne pas t'approcher de moi tant que nous ne nous serons pas débarrassées de cette petite fille-Peggy. Dieu sait ce qu'elle pourrait te faire. Regarde ce qui est arrivé à Dan Patrick... et la pire chose qu'il m'a faite a été d'avoir des pensées grivoises. Et peut-être même pas. Vraisemblablement, la petite fille-Peggy était jalouse, c'est tout.

— Lizzie, je crois à toute cette histoire, dit Lenny. Je l'ai vu de mes propres yeux. Je sais que c'est réel et je sais que cela peut être dangereux. Mais tu ne peux pas t'attendre à ce que je reste loin de toi, et tu ne peux pas t'attendre à ce que je ne te protège pas. De toute façon... *comment* comptes-tu te débarrasser d'elle ? Et quand ? J'espère que tu n'as pas l'intention de prendre du mescal à nouveau ?

Elizabeth alla jusqu'à une desserte et sortit d'un tiroir un petit sachet en papier.

— J'ai rapporté d'Arizona quatre boutons de peyotl. Dès que nous apercevrons le moindre signe de la petite fille-Peggy, je me lancerai à sa poursuite.

— Tu pourrais te tuer !

— Il y a un très léger risque d'asphyxie si j'en prends trop, mais Laura veillera sur moi, comme elle l'a fait en Arizona.

— Je ne te laisserai pas faire ça.

— Tu ne peux pas m'en empêcher, Lenny. De plus, il n'y a pas d'autre moyen.

— Tu as accepté de m'épouser, Lizzie. Je ne te laisserai pas faire ça.

— Tu ne pourras pas m'épouser si tu m'en empêches. Regarde ce qui s'est passé lorsque nous nous sommes embrassés... un vent glacial a parcouru la maison, comme le souffle de la Reine des Neiges. Elle pouvait tuer des oiseaux simplement en soufflant sur eux, et des hommes simplement en leur donnant un baiser.

— Tu crois vraiment à ces sornettes? demanda vivement Lenny, sa voix montant d'un ton.

— Oui, j'y crois, répondit Elizabeth avec véhémence. J'y crois vraiment. C'est la vérité. Des gens quittent leur corps lorsqu'ils meurent et ils peuvent parfois se changer en des personnages issus de leur imagination. Oui, je le crois!

— Et moi aussi, intervint Laura.

Lenny détourna la tête.

— L'ennui, c'est que j'y crois, moi aussi!

— Nous allons le faire le plus tôt possible, peut-être demain, reprit Elizabeth. Il faut juste que je trouve quel personnage je peux être, afin d'être à même d'affronter la Reine des Neiges. Le problème, c'est que Peggy a choisi d'être Gerda, et Gerda est le personnage le plus fort du conte, la petite fille qui refuse de renoncer à la lutte. Il y a une autre petite fille dans le conte, la petite fille des brigands, et elle a un sacré caractère. Elle promène un long couteau sur le cou de son renne, juste pour le plaisir de le voir paniquer. Mais elle n'est pas aussi forte que Gerda.

— Est-ce que ce doit être nécessairement un personnage du même conte? demanda Lenny. Écoute, et si tu te changeais en une sorcière... une sorcière dont les pouvoirs magiques sont encore plus grands que ceux de la Reine des Neiges?

— Mais oui! s'exclama Laura. Ou bien que dirais-tu de l'Ange dans *Les chaussons rouges*? Tu t'en souviens? L'Ange avec sa longue robe blanche et ses ailes immenses qui s'étendent vers la terre?

Laura et Elizabeth citèrent à l'unisson les paroles de l'Ange :

— « Tu danseras, et tu continueras de danser, dans tes chaussons rouges, jusqu'à ce que tu sois pâle et glacée, et que ta peau se dessèche et se ratatine comme celle d'un squelette ! »

Mais Elizabeth secoua la tête.

— Je ne pourrais pas devenir l'Ange de Dieu, vraiment pas... tout à fait indépendamment du fait que l'Ange est un *il*, et non un *elle*. Je pense que tu as raison, Lenny... je pourrais être un personnage d'un autre livre, mais il faudrait qu'il soit plus fort que Gerda dans *La Reine des Neiges*, et qu'il soit capable de chasser la Reine des Neiges, également.

— Je devrais venir avec toi, dit Lenny. Je devrais prendre du peyotl, moi aussi. Tu ne peux pas faire ça seule !

— Non, c'est hors de question. Peggy ne m'attaquerait jamais... mais *toi*, elle n'hésiterait pas. Elle n'hésiterait pas une seule seconde, Lenny. Pense au révérend Bracewaite, pense à Miles. Et si tu avais vu ce qui est arrivé à Dan Patrick... il est tombé en *morceaux*, Lenny. Il est tombé en morceaux, littéralement !

— Alors qu'est-ce que je peux faire ?

Elizabeth jeta un coup d'œil à sa montre.

— J'ai l'intention d'aller voir ma mère cet après-midi. J'ai besoin de savoir si la petite fille-Peggy lui a rendu visite récemment. Tu pourrais peut-être nous conduire à Gaylordsville ?

— Bien sûr. Et nous pourrions même en profiter pour lui dire que nous allons nous marier, toi et moi !

Elizabeth l'embrassa.

— Tu as oublié d'être bête, hein, Lenny ? Tu sais que c'est principalement pour cette raison que je veux aller la voir. Ce n'est pas tous les jours qu'une jeune fille est demandée en mariage.

— Et ce n'est pas tous les jours qu'elle dit oui !

Laura alla dans la cuisine pour vérifier que la cuisinière était bien alimentée. C'était une Wehrle de jadis, qui avait été probablement installée avant la Première Guerre mondiale, mais elle chauffait à tout... charbon, bois tendre, même des épis de maïs... et elle fournissait une chaleur intense. Alors qu'elle franchissait la porte de la cuisine, cependant, Laura sentit le froid qui y régnait. La cuisinière était toujours allumée, le feu continuait de brûler, mais sans dégager la moindre chaleur.

— Lizzie! appela-t-elle. Lizzie, viens vite!

Elle s'approcha de la cuisinière très prudemment. Son cœur battait si fort qu'elle pouvait presque l'entendre. Elle avait allumé le feu très tôt ce matin, et à présent il aurait dû faire une chaleur étouffante dans toute la cuisine. La cuisinière elle-même aurait dû être impossible à toucher, sauf avec des gants isolants. Pourtant elle était aussi froide qu'un cercueil en fonte. En fait, elle semblait rayonner le froid. Laura se tint devant, et elle vit son haleine se vaporiser, en de petits nuages de panique.

— *Lizzie*! *Lizzie, dépêche-toi*!

Elizabeth entra dans la cuisine, suivie de Lenny.

— La cuisinière, dit Laura. Regarde, le feu marche parfaitement, pourtant elle est *froide*.

Elizabeth s'approcha de la cuisinière. Elle toucha précautionneusement le fourneau sur le dessus. Il était glacé. Puis elle toucha la barre du four, et les plaques chauffantes.

— C'est impossible, dit-elle.

— C'est peut-être impossible, mais c'est ce qui se passe! répliqua Laura d'un ton sec. (Sa peur la rendait irascible.)

Lenny les rejoignit et demanda :

— Quel est le problème?

— Regarde, dit Laura. Le feu marche mais la cuisinière est glacée!

— Oh, voyons, dit Lenny. Le feu est bas, c'est tout. Ma grand-mère avait l'une de ces cuisinières antédiluviennes, et...

Lenny posa sa main à plat sur l'une des plaques chauffantes. Immédiatement, il y eut un fort grésillement, et Lenny poussa un cri de douleur. Il voulut ôter sa main, mais la peau était collée au métal, et il souleva toute la plaque chauffante du dessus de la cuisinière. Il cria, se retourna, et secoua violemment son poignet plusieurs fois. Finalement, la plaque chauffante tomba sur le carrelage et roula bruyamment sur plusieurs mètres. La peau de sa paume était toujours collée dessus, semblable à du papier de soie grisâtre et ratatiné.

— Merde, ça fait mal ! Bordel de merde, ça fait mal !

Elizabeth l'emmena précipitamment vers l'évier et ouvrit le robinet. Elle tint son poignet fermement, la paume de sa main largement ouverte, pour que l'eau glacée coule à flots sur sa brûlure. Lenny laissa échapper tour à tour des exclamations de douleur et de petits éclats de rire, jusqu'à ce que l'eau ait finalement engourdi sa main. Puis il commença à se détendre.

— J'ai lâché des jurons, excuse-moi, lui dit-il, tandis qu'elle enveloppait sa main dans un torchon sec et propre.

— Ne t'en fais pas pour ça, sourit-elle, et elle l'embrassa sur le nez. On a le droit de jurer quand on se brûle !

— Mais je ne me suis pas brûlé... cette cuisinière n'est pas du tout brûlante. Elle est *froide*. Elle est si foutrement froide qu'on ne peut même pas s'en approcher !

Elizabeth lui caressa la joue. Elle avait tellement peur pour lui qu'elle ne savait pas quoi dire. Tu m'aimes, tu veux m'épouser, alors tu vas probablement mourir, de l'une des morts les plus atroces que l'on puisse imaginer ? Bronco et elle avaient exorcisé Billy, mais elle n'était pas du tout sûre qu'elle pourrait se débarrasser de Peggy aussi facilement. Tout avait été différent en Arizona : chaud, étrange et un brin magique, avec Eusebio pour la guider. Elle commençait à douter que la magie du peyotl puisse avoir un effet dans la Nouvelle-Angleterre guindée, parcourue de vents glacés, un territoire qu'aucun Indien Piman ou

Papago n'avait jamais arpenté. La terre que travaillait Eusebio était peut-être la terre des morts, mais Litchfield était la terre de morts d'un genre tout à fait différent : trappeurs et Puritains, sorcières et Habits Rouges aux perruques poudrées, et des hommes qui lançaient leurs chevaux à bride abattue à travers la nuit, pour toutes sortes de missions mystérieuses et terrifiantes.

— Allons, dit Lenny. La chair est un peu à vif, mais ce n'est rien.

— Ce n'est peut-être rien. Néanmoins tu devrais voir un docteur, juste pour confirmer cette opinion, fit Elizabeth.

— Nous devrions te conduire à l'hôpital, surenchérit Laura.

— Quoi ? C'est seulement une couche de peau. C'est douloureux, mais ça se cicatrisera. Et que fera le toubib à l'hôpital ? Me donner un tube d'hydrocortisone, une tape réconfortante dans le dos, et me réclamer 50 dollars par-dessus le marché !

— Je ferais mieux d'appeler la clinique et de dire à maman que nous n'irons pas la voir aujourd'hui, dit Laura.

— Non, non ! protesta Lenny. Je peux bander ma main avec de la gaze antiseptique et mettre un gant par-dessus. Ça ira très bien. En fait, je ne sens presque plus rien. Allons voir votre mère. Il le faut, non ? et je *veux* la voir.

— Entendu, dit Elizabeth. Puisque tu insistes. Mais si nous étions mariés...

— Nous ne le sommes pas, répliqua Lenny. Et en attendant que nous le soyons, je t'en prie, laisse-moi *un peu* de liberté !

Elizabeth l'embrassa.

— Excuse-moi, lui dit-elle. Je crois que je deviens hyperprotectrice, comme Peggy.

Ils se tenaient dans la cuisine glaciale, tandis que le courant d'air gémissait à travers chaque lézarde et chaque chambranle de fenêtre de la maison, et grondait sourdement dans les conduits de cheminée, et Elizabeth eut le pressentiment que sa vie se trouvait à une croisée de chemins, un panneau indiquant le purgatoire, et un autre la paix. Mais il y avait un troisième panneau, lequel était blanc, attendant qu'elle peigne sa propre destination. L'ennui, c'est que Elizabeth ignorait quelle pouvait bien être cette destination.

Sa mère était couchée maintenant. Elle était si maigre et frêle qu'elle aurait pu avoir 85 ans. Le docteur Buckelmeyer leur dit qu'elle mangeait très peu, qu'elle semblait avoir perdu toute volonté de vivre. Elle parlait continuellement du monde du spectacle, d'El Morocco et du Stork Club. Son corps dépérissait dans un lit de la clinique de Gaylordsville, Connecticut, mais son esprit continuait de tourbillonner à Manhattan, à l'époque des années folles.

Elizabeth et Laura s'assirent de part et d'autre du lit. Lenny resta près de la porte, son chapeau à la main. La vue depuis la fenêtre était simple et morne. Des massifs sans feuilles, des arbres sans feuilles, et une pente enneigée, longue et triste. La chambre sentait une eau de toilette à la lavande et le steak haché.

— Comment te sens-tu, maman ? demanda Elizabeth.

Sa mère tourna la tête pour la regarder avec des yeux chassieux.

— Heureuse, répondit-elle.

— Tu as arrêté de fumer ?

— Le docteur Meyerstein me l'interdit.

— Est-ce qu'ils sont gentils avec toi ?

— Je pense, oui. Je ne les remarque pas tellement. Ils vont et viennent. J'ai décidé de retourner en arrière, tu vois, et de tout revivre... les *bons* moments, les moments heureux. Ce soir, je vais chez Jack & Charlie, et ils ne pourront pas m'en empêcher.

— Maman... tu te souviens de Lenny ?

— Lenny, Lenny, Lenny... oui, je crois que je me souviens de Lenny. C'est celui qui est parti à la guerre ?

— Je n'ai pas été le seul, m'dame, la reprit Lenny d'une voix grave, depuis l'entrée de la chambre.

— Qui est-ce ? demanda la mère d'Elizabeth en se redressant sur son lit.

— Lenny, maman. Il est ici. Il veut te demander quelque chose.

Margaret Buchanan battit frénétiquement des paupières. Lenny s'approcha du lit et se tint tout près d'elle, trop près pour que Margaret se sente à l'aise. Il baissa les yeux vers elle.

— Madame Buchanan, j'ai demandé à Lizzie d'être ma femme, et j'aimerais avoir votre approbation.

Margaret reposa lentement sa tête sur l'oreiller. Ses yeux, jusqu'ici humides et incontrôlés, devinrent brusquement sournois.

— Vous voulez épouser mon Elizabeth ?

— C'est mon intention, oui.

— Et Elizabeth veut vous épouser ?

— Elle a dit oui, m'dame, et elle a accepté ma bague de fiançailles.

— Mais que va dire Peggy ? Peggy sera furieuse !

Laura prit la main de sa mère.

— Maman... tu dois l'accepter. Peggy est morte il y a longtemps.

— Comment peut-elle être morte alors qu'elle est venue me voir ce matin ? lui cria Margaret. Comment oses-tu dire une chose pareille !

— Maman, elle s'est noyée dans la piscine et elle est morte.

— Tu es une menteuse ! Tu es une fieffée menteuse ! Elle vient me voir presque tous les jours ! Elle est venue aujourd'hui ! Elle viendra demain ! Morte ? Comment peux-tu dire qu'elle est morte ?

— Tu veux que je te montre sa tombe ? lui cria Laura à son tour. Tu veux que je la fasse exhumer, afin que tu puisses voir son corps ?

— Comment oses-tu ! glapit Margaret. Elle est venue aujourd'hui... et je vais te dire une chose... elle est au courant pour ces fiançailles... elle sait... et elle vous tuera tous... elle te tuera, Elizabeth... plutôt que de te voir mariée avec *lui* !

Elizabeth se leva. Elle ne savait pas quoi dire. Sa mère était gravement malade, et elle divaguait, et tout ce qu'elle pourrait lui dire n'aurait aucun effet. Vous ne pouvez pas faire souffrir ceux qui passent toute leur vie à se délecter de la souffrance, comme l'avait fait sa mère. Vous ne pouvez pas décevoir ceux qui n'attendent de la vie rien d'autre que des déceptions. Tout ce qu'ils font c'est vous attirer dans leur souffrance, et vous reprocher leurs déceptions, et ils ne se portent jamais mieux, quoi que vous fassiez, parce qu'ils ne le désirent pas, tout simplement. Le seul plaisir qu'ils retirent de leur vie, c'est de vous faire vous sentir plus mal, et ce n'est pas vraiment un plaisir pour eux.

— Nous ne pouvons pas partir déjà ! fit Laura.

— Oh, que si ! répliqua Elizabeth. Cette femme n'est pas ma mère. Cette femme n'est même pas mon amie.

Lenny passa son bras autour des épaules d'Elizabeth et la serra contre lui.

— Partons, Lizzie. Tu as raison. Il est temps de laisser le passé derrière nous.

Alors qu'ils s'éloignaient dans le couloir, un jeune homme en robe de chambre à rayures marron surgit d'un couloir latéral... le jeune homme qu'Elizabeth avait déjà rencontré, avec ses cheveux plaqués en arrière et sa barbe du soir.

— Vous partez précipitamment, dit-il avec un sourire affecté.

— Qu'est-ce que ça peut vous faire ? demanda Lenny d'un ton agressif.

— Rien du tout, répondit le jeune homme. Je voulais juste vous souhaiter bonne chance. Demain nous courrons encore plus vite, hein, Lenny ? Nos bras s'étendront plus loin ? Et un beau matin... ah, un beau matin !

— Viens, Lizzie, fit Lenny en la tirant par le bras.

Mais Elizabeth hésita un instant, et demanda au jeune homme, très doucement :

— Êtes-vous *vraiment* Gatsby ?

Il ne répondit pas tout de suite et arbora un large sourire. Finalement, il dit :

— Rappelez-vous ce que je vous ai dit sur les morts, c'est tout.

— Vous avez dit « Il faut être un mort pour en reconnaître un autre. »

Gatsby leva la main comme s'il saluait.

— Les paroles les plus justes que vous ayez jamais prononcées.

23

Elizabeth passa toute la soirée dans la bibliothèque, à compulser des livres. Cependant, à minuit, elle n'avait toujours pas décidé qui elle pourrait choisir, afin d'être à même de circonvenir Gerda et de détruire la Reine des Neiges. Si elle avait été encore une petite fille, peut-être aurait-elle été capable de penser à un conte de fées, où il y avait quelqu'un de plus puissant, de plus froid, quelqu'un au sang aussi froid, aussi blanc et aussi épais que des glaciers. Mais elle avait oublié la plupart de ses princesses, et la plupart de ses gobelins, et même ses ogres armés de gourdins se tenaient, oubliés, dans un recoin de son esprit, semblables à des rangées noueuses de platanes étêtés.

La cuisinière était toujours froide, aussi allèrent-ils au Endicott pour manger des hamburgers. Assis sous des lumières fluorescentes peu flatteuses, ils observèrent les jeunes d'aujourd'hui peigner soigneusement leurs toupets graisseux, poser leurs pieds sur les tables et parler à voix haute de « bagnoles » et de « poulettes » et du dernier disque de Jackie Brenston, *Rocket 88*, qui était vraiment « extra ».

A l'extérieur du Endicott, le vent du nord-ouest soufflait dans Oak Street, une plainte douce et menaçante. Il commença à neiger, également, une neige fine au début, qui tourbillonnait dans le vent, mais elle s'épaissit très vite. Bientôt la rue était quasiment recouverte de blanc.

— Il est temps de rentrer, dit Lenny. J'ai l'impression que ça devient sérieux !

Ils sortirent et se dirigèrent péniblement vers la voiture ; leurs chaussures glissaient sur le trottoir. Déjà les lumières le long d'Oak Street s'éteignaient, une à une, tandis que les commerçants fermaient leurs boutiques pour rentrer chez eux. Le blizzard leur cinglait le visage, comme les gardes de la Reine des Neiges, et piquait leurs joues. La voiture de Lenny disparaissait déjà sous un monceau de neige, et lorsqu'ils ouvrirent les portières pour monter, ils en firent tomber des paquets à l'intérieur.

Ils ne dirent pas un mot durant le trajet de retour. Bien que ce fût le milieu de l'hiver, et que de telles tempêtes n'eussent rien d'exceptionnel, ils avaient un mauvais pressentiment à propos de celle-ci. Le vent était si violent qu'il secouait la voiture, et c'était à peine si les essuie-glaces parvenaient à balayer les flocons qui s'abattaient sur le pare-brise. Elizabeth éprouva un immense soulagement lorsqu'ils remontèrent finalement l'allée vers la maison et s'arrêtèrent devant le perron.

— Entre donc prendre un verre avant de repartir, dit-elle à Lenny, comme ils ouvraient la porte et entraient précipitamment dans le vestibule.

— Il vaudrait mieux que je rentre tout de suite, avant que cela devienne pire.

Laura dansait une mazurka sur le paillasson pour faire tomber la neige de ses bottes.

— Tu pourrais rester, dit-elle. Nous avons un tas de lits disponibles !

— Oh, allons, le cajola Elizabeth. Nous avons quelque chose à fêter, après tout.

— Bon, d'accord, fit Lenny. Mais un verre, juste un verre ! Autrement, ma mère va s'inquiéter en ne me voyant pas rentrer.

— Nous avons le téléphone, tu sais, dit Laura.

— Ouais... comme Alexander Graham Bell, répliqua Lenny.

— Oh, bien sûr... mais tu es plus mignon !

Elizabeth fit le tour du séjour pour fermer les rideaux. Lorsqu'elle arriva à la dernière fenêtre, elle fit une halte pour regarder la neige. Une lumière blafarde éclairait encore le jardin, et elle distinguait les sapins et les échelles métalliques de la piscine. Elle sentit que tellement d'années s'étaient écoulées depuis qu'elle avait emménagé ici avec sa famille, et depuis que Peggy s'était noyée. Pourtant, même après toutes ces années, elle était toujours attachée à cet endroit, par ce qui s'y était passé, par les souvenirs et par les superstitions. Elle désirait tellement être délivrée de cette maison, être délivrée des contes de fées. Le moment était venu de grandir et d'affronter le monde avec maturité, discernement et raison. Chandelles de glace, épées et formules magiques ne suffisaient plus. L'imagination ne suffisait plus. Le temps des vraies responsabilités était arrivé.

Toucher Lenny était réel. Se soucier de Lenny était réel. Le moment était venu de balayer les rêves chimériques. Le moment était venu de faire disparaître pour toujours la petite fille-Peggy, et la Reine des Neiges avec elle.

Le feu pétillait dans l'âtre de la chambre à coucher. Les ombres bondissaient autour de la pièce comme la troupe de danseurs d'Isadora Duncan. Elizabeth, allongée dans le lit, regardait Lenny se déshabiller, à demi éclairé par les flammes. Il était tellement maigre et grand. Il n'était pas musclé, mais il n'avait pas le moindre bourrelet de graisse. Sa poitrine était plate, son ventre plat, et ses cuisses formaient deux courbes dures. Son derrière était haut placé, rond et petit. Lenny n'était pas poilu, à part un petit crucifix de poils noirs et soyeux au milieu de la poitrine. Son omoplate droite présentait une cicatrice blanche irrégulière, comme un trait d'approbation coché par un professeur.

Un obus de mortier avait explosé à quatre mètres de lui, sur une île dont il avait oublié le nom, ou préférait ne pas se souvenir.

Il se tourna vers Elizabeth, et elle entrevit son pénis, dressé, gonflé et très dur. Il s'assit au bord du lit et lui toucha la joue. Elle embrassa sa main.

— Ça ira ? dit-elle.

— Je pense... mais ces pansements sont plutôt gênants !

Elle entendit le bruit de déchirement du sachet, suivi du claquement et de l'étirement du préservatif. Puis il se glissa sous les draps et s'allongea à côté d'elle, presque sur elle. Sa peau était froide, son pénis dur.

— Ne va pas trop vite, chuchota-t-elle, embrassant son visage, embrassant ses cheveux. Ne va pas trop vite, mon chéri...

Sa main se referma sur son sein et le caressa. Elle sentit son mamelon se durcir. Il l'embrassa. Ses doigts descendirent rapidement le long de son flanc, jusqu'à sa hanche, et elle frissonna.

Au début ils se cherchèrent et furent maladroits, comme le sont toujours des amants la première fois. Puis il se mit finalement sur elle, et elle guida son pénis gainé de caoutchouc vers son vagin humide. Il la pénétra, s'enfonça en elle et donna des coups de boutoir jusqu'à ce qu'il frissonne et dise « Oh ! » puis il se retira.

Mais elle le serra contre elle, fit glisser son préservatif et caressa doucement son pénis flasque enduit de sperme, parce qu'elle avait adoré chaque instant de leur coït. Plus tard il lui ferait l'amour d'une manière plus assurée, et elle apprendrait à mieux le connaître, et de toute façon elle l'aimait. Elle aimait son corps plat comme une planche à repasser, sa cicatrice et ses gros testicules crispés. Elle lui lécha l'intérieur de l'oreille, lécha sa joue couverte d'une barbe piquante, ses lèvres, puis elle se mit sur lui.

— Je pense que je suis mort et que je suis allé dans un endroit qui était encore plus merveilleux que le paradis, dit-il.

Elle passa ses doigts dans ses cheveux.

— Je t'aime, chuchota-t-elle. Je t'aime tellement.

Elle s'apprêtait à l'embrasser à nouveau lorsque le vent gémit et hurla en une soudaine bourrasque. Les fenêtres vibrèrent et la porte de la chambre se referma violemment, produisant un fracas assourdissant.

— *Obus de mortier* ! cria Lenny, et il se dégagea de dessous elle en se contorsionnant comme un anaconda musculeux.

— *Couche-toi* ! lui hurla-t-il. *Couche-toi* !

— Hein ? dit-elle. Lenny, qu'est-ce que tu...

La porte claqua à nouveau. Lenny hurla « *Couche-toi* ! » et la frappa sur la tête si violemment qu'elle bascula de côté sur le lit et faillit tomber de l'autre côté. Son oreille gauche bourdonnait et elle eut l'impression que sa joue doublait de volume. Elle se redressa, ramena les couvertures sur elle, et le regarda avec stupeur.

— Lenny ? dit-elle. Lenny, tu m'entends ?

Il lui tournait le dos, et sa tête était enfoncée entre ses épaules.

— Lenny..., répéta-t-elle.

Elle se glissa vers lui et posa sa main sur son dos.

— Je n'y arrive pas, hein ? dit-il, et il sanglotait. Je n'arrive pas à surmonter cela.

Il essaya les larmes de ses yeux du dos de la main.

— Ils étaient tous si jeunes. Ils ne savaient foutrement pas ce qu'ils faisaient, pour la plupart. Ils avaient reçu une formation, mais on ne les avait pas formés pour Guadalcanal... on ne leur avait pas appris à avoir les jambes arrachées, ou le visage dévoré par les flammes, ou à voir leurs tripes se répandre sur la plage.

Il regardait fixement ses pieds nus posés sur la descente de lit.

— Nous avons parlé d'esprits, toi et moi, Lizzie. Mais les esprits de ces garçons me hanteront pour toujours, jusqu'à ma mort, et j'ai peur de les rejoindre lorsque je mourrai.

Elizabeth le serra dans ses bras. Elle ne savait pas

quoi dire. Elle entendait le vent qui se levait, et la neige qui fouettait les vitres avec insistance.

Elle s'endormit peu de temps après avoir entendu l'horloge de parquet sonner deux heures du matin. Le vent continuait de gémir, et un volet battait quelque part. *Bang*... silence... *bang*.

Elle rêva qu'elle s'avançait dans un château glacial, longtemps après qu'elle fut morte. Le château était silencieux et sombre, et il n'y avait absolument personne. Tout le monde était parti des années auparavant, et il ne restait plus qu'elle, allant désespérément de salle en salle. Elle savait qu'elle ne trouverait jamais le chemin pour sortir, et que, même si elle le trouvait, le château se trouvait au milieu d'une immense région désertique et recouverte de neige, à des milliers de lieues d'un pays où il faisait chaud, à des milliers de lieues de jardins en été, où des enfants jouaient, et où chaque fleur racontait sa propre histoire.

Elle tendit le bras à travers le lit, cherchant le dos nu de Lenny. Il était parti. Elle sentit seulement les draps blancs froids, formant des ondulations comme de la neige.

— Lenny ? dit-elle, et elle se retourna et s'assit. Lenny... où es-tu ?

Le feu s'était éteint, et la chambre était sombre et vide. Le vent hurlait maintenant, tel un animal saisi de démence. Elizabeth se déplaça vers l'autre côté du lit et alluma la lampe de chevet. Lenny était parti, cela ne faisait aucun doute. Mais ses vêtements étaient toujours là, ainsi que son portefeuille et ses chaussures. *Oh, j'ai laissé mes...*

Il l'avait choquée et mise en colère, lorsqu'il l'avait frappée de cette façon, mais elle comprenait pourquoi il avait fait cela. Elle avait connu plus d'un ancien combattant qui semblait s'être tiré indemne de la guerre : Peter Vanlies des Éditions Freestone, Rudge Berry du *New Yorker*. Des hommes sympathiques, équilibrés, d'humeur égale... jusqu'à ce que quelque chose les ait effrayés d'une manière inexplicable, ou les ait exaspérés. Alors ils redevenaient des Marines, sur-le-champ, capables de n'importe quelle violence, sans la moindre retenue.

Elle s'extirpa du lit et traversa la chambre pour prendre sa robe de chambre. Elle était nue, et elle devint consciente d'un froid inattendu dans l'air, encore plus froid que le vent qui soufflait, encore plus froid que la neige. Elle se retourna vivement, et la petite fille-Peggy était là. Elle flottait dans l'air au pied du lit, son visage était plus blanc que jamais, ses yeux encore plus sombres, ses lèvres encore plus violacées de gelures.

A présent sa robe était souillée, souillée et graisseuse, et elle ondoyait doucement au gré du courant d'air glacé. La petite fille-Peggy tendit son bras décharné, veiné de bleu, et dit :

— Lizzie... tu m'as trahie.

— Quoi ? Je ne t'ai jamais trahie ! Tu ne peux donc pas me laisser tranquille ! Je n'ai pas besoin de toi, Peggy, je ne veux pas de toi ! Pars, va-t'en pour toujours, et laisse-moi tranquille !

— Lenny t'a frappée. Je ne puis permettre cela.

— Lenny m'a frappée parce que Lenny a des problèmes. Cela ne m'a pas plu qu'il me frappe, et je veux qu'il ne me frappe plus jamais, mais je sais quels sont ses problèmes, et je l'aime, et je veux l'aider à les régler. Est-ce que tu peux comprendre cela ?

— Lizzie, on jouait toujours ensemble. Tu me lisais toujours des histoires.

— Je *sais*, trésor, mais les temps ont changé. Tu ne peux pas protéger des gens indéfiniment. Ils doivent grandir. Ils doivent apprendre. On ne peut rien apprendre si on ne prend pas de risques.

— Lenny ne te fera plus jamais du mal.

— Que veux-tu dire ? s'écria Elizabeth, les yeux écarquillés, terrifiée.

Oh mon Dieu, ne me dites pas qu'elle l'a tué !

— Nous ne lui avons rien fait, rassure-toi, sourit la petite fille-Peggy.

Elle dansait un lent ballet aérien autour de la pièce. Ses pieds nus effleuraient à peine le sol. Sa suffisance et sa saleté étaient terrifiantes. De même que ses gelures qui s'étendaient sans cesse. Maintenant ses chevilles et ses pieds étaient si noirs qu'elle donnait l'impression de porter des bottes.

— Où est-il? demanda Elizabeth d'une voix rauque. Qu'as-tu fait de lui?

— Tu ne le *sais* pas? la taquina la petite fille-Peggy. Tu ne devines pas?

— Dis-le moi, fit Elizabeth. Je t'en prie!

— J'étais Gerda, n'est-ce pas? Cela, tu l'avais deviné. Mais je n'avais pas un Kay.

— Tu l'as pris.

— Oui... nous l'avons pris. La Reine des Neiges l'a mis dans son traîneau et l'a emmené. Maintenant il se trouve dans son château, aussi nu que nu, sur le Miroir de la Raison, aussi froid que froid, et il tente de former le mot « éternité » afin de pouvoir s'échapper... ce qu'il ne fera jamais.

— Espèce de *garce*! hurla Elizabeth. Horrible petite *garce*!

La petite fille-Peggy parut déconcertée.

— Il t'avait frappée, Lizzie. Il a porté la main sur toi et il t'a frappée.

— Oui, il m'a frappée! Mais c'est à moi de décider ce que je veux faire à ce sujet! A moi, tu entends, et pas à toi! Tu n'avais pas le droit d'intervenir dans ma vie et de m'enlever Lenny! Tu n'avais absolument pas le droit de tuer le révérend Bracewaite, ni Miles Moreton, ni ces producteurs de cinéma que Laura connaissait. Tu n'avais pas le droit de mutiler tante Beverley. *Tu n'avais aucun droit, bordel de merde, et tu vas me le payer, crois-moi*!

La petite fille-Peggy fit un triple saut devant l'âtre.

— Oh, oui, Elizabeth? Et comment comptes-tu t'y prendre?

Il était quatre heures et demie du matin, Elizabeth et Laura étaient assises dans la bibliothèque, devant le feu. Même ainsi, la maison était si froide qu'elles avaient mis leurs manteaux.

— Je ne trouve rien, dit Laura d'une voix désespérée. Et c'est presque l'aube, Dieu Tout-puissant !

— Je dois être quelqu'un de *fort*, insista Elizabeth. Je dois être quelqu'un de fort, mais qui me ressemble tout à fait.

— Que dirais-tu de Scarlett O'Hara ? proposa Laura.

— Tu me vois vraiment en Scarlett O'Hara ?

— Tu n'as peut-être pas son caractère, mais tu lui ressembles. Et si tu brûlais Atlanta ? Cela ferait fondre toute la neige, ainsi que la Reine des Neiges, non ?

Elizabeth réfléchit un moment.

— Brûler, dit-elle.

— Hum, c'est exact, brûler. La Reine des Neiges a peur du feu, d'accord ? C'est pour cette raison que la Finnoise garde sa maison si chaude, afin de tenir la Reine des Neiges à distance.

— *Brûler*, répéta Elizabeth.

Elle se leva et examina rapidement tous les livres dans la bibliothèque.

— Pas ici, murmura-t-elle.

— Qu'est-ce qui n'est pas ici ?

— *Bleak House*, de Dickens. Tu ne le vois pas quelque part ?

— Il est dans ton ancienne chambre à coucher. Je l'ai vu hier lorsque je suis entrée pour t'emprunter ta robe de chambre. Pourquoi veux-tu *Bleak House* ?

— Esther Summerson, voilà pourquoi ! J'ai toujours adoré Esther Summerson. Elle était la dame de compagnie d'Ada, tu ne te rappelles pas ?

— Je n'ai jamais lu *Bleak House*. Il n'y avait jamais d'œuvres littéraires à lire chez tante Beverley, à moins d'estimer que *Variety* est de la littérature !

— Esther Summerson était blonde et très jolie... mais plus important, elle était forte et calme, et c'est exactement la personne dont j'ai besoin. Gerda était forte, elle aussi, mais sa plus grande force était sa ténacité, et non sa profondeur de caractère.

— Quel rapport avec « brûler » ? Tu as dit « brûler » comme si c'était quelque chose d'important.

— C'est important. Esther fait la connaissance de monsieur Krook, qui tient une boutique de vêtements d'occasion et de bouteilles, adossée au mur de l'auberge Lincoln. Monsieur Krook meurt de combustion spontanée. Il prend brusquement feu, il brûle, et il ne reste plus rien de lui.

— J'ai entendu parler de la combustion spontanée. Il y avait un article là-dessus dans le *Saturday Evening Post*. Un vieux fermier était assis dans sa cuisine, au Nebraska ou un endroit comme ça, et on a retrouvé son corps calciné jusqu'à la taille, bien que le linoléum sur lequel il gisait soit à peine roussi.

— Exactement, fit Elizabeth. Je vais être Esther Summerson, et je vais emmener monsieur Krook faire la connaissance de la Reine des Neiges, et voir comment ces deux-là s'entendent !

Laura secoua lentement la tête.

— Mais c'est pas vrai ! Tu te rends compte de ce que nous disons ? Nous devons être complètement folles !

— Si nous sommes complètement folles, alors où est Lenny ? Ne me dis pas qu'il est parti se promener dans la neige en laissant tous ses vêtements !

— Bon, d'accord, dit Laura, se levant et ramenant les pans de son manteau autour d'elle. Quand veux-tu prendre du peyotl ?

— Maintenant... le plus tôt possible.

— Tu ne crois pas que tu devrais te changer, t'habiller autrement, comme tu l'as fait quand tu étais Rosita ? Tu devrais prendre un air plus dickensien.

— Je pourrais mettre le chapeau à brides de notre arrière-grand-mère, hein ? Mais ce manteau fera l'affaire, et personne n'ira regarder ce que je porte en dessous.

Elizabeth monta au premier en toute hâte et alla d'abord dans son ancienne chambre où elle trouva un exemplaire défraîchi de *Bleak House* sur l'étagère à côté de ses livres sur l'équitation et de *Le Dernier des Mohicans*. Puis elle alla dans la chambre de son père. Son arrière-grand-père avait eu un tel chagrin lorsque sa femme était morte qu'il avait conservé tous ses vêtements. A présent, il ne restait plus que ses petites chaussures à boutons en cuir verni, si petites que Elizabeth n'avait plus été capable de les mettre lorsqu'elle avait eu huit ans, et le chapeau à brides en velours gris qu'elle portait jadis le dimanche.

Elizabeth sortit le chapeau à brides de la boîte à chapeau vernie qui sentait le moisi. La garniture de soie crème était décolorée et portait l'inscription Henrietta Du Farge, Milliner, Danbury, Connecticut. Elle le mit sur sa tête, et il la serrait de façon gênante, mais elle ferait avec !

Elle retourna au rez-de-chaussée. Laura l'attendait dans le vestibule, les boutons de peyotl dans sa main.

— Tu es sensationnelle ! dit-elle. Mais tu as vraiment envie de faire ça ?

— Laura, il faut mettre un terme à tout ça, une bonne fois pour toutes !

Elles allèrent dans la bibliothèque. Elizabeth s'assit sur le canapé en cuir, ouvrit *Bleak House* et le posa sur ses genoux. Elle ferma les yeux un moment et dit une prière, la prière que dit Gerda dans *La Reine des Neiges*. Puis elle regarda Laura et dit :

— Je suis prête.

— Rappelle-toi ce que Eusebio t'a dit... mâche lentement !

Elizabeth prit le bouton de peyotl. Elle s'apprêtait à le mettre dans sa bouche lorsque le vent, déjà violent, poussa un hurlement strident qui était presque humain. Il s'engouffra dans la cheminée de la bibliothèque en grondant et projeta hors de l'âtre les bûches embrasées qui culbutèrent et roulèrent à travers la pièce. Au même moment, la porte-fenêtre s'ouvrit brusquement, laissant entrer la tempête de neige. Les lourds rideaux de velours claquaient et grondaient, et les flocons de neige tourbillonnèrent autour d'elles, semblables à des abeilles blanches en colère.

Le vent était si furieux que des rangées de livres basculèrent des rayonnages et tombèrent par terre dans un chaos de pages. Des papiers tournoyaient en l'air; la lampe de bureau se renversa sur le côté et se fracassa.

— Lizzie! cria Laura, terrifiée.

Le vacarme de la tempête était assourdissant. La porte-fenêtre battait et claquait, puis les vitres volèrent en éclats. La neige balayait le parquet et elle commença à s'amasser dans les encoignures de la pièce et sur les sièges. Le froid du vent était insoutenable. Elizabeth leva la main devant son visage pour se protéger les yeux, mais elle avait l'impression que la peau de ses joues était frottée avec une paille de fer glacée.

Le vent et la neige éteignirent la plupart des bûches, mais l'une d'elles continuait de brûler sous la table de travail de son père. Elizabeth la délogea d'un coup de pied et l'éteignit en la piétinant. Ce faisant, cependant, elle laissa échapper son bouton de mescal, et celui-ci disparut quelque part dans la neige.

— Laura! cria-t-elle. Tiens bien dans ta main les boutons de peyotl! Je viens de perdre le mien!

Mais Laura cria en retour « *Regarde*! » et montra le jardin du doigt, l'air éperdue.

Elizabeth essuya la neige sur ses sourcils et regarda. La petite fille-Peggy venait dans leur direction à travers la tempête de neige. Sa robe blanche battait, et son visage était noir et bleu de gelures. Son expression était courroucée et égarée, et bien que ses pieds ne touchent pas vraiment le sol, et qu'elle ne laisse pas d'empreintes de pas dans la neige, elle semblait chanceler tandis qu'elle s'approchait, comme si la neige et le vent glacé prélevaient leur dû sur elle.

Pourtant ce n'était pas la petite fille-Peggy qui avait terrifié Laura à ce point. Derrière elle, dans l'obscurité, une grande forme noire venait également dans leur direction. Elle était visible uniquement parce que la neige s'envolait d'elle, et elle ressemblait à une femme immense et disgracieuse, vêtue d'un manteau.

— Oh mon Dieu, elle la fait venir ici ! s'écria Laura.

Elle se retourna pour s'enfuir mais Elizabeth la retint par le bras.

— Peggy ne nous fera aucun mal, tu le sais. Elle est ici pour nous protéger.

— Vraiment ? Alors pourquoi conduit-elle cette créature ici ?

— Elle ne nous fera aucun mal. Elle en est incapable.

— Crois ce que tu veux ! Moi, je ne reste pas là pour le savoir !

Elle se dirigea vers la porte de la bibliothèque, faisant de grandes enjambées dans la neige qui s'était amassée contre le battant. Lorsqu'elle voulut ouvrir la porte, cependant, la poignée ne tourna pas, et elle était si froide qu'elle lui entama la peau des doigts, comme Lenny s'était brûlé la main sur la plaque chauffante de la cuisinière.

— La poignée est complètement gelée ! lança-t-elle. Viens m'aider !

— C'est inutile, tu n'y arriveras pas ! dit Elizabeth.

— Alors je sors de l'autre côté ! lui cria Laura. Viens, Lizzie ! Tu ne vas pas rester ici et attendre d'être changée en un bloc de glace !

La petite fille-Peggy avait déjà atteint le patio recouvert de neige, et elle glissait dans leur direction de ces étranges pas fatigués. Elle ressemblait à une patineuse épuisée. Tout près derrière elle, l'immense forme noire de la Reine des Neiges devenait de plus en plus énorme, et Elizabeth était certaine de l'entendre, malgré les hurlements de la tempête de neige. Elle produisait un grondement caverneux, comme si un chemin de fer souterrain passait sous ses pieds, et un cliquetis strident, comme si des centaines de lames de ciseaux s'entrechoquaient. Sous son capuchon, Elizabeth discernait une forme vague, semblable à un crâne de cheval blême et étiré, qui était sans doute le visage de la Reine des Neiges, si celle-ci avait un visage.

Elle voulut se tourner vers Laura, mais elle en fut incapable. Elle réalisa brusquement qu'elle était paralysée par la peur. Elle ne pouvait pas bouger, elle ne pouvait pas parler. C'était à peine si elle pouvait respirer.

Laura saisit sa main et essaya de l'entraîner vers la porte-fenêtre, mais elle ne se rappelait plus comment faire fonctionner ses jambes.

— Viens ! cria Laura. Lizzie, pour l'amour du ciel, viens !

Le froid était si effroyable qu'elle ne put en dire plus, et la température tombait comme une pierre au fond d'un puits.

Laura la tira encore une fois, puis elle renonça. Elle franchit la porte-fenêtre en trébuchant et traversa le patio pour se diriger vers le court de tennis. Mais, alors qu'elle avait atteint le muret du patio, elle buta contre une marche qui était dissimulé sous la neige, tomba et se cogna la tête. Le choc fut si bruyant que Elizabeth l'entendit au-dessus du vent.

— Laura ! appela-t-elle.

Elle parvint à faire quelques pas avec raideur. Mais, alors qu'elle s'approchait de la porte-fenêtre, la petite fille-Peggy entra et se tint devant elle, les deux mains levées, paumes en avant, comme si elle voulait l'arrêter.

— Laura est blessée ! s'insurgea Elizabeth.

Néanmoins, elle jeta un regard derrière la petite fille-Peggy vers la forme noire et bossue qui se dressait dans l'obscurité. Si celle-ci continuait de s'approcher, elle essaierait de s'enfuir à son tour.

— Je sais ce que tu as l'intention de faire, déclara la petite fille-Peggy sans passion. Mais tu dois rester comme tu es, et mener ta vie comme tu l'as toujours désiré. Tu ne veux pas que ton Lenny souffre, n'est-ce pas ?

— Laisse-nous tranquilles ! lui cria Elizabeth. Tu ne peux donc pas nous laisser en paix !

— Tu dois être protégée, Lizzie. Je ne veux pas qu'on te fasse du mal.

— Je n'ai pas besoin d'être protégée ! Je ne veux pas être protégée !

La petite fille-Peggy ne dit rien de plus. Elle se détourna et s'éloigna en glissant à travers les tourbillons de neige. Elizabeth crut que la Reine des Neiges allait s'approcher, mais dès que la petite fille-Peggy l'eut dépassée, elle fit demi-tour, également, et partit. Quelques secondes plus tard, elle avait disparu dans la tempête de neige.

Elizabeth boitilla vers Laura et s'agenouilla près d'elle. Son visage et ses cheveux étaient déjà recouverts d'un léger voile de neige. Ses yeux étaient fermés et sa respiration était très faible. Elle paraissait presque aussi blanche que la petite fille-Peggy.

— Laura ! lui cria-t-elle. Laura, reprends connaissance !

Les yeux de Laura demeurèrent fermés, son visage pressé contre la neige. Elizabeth prit une profonde inspiration et parvint à la soulever et à la prendre dans ses bras. Elle la porta lentement jusqu'à la bibliothèque. Elle ôta la neige du canapé et l'étendit précautionneusement.

— Laura, reprends connaissance ! Laura !

Elle tourna la tête de Laura d'un côté, et ce fut seulement à ce moment qu'elle vit que ses cheveux blonds étaient poissés de sang et de neige.

— Laura ! Il faut que tu reprennes connaissance !

Elle alla jusqu'à la porte et essaya de l'ouvrir. Le verrou était toujours gelé, et elle eut beau secouer violemment la poignée, celle-ci refusa de tourner. En désespoir de cause, elle traversa la pièce et prit le tisonnier tombé à proximité de l'âtre. Elle le coinça de biais entre la poignée et le battant, et elle tira. A son grand soulagement, le verrou céda, et elle fut à même d'entrouvrir la porte.

Elle porta Laura dans le séjour et l'étendit sur l'un des divans. Puis elle prit le téléphone pour demander une ambulance. Il n'y avait pas de tonalité : la tempête de neige avait dû endommager les lignes téléphoniques.

Elle nettoya doucement la tête de Laura avec un torchon mouillé qu'elle avait été chercher dans la cuisine. C'était difficile de voir si la plaie était profonde, sous ses cheveux, mais Laura semblait toujours sans connaissance, et sa respiration était saccadée. Elizabeth prit son pouls, et autant qu'elle puisse en juger, il était faible et irrégulier. Il ne lui restait plus qu'une chose à faire : emprunter la camionnette de Mrs. Patrick, aller chez le docteur, et le ramener ici pour qu'il soigne Laura.

La tempête de neige était bien trop violente pour prendre le risque d'aller jusqu'à New Milford, et elle ne voulait pas emmener Laura avec elle chez le docteur, au cas où la camionnette tomberait en panne, ce qui lui arrivait très souvent, même par beau temps.

Le feu s'était presque éteint mais les cendres rougeoyaient encore, et elle les tisonna rapidement pour ranimer le feu, et mit d'autres bûches. Puis elle ôta le chapeau à brides de son arrière-grand-mère, noua une écharpe autour de sa tête, et mit des bottes et des gants.

— Je reviens aussi vite que possible, chuchota-t-elle à Laura.

Elle lui laissa un mot « Partie chercher docteur » si jamais Laura reprenait connaissance avant qu'elle soit revenue.

Elle sortit de la maison et commença à marcher péniblement vers Green Pond Farm, affrontant la tempête de neige qui faisait rage. Elle n'arrêtait pas de glisser et de trébucher, et le vent était si violent qu'elle était obligée de se courber en deux pour ne pas être jetée à terre. Il lui fallut presque dix minutes pour parcourir la courte distance jusqu'à la ferme, et lorsqu'elle passa près de l'ancienne porcherie, son nez était si froid qu'elle ne le sentait plus.

A sa grande surprise, elle constata que la maison était plongée dans l'obscurité. Elle n'apercevait aucune lumière. Il y avait peut-être une panne de courant. Mais les Patrick étaient certainement là, parce que la camionnette était garée dans la cour, et il n'y avait pas de traces dans la neige indiquant qu'ils étaient peut-être partis à pied quelque part, ou qu'un autre véhicule était venu les chercher. Chose encore plus bizarre, la porte d'entrée était grande ouverte, et la neige s'amassait dans le vestibule.

— Madame Patrick ? Seamus ? appela-t-elle.

Elle chercha à percer l'obscurité et écouta, bien que ce soit difficile d'entendre quelque chose avec la plainte du vent.

— Il y a quelqu'un ? lança-t-elle.

Elle s'avança avec hésitation dans le vestibule et se dirigea à tâtons vers la cuisine, où Mrs. Patrick et Seamus passaient le plus gros de leur temps. La porte de la cuisine était ouverte et elle pouvait voir que la cuisine elle-même était éclairée seulement par la pâleur spectrale de la neige reflétée. Il faisait très froid, également, et son haleine fut visible lorsqu'elle jeta un coup d'œil.

Tout dans la cuisine était recouvert de couches de glace scintillantes. Les assiettes et les pots sur le vaisselier étaient ensevelis dans la glace, et les étagères étaient ornées de chandelles de glace. Les fleurs séchées étincelaient de glace, et même la tarte que Mrs. Patrick avait fait cuire au four était complètement gelée et recouverte de paillettes de givre.

Mrs. Patrick était assise devant la table, et Seamus, comme à son habitude, était assis près de l'âtre, emmitouflé dans sa couverture.

— Madame Patrick ! Dieu merci, vous êtes..., dit Elizabeth, au moment même où elle réalisait ce qui leur était arrivé.

Elle s'approcha d'eux, précautionneusement et tendrement, submergée de chagrin. Mrs. Patrick avait tellement gelé que ses yeux étaient devenus opaques, et sa peau était d'une pâleur mortelle. Elizabeth toucha doucement ses cheveux, et ils se brisèrent en une averse de filaments blancs gelés.

Elle s'avança vers Seamus. Le carrelage gelé craquait sous ses pas. Seamus était assis, la tête penchée d'un côté ; un filet de glace pendait de sa lèvre inférieure. Il avait l'air étrangement paisible, cependant... c'était la première fois que Elizabeth le voyait aussi serein.

Sur la chaise en bois près du vaisselier, elle trouva le porte-monnaie en cuir noir de Mrs. Patrick. Il était gelé, lui aussi, mais elle parvint à l'ouvrir, comme une grosse huître noire, à l'aide d'un couteau de cuisine. Elle regarda Mrs. Patrick et dit :

— Vous me pardonnez, hein ? Je reviendrai lorsque tout sera terminé.

Elle prit les clés de la camionnette et ressortit.

Mais cela ne servit à rien. La camionnette hennit et trépida, hennit et trépida, mais le moteur refusa de démarrer. Elizabeth se renversa dans le vieux siège en cuir et poussa un long soupir résigné.

Cette fois, elle n'avait plus le choix. Elle avait devoir utiliser le changement de forme magique et affronter cette effroyable créature noire que l'imagination de Peggy avait amenée à la vie, et tenter de la détruire.

24

Laura était toujours sans connaissance lorsqu'elle revint finalement à la maison. Il était presque six heures du soir maintenant, mais la tempête de neige continuait de mugir avec la même violence, et le ciel était aussi noir qu'en pleine nuit.

Elle tapota les joues de Laura et lui parla gentiment, essayant de la ranimer, mais celle-ci demeura inerte et sans réaction. Elizabeth pouvait seulement espérer qu'elle dormait... A sa façon la nature l'aiderait à se rétablir. Elle pria le ciel pour qu'elle n'ait subi aucun dommage cérébral.

La main gauche de Laura était fermée; fortement crispée. Elizabeth l'ouvrit précautionneusement. Vide. Les boutons de mescal avaient disparu. Elle parcourut le parquet du regard, mais elle ne les vit nulle part. Elle retourna dans la bibliothèque et chercha à tâtons dans la neige, essayant de trouver le bouton qu'elle avait laissé échapper, mais en vain. Il y avait trop de débris sous la neige, trop de livres, de stylos, de bûches et d'encriers.

Elle sortit par la porte-fenêtre et affronta la tempête pendant trois ou quatre minutes, essayant de trouver les boutons de peyotl sur les dalles du patio, mais la couche de neige était incroyablement épaisse, et même la tache de sang que Laura avait laissée sur la neige avait été recouverte.

Elle rebroussa chemin vers le séjour. Il était six

heures largement passées maintenant. Peut-être pouvait-elle trouver quelqu'un en ville pour l'aider. Elle mit d'autres bûches dans l'âtre, autant qu'elle l'osait, puis elle se couvrit à nouveau et quitta la maison.

Elle suivit la route jusqu'au bout d'Oak Street. Sherman était une ville déserte. Oak Street disparaissait sous plus d'un mètre de neige, et une énorme congère incurvée s'était formée devant le Endicott, s'élevant jusqu'à mi-hauteur de la vitrine.

Battant des paupières, aveuglée par les rafales de neige, Elizabeth cria :

— Ohé ! Est-ce que quelqu'un m'entend ?

Mais le vent couvrait sa voix.

Elle s'apprêtait à faire demi-tour lorsqu'elle aperçut sur le trottoir un monticule de neige à la forme anormale. Grelottant, elle se mit à genoux et entreprit de creuser avec ses mains. Elle sentit quelque chose qui était dur comme du cuir, puis quelque chose de mou. Elle gratta tout autour, et avant même qu'elle sache qui c'était, elle comprit ce que c'était. Un homme, gelé, gisant sur le trottoir, face contre terre.

Elle n'avait pas envie de continuer de creuser, mais elle dégagea la neige autour du visage de l'homme. C'était Wally Grierson, l'ancien shérif. Son visage était blanc comme un linge.

Elizabeth se releva lentement. A présent elle commençait à comprendre l'étendue de la vengeance de la Reine des Neiges exercée sur tous ceux qui la touchaient, tous ceux qui l'aidaient, tous ceux qui la repoussaient. Seigneur, autant qu'elle sache, cette tempête de neige avait recouvert tout le comté de Litchfield, et même au-delà !

Elle repartit vers la maison. Elle était épuisée lorsqu'elle monta péniblement les marches du perron, et elle suffoquait. Elle entra, reniflant de froid, et claqua la porte derrière elle.

Il n'y avait pas de temps à perdre. Elle n'avait pas voulu faire ça... pas de cette manière... mais maintenant elle savait qu'elle n'avait plus le choix. Elle ôta de la main la neige sur son manteau et mit à nouveau le chapeau à brides de son aïeule. Puis elle alla dans le séjour. Elle prit la main de Laura et embrassa sa joue glacée.

— Je t'en prie, Laura, ne meurs pas, chuchota-t-elle. Je t'en prie, ne me quitte pas, pas maintenant. J'ai tellement besoin de toi !

Elle s'assit dans le grand fauteuil placé de l'autre côté de la pièce. Elle enroula son écharpe autour de son cou et fit un nœud coulant. Elle attacha l'autre extrémité à l'accoudoir du fauteuil.

Mon Dieu, faites que ça marche. Mon Dieu, faites que ça marche. Mon Dieu, faites que je ne m'étrangle pas. Je n'ai pas envie de mourir !

Elle ferma les yeux. Elle s'efforça de penser à Esther Summerson, telle que Dickens l'avait décrite, lorsqu'elle faisait la connaissance d'Ada. « J'aperçus la jeune femme, éclairée par la lumière du feu, elle était si belle ! Elle avait des cheveux blonds si soyeux, des yeux bleus au regard si doux, et un visage si gai, candide et plein de confiance ! »

Elle se pencha de côté dans le fauteuil, afin que le nœud coulant se resserre autour de son cou. L'écharpe commença à lui comprimer le larynx, et à lui donner des haut-le-cœur. Mais elle continua de se pencher de côté, de plus en plus. Sa respiration se changea en de petits gémissements rauques, et elle eut l'impression de s'étrangler. Sa vue s'obscurcit, et elle entendait le sang gronder dans ses oreilles. Elle commença à paniquer et à griffer le nœud coulant avec ses ongles, mais elle parvint tant bien que mal à se dire d'arrêter, de rester calme, de penser à Laura, de penser à Lenny.

— Esther Summerson, chuchota-t-elle. Esther Summerson.

Sa vue s'obscurcit de plus en plus. Bientôt elle ne vit plus rien. Elle s'entendait respirer en des sifflements étranglés, aigus. Puis même ce bruit parut s'évanouir, et elle eut la certitude qu'elle marchait. Elle n'était plus assise, et quelqu'un marchait à ses côtés. Elle entendait des cris, des rires, le martèlement de sabots de chevaux et le grincement de roues aux jantes cerclées de fer.

— C'est ici, dit la voix d'une femme, tout près de son oreille.

Elle ouvrit les yeux. Elle se trouvait en plein air, dans la neige à moitié fondue, par une matinée d'hiver brumeuse. Une femme portant un châle et une pèlerine victorienne marron se tenait à côté d'elle. Elle jeta un regard à la ronde et vit qu'elles étaient arrivées dans une petite rue étroite qui faisait partie d'un labyrinthe de cours et de ruelles sordides. Le vent était tombé, mais l'air était très vif, et le brouillard imprégné d'une odeur âcre de fumée de charbon et de crottin de cheval.

— C'est ici, répéta la femme. Vous vouliez aller chez Krook, n'est-ce pas ? Eh bien, c'est ici, juste sous votre nez !

Esther se trouvait devant une échoppe, sur laquelle était écrit en lettres fuselées Krook, Boutique de Vêtements et de Bouteilles, et Krook, Maison d'Approvisionnement de Navires. Dans la vitrine un écriteau annonçait « Achetons des os ». Sur un autre, « Achetons ustensiles de cuisine ». Sur un autre « Achetons ferraille », et « Achetons papier de rebut », et « Achetons vêtements de dames et de gentlemen ». Dans toute la vitrine il y avait des quantités de bouteilles crasseuses — bouteilles de cirage à chaussures, flacons de pilules, bouteilles de ginger-beer et de soda. Il y avait un banc branlant où étaient entassés de vieux livres défraîchis, avec une étiquette « Ouvrages de droit, 9 pence chacun ».

Près de l'entrée de la boutique, Esther apercevait des monceaux de vieux rouleaux de parchemin et de papiers juridiques, des tas de guenilles, et des sacs à main élimés bleu et rouge, suspendus au plafond comme des jambons.

Il faisait si sombre à l'intérieur de la boutique que Esther n'aurait pas pu voir grand-chose, s'il n'y avait eu une lanterne allumée que tenait un vieil homme portant des lunettes et un bonnet de fourrure. Dès qu'il la vit, il se tourna, vint vers l'entrée et se campa devant elle. Il était petit et rabougri, sa tête enfoncée de côté entre ses épaules comme s'il s'affaissait lentement de l'intérieur. Son haleine fumait dans le brouillard. Son cou, son menton et ses sourcils étaient saupoudrés de poils blancs, et sa peau était tellement ridée et plissée qu'il ressemblait à une vieille racine noueuse que l'on a laissée dehors dans la neige.

— Bonjour, bonjour! lui dit-il en sortant de la boutique. Avez-vous quelque chose à vendre?

— Monsieur Krook? Je m'appelle Esther Summerson. J'ai grand besoin de votre aide.

Le vieil homme fit un pas en arrière et la regarda de haut en bas. Il empestait la poussière, l'encre, le suif, et son déjeuner de la veille, quoi que cela ait été.

— Mon aide? Quelle sorte d'aide? demanda-t-il jetant un coup d'œil furtif vers le chapeau à brides. Ho, ho, les jolis cheveux ! J'ai trois sacs remplis de cheveux de dames en bas, mais ils ne sont pas aussi beaux ni aussi fins que ceux-là!

— Je ne suis pas venue pour vendre mes cheveux. J'ai besoin que vous m'accompagniez. Je vous paierai bien.

— L'argent ne m'intéresse pas, déclara Mr. Krook. Les objets, voilà ce que je désire posséder. J'ai tellement de parchemins et de papiers dans ma boutique. J'aime la rouille, le moisi et les toiles d'araignée. Tous les poissons qui viennent dans mon filet. Et en outre... je n'ai pas de temps de libre. J'ai des vêtements et des robes à peser, des os à trier.

Esther apercevait indistinctement son reflet dans la vitrine encrassée de la boutique. Une jeune femme très jolie au teint clair, aux yeux doux et à la bouche légèrement boudeuse. Elle se demanda pourquoi elle semblait si peu familière, si différente de l'image qu'elle se faisait d'*elle*.

Mr. Krook tourna les talons et retourna dans sa boutique en boitillant. A ce moment, cependant, Esther vit une autre pièce, une pièce presque invisible, surimprimée sur les guenilles, le bric-à-brac et les ouvrages de droit. Une salle de séjour, avec une cheminée et une horloge de parquet. Elle éprouva une gêne douloureuse autour de sa gorge, et elle comprit qui elle était, et pourquoi elle était ici.

— Monsieur Krook ! appela-t-elle. J'ai toute une maison à débarrasser, toute une maison remplie jusqu'au plafond de livres, de papiers, d'ustensiles de cuisine et de meubles ! Vous pouvez tout avoir, absolument tout, si vous m'aidez maintenant !

Le vieil homme fit halte puis revint vers elle.

— Est-ce que c'est la vérité ? voulut-il savoir.

— Tout ce que vous avez à faire, c'est mettre votre manteau et m'accompagner un bout de chemin.

— Vous accompagner ? Pour aller où ?

— Je ne vous retiendrai pas longtemps, monsieur Krook. Qui sait, si nous avons une conversation agréable, vous pourriez me persuader de vous vendre mes cheveux !

Le vieil homme la scruta un moment, puis il baissa les yeux vers sa lanterne, souffla la bougie et referma le volet. Un chat énorme et déplaisant apparut, couleur de poussière et de cendres, et se frotta contre le pantalon de Mr. Krook.

— Tiens, tiens, Lady Jane ! Je vais te laisser un moment. Cette jeune dame a de superbes objets dont elle veut se débarrasser, du moins c'est ce qu'elle affirme. Et des cheveux magnifiques. Quelle couleur, et quelle texture !

Esther attendit dans la rue pendant que Mr. Krook enfilait son manteau, une pelure élimée d'un noir graisseux, avec un col d'astrakan noir. Il recourba son bras pour qu'elle puisse le prendre, et ils s'éloignèrent dans la rue bourbeuse.

— Puis-je connaître notre destination ? demanda Mr. Krook.

Esther aurait bien voulu qu'il ne la serre pas d'aussi près, et qu'il sente un peu moins fort.

— Un autre pays, répondit Esther. Vous allez vous arrêter au coin de la rue, comme moi, fermer les yeux et penser à un autre pays... à la Laponie, où il neige toujours, d'un bout à l'autre de l'année.

— La Laponie ? Pourquoi diable aurais-je envie d'aller en Laponie ?

— Vous avez envie de posséder tout ce qu'il y a dans ma maison, n'est-ce pas ?

— Mmoui, fit Mr. Krook d'un air maussade.

— Alors fermez les yeux et pensez à la Laponie.

Ils étaient arrivés au coin de la rue. Un fiacre passa avec fracas, suivi d'un haquet tiré par des chevaux, à l'arrière duquel se suspendaient une demi-douzaine d'enfants en guenilles. Un homme coiffé d'un chapeau melon se tenait immobile de l'autre côté de la rue, la mine lugubre, tenant un écriteau qui disait simplement « Poissons ».

Esther se tint près du mur pour ne pas être bousculée par les passants, et ferma les yeux.

— Est-ce que vos yeux sont fermés, monsieur Krook ?

— Mes yeux sont fermés, mademoiselle Summerson, mais Dieu seul sait pourquoi !

— Est-ce que vous pensez à la Laponie, monsieur Krook ?

— Tout à fait, mademoiselle Summerson, mais Dieu seul sait pourquoi !

Durant une éternité, ils eurent l'impression de se tenir au coin d'une rue animée dans le Londres de Dickens sans que rien ne se passe. Puis, brusquement, Esther perçut un vent froid qui soufflait sur son visage, un vent glacé qui n'apportait aucune odeur de crottin de cheval ou de fumée de charbon... un vent qui sentait seulement les sapins et des étendues gelées. Elle ouvrit les yeux. Elle et Mr. Krook se trouvaient au milieu d'une plaine infinie à la neige immaculée et sans aucune trace, sous un ciel qui était d'un noir absolu.

Il faisait un froid mordant, mais il ne neigeait pas, et l'air était si pur qu'elle l'entendait presque bourdonner. C'était le monde imaginaire où Peggy avait dansé, lorsque la glace avait cédé sous ses pas et qu'elle était tombée dans la piscine. Esther était finalement arrivée dans ce monde.

— Monsieur Krook ! dit-elle en lui secouant le bras. Vous pouvez ouvrir les yeux maintenant !

Mr. Krook ouvrit d'abord un œil puis l'autre. Il regarda autour de lui, bouche bée, révélant ainsi les chicots pourris et jaunâtres de ses dents.

— Où sommes-nous ? Qu'est-il arrivé à l'auberge Lincoln ? Où est ma boutique ? Vous avez escamoté ma boutique, hein ? C'est ce que vous avez fait ! Vous avez volé mes bouteilles, mes vêtements, mes papiers juridiques ! C'est ça, hein ?

— Non, monsieur Krook, je n'ai rien fait de la sorte. Je vous ai amené en Laponie, afin de vous présenter à ma sœur. Elle vit ici, au milieu de cette glace et de cette neige.

Mr. Krook ferma les yeux avec force.

— Ramenez-moi ! exigea-t-il. Ramenez-moi à l'auberge Lincoln, sinon je vais vous...

— *Non*, monsieur Krook, fit Esther d'un ton catégorique.

Elle saisit sa main glissée dans une mitaine et commença à l'entraîner à travers la neige. A contrecœur, en grommelant, il ouvrit les yeux et se mit à marcher à ses côtés.

— Qui vivrait dans un endroit pareil ? Où sont les maisons ? Où sont les gens ? Où sont les nippes, les os et les bouteilles ?

Ils avaient parcouru moins d'un kilomètre lorsque Esther aperçut une petite forme blanche à l'horizon. Elle sut instinctivement ce que c'était. Elle était davantage qu'un personnage dans un livre, contrairement à Mr. Krook. Elle était Elizabeth aussi bien qu'Esther. Elle influait sur son imagination, de telle sorte qu'elle pouvait changer l'endroit où elle se trouvait, l'heure qu'il était, et qui elle désirait rencontrer.

La petite fille-Peggy se rapprochait de plus en plus à travers la plaine de neige immense et immaculée. L'air était si clair et semblable à une lentille que l'enfant donnait l'impression de grandir en raison d'un grossissement optique, plutôt que du fait de la perspective.

Non loin derrière elle venait une énorme forme noire, dont le manteau noir ondoyait dans le vent arctique. Esther entendait ses pas grondants alors qu'elle était encore à plus de d'un kilomètre de distance, comme le grondement de tonnerre d'une fonderie lointaine.

— Tiens, tiens ! Qu'est-ce que c'est ? fit Mr. Krook.

— C'est ma sœur qui arrive, lui dit Esther.

— Votre sœur ? Et quoi encore ? Je refuse de faire un pas de plus. Je déteste cet endroit. Je déteste cette marche à pied pénible !

— Alors arrêtez-vous de marcher, dit Esther de la plus claire des voix.

La petite fille-Peggy survint et se tint dans le vent, les regardant fixement avec une expression froide et désapprobatrice sur son visage.

— Lizzie, dit-elle. Pourquoi es-tu venue ici ? C'est mon endroit, pas le tien.

— Je suis venue pour Lenny. Je veux le récupérer, et je ne repartirai pas sans lui.

— Qui est-ce ? demanda la petite fille-Peggy en se tournant vers Mr. Krook.

Mr. Krook ôta son bonnet de fourrure et lui fit la plus basse et la plus sarcastique des courbettes.

— On m'appelle le Grand Chancelier, ma chère, bien que je ne sois pas le Grand Chancelier rétribué, mon noble et docte frère, qui siège à la Cour. On m'appelle ainsi parce que lui et moi fouillons dans la boue, sans jamais nettoyer, sans jamais remettre en état, sans jamais balayer, sans jamais récurer, et parce que lui et moi ne supportons pas de nous dessaisir de quoi que ce soit, une fois que nous avons mis la main dessus.

— Pourquoi l'as-tu amené ici ? voulut savoir la petite fille-Peggy.

Derrière elle, à mi-distance, la forme noire de la Reine des Neiges arrivait sur eux, semblable à une énorme locomotive transcontinentale. La glace commença à trembler sous leurs pieds, et l'air se mit à tinter et à émettre des craquements.

— Je veux Lenny, dit Esther avec véhémence. Tu n'avais pas le droit de le prendre. En outre, je veux que tu me laisses tranquille. Arrête de me protéger. Vis ici, si tu le désires, avec ta Reine des Neiges et tes contes de fées, mais laisse-moi tranquille !

— Grand Dieu ! murmura Mr. Krook.

La forme noire était presque sur eux maintenant, plus grande que deux hommes juchés l'un sur l'autre, avec son dos hideusement bossu. Mr. Krook lança à Esther un regard effrayé, ses yeux chassieux lui sortaient de la tête, puis il fit deux pas chancelants en arrière.

— Quelle est cette créature ? demanda-t-il d'une voix rendue rauque par la panique. Est-ce qu'elle nous veut du mal ?

La petite fille-Peggy tourna autour d'Esther, dressée sur un orteil noirci, telle une ballerine, de telle sorte qu'elle laissa un cercle parfait dans la neige. A présent l'air était si froid que le manteau d'Esther était rigide de glace, et son chapeau à brides scintillait. La forme noire grondait et tonnait à quelques mètres seulement de distance, se dressant au-dessus d'eux, noire sur un ciel encore plus noir. La température continuait de chuter. L'air lui-même commença à crépiter comme de la cellophane, et leur haleine formait des diamants autour de leur bouche et de leurs narines.

— Tu devrais savoir où est Lenny, déclara la petite fille-Peggy, et ses yeux étaient indéchiffrables. Où vont nos chers disparus ? Où est allée la petite Peg chérie ?

— Libère-le ! lui cria Esther. Peggy, pour l'amour de Dieu, libère-le et laisse-moi tranquille !

— Tu ne veux pas de moi ? demanda la petite fille-Peggy d'une voix plaintive.

— Non, je ne veux pas de toi ! Va-t'en !

— Tu ne *m'aimes* pas ?

— Non, je ne t'aime pas ! Je te déteste ! Va-t'en !

La petite fille-Peggy demeura silencieuse un moment. Puis ses cheveux se dressèrent en l'air, aussi raides que de petits glaçons, et elle se mit à crier et à crier, à tel point que Esther pensa que la glace allait se craqueler sous leurs pieds.

Au même moment, elle entendit un grognement métallique retentissant et le grondement d'une étoffe pesante, et la prétendue Reine des Neiges fit glisser en arrière son capuchon et découvrit sa tête.

— Mon Dieu, protégez-moi ! cria Mr. Krook en tombant à genoux. Saints et anges, protégez-moi !

La tête qui avait émergé du capuchon de la Reine des Neiges était monstrueuse et décharnée, et pâle comme la mort. C'était la parodie grotesque d'un visage de femme, allongé et semblable à un crâne, avec des tentacules blancs et aveugles qui se tordaient autour de son cou. Ses yeux étaient noirs et indéchiffrables, comme ceux de la petite fille-Peggy, mais les rangées mal plantées de dents tranchantes comme des rasoirs qui garnissaient ses mâchoires étaient distendues par un rictus de triomphe hideux et manifeste.

Une main semblable à une griffe se tendit hors du manteau, une main décharnée et desséchée, et Esther crut entrevoir une chair nue, blanche de froid, d'où pendaient et oscillaient des excroissances tumorales et des lambeaux de peau.

— Hel, la fille de Loki, murmura-t-elle dans un souffle, et même son souffle s'enfuit précipitamment, terrifié.

La petite fille-Peggy s'approcha d'elle.

— C'est exact. Comment sais-tu cela ? La Reine des Neiges a toujours été Hel. « Tu as précipité Hel dans les ténèbres. Et tu lui as confié neuf mondes sans lumière à gouverner. La reine et l'impératrice des morts. »

Mr. Krook était resté silencieux pendant tout ce temps, la tête baissée, à genoux.

— Monsieur Krook ! lança Esther. Je vous présente Hel, celle qui moissonne les esprits.

— Je ne veux pas regarder ! glapit Mr. Krook. Je ne regarderai pas, tant qu'elle ne sera pas partie !

— Hel veut les esprits des criminels et des pécheurs, et de tous ceux qui sont morts sans avoir répandu leur sang !

Mr. Krook se remit debout, lentement et péniblement, et regarda fixement la monstrueuse apparition à la tête décharnée qui se dressait maintenant au-dessus de lui.

— Créature ! lui cria-t-il. Tu ne m'auras pas !

Il y eut un instant de silence. Puis la Reine des Neiges fendit l'air, et ses griffes saisirent le bras et le ventre de Mr Krook. Elle le souleva du sol, tandis qu'il se débattait, lançait des ruades et criait, et ses griffes s'enfoncèrent et traversèrent son manteau, entrant d'un côté et ressortant de l'autre. Du sang giclait des pans de son manteau à chacun de ses mouvements éperdus.

Elle rejeta en arrière son effroyable tête et ouvrit largement ses mâchoires. Une longue langue noire se glissa sur ses gencives tel un anaconda. En même temps, elle fit glisser son manteau vers la glace, et Esther poussa un hurlement en voyant son corps.

La peau de la Reine des Neiges était blanche et mince, presque transparente. Dans son ventre difforme, Esther apercevait les bras, les jambes et les visages de femmes et d'hommes nus, des dizaines et des dizaines, morts mais gelés, tel des poissons pris dans un filet. Chaque fois qu'elle bougeait, les corps aussi bougeaient dans son ventre. Un bras glissait, une jambe tombait de côté, un torse était pressé contre sa peau.

Mr. Krook, tout en se contorsionnant, empalé sur les griffes de la Reine des Neiges, vit cela, lui aussi. Il tendit ses bras et ses jambes, totalement raides, et cria. Du sang jaillit de sa bouche, mais il ne s'arrêta pas de crier, même lorsque la Reine des Neiges le secoua violemment d'un côté et de l'autre, à tel point que son manteau se déchira, puis son ventre, et ses intestins tombèrent au-dessous des pans de son manteau et se balancèrent, humides et ensanglantés, entre ses pieds.

— Monsieur Krook ! hurla Esther. C'est votre heure de gloire, monsieur Krook ! Pour quelle raison nous souviendrons-nous toujours de vous ?

Mr. Krook n'était qu'un personnage dans un livre... ou peut-être était-il quelque chose de plus que cela.

Même les personnages dans les livres ont conscience de leur destin. Quoi qu'il soit, quoi qu'il sache, il étreignit la Reine des Neiges de toutes ses forces, il la serra contre lui, tandis que les corps blanchâtres de ses victimes ballottaient dans son ventre, leurs visages morts et désespérés regardant fixement à travers sa peau.

Tout d'abord, Esther vit seulement de la fumée sortir de son manteau... une fumée épaisse et graisseuse. Puis il hurla soudainement et agrippa la Reine des Neiges avec encore plus d'acharnement. Ses cheveux blancs s'enflammèrent brusquement... le genre de flammes huileuses et grasses qui proviennent normalement d'une chandelle. Puis son manteau commença à flamber.

La Reine des Neiges émit un beuglement terrifiant et tenta de l'obliger à le lâcher. Mais Mr. Krook continua de l'étreindre désespérément. Maintenant il brûlait, avec une telle violence que ses doigts étaient probablement tétanisés, et il n'aurait pas pu la lâcher, même s'il l'avait voulu.

La Reine des Neiges hurla. Au même instant, Mr. Krook devint incandescent. Il brûla avec des flammes de plus en plus vives, comme du magnésium... des flammes si vives et si bleues qu'Esther ne pouvait pas les regarder. Les graisses de son corps pétillaient et grésillaient sous l'effet de la chaleur, ses os éclataient, ses intestins grondaient comme de la graisse sur une plaque chauffante portée au rouge.

La Reine des Neiges commença à brûler à son tour, et tout ce qui se trouvait dans son corps. Sa peau se recroquevilla, et le feu la dévora, jusqu'à ce qu'elle ne soit plus qu'une masse de flammes.

Esther leva les bras pour se protéger comme la Reine des Neiges explosait en une véritable éruption de chair humaine embrasée. Sa tête décharnée tomba vers sa cage thoracique en feu, ses bras s'affaissèrent. Puis elle explosa encore et encore, jusqu'à ce que la plaine enneigée soit jonchée de débris humains qui brûlaient, des mains, des bras, des torses et des têtes.

Esther se tourna vers la petite fille-Peggy, qui se tenait à côté d'elle, la tête baissée. Peu à peu, celle-ci commença à s'estomper, tout comme la plaine enneigée. Petit à petit, Esther se rendit compte que quelqu'un la secouait et la secouait, et disait :

— Lizzie ! Lizzie ! Reprends connaissance, Lizzie !

Presque disparue, presque complètement transparente, la petite fille-Peggy releva la tête et lança un regard mélancolique à Esther avec ses yeux sombres et indistincts.

— Oh, j'ai laissé mes moufles, chuchota-t-elle.

Mais sa voix était si douce que cela aurait pu être le courant d'air, soufflant sous la porte.

Elizabeth ouvrit les yeux. Laura la secouait, et elle toussait et suffoquait. Sa gorge était enflée et meurtrie, et c'était à peine si elle pouvait respirer.

— Laura ! s'exclama-t-elle. Laura, que s'est-il passé ?

— Tu as failli mourir, pour l'amour de Dieu ! Tu as failli mourir !

Elle se redressa lentement. Sa gorge lui faisait si mal qu'elle pouvait à peine déglutir.

— Je l'ai fait, dit-elle. Je l'ai fait. Je suis allée là-bas... J'ai trouvé monsieur Krook. J'ai brûlé la Reine des Neiges.

— Tu as failli t'étrangler ! Comment as-tu pu faire ça ? Tu as failli t'étrangler !

— Je vais très bien. Allons, je vais très bien ! Ma gorge me fait mal mais tout va bien. Et ta blessure à la tête ?

Laura se laissa tomber sur le canapé et fondit en larmes.

— J'ai mal, sanglota-t-elle. J'ai mal ! Lorsque j'ai repris connaissance, je t'ai aperçue, étranglée avec ton écharpe, et j'ai cru que tu étais morte !

Elles demeurèrent silencieuses un moment, tandis que Elizabeth buvait un verre d'eau et essayait de s'éclaircir la gorge, et que Laura s'essuyait les yeux.

— Est-ce que tu as trouvé Lenny ? demanda finalement Laura.

Elizabeth était en train de réfléchir à cela, osant à peine regarder les choses en face. Qu'est-ce que la petite fille-Peggy lui avait dit ? *« Où vont nos chers disparus ? Où est allée la petite Peg chérie ? »*

Épuisée, contusionnée, elle s'extirpa du canapé et alla dans la cuisine. Elle se dirigea vers la porte de derrière, l'ouvrit, et vit qu'il faisait déjà plus clair au-dehors, et que le vent était tombé. Elle traversa le jardin. Alors qu'elle était à mi-chemin de la piscine, elle aperçut les empreintes de pas sur sa surface gelée, et l'ombre plus foncée à l'endroit où la glace s'était brisée.

Elle s'approcha du bord de la piscine et regarda à travers la glace. Lenny flottait dans l'eau, froid et sans vie, sa peau aussi blanche que la neige. Il la regardait fixement par une fenêtre à travers laquelle les vivants ne pourront jamais passer.

Elle entendit Laura l'appeler.

— Lizzie ! Lizzie ! Qu'y a-t-il ?

Sa voix assourdie résonnait à travers le jardin froid et enneigé.

Elle alla jusqu'à la remise au toit recouvert de neige, s'accroupit et glissa sa main dans la crevasse où elle cachait ses lettres d'amour lorsqu'elle était adolescente. Elle sentit au bout de ses doigts les pages humides et moisies d'un livre, et elle le retira précautionneusement.

La Reine des Neiges. Le livre était tellement taché et piqué qu'il était quasi illisible. Néanmoins, Elizabeth le déchira en deux, puis elle arracha les pages une à une, et les éparpilla sur la neige.

Laura l'attendait lorsqu'elle revint vers la maison. Elles tombèrent dans les bras l'une de l'autre et s'étreignirent en silence.

ÉPILOGUE

Tout cela s'est passé voilà bientôt cinquante ans. A présent seules deux ou trois personnes à Sherman, Connecticut, se souviennent de l'hiver 1951, et du nombre de personnes qui trouvèrent la mort à cette époque.

Tante Beverley se rétablit de son accident, mais resta défigurée par d'horribles cicatrices ; elle devint aide-soignante dans une maison de retraite à Pasadena. Elle est morte d'une surdose d'aspirine et d'alcool en 1958.

Margo Rossi a épousé un hôtelier du Massachusetts et n'a jamais retravaillé dans l'édition. On ignore où elle vit actuellement.

Laura Buchanan devint une actrice de télévision et apparut dans plusieurs épisodes du *Dick Van Dyke Show*. Elle est morte d'un cancer du cerveau en 1963.

Elizabeth Buchanan donna sa démission chez Charles Keraghter et vint s'installer en Arizona, où elle vécut avec Johnson « Bronco » Ward jusqu'à la mort de celui-ci, survenue en 1959. Il ne termina jamais son second roman.

Aujourd'hui, Elizabeth Buchanan est toujours en vie et habite à Scottsdale, Arizona, où elle dirige *The Pen*, une revue publiant les textes de jeunes écrivains. Parfois, il lui semble entrevoir au loin un homme sanglé dans un uniforme blanc, qui l'observe. Il ne l'importune pas, et se contente de l'observer.

Chaque fois qu'elle l'aperçoit, Elizabeth chuchote *« Arriba las manos, señor »*, et elle esquisse un sourire.

Achevé d'imprimer en janvier 1997
sur les presses de l'Imprimerie Bussière
à Saint-Amand (Cher)

POCKET - 12, avenue d'Italie - 75627 Paris Cedex 13
Tél. : 01-44-16-05-00

— N° d'imp. 104. —
Dépôt légal : janvier 1997.

Imprimé en France